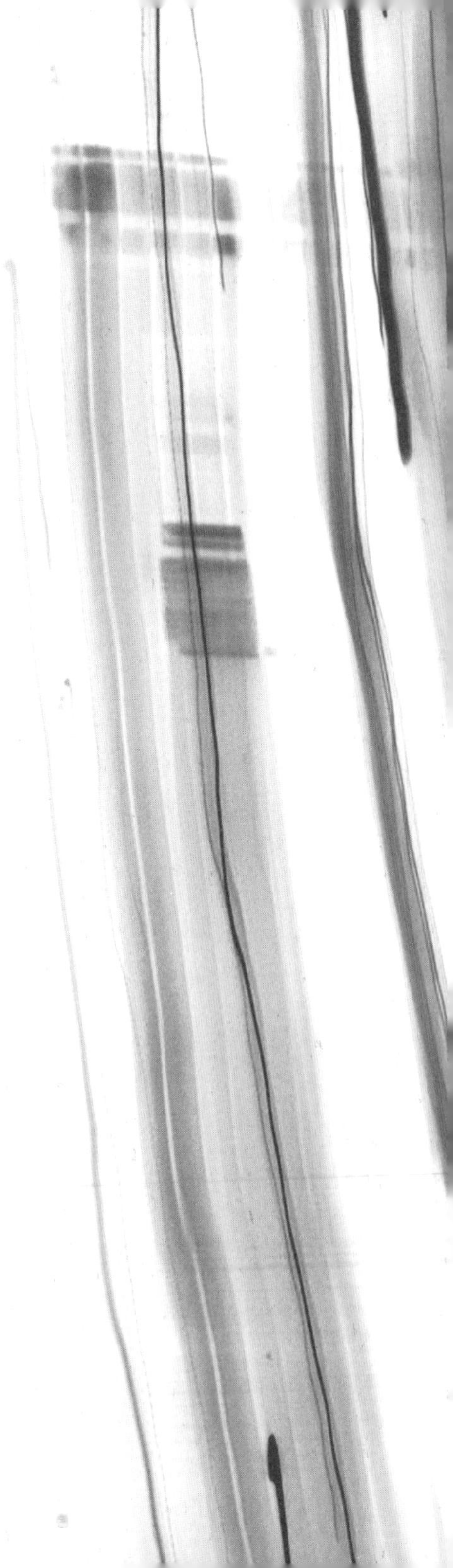

物語研究会＝編

「記憶」の創生

物語 1971>>>2011

翰林書房

まえがき

「物語」を追究する「若き研究者の集団」として出発した学術研究団体・物語研究会が、二〇一一年に迎えた創立四〇周年を節目とし、これまでの歩みを振り返り、未来に向けてさらに進むための礎とすべく企画した論集が本書、『記憶の創生〈物語〉1971-2011』である。

この論集は四つの部分から成る。

（1）「物語研究会四〇周年記念シンポジウム　物語学の現在」は、パネリスト三人の報告に基づく自由で真剣な議論によって、物語学の「現在と未来」を論ずる。

（2）「今　読みかえる」は、一九七一年の創立時から二〇一一年の現在に至る物語研究会の年間テーマから物語に関する十二の課題を設定し、現在の視点で考察した論考群（十七本）である。年間テーマを掲げた研究は物語研究会の活動の主軸であり、所収論文はそれらを検証し、新たな展開を導くべく執筆された。

（3）「物語研究会・回顧と展望」は、物語研究会と物語学との過去、現在、未来に関する学術エッセイ四本を収める。

（4）「自由論文」は、各執筆者が、現在、最も関心のある問題から物語を論じた六本の論考を集めた。

一九七〇年代以降、現在までの思想や人文・社会科学全般の動向に真摯に向き合い、物語を研究することによって学術の世界を更新し、広げてきたのが、物語研究会の活動であったと言えよう。この論集は、そうした四十年の歩みと未来への期待とを凝縮して示している。

（文責・松岡智之）

物語研究会四〇周年記念論集編集委員会

「記憶」の創生◎目次

はじめに

物語研究会四〇周年記念シンポジウム

物語学の現在

今　読みかえる

物語研究会・回顧と展望

自由論文

物語研究会40周年記念シンポジウム

物語学の現在

◎パネリスト　東原伸明
千野裕子
高木　信
◎コメンテーター　三田村雅子
◎司会　鈴木泰恵
◎二〇一一年七月一六日
◎於　明治大学駿河台キャンパス（リバティタワー）

鈴木（司会）　シンポジウム「物語学の現在」を始めます。物語研究会は、さまざまなテーマを立てながら、物語とは何かを考え続け、物語研究、物語学に常に光を当て続けてきました。この記念、なのかどうなのか、四〇周年ですけれども、本シンポジウムでは、研究キャリアの違う三人の方に、これまでの物語研究会のどういうテーマや問題系から自分自身の今を組み立てていらっしゃったのか、物語研究会と今の自分とがどうかかわっていらっしゃるのかを、まずお話いただきたく思います。

そしてやはり、物語研究会は常に今もしくはちょっとした未来に訴え続け、今後の物語学について考え続けてきたと思いますので、お話しいただいた過去の思い出に基づき、今どういう研究をされているのかを抽象論ではなく、テキストに即してそれぞれお話いただき、さらに今後の物語学についてのお考えにも触れていただきたい。そして、コメンテーターの三田村さんにコメントをいただき、さらにみなさんで討議して四〇周年らしく、物語学の現在および未来に光を当てていくシンポジウムになればと考えております。

ご報告のお三方を紹介します。最初が東原伸明さんです。今日は、『土左日記』を中心に初期の散文の特性を考えるところからお話しくださいます。

二番目は三人の中で一番お若い千野裕子さんで、『狭衣物語』の物語引用を取り上げて、『狭衣物語』から、物語とは何かを考えてご報告くださいます。

三番目のご報告者は高木信さんです。『平家物語』などの〈重衡〉をめぐり、さまざまな物語の交響から新たな読みを立ち上げ、読むという行為、あるいはテクストについてのご見解を示してくださるところから、物語学に言及していただけると思います。

第一報告

「童」の性は男か女か?初期散文叙述の特性検証――『土左日記』から『源氏物語』叙述への補助線

東原伸明

一 『土左日記』の注釈を通した初期散文叙述の特性検証

よろしくお願いします。私が物語研究会の存在を知ったのは、大学院に進学してからだったと思います。その前に、期せずして会員の論文を読んでいました。学部の一年であったか、二年であったか、それは雑誌『中古文学』に掲載された阿部好臣さんの近江の君の論で、神話構造からアプローチした斬新な論文という印象でした。何よりも注に、ロラン・バルトの『神話作用《ミトロジー》』が引かれていて、「あぁ、こういう本があるのか」と、学部の学生が読んで解るはずもないのですが、早々購入した思い出があります。物研には、すぐ入会する勇気はなくて、後期課程に進んでからなのですが、文学研究にどう対処するか、私は物事を感覚的に捉える方なのですが、研究は理屈から攻めてゆくのが好きで、物語研究会の人たちのスタイルを、当時の『國文學』とか『解釈と鑑賞』などに掲載された論文や座談会の記事で知る機会があって、そういう理屈っぽい点が自分の肌に合うんではないかという気がしておりました。そのような気持で、会員としてずっと研究を続けてきたのですが、ここ数年、『土左日記』に関する論文を書くようになり、物語研究にとって、散文の特性を追究することは大事なことではないかと考えるようになりました。

さて、「物語学の現在」というシンポジウムのテーマの「ものがたり」の語についてですが、今回の報告における「ものがたり」の指示する対象は、あくまでも私の狭い守備範囲から述べることができる初期の仮名散文、その叙述の可能性についてであり、具体的には、『土左日記』の通説とされている近世歌学の流れを汲む注釈を例にしたものであることを、あらかじめお断りしておきたいと思います。持ち時間も限られているので、その範囲でお話しします。「初期散文叙述」という術語《ターム》を、ここでは『土左日記』を念頭に置いて述べているのですが、私は初期の仮名散文である和文の担い手が、何よりも漢詩文に堪能な紀貫之という下級の官人であったことを重視したいと思います。

かつて益田勝実は、『土左日記』の言説生成について、（和文は）《カタなしのカタチ作り》から、すなわち零《ゼロ》の段階から行われていたかのごとく理解していました。[*1]「国風文化」の成立について、「漢詩文」から「仮名散文」への移行に対立と不連続性を唱えるものですが、それは正しい認識ではないでしょう。漢詩文に堪能な下級の官人によって担われていた初期の和文である仮名の散文は、むしろ異言語である漢詩文を規範としていました。漢詩文をこそ、「カタ（型）」として認識していたものだと考えられるのです。[*2] そのことはたとえば、『土左日記』の言説の特徴に、漢詩文でいえば「対句」に代表される「対」の発想があります。それは大陸から移入された思想と文化で、具体的には、「奇数」に対する「偶数」＝「双数」であり、「ペア」、「シンメトリー」の志向と発想です。それはすでに、『土左日記』冒頭の一文に表れています。

男《をとこ》もすなる「日記《にき》」といふものを、〈女《をむな》もしてみむ〉、とて、するなり。

（岩波新日本古典文学大系　十二月廿一日　3頁）

冒頭文であるにもかかわらず、「男も…、女も…」という、「も…、も…」の並列は漢詩文における対句の発想であり、この二項対立の構文に典型的に表出されています。[*3]「男がすなる…、女も…」でもなく、「男のすなる…、女も…」でもない、この「も…、も…」並列の冒頭文に我々読者が、和文として違和感を覚えるのも、初期の仮名散文が漢詩文に範を仰いでいた証拠であり、「漢詩文発想の和文」という連続性であったからだと思われるからです。

さて、その散文と詩や和歌という韻文とは、表現性、すなわち叙述の特性にはどのような違いがあるのでしょうか。韻文がリアルタイムに線条的な読みの直線性によって享受される文学であるとすれば、散文は読みの直線性だけではなく、そこから振り返って読まれた時、再読された時に、別に新たな意味が生成するという、享受者の「読みの循環」という動態的な特性を活かした文学なのではないでしょうか。そこにまた、ジャンルとしての特性もあるのではないでしょうか。そうした散文の叙述の可能性、そのリハーサルを早い時期に行なっていたのが、『土左日記』であると思われます。後に出現する『源氏物語』は、そのリハーサルを遥かに越えた達成を、それと無関係にしてしまいました。私が補助線を引いてみたいと思う所以です。「須磨」巻を例にするならば、

三月二十日《はつか》あまりのほどになむ都離《はな》れたまひける。人に、いまとしも知らせたまはず、ただいと近う仕うまつり馴《な》れたるかぎり七八人ばかり御供《とも》にて、いとかすかに出で立ちたまふ。……

（小学館新編日本古典文学全集②「須磨」163頁）

と、光源氏が須磨に向って出発したことが記されながら、「二三日かねて、夜《よ》に隠れて大殿《おほいどの》に渡りたまへり。……」（164頁）とあって、出発の、二、三日前には、左大臣の邸に離別の挨拶に出かけたことが語られています。須磨への出発が叙されながら、そこから時間が過去に遡行し、出発以前に光源氏がどのような後始末をしてから須磨に出かけたのかを、新編全集本に換算して23頁も費やし、ようやく出発当日現在時、「まだ申《さる》の刻《とき》ばかりに、かの浦に着き

たまひぬ」（186頁）という須磨到着の記事に戻っています。

　すでに三谷邦明の研究が明らかにしているように、『源氏物語』は、時間が過去から現在に遡る、時間遡行の叙述方法、書き手による自覚的な「時間の循環」の叙述方法として確立しています。それは『竹取物語』を嚆矢とする初期の物語には、まだ無い叙述の方法です。[*4] 日次の時系列で叙述がなされる『土左日記』もその点は、初期物語の叙述と同様でしょう。私が今回の報告で述べたいことは、『源氏物語』の段階で確立した「時間の循環」の問題ではなくて、『土左日記』の注釈を例に、あくまでも初期の散文の叙述の特性として、振り返って読まれた時に新たな意味生成があることの確認的な検証です。『土左日記』という初期の散文の言説には、読者が振り返って読むことを喚起する仕掛けがあることを指摘してみたいのです。言うまでもないことですが、注釈という行為は、直線的に一回読んだ時点では意味が決定しません。複数回反復読み直された、循環的な読みの帰結であること、「読みの循環」であること、そのことを確認してみたいのです。

二　『土左日記』の不審な叙述――「童」と「女童」同一人物説の疑義

今し、「羽根《はね》」といふ所《ところ》に来《き》ぬ。稚《わか》き童《わらは》、この所《ところ》の名《な》を聞《き》きて、「羽根《はね》といふ所《ところ》は、鳥《とり》の羽根《はね》のやうにやある」と言《い》ふ。まだ幼《をさな》き童《わらは》の言《こと》なれば、人《ひと》〴〵笑《わら》ふ時《とき》に、ありける女童《をむなわらは》なむ、この歌《うた》を詠《よ》める。
　まことにて名《な》に聞《き》く所《ところ》羽根《はね》ならば飛《と》ぶがごとくに都《みやこ》へもがな
とぞ言《い》へる。男《をとこ》も女《をむな》も、〈いかで疾《と》く京《（きやう）》へもがな〉、と思《おも》ふ心《こころ》あれば、この歌《うた》「よし」とにはあらねど、〈げに〉、と思《おも》ひて、人《ひと》〴〵忘《わす》れず。
（一月十一日　12〜13頁）

傍線部「ありける女童《をむなわらは》」を、岩波脚注一三（12頁）「一月七日に返歌を詠んだ少女か」とし、小学館新編全集頭注一（27頁）「二三ページ八行の「ある人の子の童」と同一人か。（以下略）」とする。「一月七日に返歌を詠んだ」、「ある人の子の童」は、「少女」だったのでしょうか？そして、この場面の「女童《をむなわらは》」とは、同一人物なのでしょうか？そもそもなぜこんな注釈がなされるのでしょうか？不審でなりません。

ごく常識的な観点からするならば、「ありける女童《をむなわらは》」という叙述は、この場面に「童」が二人登場しているので「幼き童」と区別するために、「この場に先ほどから居て、今も居続ける」＝「ありける」女童と理解するのが無理がないだろうと思われます。「けり」の原義は藤井貞和も説いているように、「き（来）」＋「あり」＝「けり」で、《過去からの継続》《過去からの伝来の助動詞》と、考えられるからです。*5

にもかかわらず、諸注は例外なく、「一月七日」の「童」と、同一人物であるという認識を示しています。鈴木知太郎校注岩波文庫脚注一一（25頁）は、「「例の」「先ほどの」といった程の意。一月七日、一月廿六日の条に出ている少女も、同一人であろう」とし、品川和子全訳注講談社学術文庫（107頁）も「「先日の、例の女の子」という気持で、七日に和歌を詠んだ子をさす」とします。松村誠一校注小学館旧全集頭注一三（41頁）に到っては、「その場に居合わせる意味ではない。一月七日に登場して、歌自慢の男への返歌をよんで皆を驚かした少女をさして、例の少女といったのである」としています。「けり」に、「例の」とか「先日の」という意味のニュアンスはあるのでしょうか？また、萩谷朴角川全注釈（183〜184頁）は、「人々が笑っているその時に居合わせるという意味であるならば、「ある」だけで用は足りる。過去の「けり」を用いたからには、かつて何かのことで、その存在をあきらかにしたことのある少女ということになる。そこで、これを、正月七日の条で田舎歌仙に返し歌をよもうとしたオシャマな少女と見ることができる。そしてこの点を軸として、正月七日の「わらは」を、男の子ではなくて、女の子と確認することができるのである。（以下略）」とするのですが、そうであるならば、それは「確認」などではなく、振り返って読んだことで、そのように意味付がなされたのではないのでしょうか。

このように諸注は、この場面を越えた過去の叙述、一月七日の場面に戻ること、振り返ってみることを指示しています。その指示に従い、振り返ってみることにしましょう。

三　この叙述を読んだ時点で「童」の性が問えるか――「童」は「童」で「女童」ではない

この歌主《うたぬし》、「まだ罷《まか》らず」と言《い》ひて立《た》ちぬ。ある人《ひと》の子《こ》の童《わらは》なる、ひそかに言《い》ふ。「まろ、この歌《うた》の返《かへ》しせむ」と言《い》ふ。驚《おどろ》きて、「いとをかしきことかな。詠《よ》みてむやは。詠《よ》みつべくは、はや言《い》へかし」と言《い》ふ。「『罷《まか》らず』とて立《た》ちぬる人《ひと》を待《ま》ちて詠《よ》まむ」とて求《もと》めけるを、「夜更《よふ》けぬ」、とにやありけむ、やがて往《い》にけり。「そも〳〵、いかゞ詠《よ》んだる」と、いぶかしがりて問《と》ふ。この童《わらは》、さすがに恥《は》ぢて言《い》はず。強《し》ひて問《と》へば、言《い》へる歌《うた》、

　行《ゆ》く人《ひと》もとまるも袖《そで》の涙川《なみだがは》汀《みぎは》のみこそ濡《ぬ》れ勝《まさ》りけれ

となむ詠《よ》める。かくは言《い》ふものか。うつくしければにやあらむ、いと思《おも》はずなり。「童言《わらはごと》にては何《なに》かはせむ。嫗《おむな》、翁《おきな》、手捺《てお》しつべし。悪《あ》しくもあれ、いかにもあれ、便《たよ》りあらばやらむ」とて、置《お》かれぬめり。

（一月七日　9〜10頁）

この叙述から我々読者は、「童」に「女（の子）」性を感じることができるでしょうか?「女（の子）」性を読み取ることができるでしょうか?この場面を冒頭から線条的に、直線的にここまで読んできた時点において、そもそも「童」の性を問う視座というものが存在するのでしょうか?私の体験として一読した時点では、漠然と男の子だと理

解してました。それは「女」の「童」とは明示されていないことからです。

ところでここの場面は、漢詩文の「対」の発想によって生成しているものと考えられます。[*6] 一月七日の出来事は、①②③の三つの場面から構成されているのですが、①と②の場面とが「対」で発想されており、さらにまた③の場面は、①②との「対」から発想されているのです。①の場面は、都から下って「池」に住みついているそれなりの身分の「女」から、長櫃いっぱいの食べ物とに和歌が添えられて贈られて来ます。対して②の場面は、①と対照的に土地の和歌自慢の「男」が、貫之を思わせる「前国守」に自讃の和歌にお墨付きをもらおうという下心丸出しで、「破籠」を持参します。当然のことながら、①のゆかしい「女」の和歌は「いとをかしかし」と評価されるのに対して、②の無神経な「男」の和歌は、一同から黙殺されます。①②の「女」対「男」という「大人」の世界に対して、③は「童」＝「子供」であり、当該場面は、「大人」の「対」として、つまり、「対照」という発想からの「子供」＝「童」なのであり、読者が冒頭から直線的にこの場面を読んだ時点において、「童」じたいの「性」を問うという発想じたいが無いのです。その呼称も、「ある人《ひと》の子《こ》の童《わらは》」であり、「この童《わらは》」であり、「童言《わらはごと》」であって、この場面の言説そのものから、「童」に「女（の子）」という、「女」の「性」を読み取れるだけの叙述は見い出しえません。少なくとも叙述の主体は、この時点において「童」に性的な意味付けをしていないと理解すべきでしょう。「童」は、「童」であって、その意味においては「男」でもなければ、「女」でもない。「性」の意味づけがなされていない、単なる「童」にすぎない。それが一月十一日の「ありける女 童《をむなわらは》」から振り返り、一月七日の「童」が同一人物だという注釈的な認識においてのみ、「童」の性は、「女」に限定されてしまったのです。私見では、ほとんど「牽強付会」としか思えなく、「誤 読《ミスプリジオン》」とすら、いえるかどうか。しかし、そのように読むべき通説の根拠とするものは、何なのでしょうか？

四　「亡児」と「望京」の主題の同調――「童」の性を「女」にする「読みの循環」

この「羽根《はね》」という所《ところ》問《と》ふ童《わらは》のついでにぞ、昔《むかし》へ人《びと》を思《おも》ひ出《い》でて《ゝ》、いづれの時《とき》にか忘《わす》るゝ。今日《けふ》はまして、母《はゝ》の悲《かな》しがらるゝことは。下《くだ》りし時《とき》の人《ひと》の数《かず》足《た》らねば、古歌《ふるうた》に、「数《かず》は足《た》らでぞ帰《かへ》るべらなる」といふ言《こと》を思《おも》ひ出《い》でて《ゝ》、人《ひと》の詠《よ》める、

　世《よ》の中《なか》に思《おも》ひやれども子《こ》を恋《こ》ふる思《おも》ひにまさる思《おも》ひなきかな

と言《い》ひつゝなむ。

（一月十一日　12～13頁）

前掲、一月十一日の場面の続きです。「童」から「亡児」を想起する叙述に繋がっていることに注意したい。つまり、ここに「童」の性が「女」という「性」に傾かなければならない理由が一つ見い出せます。したがって、読者は、この叙述により、「亡児」の叙述がどのようなものであったのか？『土左日記』の散文叙述は、読み手に振り返って読むことを指示し、かつ強要しているともいえるでしょう。

かくあるうちに、京《（きやう）》にて生《う》まれたりし女子《をむなご》、国《くに》に《ゝ》てにはかに失《う》せにしかば、この頃《ごろ》の出《い》で立《た》ちいそぎを見《み》れど、何言《なにごと》も言《い》はず、京《（きやう）》へ帰《かへ》るに、女子《をむなご》の亡《な》きのみぞ悲《かな》しび恋《こ》ふる。在《あ》る人《ひと》〴〵も堪《た》へず。この間《あひだ》に、ある人《ひと》の書《か》きて出《い》だせる歌《うた》、

　都《みやこ》へと思《おも》ふものゝ悲《かな》しきは帰《かへ》らぬ人《ひと》のあればなりけり

また、ある時《とき》には、

　あるものと忘《わす》れつゝなほ亡《な》き人《ひと》をいづらと問《と》ふぞ悲《かな》しかりける

（十二月廿七日　5頁）

これは「亡児」の挿話の初出ですが、注目すべきは、『亡児』の主題と「望京」の主題とが、同調《シンクロ》した発想となっていることです。そして一月十一日の叙述と、どのように連携するのかを考えてみると、仮名散文の「仮名」という表記《エクリチュール》のうえでの「音」の共鳴を指摘することができます。つまり、「亡児」が二度も「女子《をむなご》」(WOMNA-GO) という語で表現されているのですが、それが一月十一日の「女童《をむなわらは》」(WOMNA-WARAWA) と、「女《をむな》」(WOMNA) という「音」が共通することにより、共鳴します。その「音」の共鳴は、冒頭句、十二月廿一日「〈女《をむな》もしてみむ〉、とて、するなり」(3頁) まで遡行させて読むことで、さらに波及するはずです。ここに、「女《をむな》」(WOMNA) という「音」の共鳴という観点から、「女童《をむなわらは》」→「女子《をむなご》」→「女《をむな》」→「女子《をむなご》」→「女童《をむなわらは》」という、読みの反復、「読みの循環」が現象します。また、「女童《をむなわらは》」と「女《め》の童《わらは》」(ME-NO-WARAWA) とは、たとえ、内容的には同一の対象を指示しているとしても、表記《エクリチュール》の次元では、まったく別の存在だということです。ここは、どうあっても「女童《をむなわらは》」(WOMNA-WARAWA) でなければなりません。「童《わらは》」の性が、「女《をむな》」(WOMNA) に傾斜する理由が、ここに氷解することになります。

五　呼称「ある人」の匿名性と「ある人の子の童」＝「貫之の子の童」説

ところで木村正中は、一月七日の「ある人《ひと》の子《こ》の童《わらは》」について、《北村季吟『土佐日記抄』が「是も紀氏の童女にや」と注し、『考証』や橘守部『土佐日記舟の直路』では、それをさらに敷衍して大鏡に見える貫之女の逸話などまで加えている》[*7]という重大な指摘をしています。この指摘は、『土左日記』の注釈が、近世の歌学者の説が過大に権威化されたまま踏襲されることで、今日の通説を形成しているという事実を示しており、看過できないことです。「ある人《ひと》の子《こ》の童《わらは》」＝「貫之の子の童」、だから「女童《をむなわらは》」だという解釈は、紀貫之を「歌聖」として神格化し崇める心性《メンタリティ》に発しているのでしょう。そのように読みたい、理解したいという、読み手の側の解釈の欲望の反映であり、いわば「貫之信仰」という、読みのイデオロギーではないでしょうか。

ある人《ひと》、県《あがた》の四年五年《よとせいつとせ》はてて、例《れい》の事《こと》どもみなし終《を》へて、……

（十二月廿一日　3頁）

たしかに『土左日記』は、貫之を思わせる前国守を「ある人《ひと》」と叙述しています。それは作品が、方法として現実の作者である紀貫之を実名で「貫之」と表記しないためです。「ある人《ひと》」の初出の例が、前国守＝貫之を指示しているところから、「ある人《ひと》」は呼称として、たしかに貫之を指示している場合があることは事実です。しかし、「ある人」の用例が、すべて「貫之」を指示している記号ではありません。「ある人」という語が、匿名の「或る人」を指示している語であるように、「ある人」≠「貫之」という正反対の用例も、二例ほど見られるのです。

・……船《ふね》も出《い》ださで、いたづらなれば、ある人《ひと》の詠《よ》める、

　磯《いそ》ふりの寄《よ》する磯《いそ》には年月《としつき》をいつともとしつき分《わ》かぬ雪《ゆき》のみぞ降《ふ》る

この歌《うた》は常《つね》にせぬ人《ひと》の言《こと》なり。

（一月十八日　16頁）

・……この歌《うた》どもを、人《ひと》の何《なに》かと言《い》ふをある人《ひと》聞《き》きふけりて詠《よ》めり。その歌《うた》、詠《よ》める文字《もじ》、三十文字《みそもじ》あまり七文《なも》字《じ》。人《ひと》みなえあらで笑《わら》ふやうなり。歌主《うたぬし》、いと気色悪《けしきあ》しくて怨《ゑ》ず。真似《まね》べども、え真似《まね》ばず。書《か》けりとも、え読《よ》み据《す》ゑ難《がた》かるべし。今日《けふ》だに言《い》ひ難《がた》し。まして、後《のち》にはいかならむ。

（同日　16頁）

このように絶望的に下手くそな和歌の読み手も、貫之を思わせる和歌の権威者も、『土左日記』は、どちらも等しく「ある人」と称呼します。

また、「ある人」が一応、「貫之」を指示しているだろうと思われる場合であっても、

・……ある人《ひと》の詠《よ》める歌《うた》、

水底《みなそこ》の月《つき》の上《うへ》より漕《こ》ぐ船《ふね》の棹《さを》にさはるは桂《かつら》なるらし
影見《かげみ》れば波《なみ》の底《そこ》なるひさかたの空漕《そらこ》ぎ渡《わた》るわれぞわびしき
（一月十七日　15頁）

これを聞《き》きて、ある人《ひと》のまた詠《よ》める、

「これを聞きて」とあるので、論理的には同一人物ではありえないから、一応別人と判断します。ただし、これらの「ある人」は、どちらも貫之を想起させる歌の上手です。だから、どちらも「貫之」であり、かつ、どちらも「貫之」ではないという韜晦ではないでしょうか。『土左日記』において「ある人」の呼称で登場する人物は、「貫之」を想起させながらも、韜晦することで、けっして「貫之」とは特定できないような仕組みとなっており、その匿名性にこそ意義があります。それこそが『土左日記』の方法なのです。それを近世の歌学者の注釈のように、「貫之」だと特定してしまうことは、『土左日記』の本質を理解していないことになります。「ある人」＝「貫之」であり、かつ、「ある人」≠「貫之」なのです。

したがって、「ある人の子の童」＝「貫之の子の童」と特定してしまう説も同様です。「童」の存在も「ある人」と同じく、特定できないように韜晦しているのが方法なのです。「童」が登場し、和歌を詠む場面は全部で七例あります。①当該一月七日「ある人《ひと》の子《こ》の童《わらは》」、②当該一月十一日「ありける女童《をむなわらは》」、③一月十五日「女《め》の童《わらは》」、④一月廿一日「童《わらは》」、⑤一月廿二日「男《を》の童《わらは》」、⑥一月廿六日「女《め》の童《わらは》」、⑦二月五日「ある童《わらは》」。①と②を特に同一人物として読むべき特別な根拠は何も無く、七つの場面に登場する童たちは相互に関連は無いと考えて、問題は生じないでしょう。①と②とが同一人物では無いと判断する決定的な理由は、①の和歌が名歌として絶賛されているのに対して（貫之の旧作の転用だから当然）、②の和歌は上手な歌ではないが一同の気持を代弁していたので忘れられないものとなったと、理由が記されているとおりです。逆説的なもの言いになってしまいますが、以上のように近世歌学が提示した「童」の「同一人物説」という読みがなされたのも、振り返って意味付けがなされるという、初期散文の特性が活かされたためです。

もし、今後『土左日記』の新たな注釈がなされる機会があったならば、通説は十分に訂正がなされるべきだと考えます。

注

＊1　益田勝実「かなぶみに型がなかった頃―『紫式部日記』作者の表現の模索―」(『益田勝実の仕事2』ちくま学芸文庫、二〇〇六年)。

＊2　東原伸明「漢詩文発想の和文『土左日記』―初期散文文学における言説生成の方法―」(『日本文学』二〇一一年五月)。

＊3　東原伸明「「シンメトリー」と「パロディ」、「もうひとつの世界の設定」―『土左日記』の思想と発想―」(『日本文学』二〇一〇年三月)。

＊4　三谷邦明「物語文学の文章―物語文学と〈書くこと〉あるいは言語的多様性の文学―」、「竹取物語の表現構造―〈語り〉の構造あるいは絶望と挫折―」『物語文学の方法Ⅰ』有精堂出版、一九八九年。

＊5　藤井貞和「フルコトの文体」、「『万葉集』の伝承関係歌」『物語文学成立史』東京大学出版会、一九八七年。藤井「「けり」に詠嘆の意味はあるか」『物語の方法』桜楓社、一九九二年。最近のものでは、藤井「遡る時の始まり―「けり」の性格」『日本語と時間―〈時の文法をたどる〉』岩波新書、二〇一〇年。

＊6　＊2の東原伸明論文に同じ。

＊7　木村正中「土佐日記の構造」『中古文学論集　第四巻　土佐日記・和泉式部日記・紫式部日記・更級日記』おうふう、二〇〇二年。

第二報告

物語における「物語」――『狭衣物語』の方法

千野裕子

この度は、物研四十周年記念シンポジウムという記念すべき場で発表の機会を与えて下さり、光栄に存じます。私は現在、博士後期課程一年です。修士一年のときに物研に入会しましたので、物研歴も丸二年、三年目に入ったところです。物研四十周年の歴史の一番尻尾のその先っぽにいるとでも申しましょうか。世代的にひとつ悲しく思うのは、故三谷邦明さんの謦咳に接することができなかったことです。私どもの世代は、いずれ「三谷さんを知らない世代」などと呼ばれるのかも知れないなどと、密かに思っております。

さて、私が物研に入会した二〇〇九年からの二年間、年間テーマは「〈見える／見えないこと〉の物語学」、「〈見えないこと〉の物語学」でした。昨年は無謀にもテーマ発表に挑戦させていただきました。拙い発表でしたが、「見えないこと」という視点で物語を考えるというのは非常に刺激的なものでした。ある種の視点を得た、ということが、物研にいる中で非常に大きなことだったと思っています。

一方で、例会での様々な議論や先行研究から学んでいく中で、物研の物語学からは「語り」とか「引用」といったテーマにも刺激を受けているところです。今日はこのような機会をいただきましたので、一度考えてみたかったことについて発表致します。

扱う作品は『狭衣物語』です。ご存じのように『狭衣物語』は先行物語を様々なレヴェル取り込んでいます。ひとつには、しばしば『源氏物語』との関係を中心に論じられますが、話型として〈見えない〉形で引用されるものがあります。しかし、今回はそうではなく、「光源氏」とか「仲澄の侍従」などと、先行物語の作中人物名が具体的に挙がっている箇所から考えていきたいと思います。[*1] これら〈見える〉形で先行物語が登場するとき、そこから『狭衣物語』のどのような〈見えない〉ものが見えてくるであろうか、ということです。

まず、『狭衣物語』の中から先行物語名あるいは作中人物名が挙がる箇所を列挙していきました。便宜上、「○○物語」となっているものは後の資料2に挙げて考察することにして、それ以外を挙げた資料1から考察します。

【資料1】先行物語の作中人物を挙げる例

①光源氏、身も投げつべし、とのたまひけんも、かくやなど、独り見たまふも飽かねば（巻一①一七）

②早うは仲澄の侍従、宰相中将などの例どももなくやは（巻一①二〇）

③よそこの東宮亮の隠れ蓑もうらやましくなりたまひて（巻一①二八）

④源氏の女一の宮も、いとかくばかりえこそおはせざりければや、薫大将のさしも心留めざりけん、とぞ思さるる（巻一①五七〜五八）

⑤「みづからくゆる宮腹の一人女のやうにやあらん」（巻一①六四）

⑥「いみじからんかぐや姫なりとも、そこの思はんことは避るべきやうなし。仲澄の侍従の真似するなめり。人もさぞ言ふなる」（巻一①七三）

⑦光源氏の須磨の浦にしほたれわびたまひけんさへぞ、うらやましう思されける（巻二①二五四）

⑧宮もいみじうめでたう思さるれど、あまりならはぬ心地するを、隠れ蓑の中納言のまねにや、撥さしたまひつ（巻二①二七一）
⑨もし唐国の中納言のやうに、子持ち聖やまうけんと、我ながらまれまれひとり笑みせられたまひけり（巻二①二七七）
⑩大津皇子の心の中をさへおしはかりたまひて（巻二①二八一）
⑪なほなほ、かくまで見たてまつりなしつる悔しさは、「八千度の悔い」とか、名につきたりし大将には、やや優りたるを、神もいかに御覧ずらん、いでや、かくのみさすがに離れずおぼえば、さらにはかばかしからじと、自らの心にだに、ことわられたまふ。（巻三②一五〇）
⑫「まめやかには、昔より頼みきこえたるを、見知りたまはぬさまなるこそ、心憂けれ。竹の中にも尋ねて、世にしばしかけ留めさせんと、思したらぬよ」と恨みたまへば、「いで、その翁も、この定にては、いと無徳にこそはべらめな」（巻三②一六九）
⑬「かの聞こえし竹取の翁、なほ語らひたまひてんや」（巻三②一六九）
⑭「竹取にほのめかしはべりしかど、いとありがたげにこそ。仲忠には、思ひおとされさせたまへるにや」（巻三②一七〇）
⑮玉の緒の姫君のやうなる、屍の中にても、かの御ありさまに、少しもおぼえたる玉の光に通はば、袖に包みても、見まほしう思し願ひつるに（巻四②一八一）
⑯「あなおぼつかなのわざや。蝙蝠の宮にや」（巻四②一八三）
⑰「隠れ蓑の中納言にやおはすらん」など、口々戯れに言ひなせど（巻四②二〇二）

⑱北山のわたり、法音寺とかや、袖濡らす宰相の通ひたまひし所などは、をかしかりしこと、思しめし出でらるるに
（巻四②三七六）

⑲「これや、昔の跡ならん。見れば悲しとや、光源氏ののたまはせたるものを」とはのたまはすれど、御覧ずるに、自ら描き集めたまへりける絵どもなりけり。
（巻四②三九七）

これらから、作品名を出さずに作中人物名のみを出すという例が非常に多いということに気づかされます。光源氏は三例、全て狭衣*2が心中あるいは言葉に出して自身と比較するような場面に登場します。物語の冒頭である①「光源氏、身も投げつべし、とのたまひけんも、かくや」に始まり、⑦に挙げた巻二の「光源氏の須磨の浦にしほたれわびたまひけんさへぞ、うらやましう」、それから⑲に挙げた巻四の最終盤で飛鳥井女君の日記を手に「これや、昔の跡ならん。見れば悲しとや、光源氏ののたまはせたるものを」と言う場面です。

これらは「光源氏」が『源氏物語』の作中人物であることを明示せず、ただ「光源氏」とだけ出しています。無論、光源氏を「源氏の物語の光源氏」とは表現しないでしょうから、決して表現として不自然ではないのですが、作中人物名のみを出すという、この方法に注目してみたいのです。というのは、それが光源氏に限ったことではないからです。

例えば『うつほ物語』の源仲澄も「うつほ物語の仲澄の侍従」ではなく、ただ「仲澄の侍従」とだけ出てきます。②に挙げた、「仲澄の侍従、宰相中将などの例どももなくやは」と、⑥に挙げた狭衣に向かって東宮が言う「仲澄の侍従の真似するなめり」というのがそれです。なお、②に挙げた「仲澄の侍従、宰相中将」とある「宰相中将」というのは『源氏物語』の薫を指しているといわれていますが、『狭衣物語』中には資料1の④に挙げたように、薫を

「薫大将」とする表現があり、薫を「宰相中将」とする呼称には不審が残ります。そのため「在五中将」の転化本文なのではないかという説もあります。[3] それだけ「宰相中将」が何者を指すのかが分かりにくい表現になっているともいえます。

他の例の多くは散逸物語と考えられますが、やはり作中人物名のみを出す例が多くなっています。③の「よそこの東宮亮の隠れ蓑」とか⑤の「みづらくゆる宮腹の一人女のやうにやあらん」とか⑪の「一八千度の悔い」とか、名につきたりし大将」などという箇所です。[4]

一方で、作中人物を示しているのか、作品名も併せて記しているのかが曖昧な例も存在します。⑮には「玉の緒の姫君のやうなる」とありますが、これが何らかの物語に登場する作中人物そのものを指すのか、あるいは『玉の緒』という散逸物語があって、それに登場する姫君を指すのかが分かりません。ただし、これに関しては『玉の緒』という作品名が『風葉和歌集』や『無名草子』などの他資料に見えないことから、この「玉の緒の姫君」が散逸物語である『屍たづぬる宮』の作中人物ではないかといわれています。[5]

そうなると、同じような例が気になります。例えば⑯の「あなおぼつかなのわざや。蝙蝠の宮にや」という箇所は、『風葉和歌集』に『蝙蝠』という物語が見えることから、『蝙蝠』という物語の「宮」だと解されています。しかし、『蝙蝠』という物語の「宮」であったとしても、その物語の誰なのかを特定するのは難しいことです。『蝙蝠』という物語の「宮」と考えるよりは、「蝙蝠の宮」という名で特定の作中人物を指していると取るべきではないのでしょうか。

他にも、⑨の「唐国の中納言」[6]や、⑧や⑰と二度出てくる「隠れ蓑の中納言」も、『唐国』とか『隠れ蓑』といった散逸物語があったらしいということから、その物語を指していると考えられますが、作中人物それのみを指していると解することもできる表現です。

結局は物語が散逸してしまったために解するのが難しくなっています。しかし、それだけではなく、表現そのものに曖昧さがあり、混乱を生じさせるもとになっているともいえます。次に資料2をご覧下さい。

【資料2】「物語」とする場合

①いとあやしう『やくなきのばんさう』といひけん昔物語に、幼かりし折、なま老人の語りし心地して、いみじうをかしきに、その折の答へは、またいかが聞こえけん、忘れにけるぞ、口惜しきや。（巻三②四二）

②「……何物語ぞや、かかる事のあるよ」と言へば、「それのみぞ多かる。『葦火焚く屋』の、親の心こそ世に憎けれ。少将もあまりなれども、男、男親に従ひたるぞとよ」など言ふを、母宮聞きたまひて、物語にてだに、さばかり心づきなきことを、今は限りになりぬる御ありさまを、いとかくせちに思ひ嘆かせらるるも、人はいかに思ふらんなど、思しけり。（巻三②一〇四）

③『袖濡らす』といふ物語の承香殿女御は、あはれなる心ばへを見つめたまひければにや、「根にさはる」とも言ひ出でたまひけん、これは世をおぼろけならず思し捨ててしかば（巻三②一八一）

④「まろが侍らざらん後の事は知らず、見きこえんほどばかり、かかる事なのたまひそ。『大井の物語』のやうならずは、限りの心地にも見捨てたまはじ」（巻三②一九四）

ここに挙げたように『狭衣物語』の中には極めて少ない例ですが、「〇〇物語」として、はっきりと物語だと示す例があります。②は巻三で一品宮との結婚に乗り気でない狭衣の様子に女房たちがひそひそと話をしているところですが、一人が「何物語ぞや」と言った後の答えの「葦火焚く屋」は『葦火焚く屋』という物語だと分かるわけです。同じく、①の狭衣が思い出す「『やくなきのばんさう』といひけん昔物語」、③の女二宮に対して語り手が引き合いに出した「『袖ぬらす』といふ物語の承香殿の女御」、④の堀川の上が狭衣に向かって言う「『大井の物語』のやう」といった例もあります。

しかし、実際に「物語」という語を使って先行物語を挙げる用例はこれが全てです。あまりに少ないといえましょう。『狭衣物語』には「○○の物語」や「○○といふ物語」という表現もあるのに、そうではない例の方が極めて多いということが分かります。『狭衣物語』は先行物語の作中人物名を挙げるとき、その人物が登場する物語の名前を出そうとせず、出したとしても、物語とは表現せずに物語名を指すのかどうか曖昧な状態にしていることが多いのです。

無論、これは『狭衣物語』を生み出した禖子内親王サロンでの物語享受の一端を示しているといえます。物語合などを催し、先行物語に対して造詣が深かったあのサロンの中ならば、作中人物名を出すだけで何者を指すのか十分に分かったのでしょう。しかし、この方法によって『狭衣物語』の世界にもたらされたものがあります。

私は、それが明かされるのが、資料3に挙げた巻四で描かれる斎院での蹴鞠の場面だと考えます。

【資料3】斎院での蹴鞠の場面

宰相中将を、大将殿、強ひてすすめたまへれば、「若々しきわざかな」とはすまへども、げに、人よりはをかしうなまめかしきさまかたちにて、数もこよなく多くあがるを、大将殿などは、いみじう興じたまうて、「ややもせば、下りたちぬべき心地こそすれ。などて、今しばし若うてあらざりけん」とのたまへば、御簾の中の人々、

「①まめ人の大将は、おはせずや侍りける」「さらばしも、花の散るも惜しからじ」など、口々、いと立てたてまつらまほしげなるけはひどもなり。「そのいたう屈じたる名ざしこそ、よそへつべかめれど、こよなう見くらべたまはんが、妬ければ」とて、うち笑みたまへる愛敬、花の匂ひよりもこよなうこそ勝りたまへれ。花のいたう散りかかるを見たまひて、「桃李先散りて、後なるは深し」と忍びやかに口ずさみたまひて、高欄にをしかかりたまへるまみ・けしき・御声などは、②かの「桜を避きて」とて、花の下にやすらひたまへりし御さまを、その折は見しかど、この御ありさま、また類なげにて、何事の折節も見ゆる。

（巻四②二三七〜二三八）

蹴鞠をしない狭衣に対して御簾内の女房たちは、傍線①に示したように「まめ人の大将は、おはせずや侍りける」と言います。「まめ人の大将」というのは『源氏物語』の夕霧を指すのでしょう。この場面は『源氏物語』「若菜上」巻での六条院での蹴鞠場面を引いているのです。

しかし、それればかりではありません。傍線②の箇所は注目に値します。「かの「桜を避きて」とて、花の下にやすらひたまへりし御さまを、その折は見しかど」とあるのです。「桜を避きて」と言って休んでいたのは柏木ですが、それを見たとしています。語り手は『源氏物語』の作中世界に存在する六条院で行われたはずの蹴鞠を「見しかど」と言っているのです。この語り手の言説によって、『源氏物語』は『狭衣物語』と地続きの世界に存在することになるのではないでしょうか。

つまり、この表現によって、資料1で見てきた、狭衣が心内でたびたび思っていた「光源氏」という人は、『源氏物語』というテキストの作中人物なのではなく、『狭衣物語』の世界の中で過去に実在した人物になるのです。少なくとも語り手はそのように語っています。

再び資料1をご覧ください。④に狭衣の心内語で「源氏の女一の宮も、いとかくばかりえこそおはせざりければや」という微妙な表現があります。「源氏の女一宮」とは、「『源氏物語』の女一宮」と解するのが穏当でしょう。しかし、この巻四の蹴鞠場面で六条院の蹴鞠を「見しかど」と言い、『源氏物語』の世界を『狭衣物語』と地続きにした語りには、例えば「光源氏の子孫の女一宮」とでも解したくなるような力があります。何しろ「源氏の物語の」とせず、あくまで「源氏の」とするのですから。

そうなると、資料1で確認してきた例も、別の見方ができるようになります。「光源氏」が『狭衣物語』の世界で過去に実在した人物であるならば、光源氏と同じように名が挙げられる「仲澄の侍従」や「よそこの東宮亮」や「みづからくゆる宮」といった人物たちも、『狭衣物語』の世界で過去に実在した人物であると解することが可能になります。『狭衣物語』の、先行物語の作中人物名を出すときに、作品名を出さなかったり「物語」としなかったりする方法が、それを可能にしているのではないでしょうか。

一方で資料4をご覧ください。

【資料4】狭衣の人物設定

さるは、人目も心弱くやと、思し忍ばぬにはあらねど、ただうち聞く集、物語、古歌なども、我が思ふ筋なるは、こよなう目留りて、あはれにおぼゆるわざなればなるべし（巻三②一四〇）

狭衣は「ただうち聞く集、物語、古歌なども、我が思ふ筋なるは、こよなう目留まりて、あはれにおぼゆる」人物であると設定されています。先に確認したように、狭衣は様々な人物に自分を重ねていました。『狭衣物語』中の作中人物の設定として、狭衣はよく物語の作中人物と自分とを重ねる者とされ、多くの先行物語を知っているのです。「光源氏」とか「よそこの東宮亮」とか「唐国の中納言」などというのは、一見、この資料4の「ただうち聞く集、物語、古歌など」に該当する箇所であるように見えます。

しかし、確認してきたように、『狭衣物語』は「光源氏」をはじめとする人物たちを、先行物語の作中人物ではなく、『狭衣物語』の世界に過去実在した人物として扱っています。つまり、『源氏物語』をはじめとする先行物語は、狭衣が知っているとする先行物語に該当しないのです。

『狭衣物語』の語り手は『源氏物語』の六条院での蹴鞠を見たとしています。そうすることで、『源氏物語』を『狭衣物語』と地続きの世界にし、また、先行物語を挙げるときにことさら物語と言うのを避けることで、そのほか多くの先行物語の世界をも『狭衣物語』の世界と地続きであるかのようにしてきました。それは同時に、それら先行物語を、物語として扱わない、ということになるのです。

それからもう一例、物語であることをことさらに避けた例があります。資料5をご覧ください。

【資料5】『伊勢物語』の場合

例の、涙も落ちぬべきに、紛らはしに絵どもを取り寄せて見たまへば、在五中将の日記をいとめでたう書きたるなりけりと見るに、あぢきなく、一つ心なる人に向かひたる心地して

(巻一①五八)

〔参考〕『源氏物語』「総角」巻

在五が物語描きて、妹に琴教へたるところの、「人の結ばん」と言ひたるを見て、いかが思すらん、すこし近く参り寄りたまひて

(総角⑤三〇四)

狭衣がついに源氏宮に思いを告白する場面ですが、ここで源氏宮は絵を見ています。その絵を『狭衣物語』は「在五中将の日記」としています。

この場面が引いていると指摘されている『源氏物語』の「総角」巻で、匂宮が目にしたのは、「在五が物語」の絵です。『源氏物語』を引きながら、そこでは「在五が物語」とされていたものを『狭衣物語』は「在五中将の日記」としているのです。[*7]「物語」を「日記」とすることによって、実在の在五中将を呼び込む物語の論理があるといわれています。[*8] しかし、ここで呼び込まれた在五中将は、今われわれが「昔男」と呼ぶ、妹に恋をした在五中将です。「在五が物語」を「在五中将の日記」とすることで、実在の在五中将ではなく、昔男としての在五中将を、『狭衣物語』と地続きの世界に過去実在した人物として呼び込んだのだといえるのではないでしょうか。

なお、ここで日記というものが出てきましたが、『狭衣物語』の中でも日記は作られています。

【資料6】『狭衣物語』の日記

①その頃の言ぐさに、ただこのことをのみ言ひののしる。公も日記の御唐櫃開けさせたまひて、天稚御子のこと、中将の作り交したまへる文ども、書き置かせたまへり。（巻一①五六）

②世になべての人のすることとも見えず、ありがたかりける筆の立ち処は、いづれも見所ありてをかしき中にも、我が世にありけることども、月日たしかにしるしつつ、さるべき所々は絵に描きたまへり。我が、時々も、御覧じそめしほどよりのことどもは、今少しの目とまらせたまひて、あはれに悲しう思しめさるること限りなし。自らのありさま、我が御かたちなども違ふ所なうて、忍びつつ立ち寄りたまひし夜な夜なの月の光、風の音なひ、宵・暁の空のけしきなども、我が心に、をかしうもあはれにも目とまり、心をしめたまひける折々を描き

あらはしたまへる、よろづよりも、かの、御心にもあらず、筑紫へ下りたまひけるありさま、目のみ霧りふたがりて、はかばかしうだにもえ御覧じやらず。歌どもは扇に書かれたりしなど、同じことなればとどめつ。

（巻四②三九七～三九八）

資料6に挙げたように、狭衣が笛の音によって天稚御子を降臨させたことは「公」の「日記」に書き留められました。また、飛鳥井女君がたどってきたことは、彼女が書いた日記となって狭衣の目にすることとなりました。『狭衣物語』では、語られたことが物語内で日記となって存在するに至っています。これもまた在五中将と『狭衣物語』の世界を同次元に置く方法なのではないでしょうか。[*9]

以上のように『狭衣物語』には先行物語を物語として扱わず、『狭衣物語』の世界に過去実在したものとして扱おうという姿勢があることがいえます。

それでは、そうしようとする『狭衣物語』の論理とはどのようなものなのでしょうか。作中人物が先行物語を引き合いにするとき、気になる表現があります。実は彼らは物語を「見る」のではなく「聞いて」いるのです。

（再掲）【資料2】

①いとあやしう「やくなきのばんさう」といひけん昔物語に、幼かりし折、なま老人の語りし心地して、いみじうをかしきに、その折の答へは、またいかが聞こえけん、忘れにけるぞ、口惜しきや。

（巻三②一〇四）

（再掲）【資料4】

さるは、人目も心弱くやと、思し忍ばぬにはあらねど、ただうち聞く集、物語、古歌なども、我が思ふ筋なるは、こよなう目留りて、あはれにおぼゆるわざなればなるべし。（巻三②一四〇）

例えば、資料2①の傍線部では、「やくなきのばんさう」という昔物語を「なま老人の語りし心地して」とありま す。資料4でも「ただうち聞く」とあります。もちろん「こよなう目留りて」ともありますが、まず「聞く」ものとしてとらえられているわけです。[*10]

それから、今姫君の例で、資料7のようなものもあります。

【資料7】聞いたものとしての昔物語

尼になりなんと思ひたまひて、櫛の箱なる鋏を取り出でたまひて、髪かき越して見るに、常よりもこのころ繕はれて、をかしげなるが、さすがに惜しう悲しけれど、昔物語に、憂きことのあるには、さこそしけれと、ほの聞きし思ひ出でらるれば、泣く泣く、ここかしこしどけなく削ぎ落としたるに（巻三②七三）

『狭衣物語』の作中人物たちは物語を聞くもの、語られたものとして知っているのです。そして一方で、『狭衣物語』はこの先行物語とおぼしき、具体的に挙げられたものは物語として扱おうとせず、『狭衣物語』の世界に過去にあったこととして処理しようとしています。『狭衣物語』には、書かれたテクストとしての物語が存在しないのです。では、それを語ってきた『狭衣物語』自身はどうなのでしょう。既に指摘がある通り、『狭衣物語』は書かれた物語として存在しています。[*11] 資料8に抜文を挙げました。

【資料8】 跋文（旧大系　内閣文庫本[*12]）

あはれにもをかしくも、若き身の上にて思しみにける事どもをぞ、片端も書き置きためる。これは、はかばかしく故ある事を。見ぬ「蔭の朽木」になりにければ、つゆばかりもみどころあるべきやうもなきに。「ただ、男の心は薫大将、かばね尋ぬる三宮ばかりこそ、あはれにめやすき御心なめれ」と、からうじて、思ふ給へつれど、「男も女も、心深きことは、この物語に侍る」とぞ、本に。

（巻四・四六七）

ここには「あはれにもをかしくも、若き身の上にて思しみにける事どもをぞ、片端も書き置きためる」とあります。さらに、これは「はかばかしく故ある事」とも述べています。つまり、『狭衣物語』は自身を、事実を書き記した記録として扱っているのです。そして、それを「男も女も、心深きことは、この物語に侍る」と、「物語」としています。

『狭衣物語』は先行物語を過去の事実として扱い、また、『狭衣物語』中の作中人物は物語を聞くものや語られたものとして触れています。『狭衣物語』には書かれたテクストとしての物語が存在しないのです。そして、『狭衣物語』は自身を、過去の事実となった先行物語も、作中人物が聞いた語られた物語をも書き留めたものであり、「物語」であるとしています。『狭衣物語』は、語られた物語も過去の事実も書き留めた、唯一の書かれたテクストとしての「物語」なのであると、そう高らかに宣言しているのではないでしょうか。

さて、今後の課題として考えなければならないことは多くありますが、以上、拙い発表を致しました。私は自分の研究を今後どうしていきたいかや、あるいは物語学の未来はどうあるべきかなどといったことは、まだまだ探しているところです。

ただ、少しだけ、この際なので愚かにも感情的なことを言うことが許されるならば、少なくとも『狭衣物語』は先行物語、特に『源氏物語』の模倣だの亜流だのではないと、それだけは確実に思っております。今回考察しました、『狭衣物語』の先行物語に対する姿勢からも、それが見えるのではないかと考えます。

さて、質疑のことを考えたら再び足が震えてまいりました。しかし、私にとって物研というのは、参加した中で得た視点を使って、やや背伸びしたことに挑戦してみようと思う場でもあり、また、そうしてみた後で、地に足を着けて勉強して出直してきますと反省する……それを繰り返す場なのかもしれないと思っている次第です。ありがとうございました。

注

＊『狭衣物語』および『源氏物語』の引用は、特に断りのない場合、新編日本古典文学全集（小学館）に拠る。括弧内に巻と新全集における該当巻数と頁数を示し、必要に応じて傍線等を付した。

＊1　作品名や作中人物名を直接挙げるような表現を論じたものとして、丸岡誠一「狭衣に引用された散佚昔物語について」（『王朝文学　一号』一九五八・一一）・三谷栄一「『源氏物語』の『狭衣物語』への影響―『狭衣物語』の創造性―」（『古典と近代文学　二号』一九六八・一二）・久下晴康（裕利）「『狭衣物語』の形成―「源氏取り」の方法から―」（『平安後期物語の研究　狭衣浜松』新典社　一九八四）・後藤康文「もうひとりの薫―『狭衣物語』試論―」（『研究講座狭衣物語の視界』新典社　一九九四）・井上眞弓「先行物語の引用について―『在五中将の日記』と『隠れ蓑』の場合―」（『狭衣物語の語りと引用』笠間書院　二〇〇五）が挙げられる。

＊2　本稿では「狭衣」とした場合、『狭衣物語』の男主人公を指すこととする。物語を指す場合は「『狭衣物語』」とする。
＊3　前掲＊1後藤論文。
＊4　内閣文庫本「よそかの中宮亮」、他系統では「かのよしかた」などの異同がある。
＊5　散逸物語に関しては三谷栄一・関根慶子校注『日本古典文学大系　狭衣物語』（岩波書店　一九六五）の補注に詳しい。
＊6　他系統では、第二系統「大将」、第三系統「中将」などの異同がある。
＊7　この部分、『源氏物語』・『狭衣物語』ともに細かい異同が存在するが、『源氏物語』が「物語」とし、『狭衣物語』が「日記」とすることに異同はない。
＊8　狭衣物語研究会編『狭衣物語全注釈Ⅰ』（おうふう　一九九九）二三六〜二三七頁「在五中将の日記」注に詳しい。
＊9　『狭衣物語』の「日記」を論じたものに、井上眞弓「書物―「行為」と「記憶」のメディア―」（『狭衣物語の語りと引用』笠間書院　二〇〇五）がある。
＊10　藤井日出子「『源氏物語』以後の「昔物語」と「物語」」（『国際関係学部紀要（中部大学）九号』一九九二・一〇）に「昔物語」の口承性が指摘されている。一方「物語」は「作り物語」であるとするが、「作り物語」であることで口承性が否定されるものではないと考える。
＊11　三谷邦明「狭衣物語の位相・「時世に従ふにや……」―狭衣物語の語り手あるいは影響の不安とイロニーの方法―」（『狭衣物語が拓く言語文化の世界』翰林書房　二〇〇八）。なお、『狭衣物語』における「パロール／エクリチュール」の問題を扱った論に神田龍身「狭衣物語―独詠歌としての物語」（『源氏物語と和歌を学ぶ人のために』世界思想社　二〇〇七）がある。
＊12　この抜文は諸本によって持たないものもある。引用してきた新全集にも取られていないため、古典文学大系（岩波書店）から引用した（表記は一部私に改めた）。新全集は西本願寺旧蔵本（深川本）を底本とするが、この本は最善本ともいわれる一方で、巻四を欠いている。そのため新全集は巻四を平出本で補っているが、この平出本には跋文が存在しない。ただし西本願寺旧蔵本・平出本と同系統に分類される内閣文庫本には跋文が存在するため、内閣文庫本を底本とする大系から引用したのである。なお注意が必要なところではあるが、『狭衣物語』の物語としてのあり方がよく現れている箇所でもあるため、考察の対象としたい。

第三報告

インターテクスチュアリティのなかの〈重衡物語〉、あるいは混線する対話

高木　信

○「物語学」とは何か

高木信です。よろしくお願いします。「物語学の現在」というシンポですが、僕は「物語学」とはつねにクリティカルなものでなければならないと思っています。しかも、物語研究会（モノケン）が「物語」とは何かという問いを立てたときに、「物語」は複数的でなければならなかっただろうと思います。「物語」と言うと、ストーリー、テール（プロット化）、イストワール（歴史＝物語）、ロマン／ノベル（散文文学）、物語行為《ナラティヴ》により生成されるもの、制度としての物語／モノガタリ（落剥した神々の語り）etc. とさまざまなレベルの「物語」がイメージされるからです。そのような現状を前にして、《「私」は「物語」の「プロット化」を研究します。結果「私」にとって「物語」とは「プロット化されたものだとわかりました」》では、トートロジーでしかありません。研究主体はトートロジーに陥らないために、既存の物語観を捨て、物語をあるひとつの領域に限定することを禁じねばならないのです。さて今日の他のパネラーのお話ですが、僕の聞いた感じでは東原発表がプロット化でしょうか、千野発表はナラティブと制度

としての物語の関係なのでしょうか。このようにさまざまな位相で行われる物語学を融合／追突させながらやっていくことは生産的だと思います。ひとりのなかで複数の物語学が炸裂し、研究会の席上で（まさにこのシンポで）複数の物語学がぶつかり合う。モノケンの重要性はそのような運動、爆発する出来事としてあるのではないでしょうか？「物語学」について語ることは非常に困難を伴うことです。「物語学」が危機的《クリティカル》＝批評的であらざるをえない所以です。それを引き受ける〈場〉として物語研究会の四〇年はあったのだと信じています。

一　物語研究会と「私的」研究史

いざ僕のモノケン体験を振り返ってみたとき、自身の研究はモノケンのテーマの影響をけっこう受けているなあと感じました。僕がまだモノケンに参加していない八〇年代、語りとか話型というテーマ、王権という問題系の影響を受けて研究を始めて（その多くが高木信『平家物語・想像する語り』（森話社　二〇〇一年）所収論文です）、それがやがてジェンダー、父／母／子（高木信『平家物語　装置としての古典』（春風社　二〇〇八年）と『「死の美学化」に抗する『平家物語』の語り方』（青弓社　二〇〇九年）所収のジェンダー分析となる）、見えないこと、記憶というテーマのもとで、僕は〈亡霊〉という問題圏へ移ってきました（前掲の後者ふたつの拙著における亡霊論）。しかしこのような歩みのなかで僕が取り落としてきたのは、八〇年代にあった〈引用〉の問題だった。それがようやく「語り」「言説」「時空表現」「和歌／芸能の言葉」とともに最近の関心として浮上してきました（和歌も言説もモノケンのかつてのテーマです）。そのあらたな出発点のようなものが、高木信「見えない〈桜〉への生成変化、あるいはテクストの亡霊―多声法的カタリによる〈忠度の物語〉の脱時空間化―」（「物語研究　第11号」二〇一一年）です。この三〇年ぐらいの物語研究会のテーマは、僕には非常に密接的なものであり、かつ刺激的でありました。

ただ僕には「物語とは何か」「虚構（の言葉）とは何か」という点を避けてきたという忸怩たる思いがあります。三谷邦明氏の自由間接言説、藤井貞和氏の四人称、高橋亨氏の心的遠近法、兵藤裕己氏の口承論がありますが、それを乗り越えられていない。しかし彼らとは違う形で、「物語」の深みへとダイブしてみたい。先達を乗り越える「父殺し」（？）は成長の通過儀礼なのではないか、僕としても、モノケンとしても。

二　〈重衡物語〉における中世史記引用による意味産出

さて本日は〈重衡物語〉をめぐって、軍記物語、『和漢朗詠集』や中世史記、『伊勢物語』、能の言説の〈引用〉関連から、〈物語〉に時空間の混線を生成させる試みをしてみます。

平重衡は一ノ谷合戦で生け捕られたのち、鎌倉へ移され頼朝の尋問を受けると、南都焼討の罪で奈良へと移送され、殺されます。その間に複数の女性との逸話が挿入されます。

ここでまず〈未来からの訪問者〉として曾我兄弟を召喚してみましょう。覚一本『平家物語』巻第十「海道下」は重衡が鎌倉の頼朝のもとへ移送される道行きを描いています。

①富士の裾野になりぬれば、〔中略〕足柄の山をもうちこえて、こゆるぎの森、鞠子河、小磯大磯の浦々、やつまと、とがみが原、御輿が崎をもうち過ぎて、いそがぬたびと思へども、日数やうやうかさなれば、鎌倉へこそ入り給へ。

富士の裾野から鞠子河を通って重衡は鎌倉の頼朝のもとへ行く。この記事は古態本・延慶本にはありません。この地名から連想されるのが、敵討ちに富士の裾野へ向かう曾我兄弟の道行きです。兄弟は母との別れを終えると、足柄山を越えるのをやめ、箱根から裾野へと向かいます。ちなみにそのとき思い出されるのが十郎の恋人・虎の住む大磯なわけですです。そして途中、兄弟は鞠子河を渡ります。

②〔五郎〕「未だ知し食さずや。罪人の渡る河は濁るなり。死出の山・三途の大河と云ふ事ありとて、我らが思ふには、鞠児河こそ三途の大河、筥根の御山こそ死出の大山よ。鎌倉殿こそ琰魔王よ。親の敵に合はむ処こそ琰魔の庁よ。」

方向は真逆ですが、裾野にいる魔王・頼朝に向かっていく曾我兄弟と、裾野から鎌倉の魔王・頼朝のもとへ向かう重衡とは、数年の時間差を持って類似した道のりを歩みます。高木信「見えない亡霊／顕れる怨霊」（『平家物語 装置としての古典』春風社↑二〇〇六年）で論じましたが、古態本の真名本『曾我物語』では曾我兄弟は祟りをなす〈怨霊〉となりません。しかし頼朝は兄弟の怨霊化を恐れつづけます。そこで曾我兄弟の物語から重衡を読むと、重衡は頼朝にとって自分に祟る怨霊となる可能性を持っている。そういう兄弟の〈未来からの記憶〉から見つめると、重衡が頼朝にとって怨霊化する（かもしれない）可能性が見えてきます。と同時に、兄弟の親密圏にいる人々にとっては、祟らない、近しい存在としての死者としてテクストの縁を漂う〈亡霊〉的存在になる。以下に述べていく〈重衡物語〉の可能性がここにすでに集約的に暗示されていると言ってよいでしょう。

さて重衡が頼朝と対峙する場面です。波線部と傍線部に着目しましょう。

③〔重衡〕「運つきて都を出でし後は、かばねを山野にさらし、名を西海の波にながすべしとこそ存ぜしか。これまでくだるべしとは、かけても思はざりき。唯先世の宿業こそ口惜しう候へ。但し、『殷湯は夏台にとらはれ、文王は羑里にとらはる』と云ふ文あり。上古なほかくのごとし。況や末代においてをや。弓矢をとるならひ、

敵の手にかかッて命を失ふ事、まッたく恥にて恥ならず。只、B芳恩にはとくとくかうべをはねらるべし」とて、
其後は物も宣はず。

波線部は巻第七「忠度都落」に類似の表現があり、謡曲を介在させながら忠度と重衡を最後に接続しようと思います。さて傍線部ですが、重衡は頼朝に尋問されたとき「殷の湯王…」（以下、湯王文王言説と呼びます。諸本、文言に異同はあるものの、この言説を持ちます）。何気なく読み飛ばすと《中国でも敵に捕まった人がいるんだな》ぐらいの印象ですが、出典と思われる『史記』にかえると次のように記述に出会います。

④湯は夏台に繋がれ、文王は羑里に囚はれ、晋の重耳は翟に犇《はし》り、斉の小白は莒《きよ》に犇る。其の卒《をはり》は王覇たりき。

覚一本以下の諸本には、波線部、点線部はありません。が、『史記』を見ると、重衡発言は《悪王によって捕われた将がやがてそこから離脱し、やがて暴君は敗れる》という意味を言外に持つことがわかります。もう少し深読みをしますと、次のように図示できます。

夏・桀王↓殷・湯王（夏台に幽閉される。夏を倒す）
⇓殷・紂王↓周・文王（羑里に幽閉される。殷を倒す）　（「↓」は幽閉を指すとともに王朝の推移を同時に示す）

幽閉と逃亡の関係以外に、ここには夏から殷、殷から周へという王朝の推移が読み取れます。『平家物語』で言えば、平家（夏・清盛：頼朝を捕らえる）↓源氏（殷・頼朝：重衡を捕らえる）↓平家（周・重衡：頼朝を倒す）という関係です。〈不可能な未来〉である平家による源氏打倒の可能性が、重衡の言葉の外《コノテーション》に秘められているということです。この解釈が単なる誤読でないことは、江戸時代の注釈書『平家物語評判秘伝抄』の重衡生捕りの場面が湯王文王言説を引用し、「終の大功をたてん事をおもふ」と語ることからもわかります。それが、この言説に頼朝打倒の可能性を読み取れることを保証しているのだと思えるのです。

「湯王文王言説」は中世に大量に流布していたとは思えないのですが、『和漢朗詠集私注』『塵添壒囊鈔』『日蓮遺文』などに散見されます。とくに『日蓮遺文』（「日永書状」一二七七年六月　文書番号12768）の湯王文王言説には、平宗盛や源義経の名も表れ、湯王と類比されていることから、『平家物語』と連結することの蓋然性は高くなります。重衡による頼朝打倒の物語の（不）可能性がここにも残留しています。重衡と頼朝との対話のなかに、従来解釈されていたのとは違った、頼朝にとっての〈おぞましい重衡〉像が混入してしまうのです。頼朝には恐怖の対象として重衡はありつづけることになります。

三『平家物語』と『和漢朗詠集』のインターテクスチュアリティ

次に見るのは頼朝の尋問のあとの、千手前との交流です。

⑤中将〔重衡〕も、「灯闇しては、数行虞氏が涙」といふ朗詠をぞせられける。たとへば此朗詠の心は、昔もろこしに、漢高祖と楚項羽と位をあらそひて、合戦する事七十二度、たたかひごとに項羽勝ちにけり。〔中略〕軍兵四面に時を作る。此心を橘相公の賦につくれるを、三位中将思ひ出られたりしにや、いとやさしうぞ聞えける。

波線部Cからわかるように、波線部Aは『和漢朗詠集』所収の橘広相の朗詠です。波線部Bは覚一本や『源平盛衰記』に見え、延慶本にはない記述です。これに類似した表現は『和漢朗詠集永済注』『和漢朗詠集仮名注』にあります。「湯王文王言説」と同じく、覚一本の背景には『和漢朗詠集』古注釈の世界が広がっていることがわかります。だから、『和漢朗詠集私注』の「裏書云、殷紂王之西伯昌、為紂被牖。以美女宝器国贖。出之後、西伯子伐紂王間、西伯死。「紂王伐了」という記述を参照して、前節のように重衡（＝文王）による頼朝（＝紂王）殺しの可能性を読むことが担保されるのですし、それを重衡も「思ひ出られたりけるにや」とコノテーションのレベルで理解していると読むことができます。

さて波線部ＡＢに出てくる「項羽」ですが、波線部Ａから重衡＝項羽、千手＝虞という図式が成立します。で、覚一本で「項羽」は、名前が二度出てくるのですが、もう一箇所は巻第九「樋口被討罰」でして、義仲が項羽に、そして頼朝が沛公に比せられます。義仲は頼朝より先に都に入ったあと、おとなしくしておらず、項羽と同じ振る舞いをしたから頼朝に滅ぼされたのだとするのです。すると木曽義仲＝項羽、そして波線部Ａ・Ｂから項羽＝重衡（＝義仲）という連想になるわけですね。その上で次の引用文を見ましょう。

⑥千手前、酌をさしをいて、「[A]羅綺の重衣たる、情ない事を奇婦に妬」といふ朗詠を一両返したりければ、三位中将のたまひけるは、「[B]此朗詠をせん人をば、北野の天神、一日に三度かけッてまぼらんとちかはせ給ふ也。されども、[C]重衡は此生にては捨てられ給ぬ。助音しても何かせん。罪障かろみぬべき事ならば従ふべし」との給ひければ、千手前、やがて、「[D]十悪といへども引摂す」と云朗詠をして、「[E]極楽ねがはん人はみな、弥陀の名号唱べし」といふ今様を四五返うたひすましたりければ、（中略）三位中将宣ひけるは、「この楽をば[F]普通には五常楽といへども、重衡が為には、後生楽とこそ観ずべけれ。やがて往生の急をひかん」とたはぶれて

傍線部Ｂの菅原道真による守護説話はやはり『和漢朗詠註』『和漢朗詠集永済注』にも見えます。傍線部Ａの朗詠は道真のもの。波線部Ｃにあるように重衡は《天神にも見捨てられた。守護されるはずがない》と自身を規定しています。すると波線部Ｄで再び千手が『和漢朗詠集』から引用して朗詠するわけです。そして波線部Ｅの今様で、重衡の往生の可能性を示します。すると重衡も「おやじギャグ」で《普通には五常楽なんと言うけれども、重衡に

とっては後生楽だ》なんて、往生可能性を述べるわけです。すると一度は重衡により否定された道真による加護ですが、千手の言葉によって加護の可能性が復活しているわけです。天神＝御霊・道真が千手の言葉で、重衡の背後に漂い始めるのです。

まとめてみると、重衡（＝項羽＝義仲）という敗者が頼朝的な世界に怨霊として復活する可能性があるというのが一点。同時に引用のモザイクによって作られている近親者・千手と重衡との世界においては、重衡は怨霊化しない可能性があるというのが二点目です。勝者にとっては敗者は怨霊として復活してくるかもしれません。それは恐怖をよびます。しかし重衡は怨霊化しません。勝者の世界の背後に潜勢的に怨霊化の可能性を持ち続けるだけです。重衡が成仏できたかどうか、それはテクストからはわからない。しかし千手と重衡の親密圏においては〈怨霊化はしない〉とは言えます。現世に影響を与えず、身体も言葉も持たないけれど生者となんらかの〈関係性〉を持つ（非）存在、そしてそれがテクストに遍在化する、それを僕は亡霊性と呼んでいますが、重衡の〈亡霊性〉の可能性がここにはあるのです。

四　謡曲《千手重衡》を媒介として読む〈重衡物語〉

次に、重衡の二面性――勝者にとっては怨霊化する可能性を持つ重衡と亡霊的に千手のような近親者とかかわっていく可能性を持つ重衡と――を能に接続してみます。まずは現在能の《千手重衡》ですが、ここでは「湯王文王言説」が消されるんですね。代わりに蘇武の故事（敵に捕らえられ幽閉されのち帰国。敵国は滅びる）が引かれます。が、重衡は自身をこの蘇武と同一化せず、蘇武とは違うと言います。『平家物語』と共通する話題は、この「羅綺」と

「十悪」の朗詠で、「羅綺」朗詠については『朗詠集』註に類似の記述が見えます。

来世への期待を持たないとする『平家物語』とは違って、《千手重衡》には三節引用文⑥の波線部Eがなく、太波線部Cの《見捨てられた》感覚、来世への諦念が欠落します。重衡には来世への期待があります。『平家物語』が持つ未来への不可能な可能性、すなわち重衡が頼朝を呪い殺す怨霊となる、あるいは千手と亡霊として関係を持つという関係が減圧されています。鎮魂の芸能としての能の性格と関係するのでしょう。能楽という鎮魂システムとしての芸能においては、ワキを『曾我物語』の虎のように諸国を巡礼する千手、シテを重衡の亡霊とする構造を生成するのは不可能なのでしょう。しかしこの不可能な構造は〈重衡物語〉に潜勢力として存在しつづけているのではないでしょうか。

ただし、逆に〈重衡物語〉の別な側面を照射するのが『伊勢物語』です。『平家物語』巻十「海道下」を見ますと、「彼在原のなにがしの、唐衣着つつなれにしとながめけん、三河国八橋にもなりぬれば」と『伊勢物語』九段「東下り」が参照されています（謡曲《千手重衡》も同様です）。東下りをする昔男と重衡を重ね合わせるレトリックとして『伊勢物語』が召喚されるのでしょうが、そのようなデノテーションを突き破るようにコノテーション的意味が出てくるのです。女性問題により出奔する昔男という〈色好み〉のイメージが（『伊勢物語』古注釈では二条后問題が東下りの背後にあるとされます）、そして〈貴種流離譚〉がテクストに浮上してきます。

時間もないのでポイントだけ述べていきますが、謡曲《千手重衡》あるいは重衡の怨霊をシテとする謡曲《笠卒都婆》も『伊勢物語』を引用します。《笠卒都婆》は『伊勢物語』十二段、そして初段です。そこには初段のインセスト・タブーの侵犯、十二段の流浪の地での女性強奪があります。重衡のまわりには、侍従という女性、内裏女房、千手、北の方と女性がもういっぱい出てくるんですけれども、なぜ多数の女性なのかと考えてみると、重衡と『伊勢物語』の昔男とが、過剰なる〈色好み〉において重なり合う可能性がほの見えてくる。それは女性による救済という〈制度的物語〉とは切断されているはずです。

謡曲、『伊勢物語』から『平家物語』の重衡を読むと、重衡の海道下りは確かに貴種流離譚的ですが、〈道行文〉ですから結局は死への道行きになります。だから再度の栄華を期待できない貴種流離譚です。それはやはり『伊勢物語』の最後百二十五段「つひに行く道」がけっして昔男の栄華が達成しなかったとすることと対応していく。だから、『伊勢物語』と同じ反本地物的構造、いや非本地物構造、非貴種流離譚と言ったらいいでしょうか、それを重衡も生きてるんだということになってくるでしょう。けっして共同体に承認された〈神〉になどならない重衡です。それは栄華と無縁な、過剰なる〈色好み〉と〈非英雄〉としての重衡であり、制度的宗教による救済などとは断絶された重衡像ですね。

五 〈亡霊〉による謡曲《笠卒都婆》

重衡が亡霊として登場する謡曲《笠卒都婆》ですが、ここで不思議なことが起こります。重衡は南都の衆徒によって木津川のほとりで斬首され、首は般若寺の大鳥居の前に釘付けにされたと『平家物語』にあります。文治元（一一八五）年六月です。《笠卒塔婆》は奈良坂に重衡の亡霊がシテとして出てきます。奈良坂でシテは「在中将」に言及し、『伊勢物語』の世界が謡曲の言説の内部に底流していくことになる。『伊勢物語』十二段を参照枠として奈良の地と武蔵野を重層化させます。謡曲《千手重衡》は、舞台を東国とする以上、『伊勢物語』九段「東下り」の地名を引用することに違和感はないでしょう。しかし奈良を舞台にした《笠卒都婆》の背後に『伊勢物語』が貼りつくことの意義は何でしょう？

《笠卒都婆》の最後の方で怨霊・重衡がまた修羅の戦いに赴く場面がありますが、地謡は「明けなば浅間山、燃え焦がるる瞋恚の炎、焼き狩りと見えつるは」と謡うわけです。「浅間山」は「朝」の掛詞であって、単なるレトリックなのですが、続けてシテは前出「武蔵野を焼きし飛ぶ火の影」と続けることで、レトリックであった地名が東国の土地を召喚してしまう。つまり奈良と東国が同じ舞台の上に同時に発生してしまう。レトリックが空間の複数化を起こしてしまうのです。

同時に時間軸も混線します。重衡の死は六月、夏です。しかし《笠卒都婆》は無関係に場面を〈春〉に設定します。《笠卒塔婆》、別名《重衡桜》なんですね。なぜ「桜」なんだろうと思いますと、重衡の墓標的なものが「花の木」なんです。そこで「桜」ですが、二節引用文③の忠度と重衡とのセリフの類似性を持ち出したい。忠度は桜に生成変化していきました（前掲の高木の「忠度」論文参照）。同じように、重衡も桜の木の下の卒塔婆の中へ消えていきます。ここでは謡曲《忠度》と《笠卒都婆》との成立順を論じることは意味がないでしょう。忠度と重衡が、そして時間が生成変化の坩堝にあるのだから。時間と人物の混線が発生しているわけです。

ところで『太平記』にも「殷ノ湯王ノ桀ヲ討シモ春也。周ノ武王ノ紂ヲ討シモ春也」と「湯王文王言説」がありますが、敵国を倒したのが〈春〉だとします。これを《笠卒都婆》の〈春〉と結びつけると、季節の混線によって重衡による頼朝殺害のありえない可能性が潜勢的に底流していることになるわけです。

最後に一点。《笠卒都婆》の重衡も修羅能の一変種として最後に往生しません。《苦しいから助けてくれ》とは言います。《鱸重衡》は単純で、重源が出てきて往生させてしまいますが。謡曲は死後苦しんでる重衡の周辺から千手を疎外します。出てこない。苦しむ重衡像は千手を排除するところに成り立ってくるわけです。謡曲は男／女という切断線を引いて千手を消し去ってしまう。対する『平家物語』は過剰に、女性による鎮魂を声高に訴える。どちらも硬直した思考です。が、複数のテクストを往還しながら見てきた〈重衡物語〉は硬直化、一元化から逃れる術を持っていました。時空間の混線です。それによって重衡＝忠度まで行っちゃう。単純な鎮魂の〈制度的思考の物語〉は成り立たなくなります。

曾我兄弟＝文王＝義仲＝項羽＝業平＝忠度、これらは僕の今までの研究では〈亡霊〉的なんです。彼らと重衡も結びつく。時空と人物との混線のなか重衡も〈亡霊化〉する。

制度的な仏教的救済や〈物語〉による共同体へ死者を馴致するような鎮魂、その不可能性と、対する千手という女性による、あえて鎮魂とは言いませんけれども、〈亡霊〉となんらかの〈親密圏〉を生成していくことの（不）可能性を、複数のテクスト（謡曲、朗詠、古注釈、軍記物語など）のインターテクスチュアリティのなかの〈重衡物語〉から垣間見ようという試みをしてみました。時空が混線した〈世界〉においては、頼朝と重衡、重衡と千手、重衡と語る主体、地謡とシテ、『平家物語』と謡曲と『伊勢物語』etc. のあいだの〈対話〉が、線条的、あるいは正確な到達可能性を確保したものなどではなく、入り組みあい、重層化することで、思いも寄らぬ時空へと、意味へと、表現へと、享受者を、登場人物を、語る主体を、転送していきました。固定的な時空を越えて、死者・重衡と親密圏に参入した〈われわれ〉とは出会うことになるのです。そのような動態のなか、重衡という死者の表象は、一義性から解放され、ひとつのテクスト、語り、語り掛け方のなかに押し込められるという事態から逃走できたのではないでしょうか。『平家物語』からみた悲劇の英雄の死の物語、謡曲から見た重衡の鎮魂の〈物語〉といった硬直化した表象、意味生成から、時空が複数化し、混線することで〈重衡物語〉は別の場所へと、重衡の〈親密圏〉へとワープできたと思います。先に示した不可能な能としての、ワキを千手とする鎮魂劇が生成する可能性もここに担保されるわけです。しかしこれがゴールではありません。重衡の死という出来事を、「何かひとつの意味／意義／機能」に回収させないために、これからも重衡の声に耳を傾けながら、〈重衡物語〉を読み、分析し、語り続けていくことが必要なのだと思います。それが「物語学」徒の使命（おおげさですね。そんなたいそうな者ではないのですが）だと思います。

六　おわりに

〈物語学〉に〈現在〉はない（という身振りをあえてします）。来たるべき〈未来の物語学〉に呼び掛けられながら、物語を分析している〈今〉を絶対化せず、流動化させ、到達不可能（ではないかもしれない）な〈物語学〉を実践するプロセ《過程＝係争中》のなかにあるのが〈われわれ〉の（われわれとは誰でしょう？　それも分析対象になりますね）〈物語学〉なのではないか？　完成した〈学〉は、硬直した教条主義にほかならないでしょう。確立された〈学〉をめざしながらつねにそれに失敗しつつ、〈未来からの記憶〉の呼びかけに応える行為として、われわれの〈実践〉はあるはずだし、あるべきではないでしょうか。

たとえば東日本大震災のあとに繰り返された「がんばろう、日本」「日本はひとつ」などの言説群は、東北の地域性・歴史性を忘却して、あたかも「日本」がひとつの〈もの〉としてあるかのように強制する言説です。本来なら複数の地域の集まりであるはずなのに、です。しかし大震災の死者を〈怨霊〉的に利用して、〈日本〉という国家を再び立ち上げようとするパフォーマンスを行っている。これからも死者の〈私〉性や親密圏を侵害しながらさまざまな言葉が発せられるでしょう。そのような記憶喪失をした振りをする言説群を相手取ることこそが、〈物語学〉であり、それゆえ必然的に〈批評性〉が求められるはずです。現状の分析は社会学が、精神のあり方は精神分析が実践してくれるでしょう。しかし、産出され続けるさまざまな〈言説〉を、語り掛け方、物語言説／物語内容、語り手のスタンスをめぐって、批評精神を持って分析できるスキルは〈物語学〉こそが持っているはずです。当事者たちの実践する「喪の作業」と、「〈日本〉国民」の「偽の喪の作業」。〈物語〉を「学」の対象とする者は、「偽の喪の作業」の言説を批判的に分析し、つねに「喪の作業の失敗」とけっして遂行されることのない「来たるべき喪の作業の終了」とを目指して、当事者の当事者性を剥奪せずに、それでもなお語り続け、分析し続けなければならない運命を担わなければならないのではないでしょうか。それが、芸能と軍記物語を往還しながら、インターテクスチュアリティの概念を利用し、〈亡霊〉論を展開している現在の、僕の「物語学の現在」、すなわち未来から呼び掛けられた「物語学の可能性」です。時間軸を混線させ、空間を歪め、主体を攪乱し、死者を生者に利用させないそのような運動としての〈読解〉＝出来事としての〈批評〉を実践することを追い求めて、です。

ご静聴、ありがとうございました。

鈴木（司会） ありがとうございました。まず東原さんのご報告では、大学一年生で阿部（好臣）さんの論文をお読みになったとのこと、感動しながらうかがいました。理論への志向がとてもおありで、その延長線上に、物語文学とは何かという、まさに物研が四〇年間、苦しみながら問い続けてきた問い自体を投げかけてくださり、散文叙述の特性から物語文学を考えることが、東原さんの物語学の現在だとうかがいました。

今回は初期の散文叙述の特性に関するお話で、それは、『源氏』の「須磨」の巻などについて「時間の循環」として言われているけれども、今回のご報告では『源氏』で確立した「時間の循環」ではなく、『土左』の注釈を例に、初期の散文の特性として、振り返って読まれた時に新たな意味生成がある、それが散文の特性なのだと論じてくださいました。

次にご報告くださいました千野さんは、『狭衣物語』に引用される物語を、先行物語の作中人物名のみを示す例、人物名のみなのか物語名・人物名を併せた言い方なのか曖昧な例、『〇〇物語』の誰それと明示する例を、具体的なものではない「物語」と、区別し整理してくださいました。

そうして、『源氏』若菜上巻の蹴鞠場面を、『狭衣』の語り手が、「その折は見しかど」、その時には私は見たのだけれどとして引用することに着目なさいました。これを基準にすると、物語名との併記なのか全体として作中人物名なのか曖昧な例について、極力作中人物名として読み取ることが、『狭衣物語』の語り口に即した読み方になること、つまり、『狭衣』は多くの先行物語の人物やできごとを自身の作中世界に実在した過去として取り込んだのだとご指摘になりました。

また、「物語」とするものは基本的には語られ、聞かれたとする一方、『狭衣物語』は自らを書かれたものだと規定する。しかも、事実を書き記したものだと。この事実の中には「〇〇物語」としない多くの先行物語が含まれ、フィクションであるはずの先行物語を、今年の年間テーマとかかわりますが、虚なるものを、実として取り込むところに、『狭衣物語』の物語としてのダイナミズムがあるんだと受け取りました。

千野さんの物語学の現在は目下模索中とのことですが、一昨年の「〈見える／見えない〉の物語学」、去年の「〈見えないこと〉の物語学」、今年の「虚×実」。三つの年間テーマが、「語り」や「引用」といったかつてのテーマとともに、しっかりと活かされていることを頼もしく感じました。

高木さんのご報告は、頼朝的な世界には重衡を怨霊化させる、『史記』を媒介にした『曾我物語』からのテクストコードが読み取れる。一方、千手の前が出てくる文脈では怨霊化せずに、亡霊となる。しかも、往生の可能性まで語られ、書かれ、あるいは演じられていく。そういう重衡が謡曲「笠卒塔婆」では、『伊勢物語』の昔男との重ね合せが、反本地的物語構造、帰って来ない貴種流離譚として語られる。

さらには、仮定法的先説法として、まだ殺されていない

鈴木泰恵

重衡をなんと死んだ重衡が回想するという、奇妙に複雑な叙述を見てくださり、いろいろな重衡の語られ方、演じられ方を、あるいは注釈の世界を背景にして読み込んでいく高木さんという主体がいらっしゃる。高木さんの物語学は、「現在」にはなくて、来るべき未来の物語学に呼びかけられながら、今を過去へと送り込み、到達不可能かもしれない中で実践するプロセスにある。

「悪いやつは眠らせない」ではありませんが、「物語は眠らせない」とばかり、揺さぶり続けつつ、その中でも安定しない。「これはこういうものですね。はい」と閉じた言説ではなく、常に言説を開き続けていくところにこそ、物語学の現在があるとご主張になったと思います。

以上、お三人の物語学の現在、どういう実践の中からどのような物語学を見出していかれたかを、まとめさせていただきました。ここで、お一人ずつ、他のお二人とかかわらせる相互コメントをいただきたく思います。まず東原さんからお願いいたします。

東原　千野さんの話を聞いて面白く思ったのは、『源氏物語』の続編としての『狭衣物語』という形で読めるのかなという点です。つまり、『狭衣物語』は『源氏物語』も受けながら、その続編としてもつながる形で、「地続き」とい

う言葉を使われたけど、そういう形で読んでいくことは、面白いなと。

高木さんの話は、高木が読むという主体が明確にあって、その読み方の実践をしています。読みの可能性の果てしなき運動として、動態的にとらえる点が私と共通する。私も動態としてとらえたいわけです。

物語、散文は、動きのある中での読みを押さえていかなきゃいけなくて、今日の高木さんは意味の固定化を避けながら論じていらっしゃって、そこのところはすごく共通する感じがしました。

鈴木　「動態でとらえる」が鍵語になりそうだということですね。ありがとうございます。千野さん、お二人に対していかがでしょうか。

千野　東原さん、高木さんのご報告をうかがっていると、これまで何の疑問にも思わなかったところがどんどん読みによって突きくずされていって、それが物語を読む快感なのだと感じました。

東原さんのご報告の、後ろから読むことで意味が規定されていくということは、私が取り上げた、語り手が「その折は見しかど」と言ったことで、その前に述べられていた「光源氏」が『狭衣』と地続きの世界になるということと、近しいものがあるとうかがっておりました。

高木さんのご報告は、その世界観に圧倒されながらうかがっておりました。『平家』にしても『曾我』や『太平記』にしても、これまで私が軍記を読んでいて似たような故事とか、同じような表現があったときに、「ああ、またいつもの」と思って読んでいたものが、そうではなく前の物語の読みが、こういうふうに変わっていくのだ、というのが面白かったです。

〈重衡物語〉を『曾我物語』から読むことが興味深くて、『曾我物語』の最後に虎御前が、曾我の十郎だと思って抱きついたら、しだれ桜だったという場面がありますが、そこから〈重衡物語〉をまた別様に読んでいけるのかなと思いました。

鈴木　千野さん、ありがとうございました。『曾我』から〈重衡〉を読むことには、まだまだ可能性がありそうですね。では高木さん、お願いいたします。

高木　付け加えてさせていただくと、複数の物語をインターテクスト的につなげていくと三月と六月と十月という時間と、奈良と山城と東国と上演されてる舞台の場所とがぐちゃぐちゃに混ざっていく。

つまり、芸能や注釈の言語、軍記物語や先行する平安時代物語の言説が乱反射することで、テクストの時空、そして享受の時空がぐちゃぐちゃに混ざり合っちゃう。こういうことが言いたかったんですね。だから、千野さんがおっしゃるように、『曾我物語』から『平家物語』や『源氏物語』を読むことで、それらの作品の意味産出や文学史的前後関係・意味づけを再考しなくちゃいけないと思うんです。

東原　振り返って読むことでの、意味の変更ですね。

高木　そう、後出のテクストから先行するテクストに新たな意味を付与するインターテクスト的意味生成と、その意味生成それ自体がもう一回くずれていくさまを、いろんなテクストについてひと巡りやりたいんです。そしたら、どこにも足場がなくなるんですけれども。東原さんのご報告で、後ろから前の意味が作られるけれども、「注釈」で固定化してはいけないとされた。そうだなと思います。いわゆる制度としての物語、語りによって作られた一つの世界、一回限りの読みで起こってきた出来事を、一回限りじゃない形で連続させたい。

だから、過去と現在と未来がぐにゅぐにゅぐにゅってリゾームのような、ルビンの壺自体が複雑に回転しているみたいな運動が僕は欲しいんですね。そういう意味では、千野さんのお話も後ろから見てすべてが地続きだったというときに、そういう物語を作り上げる語り手なり何なりの批評性もしくは権力性、千野さんが読み取った世界が『狭衣物語』を書くこと自体にどう影響するのか、そういう複数のベクトルがぶつかり合う様相で見たらどうなるのかなと思いました。

鈴木　ありがとうございました。高木さんがご報告の最後におっしゃった、東日本大震災後の硬直化したスローガン、いたって健全な問題意識だと思います。ご本人は「ぐちゃぐちゃ」とおっしゃっていますが、単純化しない読みと思考は大切だと思いました。

◎――〈物語〉の現在

鈴木　では三田村さんからコメントをいただきたいと思います。よろしくお願いいたします。

三田村（コメンテーター）　私も高木さんがおっしゃったように、東北の大震災を受けた現在、物語研究の「物語」って何なのかが試され、突き付けられていると思います。たくさんの人が亡くなったわけですけれども、そのたくさんの人の一人一人の怨霊語りというか、亡霊語りがどういう形になるのか。

例えばサリンの事件が起きたときに、村上春樹が『アンダーグラウンド』という形でその場に居合わせた人に一人一人聞き書きをして、そこで一つの物語とか小説とかの原点をもう一度探り直したことがあるわけです。今、私たちがこういう状況の中で大きな災害に遭った一人一人がどういう物語を抱え、どのように自分の体験を再構成していくかという問題と、私たちが物語を研究することとは強く結び付いていると思います。その関係の中からしか、実は物語の「語り」論はあり得ないんだろうという気持ちを持っています。

その角度から言いますと、今日の高木さんは重衡関係の話で、まず湯王と文王という人間がいて、将来的にはそういう連中が現在の王統を打ち返して、新しい王朝をつくるかもしれない、その可能性のようものを作品の中に散りばめる文脈を抽出されたわけですけれども、それは物語をやはり何が王権なのかという形で、王権構造の中で位置付けようとする注釈行為と、それから、次いでそういう王権構造を放棄してしまったところの作品の物語再構成との、二つの質的な差異を問題にしたのかなと思いました。

そういう意味では、物語における中世は、王権構造の枠の中で全体を考えていく構造を持ってるんじゃないか。それが例えば「草木国土悉皆成仏」のような能の価値観に入ってくると、それが植物によってすべてが大観的にすくい取られていくとか、お能の最初の場面でよくありますけれども、墓地のところで草木を手向けるような所作があって、そして最終的には樹木の霊になって終わるとか。そういう構造の中にすくい取られていく問題を提起されたのかな、と思いました。

『源氏物語』も雲隠六帖などを見ていきますと、桜の花の幹に光源氏が消えていくとか、匂宮が桜の花の木になっていくという物語構造を持っていて、ある意味では中世における『源氏物語』は、そういう装置に還元されていくような享受の仕方もされていたんだなとあらためて思い起こさせる発表だったと思います。

うまく続けられないんですけれども、私は今回の東北の大震災で、一番大きな問題は、放射能という、見えるものと見えないもの、ずっと物研がやってきたことで言えば、本当に見えないものの差別構造が構造化されていくという問題がいろんなところに見えてきて、その見えないがゆえにはっきりしなくて、あいまいであるがゆえにそれを差別していくという差別の構造がいろんな言説の中に浮かび上がってくる。東北対ほかの地方という対比構造がいろんな

三田村雅子

形で生産されているんじゃないか、そういう問題も考えています。

東原さんの『土左日記』についてのご発表ですけれども、私が気になったのは、三谷は循環する読みということを言っていて、最初の読み、消費していく読みではなくて二度目の読みとか三度目の読みで、新しく意味構造が出来てくることを言っていたと思います。

東原さんは、それを『土左日記』の中にだって、つまり三谷が初期物語はもうちょっと原始的で、『源氏』になって素晴らしく複雑な構造になってと論じたものを、実は『土左』からあったと、それは散文だからなんだとおっしゃったわけですが、よく考えてみると韻文だって上下をひっくり返すわけで、韻文が循環構造を持たないのかといったら、長歌も含めて散文とはまた別のさまざまな循環構造を持っているに違いないんですね。

私はむしろ、散文の文学は基本的には線状的な構造、筋のようにいく構造を持っていると考えます。物語を書くとか、物を書いていくというのは、あらゆる頭の中にあるものを網の形に示すのではなくて、むしろ線状で示していくのが散文なんだと思っているので、その散文が優れていて韻文は優れていないような形で二分化していいのかどうかをすごく疑問に感じました。

多分、東原さんは散文と韻文の間にスラッシュを入れて、散文こそ物語研究会がやるべきことなんだと言い続けていらっしゃるんだと思うんですけれども、そうなのかしらという疑問を大変強く感じました。

千野さんが発表された『狭衣物語』の問題は、『狭衣物語』は物語と名指したときにはその物語に対してある種の距離感を持っていて、対他意識というか、そこに自分とは違う他者を見い出していて、自分と地続きのものと感じてない。ところが、『源氏』でも『枕』でもそうですけれども、作品名なんかない、または、後期物語ってほとんどそうですから当然だと言えば当然なんですけれども、「八千度の悔い」であるとか、そういう一つ一つの引歌表現的な言葉を持ってくる無数の物語ですよね。

そういう物語が引用されるときには、他者として「物語」と名付けられないで、まさに引歌表現から過去の物語が自分の中に流れ込んでくるような、そういう感覚を持っていて、物語の中で線引きがされている。「物語」という形で遠ざけられる物語と、そうではなくて自分の中に身体化されて組み込まれてくる物語と……。

『狭衣物語』は無数の物語の引用構造によって成り立っているわけですけれども、『狭衣』自体の中でもかつて書かれた文章が、まさに引歌表現のように、過去的な表現によってもう一度再引用されながら作品が作られていく形で、物語が、他者としての物語と、身内的な、自分を構成するものとしての物語、という形に区分されてくる意識を取り上げられたのかなと思いました。

それはとても私には面白くて、私が『源氏物語』の享受を研究していたときに、『源氏物語』は非常にたくさん日記文学に享受されていて、そこではまさに『源氏物語』的世界がまだ息づいていて生きているという幻想の下に、平安時代もそうですけれども特に中世の仮名日記の中で『源氏物語』的世界が生きていることをまざまざと感じました。

その継続性を表すのが、物語よりもむしろ日記であることが非常に面白い点だと思います。特に『狭衣物語』の蹴鞠のところで、『源氏物語』の蹴鞠のシーンが引用されて、そのまま物語の地続きの世界として描かれているとおっしゃったわけですが、中世日記において蹴鞠のシーンはまさに『源氏』取りをするというか、『源氏』の世界に憑依するための蹴鞠の日記になってるんじゃないか。

例えば『御鞠女房の日記』（『国書総目録』に「まりの記」一冊　日記　宮書伏見（室町中期写）というのがある、資料館記号20―462―7）という日記が中世にありますけれども、これは光源氏とか夕霧がそのまま登場人物として出てくるような日記として書かれています。だから『狭衣』一作品にとどまらず、実は蹴鞠自体が継続していくことの意味を感じさせる問題があったんじゃないかなと思いました。

お三方のご発表をうかがって、それはすごく大事なことなんですけれども、同時に関連して思ったことがあります。今はすごくたくさんの電子書籍、電子媒体が私たちの日常をつくり上げていて、その電子書籍のほうが活字として紙で書かれる本よりも多くなりつつあるという状況が現在あって、その中で書く本がどういう意味を持つのか。電子媒体の書物は、一つの小さな画面でしか見ることができないとか、たくさんのものを全部一括して小さく所有することができるけれども、そのある個所とある個所を照らし合わせて読むことが非常にやりにくいと言われています。

つまり、ページ概念がなくて、あのページとこのページを指し示すことができなくて、いつもその画面に出てくるその場面でしかないし、その場所をページのある場所として覚えていく空間的な把握が、少なくとも現在の技術の電子媒体ではできてないという状況があると言われています。

まさに線状的にしか読めないし、その場面しか読めないという読みが今これから大きなものになっていくし、紙の本を読まない若い人たちが出てきたときに、そういう人たちに対してここととこことここを参照して読んでいきたいとか、こことここをこういうふうに空間化して対比することに意味があるんだということを、どういう形で伝えていけるのかを考えなきゃいけないいんじゃないか。

今日お三方が指摘してくださったことはとても大事なんだけれども、でもそれを伝える技術というのがやはり必要なんじゃないか。それを考えていきたいなと思っています。

鈴木　ありがとうございました。フロア討議に移りましょう。どなたか……。

◎――漢文、仮名文、口承

中丸貴史　東原さんに基本的な質問をさせていただきたいんですが、なぜ物語文学を「仮名散文」と仮名に限ったんでしょうか。

東原　今日は『土左日記』を対象にしましたので、それ以前に漢詩文隆盛の唐風謳歌の時代があって、むしろ、そこから国産の、自前の国風の文学が出てくるという文学史の連続性の問題意識が頭に大きくあったものですから、そのように論じました。

中丸　物研の四〇周年ということで、基本的なことから問題にしますが、絶対仮名に限ってはいけないと思うんです。物語文学は十分漢文でも成り立ちますし、『土左日記』を扱うならなおのこと、貫之は職掌として記録をつかさどる大内記もつとめており、これは漢文に堪能な者が任じられていましたし。

東原　僕は、水と油の対立の関係でなく、漢詩文からの連続性の問題でとらえていて、だから全然、中丸さんの反対

東原伸明

の立場で論じていなくて、むしろ漢詩文の力がある人が初めて作った日本語で『土左日記』みたいなものを書くとああいう変な形の日本語になるということの事例として、ここずっと追究してきているんです。

中丸　そうなんですが、東原さんが立ててらっしゃる散文引用に関する文学史の構築にも、どうしても漢文の排除を感じるものですから、一度申し上げたいと思いまして。

　これは東原さんだけじゃなくて、高木さんが『史記』を引いているんですが、これ書き下し文ですね。「その卒《をはり》は王覇たりき」の「たりき」は書き下すときに付け加えた部分。書き下し文は翻訳の一種ですから、例えばフランス文学を現代日本語訳して読むこととはもちろん違うんですが、似た部分もあるので、やはりこれは原文を提示すべきだと思います。

　「夏台につながれ」も原文とは語順の転倒があって、全然思考が変わってくる。その思考の違う文体で引用することの問題性は存分にあると思うんですが、多くの人が意識せずに書き下し文だけを引いてくるところに、非常に嫌悪感を感じていたものですから、まず表明したいと思ったんです。特に。

東原　そう言われるのなら質問したいけど、中丸さんは漢文を日本語として扱ってるの？　それとも古代中国語としての漢文として扱ってるの？　どちらの立場ですか。

中丸　日本語とか中国語とかではなく、この時代の知識人は基本的にはバイリンガルというよりは二重言語をものしてたと思うんですね。だから、そういう発想で漢文を意識して書く部分もある。物語学と言ったときにそういう世界が排除されていると、ところどころ感じるんですね。

高木　『史記』は書き下しで引きましたけれども、この『和漢朗詠集』注釈とかは書き下しで展開されることもあるわけです。中世において参照されたのが中国の『史記』そのものじゃなくて、注釈というワンクッションが入って、それが流布してる。正格漢文を典拠としていない可能性がある以上、書き下しで提示してOKだと思いますね。

ただ、中丸さんが先におっしゃられた「物語学の現在」というタイトルの下で物語と言ったとき――物語研究会の設立におよんで物語文学研究会にするか物語研究会にするかでもめたという話を僕は伝説として聞いてますけれども――、物語学の対象たる「物語」が散文、しかも仮名でしかないとなると、物語学は狭すぎるんじゃないかな。そのような意味での批判には賛成します。

中丸　高木さんが扱う時代になるとまたちょっと違って、書き下し文で読むことも十分あり得るので、これは非常に難しいんですけど、意識の問題として私は常々感じていたので申し上げました。

鈴木　藤井さんお願いいたします。

藤井貞和　四〇周年の現在ということで、お三人および三田村さんの意見を聞いていて、しみじみと何か感じるところもあって大変うれしく思いました。ちょっと批判的なことも言わせてください。

物語研究会の領域として宮廷物語と軍記物語および口承物語という三領域があるのではないか。今回の会報にも少々書きましたが、今までの四〇年間の発表で、絶えず口承文学の問題を提起されてきた方がありました。しかし、それらは受け継がれることなく単発的にオーラルな物語の問題が発表されては消えていく。私、途中からあきらめて、口承文学に関しては口承文芸学会のほうへ身を移し、そちらで言わば活躍させてもらっておりますが、でも何かすごく残念な感じがするんですね。

物語研究会の中で何度か火がついたり、継続してきた口承文学の問題が、出てきていいのではないかと。王道はもちろん『狭衣』や『源氏』でいいですよ、書かれた、それは宮廷物でもいいけれども、しかし、それを脅かす形で、兵藤さん、高木さんといった人たちが何かこう異論を突き付けて、物語のどこか根底的なところをひっくり返そうとしている。ひっくり返さないかもしれないけど、何かこう照らし出そうとしてきてるというね。

やはりそういう形で、まあ高木さんの今日のご報告に対してはちょっと異論がありますけれども、中丸さん、高木さんが出された問題を、王道である『源氏』や『狭衣』の研究者はどう受け止めるのかと、突き付けられてきたんじゃないかなと。

西本香子　東原さんは、男性の律令官人が漢文に習熟しているからこそ、仮名散文をまず手がけることができた、そして、その先頭を切ってどんどんやっていったのが貫之であると既におっしゃってますよね。それで、例えば『古今集』の仮名序も『詩経』を十分意識しているんだと。

私も漢文と仮名文との関係はだいじだと思います。漢詩文ではなくて、唐代伝奇などの中国散文小説との関係です。例えば『源氏物語』の六条御息所の生霊事件は、紫式部の創作なんだとおっしゃる論文もありますが、そういう生霊も唐代伝奇にはもうたくさん例がありますし。

また、今まで語ってきたのは実はこういうことだったという種明かし的な手法も、やはり唐代伝奇にはすでにあります。それから、例えば『うつほ物語』は嵯峨とか朱雀とかという実在の天皇名を使っていますが、唐代伝奇の中にも実際の歴史の中で起こったこととして、フィクションの物語を、描いていく手法があるわけですよね。

ですので、ただ準拠や引用というような表現技巧として漢籍が利用されるのではなく、中国の散文の叙述の方法を和文へいかに取り入れていくかを、いろいろと試みていったというのが、貫之が一生懸命やったことなのだろうだと思います。

また、初期の女性物語作者たちが学者の娘で、漢籍に非常に近かったことは、古くから指摘されていますが、そういう特殊な知識を持つ女性たちから始まって、どんどん物語の担い手が女性たちへ移っていったときに、今度はまた仮名散文から学んだ仮名散文が生まれてくるわけです。この新段階の叙述の方法、つまり漢文から取り入れられた方法から、和文独自というか、より和文にふさわしく工夫された叙述へとどういうふうに変わっていくのかということも、仮名散文のもう一つの転換点としてあると思います。そういった点について、私自身非常に興味のあるところですので、今後ぜひ具体的に考察して頂ければと思っています。

上原作和　東原さんのは、唐風謳歌対国風というやや古めかしい図式で受け取られてしまったかな。感想ですけど。千野さんには、『狭衣』の本文の問題をもう少し考えてほしかったと思います。

千野　はい、がんばります。

◎——享受、魂の語り

阿部好臣　千野さんと、高木さんに、ご発表の内容は私の理解でいいのかという確認の質問です。千野さんは結局、物語を二つの種類に分けて、それを享受していく側の問題と被せていく、享受と深いかかわり合いがある問題提起ですよね。読み手と享受という問題。それは私たちの物語に対する関わり方と連続していくと思いました。

その意味で千野さんのご発表は、物語研究会や、物語にかかわる研究主体のわれわれの、極めて原初的な問題を提示してくれたのかなということです。その理解でよろしいか。

また、高木さんも、極めて原初的なところをあぶり出してくれたと思うんですね。反貴種流離譚という言葉を使って重衡の道行きを論じられて、それは「反本地物」だという言い方もなさって。

しかし結局これは、反本地物なんだけど本地物的、死して神になるという根源的な物語のスタイル。いわゆる貴種流離譚の根源が神というところに位置付けられていった、そういうところに回帰していく営みとしての読み方はできないのかということです。

亡霊と怨霊とは、大変面白いし有効な区分だと思いますけれども、それにしても結局、魂の語りとしての物語のようなものがやっぱりどこか共有されてるのかなという感じも一方でするのです。

そういう延長線上で、救済の方程式のようなものの原型的なあり方を、もう一度省みさせる機能があるんじゃないか、そういう理解でよろしかったでしょうかという、その点の確認です。

鈴木　では、千野さん、高木さん、どうですか。

千野　はい。私が『狭衣』でちまちまやったことを普遍化というか、広げてくださって、本当にありがとうございます。

今日、私が申し上げたのは、『狭衣』が先行物語を取り入れ、そこからまた先行物語に対して向き合って、新たな物

千野裕子

語を作っていくということになるので、その意味では、物語を享受し、物語とはこうだと論じていくわれわれと結びつきますね。

高木　「反本地物」といわず「非本地物」だと言いきった方がよかったかもしれません。なぜかというと、死者をして神にしちゃいけないと思うんです。死して神になったもの、あるいは救済の方程式に乗っかって死者が語られること、そうした物語は、固定化した制度としての物語で、悪く言えば葬式仏教みたいなものだと思うんですね。

だから、物語とは何か、物語学とは何かといったとき、死者が決して神にも怨霊にもならないところで語り出される言葉をいかに対象化するかだと思うんですね。だから千野さんの発表だと、物語ることへの欲望の正と負の面があって、一つは『源氏物語』みたいなものを地続きのものとして自分の中に内包していくことと、同時にそれをしてまで自分が物語を作り上げていこうという欲望のマイナス面、ダークサイドでしょうか。

そういう二つの面に常に揺さぶられながら物語学はあるべきで、「べき」というのは良くないかもしれませんけれども、そういう意味では、安定した散文物語があると思っている、あるいは、そういうものを前提として中古文学研究は可能だと思っている人が多数いるのならば、僕ははなはだ失望する。いや、絶望先生的に「絶望した！」でしょうか。

阿部　ありがとうございます。そういうことを聞きたかったんです。

◎――物語の範囲、虚構の真

鈴木　関根さんお願いいたします。

関根賢司　中丸さんの発言をもう一度蒸し返します。東原さんは「私は平安の仮名の物語をやってるんです」ということになると思うけど、漢文の物語も日本にあるわけで、例えば『浦島子伝』とか空海の『三教指帰』とか。あるいは遡っていけば旅人の「松浦川に遊ぶ序」および歌とか、憶良の「貧窮問答歌」や「沈痾自哀文」とか、そういう韻文的なものも、物語とは何かというときに……、明らかに「松浦川に遊ぶ」はやはり物語で、竹取の翁と天女の歌は、物語の会話文です。

だから、そういう意味で『万葉集』の中にも物語はあるし、漢文で書かれた『三教指帰』とか『浦島子伝』その他があって、そういうものを排除しても物語研究は成り立つかもしれないけど、それは非常に限定された平安仮名物語の研究ですね。だから、それを物語だと決めつければ、すでに物語とは何かはその時点で自分で限定（定義）してしまっていることになりますね。

東原　排除するんじゃなくて「今日私が扱うことができるのはそれだけ」という話です。私の興味の中心はそこにあり、立場の違いは尊重されるべきです。またとても、それ以上のことは、二〇分の持ち時間では言えない、ということです。

関根　言えないと言っても、四〇周年なんだから全部引き受けて。

多くの人がそうだと思うし、僕だって例外ではないけど、「私がやってるのは平安仮名物語です」と言ってしまうと、物語とは何かを問う資格、条件に欠けるのではないかなという気がして。中丸さんの激しい発言を聞いて魂揺るがされて発言したわけです。

もう一つ、『狭衣』の千野さんですが、『落窪』でも『源氏』でも、例えば交野少将とか、フィクションの物語の人物を自分の物語の中に平気で隣人として登場させてますよね。そうなると、フィクションの物語がフィクションの物語と地続きであるかのように語ることは、別に『狭衣』の独自性ではなく、作り物語の特性の一つであって、『狭衣』はそれを肥大化してるとも言えますけど。

三田村さんが言ったように、日記でもそう。『更級日記』は浮舟とか夕顔とか親しい隣人であるかのように語ったり、そういう生き方を願ったりということもあって、特に『落窪』や『源氏』でも、フィクションを同じ土俵に持ってきていることの意味というのかな。われわれは虚とか実とか分けてしまうからなのかもしれないけど、それをもう一度考えるべきかなと思ったので。

鈴木　いかがでしょう。

千野　ありがとうございます。実は交野少将は考えるべきだったと自覚しているのですが、『狭衣』と『落窪』のやり方を考えたときに、『落窪』も『狭衣』のように、語られたものではなく書かれたことを標榜している物語なので、そことも併せて考えていくべきだろうと考えています。

しかも、『狭衣』はそういう『落窪』の作中人物を出してこないので、その点で『狭衣』が『落窪』に対してどう向き合っているのかは、また違う問題になると考えています。もちろん『源氏』を含め他の作品も併せて考えなければなりませんが。

高木　千野さんの今の発言にかぶせて言うと、関根さんは物語、作り物語、虚構とおっしゃいましたよね。ところが、千野さんの発表は作り物語であるにもかかわらず、真実の物語である身振りをしようとする物語の欲望を語ったと思うんです。

関根　真実の物語であろうとしているのは、あらゆる物語に共通してることで。

高木　それを書く行為を通してやってるけど、「どこどこにはべり」みたいに「どっかにあったよ」じゃなく、「これが現実の歴史だ」みたいな形でうそを含み込んで作り上げようとする。だから、物語という言葉を使ったときに、それはすべて虚構と考える必要はないんじゃないかな。真

高木　信

実の物語もあるんです。だけど、真実の物語は真実を語ってない。まあ、いいや。(笑)

鈴木　「まあ、いいや」はちょっと、なので。(笑)関根さん、いかが。

関根　真実を取り込んだんじゃなくて、すべてを真実として語ってる虚構なんだから、それを部分的に。

高木　すべてを真実として語る虚構なんだけれども、それは真実なんです。(笑)

◎――後ろから読む物語、一〇世紀の記憶

藤井　私も交野少将の話をしようと思ったら関根さんが言ってくれたので付け加えることはないんですけれども。散文だけじゃなくて三田村さんが言われた韻文でも、例えば歌枕とかね。元歌となるいろんなのをみんなで共有して文化を形成し、次の歌が生まれるという形になって。

　だから、私、今日の千野さんの発表、やはり何か大きな物語が共有されていて、『落窪』の中に交野少将が出てくるのも、その大きな物語をみんなで共有してることの証しだし、さまざまな散逸物語も含めて、いろいろ引用されてる世界全体が大きな物語として流れてる、そういう一〇世紀、

一一世紀を浮かび上がらせてくれたのではないかなと。

そして、高木さんの話も最初にちらっと一の谷合戦に触れていましたが、以前にたしか須磨明石物語と軍記物語との関係を論じていらしたと思います。『源氏物語』なら『源氏物語』もまた一〇世紀という大きな歴史の中に虚構を放り込んでみたらどうなるだろうみたいな、一種の実験ですよね。『源氏』は全体に七五年という歳月が流れていて、歴史に当てはめてみることができるんじゃないかな。当てはめてみると光源氏は九一二年の生まれ。（笑）そして、高麗の相人が源氏八歳でやって来たのは九一九年。これはもう本当に渤海の使いが三三回目にやって来たときとぴったりですね。

醍醐天皇が亡くなるときと桐壺帝が亡くなるときとは二、三年ずれがありますけど、どちらも朱雀帝が即位して、そして乱世を迎える。須磨の巻まで来て、次に明石に行ったとき反逆の皇子になるわけですね。重衡、まあ「平」ですよね。そのころ東では将門がもう比叡山まで来てるようなうわさが京都では流れてるし、純友は大宰府は焼く、讃岐の国府は焼く、瀬戸内の千何百艘の水軍をしっかり押さえてる。だから、明石の入道が純友に電話して「今ちょうど光源氏が来てるから、やれ」と。そしたらいちころですよね、京都の王権なんかはね。

要するに『源氏物語』の中にはそういう想像される反逆、乱世が同時に描かれてるのではないか、まさに『平家物語』から『源氏物語』を読み取れるんじゃないかなという。

高木　それについては、まさに藤井説に挑発されて「『平家物語』を読む〈紫式部〉」（高橋亨編『〈紫式部〉と王朝文芸の表現史』森話社）という論文を書いたんです。（笑）

藤井　今日は四〇周年を三人で全部引き受けなきゃいけないんだったら、（笑）東原さんには漢文物語も論じてほしかったと思いますが、それでも、一筋何か共通して、共通の方向に向かっている姿が……。

高木　僕は今日の話題の共通点は「後ろに規定される物語」だと、つまり物語は未来が作りあげるんだということだと思うんです。今日の話はすべて後ろ（つまり未来）のテクストから、前（つまり過去）のテクストを作り変える、読み替える作業です。で、作り変えられた前のものがやはり後ろのテクストにまた影響を与えていくというんですか。これは文学史的にもそうだし、言説のつながりの中でもそうだと思うし。そういう遡及と拡散と焦点化、この運動が物語学だと思うんですね。物語学はその運動をいかに引き起こすかというところに重要な使命があるのではないか。

ちなみに僕は、光源氏は簡単に攻め込んじゃ駄目だと思うんですよ、都に。何でかというと、平将門が坂東で新皇になったように、彼は須磨明石で新皇になるべきだ。そして、須磨明石朝を開かなきゃいけないんです。

三田村 今、歴史のほうで記憶としての一〇世紀が大変話題になっていて、平安時代の九百何年、藤井さんが不思議な年号をおっしゃいましたけれども、その九百何年の天皇たちの事績であるとかが繰り返し繰り返し後で物語化されて歴史の規範として追究されるという、そういう問題が話題になっています。

私は、『源氏物語』がまさに記憶としての一〇世紀を所有している物語だと思いました。それ以降の物語史で考えてみると、やはりその記憶としての一〇世紀がずっと保存されていると思います。『狭衣』も『寝覚』もそれ以降の後期物語もそうですけれども、それぞれの時代にとっての物語じゃなくて、やはり記憶としての『源氏物語』的なものが一つの中核になって、それに対してどういう距離感で自分はいるのかが追究されていく、そういう何か非常に大きな物語みたいなものがあるんじゃないかなと思います。

阿部 先ほど言い損ねたことで、高木さんにひっくり返されたいみたいなことを要求したけれども、結局、やはり救済の方程式みたいなのをどこかでいつも供し続けるんだけど、でも届かない。あるいは、それに対して拒否するとかという一つの指標としてあり続けるという理解でいいですよね。

またもう一つ、歴史学と国文学というか、われわれの研究は、常に連携しながらやっていくのが当然かもしれないけれども、もう少し物語研究から歴史のほうに……。多分、すでにさまざま発信してるんですよね。だから、どっちが上下という問題では当然ありませんけれども、固定化された歴史をどうぶっ壊していくかが、物語の一つの命題でもあるはずだからということを感じました。

◎――ジャンルの流動性と個々のテクスト

鈴木 長谷川さん、お願いいたします。

長谷川政春 物語研究会のあれこれを思い起こしながら三人のお話を聞いてたんですが、重要な面として一つ浮かび上がっていると思うのは、日記だとか物語、それから普通に言われるところの軍記物語とか、ジャンルがある程度出来上がってくる。

ところが、出来上がったから他とは全然接触しないとか、そこに大きな壁があるわけではなくて、出来上がったジャンル自身の中に実はそれを超えてしまうものがたくさんある。つまりそれ以外のものをどんどん取り込んでいってる。

その一つのいい例として、高木さんの話の中で思い起こしたんですが、重衡に関するお能のところで、普通複式能の形ですと必ず成仏する、「成仏させてください」とシテが言うから成仏をするという、そういう話で終わるんですが、そうではなくて、あれは桜の花、八重桜ですか。つまり謡曲自体の中にも実はそれを壊していって、もう一つ別の、桜の木の精になるのかもしれませんけど、どちらにしても違うものが生まれる。

『平家物語』が持っているその話の中に新しいものが、「めでたしめでたし」あるいは鎮魂で終わらない、離反してないかもしれないけど別の新しいものが生まれてくる。そうすると、これ、ぱっと飛びますけれども、近代になってから、桜の木の下に死体が埋まってるという話が非常に有名な形で幾つか出てきますが、中世にちょっと面白いことが幾つかあるんですね。

今日の話もその資料なんだけれども、語りものの一つと言ってもいい『神道集』の中にもそういう話が出てくるんですよね。つまり、桜の花に関する死なり、あるいは霊なりみたいなものが。そうすると、『平家』の重衡の話も、書かれないで非常に分厚い形の中世なら中世の中でもっと自由な形で動いてた、口承の世界みたいなものがあって、それがあらゆるところでジャンルを超えていってしまう部分がある。

ただ一つ、そのときに注意をしておきたいのは、やはり一つ一つの個別の作品はそこで確立するわけですね。そうすると、それはそこであるジャンルとなるかもしれない。でも、次にそれが内部から崩壊をする形で新しいものが生まれ、物語が紡ぎ出されていく、そういう形で常に物語学が多分、高木君が言っているような意味で言えば、常にテキストは開かれている。

それがかなり重要な事柄であって、そこに物語の現在と、それからその先のところへということじゃないのかなと、自分の中でも思ったりもしています。

鈴木　一つ一つの物語もそれ自身として出来ながら壊れていくというか破られていくものを自分の中に持っているという、ジャンルの流動性と物語の生成との考察が物語学の重要な局面、今日のシンポの成果ですね。ありがとうございます。

さて若い方の発言がまだ足りないかな、と思いますが、

物語研究会ができたとき、私まだ生まれていませんみたいな人たち、何かちょっと言ってみようかななんて……。（笑）

◎——物語学のこれまでとこれから

西野入篤男　高木さんにお尋ねしたいのですが、高木さんはいつも、物研の人たちの論を的確にまとめてくださって、ありがたいのですが、高木さんご自身は一体、物研のどこの人たちと戦っているのかなと疑問に感ずるんです。

つまり、物研が四〇年の間に、物語とは何かをいろんな形で提示してきたことに対して、高木さんはこの並んでいる名前の方々のどこを引き継ぎ、もしくは批判したのか。そういった点で、現在の高木さんの物語学はどうできているのかを、もう少し聞きたいなと。

今日のお話で、高木さんの相手は、止まった形の物語、注釈や注釈書などに対して、動的な物語を言わんとしてるのは分かるんですけれども、物研の人たちは既に動的な物語学を訴えてきたと思うんです。

それに対して、高木さんは一体どう答えますかということを聞いてみたいなと思って、今日はマイク係ですけれども質問させてもらいました。

高木　難しいこと言うなあ（笑）。僕は物語研究会の関心、問題系に基本的に激しく影響されてきたんですよ。かつての王権論、語り論、引用論、テクスト論とか……最近のテーマである一連の「記憶」にまつわるものたちとか……。

それでいながら、流浪の民のようにしてさまよってきたところがある。平安文学を研究対象としていないことだけではなく、それは文法を求めないことだと思うんですね。三谷邦明さんの自由間接言説も藤井さんの四人称も高橋亨さんの心的遠近法も文法指向なんですよね。コードを抽出し、あるいは体系化していく、それに対して、僕はコードというのは逸脱があるからコードが発見できるのであって、コードがあってそののちに逸脱があるわけじゃないと思っているので、その意味で物語とは何かということを文法的に、つまりシステム的に考えなければいけないというオブセッションに対して、いら立ちを感じ続けたんだと思うんです。

と同時に別の問題系があって、それは動態とか逸脱とか言いながら、結局は予定調和的な論調、制度的なもの（物語）を補完するように感じられる思考には違和感を感じてもいました。逸脱するものがあればそれには「価値がある」

とする思考に対してですね。動態的物語論とは、自身の足場をも崩落させてしまうほどのダイナミズムを持つ、危険なものじゃないのかな。

文法思考に反抗し、戯れていればいいという逸脱論を批判してきた。でも、そう言いながらもやはり語り方とか物語るシステムを、自分自身の物語理論をいつかは探究しなければいけない思うときがあるのも事実です。

続けて、「モノケン」という運動体との関係です。これはふたつに分けたいと思います。モノケンの外部、従来の国文学研究のあり方、それには激しい違和感を感じてきました。「実証的に研究すれば、きちんと客観的な解答に到達するのが当然だ」とする感覚は、僕の問題意識とは違うと。それを救ってくれたのがモノケンです。三谷さんの影響は大きかったですね。三谷さんに少しでも近づきたい気持ちは今もあります。

しかし、モノケンという運動体に甘やかされて、批判にさらされず来たというわけではもちろんないです。つねに「お前の言っている、やっていることは、違ってる！」という批判との闘い――いや切磋琢磨ですか。これがあったからなんとか研究を続けられたとの思いはあります――はありました。どのように説得的に語れるかという自己への問いとともに。だから、モノケンのどういう部分と闘ってきたのかというと先に述べたように文法（システム構築）思考と安直な逸脱論ですかね。それらをめぐって論理の整合性と説得力、そして物語を分析する強度、その効果について、誰とでも闘ってきた、それが、現在のあるいは未来の物語学を構築する過程を生きている僕なんだと言えるのではないのかな？「まとめるのが上手」とほめていただけて光栄ですが、けっして超越的な立場にいるつもりはなくて、自分が思考群のプロセスの一部となって発言しているつもりです。

そしてもう一点、「物語研究会の現在」との闘いで言うと、僕が二十年くらい前に感じた、モノケンの熱さが今あるのかなと思ってしまうわけですね。単なる歳のせいでしょうか（笑）。でも、三谷さんや藤井さんたちが燃え上がっていた熱さを（もちろん形は違っていて当然でしょうが）今も探し求めているし、何かを確立できないでいる僕自身と今闘ってもいるというところなのでしょうか……。こんなんでお答えになりますかね？

鈴木　まさにお若い世代から聞いて良かった質問ですね。上下の世代とは多分感覚差があるんですけれども、私の感覚ではですよ、物研じゃなきゃできないことがあった世代なので、物研の中で戦うというよりは、物研の外と戦ってたのが私の世代、高木さんもそうじゃないかな。

三田村　物研の中だって戦ってましたよ。

鈴木　それはそうですね。ただ、私の世代には（にも）外との戦いがあって……。物研でも、どうせ石飛んで来るし痛いんだけれども、物研に戻ってくるという感じでした。

もちろん、中でも戦いましたけどね。『狭衣』ですから。もう、「何でおまえ『源氏』やらないんだ」みたいな発言の中で戦ったりするんですけれども、もっと全然違う戦いが外側にはあった気がします。

西野入　現在はないと高木さんがおっしゃり、今回のシンポジウムは後ろから前をとらえ直すと、さっき質疑応答の中にありましたけど、一回、今この物語学の現在を、物研の現在でもいいんですけれども。

高木　動態ということにからめると、僕は未来から今を問い直されてると言いたいんですよね。どんな未来か分からないけど、来たるべき何か。でも、それは来た途端にすぐに過去になっちゃうんだけど、その何かを、遠い未来から呼びかけてくる「力」みたいなものを、受け止めなければいけないと思うんです。だから、今の自分は、未来によって、常に更新されてる。過去からじゃなくて、未来から変えられる、読み変えられてる自分、というの？　なんか格好いいね。（笑）

鈴木　今のやりとりで、高木さんの本日のまとめはお話しいただけた感じですので、東原さんいかがでしょう。

東原　「排除」は見当違い。私は「漢文物語」の立場も尊重しているし、異なる「仮名文学」から「ものがたり」を論じて、何が悪いのか、と思っています。

鈴木　そうですね。排除はしてなかった。でも、物研はまたないものねだりなところで、この時間のなさで話してくださったことに関して、おい、これはどうだ、これはどうだと言うのも物研かなと司会はちょっと思いつつですね。千野さん、どうでしょうか。

千野　最後に高木さんや泰恵さんの体験を聞けたのがうれしかったです。今日のことから、今後どうしていこうかということを、自分の中ではもちろん、同世代の「三谷さんを知らない世代」の皆さんとも考えていきたいです。

鈴木　パネリスト、コメンテーターをはじめ、みなさま、ありがとうございました。では、実りが多かった、と信じたい、シンポジウムをこれにて終わらせていただきます。長い間お付き合いいただいてどうもありがとうございました。（拍手）

今　読みかえる

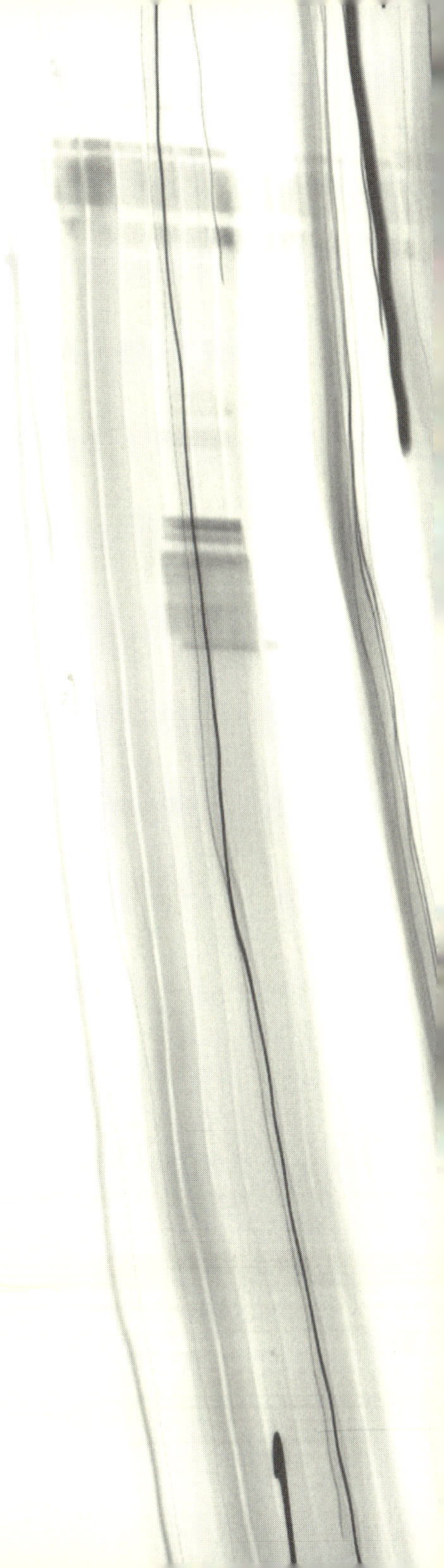

詩学―物語と和歌

『伊勢物語』第四十五段「蛍」

近藤さやか

はじめに

物語内における和歌解釈は、どこまで散文部分を解釈に反映させるかという問題を孕んでいる。同じ和歌であっても、詞書による詠歌状況の違いで意味が異なるように、物語内における散文と和歌の関係について注意する必要がある。本稿では、『伊勢物語』第四十五段を例に物語と和歌の関係を考え直してみたい。

第四十五段は、大切に育てられていた娘が「男」に恋をするが、言い出せないまま病になり、ついに死の床で想いを打ち明ける。娘の親から知らされた「男」は慌ててやってくるが、女は死んでしまう。段末に「男」の和歌が二首続く段である。

堀辰雄の「かういふ一段を読んでをりますと、何かレクヰエム的な、―もの憂いやうな、それでゐて何となく心をしめつけてくるやうなものでいつか胸は一ぱいになつて居ります。」[*1]という鑑賞で知られる段である。「レクヰエム的」とは、この段を簡潔に表現しているといえるが、その「レクヰエム的」雰囲気をどこまで段末の和歌の解釈に汲み取るべきだろうか。
「蛍」と「雁」は何を表象するのか、和歌が段末に二首おかれる意味はなにか。これらの問題について物語と和歌の関係をみながら考察していく。

一

『伊勢物語』第四十五段（天福本）の本文は次の通りである。

むかし、男ありけり。人のむすめのかしづく、いかでこの男にものいはむと思ひけり。うちいでむことかたくやありけむ、もの病《や》みになりて、死ぬべき時に、「かくこそ思ひしか」といひけるを、親、聞きつけて、泣く泣くつげたりければ、まどひ来たりけれど、死にければ、つれづれとこもりをりけり。時は六月《みなづき》のつごもり、いと暑きころほひに、宵《よひ》は遊びをりて、夜《よ》ふけて、やや涼しき風吹きけり。蛍《ほたる》たかく飛びあがる。この男、見ふせりて、

ゆくほたる雲の上までいぬべくは秋風吹くと雁《かり》につげこせ
暮れがたき夏のひぐらしながむればそのこととなくものぞ悲しき

女の死後、「男」は「つれづれとこもりをりけり」と喪に服す。『令』（『新訂増補国司史大系　令集解　第四』吉川弘文館一九七四年）の「喪葬令」によると、死によって喪に服すのは死人の縁者に限られているが、この男は娘の縁者ではない。「規定上は喪に服する必要はないのであるが、自分のために死んだ娘をあわれんで、縁者と同様に喪に服したのである」[*2]とする説があるが、片桐洋一氏は、『観賞日本古典文学第5巻　伊勢物語　大和物語』（角川書店　一九

七〇年）で『拾芥抄』[*3]による死人のかたわらに坐ってしまうと三十日の間出仕できない点を挙げ、これを否定する。また、籠る場所についても、女の家をする説と「男」の自邸とする説がある。服喪ならば、女の家、触穢ならば、「男」の自邸と解されるが、ここでは、女と「男」の関係が親しいとはいえない点から触穢とすべきであろう。しかし、市原愿氏は、「ゆくほたる」歌が「いかにも女の柩の前で詠むにふさわしい」[*4]として、空に昇りゆく蛍が亡き女の魂を可視化した歌であることを根拠に女の家に籠っているとする。

この蛍は何を表すかという問題について考えていきたい。

二

蛍について、魂を可視化した喩として詠む方法は、『後拾遺和歌集』巻第十九（雑五）神祇・一一六二番歌に和泉式部の有名な歌がある。

をとこにわすられて侍けるころきぶねにまゐりてみたらしがはにほたるのとび侍けるをみてよめる

和泉式部

ものおもへばさはのほたるをもわがみよりあくがれいづるたまかとぞみる

「蛍の光を魂の象徴とみる発想は、より古代的な信仰に発しているとみられる。しかし、実際には、前代の『万葉集』の時代の歌などにはほとんど例をみない。[*4]」と鈴木日出男氏が述べるように、蛍を魂に喩える発想は比較的新しいものであった。『古今和歌集』に詠まれた蛍は、漢詩文の影響も受け、「恋の思ひ」の掛詞として恋歌に詠まれ、夏の歌には登場しない。『後撰和歌集』巻第四・夏・二〇九番歌の

桂のみこのほたるをとらへてといひ侍りければ、わらはのかざみのそでにつつみて

つつめどもかくれぬ物は夏虫の身よりあまれる思ひなりけり

により、夏虫として認識されるようになった。*6

では、和泉式部以前に蛍を魂と喩える例がないかというと『古今和歌六帖』第六「ほたる」に「ゆくほたる」歌に続いて、四〇一二番に紀貫之の「夏の夜はともすほたるのむねの火をゝしもたえたる玉とみるかな」と見立てる例がある。そして、『伊勢物語』にも萌芽が見いだせる。『伊勢物語』中には、他に蛍が登場する段が二段ある。源至が女を見ようと車に蛍を入れる第三十九段の舞台は、皇女「たかい子」の葬送であり、第八十七段では、布引の滝を見た帰り、「うせにし宮内卿もちよしが家の前」で漁火を「河べの蛍かも」と喩えて詠む。『伊勢物語』では死者にまつわる場面で蛍が詠まれるのだ。そこには蛍を死者の魂としてイメージさせる雰囲気があるが、和泉式部のような自分の身体から離れ出たというような自覚的なものではない。第四十五段もそうした過渡期の段階にあると仮定するならば、女の柩から空に昇りゆく魂というような具体的なものではなく、男が自邸で見た蛍に女の魂のイメージを重ねたと考えられる。

蛍を女の魂とみる説は、『伊勢物語評解』、『新日本古典文学大系』、『新編日本古典文学全集』、『鑑賞日本古典文学』などである。和泉式部歌ほどの明確な喩ではないものの、蛍を女の魂に重ねて詠む点に異論はない。一方で、雁を死者の魂とみる説がある。

三

石田穣二氏は『新版伊勢物語』（角川書店　一九七九年）で「娘の魂を雁によそえて、秋風が吹いているから帰ってくるようにと、魂のよみがえりを願う歌であろう」といい、鈴木日出男氏は「諸説があって一定しないが、この「雁」には亡き女の霊魂が込められているのに対して、「螢」は男自身の魂ではあるまいか。男の身からあくがれ出た魂が、女の魂とはじめて天上で邂逅する趣であるといえよう。[*7]」として、蛍を「男」の魂とする。同様に、中野方子氏も蛍を「男」の魂の化身とするが、雁は常世と死者の国との往来が可能な存在であるため、女の魂を運ぶように頼むと述べる。[*8]

蛍を「男」の魂、雁を亡き女の魂として、あるいは女の魂が既に常世にあるものとして解釈しているが、蛍を「男」自身の遊離魂とするには、後世の和泉式部歌の影響を強く受けすぎており、雁を女の魂とするのは時間的に早過ぎるのではないだろうか。

つまり、「男」が「つれづれとこもりをりけり」と籠っているので、女が亡くなってからまだそう時間は経っていない。仏教では中陰の四十九日の間は現世に留まると考えるはずである。蛍（＝男）との邂逅を願い、雁に女の魂を投影する、あるいは、常世からの使いとしての役目を頼むのは、既に女の魂が現世になく、常世にあるかのようになり、「男」の籠っている期間三十日と合わない。従って、蛍はやはり亡き女の魂が常世に向かうイメージを重ねたと考えることが妥当である。

では、雁は何を表象しているのか。

四

「ゆくほたる」歌は『後撰和歌集』巻第五（秋上）二五二番に題しらずで「業平朝臣」の歌として収載されている。「伊勢物語四十五段にも見えるが、物語がない場合は、秋を待つ思いを雁を待つ形で表わしたことになる。[*9]」とある通り、ここで表現されているのは秋を待つ思いのみである。同様に『古今和歌六帖』第六「蛍」四〇一一番にも収載されている。詞書のない和歌だけでこの「ゆくほたる」歌を解釈するならば、蛍は夏、雁は秋の風物として、秋の訪れを待ち望むものとなる。では、『伊勢物語』の中でこの和歌はどのような解釈ができるだろうか。

折口信夫氏は和泉式部の歌の影響を指摘し、「何でもない夏の季節の蛍の歌が、こういう詞書を引き出してくる。そういう刺激を歌自身がもっているのだ。[*10]」として、蛍に魂の表象誘発要素があることを認めつつ、和歌に物語の解釈を持ち込まない。

雁は『古今和歌集』でも巻第四（秋歌上）二〇六番歌に、

はつかりをよめる　　在原元方

まつ人にあらぬものからはつかりのけさなくこゑのめづらしきかな

と秋の鳥として詠まれている。『伊勢物語』第六八段には、住吉の浜で「男」が詠む歌「雁鳴きて菊の花さく秋はあれど春のうみべにすみよしの浜」があり、ここでも秋の代表的な鳥として詠まれている。第十段にも武蔵の国で女の「藤原なりける」母と「頼むの雁」をめぐる贈答があるが、この「雁」は女を指した表現である。

また、前述の通り、雁には魂を運ぶ使いとする説あり、『斎宮女御集』三五番歌が例に挙げられる。

しらつゆのきえにしほどのあきまつととこよのかりもなきてとひけり[11]

父宮（重明親王）を亡くした秋を待っていると常世の雁も鳴き訪ねてくれると詠んでいる。

『勢語臆断』は雁が秋の渡り鳥であることから、魂もまた帰ってくるようによそえたものとし、塗籠本を本文とする『日本古典全書』などにも引き継がれるが、竹岡正夫氏は、雁を魂と見る例が当該歌を収載する『後撰和歌集』に見られないことから否定している。[12]

「ゆくほたる」歌での雁には、女の魂や常世からの使いといった役割ではなく、秋にやってくる鳥として詠まれており、「使い」として雁の役割が成長していく過程の中にあるといえるだろう。[13]次に、この段の構成、和歌の配置について考えてみたい。

五

この段は末尾に和歌が二首並列されていることから、『伊勢物語』中でも珍しい形とされている。塗籠本（『日本古典全書』による）では、この二首の和歌は次のようにそれぞれ別の段を構成している。[14]

〔第四十三段〕

昔、みやづかへしける男、すずろなるけがらひにあひて、家にこもりいたりけり。時はみな月のつごもりなり。ゆふぐれに、風すずしく吹、螢など、とびちがうを、まぼりふせりて、

ゆくほたる雲のうゐまでいぬべくは秋かぜふくとかりにつげこせ

〔第四十四段〕

昔、すきもののこころばゑあり、あてやかなりける人のむすめのかしづくを、いかでものいはむとおもふ男ありけり。こころよはく、いひいでんことやかたかりけん、ものやみになりて、しぬべきとき、「かくこそおもひしか」といふに、をや、ききつけたりけり。まどひきたるほどに、しにければ、いゑにこもりて、つれ〴〵とながめて、

くれがたきなつのひぐらしながむればその事となくものぞかなしき

このような構成の違いから、成立の問題が問われてきた。[*15]つまり、どちらが先行するかということだが、本稿では構成と表現の比較にとどめたい。

この塗籠本では第四十三段で「すずろなるけがらひ」として、思いがけず死などの穢れに触れてしまい、家に籠らねばならなくなった男が詠んだとして「ゆくほたる」の和歌がある。「みやづかへしける男」とされることからも、穢れに触れ、出仕できなくなったことが分かる。天福本より露骨な書き方である。そうした状況で詠まれる「ゆくほたる」歌は、天福本のような「レクヰエム」的雰囲気を持っていない。早く季節が移り、服喪期間が終わることを望んでいるようにも解釈できる。

続く第四十四段は天福本第四十五段に類似するが、当然、蛍の場面と歌はない。「その事となくものぞかなしき」に、親しかったわけではないが、自分を想ってくれていた女の死を、戸惑いながら悼む様子が表われている。

天福本の解釈においても「ゆくほたる」歌と「くれがたき」歌の二首は詠まれた状況が異なるのではないかという疑問を呈する論も『肖聞抄』や『闕疑抄』、『勢語臆断』などの古注からみられる。塗籠本では、別の段の話となっているため、こうした問題は生じていないが、天福本ではなぜ二首続けて和歌が詠まれるのだろうか。

二首歌が並列されるという例は『伊勢物語』中にないため、特異なものとして扱われがちだが、石田穣二氏[*16]が第

十六段の末尾との類似を指摘している。

むかし、紀の有常といふ人ありけり。三代のみかどに仕うまつりて、時にあひけれど、のちは世かはり時うつりにければ、世の常の人のごともあらず。人がらは、心うつくしく、あてはかなることを好みて、こと人にもにず。貧しく経ても、なほ、むかしよかりし時の心ながら、世の常のこともしらず。年ごろあひ馴れたる妻、やうやう床はなれて、つひに尼になりて、姉のさきだちてなりたる所へゆくを、男、まことにむつましきことこそなかりけれ、いまはとゆくを、いとあはれと思ひけれど、貧しければするわざもなかりけり。思ひわびて、ねむごろにあひ語らひける友だちのもとに、「かうかう、いまはとてまかるを、なにごともいささかなることもえせで、つかはすこと」と書きて、奥に、

手を折りてあひ見しことをかぞふれば十といひつつ四つは経にけり

かの友だちこれを見て、いとあはれと思ひて、夜の物までおくりてよめる。

年だにも十とて四つは経にけるをいくたび君をたのみ来ぬらむ

かくいひやりたりければ、

これやこのあまの羽衣むべしこそ君がみけしとたてまつりけれ

よろこびにたへで、また、

秋やくるつゆやまがふと思ふまであるは涙のふるにぞありける

右のように、第十六段は、紀有常を中心にした段であり、出家した妻へ贈る物がないことを嘆く有常の「手を折りて」歌に対し、「友だち」である男の「年だにも」歌と贈り物がくる。これに対し、有常は「これやこの」歌を詠み、「よろこびにたへで、また」と「秋やくる」歌を詠むのである。

相手からの返歌を待たず、「よろこびにたへで」と二首目を詠むため、段末二首はどちらも有常の歌である。抑えきれない喜びという友だちへの感謝から二首立て続けに詠んだと解釈できる。

つまり、「あまの羽衣」「きみがみけし」として、相手の贈り物を賞賛した後に、「つゆやまがふ」と涙して喜ぶ自分の感情を伝えている。

この第十六段では贈答歌であり、第四十五段はどちらも独詠歌であるという違いはあるが、抑えきれない感情の表出という点では共通するだろう。第四十五段も「ゆくほたる」歌で、蛍に亡き女の魂が昇天するイメージを重ね、秋の到来を雁に伝えてくれと詠み、「くれがたき」歌で「そのこととなくものぞ悲しき」という自らの感情を詠み上げる。一首に収まりきらない感情を二首目に託しているが、それは一首目の和歌によって沸き起こった感情であり、自己陶酔的ともいえよう。

また、この物語が「時は六月のつごもり」と設定されていることについて、関根賢司氏は「夏の終り、秋の訪れを待つ、絶妙な時日。二首の歌が併存しうる状況の設定である。[*17]」と述べる。

夏と秋の移り変わりの時期に、「ゆくほたる」歌は秋を待ち望む想いを詠み、「くれがたき」歌は、ゆく夏を惜しむ想いが詠まれている。こうした季節感は中国漢詩による影響が大きいことを確認しておきたい。

六

蛍と雁が同時に詠み込まれている歌は珍しく、『和漢朗詠集』[*18]巻上「蛍」にみられる許渾《きょこん》の詩、「蒹葭水暗蛍知夜　楊柳風高雁送秋」（蒹葭《けんか》水暗《みづくら》うして蛍《ほたる》夜《よ》を知る　楊柳《やうりう》風高《たか》うして雁《かり》秋を送る）の影響が指摘されている。

また、この第四十五段の影響を受けたものとして『源氏物語』幻巻[19]の次の場面がある。

いと暑きころ、涼しき方《かた》にてながめたまふに、池の蓮《はちす》の盛りなるを見たまふに、「いかに多かる」などまづ思し出でらるるに、ほれぼれしくて、つくづくとおほするほどに、日も暮にけり。蜩《ひぐらし》の声はなやかなるに、御前《おまえ》の撫子《なでしこ》の夕映《ゆふば》えを独りのみ見たまふは、げにぞかひなかりける。

つれづれとわが泣きくらす夏の日をかごとがましき虫の声かな

蛍のいと多う飛びかふも「夕殿《せきでん》に蛍飛んで」と、例の、古言《ふること》もかかる筋にのみ口馴《くちな》れたまへり。

夜《よる》を知る蛍を見てもかなしきは時ぞともなき思ひなりけり

ここで光源氏が言う「夕殿に蛍飛んで」により、「例の古言」が「長恨歌」であることが分かる。[20]幻巻は亡き紫の上を偲ぶ一年が描かれ、ここに楊貴妃を失った玄宗皇帝の「夕殿蛍飛思悄然　孤灯挑尽未成眠」という嘆きが重ねられている。

上野理氏は、蛍をみて使者を偲ぶことに「長恨歌」が媒介となっているとし、この『源氏物語』幻巻の場面から逆に、『伊勢物語』第四十五段に「長恨歌」が影響しており、『源氏物語』はその方法を正しく理解し、この場面を作り上げたのだという。[21]

泉紀子氏も絵画的視点から、「玄宗が庭の蛍を見る〈構図〉、その中の玄宗の立場から感傷的に詠まれる和歌のありようと重なるように思われてくる」[22]と、第四十五段の成立に「長恨歌（絵）」の影響関係を指摘している。[23]

和泉式部の和歌ほど可視化された具体的な魂として蛍が詠まれる以前に、「長恨歌」から死者を思い出し偲ぶものとしての蛍というイメージを持っていたことが確認できた。最後に「くれがたき」歌についてみておきたい。

七

この段の最後に置かれた「暮れがたき夏のひぐらしながむればそのこととなくものぞ悲しき」という歌は『続古今和歌集』巻第三（夏歌）二七〇番に「題不知　在原業平朝臣」とあるが、『伊勢物語』から採られたものだろう。蜩は『万葉集』時代は夏と秋の季節で詠まれていたが、『古今和歌集』では、巻第四・秋歌上の二〇四番・二〇五番に二首、

ひぐらしのなきつるなへに日はくれぬと思ふは山のかげにぞありける
ひぐらしのなく山里のゆふぐれは風よりほかにとふ人もなし

と詠まれる秋の虫である。

四十五段歌では「ひぐらし」を「日暮し」だけで解するか、虫の「蜩」が掛かっているかどうかの判断が難しい。『闕疑抄』は「日くらし、すみて読なり。蟬の日ぐらしなくなどは、にごりてよむ也」として、蜩説を否定し、折口信夫氏は「ひぐらしに蟬の蜩がはいっているかどうか。わからない。しかし何かないと淡泊すぎる。[*24]」と述べている通り、「蜩」説は積極的な解釈がなされていないのが現状であるが、ここには蜩の鳴き声があると解すべきである。

蜩説を取るのは、上坂信男氏が「蜩の哀しい調べに夏の日の終りのそこはかとない悲しみを味わっている歌[*25]」とし、梅澤正弘氏が「蜩の物悲しい声の聞こえる時候と一致」していること、「ゆく螢・秋風・来る雁」から蜩へと「時候の推移との一致」を理由にする。[*26]花井滋春氏は、「蛍と蜩」という歌語の対比を指摘し、二首並列される理由も「漢詩的修辞法に倣った対句的表現[*27]」としており、賛同したい。岩下均氏も「一日中悲しみに声をあげて鳴きく

らす蜩と、しのび音に身を焦がす蛍[*28]」という対照関係をみている。

『伊勢物語』は、「やまと歌」の作品として、漢詩への対抗意識、漢詩文からの影響も多く指摘される作品であることはいうまでもない。蛍に死者を思い出し偲ぶものとしてのイメージを漢詩から受け継いでいるように、散文を挟まずに和歌を二首置くことで、漢詩の対句という表現法を導入したのだとすると、蛍と蜩は対比関係になる。

従来、蜩の解釈に消極的であったのは、蛍は実景として詠まれているのに対し、蜩の描写が物語内にないという点もあるだろう。蛍は光を放つ虫であり、その蛍火が「思ひ」と掛けられ、鳴かずに「思ひ」を燃やすことから恋の歌に詠まれるようになった。蛍は視覚的な虫である。対して、蜩は物悲しい鳴き声が詠まれる聴覚的な虫であるという点も押さえておきたい。

自分のことを密かに思っていた女、そんな女の臨終間際にいきなり想いを告げられた「男」としては、何よりも戸惑いが大きかった。蛍には死者の魂のイメージがあり、鳴かずに身を焦がす夏の虫である。亡き女のように死の間際まで「思ひ」を言わずに身を焦がして恋死に至ったことも、蛍を見て連想される要因であろう。「六月のつごもり」という夏の秋の転換となる日に、夏と共に逝ってしまった女の魂を蛍に重ねて見送り、秋の鳥である雁に秋の到来を知らせてくれと詠むが、また、秋の虫である蜩の鳴き声に悲しさを募らせる。この蜩の鳴く声に「男」の心が表象されているのではないか。

おわりに

夏の蛍と秋の蜩は、視覚的な虫と聴覚的な虫という点でも対比関係にある。漢詩の対句のように二首並べられている点にも二首の対比や対照関係が見て取れる。和歌だけを解釈すると季節の移り変わりを詠んだ表面的な解釈になりかねないが、物語の背景を汲み取ることで「レクヰエム的」なものに変わる。

漢詩的世界観によって基礎をなす蛍を中心にして作り上げげた場面を、和歌という形で表現されている点に、『伊勢物語』の挑戦的な表現構造が表れている。蛍と雁を何に当てはめるかという一首の解釈に留まるのではなく、物語全体を見渡して解釈することが求められる。

物語と和歌の関係についての一視点として『伊勢物語』第四十五段を中心に考察した。和歌の解釈とは本来三十一文字で解決すべき解釈であろうが、物語内の和歌には別要素が加わり、影響を与えていることから、散文部分と隔離するのではなく融合した解釈をしていくべきではないだろうか。

注

『伊勢物語』本文は新編日本古典文学全集、和歌集は新編国歌大観による。

＊1 「伊勢物語など」(『堀辰雄全集』第三巻　筑摩書房　一九七七年)

＊2 森本茂『伊勢物語全釈』大学堂書店　一九七三年

＊3 『新訂増補故実叢書　禁秘抄考註　拾芥抄』(吉川弘文館　一九五二年)「拾芥抄」の「觸穢部」に「一人死ハ三十日　自二葬日一計レ之」

＊4 『伊勢物語解釈論』風間書房　二〇〇一年　第一篇第一一章

＊5 鈴木日出男「物語歳時記(四)」(『国語通信』第304号　一九八八年九月)

＊6 山崎節子「夏虫と蛍―古今集の注釈と実作―」(『女子大文学』第三十号　一九七九年三月)、丹羽博之「平安朝和歌に詠まれた蛍」(『大手前女子大学論集』第二十六号　一九九二年十二月)本間みず恵「「蛍」考」(『日本文学研究年誌』第七号　一九九八年三月)による。

＊7　「蛍」（『知っ得古典文学動物誌』學燈社　二〇〇七年八月）

＊8　『コレクション日本歌人選004　在原業平』（笠間書院　二〇一一年三月）

＊9　片桐洋一校注『新日本古典文学大系　後撰和歌集』岩波書店　一九九〇年

＊10　『折口信夫全集　ノート編第十三巻』一九七〇年

＊11　この歌の三句を「あきはなを」四句を「とこよのかりの」にした類歌が一二二番にあり、続く一二三番歌に「おほむかへり」として、村上天皇の返歌「かりがねのくるほどだにもちかければ君がすむさといくかなるらん」がある。

＊12　『伊勢物語全評釈』右文書院　一九八七年

＊13　藤井貞和「雁」（『岩波現代短歌辞典』岩波書店　一九九九年）

＊14　他に肖柏本も和歌を二首並ばない以下のような形になっている。「つれづれとこもりおりけりさてなむよめる暮かたき夏の日くらしなかむれはそのこと、となくなみたおちけり」と天福本で最後に置かれる「くれがたき」歌とは五句と位置が異なる。

＊15　市原愿『伊勢物語塗籠本の研究』（明治書院　一九八七年）、後藤康文「現存本文という陥穽―平安朝文学史の構想に際して―」（『國語と國文學』二〇一一年十一月号）

＊16　『伊勢物語注釈稿』竹林舎　二〇〇四年

＊17　『伊勢物語論　異化／脱構築』（おうふう　二〇〇五年）ほかに、浜田弘美「蛍の別れ―『大斎院前の御集』の文芸」（『日本文学誌要』第四十一号　一九八九年九月）や＊8も時の設定について注目している。また、大井田晴彦「王朝物語が描いた蛍」（『鳥獣虫魚の文学史―日本古典の自然観3虫の巻』三弥井書店　二〇一二年）にも、「生と死の境界、あるいは日常と非日常の世界の間に明滅するのが蛍火」という指摘がある。

＊18　菅野禮行校注・訳『新編日本古典文学全集　和漢朗詠集』小学館　一九九九年『千載佳句』に秋興として、『全唐詩逸』に「常州ニシテ楊給事ニ留与ス　許渾」と収載する。

＊19　『新編日本古典文学全集　源氏物語④』小学館　一九九六年

＊20　新間一美（『平安朝文学と漢詩文』和泉書院　二〇〇三年　第一部Ⅲの四）はこの句が『和漢朗詠集』巻下「恋」に摘句されていることを指摘し、光源氏の詠む「夜を知る」歌は先に述べた許渾の句が機縁となった「和漢朗詠集的場面」でもあるとい

う。

＊21 「伊勢物語の藤と螢」（『東洋文学研究』第十七号　一九六九年三月）

＊22 「長恨歌と伊勢物語―「夕殿蛍飛思悄然」―」（『白居易研究年報』11　白居易研究会　二〇一〇年）

＊23 他にも上野理「伊勢物語の藤と蛍」（『東洋文学研究』第十七号　一九六九年三月）に「塗籠本の両段を流布本の四十五段に変化させたと仮定するとき、その触媒は、長恨歌の詩句が考えられる」と関係が指摘されている。

＊24 ＊10に同じ。

＊25 『伊勢物語評解』有精堂　一九六八年

＊26 「伊勢物語」四五段の構成と成立をめぐって」（『二松学舎大学人文論叢』第18輯　一九八〇年）

＊27 「『伊勢物語』創作の方法―四十五段の特異性を起点として―」（『國學院大學大學院紀要　文学研究科』第14輯　一九八二年）

＊28 「「螢」考」（『目白学園女子短期大学国語国文学』第二号　一九九三年）

詩学―物語と和歌

「あは雪」の風景

井野葉子

一　源氏と女三の宮の新婚の贈答歌

『源氏物語』若菜上巻、新婚の光源氏と女三の宮が「あは雪」を歌材とする贈答歌を交わす。本稿は、平安和歌の「あは雪」の用例を調査しながら、源氏と女三の宮の贈答歌の特徴を浮かび上がらせ、歌ことば「あは雪」の表現効果を考察する。

源氏が新妻女三の宮のもとに通い始めて三日目の朝、胸騒ぎを覚えて紫の上のもとへ急ぎ帰る道中は、次のように語られる。

①雪は所どころ消え残りたるが、いと白き庭の、ふとけぢめ見えわかれぬほどなるに、②「猶残れる雪」と忍びやかに口ずさびたまひつつ、

女房たちの嫌がらせで御格子をすぐには開けてもらえずに体が冷えてしまった源氏が、ようやく寝室に辿り着いた時、紫の上の態度は次のようであった。

すこし濡れたる御単衣の袖をひき隠して、うらもなくなつかしきものから、③うちとけてはたあらぬ御用意など、いと恥づかしげにをかし。

そして四日目、次に挙げるように、紫の上の機嫌を取ってそのまま紫の上のもとで暮らした源氏は、女三の宮に対しては「今朝の雪」のせいで体調を崩したから行けないという消息をする。

よろづいにしへのことを思し出でつつ、④とけがたき御気色を恨みきこえたまひて、その日は暮らしたまひつれば、え渡りたまはで、寝殿には御消息を聞こえたまふ。「今朝の雪に心地あやまりて、いとなやましくはべれば、心やすき方にためらひはべる」とあり。

さらに五日目、行けない言い訳として、源氏が重ねて贈ったのが「あは雪」の歌である。

中道を隔つるほどはなけれども心乱るるけさのあは雪

それに対する女三の宮の返歌は次のようであった。

はかなくてうはの空にぞ消えぬべき風にただよふ春のあは雪

（以上、若菜上巻六九～七二頁）

「あは雪」とは、『万葉集』の全十五例では「あわゆき」（沫雪）であり、「泡のように消えやすい雪」（『万葉ことば事典』大和書房、二〇〇一年）の意味であった。これが、平安時代になると「淡《あは》し」という感覚で捉えられて「あは雪」（淡雪）と表記されるようになり、「淡々しく消えやすい雪」（『古語大辞典』小学館、一九八三年）の意味となる。『源氏物語』においては、『日本書紀』を踏まえた一例[*1]を除くと、この贈答歌にのみ見える言葉である。『新編国歌大観』によれば、「あは雪」の歌は、八代集では、『古今集』『後撰集』『拾遺集』にそれぞれ一首ずつ、『後拾遺集』に一首、『新古今集』には五首ある。私撰集では『古今六帖』に七首、そのほか私家集や物語などで平安中期までに詠まれたものを数えると二十五首ほど見られる。[*2]これらの和歌の用例に照らし合わせて、次節以下、源氏と女三の宮の歌を分析したい。

二　源氏の贈歌

源氏の歌は、「乱れる今朝の淡雪があなたとの間の道の行き来を邪魔しているというほどではないけれど、淡雪のせいで逢いに行けない私の心は乱れている」という意味である。「乱るる」に淡雪の乱れと源氏の心の乱れとを掛け、逢いに行けない嘆きを「心乱るる」[*3]と詠んだところが新妻への愛情表現となっている。しかし、消えやすい淡雪が「中道」を「隔つ」（邪魔する）ことは通常考えにくいので、源氏が訪問しない口実として淡雪を利用していることがありありとうかがえる。

さて、この源氏の歌について、『花鳥余情』以降の注釈書は、次に挙げる『後撰集』の蔭基の歌を引歌として指摘している。

雪の少し降る日、女につかはしける　　藤原蔭基

Ⓐかつ消えて空に乱るるあは雪は物思ふ人の心なりけり　（『後撰集』冬・四七九。『古今六帖』一・七四六・雪）

源氏の歌と蔭基の歌とは、「心」「乱るる」「あは雪」の語が共通している。平安時代の「あは雪」の歌において、「乱る」という語を使っている歌は源氏と蔭基の歌だけであり、また、「心」という語を使っている歌は源氏と蔭基のほかには二例しかない。[*4]「あは雪」の歌に稀にしか使われない「乱る」「心」の語を同時に使っているという意味で、諸注の指摘通り、源氏と蔭基の歌との間に影響関係を考えてよさそうである。

蔭基の歌は、「一方では消えて、一方では消えずに空に乱れている淡雪は、思い悩んでいる人の心模様だったのだ

なあ」という意味である。「消ゆ」「乱る」という「あは雪」の形状が、物思いにふける人の心を象っている。これを本歌として源氏の歌の背後に漂わせると、消えたり、空に乱れたりしている淡雪が思い悩む源氏の心模様を映し出しているということになろう。「物思ふ」は、源氏の本音としては、紫の上と女三の宮との板挟みになって苦しむことなのであるが、新妻への恋文としては、女三の宮に逢えない恋の苦しみに煩っているという意味になってこよう。

しかし、源氏の歌の上の句の「中道を隔つるほどはなけれども」は、蔭基の歌とは全く関係がない。歌全体としても、源氏は「乱れて道を隔てる淡雪」を詠み、蔭基は「消えたり空に乱れたりする淡雪」を詠んでいる。蔭基の歌は、源氏よりもむしろ女三の宮の歌の世界に近い。女三の宮は「上空で消えそうな風に漂う淡雪」を詠んでおり、女三の宮と蔭基の歌とは、「空に」「消え」「あは雪」という語が共通する。源氏と女三の宮の歌を一組として見た時に、蔭基の歌との間に、「心」「乱るる」「あは雪」「空に」「消え」という共通する言葉が多く見られることから、贈答歌一組が蔭基の歌を引歌としている印象を強く与えるのだと思われる。

しかし、源氏の歌のみに注目した時、蔭基の歌だけを引歌と考えて、それで事足れりとしてよいのであろうか。

三　道信の歌

平安和歌において「中道」「隔つ」という語を使った「あは雪」の歌は源氏の歌だけなので、源氏の歌は「あは雪」の歌としては特異な語彙を使っていると言うことができる。しかし、「道」を素材とした「あは雪」の歌ならば、源氏のほかに一例だけある。

女のもとより雪降り侍りける日、帰りてつかはしける　　藤原道信

Ⓑ帰るさの道やは変はる変はらねどとくるにまどふけさのあは雪

（『後拾遺集』恋二・六七一。『道信集』四では詞書「女のもとより、雪の降りける朝に帰りて」）

『後拾遺集』や『道信集』の詞書から、道信が女のもとに泊って雪の降る朝に帰ってから贈った歌とわかる。「とくる」は「淡雪が解ける」の意味に「女が身を許して打ち解ける（肉体関係を許す）」の意味を掛け、「まどふ」は「道に迷う」の意味に「（初めて女が打ち解けてくれたことに）心が惑乱する」の意味を掛けている。「あなたのもとからの帰り道は以前と変わるか、いや変わらないけれど、今朝の淡雪が解けるように初めてあなたが打ち解けてくれたので、私は惑乱して恋の路に迷い、帰り道に迷っている」と詠んでいる。

源氏の歌の引歌候補を考えるにあたって、この歌は見過ごすことができないと思われる。比較しやすいようにもう一度、源氏の歌を挙げておく。

中道を隔つるほどはなけれども心乱るるけさのあは雪　　（源氏の歌）

道信と源氏の歌は、両者ともに結句が「けさのあは雪」と一致している。「けさのあは雪」という表現は、平安中期までには、道信と源氏以外には一例しかない。[*5]また、「あは雪」と「道」とを一首の中に合わせて詠んだ歌は、『万葉集』にも平安和歌にも道信と源氏以外には例を見ない。しかも、上の句で「道」を詠み、逆接の接続助詞「ども」で締めくくって下の句へ続けていく構造までもが一致している。さらに言えば、道信の「あなたのもとからの帰り道は変わらない」という上の句と、源氏の「あなたとの間の道を隔てるほどではない」という上の句は、「二人の間の道において、私を惑乱させるような事態は起こっていない」ことを述べていて、逆接を挟んだ下の句は、両者ともに「私は惑乱している」と述べている。つまり、両者ともに「私が惑乱するような事態ではない。しかし、

私は惑乱している」という構造になっている。しかも、女のもとに泊まって雪の降る朝に帰ってから贈った（源氏の場合は一日経っているが）という詠歌状況までもが一致している。これは酷似していると言ってよいのではないか。

正暦五年（九九四）に二十三歳で早逝した道信は、容姿、性格、歌にすぐれて、『今昔物語』や『大鏡』などに幾多のエピソードを残した好青年である。道信の歌は当時の人々の記憶に残っていたに違いなく、道信の歌を源氏の歌の背後に透き見ることはあながち深読みではあるまい。ちなみに、この道信の歌Ⓑは、『源氏物語引歌索引』（笠間書院、一九七七年）によれば、夕霧巻の二箇所、総角巻の一箇所において、『源氏釈』『奥入』『紫明抄』などによって引かれている。

源氏の歌の引歌として道信の歌を見据えるならば、「三日目の朝の帰り道は以前と変わることがなかった。しかし、淡雪が解けるようにあなたが打ち解けてくれたので、僕の心はますますあなたへの恋の道に迷い込んでしまった」という意味が加わるのではないか。

光源氏は、道信の歌を引歌とすることによって、女三の宮が打ち解けてくれた喜びを表現したのではないか。もちろん、それは源氏の本心というよりは、社交儀礼上のお世辞ではあるが。

四　歌ことば「あは雪」のイメージ

さて、そのほかの「あは雪」の和歌も見てみよう。たとえ直接の引歌でなくても、歌ことば「あは雪」の持つイメージが『源氏物語』の背後に漂っている様を見極めたい。

勅撰集の『古今集』から『後拾遺集』までの五首の中で、先に挙げたⒶ蔭基とⒷ道信以外のものを挙げよう。このうち、Ⓔの藤原国行の歌は成立年代が不明で、『源氏物語』以降に詠まれた可能性がある。[*6] しかし、それ以外は『源氏物語』成立以前の歌である。

Ⓒあは雪のたまればがてにくだけつつわが物思ひのしげきころかな
（『古今集』恋一・五五〇）

Ⓓふるほどもはかなく見ゆるあは雪のうらやましくもうちとくるかな

女を語らひ侍りけるが、年ごろになり侍りにけれど、うとく侍りければ、雪の降り侍りけるに　元輔
（『拾遺集』冬・二四四。『拾遺抄』冬・一五七もほぼ同内容の詞書が付いている。[*7]）

Ⓔあは雪も松の上にし降りぬれば久しく消えぬものにぞありける

染殿式部卿の親王の家にて、松の上の雪といふ心を人々よみ侍りけるによめる　藤原国行
（『後拾遺集』冬・四〇三）

Ⓒは恋の部立てに入っているので、「物思ひ」とは恋煩いのことである。淡雪が積もるとこらえきれなくて粉々に砕けることが、恋に苦しむ気持が頻繁に湧き上がっては砕けることの象徴となっている。

Ⓓは、詞書から、元輔が長年求愛してきた女がなかなか打ち解けてくれない状況においての歌とわかる。「降っている間もはかなく見える淡雪が、うらやましいことにすぐ解けるなあ」という意味で、「淡雪が解ける＝女が打ち解ける（肉体関係を許す）」という比喩の関係を前提として、淡雪がすぐ解けるのに女が打ち解けてくれないことを恨んでいる。

Ⓔは、「消えやすい淡雪も、永遠の常緑の松の上に降ると、松にあやかって長い間消えないのであった」という叙景の歌である。

以上のⒶからⒺをまとめよう。既に松井健児が論じているように、[*8]歌ことば「あは雪」は、叙景のほかには、「砕く」「消ゆ」「乱る」が人の心の比喩となり、「解く」ことが女が身を許して打ち解けることの比喩となるのである。そして、私が主張したいのは、ⒶからⒺまで挙げた勅撰集の五首のうちの二首（ⒷとⒹ）が「解く＝男女が打ち解ける」の意味となっていて、その確率が高いことである。歌ことば「氷・こほる」も「解く＝男女が打ち解ける」の意味を持つことがあるが、例えば三代集の「氷・こほる」の歌を見ると、『古今集』全九首、『後撰集』全九首、『拾遺集』全十九首のうち、「解く＝男女が打ち解ける」の意味を持つものは五首で[*9]あって、その確率は「あは雪」に比べれば格段に低い。歌ことば「雪」については、『古今集』全五十六首、『後撰集』全四十九首、『拾遺集』全五十六首の中で、「解く＝男女が打ち解ける」の意味を持つものは一首[*10]しかない。「氷」や「雪」ならば長期間凍っていたり、積もっていたりするのに対し、「あは雪」は、解けやすい雪であるがゆえに、「解く」という形状が詠まれやすく、「男女が打ち解ける」という意味を濃厚に醸し出す歌ことばなのである。

源氏の歌は、「あは雪」の「解く」性質を歌ったわけでない。しかし、源氏が新婚の後朝の文の歌材として「あは雪」を選んだのは、結婚三日間の通いを経て女三の宮が源氏に身を許して打ち解けたという状況にふさわしかったからではないか。

五　解ける女三の宮と解けない紫の上

このように、源氏の歌の背後に、道信の歌や「淡雪が解ける＝女が打ち解ける」というイメージを想像すると、源氏と女三の宮が三日間の夜を過ごして夫婦の契りを結んだという、紛れもない事実が現前してくる。物語の散文は、紫の上の悲しみを語ることが中心で、女三の宮の寝室での営みのことは一切語らないのであるが、歌ことば「あは雪」は、わずか一語にして、源氏に身を許して打ち解けた新妻女三の宮の存在を印象付けるのである。

とすると、一方の紫の上はどうであろうか。打ち解ける女三の宮に対して、打ち解けない紫の上の存在が対照的に浮かび上がってくる。

三日目の夜、源氏を送り出した直後の紫の上は次のように述懐していた。

年ごろ、さもやあらむと思ひしことどもも、今はとのみもて離れたまひつつ、さらばかくにこそはと、うちとけゆく末に、ありありて、かく世の聞き耳もなのめならぬことの出で来ぬるよ　（若菜上巻六五頁）

傍線部「うちとけゆく末」とは、「源氏が他の女性に心を分けることはないと安心して打ち解けてきたこの期に及んで」という意味である。源氏が女三の宮を正夫人として迎えるという事態に直面した紫の上は、それまで源氏に打ち解けてきた己の甘さを反省している。

その述懐の通り、三日目の朝帰りの源氏に対して紫の上は、傍線部③「うちとけてはたあらぬ御用意」、傍線部④「とけがたき御気色」とあるように、決して打ち解けることはなかった。

してみると、この三日目の朝帰りの場面の雪の描写の意味するところが見えてくる。傍線部①「雪は所どころ消え残りたる」は、消えた雪と消えない雪、すなわち、解けた雪と解けない雪の描写である。それは、源氏に打ち解けた女三の宮と打ち解けない紫の上を象徴する風景描写なのではないか。また、傍線部②「「猶残れる雪」と忍びやかに口ずさびたまひつつ」で、源氏は『白氏文集』の律詩「庾《ゆ》楼暁望」の一節を口ずさんだ。玉上琢彌の『源氏物語評釈　第七巻』（角川書店、一九六六年）は、この詩が望郷の思いを歌ったものであることから、源氏が紫の上を恋しがっているものと解説している。この「猶残れる雪」すなわち「解けずにまだ残る雪」とは、打ち解けずにいる紫の上の象徴ではないか。源氏が忍びやかに小さな声で口ずさんだのは、紫の上への執着心を、女三の宮側に悟られたくなかったからではないか。

六　女三の宮の返歌

はかなくてうはの空にぞ消えぬべき風にただよふ春のあは雪
（女三の宮の歌）

女三の宮は「はかなくて上空で消えてしまいそうです、風に漂う春の淡雪は。あなたが来てくれないので、拠り所のない私は消えそうです」と詠んだ。訪れない夫を恨み、我が身のはかなさ、寄る辺なさを訴える女歌である。

女三の宮の使った「はかなし」「空」「消ゆ」「風」という言葉は、「あは雪」の歌ではよく使われる言葉である。例えば先に挙げたⒹの「はかなく」、Ⓐの「消え」「空」、「世の中にふるぞはかなきあは雪のかつは消えぬるものと知る知る」（『高光集』五）の「はかなき」「消え」、「風の間《ま》に散るあは雪のはかなくてところどころに降るぞわびしき」（『清少納言集』三五）の「風」「はかなく」など、用例は多数ある。Ⓐの藤基の歌を引歌として、一方では消えずに空に乱れる淡雪が夫の夜離れを思い悩む女三の宮の心模様を語っていると読むこともできよう。しかし、女三の宮の歌は、源氏のように「あは雪」の歌には珍しい言葉を使って特定の歌との結びつきを強めるということはない。[*11]

ただし、「うはの空」と「ただよふ」の語を使った「あは雪」の歌は、平安和歌において女三の宮だけなので、その点は女三の宮の歌の特徴と言ってもよい。「うはの空」とは「上空」と「拠り所がなく不安な状態」の二重の意味があり、「ただよふ」とともに、ただでさえはかない「あは雪」の歌に、より一層、不安定さを加えている。[*12]

淡雪が消えることは解けることであるが、女三の宮の「消え」に、第三節から五節で述べたような「淡雪が消ゆ＝解く＝男女が打ち解ける」という意味合いを読み取ることはできない。女三の宮の「消え」は、女三の宮の存在自体が消えてなくなってしまいそうな、不吉な運命の予告を感じさせる響きを持っている。この歌とよく似ていて引き合いに出されるのが、夕顔と浮舟の歌である。

山の端《は》の心も知らでゆく月はうはの空にて影や絶えなむ　（夕顔巻一六〇頁）

降り乱れみぎはにこほる雪よりも中空にてぞわれは消《け》ぬべき　（浮舟巻一五四頁）

夕顔は「絶ゆ」すなわち死の予感に怯え、浮舟は「消ぬ」すなわち入水する不吉な運命を予感している。では、女三の宮の場合、「消ゆ」とはどのような意味なのであろうか。彼女はこの後、死ぬわけでも自殺するわけでもない。俗世から消えること、つまり俗人・女人としての死、すなわち出家という不吉な運命を予感しているのだろうか。物語の先取りとしてはそれでよいのだろう。しかし、この時点での女三の宮に出家の予感があったとは考えにくい。ならば、この時点での女三の宮は何を思っていたのか。

七　人に「消た」れる不安

そこで、女三の宮の「消え」の具体的な意味を探るため、女三の宮の結婚をめぐる物語における「消《け》つ」という言葉に注目したい。

新婚三日間の盛大な儀式の場面に、次のような紫の上の心内語がある。

げに、かかるにつけて、こよなく人に劣り消たるることもあるまじけれど、また並ぶ人なくならひたまひて、はなやかに生ひ先遠く侮りにくきけはひにて移ろひたまへるに、なまはしたなく思さるれど、……
（若菜上巻六一〜六二頁）

紫の上は、傍線部のように、女三の宮に「こよなく」「劣り消たるる」ことはないだろうと推測しているが、その思いは逆接の「ど」を挟んで反転していき、侮り難い気配でお輿入れした女三の宮の威勢に、ばつの悪い思いをしている。

また、新婚三日目、源氏を女三の宮のもとへ送り出した直後の女房たちが次のように発言する。

「……おし立ちてかばかりなるありさまに、消たれてもえ過ぐしたまはじ。……」
（若菜上巻六六頁）

「おし立つ」女三の宮の威勢に紫の上が「消たれ」たままではお過ごしにならないだろうと女房たちは言っている。「消つ」とは、一人の妻の威光が他の妻の存在を圧倒するという意味のようである。[*13] 紫の上も女房たちも、「おし立つ」女三の宮に紫の上が「劣り消たるる」「消たれ」ることはないだろうと推測しているが、そのようなことを考えることと自体、紫の上が女三の宮に「消た」れる可能性があることの証拠である。

一方、自分が他の妻に圧倒されるという不安は、女三の宮側にもあった。次に挙げるのは、婿選びの頃、女三の宮の乳母が兄左中弁に源氏との縁談を打診したのに対して、左中弁が答える発言である。

「……御宿世ありて、もしさやうにおはしますやうもあらば、いみじき人と聞こゆとも、立ち並びておし立ちたまふことはえあらじとこそは推しはからるれど、なほいかがと憚らるることありてなむおぼゆる。……」
（若菜上巻三〇頁）

左中弁は「紫の上がどんなに寵愛されていようとも、女三の宮と肩を並べて威勢を張ることはおできになれないだろう」と言っているが、その推測は逆接の「ど」を挟んで反転していき、やはり紫の上の威光が強いゆえ女三の宮のお輿入れは憚られると続いていく。やはり、紫の上が女三の宮に「立ち並びておし立つ」ことが懸念されているのである。

若菜上巻の終盤あたり、女三の宮が紫の上に圧倒されているという噂を柏木が聞くところがある。

「対の上の御けはひには、なほ圧《お》されたまひてなむ」と、世人もまねび伝ふるを聞きては、（若菜上巻一三六頁）

さすがに高貴な女三の宮を紫の上が「消つ」という表現はない。しかし、紫の上が「立ち並びておし立ち」、女三の宮が「圧され」る結果になっている。女三の宮側にとって、紫の上の威光に圧倒される懸念は、婿選びの段階から確実にあり、それが現実のものとなるのである。

新婚三日間はかろうじて通って来た源氏が、三日目には夜深い時間帯にそそくさと帰ってしまい、さらに四日目の源氏のお越しはなく、言い訳がましい消息が来るばかり。さらに五日目の朝の文も、淡雪を口実にした重ねての言い訳の歌。女三の宮にとっては、早くも紫の上に「圧され」るという事態になっている。「あなたのおいでがないと、頼るものとてない私は消えてしまいそうです」と詠んだ女三の宮の「消ゆ」とは、紫の上の威光に圧倒されることではなかったか。

注

＊1　行幸巻、近江の君の威勢のよさをからかう弁少将の発言に、「堅き巌《いはほ》も沫雪《あわゆき》になしたまうつべき御気色なれば、」（三二一頁）とある。これは、天照大神が、挨拶に来た弟素戔嗚尊を警戒して威嚇するところの描写「堅庭《かたには》を蹈《ふ》みて股《むかもも》を陥《おとしい》れ、沫雪《あわゆき》の若《ごと》くに蹴散《くゑはららか》し」（新編日本古典文学全集『日本書紀』巻第一　神代　上、六三～六四頁）を踏まえた表現である。

＊2　複数の集に入っている歌は一首と見なし、わずかな語句の違いしかない類歌も一首と見なして数えている。

＊3　「雪のせいで体調を崩した」という前日の消息を踏まえて、「心乱るる」に、心地が乱れる、つまり気分が悪いという意味を

読み取る説もある。

＊4「あひ思はぬ人の心をあは雪のとけでしのぶる我《われ》や何《なに》なり」（『実方集』二四三）、「あは雪のふるにつけても嘆くらむとくるをわびし人の心は」（『顕綱集』一六）。このうち、『顕綱集』の歌は『源氏物語』の成立よりずっと後世である。

＊5「契りてし今宵過ぐせる我ならでなど消えかへるけさのあは雪」（『一条摂政御集』七三）。「けさのあは雪」という表現は、平安後期まで範囲を広げても、「そこひおふる山田に立てる稲茎《いなぐき》の隠れもはてぬけさのあは雪」（『為忠家後度百首』五〇九）しかない。

＊6 藤原国行は生没年未詳であるが、永承五年（一〇五〇）の修理大夫橘俊綱家の歌合に参加している人である。詞書にある「染殿式部卿の親王」とは、村上天皇第四皇子為平親王のことで、寛弘七年（一〇一〇）に薨じている為平親王家で国行が歌を詠んだかどうかは不審であり、たとえ詠んだとしても、『源氏物語』成立以前の歌という確証はない。

＊7『拾遺抄』の詞書は、「女を語らひ侍りけるが、年ごろになりけれど、うとく侍りければ、雪の降り侍りける日」である。

＊8 松井健児「水と光の情景――早春の浮舟と女三の宮をめぐって」（三田村雅子・河添房江・松井健児編『源氏研究』第一〇号、翰林書房、二〇〇五年四月）は、源氏と女三の宮の贈答歌の背景として、ⒶからⒹまでの「あは雪」の歌を挙げて、その意味を論じている。

＊9「春立てば消ゆる氷の残りなく君が心は我《われ》にとけなむ」（『古今集』恋一・五四二）、「涙河身投ぐばかりの淵はあれど氷とけねばゆく方もなし」（『後撰集』冬・四九四）、「泣きたむる袂《たもと》氷れるけさ見れば心とけても君を思はず」（『後撰集』恋一・五七四）、「春来れば山田の氷うちとけて人の心にまかすべらなり」（『拾遺集』春・四六・在原元方）、「朝氷とくる間《ま》もなき君によりなどてそほつる袂《たもと》なるらむ」（『拾遺集』恋二・七二九）。

＊10「いつの間《ま》に霞立つらむ春日野の雪だにとけぬ冬と見し間《ま》に」（『後撰集』春上・一五）。

＊11 女三の宮の歌に使われている「春のあは雪」という表現は、平安中期までの和歌においてはほかに「桜花色も残らずひとすぢに思ひな消えそ春のあは雪」（『道命阿闍梨集』一八）がある。しかし、その詞書には「司望む人の、異人になられて嘆くと聞きしに」とあって、望んでいた官職を他の人に取られて嘆いている人に対して「意気消沈しないように」と励ましている歌なので、女三の宮の歌とは関わりがなさそうである。

＊12　吉見健夫「若菜上巻の方法と和歌――女三の宮と紫の上の形象をめぐって」（後藤祥子・鈴木日出男・田中隆昭・中野幸一・増田繁夫編『平安文学の想像力　論集平安文学　第五号』勉誠出版、二〇〇〇年五月）は、各句いずれもはかなく頼りないイメージの表現であることがこの歌の特徴だと言う。

＊13　紫の上を高く評価する夕霧の心内語に「人をも消たず身をもやむごとなく、心にくくもてなしそへたまへる」（若菜上巻一三四頁）とある。傍線部「人をも消たず」とは、「紫の上が明石の君などの他の妻をないがしろにすることなく」という意味である。源氏の寵愛を一身に集めている紫の上が人を「消たず」ということは、「消つ」とは単に寵愛を独占することではなく、他の妻の存在をなきものと見なす、見下すという意味合いであることがわかる。

※『源氏物語』の本文は新編日本古典文学全集、和歌の本文は『新編国歌大観』に拠る。ただし、私に表記を改めた所がある。

語り論

〈語り〉の内包化と外延化――『源氏物語』続編の方法

長谷川政春

一　序にかえて――〈語り〉が拓く「反」血縁の物語

まず、次の引用文[*1]から、本稿を始める。

そのころ、藤壺と聞こゆるは、故左大臣殿の女御になむおはしける、まだ春宮と聞こえさせし時、人より先に参りたまひにしかば、睦まじくあはれなる方の御思ひはことにものしたまふめれど、そのしるしと見ゆるふしもなくて年経たまふに、中宮には、宮たちさへあまたここらおとなびたまふめるに、さやうのことも少なくて、ただ女宮一ところをぞ持ちたてまつりたまへりける。（宿木巻）

亡き左大臣の娘で今上帝の東宮時代に入内した「藤壺」と言われた女御がいたが、明石中宮に圧倒されて、女宮一人だけを儲けたに過ぎなかった、と語り出される。なぜ、この宿木巻なのか、しかもその冒頭において、「藤壺と聞こゆる」と語り出されたのであろうか。この藤壺女御は、今上帝の東宮時代が語られた梅枝巻においては、「左大臣殿の三の君参りたまひぬ。麗景殿と聞こゆ」とあった麗景殿女御その人であったのに。この呼称の変更は、後宮における殿舎の変更に因るという事実レベルの問題でなく、「そのころ、藤壺と聞こゆるは……」という〈語り〉レベルの問題である。

すなわち、この女御の呼称変更が喚起させる一つは、桐壺帝妃の藤壺女御、朱雀帝妃の藤壺女御に続く三人目であり、しかし、前二者が異母姉妹で、いわば〈紫のゆかり〉であつたのに対して、残りのこの一人は来歴不明の左大臣の姫君であって、そこに血縁関係は認められない。

その上、先の引用文は、誰の目にも次の文を想起させる。やや長い引用になるが、引いてみる。

御子たちは、春宮をおきたてまつりて、女宮たちなむ四ところおはしましける、その中に、藤壺と聞こえしは、先帝の源氏にぞおはしましける、まだ坊と聞こえさせしとき参りたまひて、高き位にも定まりたまふべかりし人の、取り立てたる御後見もおはせず、母方もその筋となくものはかなき更衣腹にてものしたまひければ、御まじらひのほども心細げにて、（中略）おりさせたまひにしかば、かひなく口惜しくて、世の中を恨みたるやうにて亡せたまひにし、その御腹の女三の宮を、あまたの御中にすぐれてかなしきものに思ひかしづききこえたまふ。そのほど御年十三四ばかりにおはす。（若菜巻上）

朱雀院妃の藤壺女御とその腹の女三宮を紹介する場面である。この母亡き女三宮が父院の鍾愛の皇女であったように、先の冒頭の引用文の後には、今上帝妃の藤壺女御腹の皇女女二宮の同様の状況が語られてゆくのである。女三宮と女二宮の共通項を挙げれば、藤壺女御腹の皇女であり、十三四歳と十四齢で裳着のことが浮上し、共に母亡き子で、これまた共に鍾愛の子として父院ないし父帝が婿選びをする。

ここに選び出された婿こそが光源氏であり、また薫である。この二人の関係が表向きでは親子であるが、実際は実の親子でなく、しかもその事実を共に承知している二人であった。

女三宮の母女御と女二宮の母女御の呼称が「藤壺女御」でありながらそこに〈血縁〉が断たれているのである。『源氏物語』がその後宮の殿舎による人物呼称に血縁を関連させていることは、よく知られた事柄であって、桐壺更衣と孫娘明石姫君、藤壺が藤壺中宮と異母妹藤壺女御、弘徽殿が弘徽殿大后と姪弘徽殿女御とそれぞれ〈血〉で継承されている。しかし、先述のごとく、三人目の藤壺女御はそのようにはなっていないのであり、そこに意味があるのではないか。それは後述する薫の「源氏」呼称の意味と強く絡むことだと読むのである。

また、次のことも述べて置かなければならない。薫は、光源氏をおそいながら光源氏に背を向けるのである。藤壺女御腹の女二宮を父帝から降嫁された薫は、その点で光源氏の女三宮降嫁の、まさに反復であるが、その女二宮よりも女一宮に秘めた思いを抱く薫像は、同じように「女二宮」を降嫁されながらその異母妹の女三宮に執心した柏木を、これまた反復しているではないか。このように光源氏を反復し、また柏木を反復する薫こそ宿木巻におけるひとつの都の恋物語である。後の蜻蛉巻では、薫は垣間見た女一宮が氷を弄んでいたこととその際の装いを真似て、氷を割ったり同じ装いを正室の女二宮にさせたりするのであり、ここには柏木から薫へという父子相伝とも言うべき執心の継承がはかられているのである。そして、その内奥にコンプレックスの継承を見るのである。

二　語り口「このころ」（一）――紅梅巻の始発

ところで、前掲の宿木巻の語り出しには、新しい話題を語り起こす常套語句として「そのころ」がある。『源氏物語』において、正編には用いられることがなく、つまり「光源氏物語」ともいうべき彼の生涯を語る物語では皆無であった「そのころ」が、続編の光源氏没後の物語に入ると、紅梅巻・橋姫巻・宿木巻および手習巻の語り出しに四例を数えることになる。この偏向とちょうど反対の現象が、やはり語り口の常套語句の一つである「まことや」の使用である。これは、「そのころ」と違って、すでに話題にされていたことや人物について、話を戻したり転換させたりする時の語り口である。だから、この語句の使用は、すべて巻の語り出しでなく、巻における語りの展開中に用いられている。そして、物語中に十三例が認められるが、それらはすべて正編においてである。

この「そのころ」や「まことや」の語り口は当然〈語り〉の形式であり、それを要請する物語の内容と切り離して問題化することには疑義があろう。しかしながら、それを十分に承知の上で、右のように、二つの語り口の常套語句の使用に際立った特化の事象が見られることには、『源氏物語』の〈語り〉の方法を考察する一つの契機があるはずだ。

そのころ、按察大納言と聞こゆるは、故致仕の大臣の二郎なり、亡せたまひにし衛門督のさしつぎよ、童よりらうらうじう、はなやかなる心ばへものしたまひし人にて、（中略）御おぼえいとやむごとなかりけり。（紅梅巻）

光源氏の親友にしてよきライバルでもあった頭中将の次男で亡き柏木のすぐ次の弟であった、今は按察大納言になっている通称「紅梅大納言」の物語の始発である。すでに四十数年前の賢木巻で殿上童として初登場し、以後折に触れてその言動が語られてきた。その彼が「そのころ」の語り口のもとに新たな物語が始まる。

ここで、匂宮三帖の構成を確認しておきたい。

光隠れたまひにし後、かの御影にたちつぎたまふべき人、そこらの御末々にありがたかりけり。遜位の帝をかけたてまつらんはかたじけなし、当代の三の宮、その同じ殿にて生ひ出でたまひし宮の若君と、この二ところなんとりどりにきよらなる御名とりたまひて、げにいとなべてならぬ御ありさまどもなれど、いとまばゆき

際にはおはせざるべし。（匂宮巻）

光源氏死後、それを継ぐべき人への言及から語り出されている。その没後の物語の開始ゆえに、右のような語りから始まることには納得ができる。退位した冷泉院は畏れ多いとして避け、光源氏の孫の匂宮と光源氏の表向きの子である薫が新たな物語の主人公として顕在化される。この巻では、文中に、

十四にて、二月に侍従になりたまふ。

十九になりたまふ年、三位宰相にて、なほ中将も離れず。

と薫の年齢が明示され、さらに巻末で「賭弓」という正月の宮廷行事およびその「還饗」が夕霧の六条院において催される場面が展開されるので、薫二十歳の年までを語る巻であったと言える。それを受け継いだ次の紅梅巻の冒頭は、前掲のごとくである。

ここで、私には気になることがある。それは、語り口の常套語句の「そのころ」である。「このころ」でないから匂宮巻の時間に並列するわけではない。だから、語義として決め付けるわけにはいかないが、それにしても、紅梅巻が匂宮巻の数年後の出来事というのは気になる。もちろん、文中に、薫が「源中納言」と二度までも呼称されている以上、現在当たり前のこととして読解されていることに疑義があるわけではない。薫の中納言昇進は、次の竹河巻における年立で薫二十三歳の秋の司召においてである。物語の内容の本筋とは別に、紅梅巻の語り口「そのころ」は、匂宮巻と並列する語りを呼び起こしているのではないか。正編と言われる「光源氏の物語」では、光源氏と頭中将の対構造があり、その子の夕霧と柏木の恋物語が展開したが、この光源氏および頭中将没後の物語では、夕霧と、柏木死去による弟紅梅との家の物語が語られるという対応関係が認められる。

三つ目の巻は竹河巻で、以下のように語り起こされる。

これは、源氏の御族にも離れたまへりし後大殿わたりにありける悪御達の落ちとまり残れるが問はず語りしおきたるは、紫のゆかりにも似ざめれど、かの女どもの言ひけるは、「源氏の御末々にひが事どものまじりて聞こゆるは、我よりも年の数つもりほけたりける人のひが言にや」などあやしがりける、いづれかはまことならむ。（竹河巻）

これまた、よく知られた巻頭文で、「後大殿」の鬚黒太政大臣邸あたりに仕えていたけしからむ女房たちによる見聞の「問はず語り」の始まりを告げている。光源氏側の話とは別の話と断っているのである。この「悪御達」は、匂宮巻の中で、「天の下の人、院を恋ひきこえぬなく、とにかくにつけても、世にただ火を消ちたるやうに、何ごともはえなき嘆きをせぬをりなかりけり」と語られた者たちとは正反対の者たちであった。

匂宮三帖は、「匂ふ兵部卿、薫る中将」（匂宮巻）ともてはやされた主人公たちの反対側の視点から一言で言えば、匂宮と薫をめぐる、三つの〈婿取り〉の物語である。匂宮巻は夕霧家（故光源氏家）の婿取り物語、紅梅巻は紅梅大納言家（故頭中将家）のそれであり、さらに竹河巻は玉鬘家（故鬚黒家）の婿取り物語であった。また、匂宮巻・紅梅巻と一線を画した〈反〉光源氏の物語として語られているのが竹河巻であったとなる。

その竹河巻では、

六条院の御末に、朱雀院の宮の御腹に生まれたまへりし君、冷泉院に御子のやうに思しかしづく四位侍従、そのころ十四五ばかりにて、いときびはに幼かるべきほどよりは、心おきておとなおとなしく、めやすく、人にまさりたる生ひ先しるくものしたまふを、尚侍の君は、婿にても見まほしく思したり。（竹河巻）

と、「そのころ」の語句を用いながら十四、五歳の薫の出自と人柄が披瀝されつつ、「尚侍の君」（玉鬘）がその薫を娘婿にと期待することが語られている。先に、語り口の「そのころ」については、巻頭に置かれた巻について列記したが、右の引用文に認められる文中での例もまた、注意したいものである。「そのころ十四五ばかりにて」の文言が、匂宮巻の始発の時間である薫の「十四にて」と並ぶのである。この竹河巻は、先述したように、故鬚黒家すなわち未亡人玉鬘家の婿取りの物語であり、巻頭の光源氏系統の「紫のゆかり」の物語ではない、「悪御達」の問わず語りであるゆえに、巻の冒頭で玉鬘家の様子が紹介されているけれども、反転して、主人公の薫の物語から見れば、まさに右に引用した文こそが始まりと言えるのである。それは、朱雀院皇女の女三宮腹の薫が冷泉院の寵愛を受けて成長したことが重複して語られている点からも伺える。

以上のように、厳密な、あるいは内容からの部立では匂宮三帖は〈横の並び〉と言えず、殊に紅梅巻は内部徴証から薫二十四歳の年となるが、「そのころ」という語り口の常套語句が〈横の並び〉の巻を立ち上げてくる、と言える。語り口という形式が内容を引き寄せ、その内容が形式を要請するというメカニズムを想起させられる。

三　薫の「源氏」呼称が織り成すもの――「反」血縁の物語

竹河巻には、薫が玉鬘邸で和琴を弾く場面がある。

内より和琴さし出でたり。かたみに譲りて手触れぬに、侍従の君して、尚侍の殿、「故致仕の大臣の御爪音になむ通ひたまへると聞きわたるを、まめやかにゆかしくなん。今宵は、なほ鶯にも誘はれたまへ」とのたまひ出だしたれば、あまえて爪食ふべきことにもあらぬをと思ひて、をさをさ心にも入らず掻きわたしたまへるけしきいと響き多く聞こゆ。「（前略）おほかた、この君は、あやしう故大納言の御ありさまにいとようおぼえ、琴の音など、ただそれとこそおぼえつれ」とて泣きたまふも、古めいたまふしるしの涙もろさにや。（竹河巻）

薫は玉鬘邸を訪問して小宴となり、勧められた和琴を蔵人少将と譲り合っていたが、玉鬘が息子の藤侍従を介して薫に、亡き実父「致仕の大臣」(昔の頭中将)の和琴の音色に似るという噂を聞いているので、弾いてくれと頼む。気乗りしない薫が弾くと、玉鬘は、「故大納言」異母弟の亡き柏木の様子や音色に不思議なほど似ていることに感激して落涙する場面である。薫の弾く和琴の音色が故昔の頭中将のそれと似ているという噂は以前からあり、また薫が柏木の密通の子であるゆえにそれは当然であったけれども、問題はそれが竹河巻において語り出されたことである。すなわち、「源氏でない薫」の表出である。

薫の源氏呼称の初出は、十四歳で元服するも、自身の出生の秘密を感じて苦悶し、薫最初の詠歌、それも「はじめもはても知らぬわが身ぞ」という独詠歌をつぶやき、「元服をものうがり」と成人を厭う薫像が点描された後の、次の場面においてである。

(前略)かかるほどに、すこしなよびやはらぎて、すいたる方にひかれたまへりと世の人は思ひきこえたり。昔の源氏は、すべて、かく立ててそのことと様変りしみたまへる方ぞなかりしかし。源中将、この宮には参りつつ、御遊びなどにもきしろふ物の音を吹きたて、げにいどましくも、若きどち思ひかはしたまうつべき人ざまになん。例の、世人は、匂ふ兵部卿、薫る中将と聞きにくく言ひつづけて、そのころよきむすめおはするやうごとなき所どころは、心ときめきに聞こえごちなどしたまふもあれば、宮は、さまざまに、かしうもありぬべきわたりをばのたまひ寄りて、人の御けはひありさまをも気色とりたまふ。(匂宮巻)

芳香の体臭を自発させる薫に対抗した匂宮が種々の香を衣にたきしめることに熱中するが、そうした宮の性分とは違う「昔の源氏」すなわち光源氏が引き出されてくる。そして、薫は「源中将」の呼称で語られる。それまでは、「宮の若君」「二品の宮の若君」「君」と語られていたのに、右の場面で初めて「源氏」呼称であり、それが直前の

「昔の源氏」の呼称に誘われたかのように、現出している。しかも、「昔」の源氏に対して、「今」の源氏という響き合いを持ちながら。さらに、右の文脈では、光源氏の孫という血脈がある匂宮はその性分が光源氏と異なることを確認した直後で、「源氏」として響き合うのである。

もう一例を引いてみる。

源侍従の君をば、明け暮れ御前に召しまつはしつつ、げに、ただ昔の光る源氏の生ひ出でたまひしに劣らぬ人の御おぼえなり。院の内には、いづれの御方にも疎からず馴れまじらひありきたまふ。この御方にも、心寄せあり顔にもてなして、下には、いかに見たまふらむの心さへそひたまへり。夕暮のしめやかなるに、藤侍従と連れて歩くに、かの御方の御前近く見やらるる五葉に藤のいとおもしろく咲きかかりたるを、水のほとりの石に苔を蓆にてながめゐたまへり。まほにはあらねど、世の中恨めしげにかすめつつ語らふ。(竹河巻)

この場面は、玉鬘腹の大君が冷泉院に参院したため、大君への未練がある薫の様子が語られる。薫は、朝夕に冷泉院に呼び出されて側近くで過ごす、まさにかつて光源氏が育てられたのと劣らないほどの寵愛ぶりであった。夕暮には、玉鬘腹の三男藤侍従を連れて冷泉院内を、殊に大君の居所近くを歩く薫が語られる。ここでの呼称の問題であるが、薫の呼称「源侍従」は「藤侍従」を意識してのことのようにみえるが、それよりも重要なことは「昔の光る源氏」の呼称に対するものであろう。この場面よりも七つほど前の正月下旬に薫が玉鬘邸を訪問した場面では、「侍従の君、まめ人の名をうれたしと思ひければ、二十余日のころ、梅の花盛りなるに、にほひ少なげにとりなされじ、すき者ならはむかしと思して、藤侍従の御もとにおはしたり」(竹河巻)とあって、薫は「侍従の君」、藤侍従はそのままになっている点から考えても、先の場面での呼称間の関係は、薫対光源氏、すなわち「源侍従の君」対「昔の光る源氏」という構図でなければならない。前掲の匂宮巻における「昔の源氏」と「源中将」の対応と同じ意味が読み取れるのである。

もう原文引用は避けるが、源氏にあらざる薫が「源氏の薫」という呼称で語られることの多さである。
○匂宮巻――源中将（地の文）の一例。
○紅梅巻――源中納言（紅梅大納言の会話文）の二例。
○竹河巻――源侍従［の君］（地の文）の五例・源中納言（地の文）の一例。
一目瞭然で、竹河巻の六例は他巻を圧倒している。呼称のこの浮上の在りようは、薫の昔の頭中将一統の音色を引くこととも表裏の関係であろう。この「源氏の薫」の呼称は、具体的には〈婿取り〉の文脈においての用例であることも確認しておく。

なお、右のように、呼称のみを抜き出しての整理および解読では十分でなく、飽くまでも文脈において、あるいはその場面なり状況なりにおいて解するべきことはよく承知している。

さらに付け加えれば、宇治十帖において、「源氏の薫」呼称が語られる巻は、本稿の冒頭で原文引用をした宿木巻ただ一つである。それを整理すると、
○宿木巻――源中納言（今上帝の内話文）・中納言源朝臣（今上帝への近習の奏上）・源中納言（薫の内話文中だが、世間の人からの視線）の三例。
となる。匂宮三帖は〈都〉の物語であったが、この宿木巻は〈都〉の物語と〈宇治〉の物語とが混在した巻であるにもかかわらず、これら三例の場面が悉く〈都〉であって、決して宇治での場面ではなかった。それは匂宮三帖の〈婿取り〉物語の顚末であって、今上帝の女二宮の婿が薫であり、夕霧の六君の婿が匂宮であるという顚末であった。[*2]
以上のことから、薫の「源氏」呼称には、「反」血縁の物語が秘められていることは言うまでもないが、それとは

別に、先述のごとく、「昔の源氏」および「昔の光る源氏」という語りの文脈において立ち上がってきた、まさに「今」の源氏としての薫であったことに、もう一つの意味を読み取らなければならない。すなわち、「反」血縁を内包させた光源氏の後裔という物語である。

四　光源氏の後裔としての「薫る中将」

先に述べた「反」血縁を内包させた光源氏の後裔としての薫の問題は、次のことでも言える。

昔、光る君と聞こえしは、さるまたなき御おぼえながら、そねみたまふ人うちそひ、母方の御後見なくなどありしに、御心ざまもの深く、世の中を思しなだらめしほどに、……。（匂宮巻）

この後、「この君」として薫がその光源氏と異なる面を語る。「げに、さるべくて、いとこの世の人とはつくり出でざりける、仮に宿れるかとも見ゆることぞひたまへり」と仏菩薩が人間の姿を借りて生まれたのかと語る。しかし、この超越性は、光源氏の「光」に対応するもので、そこに同一性を読むこともできる。

ところが、次の点はどうだろうか。

香のかうばしさぞ、この世の匂ひならず、あやしきまで、うちふるまひたまへるあたり、遠く隔たるほどの追風も、まことに百歩の外も薫りぬべき心地しける。（匂宮巻）

衆知のとおり、薫の身体から生まれながらに芳香が発することは、ここが初出である。薫の誕生の場面では語られていない。しかしながら、本稿の文脈から見ると、見過ごせない場面がある。これも、引用する。

この君、いとあてなるに添へて愛敬づき、まみのかをりて、笑がちなるなどをいとあはれと見たまふ。（中略）

ただ今ながら、まなこゐののどかに、恥づかしきさまもやう離れて、かをりをかしき顔ざまなり。（柏木巻）

光源氏が薫を二度抱くが、最初の五十日の祝いでの場面である。また、ほぼ一年後に二度目があるが、そこでも、「まみのびらかに恥づかしうかをりたるなどは……」（横笛巻）と語られている。この「かをり」は香りではないが、成人した薫が主人公として造型されてゆく、特に光源氏の後裔として造型されてゆく〈語り〉の中で生育したと言えないだろうか。

五　語り口「そのころ」（二）——宇治十帖の語り

再び、語り口の「そのころ」の問題に戻るが、宇治十帖の首巻の橋姫巻は、このように、語り出される。

そのころ、世に数まへられたまはぬ古宮おはしけり。（橋姫巻）

紅梅巻の巻末では、匂宮が「いといたう色めきたまうて、通ひたまふ忍び所多く、八の宮の姫君にも、御心ざし浅からで、いとしげう参で歩きたまふ」と、予告風に語られていたが、「そのころ」と新しい宇治八宮とその姫君たちの物語が語り起こされる。

この宇治八宮が薫の笛の音色を聞いて、故光源氏とは違う、昔の頭中将一族のそれに似ている、と独り言をする。

「笛をいとをかしうも吹きとほしたなるかな。誰ならん。昔の六条院の御笛の音聞きしは、いとをかしげに愛敬づきたる音にこそ吹きたまひしか。これは澄みのぼりて、ことごとしき気のそひたるは、致仕の大臣の御族の笛の音にこそ似たなれ」など独りごちおはす。（椎本巻）

竹河巻に次いでの繰り返しであるが、玉鬘が宇治八宮に替わり、和琴が笛に替わっている。玉鬘が世俗の都にあってその論理と価値による故鬚黒家の再興を考えての〈婿取り〉であったのに対して、宇治八宮は都に背を向けて姫君たちの〈後見人選び〉であった。また、和琴は昔の頭中将が得意とする楽器であり、笛は薫の実父であった柏木の遺愛の横笛に重なる楽器であった。すなわち、和琴は藤氏の頭中将という出自に絡んでいるのに、笛は柏木の形見に絡んでいた。

話を少し戻すことになるが、先に述べた匂宮三帖の〈横並び〉に、踵を接するようにあるのが、宇治十帖の首巻の橋姫巻であり宿木巻である。橋姫巻は薫二十から二十二歳までが語られており、宿木巻は薫二十四歳から語り出されている。この両巻の語り出しには、「そのころ」の語り口が用いられていた。

最後の「そのころ」の例を挙げる。

そのころ横川に、なにがし僧都とかいひて、いと尊き人住みけり。八十あまりの母、五十ばかりの妹ありけり。古き願ありて、初瀬に詣でたりけり。（手習巻）

失踪した浮舟を発見し助ける横川僧都の登場という新しい物語が語り起こされる。浮舟の出家および還俗問題など、言わば『源氏物語』最後の主題が展開されてゆく。

常套の語り口「そのころ」は、確かに語りの形式である。しかし、物語の舞台が都だけでなくて宇治および小野と拡がり、また、この物語が語られてゆく過程で新たな主題を抱え込み、そのために適宜必須となる新しい登場人物を語り起こさなければならなかった。それがこの語り口である。

ここで、語り口「まことや」について言及する。『源氏物語』での用例は、夕顔・葵・胡蝶・常夏・真木柱・若菜下・幻の巻の各一例と、須磨・明石・澪標の巻の各二例の全十三例で、すべて正編の巻においてであり、同じく語り口である「そのころ」の用例がすべて続編であることと区別されている。そして、これら「まことや」は〈語り〉

の構造のレベルまで方法化されている。それに対して、『源氏物語』以前の用例である『宇津保物語』の例は四例すべて会話文中においてである。まさに『源氏物語』が切り開いた〈語り〉の方法の一つであったと言える。このことについては、すでに多く論じられている。[*3]

六　結びにかえて――反復される〈語り〉

物語の終わり近くで、薫はふたたび和琴を手にして弾く。

（前略）すずろなる嘆きのうち忘れてしつるも、あやしと思ひ寄る人もこそと紛らはしに、さし出でたる和琴を、ただ、さながら掻き鳴らしたまふ。（中略）「わが母宮も劣りたまふべき人かは。后腹と聞こゆばかりの隔てこそあれ、帝々の思しかしづきたるさま、異事ならざりけるを。なほ、この御あたりはいとことなりけるこそあやしけれ。明石の浦は心にくかりける所かな」など思ひつづくることどもに、わが宿世はいとやむごとなしかし、まして、並べて持ちたてまつらばと思ふぞいと難きや。（蜻蛉巻）

薫が女一宮を以前垣間見た西の渡殿に行くと不在で、侍女たちが雑談したり箏の琴を掻き鳴らしたりしている。薫は、うっかりとわけもなく溜息をついたのを、あやしむ人がいては困るので、それを紛らわすために、差し出された和琴を調律もせずに掻き鳴らす。

右の文で、まず読み取れることは、薫が生母女三宮と明石中宮腹の女一宮を比べて、その母を同等と格付けしていることであり、その際に和琴を手にしていることである。「和琴」は薫にとって出自を象徴する記号でもあったはずだ。さらに、自身の宿運のすばらしさを思うことに、何か劣位の自分を回復せんとはかっているかのようでもある。そして、「並べて持ちたてまつらば」すなわち、すでに手にしている女二宮と並べて女一宮をも手に入れる夢想を抱く薫という構図である。しかし、その実現は、結句「いと難きや」で締めくくられる。

ところで、「女二宮」を降嫁された薫が同じく「女二宮」を降嫁された柏木を反復していることは先述したが、「女一宮」もまた注視されるべき点である。

> 故致仕の大殿の女御ときこえし御腹に、女宮ただ一ところおはしけるをなむ限りなくかしづきたまふ御ありさまに劣らず、……。（匂宮巻）

これは薫が冷泉院や秋好中宮から愛育されていることを語る文脈であって、薫は弘徽殿女御腹の冷泉院皇女の女一宮の寵愛に劣らず寵愛されているというのである。この女一宮に、匂宮は、「さやうにても見たてまつらばや。かひありなんかし」（匂宮巻）と懸想するのである。薫も同じ冷泉院にいて女宮の容姿に目が留まり、「げにかやうならむ人を見んにこそ生ける限りの心ゆくべきつまなれ」（匂宮巻）と、女一宮との結婚を想像しながらも留まっている。このような匂宮巻における「匂ふ兵部卿、薫る中将」という二人の貴公子の女一宮思慕は、宇治十帖の物語において反復されるのである。*4

> 時雨いたくしてのどやかなる日、女一の宮の御方に参りたまへれば、御前に人多くもさぶらはず、しめやかに、御絵など御覧ずるほどなり。御几帳ばかり隔てて、御物語聞こえたまふ。限りもなくあてに気高きものから、なよびかにをかしき御けはひを、年ごろ二つなきものに思ひきこえたまひて、またこの御ありさまになずらふ人世にありなむや、冷泉院の姫宮ばかりこそ、御おぼえのほど、……。（総角巻）

匂宮が同母姉の女一宮を訪れた場面である。姉の女一宮の美質に比べられる人はいないと言い、匂宮巻で語られた冷泉院の女一宮のことが思い起こされている。この後、匂宮は『伊勢物語』第四十九段の兄妹の恋物語を話題にし、姉宮に戯れるのである。一方、薫は明石中宮を訪問して対面し、「いよいよ若くをかしきけはひなんまさりたまひける」（総角巻）中宮からその皇女女一宮を想うのである。

女一の宮も、かくぞおはしますべかめる、いかならむをりに、かばかりにてももの近く御声をだに聞きたてまつらむとあはれにおぼゆ。（総角巻）

以後、薫の女一宮思慕は強くなり、たまたま垣間見た装いを妻女二宮に真似させるほどであった（蜻蛉巻）。しかし、結果的にはこの二人の貴公子による女一宮への恋は、成就することがなかった。

匂宮三帖の「女一宮」への恋は宇治十帖においてリセットされ、冷泉院の女一宮から今上帝の女一宮に交換された。この反復の〈語り〉が、実は一品宮、つまり女一宮の恋という禁忌、特に当代の帝の女一宮という一層重い禁忌を浮上させ、さらに同母姉弟の禁忌の恋の危うさまでも新たに呼び起こしたことに思いを馳せたい。ここにもまた、〈語り〉の内包化と外延化を見るのである。

注

＊1　『源氏物語』の本文は、『完訳日本の古典　源氏物語』を底本とした。以下同じ。

＊2　匂宮三帖の語りとその方法の分析は、三谷邦明『物語文学の方法Ⅱ』第十六章「竹河巻の方法——〈語り手〉たちあるいは〈非知〉の構造——」、第十七章「源氏物語第三部の方法——中心の喪失あるいは不在の物語——」（有精堂、一九八九年）や、三田村雅子『源氏物語　感覚の論理』Ⅱ欲望と媒介をめぐって「五　第三部発端の構造——〈語り〉の多層性と姉妹物語——」（有精堂、一九九六年）がある。

＊3　早くに阿部好臣「二つの『まことや』（源氏物語第二部・私の視点）」（『日本文学』二三—一〇、一九七四年一〇月）があり、田中仁「『まことや』—光源氏と語り手と—」（『国語国文』五〇—三、一九八一年三月）、吉海直人「六条御息所と『まことや』」

（中古文学研究会編『源氏物語の人物と構造』笠間書院、一九八二年）、加藤宏文「『まことや、』から『まことや。』へ―源氏物語話者の一視点」（稲賀敬二編著『源氏物語の内と外』風間書房、一九八七年）、森一郎「葵巻の『まことや』私見―源氏物語の叙述の方法」（『解釈』四三―二、一九九七年二月）、同「源氏物語の『まことや』―源氏物語の語りの表現機構」（『金蘭国文』二、一九九八年三月）などがある。

＊4 『源氏物語』における〈反復〉の問題は、三谷邦明『物語文学の言説』第三部第五章「源氏物語における言説の方法――反復と差延化あるいは〈形代〉と〈ゆかり〉――」（有精堂、一九九二年）が密通事件を取り上げながら問題化している。

語り論

「語り」論をいま考える

松岡智之

一　物研「語り」論の評価

「語り」論は叙事文学の形式に関する研究であり、物語研究会の重要な研究課題であった。物研は、一九七六年度「語りと類型」、七八年度「物語文学における〈語り〉」、七九年度「〈語り〉の構造」、八〇年度「歌と語りの構造」、八四年度「語りの視点」と、たびたび年間テーマに〈語り〉を取り上げた。九〇年度は「現代・ナラトロジー・物語」。また、一九八六年に刊行された物語研究会編『物語研究　第一集』（新時代社）は「語りそして引用」を特集し、一九九一年の『日本文学研究資料新集　源氏物語・語りと表現』（有精堂）は、物研の「語り」論を領導した三谷邦明氏と東原伸明氏との共編である。

小森陽一氏は、一九九一年に刊行された文学理論の概説書の「語り」の項で次のように述べる。[*1]

物語をモノガタルのは誰だろう、と考えてみると、かなり頭がこんがらかってくる。作者か、いや作者は顔をださない。では作者と別な人物か。その人物は作品世界の中にいるのか、それとも外にいるのか。いや文字で書かれた物語に、カタリ手などいるはずがない等々。／この物語や小説をめぐるやっかいな問題については、むしろ古典文学の中で、とくに物語文学研究の中で、深められてきた。

このように述べて注を付し、「藤井貞和『源氏物語の始原と現在―定本』（冬樹社、一九八〇）、高橋亨『物語文芸の表現史』（名古屋大学出版会、一九八七）、日向一雅『源氏物語の王権と流離』（新典社、一九八九）、三谷邦明『物語文学の方法Ⅰ・Ⅱ』（有精堂、一九八九）などの成果がある」と記す。書名が示されたのは、いずれも物語研究会会員の著書であった。また、坂部恵氏は一九九〇年刊行の著書『かたり』の「あとがき」で、同書は言語学者ヴァインリヒとヤーコブソンの著作に潜在する「かたり」に関する知見を引き出すように論じた書だとし、さらに「時に藤井貞和による日本語の物語論などとつき合わせる、という以上のことも以下のこともここではしていない」と、藤井貞和氏の名をあげる。[*2] 物研会員の研究論文が、近代文学研究者や哲学者に読まれ、影響を与えたのが「語り」論であった。[*3]

二　物語のモノ

「物語」はモノ＋カタリ。本稿は「語り」論を扱うが、モノについて一瞥する。藤井貞和氏は、「モノは（略）存在を一般的に、非限定的に指示する便利な語として、上代語の世界に息づいている。（略）モノガタリのモノはだから何でも、特定しうるものを一般的に、また文字通り漠然と指示して、「モノのカタリ」あるいは「モノについてのカタリ」と称した。（略）カタリではあるが、何でもの、あるいは何でもについての、さまざまなカタリがモノガタリであった」という。[*4] 用例からみた名辞的考察として藤井氏の指摘する通りであろう。何でもない結論のようにみえるが、折口信夫の提唱によるモノ＝霊《もの》説を打ち消した点に成果がある。

ただし、物研会員すべてが共有した理解ではなく、[*5]折口のモノ＝霊説はそれだけ魅力的であった。兵藤裕己氏は、本来神の子を意味する「王」に神出現を意味するアリを冠した「有王」とは神霊の憑代を想起させる名であり、「俊寛・有王物語が、「有王」を称する巫覡の語り物として発生したとすれば、俊寛の視点からする「足摺」物語の文体とは、要するに、死霊の口寄せ語りを原型的にうけついだ文体だったろう」、「昔という時制で語られる物語は、折口信夫がいうような霊物《もの》の語りでもあるし、それはいま現在を説明する神話的な時間の語りとして、神話と同義でもありえたのである」という。[*6]

三　語りの構造論

物語文学に関する語りの構造論を導いたのは、一九五五年の玉上琢彌「源氏物語の読者―物語音読論―」に示された「三人の作者」説である。[*7]玉上氏のいう三人の作者とは、かつて光源氏や紫の上に近仕し当時の思い出話をする「古御達」の女房、「筆記者・編集者」の女房、「読みあげる女房」の三者である。『源氏物語』にこの三者がいるかどうか。いると読める一方で、語り手をこの三者に分けなくてもよいとも思われるが、ここでは追究しない。語り手の重層性と実体性という三人の作者説の特徴が研究史を導いたことを指摘したい。また、ミハイル・バフチンは、一九三〇年代に、小説に記される複数の作中人物および語り手の言葉には、それぞれに特定の社会的・歴史的・文化的・階層的な属性があり、小説はそうした複数の声の葛藤の場であると論じた。[*8]玉上氏やバフチンの論は、「作者の死」や引用の織物としてのテクストの概念と親和的である。これらに「語り」論進展の土壌があった。

『源氏物語』研究では、帚木巻巻頭・夕顔巻巻末あるいは竹河巻冒頭の（草子地と呼ばれてきた）語り手の言葉が注目され、また『岷江入楚《みんごうにっそ》』（一五九八年成立）が桐壺巻巻末の叙述を「三重に書きなせり」ととらえたことが再評価された。物語の表現主体が拡散することの把握が、語りの構造論を展開させる。しかし一方、物語は連続する一続きの文章で綴られる。高橋亨氏は、一九八二年の著書で「源氏物語の〈語り手〉（書き手）は文中にあらわれつつも、作中人物としてのかたちが不明であり、影のような存在だ」と、語り手は作中人物と同次元の存在ではないとして次のように述べる。[*9]

語り手が実録者として現れ、しかも実体化した登場人物の女房ではないという、重層化された〈作者〉が、源氏物語の表現の主体である。（略）たんなる全知視点とも限定視点とも言いがたい。女房のまなざしから登場人物の心中へと一体化し、さらにそこから連続的にぬけ出て、全知の視点にまで上昇しうる〈作者〉を、もののけに喩えてよいであろう。

高橋氏の説明は明瞭であるが、バフチン流の「葛藤」が見えにくい。言葉（声）の葛藤を重視し続けたのが、三谷邦明氏であった。一九八七年発表の三谷氏の論をたどろう。[*10]

「〈カタリ〉は〈出来事〉を〈話型〉に嵌め込みながら〈模倣〉して、相手を意識しつつ〈伝達〉する行為で、その場合の〈出来事〉は事実ではなく〈虚構〉でもかまわなかった」という機能を有していた。そうしたさまざまな機能が混沌化するのが〈モノ＝カタリ〉なのであって、（略）〈モノ〉という接頭語によって、これらの機能は物語文学では不在化・解体化されてしまうのである。

三谷氏は、〈カタリ〉を説明しつつ、物語の「モノ」性がカタリゴトを異化すると述べる。特に、生身の語り手とその聞き手とがいない書かれた物語文学では語りが拡散化するという。「私は語る」は「……「私は『私は《私は語る》と語る』と語る」……というように入籠型を拡張し、それは無限大にまで及ぶ」。「彼は語る」もまた語りである以上語り手がいるのであり、「……「私は『私は《彼は語る》と語る』と語る」……」と拡散する。その無限大の拡散を「防いでいるのが（略）「話者」という陳述の機能である」と指摘する。物語る文章の線条性を「話者」において担保し、三人称の物語にも表現主体の拡散化を指摘した三谷氏は次のようにも述べる。

> 「無限の私」と記した項は（略）登場人物や語り手を批判的に相対化していく読み手の眼差しを指示している。つまり、読みそのものが「無限の私」なのである。「私は語る」という行為は（略）無限に主体を拡散化し、陳述機能である「話者」という境界機能にまで無限に及ぶのである。それ故、以前にある注釈あるいは研究や批評等々の読みも、この「無限の私」の中に含まれていると言える。（略）常にそれ以前にあった〈読み〉を更新・脱構築化して行くことが可能なのは、この機能が存在するからである。／物語文学において多義的な読みの戯れが可能なのも、「無限の私」という機能があるからで、「カタリゴト」という口承文芸に〈モノ〉という接頭語を付すことで、物語文学は実存する語り手や聞き手を喪失・不在化しながら、無限と言ってよい語り手や読み手の主体を本文の中に招き寄せたわけである。

語り手の拡散化を読み手のあり方と融合させるこの論じ方は、書かれた文章の「物」性に基づく。生身の語り手とその聞き手とが不在の書かれた物語叙述における〈伝達〉、書かれた語りが読まれることを通して現象する、不安定でかつ豊穣な現象を、三谷氏は原理的に追究した。ただし、私は、口頭の語りと書かれた語りの相違は相対的であり、また前節に掲げた藤井貞和氏の説を参照するならば、「拡散化」の特質を「モノ」に負わせて論ずるには限界があると考える。

四　「語り」の文章

具体例の前に、助動詞「けり」について考える。語り論で「けり」が重要なのは、まず「けり」が語り・物語の語り口を特徴づけるからである。さらに前節の議論に関わらせれば、竹岡正夫氏の、「けり」は「あなたなる世界」の事象として認識したことを述べる際に用いる語だとする説、あるいは近年井島正博氏が主張する、表現時過去が話題時未来に投射された上での話題時現在（＝相対時過去）を述べる際に用いられるとする説のように、「けり」が重層的な叙事叙述を形成すると考えられるからである。[*11] この助動詞「けり」について、テンス（時）とともにムード（態）ないし広義のモダリティに注意したい。「モダリティとは、事柄（すなわち、状況・世界）に関して、たんにそれがある（もしくは真である）と述べるのではなく、どのようにあるのか、あるいは、あるべきなのかということを表したり、その事柄に対する知覚や感情を表したりする意味論的なカテゴリーである」と説明されるそれである。[*12]「けり」は「時」から切り離せないが、発話の際の表現者の態度を考慮して、「けり」は次のような働きをする助動詞だと考える。

すでに確定していることについて、いま認識の俎上に載せていることを示す

この程度にゆるやかに把握して「けり」を含む文や文章について考えたい。「すでに―いま」の関係の認識によって、継続・経過の意を含む過去を表しえたのであり（いま未確認であることを示す「推量」の助動詞「む」で未来を表すように）、また、気づきや思い出しも表しえた。伝承の語りやその偽装（作り物語）のことばを形作る表現にもなる。

私の手元の古語辞典では、「けり」を「事柄が今はっきりしたという認識を表す。また、説話や物語などの中で、

出来事が過去のことであることを表す」と説明する。[*13] このように便宜上〈気づきの「けり」〉と〈語りの「けり」〉とに大別される「けり」の語義を統一的に把握した結果が右の「すでに……」である。他者への表現〈語りの「けり」〉が自己内対話〈気づきの「けり」〉と同一の語であることに立って考えることが、「語り」論の現在の一分野としての「けり」論において有効であろう。

〈気づきの「けり」〉は、例えば、「「あましう、犬なども、かかる心あるものなりけり」と笑はせたまふ」(『枕草子』「上に候ふ御猫は」)など「〜と」で受けて人物の認識であることが明瞭な例、「掛金をこころみに引きあけたまへれば、あなたよりは鎖《さ》さざりけり」(『源氏物語』帚木巻)など地の文にあって、表現主体と作中人物の認識とが重なる例を念頭にしている。〈気づきの「けり」〉には、従来説にある「確認」「説明」を含めてもよい。〈語りの「けり」〉は、もちろん、「いまはむかし、たけとりの翁といふものありけり」(『竹取物語』)などを念頭に置いている。

ここであえて迂遠な考察を二つする。第一に語源的な問題である。「けり」の語源は、「来《き》+あり」と考えられることが多い。ただし、動詞「来《く》」の連用形「来《き》」は不確かである。過去の助動詞「き」のもとになる何らかの語「き」ないし語の要素があったとも考えられる。助動詞「き」には連用形「き」がなく、これを直接当てはめがたい。「あり」は確かであろう。「あり」が表す事柄は第一に〈存在〉である。時間的な面をとらえれば〈現在〉であるが、「あり」は「時」のみを表示する語ではない。存在からいま性が生まれ、〈現在〉は〈存在〉とともにある。つまり、「あり」の側だけから考えても、「けり」は「時」の意味に限定されないのであり、〈現在〉と〈存在〉との共存に胚胎するムードないしモダリティ的な意味を認めてよいと考える。ただし、そもそも「けり」が「来《き》+あり」かどうか不確かであるが。また、「時」以外の意味が捨象された時点で、「けり」が文法的な助動詞として確立するのだと考えはじめると、堂々巡りになる。

第二に意味と用法との関係である。助動詞「けり」の〈意味〉を追究することで突き当たる袋小路を回避したい。「けり」の文法的な〈意味〉は、藤井貞和氏が強調するように、過去にあったことが今に至るまで続いている継続・経過を示す、と記述するのが適当なのかもしれない。ただし、そうすると立ち至る、「気づき」は入れてよいかもしれないが、「詠嘆」は不適当だという線引き（区分）の難問にとらわれたくない。[*14]意味から用法が生まれ、用法のなかに意味がこもる関係を総体的にとらえよう。この問題はすでに注意されている。一九九一年の座談会「物語論の方法」で三谷邦明氏と藤井貞和氏との間に、「**三谷**　（略）言われてることだけど、『竹取物語』では「けり」は段落とか何かを区切る役割を持ってるわけで。／**藤井**　役割は意味と違うじゃない？　／**三谷**　いや、だから役割ではなくて、それは意味と同じだろうと思うけど。（略）」とのやりとりがある。[*15]「けり」の意味と「けり」を含む文の作り出す文脈的意味・機能とを混同してはならないとの主張は一見もっともだが、「けり」は実際の文章では単独で存在しがたい付属語である。

四　語る「けり」

ここで、『枕草子』「清涼殿の丑寅の隅の」から例を掲げる。[*16]清少納言が描き出す宮中のできごとの中に、中宮定子の昔語りが挟み込まれている。

陪膳《はいぜん》つかうまつる人の、をのこどもなど召すほどもなくわたらせたまひぬ。「御硯《すずり》の墨《すみ》すれ」と仰せらるるに、目はそらにて、ただおはしますをのみ見たてまつれば、ほとどつぎめもはなちつべし。白き色紙《しきし》押したたみて、「これにただいまおぼえむ古きこと一つづつ書け」と仰せらるる。外《と》にゐたまへるに、「これはいかが」と申せば、「とう書きてまゐらせたまへ。をのこは言《こと》加へさぶらふべきにもあらず」とて、さし入れたまへり。御硯取りおろして、「とくとくただ思ひまはさで、難波津《なにはづ》も何《なに》も、ふとおぼえむことを」と責めさせたまふに、などさは臆《おく》せしにか、すべて面《おもて》さへ赤みてぞ思ひ乱るるや。春の歌、花の心など、さいふいふも、上臈《じやうらふ》二つ三つばかり書きて、「これに」とあるに、「年経《ふ》ればよはひは老いぬしかはあれど花をし見れば物思ひもなし」といふことを、「君をし見れば」と書きなしたる、御覧じくらべて、「ただこの心どものゆかしかりつるぞ」と仰せらるるついでに、

「円融院《ゑんゆうゐん》の御時《おほんとき》に、『草子《さうし》に歌一つ書け』と殿上人《てんじやうびと》に仰せられければ、いみじう書きにくう、すまひ申す人々ありけるに、『さらにただ手のあしさよき、歌の、をりにあはざらむも知らじ』と仰せらるれば、わびてみな書きける中に、ただいまの関白殿、三位中将《さんみのちゆうじやう》と聞えけるとき、「しほの満《み》ついつもの浦のいつもいつも君をば深く思ふはやわが」といふ歌の、末《すゑ》を、『たのむはやわが』と書きたまへりけるをなむ、いみじうめでさせたまひける」

など仰せらるるにも、すずろに汗あゆる心地《ここち》ぞする。年若からむ人、はた、さもえ書くまじき事のさまにやなどぞおぼゆる。例《れい》、いとよく書く人も、あぢきなうみなつつまれて、書きけがしなどしたるあり。（五一～五二）

この章段のできごとは、人物の官職から、正暦五年（九九四）春のこととされる。中宮定子と清少納言たちは、清涼殿の弘徽殿の上の御局にいた。ともにいた一条帝が食事のためにいったん昼の御座に移り、また上の御局にもどって来てからが右の引用である。定子が女房たちに、いま心に浮かぶ古いことば（古歌）を記せ、と命ずる。清少納言は『古今集』所載の藤原良房の和歌を改変して答えた。それを引き受け、定子が円融天皇時代の父藤原道隆（関白殿）の類似した挿話を語る。この定子の昔語りが、「けり」文で述べられる。

右の引用範囲で、定子の昔語りの前は、「わたらせたまひぬ。」「仰せらるる。」「外にゐたまへるに、」「入れたまへり。」「書きなしたる、」、昔語りの後は、「心地ぞする。」「おぼゆる。」「…たるあり。」と、執筆時からみて過去のできごとを、基本形（現在形）、（ッ）・ヌ・タリ・リ形を基調に述べる。過去の助動詞「き」は、清少納言を含む女房たち全体の心理を回想する「などさは臆せしにか」の「し」のみである。そうしたなかに定子の昔語りがあり、「仰せられければ、」「ありけるに、」「聞えけるとき、」「書きたまへりけるをなむ」「めでさせたまひける」と、「けり」文が基調となっている。[*17]

定子が語った内容は、円融天皇の在位期間と道隆が三位中将であった時期から、永観二年（九八四）のことと考えられる。この年定子八歳。もちろん入内前であり、宮中での直接の見聞ではあるまい。十年前の父親のことであるから、定子はあるいは道隆自身からこの話を聞いたのであろうか。定子が「けり」を用いるのは伝聞だからだといえるが、伝聞を「けり」で語ることについて、前節を踏まえてさらに考える。〈語りの「けり」〉は、「すでに確定していることについて、いま認識の俎上に載せていることを示す」ことで、語る現在のいま性を聞き手にふり向け、あたかもある認識が不意に到来する気づきのように、過去のできごとを聞き手にいま認識させ、語りの「場」を作る。「けり」によって加わる話し手の言表態度の働きを、定子は、女房たちや一条天皇を宮廷文化の継承者として感化すべく指導的・教育的に活用し、円融天皇時代の父道隆の事績を現在につなぐ。もっとも、そう読めるようにテクストを仕組んでいるのは最終的には清少納言であるが。[*18]

五　書かれた「語り」へ

『枕草子』「清涼殿の丑寅の隅の」の章段は、前節の引用に続けて、「古今《こきん》の草子《さうし》を御前《おまへ》に置かせたまひて、歌どもの本《もと》を仰せられて、「これが末《すゑ》いかに」と問はせたまふに……」と、中宮定子が女房たちに『古今集』の和歌の暗記を試験したことを語る。女房たちはほとんど答えられなかった。すると定子が「村上の御時《おほんとき》に、宣耀殿《せんえうでん》の女御《にようご》と聞えけるは小《こ》一条の左の大殿《おほいどの》の御むすめにおはしけると、誰《たれ》かは知りたてまつらざらむ。まだ姫君と聞えけるとき、父おとどの教へきこえたまひけることは……」と宣耀殿女御藤原芳子が、村上天皇に『古今集』の暗記の試験をされたできごとを語る。この二番目の昔語りもまた「けり」を基調とする。著名な箇所であるから全体の引用は略すが、定子の昔語りは、「……そなたに向きてなむ、念じくらしたまひける。好《す》き好《ず》きしうあはれなる事なり」など語り出でさせたまふを……」と、芳子の父師尹《もろまさ》が娘の成功を祈ったことを述べ、この挿話全体を風流事に打ち込む感慨深いことだと評して結ばれる。定子の昔語りは「語り出で」と表現される。村上天皇の在位期間は天慶九年（九四六）～康保四年（九六七）で、天皇は在位中に死去した（五月二十五日）。芳子は天徳二年（九五八）十月二十八日に女御となり、村上天皇死後ほどなく同じ康保四年の七月二十九日に死去する。「清涼殿の丑寅の隅の」章段のできごとの現在である正暦五年（九九四）から、約三十年前のことである。

〈語りの「けり」〉が目前の聞き手を教育的に感化するため、現在と結びつけるように働くことは第一の昔語りと同様である。この第二の昔語りには、「かうなりけりと心得たまふも」と、芳子の意識に即した〈気づきの「けり」〉もあり、『古今集』の暗記の試験をしようという、すでにあった村上天皇の意図を（話題時の）いま認識したことを示す。

「けり」を基調とする文章の中にある「けり」文以外の文にも目を向けよう。第二の昔語りの中には、（a）「……誰《たれ》かは知りたてまつらざらむ。」、（b）「……わりなうおぼし乱れぬべし。」、（c）「強《し》ひきこえさせたまひけむほどなど、いかにめでたうをかしかりけむ。」、（d）「御前《おまへ》に候《さぶら》ひけむ人さへこそ、うらやましけれ。」、（e）「十巻《とまき》にもなりぬ。」、（f）「御さう草し子にけふ夾さん算さして、おほ大との殿ごも籠りぬるも、またのめでたしかし。」といった箇所もある。（a）は、これから語るのはあの有名な宣耀殿女御芳子に関するできごとなのだと現在に結びつける言葉。（b）は「けむ」を用いてできごとの世界の中に入り込んで、その中から芳子の心情を想像的に述べる。（c）は「けむ」によって、過去のできごとのあいまいな部分を想像的に述べる。（d）も「けむ」によってあいまいな部分を想像的に述べ、さらに語り手の現在の立場から形容詞による評価を述べる。（e）はできごとの世界の進行を「ぬ」によって示す。（f）も「ぬ」によって進行を示し、さらに形容詞で評価を述べ、さらに終助詞で聞き手に念を押す。

定子は「かうなりけりと心得たまふもをかしきものの、ひが覚えをもし、忘れたるところもあらば、いみじかるべき事と、わりなうおぼし乱れぬべし。」と、芳子の心内を語った（（b）を含む部分）。「かうなりけりと心得たまふもをかしき」までは断定的に芳子の心内を述べるが、「ひが覚えをもし……」以下は「わりなうおぼし乱れぬべし。」と、「ぬべし」の推量で結ぶ。（c）「強《し》ひきこえさせたまひけむほどなど、いかにめでたうをかしかりけむ。」、（d）「御前《おまへ》に候《さぶら》ひけむ人さへこそ、うらやましけれ。」とともに、語り手が推量で述べることによって、ほんとうにそうだろうな、いやあるいはこうかもしれない、と聞き手自身が想像をめぐらす余地を作り、思考をうながす。また、中宮定子が、きっと芳子も間違えたらどうしようと心配し焦ったでしょうと失敗の不安に想像的に言及し、あるいは誰であるか明確にはわからないがその場にいた女房がうらやましいと女房に身を置く発言をすることは、聞き手を昔語りの内容に引き込むように働く。語り手の想像的な発言を挟み込むことで、宮廷文化の継承に関する教育的効果が増すことを意図しての語り方であろう。語り手がどのような人物であり、どのような場で語られているのかがわかる場合には、語り口の効果や語り手の意図を絞り込んで推定できる。

『源氏物語』若菜上巻に次のようにある。

心の中《うち》にも、かく空より出で来にたるやうなることにて、のがれたまひがたきを、憎げにも聞こえなさじ、わが心に憚《はばか》りたまひ、諌《いさ》むることに従ひたまふべき、おのがどちの心より起これる懸想《けさう》にもあらず、堰《せ》かるべき方《かた》なきものから、をこがましく思ひむすぼほるるさま世人《よひと》に洩りきこえじ、式部卿宮の大北《おほ》の方、常にうけはしげなることどもをのたまひ出でつつ、あぢきなき大将の御事にてさへ、あやしく恨みそねみたまふなるを、かやうに聞きて、いかにいちじるく思ひあはせたまはん、など、おいらかなる人の御心といへど、いかでかはかばかりの隈《くま》はなからむ。今はさりともとのみわが身を思ひあがり、うらなくて過ぐしける世の、人笑へならんことを下《した》には思ひつづけたまへど、いとおいらかにのみもてなしたまへり。

光源氏から女三の宮降嫁の件を告げられた後の紫の上を語る箇所である。「かく空より」から「思ひあはせたまはん」までたどられた紫の上の心中思惟が、「いかでかはかばかりの隈《くま》はなからむ。」と、推量の助動詞「む」で閉じられることについて、三谷邦明氏は「この内言の言説は、語り手の推測で、紫上はあくまでも沈黙・完黙しているのである。言い換えれば、この内話文には、「紫のゆかり」と言われている語り手の、女房という立場の、彼女たちらしい、観測・希望・憶測・イデオロギーが、叙述されているだけなのである」と述べ、「「憎げにも聞こえなさじ」という理解は、彼女たちの判断で、実は、紫上は、内面で嫉視や怨恨に狂っているかもしれないのである。紫上が沈黙し、何も語っていない故に、読者の想像は、寛容と憤怒と狂乱のさまざまな振幅の間で、限りなく拡がって行くのである」と指摘する。[*19]

三谷氏に従うと、具体的で詳細な心中思惟が推測であることから、「人笑へならんことをした下には思ひつづけたまへど」と推量の「む」をともなわずに語られる箇所までも不安定に思えてくる。意味が不決定のまま宙づりにされ、さまざまな可能性が競合する。可能性を豊かに開花させるのはテクストと読者との協働作業であり、「む」に注目し、語り方を問うことから開かれる〈読み〉である。

こうした物語文学のテクスト性を発揮させる語り口の原型が、前に取り上げた『枕草子』「清涼殿の丑寅の隅の」の段の定子の昔語り（「村上の御時に……」）にあった。物語文学の文章が、口頭の語りを模しながら、それをもどき、あるいは語りを「偽装」（神田龍身）してできているとは、例えばこうしたことである。語り手の素姓をかいま見せながらあいまいにし、語り（あるいは筆記）の「場」もその存在は示しながら（帚木巻巻頭、蓬生巻巻末など）あまり具体化させないことで生成される解釈の開かれ＝拡散化なのだと考えられる。このことは、意図的な方法というよりは、自然発生的な、しかし文学の言語としては豊穣をもたらした現象であった。

注

＊1　石原千秋ほか編『読むための理論―文学・思想・批評』（世織書房、一九九一年）九四頁
＊2　坂部恵『かたり』（弘文堂、一九九〇年）一七五頁
＊3　物研の「語り」論への批判は、例えば村上學「「かたり」の序説―戦略的に―」（同氏編『平家物語と語り』三弥井書店、一九九二年）等を参照されたい。
＊4　藤井貞和『物語文学成立史』（東京大学出版会、一九八七年）六九八～六九九頁

＊5　土方洋一「仮名物語の成立まで」『物語史の解析学』（風間書房、二〇〇四年。初出、一九八七年。七〇頁）など参照。
＊6　兵藤裕己『物語・オーラリティ・共同体』（ひつじ書房、二〇〇二年）一九〇頁、三三二頁
＊7　玉上琢彌『源氏物語研究』（角川書店、一九六六年）
＊8　ミハイル・バフチン『小説の言葉』（平凡社、一九九六年）
＊9　高橋亨「物語の〈語り〉と〈書く〉こと」『源氏物語の対位法』（東京大学出版会、一九八二年）二二二頁、二二六頁
＊10　三谷邦明「物語文学の語り」『物語文学の言説』（有精堂、一九九二年）九八頁、一〇四頁、一〇五頁、一〇九頁。初出一九八七年
＊11　竹岡正夫「助動詞「けり」の本義と機能—源氏物語・紫式部日記・枕草子を資料として—」（『国文学　言語と文芸』三十一号、一九六三年十一月。梅原恭則編『論集日本語研究7』（有精堂、一九七九年）所収）。井島正博『中古語過去・完了表現の研究』（ひつじ書房、二〇一一年）「第一部　中古語を中心とする過去表現　第一章　過去助動詞の機能」（初出二〇〇二年）
＊12　澤田治美『モダリティ』（開拓社、二〇〇六年）二頁。
＊13　山口尭二・鈴木日出男編『全訳全解古語辞典』（文英堂、二〇〇四年）。「けり」の項は野村剛史氏の執筆。
＊14　藤井貞和『日本語と時間—〈時の文法〉をたどる』（岩波書店、二〇一〇年）五八～五九頁
＊15　藤井貞和・三谷邦明・室伏信助「〈共同討議〉物語論の方法」『國文學』第三六巻第一〇号、一九九一年九月
＊16　『枕草子』の引用は、『新編日本古典文学全集　枕草子』（小学館、一九九七年）によるが、改行位置等を変更した。
＊17　引用文で「仰せらるれば」とある箇所も、能因本では「仰せられければ」。根来司編『新校本枕草子』（笠間書院、一九九一年）による。
＊18　三田村雅子「〈問〉と〈答〉—日記的章段の論理—」（『枕草子　表現の論理』有精堂、一九九五年。初出一九八八年）
＊19　三谷邦明「若菜巻冒頭場面の紫上の沈黙を聞く」『源氏物語の方法』（翰林書房、二〇〇七年）一五六頁、一五七頁

引用──インターテクスチュアリテイ・話型・中世

引用される〈女二の宮〉──『うつほ物語』から『いはでしのぶ』の一品宮へ

勝亦志織

一　物語に引用される皇女のイメージ

中世王朝物語の一つである『いはでしのぶ』において、ヒロインである一品宮は白河院の女二の宮で、一品の位を持つ皇女である。すでに指摘があるように、中古の物語に登場する「一品宮」は天皇の最初の娘である女一の宮が原則である。[*1] 例えば『源氏物語』においては、今上帝の女一の宮（明石中宮腹）がその典型である。中世王朝物語においても女二の宮が一品宮となるのは、現存する物語の中では『いはでしのぶ』くらいである。『いはでしのぶ』の一品宮の場合は母の出自により、女御腹の女一の宮よりも后腹の女二の宮が一品に叙せられていると考えられるが、なぜ『いはでしのぶ』の一品宮は、そもそも女二の宮と設定されたのだろうか。

平安時代から鎌倉時代の物語史を通観すると、物語に登場する女一の宮（または一品宮）や女三の宮は、あるイメージを持ちながら「引用」されていることがわかる。[*2] 女一の宮は高貴な存在としてのイメージを、女三の宮は『源氏物語』の朱雀院女三の宮のイメージが、強く後の物語に影響を与えている。もちろん、女二の宮についても、『源氏物語』の朱雀院女二の宮・今上帝女二の宮と『狭衣物語』の嵯峨院女二の宮の影響関係が指摘されており、[*3] そうした女二の宮像が『いはでしのぶ』の一品宮にも影響を与えている。

本稿では、そうした物語史を確認しながら『いはでしのぶ』のヒロイン一品宮が、なぜ女二の宮とされたのかを考えてみたい。特に、これまであまり指摘されてこなかった『うつほ物語』の朱雀院女二の宮の物語をふまえ、物語が登場人物造形にあたり、どのように先行する物語を利用するのか、中世王朝物語における先行物語摂取の一様相を確認したい。そこから〈女二の宮〉という記号性が浮かび上がってくるのではないだろうか。

二 『いはでしのぶ』の一品宮——女二の宮としての登場

『いはでしのぶ』の一品宮は物語の始発において、すでに一条院内大臣の妻として登場する。しかし、その結婚は密通から始まり、その結婚の裏には、異母姉（女御腹）である女一の宮の存在があったことが示される。まずは、『いはでしのぶ』の一品宮とはどのような皇女であったのか、『いはでしのぶ』における白河院の皇女たちの様相を確認することから始めたい。

> げにそもいとことはりに、かぎりなき姫宮の御有様なるや。これはおとどの御妹、今の中宮の御腹、春宮の御つぎに出でき給へりし女二の宮にておはします。一品の宮とぞきこゆる。おなじ御腹の女三の宮も、ことのほかならびきこえさせたまはざりけり。二位中将の御母、故女一の宮こそ、なのめならずうつくしうおはしまして、この御さまにはかよひ聞こえさせ給りしかど、にほはしくらうたきばかりにて、いとかうきは限りなき御光は、ただ今見奉らせ給はぬことなればにや、およばずなん、上も思ひ出で聞こえさせ給けり。

（巻一　一五二頁）*4

一品宮の登場場面である。白河院の中宮腹の女二の宮として生まれ、白河院の目からは、いはでしのぶの中将の母で、一品宮の異母姉である故女一の宮より美しく見えるという。物語のスタート時点で姉である女一の宮は故人であり、その理由はこの直後、いはでしのぶの中将の出生を語るなかで示される。

　その頃、女一の宮はやうやう御さかりにならせ給ひて、いよいよ匂ひみち、たぐいなくおはしましを、今の関白、左のおとどなどの御をととに、右大臣左大将にてものし給ひしは、中宮の一つ御腹にて、御容貌有様世にすぐれ、いみじき有職にてものし給ひし。（中略）いかなりける物のひまにか、この宮をほのかに見聞こえ給て、たぐひなき御心さわぎのあまりに、いかにたばかり給けるにか、盗み聞こえ給ひしほど、あさましともいふはおろかなり。

　上の御世の初めつかたにてさへ有りしかば、なのめならず心憂きことにおぼされつつ、中々にとやおぼしめしけむ、知らず顔にてすぐさせ給しに、いくほどなくて、ただならずさへならせ給て、光殊に、なのめならぬ男君を取いで聞こえさせ給つつ、やがて母宮はひきいらせ給にし、心うさは、いかばかりかはあらむ。その年、十六にぞならせ給し。（中略）上は、かくと聞かせ給しより、「心憂くとも、などか思ひ許して、ありし姿を今一たび見ずなりにけむ。」と、いふよしなくおぼされけるあまり、この一品宮の御事をば、心づくしならず、もていでかしづき聞こえさせ給ふかとぞみゆる。

（巻一　一六〇〜一六二）

一条院内大臣の養父である関白の弟、右大臣が女一の宮をひそかに盗み出し、二人の間にいはでしのぶの中将が生まれた。しかし、白河院は二人を許さないまま知らず顔をしているうちに、中将を出産後すぐに女一の宮は死去してしまう。白河院はその過去により、一条院内大臣の一品宮への密通の際には内大臣を許し、正式に一品宮に婿取ったと語られる。

『いはでしのぶ』の物語の論理としては、一品宮と一条院内大臣の結婚の以前に、女一の宮と右大臣の悲恋が存在する必要があった。二人の皇女の父である白河院にとって、女二の宮の密通事件の処遇は、女一の宮の事件があったからこその判断であり、女一の宮の悲恋は女二の宮の事件の前史として語られていることになる。母親の違いはあれど、女二の宮（一品宮）の物語には女一の宮の過去が張り付いているのである。皇女を描く物語は多くあるが、このような姉妹関係を示すものは少ない。

例えば、『源氏物語』での朱雀院の女二の宮（落葉の宮）と女三の宮の関係は、二人の関係が彼女たちを思慕する男性をはさんで密接に関わってはいるものの、どちらかの経験がもう一方に影響を与えてはいない。宇治十帖における今上帝女一の宮と女二の宮の関係も同様である。また、皇女ばかりを描いた『狭衣物語』であっても、同じである。嵯峨院の女一の宮が斎院であるため、狭衣との結婚相手として女二の宮が浮上し、それが結局、女二の宮への密通に繋がったとしても、女一の宮の過去が女二の宮の現在に影響を与える、というわけではない。

一方、『いはでしのぶ』の一品宮そのものは、先行する多くの物語の皇女像を摂取、利用して造形されている。特に、「一品宮」という高貴な立場や、「おほどかに」と形容される皇女らしさは、『源氏物語』の今上帝女一の宮（一品宮）を、女二の宮であり、密通される皇女という意味では、『狭衣物語』の嵯峨院女二の宮を利用しているといえよう。[*5]『狭衣物語』の女二の宮については、『いはでしのぶ』に特徴的な「密通」のモチーフが重なるという意味で、その影響関係は深いが、そうした『源氏物語』や『狭衣物語』に先行する『うつほ物語』にも「密通」の危機にさらされる女二の宮が存在する。仁寿殿女御腹の朱雀院女二の宮である。

加えて、この『うつほ物語』の朱雀院女二の宮の「密通」にまつわるエピソードは、姉である女一の宮の存在と密接にかかわる。『いはでしのぶ』の女一の宮―女二の宮関係のように、姉宮の過去が妹宮の現在に関与するのである。次節では、『うつほ物語』の女二の宮について確認し、続く『源氏物語』、『狭衣物語』を通観しつつ、『いはでしのぶ』の一品宮における『うつほ物語』享受について確認したい。

三 『うつほ物語』の朱雀院女二の宮と皇女の婚姻

『うつほ物語』には多くの皇女が登場し、物語の中心人物である男性たちが、皇女に婿取られている。例えば、清原俊蔭の母は嵯峨院の異腹の妹であり、妻は系譜不明だが一世の源氏とされる。源正頼は嵯峨院の女一の宮に、藤原仲忠は朱雀院の女一の宮に婿取られている。また、父帝による婿取りという体裁ではないが、仲忠の父である藤原兼雅は嵯峨院の女三の宮を密通の末に妻妾の一人にしている。同様の例が、正頼の三男である祐澄の北の方として紹介される源氏である。この源氏は嵯峨院の梅壺の更衣腹の皇女であり、どうやら祐澄によって盗み取られたらしいが、北の方として遇されている。さらに、婿取るところまでいかなかったが、立坊争いに際して藤原氏の結束を求める朱雀院后の宮が、兼雅の兄、藤原忠雅に対して自分の娘である女三の宮との結婚話を持ちだしている。このように『うつほ物語』においては、『源氏物語』が徹底して皇女不婚を言いたてたのと反し、皇女の婚姻が多く描かれている。

また、嵯峨院女三の宮と兼雅、嵯峨院皇女と祐澄の例を除いて、『うつほ物語』の皇女の結婚は基本的に父帝によって裁可されていた。嵯峨院女三の宮の場合も、兼雅の妻妾となった後も嵯峨院からの援助があったことが見受けられ、祐澄の例も「北の方」という紹介や世間での認知度から、事後の了承は得られていたと考えられる。そのような中で、物語の後半において男性からの「密通」「盗み」の対象となるのが、朱雀院女二の宮である。
朱雀院女二の宮が「盗み」の対象となるのは、物語の後半、蔵開・中巻と下巻からで、正頼の息子である、大宮腹の三男祐澄と大殿の上腹の十男近澄の不穏な動きが確認できる。蔵開・中巻では祐澄が仲忠と結婚した後も女一の宮を思慕しており、それを息子宮はただが仲忠に話す場面がある。この話はここだけだが、祐澄は蔵開・下巻において仲忠から「皇女ふさひなりや」と称され、皇女を妻にしたいと強く願い女二の宮を狙っていることが述べられている。また、近澄についても同じく蔵開・下巻において、仲忠が女一の宮に婿取られたことから、自分も同様に皇女との結婚を望み、裳着の終わった女二の宮を思慕していることが語られる。
そして、国譲・上巻において、噂話にすぎなかった女二の宮を狙う男たちへの不安が現実化し、大宮・仁寿殿女御・藤壺（あて宮）の語らいの場面において、近澄、祐澄に加え、朱雀院の五の宮という女二の宮を狙う男性たちが列挙される。女二の宮の母である仁寿殿女御は宮中に連れていくのは危ないとして、大宮のもとに預けようとするが、大宮の所もおぼつかなく、大宮は女一の宮のもとに預けよと提案するのである。この女二の宮の求婚譚ともいうべき事態は、あて宮求婚譚の負の部分を引き継いだパロディであるとの指摘がある。[*6]
確かに、物語の前半部において展開されたあて宮求婚譚が、あて宮の春宮入内により終結し、あて宮に代わってクローズアップされた朱雀院女一の宮はすぐに仲忠との婚姻が決まり、物語は次のヒロインを探していた。もちろん物語の大筋は朱雀院の譲位とそれに伴う立坊争い、そして、いぬ宮への秘琴伝授への展開である。その裏で進められた女二の宮奪取のストーリーはもはや求婚譚とはいえない。近澄・祐澄・五の宮たちの行動は、大宮、仁寿殿女御、藤壺が揃って女二の宮の身を案じる必要があるほど暴力的なものであり、実際、祐澄は自身を「盗人」と称してもいる。その「女二の宮奪取」の可能性をギリギリのところで阻止するのが、姉である女一の宮である。

仁寿殿女御は参内にあたり、大宮の提案通りに女二の宮を宮中には連れていかず、女一の宮に預ける。

仁寿殿の女御の、御衣替へして、五日の日、参り給ふとて、一の宮に聞こえ給ふやう、「参らまほしくあらねど、『御国譲りも近くあべかなるに、この頃は、内裏渡りにも』と思ひてなむ。（中略）さて、この宮を、殿の御方に渡し奉らむとすれども、思ふ心ありてなむ。さ聞こゆるやうあり。こなたに据ゑ奉り給ひて、御目放たず、見訪ひ給へ。大将、いとものゆかしくし給ふめり。ゆめ見せ給ふな。よしとも、悪しとも、人には見せぬぞよき。弾正の宮に、いとよく聞こえむ、『夜は、こなたに殿籠れ』など。異人よりも、宰相の君（祐澄）は、いとわづらはしき。十の皇子は率て参りなむ」と聞こえ給へば、「承りぬ。いとよう後見聞こえむ。（後略）」

（国譲・上　六七一頁）*7

傍線部にある仁寿殿女御の依頼に対し、女一の宮は「承りぬ。いとよう後見聞こえむ。」と、女二の宮の後見を承諾している。また、仁寿殿女御は女一の宮のみならず、弾正の宮（朱雀帝の三の宮、女一の宮と同じ対に住む）にも女二の宮の警護を依頼している。

その後、女一の宮のもとに預けられた女二の宮は、国譲・中巻で前掲引用文の中で仁寿殿女御が心配していたように、女一の宮が眠った隙をねらった仲忠に見られることになったり、近澄や祐澄たちが女二の宮付きの女房や乳母を買収し、手引きを依頼していたりするも、盗まれたり密通されたりすることなく過ごす。

国譲・下巻では、朱雀院が今上帝に譲位し、皇女たちも仁寿殿女御とともに朱雀院のもとに参内する（女一の宮を除く）。朱雀院の目からは、「一の宮をこそ、『こともなし』と思ひしか。これも、けしうはあらざりけり。琵琶・箏の琴の上手もがな。この皇女たちの料にせむ」とのたまふ。」（国譲・下巻　七六四～七六五頁）と、女二の宮は女一の宮と同等の美質を認められ、琴《きん》の上手である仲忠を婿取った女一の宮のように、琵琶や箏の琴の上手を女二の宮たちの婿に迎えたいとまで述べる。[*8]

一方、この朱雀院からの退出が、女二の宮の奪取計画によりなかなか進まないことが仲忠と俊蔭の女との会話で語られた後、[*9]それを受ける形で、正頼とその息子たちが大々的に仁寿殿女御や皇女たちを朱雀院に迎えに行くこととなる。ここが一度目の具体的な女二の宮奪取の場面となり、朱雀院から男皇子は院に残るよう指示され留められた五の宮は取り乱し、この退出の隙を狙った祐澄・近澄は迎えの一行に加わらなかったことで仲忠に気づかれ、仁寿殿女御の部屋近くに隠れているところを見つけられ、女二の宮は仁寿殿女御のもとではなく女一の宮の部屋に入る。こうして、朱雀院や仲忠たちにより女二の宮奪取は未遂に終わる。

そして、この退出の日の事件を知った懐妊中の女一の宮は、宮の君出産の折、警護の手薄になった女二の宮の身を案じ産室にかくまうという異例の行動をとる。

> かかる折に、「人々、騒ぎて、静心あらじ」と思ひて、例の君達は、乳母を語らひて、よろづの財物を取らせて、「日だに暮れば、盗ませよ。入れよ。」とて、暮るるを待ち給ふ。（中略）五の宮、「かしこの人、多く騒ぎ居たらむ。この折は、盗み出でむ」とて、日の暮るるを待ち給ふを知らず、女御の君より始めて、宮に懸かり奉り給ひて惑ひ給ふに、二の宮は、何心もなくて、西の方に、人少なにておはす。一の宮、まかで給ひし夜のことを聞き給ひにしかば、さるいみじき御心にも、「二の宮に、『おはして、我を見給へよ』と聞こえよ」とのたまへば、さ聞こゆ。宮の御方々を恥じ聞こえ給ひて、惑ひて、泣く泣く入り給へり。「こち寄り給へ。わがもと、な退き給ひそ」とて据ゑ奉り給へるに、心知りたる人々は、いみじく泣く。
>
> （国譲・下　八〇九頁）

宮の君出産は難産であり、仲忠も仁寿殿女御も惑乱状態であった。傍線部にある通り、この機会に男君たち三人は女二の宮を「盗もう」としていた。二度目の具体的な女二の宮奪取の場面である。しかし、この計画を阻んだのが、難産に苦しむ女一の宮であったのである。その配慮に、二重傍線部では女二の宮にまつわる事情を知っていた者が感動し泣いている様子が示される。

さらには産後、女二の宮の乳母が祐澄に買収されていたことが女一の宮の乳母（左近の乳母）によって明らかにされる。

（左近の乳母が女二の宮の乳母が買収されていたことを話したのに対して）宮、「さればこそ、それを思ひて、一夜も呼び入れ奉りしぞかし。あなかまや。聞きにくし」。大将、「何ごとぞや」とのたまへば、宮、「あらず」とのたまふ。（中略）乳母、「左近らこそ、ある労り物も賜はらず、恐ろしき謀りことも仕うまつらでやみぬれ」。

（国譲・下巻　八一五頁）

祐澄らの女二の宮奪取の計画は女一の宮の機転により頓挫し、この場面で終了する。その終結場面に実は女一の宮の時も同じこと（皇女奪取計画）があったことが女一の宮の乳母によって明らかにされる。左近の乳母が祐澄らに買収された女二の宮の乳母と自身の違いを示した文脈ではあるが、女一の宮は自身の過去をもとに、女二の宮の危機を救ったとも理解できよう。女一の宮が女二の宮を守り抜いたのは、仁寿殿女御の依頼はさることながら、自身の過去に裏打ちされたものでもあったのである。

以上、『うつほ物語』における皇女の婚姻と、朱雀院女二の宮奪取計画の様相を確認してきた。『うつほ物語』が主要な男性登場人物を皇女の婿とし、皇女の婚姻を規制しない一方、皇女が「盗み出される」危機が描かれる。そして、物語の本筋とは離れたところで描かれる、この女二の宮奪取のストーリーは、「臣下に狙われる皇女」＝〈女二の宮〉という記号を作り出したといえる。思慕の対象として狙われる皇女、女二の宮。〈女二の宮〉という記号には、臣下に狙われる皇女というイメージが付与され、後の物語に引用されていくといえよう。〈女二の宮〉の物語は、けっして『源氏物語』が始発ではないのである。

また、物語後半で突如描きだされた女二の宮の物語は、あったかもしれない女一の宮奪取の物語を描くものでもあった。誰かに「盗まれる」可能性を未然に防がれた女一の宮が、今度は自身の過去をもとに女二の宮の危機を救う。こうした『うつほ物語』の女一の宮—女二の宮姉妹の関係は、後の物語にはほとんど例がない。しかし、姉妹関係と密通がセットになった『いはでしのぶ』の一品宮の形成にその影響をみることができないだろうか。

四 『うつほ物語』・『源氏物語』・『狭衣物語』、そして『いはでしのぶ』へ

『うつほ物語』と『源氏物語』の影響関係については簡単に述べることはできない。しかし、皇女像のあり方という観点から見れば扱いを異にしており、皇女の婚姻問題にそれが表れている。『源氏物語』では「女一の宮」は至高の存在に格上げされ、「女二の宮」は帝裁可のもと臣下と結婚することとなり、そして、密通されるのは「女三の宮」である。「臣下に狙われる皇女」像は「女三の宮」にずらされ、かろうじて落葉の宮（朱雀院女二の宮）にそのイメージが利用されている。

一方、『うつほ物語』と『狭衣物語』の影響関係は、物語の構造や音楽による奇瑞の問題など共通しているところがあるも、女二の宮像そのものには『うつほ物語』の女二の宮の影響はあまり見られない。密通から出産へと続く女二の宮の悲劇には、すでに指摘があるように『源氏物語』の諸要素の影響が強い。しかし、密通される皇女が「三の宮」ではなく「二の宮」に設定されていることは、〈女二の宮〉の系譜に位置付けられるだろう。『源氏物語』が『うつほ物語』の皇女像をずらすことで、物語史における新たな皇女像を作り上げたのに対し、『狭衣物語』はそ

れをもう一度ずらして見せたといえるかもしれない。[*10]

そして、『狭衣物語』の女二の宮像は中世王朝物語に影響を与え、『いはでしのぶ』の一品宮にもその影響が見られる。特に密通の後、涙にくれて起き上がれない状況は二人に共通して描かれている。一品宮の密通場面は短く、設定も『狭衣物語』とは異なる。それでも、共通する悲嘆の様子に『いはでしのぶ』の読者は『狭衣物語』の女二の宮を思い浮かべ、一品宮の様子に重ねて読むことができる。一品宮そのものの造形には『狭衣物語』の女二の宮像が巧妙に取り込まれているのである。つまり、〈女二の宮〉の系譜は『源氏物語』『狭衣物語』と、物語をたどるごとにイメージを変容させる。しかし「臣下に狙われる皇女」のイメージは保ったまま、『いはでしのぶ』までたどることができよう。

『いはでしのぶ』の一品宮がなぜ「女二の宮」とされたのか、それは『うつほ物語』の女一の宮―女二の宮姉妹の関係をふまえると理解できる。『うつほ物語』における女二の宮の物語では、女一の宮の過去が重要な意味をもち、妹の危機を救うこととなった。同腹の姉妹と異腹の姉妹の差こそあれ、『いはでしのぶ』の女一の宮―女二の宮姉妹も同様に姉の過去が妹の難事を救うこととなるのであり、姉である女一の宮の過去を利用するためには、ヒロインである一品宮は〈女二の宮〉でなくてはならなかったのである。

『いはでしのぶ』には顕著な『うつほ物語』引用がある。それは、一品宮の第二子出産の折、難産に苦しむ一品宮のもとで一条院内大臣が「直衣の上に水あみけん仲忠の大将よりも、なを物深うあはれなるに」(巻二 三五一頁)と評されるところだ。「直衣の上に水あみけん仲忠の大将」とは、宮の君出産で難産に苦しむ女一の宮のもとで惑乱した仲忠の描写である。この場面は前述の通り、女一の宮が女二の宮を産室にかくまった時であり、女二の宮奪取が未然に防がれた場面であった。『いはでしのぶ』の作者は、少なくとも『うつほ物語』の国譲・下巻は確認していたといえるだろう。そこには女一の宮―女二の宮姉妹の物語が描かれていたのであり、『いはでしのぶ』の女一の宮―女二の宮（一品宮）姉妹を形成する要素に引用されたと考えるのは不自然とはいえない。

以上、〈女二の宮〉という皇女像がどのように引用、変遷してきたのか、『うつほ』『源氏』『狭衣』を確認し、『いはでしのぶ』の一品宮造形とどう関与するのか考察してきた。紙幅の都合上、詳細な検討は行えなかったが、〈女二の宮〉像が利用される様子は確認できた。中世王朝物語において『源氏物語』や『狭衣物語』のみならず、『うつほ物語』が享受されていたことは明らかだが[*11]、その程度についてははっきりしない点が多い。しかし、『いはでしのぶ』においては、明らかに『うつほ物語』を始発とする〈女二の宮〉像が利用されているのであり、物語史の中に〈女二の宮〉が記号的な存在となっている一端が明らかにされた。本稿ではひとまず『いはでしのぶ』までの大枠を示したに過ぎず、今後はさらに他の中世王朝物語との関連をも視野に入れ、考察を深化させていきたい。

注

＊1　助川幸逸郎「一品宮」（『中世王朝物語・御伽草子事典』勉誠出版　二〇〇二年五月）。なお、助川氏は『いはでしのぶ』の一品宮について、「一品宮」と「女一の宮」とが切り離された結果、「一品宮」こそが王権の要であることが鮮明になった、と述べられている。

＊2　「女一の宮」については、拙著『物語の〈皇女〉もうひとつの王朝物語史』（笠間書院　二〇一〇年二月）にて論じた。「女三の宮」については、中世王朝物語において女君の造形に影響が見られるものがある。なお、近年『狭衣物語』の女三の宮を論じる、井上眞弓「『狭衣物語』の斎宮」（平安文学と隣接諸学6『王朝文学と斎宮・斎院』竹林舎　二〇〇九年）、で指摘されている女三の宮の幼さは、『源氏物語』の朱雀院女三の宮の幼さと共通するイメージを持つ。斎宮という属性に加えて、〈女三の宮〉という記号の意味を物語史的展開の上で読み解くことも必要であろう。

＊3　『狭衣物語』の嵯峨院女二の宮と『源氏物語』の朱雀帝女二の宮との関係については、新全集の『狭衣物語』の頭注での評に

「読者はこの時、『源氏物語』の落葉の宮の運命を連想しないであろうか。」（①巻二、一六六頁）など数回指摘がある。なお、『狭衣物語』の女二の宮と『源氏物語』との関連を指摘した主な論考に以下がある。鈴木泰恵「狭衣物語の表現機構―女二宮の物語をめぐって」（『国文学研究』一〇三号　一九九一年三月）、久下裕利「女二宮の位相―『狭衣物語』の人物と方法」（『源氏物語とその前後3』新典社　一九九二年五月）、三村友希「狭衣物語における女二の宮―衣と暑さ、そして身体」（『玉藻』三十八号　二〇〇二年十一月）、土井達子「文学史の中の『源氏物語』2『狭衣物語』―女二宮」（『人物で読む源氏物語　末摘花』勉誠出版　二〇〇五年十一月）

＊4　『いはでしのぶ』の本文の引用は、小木喬『いはでしのぶ物語本文と研究』（笠間書院　一九七七年四月）により、表記は適宜、私に改めた。

＊5　『いはでしのぶ』の一品宮には、『源氏物語』の藤壺の影響が指摘されている。（足立繭子「いはでしのぶ」（『中世王朝物語・御伽草子事典』勉誠出版　二〇〇二年五月））首肯される指摘である。なお、本稿では「女二の宮」として設定する意義を考察するものであり、先行する物語の要素を複合的に摂取する物語の様相こそ重要であると考える。

＊6　猪川優子「『うつほ物語』祐澄と近澄―繰り返される〈あて宮求婚譚〉」（『古代中世　国文学』十九号　二〇〇三年三月）

＊7　『うつほ物語』の引用は、室城秀之校注『うつほ物語　全　改訂版』（おうふう　二〇〇一年十月）に拠る。

＊8　この本文から朱雀院が本気で女二の宮たちの結婚を考えていたとは断言できない。しかし、ここで女二の宮が朱雀院の視点から女一の宮と同等に位置付けられたことは重要である。

＊9　この二人の会話は国譲・下巻（八〇四頁）にあるが、仲忠が女二の宮を藤壺と比較し、求婚者へ上手く対応した藤壺に対し、女二の宮は「もの騒がしくぞあるや」と評しており、前掲注＊6猪川氏の論でもあて宮求婚譚との関連が指摘されている。しかし、皇女である女二の宮への求婚と、臣下の娘であるあて宮への求婚を同一に比べることはできない。むしろ、皇女であるからこそ、本人が采配するのではなく周囲が徹底的に女二の宮を防御する様相が明らかにされている場面と読む必要があろう。

＊10　『源氏物語』と『狭衣物語』における女二の宮については別稿の用意がある。

＊11　『うつほ物語』の享受と影響については、中野幸一『うつほ物語の研究』（武蔵野書院　一九八一年三月）に詳しい。

引用―インターテクスチュアリテイ・話型・中世

神話テキストの機能と間テクスト性の構成――異類婚姻譚の「話型」を中心に

ローレン・ウォーラー

一　はじめに

異類婚姻譚と天人女房譚は時代と地域、さらに神話・物語・昔話といったジャンルを越え、異類（主に動物）や天人との婚姻というモティーフ（要素）によって「話型」の分類がなされている。アールネ・トンプソンタイプインデックスで知られているスティス・トンプソンはモティーフには固着する力（power to persist）があるものとし、固着するためには「何か独特で際立ったこと」を要すると指摘した。[*1] 当時語られていたであろう数多くの話の中でも、現在に伝わっているものは、意図的もしくは自然的選択をされて残っているものだけである。異類婚姻譚と天人女房譚は日本列島に広く分布しているが、その広範な分布は何らかの役割を果たしていることを示しているのだろう。この研究では、古事記、日本書紀、風土記といった上代の神話テキストに注目し、異類婚姻譚において固着力を有する言説――「語り」――の構成を考察する。

二　神話の定義

1　神話の特徴と機能

まずは、神話の特徴を考えたい。ミルチャ・エリアーデは神話の構造と機能について次のように述べている。

> （1）神話は超自然者の行為の歴史を構成する。（2）この歴史は（それが実在にかかわるがゆえに）、絶対的に真実で、（それが超自然者の偉業であるがゆえに）神聖であると考えられている。（3）神話は常に「創造」に関連している、それはものがどのようにして存在するにいたったか、行動型、制度、労働方式がどのようにして確立されたかを物語る。ちなみに、これは神話があらゆる重要な人間行為の模範となる理由である。（4）神話を知ることによって、人はものの「起源」を知り、それによって、それらを意のままに制御・操作することができる。これは「外面的」、「抽象的」な知識ではなく、儀式において神話を詳述するか、神話が裏付ける儀式をいとなむことによって、人が儀礼のうちに「体験する」知識なのである。（5）人は想起もしくは再演されるできごとの神聖な、高揚させる力によって捉えられるという意味において、なんらかの方法で神話を「生きる」のである。[*2]

同様に、アラン・ダンダスは神話を「世界と人間がどのように現在の形になったかを説明する神聖な叙述」と簡潔に定義する。[*3] つまり、神話は超自然者（神）が活躍した原古の時代（神代）にかかわり、想起・伝承によって人々は現在に存在している制度（政治社会）を内面化し、組み込まれるのである。また、エリアーデの四つ目の指摘で行動型や制度などの「起源」を知ることによって、想起や儀式でそれらを反復・再創造させ、「意のままに制御・操作することができる」。本稿で以下に取り上げる異類婚姻譚は伝承によって生きるものであるため、神話の「制禦・操作」まで視野に入れたい。

ジョーゼフ・キャンベルは神話について四つの機能を指摘している。（1）神秘的な機能によって人は宇宙に対する神秘と畏怖の念を抱く。（2）宇宙論的機能は、知の仕組みを宇宙像で表した上で個人との関係を示す。（3）社会学的な機能は「ある種の社会秩序を支え、それに妥当性を与え、」そこに各共同体の各個人が連動される。（4）教育的な機能は、「いかなる状況のもとでも生涯人間らしく生きるにはどうすべきかを教えてくれる」[*4]。キャンベルの社会学的機能と教育的な機能はどちらもエリアーデのいう「あらゆる重要な人間行為」もしくは「儀式」に含まれ、どちらも個人のあるべき姿を表す。日本神話においては、その社会学的機能が最も顕著である。

2　日本神話の特徴と機能

日本神話の場合も、同じような機能、構成、定義がされている。菊川恵三・神野志隆光の「日本神話入門」の論稿に次のような説明がなされている。

一般的に神話（myth）は伝説（legend）・昔話（tale）との対比によって把握される。神話が原古の神聖な真実として、社会や事物を基礎づけ説明するものであるのに対して、伝説は、やはり真実と認識されるものだが、世界が完成した後の歴史的な回想を語るものである。これに対して、昔話はもはや真実とは考えられず、それだけに娯楽性や劇的な盛り上がりを必要とする。また昔話は特定の場所、時間や固有名詞を必要としないのに対して、神話・伝説はそれらを特定する。これも、話に対する信頼性から来る性格である[*5]。

神話は原古の真実であり、信頼性を高めるために特定の場所や固有名詞を用いている。今の世界が完成する前の世界の事柄が今の社会のありかたを説明しているために、信頼性がなければならないのである。エリアーデは次のように述べている。

> 神話は常に実在に関与するがために、神聖な話、ひいては「真実の歴史」と考えられるということである。宇宙創造神話は世界の存在がそれを立証しているので「真」であるし、死の起源神話は同様に、人間の死すべき運命がそれを立証するので真である、等々。[*6]

起源神話の立証と現在の現象については、具体的に後述するが、ここで一度前掲の菊川・神野志論稿の説明に戻り、日本神話の特性について考えたい。続いて指摘するように、

> 日本においても原始・古代の社会はさまざまなかたちでの神話をもっていたと考えるべきであろう。ただ、現に『古事記』『日本書紀』に載せられてあるものから直接古代の人々の神話を一般的に論じることはできない。『古事記』『日本書紀』は、それぞれ全体を成り立たせる論理（世界像ないしコスモロジー）をもってその神話的物語をあらしめているのである。それは、ありえたであろう神話素とは水準を異にする。元来の神話→体系化→さらにより政治化されて『古事記』『日本書紀』としてまとめられるという発展的把握にたち、批判的操作を加えることによって古代の民衆のもった神話に迫るという記紀批判は、方法的に成り立たないのである。『古事記』『日本書紀』に見るべきなのは、あくまで天皇のもとに成り立つ世界の正統性を根拠づけようとして、天皇と天皇をめぐるごく狭い範囲の氏々の、神の世界からのつながりを語るところで成り立つ神話なのである。[*7]

まずは神話テキストの成立過程を論じているが、ここで注目したいのは、八世紀前半成立の神話テキスト——古事記（和銅五（七一二）年撰上）、日本書紀（養老四（七二〇）年奏上）、そして風土記（和銅六（七一三）詔命）——は大和朝廷の中央集権国家の成立の時期であり、律令国家の権力と天皇の正統性を主張している。しかし、それらを比較すれば、

お互いに多くの相違―バリアント―が存在しており、「日本神話」というのは体系的に統一されたものではなく、作品によって異なった神話世界―多元的な世界観―を表象している。換言すれば作品として成立した時点で、政治的目的のために編纂され、新しい作品として作り上げられているのである。原古の事実が現在に至るまで伝わっているものとして信頼性を保つなら、そのように語らなければならないのである。*7

神話の信頼性に関してもう一つの問題は、口頭伝承から文字テキストへの変化である。たとえば、古事記の序によると稗田阿礼が「帝皇日継と先代旧辞とを誦み習はし」めるように命じられ、また「旧辞の誤り忤《たが》へるを惜《を》しみ、先紀の謬《あやま》り錯《たが》へるを正」したことが書かれている（一三頁）*8。すなわち、古事記に記されている伝承は既にテキストという形になっていたが、その誤りを直すために稗田阿礼の優れた記憶力を借りて伝承の口頭性に戻したと書かれている。

また『続日本紀』和銅六年五月甲子（二日）に記録されている風土記の詔命にも口頭性の権力を借りていることが確認できる。

畿内《きない》と七道《しちだう》との諸国《くにぐに》の郡《こほり》・郷《さと》の名《な》は、好《よ》き字《じ》を着《つ》けしむ。その郡《こほり》の内《うち》に生《な》れる、銀《しろがね》・銅《あかがね》・彩色《さいしき》・草《くさ》・木《き》・禽《とり》・獣《けだもの》・魚《うを》・虫《むし》等《ら》の物《もの》は、具《つぶさ》に色目《しきもく》を録《しる》し、土地《つち》の沃塉《よくせき》、山川原野《さんせんげんや》の名号《みやうがう》の所由《しよいう》、また、古老《こらう》の相伝《あいつた》ふる旧《きう》聞《ぶん》・異事《いじ》は、史籍《しせき》に載《しる》して言上《ごんじやう》せしむ。*9

古事記と同様に口頭伝承に基づいた文献（史籍）を朝廷で口頭的に献上（言上）する過程が窺える。古事記の題も示しているように「古言」と「古老」の権力が重要であった。しかし、中国の正史のような歴史書として記録することも、新しい権威的構造を作った。古事記は口頭伝承の根拠を示していながらも、「正しい」と認められたプロセスを経ていた。日本書紀の場合、編纂者が「本文」と「一書」として撰んだものと同時に撰ばなかった（声が消された）もの（たとえば古事記に見られる伝承）があった。風土記編纂事業の書記言語中心主義の例として、その詔命の「地理的場所」と「政治的空間」の命名の記述に窺える。地域の地名は古老の伝承（古言）によって命名されていたことは風土記の内容に明らかである。しかし日本全体（畿内と七道）の国の郡・郷の名前に関しては、「好《よ》き字」をつける義務があった。「好き字」の基準は何であったかというより、最も大事なのは大和朝廷に言上された史籍が認められたかどうかである。つまり朝廷の判定が政治的地名のよしあしを決め、地理的場所の優位性はその下に置かれていた。

まさに口頭的な体制と書記的体制の間の対立があり、新しい書記権力は古い口頭権力―稗田阿礼の誦習と古老の相伝―の承認を献上という儀式で受けた。神代に遡るテキストを編纂するにあたって、天皇中心の律令国家を正統化するために、いかに地域の伝承を収用し、新しい思想体系・体制に置き換えるかが問題である。このように神話テキストは上から承認されながら、その信頼性は下の伝承に根付いている。地域の伝承が天皇中心の世界観に集大成されたとき、大和朝廷の権威がどれほど被支配者に受け入れられるかは伝承の信憑性にかかっていた。

この構成を次の図で示す。

大和中央集権が地方まで権力を広げるために、神代の原理が現在の事物と事柄に及んでいることが書記テキストで示されている。前述したように地方に根付いている口頭伝承を神話テキストに収用して、中央集権の権力を支持

する原理につなげているのである。

具体的には中央本位の原理を結び付ける方法として、神代の出来事を現代に存在している各地の場所と由縁のある神や英雄と関連させるのである。または、ある氏族が神や英雄の子孫として提示されれば、その始祖の存在の信憑性が高まる。このプロセスを次の図で示す。

現在に存在している事物や事柄が神代に定められた（場所の命名や氏族の設定の）場合、その現象が神代の証拠としての役割を果たす。外的証拠がない限り、その現象が実際に神代に存在したか、または実際にその神話でかかれているように定義されたかは別の問題である。受容層にとって信頼性があるかどうかが重要である。

3　神話テキストと間テクスト

要は神話テキストの前提である、事実として読まれるということのために、受容層にとって納得できるものでなければならないのである。神話の機能と意味がもたらされる仕組みとして、テキストが成立する前の知の仕組みに立っている。この関係は間テクスト性（インターテクスチュアリティ）で説明される。ロラン・バルトやジュリア・クリステヴァによって論じられているように、どんなテクスト（TEXT）も他のすでに存在しているテクストとの関係なしには読むことはできない。テクストばかりか読者も、こうした間テクスト性の関係の網を逃れることはできない。この網が読者に読んでいる作品の内容や形式についてある程度の予測を与えるからである。[*10]

上代の神話テキストの場合、ある特定のテキストが引喩されるのではなく、一般的な知識や信仰の上で意味をなしている。テキストからの引用ではないが、集合的記憶を呼び起こすことが、間テクストの「引用」だといえよう。前述したように、古事記や風土記は口頭伝承（稗田阿礼や古老）をさして信頼性を主張している。その口頭伝承と直接の系統的関係があるかどうかより、文字テキストとして成立した神話に関してそれ以前に分布していた元来の口承神話と常識との間に、一貫性・妥当性のある語りがされているかどうかが重要であった。資料が残っていないという現実問題もあるが、直接の系統的関係が指せないが、ここでは「話型」によって神話の内容と形式（意味と構成）を確認したい。その一例として異類婚姻譚の役割を検討しよう。

三　異類婚姻譚の間テクスト性

1　異類婚姻譚の特徴と機能

異類婚姻譚は古事記、日本書紀、そして風土記に点在しているため、神話テキストの特性を考察する上で有意義なものである。一方、天人女房譚が古事記と日本書紀に見当たらないのは、天人は上の身分の者を表し、天皇を中心にした作品の中で絶対有力者の天皇がさらにそれより上の身分の者と婚姻することはありえないからである。それで天人女房譚を検討するのも別の理由で有意義なものになるが、それは別稿で論じることとする。天人が肯定的、異類は否定的な立場に置かれるのは、既に指摘されているのであるが、[*11] 本論文では社会秩序を維持する機能をもたらすための叙述の構成に注目する旨である。神話として子ども（氏族）や地名（場所）が残されることは婚姻譚ならではできることであり、相手が異類であった場合は特に説得力のある話として伝わる。要するに、読者が実際に立証できる事物とともに、神話テキストの体系化以前より「話型」として固着されていた現象が間テクストとなり、テキストの外的要素が意味を生成している。この視点から「話型」としての異類婚姻譚を考察する。

2　コノハナノサクヤビメ

古事記の最初の異類婚姻はホヲリノミコト（火遠理命）と海神（ワタツミ）の娘トヨタマビメ（豊玉毘売）との間である。ホヲリノミコトはニニギノミコトの子で、ニニギはアマテラスの孫に当たる。ホヲリとトヨタマビメの婚姻は、その父のニニギと山の神（オホヤマツミのカミ）の女、コノハナノサクヤビメと類似しているため、まずはその文脈を確認し、異類婚姻の意義を考えてみる。

古事記の場合（一二一～一二三頁記載）はニニギが降臨の後、「麗《うるは》しき美人《をとめ》」に遇う。その名はコノハナノサクヤビメで、結婚の意志を伝えるが、醜い姉のイワナガヒメとの結婚を拒む。サクヤビメと結婚し、一夜ではらんだ（一夜婚・一夜孕み）ことをニニギに伝えると、国つ神の子ではないかと疑われる。「国つ神の子」ではなく「天つ神の御子」であるのを証明するため、産屋に火をおこして、無事に三柱の子を産む。

しかし、オホヤマツミノカミが「うけひ」をすることによって、醜いイワナガヒメと結婚しなかったことで天皇の寿命が短縮され、サクヤビメと結婚したことで天皇の支配は岩のように不変なものとなる。

日本書紀の本文（上一二一～一二三頁）では、鹿《か》葦《し》津《つ》姫《ひめ》（亦は木花《このはな》之《の》開耶《さくや》姫《ひめ》）は天つ神である父と大山祇神《おほやまつみのかみ》である母との間の子で、天つ神の系統ではある。この話が詳しく記されているのは一書の第二（一三九～一四三頁）と第五（一四六～一四九頁）であり、たとえば第二では「若《も》し他神《あたしかみ》の子《こ》ならば」と確認するだけである。生まれた子が「天つ神」か「国つ神」かなのではなく、ニニギの子であるかどうかが重視される。ここで古事記と日本書紀の違いが認められるが、古事記の「天つ神」の系統に対して、日本書紀は「天孫」の系統で天皇の正統性が示されている。しかし、どちらにしても天孫かどうかが確かめられる。

　天皇の限られた寿命を説明する形になっているが、一方その寿命の短さがこの神話の証拠となり、また天皇の繁栄の原理を説いている。前述した「死の起源神話は同様に、人間の死すべき運命がそれを立証するので真である」というエリアーデの指摘と同じ論理である。続いて他の神話とも比較したいが、神話の構造として現在に認識する事実・事物によって「原古の神聖な真実」―神話の世界―が表される。天孫であるから権力があり、権力があるのが天孫の証拠であるという理論はトートロジーになるが、現在の世界で見えるもの（地理的場所や氏族）で説かれているので、信頼性の高い神話になる。

　降臨する天孫というコンテクストと、神話の原理が現在に至って認識できるという構造をおさえた上で、次にワニに変貌するトヨタマヒメの神話を見たい。

3　ホヲリノミコトとトヨタマヒメ

　ホヲリノミコト（ヤマサチヒコ）が弟のホデリノミコト（ウミサチヒコ）と鉤《ち》（個々の山さちと海さち）を交代して弟の海さちをなくしたため、ワタツミノカミの宮に行き、結局弟の海さちを手に入れ、弟を思うがままにする呪術を得る。ちなみに、この出来事とその兄弟の関係が読者に記憶として残る理由は、溺れる仕草の伝承が、すなわち隼人の歌舞として伝承されていることによる。ここで、トヨタマヒメの出産と変貌が次のように述べられる。その生まれる子は神武天皇になる。

　是《ここ》に、海《うみ》の神の女豊玉毘売命《むすめとよたまびめのみこと》、自《みづか》ら参《ま》ゐ出《い》でて白《まを》ししく、「妾《あれ》は、已《すで》に妊身《はら》みぬ。今、産《う》む時に臨《のぞ》みて、此《これ》を念《おも》ふに、(A)天《あま》つ神《かみ》の御子《みこ》は、海原《うなはら》に生むべくあらず。故、参《ま》ゐ出《い》で到《いた》れり」とまをしき。爾《しか》くして、即《すなは》ち其の海辺《うみへ》の波限《なぎさ》にして、鵜《う》の羽《は》を以《もち》て葺草《かや》と為《し》て、産殿《うぶや》を造りき。是《ここ》に、其の産殿《うぶや》を未《いま》だ葺《ふ》き合《あ》へぬに、御腹《みはら》の急《には》かなるに忍《た》へず。故、産殿《うぶや》に入《い》り坐《ま》しき。

　爾《しか》くして、方《まさ》に産《う》まむとする時に、其の日子《ひこ》に白《まを》し言ひしく、「凡《おほよ》そ(A)他《あた》し国《くに》の人は、産む時に臨《のぞ》みて、本《もと》つ国《くに》の形《かたち》を以《もち》て産生《う》むぞ。故《かれ》、妾《あれ》、今《いま》本の身を以て産まむと為《す》。願《ねが》ふ、妾《あれ》を見ること勿《なか》れ」といひき。是《ここ》に、其の言《こと》を奇《あや》しと思ひて、窃《ひそ》かに其の方《まさ》に産まむとするを伺《うかか》へば、八尋《やひろ》わにと化《な》りて、(B)匍匐《はらば》ひ委蛇《もごよ》ひき。即《すなは》ち(B)見驚き畏《かしこ》みて、遁《に》げ退《そ》きき。爾《しか》くして、豊玉毘売命、其の伺《うかか》ひ見《み》る事を知りて、(B)心恥《こころはづか》しと以為《おも》ひて、乃《すなは》ち其《そ》の御子《みこ》を生み置きて、白《まを》さく、「妾《あれ》は、恒《つね》に海《うみ》つ道《ち》を通《とほ》りて往来《かよ》はむと欲《おも》ひき。然《しか》れども、吾《あ》が形《かたち》を伺《うかか》ひ見《み》つること、(B)是甚怍《これいとはづか》し」とまをして、即《すなは》ち海坂《うなさか》を塞《ふさ》ぎて、返り入りき。是《ここ》を以《もち》て、其の産《う》める御子《みこ》を名《なづ》けて、天津日高日子波限建鵜葺草葺不合命《あまつひたかひこなぎさたけうかやふきあへずのみこと》と謂《い》ふ。

（一三五～一三七頁）

海神の女《むすめ》が出産の時、産屋の中を「見るなの禁忌」が破られ、姫が深く恥じ、それで永遠に別れる構成となっている。大久間喜一郎によると「屈辱感が永遠の夫婦別れとなる直接の原因である」[*13]。

トヨタマヒメの出産で焦点となるのは、天つ神が姫の故郷の海原で生まれるのが相応しくないことである。(A)で示されているように「天つ神」と「他し国の人」が対照的になり、(B)のように海原の本の性質が軽視されている。よって「天つ神」の優越的立場が強調される。山の神に続いて、海の神と結婚し、塩盈珠《しほみちのたま》・塩乾珠《しほひのたま》を得て兄を服従させ、皇系の支配権が固まる。天つ神として初めて他の神・人と交わる場面で、その身分的関係がはっきりしている。その結果として、姫が子供を残して海坂（海原への道）を制限して自分の国へ帰る。また、生まれた神武天皇の名前はワニや海にかかわるものではなく、白い鳥の鵜と「天津日高」を指している。

日本書紀本文はほぼ同じだが、本文では姫は「竜《たつ》に化為《な》りぬ」（上一六二頁）。一書第一では「八尋大熊鰐《やひろくまわに》に化為《な》り」（上一六七頁）、第三では「八尋大鰐《やひろわに》に化為《な》る」（上一七九頁）。三つとも姫の異類としての正体が書かれている。

これらの神話は、「山」の支配者の血筋および「海」の支配者の血筋を「天」を象徴する皇孫と結びつけることにより、山・海という異郷を代表する異類の血筋―異郷の支配力―を皇室が独占していることを示している。同時に、人としての天皇の寿命の起源と、異郷の独占、並びに異郷との交通の断絶の起源を語っている。これらの神話は、一見すると皇室の権力を相対しているように見えながら、その実支配の正統性を表しているのである。

さて、異類婚姻譚という話型で異類である相手との結婚を通して権力範囲の広がりが説明されながら、その上下関係ははっきりされている。また産まれた子孫によって皇系とともに神話の信頼性が継続されている。ここでも具体的な事実によって抽象的な世界秩序が表されている。

4　ホムチワケノミコとヒナガヒメ

次に、垂仁天皇の御子、ホムチワケの異類婚姻譚を見たい。母サホヒメがその兄のサホヒコの謀反の事件にかかわるが、御子は天皇の寵愛を受ける。古事記説話部で皇位につかなくて「御子」と呼ばれるのはほかにヤマトタケルの例しかなくて、特別に身分の高いものとして紹介されている。ホムチワケは子どものころから口が利けないが、鵠《くくひ》（ハクチョウ）を見て片言が言えるようになる。その鵠《くくひ》を木国、針間国、稲羽国、丹波国、多遅麻国、東の方、近淡海国、三野国、尾張国、科野国、高志国、和那美の水門まで追うが、依然としてものが言えない。結局御子が話せない理由は出雲大神の祟りだと判明し、出雲に出掛けた。その帰りに肥河《ひのかは》で橋と仮宮を作り、ホムチワケが突然ヒナガヒメに出会う。その記述は次の通りである。

爾《しか》くして、其の御子、一宿《ひとよ》、肥長比売《ひながひめ》に婚ひき。故、窃《ひそ》かに其の美人《をとめ》を伺《うかか》へば、蛇《へみ》なり。即《すなは》ち見畏《みかしこ》みて遁逃《に》げき。爾くして、其の肥長比売、患《うれ》へて、海原《うなはら》を光《てら》して船より追ひ来《き》つ。故、益《ますま》す見畏《みかしこ》みて、山のたわより、御船《みふね》を引《ひ》き越《こ》して、逃げ上《のぼ》り行《ゆ》きき。（二〇九頁）

トヨタマヒメの例のように、御子が覗いたら姫の異類の姿が露見される。自然に見られたのではなく、「窃に」見たら判明したもので、ここでは「見るな」のお願いは書かれていないが、姫は「患」う。そしてトヨタマヒメの場合と同様に御子が見畏んで逃げる。

トヨタマヒメの例と比較した場合大きな違いは、一夜婚であっても子は生まれないことである。トヨタマヒメの場合は、海神の権力を子として残すことによって、結局原郷である海原に戻ってしまう。しかし、注意したいのはホヲリもホミチワケも逃げられるのではなく、男性が逃げる立場にあるのである。プロットの中でホムチワケは継続者ではないので、子供の必要はない。結果として、逃げられた姫が追って、また逃げられ、「患」うのみである。この話全体として、オオクニヌシの国譲りの場で要求されていた神宮が作られ、鳥取部《とりべ》、鳥甘部《とりかひべ》、その他の部民が定められる。鳥のかかわる部民は鵠の役割と結びついているものである。鵠の役割は後の時代に思い起こされ、蛇の役割と対照される。

天皇に対する制限ではないが、ホムチワケは出雲のオホアナムチに祟りをかけられ、権力が制限されている。出雲にある肥河は八岐大蛇退治の場所だったが、コンテクストの中で出雲の服従が再び確認されている。

5　イクタマヨリヒメとオホモノヌシノオホカミ

右で述べた異類婚姻譚の二例では、女性が動物の姿に変貌していたが、次に男性が蛇に変貌する、古事記のいわゆる三輪山伝説を見たい。この記述は垂仁天皇の父の崇神記に記されているが、伝説自体はフラッシュバックのように挟まれている。崇神の代に疫病が多く起こっていて、天皇の夢に大物主大神《おほものぬしのおほかみ》（オホクニヌシ）が現れてオホタタネコに大神を祭らせれば祟りの病は起こらないという。オホタタネコを見つかり、「誰が子ぞ」と聞いたところ、「僕《やつかれ》は、大物主大神《おほものぬしのおほかみ》の、陶津耳命《すゑつみみのみこと》の女《むすめ》、活玉依毘売《いくたまよりびめ》を娶《めと》りて、生みし子、名は櫛御方命《くしみかたのみこと》の子、飯肩巣見命《いひかたすみのみこと》の子、建甕槌命《たけみかづちのみこと》の子にして、僕《やつかれ》は、意富多々泥古《おほたたねこ》ぞ」とオホモノヌシの五代目の子孫だと答える（一八四～五頁）。それで大神を祭らせ、天神・地祇の社を定めさせ、疫病がやみ国家が平安になる。その後に「三輪山伝説」が記される。

此の、意富多々泥古《おほたたねこ》と謂《い》ふ人を、神の子と知りし所以《ゆゑ》は、上《かみ》に云《い》へる活玉依毘売《いくたまよりびめ》、其《そ》の容姿端正《かたちきらぎら》し。是《ここ》に、壮夫《をとこ》有り。其の形姿《かたち》・威儀《よそほひ》、時に比無《たぐひ》し。夜半《よなか》の時に、儵忽《たちま》ちに到来《きた》りぬ。故《かれ》、相感《あひめ》でて、共に婚《あ》ひ供《とも》に住《す》める間《あひだ》に、未《いま》だ幾《いく》ばくの時も経《へ》ぬに、其の美人《をとめ》、妊身《はら》みき。爾《しか》くして、父母《ちちはは》、其《そ》の妊身《はら》める事を怪《あや》しびて、其の女《むすめ》を問ひて曰《い》ひしく、「汝《なむち》は、自《おのづか》ら妊《はら》めり。夫《をな》無きに、何《なに》の由《ゆゑ》にか妊身《はら》める」といひき。答へて曰《い》ひしく、「麗美《うるは》しき壮夫《をとこ》有《あ》り。其の姓《かばね》・名《な》を知らず。夕毎《よひごと》に到来《きた》りて、供《とも》に住《す》める間《あひだ》に、自然《おのづか》ら懐妊《はら》めり」といひき。是《ここ》を以《もち》て其の父母、其の人を知らむと欲《おも》ひて、其の女《むすめ》に誨《をし》へて曰ひしく、「赤《あか》き土《つち》を以て床《とこ》の前《まへ》に散《ちら》し、へその紡麻《うみを》を以て針《はり》に貫《ぬ》き、其の衣《きぬ》の襴《すそ》に刺《さ》せ」といひき。故《かれ》、教《をしへ》の如くして、旦時《あした》に見れば、針に著《つ》けたる麻《を》は、戸の鉤穴《かぎあな》より控《ひ》き通《とほ》りて出《い》で、唯《ただ》に遺《のこ》れる麻は、三勾《みわ》のみなり。爾《しか》くして、即ち鉤穴より出《い》でし状《かたち》を知りて、糸《いと》に従ひて尋ね行けば、美和山《みわのやま》に至りて、神の社《やしろ》に留《とど》まりき。故、其の神の子と知りき。故、其の麻《を》の三勾遺《みわのこ》りしに因《よ》りて、其地《そこ》を名づけて美和《みわ》と謂《い》ふぞ。〈此の意《お》

富多々泥古命《ほたたねこのみこと》は、神君《みわのきみ》、鴨君《かものきみ》の祖《おや》ぞ〉。（一八五〜一八八頁）

古事記の記述では名前が知られない男の容姿を讃美するパターンから始まる。姓・名を知らせなかったのは、蛇であることを隠すためで、女性にとって望ましくないことを示す。姓・名を知っていたら婚姻は結ばれなかったのであろう。

神婚でよくある一夜孕みではないが、姫が妊娠する流れで続く。ここは辱めと永遠の別れは特に描かれておらずオホタタネコが神の子であることを説明している。始祖を記すだけでなく、あえて「神の子と知りし所以」で書き出され、「故、其の神の子とは知りき」で結ばれ、氏族始祖譚としても強調している例である。

日本書紀のオホタタネコの記事は天皇が夢の中でオホモノヌシと対話（上二七三頁）するなど、立場の描き方は異なるが、その次の異類婚姻譚に少し注目したい。日本書紀では三輪山の神が通うのが倭迹迹日百襲姫命《やまとととひももそびめのみこと》で、妊娠しないが、いつも夜であるので、昼に「美麗《うるは》しきみ威儀《すがた》」を見たいという。大神は昼に櫛笥に入り、「願わくは吾が形にな驚きそ」という。姫が見ると、

美麗《うるは》しき小蛇《こをろち》有《あ》り。其の長《なが》さ大《ふと》さ衣《ころも》の紐《ひも》の如し。則《すなは》ち驚きて叫啼《さけ》ぶ。時に大神《おほみかみ》、恥《は》ぢて忽《たちまち》に人の形《かたち》に化《な》り、其の妻《みめ》に謂《かた》りて曰《のたま》はく、「汝《なれ》、忍《しの》びずて吾《わ》に羞《はぢみ》せつ。吾《われ》、還《かへ》りて汝《なれ》に羞《はぢみ》せむ」とのたまふ。仍《よ》りて大虚《おほぞら》を践《ふ》みて御諸山《みもろのやま》に登《のぼ》ります。爰《ここ》に倭迹迹姫命《やまとととびめのみこと》、仰《あふ》ぎ見て悔《く》いて急居《つきう》。則箸《すなはちはし》に陰《ほと》を撞《つ》きて薨《かむさ》ります。乃《すなは》ち大市《おほいち》に葬《はぶ》る。故《かれ》、時人《ときのひと》、其《そ》の墓《はか》を号《なづ》けて箸墓《はしのみはか》と謂《い》ふ。是《こ》の墓《みはか》は、日《ひる》は人作《ひとつく》り、夜《よる》は神作《かみつく》る。故《かれ》、大坂山《おほさかのやま》の石《いし》を運《はこ》びて造《つく》る。則ち山より墓に至るまで、人民《おほみたから》相踵《あひつ》ぎて手遁伝《たごし》にして運ぶ。時人《ときのひと》、歌《うたよみ》して曰はく、

大坂《おほさか》に　継《つ》ぎ登《のぼ》れる　石群《いしむら》を　手遁伝《たごし》に越《こ》さば　越《こ》しかてむかも

といふ。（上二八三〜二八五）

大神が「驚くな」というと、小蛇が「美麗しき」ものであるのに姫が驚いて叫ぶ。大神の要求に姫が堪忍できず大神は辱められた。お返しで大神が空に立ち上ったときに、姫は急に座りこんで「即ち箸に陰《ほと》を撞《つ》きて薨《かむさ》ります」。大神のお返しで「驚き」の深さが感じられる。古事記によると神君《みわのきみ》と鴨君《かものきみ》の始祖起源譚として「三輪山伝説」が伝わるが、日本書紀の場合は同じ伝説が異なる人物とかかわり、人と神が協力して作った箸墓が神話とのつながりになる。伝説と歌と古墳で強く印象に残る神話になる。

日本書紀の例を視野にいれて読めば、辱めの役割は離別の原因にするためのものだけでなく、異類として表されている人や神の身分を示すものにもなる。「三輪山伝説」は昔話でも有名な「蛇婿入り譚」といわれる話型の一種になるが、古くから伝わっている話のようで、蛇は典型的に恐ろしいもののように描かれている。

6 晡時臥山に見える蛇の恐ろしさ

常陸国風土記那賀郡茨城里《うばらきのさと》晡時《くれ》臥山《ふしのやま》の記事（四〇四～四〇六頁）では、兄と妹の二人だけの兄妹がおり、妹のところに名の知らぬ男が通い始め、妹が一夜孕みする話として語られている。小さい蛇が生まれて、妹はその子の母となった。生まれてきた子の蛇は、昼は言葉を発しないが、夜は母と語るので、「驚《おどろ》き奇《あや》しび、心《こころ》に神《かみ》の子《みこ》ならむと挟《おも》ふ」。器にいれて安置するが、夜毎に大きくなり、入れる器がない。母が「我《あ》が属《やから》の勢《いきほ》ひにては、養長《ひた》すべからず。父《ちち》の在《いま》せるに従《ゆ》くべし」と蛇に言って、追い出そうとする。その蛇の子は、独りで去るのは寂しいので自分に同行してくれる子を求めるが、母からは拒否され、怒りにまかせ伯父を殺して昇天しようとする。その時、母は盆《ひらか》を投げることにより、地上に留め、結局その峰に留めた。「盛《も》りたる瓮《ひらか》と甕《みか》は、今《いま》も片岡《かたをか》の村《むら》に存《あ》り。その子孫《うみのこ》、社《やしろ》を立《た》て祭《まつり》を致《いた》し、相続《あひつ》ぎて絶《た》えず」。

この話は、氏族の間の身分差の問題として読むことができる。すなわち、「蛇」に象徴される「神」と「人」との格差を語っており、貧しい「人」は、「神の子」である蛇の子を養育することができない。経済的な理由から「神の子」を追い出さなければならないという帰結において、母と子の認識の相違が、伯父の命を奪う悲劇を招いている。

古代社会で身分差による婚姻の実態が垣間見られる。通い婚する父の蛇は権力者を象徴しているかもしれない。母はその下の階級にあたるはずである。ただ、忘れてはいけないのは、この伝説は古老に事実として伝承されている。「日暮れから寝ている」という晡時《くれふしの》臥山《やま》は残り、そこに社のほか、論争の盆の破片も残っているらしい。そして蛇の子孫が代々祭りを引き継いでいるという証拠となる事物と事柄が現在（編纂当時）に残っていた。

また、ここでの分析は省略するが、肥前国風土記松浦郡褶振《ひれふり》の峰《みね》の記事（三二一～三二三頁）にも蛇の頭をしている人が弟日姫子《おとひひめこ》を殺す記述がある。「褶振の峰」の名前も姫が袖を振った呪術的な仕草に基づき、その墓は現在も残っていると書かれている。

四　終わりに

以上の神話を読み比べると、異類はたいてい神として描かれ、何かの呪力や権力をもっていることが明らかにされた。海神の娘トヨタマヒメとの婚姻によってホヲリが弟のホデリに対して優越的な立場になり、天皇の血筋に海神の力が入るのである。ホムチワケノミコとヒナガヒメとの婚姻とイクタマヨリヒメとオホモノヌシとの婚姻はどちらもオホモノヌシ（オホクニヌシ）の祟りという文脈で表わされている。これはオホクヌヌシの相対的立場を高める結果になる一方、天神・地祇の社を整定された垂仁天皇、崇神天皇のほか、皇室の権威を上げる結果にもなる。

国々の社で参拝されることにより、蛇の威力は鎮められる。この祭祀のネットワークは各地域と社の起源の神話につなげることによって、今に残っている現象を通して神話の信頼性を示している。皇室の権力は婚姻相手の呪力によって成り立ち、その権力関係ははっきりしている。異類婚姻は否定的に表され、また異類の正体が暴露されるとその異類も否定的に評価される。正体の暴露に対する驚きと逃避に対して、蛇の致命的な反応に及ぶこともある。世界秩序を支えるという神話の機能は全国《国々》で鎮魂されている神に対する人々の信仰によって成り立っているという構成になっている。

日本神話の特性について菊川・神野志論稿は「『古事記』『日本書紀』に見るべきなのは、あくまで天皇のもとに成り立つ世界の正統性を根拠づけようとして、天皇と天皇をめぐるごく狭い範囲の氏々の、神の世界からのつながりを語るところで成り立つ神話なのである」という指摘を前述した。体系化される前の元来の神話に対して、神話テキストの機能を明確にしており、妥当な指摘である。しかし、元来の神話の存在なしには、また、それから連動されている読者の関係なしには—間テクスト性なしには—新しく作られた神話テキストの信頼性が維持されなくなるのである。古代の神話では、その間テクスト性が「話型」とその構成を通して確認できる。

異類婚姻譚の叙述的・話術的な構成は場所や子孫を神話の出来事や人・神に結びつけて信憑性を与えるとともに、現在の世界秩序を神話の世界に合わせるのである。この現在との結合された神話の構成はどんな話型にも見えるが、婚姻と氏族関係のものに関しては、その構成と機能は特に編纂当時の権威的機構を神話的過去を通して確立（またはそれに抵抗）しようとすることにある。

注

＊1　Stith Thompson *The Folktale.* (Dryden Press) 1946. p. 415. 原文：「A motif is the smallest element in a tale having a power to persist in tradition. In order to do this, it must have something unusual and striking about it.」

＊2　ミルチャ・エリアーデ著、中村恭子訳、エリアーデ著作集第七巻『神話と現実』（せりか書房）一九七四、二四～二五頁。

＊3　Alan Dundes "Introduction," Alan Dundes, ed. *Sacred Narrative: Readings in the Theory of Myth.* (University of California Press) 1984. p. 5. 原文は「A myth is a sacred narrative explaining how the world and man came to be in their present form.」

＊4　ジョーゼフ・キャンベル、ビル・モイヤーズ著、飛田茂雄訳『神話の力』（早川書房）一九九二、七七～七八頁。

＊5　神野志隆光編「日本神話入門」『国文学　解釈と教材の研究』第三九巻六号、一九九四年五月、一一五～一三六頁。菊川恵三、神野志隆光「1　神話（伝説・昔話／祭儀）」の項目、一一六頁。または世界の散文叙述に広く調査を行い、William Bascom 氏はこの三つのジャンルの定義を述べている。William Bascom "The Forms of Folklore: Prose Narratives," Alan Dundes, ed., *Sacred Narrative* 前掲注3書

＊6　前掲注2書、六頁。

＊7　前掲注5書。

＊8　古事記、日本書紀、風土記の引用と訓はすべて新編日本古典文学全集（小学館）による。以後、（巻数と）頁数のみで示す。

＊9　青木和夫、笹山晴生、稲岡耕二、白藤礼幸編　新日本古典文学大系『続日本紀　二』（岩波書店）一九八九、一九六～一九七頁。

＊10　ジョゼフ・チルダーズ、ゲーリー・ヘンツィ編・杉野健太郎、中村裕英、丸山修訳『コロンビア大学　現代文学・文化批評用語辞典』第三版（松柏社）二三三頁。

＊11　東原伸明『物語文学史の論理』（新典社）二〇〇〇、一一～三七頁

＊12　テクスト（テキスト）と関テクスト性については、ロラン・バルト著、花輪光訳「作品からテクストへ」『物語の構造分析』（みすず書房）九一～一〇五頁を参考されたい。

＊13　大久間喜一郎、乾克己編『上代説話辞典』（雄山閣）一九九三、三六七～八頁。

＊14　日本書紀ではオホモノヌシとイクタマヨリビメの間の子となっている（上一七三～四頁）。

視点

うつほ物語〈贈り物〉への〈視線〉――〈モノ〉が表象する思惟世界

西山登喜

はじめに

うつほ物語における〈モノ〉の氾濫と列挙は叙述主義とされてきた。[*1] しかし、この物語は〈贈り物〉が織りなす機能に自覚的である。[*2]

作中の贈り物、被け物や禄描写には目録的要素だけではなく、支度段階が挿入される。祝宴の主催者が禄の重要性やこだわりを語り、原材料の産地が明かされることで権力基盤が示唆されるのである。その傾向は殊に第一部で繰り返し語られる正頼の祝宴準備に顕著であり、[*3] 正頼の祝宴の特質とも言える。人々が禄や被け物にこだわるのは、祝宴の閉じめとしての禄が主催者の財力だけではなく、携わる人物たちの関係性をも浮き彫りにし、支配や統制力を視覚的に訴え、祝宴の質そのものを象徴するからであろう。[*4] 正頼は禄を与え続けることで祝祭の統治者としての地位を保持し、誇示したと言えるのである。

しかし、国譲・上巻、梨壺の出産を前に太政大臣源季明が亡くなり、源氏勢力に暗雲が立ちこめると贈与者であったはずの正頼家の人々は変容する。贈与者ではなく受贈者としての様相が繰り返し語られるようになるのだ。その変貌は、祝祭の統治者が立坊争いに追い詰められていく過程にほかならない。実忠、春宮、仲忠からの特定の贈り物が特化して叙述され、〈贈り物〉へ注がれる視線が錯綜する。即物的な〈モノ〉の叙述から一歩踏みこんで登場人物の視線を通して鑑賞されだした[*5]〈モノ〉たちは、見つめる者＝〈視点〉人物の感情に寄り添う。

本論では、あて宮と梨壺の皇子たちが誕生する前後に描かれる〈贈り物〉に焦点をあて、正頼家の人々の〈モノ〉に纏わりつく〈視線〉と身体感覚をとらえながら、人々と贈り物の関係性の変容が、貰い手の問題や心情を浮上させることを指摘したい。

一　〈眼差し〉の変容——「弄《もてあそ》び物」への〈視線〉

国譲・上巻、季明の服喪のために退出したあて宮を訪れた二人の皇子たちの掌には、「かの、大将の奉り給へる馬・車ども持ておはして見せ奉り給ふ。」（「国譲・上」六四一）と仲忠から贈られた〈もてあそびもの〉＝玩具が握られていた。

大将、二所ながら御膝に据ゑ立て給ひて聞こえ給ふ。……（略）……大将、手づから賄ひして、宮たちに物含めつつ参り給ふ。車どもを、『雛に、子の日せさせ給へ』とて率て参りつる」とて奉り給へば、宮たちも、喜びて**弄び給ふ**。かくて、常に、をかしき**弄び物**は奉り給ひけり。

（「蔵開・下」六〇六～六〇七）

「かの」と指示されたその玩具は、いぬ宮の百日にあたる乙子に仲忠が「春宮の若宮」（第一皇子）のために調えた「雛の、糸毛、黄金造りの車」（「蔵開・下」六〇四）であり、即物的な叙述の後に仲忠が自ら皇子たちに与え、ともに雛で遊ぶ様子が語られていた。久しぶりに対面した母に仲忠から貰った「黄金造りの車」を真っ先に見せる皇子たちからは、この贈り物と仲忠に対する愛着が感じられよう。むしろ、皇子たちが仲忠から感取する愛情の裏返しが〈モノ〉を媒介にして滲み出ていると言えようか。

しかし、あて宮の興味は、皇子たちの掌中にある〈もてあそびもの〉ではなく、若宮（第一皇子）の「手習ひ」へと移ってゆき、仲忠にその「手本」を要請するのであった。[6] 皇子たちに握られたミニチュアの「馬」[7]や「車」によって、いぬ宮の百日で皇子たちをあやす仲忠の姿を連想させながらも、贈り物に担わされた記号的意味は棚上げされていく。三度語られた仲忠の贈り物が四度目に語られるとき、〈モノ〉に託されたカラクリが明かされるのである。

梨壺の出産が差し迫るにつれ、不安定になっていくあて宮は宮仕えの憂慮を涙ながらに家族へ訴える。あて宮をなだめる祐澄の言葉に四度目の描写が語られる。

天下の皇子生まれ給へりとも、さる心あるべき人か。そがうちに、若宮をば、いと心ざし深く思ひかしづき聞こえ給ふものを。この子の日、御前の物調じて、**弄び物**、七宝を尽くしてし設けてこそ、装束いと麗しく、賄ひしつつ、手づから参り給ひしか。（「国譲・上」六五一）

本来、若宮のために調えたとはいえ、仲忠は皇子「二所」に〈もてあそびもの〉を贈ったはずである。しかし、その贈り物は「若宮をば」と殊に第一皇子に対する「心ざし」の深さを確認する装置、記号として正頼家の人々に認識され見つめられるのである。また、いぬ宮の百日における仲忠の若宮への応対が正頼家の人々の記憶に鮮明に残ることは、既に立坊争いが潜在的に人々の心に巣くっていることの反照でもある。特定の〈贈り物〉が四度も描写されるのに伴って、次第に「心ざし」を投影していく正頼家の人々の眼差しが差し込まれていくありようは、その〈視点〉人物の心情の変容が〈モノ〉へ浸潤していく過程を突きつけるのではないだろうか。

二　「心ざし」の象徴――記憶を呼び覚ます〈贈り物〉

梨壺の出産が刻一刻と近づくなかで、不確かな人々の誠意を〈モノ〉に置き換え、視覚を通じて確認しようとする眼差しが次第に重層していく。

季明の危篤・逝去はあて宮への恋に破れ小野に遁世していた実忠を呼び寄せることとなった。一転する情勢を前に実忠を中心として一族の結束が改めて確認されていく葬儀のさなかに、あて宮は実忠を弔う。心遣いに感激した実忠は、あて宮の記憶を触発するような〈贈り物〉に文を添えて返信するのであった。

実忠は「長き心」を証立てるために「兵衛の君の返したりし箱の、ほかにありける、金入りながら、取りに遣はして」（「国譲・上」六四六）と他所にあった「箱」をわざわざ取り寄せて贈ったのである。その「箱」とは、あて宮の入内が確定した時、最後の恋情を訴え、「黄金千両」を入れて、もがくように兵衛の君へ贈った「白銀の箱」である。だが、実忠の最後の贈り物はなすすべもない現実を突きつけるように返却されたのであった（「菊の宴」三四四）。

ありつる箱を**見せ奉れば**、開けて**見給ひ**、書きつけたる物を**御覧じて**、「これは**見つや**」とて賜ふ。文箱に、ありし箱一箱あり。上、「心深きこと、はた、またはあらじかし。（「国譲・上」六四九）

再び贈られた「白銀の箱」をあて宮が認識し、贈り物に込められた「長き心」を「心深きこと」と感じ取るまでの短い叙述には、あて宮の眼差しが畳みかけられるように語られる。返却された「白銀の箱」を再利用した贈り物は、あて宮の記憶を呼び覚まし、過去と現在をむすび、色褪せぬ恋情を視覚に訴えかけるものとして感銘を与えたのである。

だが、思い起こせば、実忠の〈贈り物〉はあて宮からの働きかけによってもたらされたものであった。求婚譚の敗北者として遁世していた実忠が父の訃報によって都へ戻ってきたからとはいえ、自発的に「長き心」を表白したわけではない。

実忠を弔う際、あて宮は常に実忠の仲介をしていた女房兵衛の君の弟にあたる「これはた」を使いに選び、「源宰相に定かに奉れ」と確実に実忠のもとへ文が届けられるよう念を押している。「兵衛の君語らひ給ひし時は、これを使にてぞ、御文通はし給へる。」（「国譲・上」六四四）と、かつても「これはた」が文使いであり、実忠と懇意にしていたことが語られるが、実は、これまでにその事実が記されることはない。語られざる文使い「これはた」が登場するのは偶然ではないだろう。あて宮は実忠の悲恋の記憶を揺さぶるように兵衛の君と実忠をむすぶ「これはた」を文使いに立てたのである。

最後の贈り物「白銀の箱」を返却された記憶は実忠の行方のない恋情を表象し、心の澱として沈殿していたはずである。あて宮は過去の求婚譚における文のやりとりを演出することによって実忠と共有した記憶を刺激し、その「心ざし」を誘引する。実忠の「心ざし」はむしろ、あて宮の能動的な願望によって触発され、導かれたのである。実忠の〈贈り物〉へ向けられたあて宮の眼差しは、実忠の「心ざし」に対する期待の投影と、皇子の立坊に対する心弱さを反照するのではないだろうか。

三　春宮の〈贈り物〉――「筝」と「橘」への〈視線〉

あて宮の感慨深い眼差しを獲得した実忠の贈り物に重層するように、春宮からの〈贈り物〉が届けられる。

春宮は、白銀・黄金の結び物ども毀たせ給ひて、ほかなるなる《ママ》竹原にして、下には、白銀のほと皮結び、餌袋のやうにして、黒方を土にて、沈の笋、間もなく植ゑさせ給ひて、節ごとに、水銀の露据ゑさせて、藤壺に奉らせ給ふ。「昨日、一昨日は、物忌みにてなむ。……（略）……さて、これは、『小さき人々に持たせ給へ』とてなむ。さても、

明けゆくと衣着定めぬしののめの老いの世にてもわびしかりしか

君には、いかが。ここには、夜昼、忘るる時なく、まかで給ひにし後は、まだ寝をなむ寝ぬ。

もろともにふしのみ明かしくれ竹のよごとに露のおきて行くらむ

行く末、まだ遠き心地のするこそ」とて、例の蔵人して奉れ給ふ。

まだ、大殿の御方にぞおはしける。これかれ、見給ひて、「をかしき笋かな」とて、土押しまろがしつつ、笋一筋づつ取り給ふ。
（「国譲・上」六四九〜六五〇）

春宮からの贈り物は白銀と黄金で作られた竹藪の下に沈の「笋」がびっしりと植えられ、竹には独り寝、独りで伏すたびに寂しさで流れる涙を象って水銀の露が節ごとに付けられていた。〈贈り物〉は、まさに、あて宮への変わらぬ愛情を視覚に訴えるものとしてある。

実は、これまで春宮からの特別な調進物が具体的に描かれることはなかった。「春宮より、柳に御文つけて」（「春日詣」一四九）、「常夏の花を折りて」（「祭の使」二二〇）、「御前に、生海松の、石・貝つきながらあるを取り給ひて」（「内侍のかみ」四一〇）、「紫の色紙に書きて、桜の花につけたる文」（「国譲・上」六三五）と春宮から贈られた〈モノ〉は主に文が付けられた草木であり、特別に作られた〈贈り物〉とは言い難いのである。また、あて宮腹第一皇子の産養においても「七日の夜、春宮より、いと清らに厳しくて、権の亮を御使にて、御文あり。」（「あて宮」三七二）と

産養が届けられたことが語られるものの、その委細は省筆されているのである。

産養の描写からわかるように、春宮からの調進物や贈り物は存在しないのではなく、削ぎ落とされ、語られなかったのである。立坊争いが描かれる国譲・上巻になって、突然、春宮の〈贈り物〉が立ち現れてくる過程は、正頼家の人々の眼差しと密接な関係にあるのではないだろうか。

春宮の〈贈り物〉は人々に鑑賞され、解体されていく。「これかれ、見給ひて、「をかしき筍かな」とて、土押しまろがしつつ、筍一筋づつ取り給ふ。」と人々の眼差しは「笋」に引き込まれていく。「もろともにふしのみ明かしくれ竹のよごとに露のおきて行くらむ」という恋の歌を象徴するような白銀・黄金の輝く竹藪よりも、香木で調じられた「笋」が注目を集めるのはなぜか。作中、多くの〈モノ〉が調じられるなかで、竹や笋のミニチュアが描かれるのはこの春宮の〈贈り物〉に限られる。竹の葉や呉竹に文が結ばれ届けられる例はあっても、笋が食されたり贈られることはない。「笋」はこの場面のためだけに物語に存在するのである。春宮の調進物が語られることも異例であれば、その贈り物も特異な造型としてあろう。地下茎で繋がっている竹と「笋」を模した贈り物は、そのまま春宮とあて宮の関係性を象徴し、ぴっしりと植えられた「笋」は、二人のあいだに誕生した皇子たちと今まさに産まれようとしている赤子にほかならない。[*8]

そして、「笋」のミニチュアは、「さて、これは、『小さき人々に持たせ給へ』」とあえて贈り先が記されていることを看過してはならない。「小さき人々」とは寵愛の象徴そのものである皇子たちを指すのであろう。玩具で遊ぶ皇子たちの姿を正頼家の人々が見つめることを予測して、春宮は「笋」を選んだのではないだろうか。だが、先述した仲忠の「黄金造りの車」のように、春宮から贈られた「笋」を皇子たちが睦ぶ姿も、それを見つめる人々の姿も語られない。「笋」は皇子たちではなく、周囲の大人の手に握られるのである。人々は黒方の土を「押しまろがし」

たり「笋」を取り外すなど、〈贈り物〉を見るだけではなく、直接指や手のひらで触れ、まさに賞翫するのである。黒方を丸めた手に付着した残り香が追いかけるように人々の嗅覚をも刺激したにちがいない。人々は嗅覚や触覚、密な身体感覚を通じて春宮の忍ばせた寵愛の比喩を共有し確かめていくのであった。

さらに、「笋」と同様の叙述が贈り物を「橘」に変えて描かれる。梨壺腹の皇子が誕生した一ヶ月後、あて宮の出産を今日明日に控えたさなかにそれは語られ、二つの贈り物はあたかも梨壺の出産を挟み込むように配置されている。

宮より、よきほどなる、白銀・黄金の橘一餌袋、黄ばみたる色紙一重覆ひて、龍胆の組して結ひて、八重山吹の作り花につけてあり。御文には、「……（略）……さて、これは、幼き人々に。そこに見給ふほどだに、あはれにし給へかし。

うらやまし今五月待つ橘やわが身に人はいつか待ち出む

と思ふ、心もとなくなむ」とて奉り給へり。大宮、御袋開けて**見給へば**、大いなる橘の皮を横さまに切りて、黄金を実に似せて包みつつ、一袋あり。大宮、「あなわづらはしや。いかで、こはせさせ給ひしぞ」と問はせ給へれば、例の蔵人、「兵衛殿・中納言殿の、仰せ言受け給ひて、御前にて、これかれなむ仕まつり給ひし」。宮、「かやうのをかしきわざは、かの君ばかりぞし給ひ出でられけむかし」。これかれに、**押し包みて**配り奉り給ふ。蔵人の少将、「おはせや、君たち。さるつらのひ《ママ》に、橘食はせむ」とて、**手ごとに、君達弄び給ふ**。

（「国譲・中」六九〇～六九一）

「橘」の贈り物へ注がれる眼差しは、「笋」の時よりもいっそう強調されている。届けられた段階ではその詳細は明かされず、大宮が餌袋を開けて初めてそれが「橘」の皮にくるまれた黄金の実であったことが記され、大宮と読み手の視線が重なるように造形が捉えられていく。「あなわづらはしや」と手の込んだ贈り物に大宮は嘆息にも似た感動の声をもらし、「橘」が調えられた経緯を使いの「これはた」に問い、春宮が前もって涼に命じていたことを確認するのであった。贈り物が調えられた背景を知ることは、贈与者の内情に寄り添おうとする行為にほかならない。春宮自らの指示によって〈贈り物〉が調じられ、愛情が投影されたものであることを、あえて確認することで「橘」にいっそう価値を見出し、意味付けていこうとするのである。

もちろん、黄金の「橘」は、『古今集』「さつきまつ花橘のかをかげば昔の人の袖のかぞする」（巻三・夏歌・一三九・よみ人しらず）を引歌にして詠まれた春宮の歌の「橘」を引き立て、歌にあわせて視覚的に恋情を喚起するものとしてある。[*9] 橘の皮からは柑橘類特有の甘酸っぱい香が漂い、嗅覚をも刺激するはずだ。さらに、「橘」は歌を引き立てることを目的としているだけではなく、「さて、これは、幼き人々に」と先の「笋」と同様に皇子たちの〈もてあそびもの〉として贈られている。しかし、ここでも「橘」を愛でる皇子たちの姿はなく、「手ごとに、君達弄び給ふ」と正頼家の大人たちが贈り物を賞賛する様子が語られるのであった。

祝宴の準備にいそしんでいた正頼家の人々を、春宮からの〈贈り物〉に触り、賞翫する姿へと変貌させることで、立坊争いの不安に揺れる心中を効果的に描き出していると言えるのではないか。寵愛の象徴である皇子たちを喚起させる「笋」やあて宮への恋歌を彩る「橘」を、立坊争いを前にした〈家〉の問題として組み換え、過大評価していこうとする人々の内情があぶり出されてくるのである。[*10]

五　仲忠の〈贈り物〉――しとどに濡るる手

梨壺が第三皇子を出産して間もなく誕生したあて宮腹第四皇子の産養は、第一皇子のそれよりも紙幅を割いて描かれるが、その叙述は「所々より、御産養し給はぬなし。」、「つとめて、宮、昨夜の物、ここかしこへ奉り給ふ。」（「国譲・中」六九四）と例による盛大な産養と再贈与（分配）が示唆されるにとどまる。そのなかで女一宮、春宮、仲忠の贈り物だけが語られ、殊に九日目に届けられた匿名の〈贈り物〉へ注がれる視線が特筆されるのである。

その〈贈り物〉が記述される冒頭では「右大将殿[*11]、大いなる海形をして」と贈り主が仲忠であることが読み手に明かされているにもかかわらず、「いづくよりともなくて、夕暮れのまぎれに舁き据ゑたり」と閉じられることによって、正頼家の人々には〈贈り主〉の正体が隠蔽される。

謎の贈り物の州浜は、蓬萊の山を支える亀の腹に裛衣の香が詰められ、黒方・侍従・香衣香など様々な合わせ香によって造られた山には小鳥や蓬萊の「玉の枝」が配されていた。

> 海の面に、色黒き鶴四つ、皆、**しとどに濡れて**連なり、**色は、いと黒し**。白きも六つ、大きさ、例の鶴のほどにて、白銀を腹ふくらに鋳させたり。それには、麝香・よろづのありがたき薬、一腹づつ入れたり。
>
> （「国譲・中」六九四〜六九五）

海のほとりには「色黒き鶴四つ、皆、しとどに濡れて」と仲忠の趣向によって、あえて濡らされた黒い鶴と、麝香や薬が腹に詰められた白銀製の鶴が連なり、「薬生ふる山の麓に住む鶴の羽を並べても孵る雛鳥」という歌が添えられていた。「色は、いと黒し」と強調される黒々とした鶴の色は、湿り気と言うよりも、むしろ、びっしょりと濡れている様子を連想させる。蓬萊と見まごうほどの香しい州浜は贈り主が不明であるゆえに、いっそう正頼家の人々の注目を浴びる。

かうて、大宮は、孫王の君に、一夜取り置かせし物どもして参れり。蓬萊の山を御覧じて、「いとわづらはしくしたる物かな。いづくのならむ」とのたまふ。孫王の君に語らひて、参らせ給へれば、「をかし」と思ひつれども、岩の上に立てたる二つの鶴どもを取り放ちつつ見給へば、沈の鶴は、いと重くて、取る手しとどに濡る、「あな、いみじの物どもや」と言ひののしる。白銀のは、金なれど、殊に重くもあらず、腹に物の下に入れたり。書きつけたる歌は、黄金の泥して葦手なり。「これは、誰が手ぞ」と、集まりて見給へど、え知り給はず。御方、御覧じて、「大将の御手にこそあめれ。『若君に』[*12]とて、手本あめりし、同じ手なめり」と聞こえ給へば、おとど、「げに、さなめり。異人のすべきわざにはあらず。これを見知らぬやうなるは、いと心なきわざかな。いかにせむ」とのたまひて、御薫炉召して、山の土所々試みさせ給へば、さらに類なき香す。鶴の香も、似る物なし。「白き鶴は」と見給へば、麝香の臍、半らほどばかり入れたり。取う出て、香を試み給へば、いとなつかしく香ばしきものの、例に似ず。

（「国譲・中」六九六～六九七）

即物的に記された匿名の〈贈り物〉は人々の眼差しを通して詳細が明かされ、その視線描写は物語のなかでもっとも微細に叙述されている。「蓬萊の山を御覧じて」「取り放ちつつ見給へば」「集まりて見給へど」「御方、御覧じて」『白き鶴は』と見給へば」と、人々の視線の錯綜からは〈贈り物〉を中心に据えて取り囲む様子が想起される。海辺に据えられた二つの鶴は、さながら「解体ショー」のように、「取り放ちつつ」と人々に触れられ、取り外されていく。「沈の鶴は、いと重くて、取る手しとどに濡る」と黒い鶴の重さや濡れる手の感覚の一方で、「白銀のは、金なれど、殊に重くもあらず」と白銀製の鶴が重くなかったという意外性は、なまなましい手触りを伝えよう。

届けられた段階で語られた黒い鶴の「しとどに濡れ」たさまは、取る者の「手」の皮膚に直接訴えかける密な身体感覚によって改めて確認されるのであった。

はたして、「しとどに濡れ」る感覚は、人々の脳裏に何を呼び覚ますのか。物語中、「濡る」は一八例、ほぼ涙を表象するためにある。うち一二例が春宮や求婚者たちのあて宮へ向けられた恋情の涙であり（あて宮の返歌も含む）、殊に求婚譚に集中して表れる。そのなかで、涙を喩して「濡れ」た〈モノ〉が文に添えられている例が五例（先述した春宮の「筝」の水銀の露を合わせれば六例）見られる。

① また、つとめて、蜘蛛の巣かきたる松の、露に濡れたるを取りて、あて宮の大殿籠りたるを見て、聞こえ給ふ。

「ささがにのいかでね松にしら露のおき居ながらも明かしつるかな
（「藤原の君」九一）

② かかるほどに、兵部卿の親王、面白き梅の花を折らせ給ひて、沈の男作らせ給ひて、花の雫に濡れたるに、かく書きつけて、あて宮の御もとに奉れ給ふ。

「立ち寄れば梅の花笠匂ふ野もなほわび人はここら濡れけり
（「春日詣」一三八）

③ 源宰相、志賀に、行ひしに詣で給へりけり。それより、面白き紅葉の露に濡れたるを折りて、かくなむ。

わが恋は秋の山辺に満ちぬらむ袖よりほかに濡るる紅葉葉
（「嵯峨の院」一六一）

④ 御前の一本菊、いと高く厳しく、移ろひて、朝ぼらけに、めでたく厳しう見ゆるに、露に濡れたるを押し折りて、かく書きつけ給ふ。

「匂ひます露し置かずは菊の花見る人深く物思はましや
（「嵯峨の院」一六五）

⑤ 泣き居給ひつれば、白き御衣の袖に、涙かかりて、掻練なんど映りて濡れたるを、取り放ちて、それに書きつ

け給ふ、

「解きて遣る衣の袖の色を見よただの涙はかかるものかは　（「嵯峨の院」一七〇）

「濡れ」た〈モノ〉の貰い手は、ほぼあて宮に限定され、[*13]「濡れ」る感覚は、まさに、あて宮だけが体感する男たちの悲恋の涙と言える。仲忠の州浜に据えられた「しとどに濡れ」た沈の鶴は、おもてだっては語られない仲忠の今なお色褪せない恋情と涙の象徴であり、また、求婚譚で男たちが贈り続けた「濡れ」た〈贈り物〉と歌を相対化すると言えるのではないだろうか。「濡れ」た鶴は求婚譚で繰り広げられた〈贈り物〉の変奏としての、恋と誠意の証である。だからこそ、正頼家の人々は「しとどに濡れ」て見える沈の鶴に触れ、「濡れ」た手を確認することで仲忠や他の男たちの忠誠を実感していこうとするのである。白銀で作られた白い鶴よりも、「しとどに濡れ」た黒い鶴が重かったのは、上等な沈香であることを示唆するだけではなく、さらに、正頼家の「濡れ」た贈り物への過剰な期待と意味付けを象徴するのである。

さて、州浜に添えられた歌は葦手書きであった。その筆跡を糸口にあて宮は、「御方、御覧じて、「大将の御手にこそあめれ。『若君に』とて、手本あめりし、同じ手なめり」と仲忠のものであることを解き明かす。人々は贈り主が仲忠であることを今一度確認しながら、「山の土」や鶴の腹に収められた麝香を繰り返し焚き、特別な薫りを纏うことで嗅覚を通じて仲忠の誠意を確認するのであった。仲忠の香しい贈り物は、俊蔭伝来の貴重な品々を想起させ、特権的な琴の族を象徴する一面としてある。[*14]しかし、貰い手の正頼家にとって特別な品々は仲忠の誠意をはかる指標となるのではないだろうか。

また、「葦手」の筆跡は〈贈り物〉へのもうひとつの〈眼差し〉を想起させる。あて宮が筆跡の一致を指摘した「手本」とは、退出して間もなくあて宮が仲忠に求めた若宮（第一皇子）の「手習ひ」の「手本」である。仲忠から届けられた「手本」の「葦手」書きには、「底清く澄むとも見えで行く水の袖にも目にも絶えずもあるかな」（「国譲・上」六五五）と恋の涙だろか、絶えない涙が詠われていた。かつてあて宮の求婚者であった仲忠の筆跡は正頼家の人々に見られ、「おいらかに、人見るとも、片端にもあらず、さすがに、いとあはれ」（「内侍のかみ」三八三）と大宮に評されており、贈り物に付けられた「葦手」は、仲忠の筆跡を見ていた正頼家の人々が解明できないほどに技巧的だったと想像できよう。[15]あて宮が瞬時にそれを判別できたのは皇子へ届けられた「手本」を再三再四見ていたからではないだろうか。あて宮は仲忠の分身である「手」を繰り返し〈見る〉ことで、仲忠の変わらぬ誠意を確認していたと言えるのである。

さらに興味深いことに、国譲・上巻になると、仁寿殿女御やあて宮の〈眼差し〉によって、春宮と仲忠の筆跡が似ていることが認識され[16]（六二五、六六七）、春宮の手習ひの「手本」が仲忠の献上したものであったことが初めて明かされるのである。「『それ、昔のぞ』とて、今の召すめれど」（六三五）と、あて宮によって語られる春宮の「手本」の古さは春宮の筆跡に新たな意味付けをする。いつ仲忠が「手本」を献上したのかは想像するよりほかないが、これまで春宮と仲忠の筆跡が似ていると語られることがなかったことを押さえておきたい。先述したように、実忠の語られざる文使い「これはた」が描写されることと同様に、語られざる「手本」の存在が意図的に叙述されたと言えよう。また、あて宮がこれはたに春宮の様子を尋ねる場面では、若宮の「手本」と同時に仲忠から届けられた、新たな「手本」で春宮が夜通し「手習ひ」をしていることが伝えられており（「国譲・上」六五六、六六五〜六六六）、春宮の筆跡に改めて仲忠との近似が印象づけられる。春宮と若宮は別の空間で同時に仲忠の「手本」を用いて「手習ひ」をするのである。

匿名の〈贈り物〉の筆跡を見破るあて宮の〈眼差し〉には、仲忠の「手本」を誠意の象徴として見つめる〈眼差し〉と、仲忠の筆跡に春宮のそれを重ね合わせ、投影させることで、春宮の変わらぬ寵愛を確認しようとする、もうひとつの〈眼差し〉の存在が二重にあぶり出されるのである。〈モノ〉へ注がれる〈眼差し〉は幾重にも錯綜し、〈視点〉人物の心情の揺曳に寄り添って描かれるのである。

終わりに

物語前半部では祝祭の統治者として贈与者＝統治者としてあり続けた正頼家の人々は、立坊争いが勃発する国譲・上巻になると、にわかに受贈者として語られだす。〈贈り物〉を見つめ、触り、解体しながら過剰にもてはやすようになる人々の変貌は、政治的な転換点と重なりあう。不可視の「心ざし」や「長き心」、誠意を〈モノ〉という可視化されたものに置き換えて、確認せざるをえないあて宮や正頼家の人々の姿には、立坊争いに追い詰められていく人々の焦燥や憂慮があぶり出される。むしろ、正頼家の人々は〈贈り物〉によって相手を牽制・統制していたからこそ、逆に〈贈り物〉の担う象徴性、記号的意味を過剰に掬い上げようとしてしまうと言えようか。実忠、春宮、仲忠の〈贈り物〉へ注がれる〈眼差し〉が幾重にも畳みかけられ、錯綜して語られるのに比例して次第に過剰性を帯びていく叙述と、責め立てられていく人々の緊張の高まりや心の歪みは、不協和音のように響きあうのだ。〈贈り物〉に触れ、香を嗅ぎ、身体感覚を通じて賞翫していく姿に、もはや〈見る〉ことだけでは救われない〈視点〉人物の問題そのものが表象されていよう。

うつほ物語は、実像のミニチュア、〈モノ〉にこそ重要なメッセージや象徴を担わせ、人物間を往来させる。贈り手でいるのか、貰い手でいるのかという〈モノ〉との関係性や距離の書き分けによって、社会的な勢力図や物語の転換を描くのである。物語に氾濫する〈モノ〉にこそ、筋書きには描かれない関係姓を露わにする機能が担わされている。うつほ物語は自覚的に〈モノ〉を利用することで、語られざる物語を鮮やかに紡ぎだすのである。

注

＊1　野口元大「第一部の世界」（『うつほ物語の研究』笠間書院　一九七六・三所収）

＊2　三浦則子「『うつほ物語』の装束をめぐる表現―手紙の使いへの禄を通して―」（「国文白百合」二〇〇一・三）、室城秀之「料理する男たち―『うつほ物語』の飲食表現―」（「国文白百合」二〇〇二・三）、小嶋菜温子「宮廷社会と〈産む性〉―生誕儀礼の歴史と文化」（『源氏物語の性と生誕　王朝文化史論』有斐閣　二〇〇四・三所収）、田中仁「『うつほ物語』の贈り物と手紙」（「親和國文」二〇〇六・一二）、江戸英雄「邸宅の記述―具象化される社会と人間」（『うつほ物語の表現形成と享受』勉誠出版　二〇〇八・九所収）、西山登喜「うつほ物語　種松王国の位相―〈轆轤師〉へのまなざし―」（「物語研究」二〇一〇・三）、「うつほ物語〈モノ〉が見せる相関図―「再贈与」に秘められた女たちの牽制と闘争」（『源氏物語のことばと身体』青簡舎　二〇一〇・一二）

＊3　正頼の祝祭準備は「嵯峨の院」一七八～一七九、一八四～一八八、一八九～一九〇、「祭の使」二〇六、二一七、「菊の宴」三〇九など。
　また、作中の〈贈り物〉に対する姿勢は早く俊蔭巻に見受けられ、兼雅が相撲節の還饗の「被け物」「設けの物」を「心殊に」（五六～五七）調えさせたことで俊蔭女は「心あるべき人」として社会的な認知を獲得する。

＊4　マルセル・モース　有地亨訳『贈与論　新装版』（勁草書房　二〇〇八・六）、モーリス・ゴドリエ　山内昶訳『贈与の謎』（法政大学出版局　二〇〇〇・五）、伊藤幹治『贈与交換の人類学』（筑摩書房　一九九五・六）、折口信夫「大嘗祭の本義」（『折口信夫全集』第三巻　中央公論社　一九六六・一所収）、山口昌男『文化人類学への招待』（岩波新書　一九八二・九）、松井健児「贈与と饗宴」（『源氏物語の生活世界』翰林書房　二〇〇〇・五所収）

＊5　三田村雅子「物語文学の視線」（『源氏物語　感覚の論理』有精堂出版　一九九六・三所収）、「若紫垣間見再読―だれかに似

た人―」(『源氏研究』翰林書房　二〇〇三・四)

*6　西山登喜「うつほ物語〈モノ〉を「借りる」仲忠―基盤構築の方法―」(『日本文学』二〇〇九・五)で、仲忠が皇子へ贈った「黄金造りの車」は、女三宮引き取りの際にあて宮の退出のために準備されていた車を〈借りた〉ことの返済であり、「手本」は仲忠の「筆跡」を通じた身体の〈貸与〉であることを考察した。

*7　フェルディナン・ド・ソシュール　影浦峡／田中久美子訳『ソシュール　一般言語学講義　コンスタンタンのノート』東京大学出版会　二〇〇七・三)、内堀基光「ものと人から成る世界」(『「もの」の人間世界』岩波書店　一九九七・一)

*8　見えない根の部分で繋がっている竹と「笋」には共寝の「寝」も掛けられていようか。また、他のキサキの文とともに送られてきた「笋」は他所にも赤子が誕生することをアイロニカルに象徴してもいよう。

*9　藤侍従、五月のつごもりの日、朽ちたる橘の実に、かく書きつけて、

「橘の待ちし五月に朽ちぬれば我も夏越をいかがとぞ思ふ

五月雨の過ぐるも、恐ろしくなむ」。　(「祭の使」一一三)

かつて、仲忠は朽ちた「橘」に文をつけ、「さつきまつ……」を引歌にして恋情を訴えたことがある。春宮の「橘」には仲忠の「心ざし」も二重に喩されているか。

*10　宮より、七日のは、御屏風・御座より始め給ひて、長持の脚つきたる三つ、唐櫃五具に、綾・錦より始めて、よろづの物入れさせ給へり。御文あり。　(「国譲・中」六九二)

あて宮腹第四皇子の産養で、「長持」や「唐櫃」など春宮からの産養の内容が初めて語られる。同時期に催された梨壺腹第三皇子の産養における春宮の贈り物が「例の御訪ひはありける」(「国譲・上」六七〇)と簡潔に描かれていることからも、〈贈り物〉を通じて春宮の愛情を確認していこうとする人々の視線と無関係ではないと言えよう。

*11　『前田家本　宇津保物語』(古典文庫　一九五九)、日本古典全集『うつぼ物語』(現代思潮社　一九八二)は「左大将殿」。

*12　『前田家本　宇津保物語』(古典文庫　一九五九)は「わが君」。日本古典全書『宇津保物語』(朝日新聞社　一九五五)、原田芳起校注『宇津保物語』(角川文庫　一九七〇年)は「若宮」。

*13　濡れた〈贈り物〉の用例は他に一例、実忠の北の方が夫へ贈った「雨に濡れたる」鶯の卵である(「菊の宴」三三七)。

＊14　河添房江「『うつほ物語』の異国意識と唐物」（「国語と国文学」二〇〇九・五）、『光源氏が愛した王朝ブランド品』（角川学芸出版　二〇〇八・三）

＊15　あて宮の第四皇子出産直前、どこからか「なま嫗の手」が書き付けられた葉椀が差し入れられる。重ねられた葉椀を人々が「開けて見」ることによって中身や偽装された筆跡が仲忠のものであることが明かされる（「国譲・中」六九一～六九二）。筆跡を謎かけとした仲忠の〈贈り物〉は、あて宮腹第四皇子産養に届けられる匿名の〈贈り物〉の布石として存在し、共鳴していく。

＊16　勝亦志織「『うつほ物語』における〈相似〉の意味―仲忠をめぐる、あて宮の琴と春宮の筆跡から―」（二〇一一年度中古文学会秋季大会口頭発表　一一・一九）は、仲忠と春宮の筆跡の〈相似〉に春宮の模倣行為と一体化願望を指摘する。続く国譲・中巻、桂殿での祓えの場面において、若宮の筆跡を見た仲忠はその筆跡が自身の献上した「手本」に似てきたことを指摘し、手習いに励む若宮の日常が語られる（七二三）。さらに、楼の上・下巻、春宮となった若宮の筆跡と「手本」の相似が父帝によって認められていることが、秘琴伝授への羨望を抱くあて宮によって仲忠に語られるのである（八八八）。春宮と若宮の筆跡が間接的に似ていく媒介として仲忠の「手本」が求められることに重要な意味が担わされていよう。

※引用本文は、室城秀之『うつほ物語　全　改訂版』（おうふう　二〇〇一）に拠る。

【付記】本論は二〇〇九年度中古文学会春季大会（五・二四）における口頭発表「うつほ物語〈贈り物〉への〈視線〉、憂慮の反照―贈与論を媒介に―」を基にする。ご教授賜りました方々に御礼申し上げます。

喩

ふたつの『源氏の物語』——対立項としての〈喩〉と「刈り込み」の第三項

上原作和

一　方法としての喩

『源氏物語』の文章については、成立直後から本文そのものに異同が発生していた模様である。その原因は、推敲段階で修辞の問題から発生した加筆による二項対立の本文異同と、第三項として後代の刈り込みによる本文異同であろうと言う推論を提示しておきたい。その基軸となる〈喩〉についての定義と研究史は膨大な成果があるが、本論ではこれらの成果をひとつの起点とする。*1

そこで、『源氏物語』の本文は、「たとふ」ことをどのように解するかで、本文そのものが二種類に分化、あるいは「刈り込」まれていた様相を検証する。

●広本『原中最秘鈔』（一三六四）　本文は阿波國本を高松宮家本で校合*2

桐壺　一名壺前栽トモ。

一　タイエキノフヨウモケニカヨヒタリシカタチ也。アヒカラメヒイタリケンヨソヒハウルハシウケウラニ凡アリケメ／大掖芙蓉未央柳　対此如何不涙垂／芙蓉如面柳似眉／大掖ハ池名也。未央ハ宮名也。芙蓉ハ荷一名也。

私云、亡父光行[*3]、ムカシ五条三品（＝俊成）[*4]ニ此物語ノ不審ノ条々ヲ尋申侍シ中ニ当巻ニ絵ニ書ル楊貴妃ノ形ハイミジキ絵師ト云ドモ筆カギリアレバニホヒスクナシ。大掖ノ芙蓉未央柳モト書キテ未央柳ト云一句ヲミセケチニセリ。是ニヨリテ親行[*5]ヲ使トシテ楊貴妃ヲバ芙蓉ト柳トニタトヘ、

更衣をば女郎花と撫子にたとふ。みな二句づゝにてよく聞え侍るを、「御本 俊成卿事也 未央柳をけたれたるはいかなる子細の侍るやらむ」と申たりしかば、「我はいかでか自由の事をばしるべき。行成卿の自筆の本に此一句を見せけちにし給ひき。紫式部同時の人に侍れば、申合する様こそ侍らめ、とてこれをすみを付ては侍れどもいぶかしさにあまた、び見しほどに、「若菜」巻にておもしろくみなし侍なり」と申されけるを、親行此よしを語るに、「「若菜」巻には何に同類侍るとか申されし」といふに、「それまでは尋申さず」と答侍しをさまぐ\恥しめ勘当し侍し程に、親行こもり居て「若菜」巻を数反ひらきみるに、その意をえたり。…

柳を人の顔にたとへたる事あまたになるによりてみせけちにせられ侍しにこそ三品の和才勝たる中に、此物〇語の奥義をさべきはめられ侍りける、ありがたき事なりしかあるを、京極中納言入道[*6]の家の本[*7]に未央柳と書れたる事も侍るにや。

又、俊成卿の女[*8]に尋申侍しかば、「此事は伝々《展展》の書写のあやまりに書入るにやあまりに対句めかしく、にくいけしたる方侍にや」と云々。よりて愚本に不用之。

白楽天の『長恨歌』の著名な詩句「大掖芙蓉未央柳」から、「楊貴妃ヲバ芙蓉ト柳トニタトヘ、更衣をば女郎花と撫子にたとふ」ものの、俊成卿所持の『源氏物語』本文に「絵ニ書ル楊貴妃ノ形ハミジキ絵師ト云モ筆カギリアレ

バニホヒスクナシ。大掖ノ芙蓉ト書テ未央柳ト云一句ヲミセケチニセリ」とあると言う。これを親行が父・光行からの謎であるとして、当代一流の源氏学者である俊成に尋ねたところ、俊成は自身の恣意を否定しつつ、「行成卿の自筆の本に此の一句を見せけちにし給き」と答えている。またそのミセケチの「申合」の意を源親行が「若菜」巻の女三宮の描写に「二月の十日はがりの青柳のしだりはじめたらむ心地して」とあることから、「柳を人の顔にたとへたる事あまたになるによりてみせけちにせられ侍し」とあって、女人の比喩表現が「柳」に重なることが多いことから「ミセケチ」としたのが「此物語の奥義」だと言うのである。

いっぽう、俊成卿の娘の解釈は「書写のあやまりに書入るにやあまりに対句めかしく、にくいけ《ママ》したる方侍にや」と述べ、親行は「未央の柳」のある本を用いなかったと言い、実際、河内本と呼ばれる証本にこの本文はことごとくないのである。[*9]

さて、この談義から二百年を数えて、河内本と青表紙本の本文異同に関心を抱いた文人がいる。文明十三年（一四八一）飛鳥井雅康に青表紙本『源氏物語』五十四帖の書写を依頼した大内政弘である。大内は連歌師の猪苗代兼載に命じて、その異同をまとめさせた。『源氏物語青表紙定家流河内本分別条々』である。今日、その一部が『源氏物語千鳥抄』『帚木別註』等に付載された本文により現存する。[*10]

問題の箇所は冒頭に置かれ、以下のようにある。

二　青表紙本と河内本

●源氏物語青表紙定家流河内本分別条々　『源氏物語千鳥抄』[*11]　底本―宮内庁書陵部蔵『源氏談義』

きりつぼ

河内本 絵にかきたる楊貴妃のかたちはいみじきゐしといへども筆かぎりありければいとにほひすくなし太液の芙蓉未央の柳もげにかよひたりしかたち色あひからめいたりけむよそひはうるはしうけうらにこそありけめなつかしうらうたげなりしありさまは女郎花の風になびきなでしこの露にぬれたるよりもらうたくなつかしかりしかたちけはひをおぼしいづるに花鳥の色にもねにもよそふべきかたぞなき。

青表紙に「らうたげなりしをおぼし出るに花鳥の色にもよそふべきかたぞなきとあり」「をみなへしなでしこ」の詞なし。[*12]

●帚木別註[*13]

光源氏物語　定家の本河内本の分別の事　底本―国立国会図書館蔵本

一なつかしうらうたげなりし有さまはをみなへしの風になびきたるよりもなよびなでしこの露にぬれたるよりもらうたく　河内本如此。

定家の本には「なでしこをみなへし」の詞なし。

なつかしうらうたげ成しをおぼし出るに花鳥の色にも音にもよそふべきかたぞなき　如此。

現存の河内本本文には「未央の柳」はないが、他ほ、ほぼ現存本文に合致する。また河内本の独自本文「ありさまは女郎花の風になびきなでしこの露にぬれたるよりもらうたくなつかしかりしかたちけはひ」は、『帚木別註』に通い、この点が青表紙本との差異を際立せる独自の本文と言うことになる。親行稿本とされる尾州家本本文を掲げる。

ゐにかけるやうきひのかたちはいみじきゐしといへともふてかきりありけれはいとにほひすくなしたいえき

のふようもけにかよひたりしかたちいろあひからめいたりけんよそひはうるわしうけふらにこそはありけめなつかしうらうたけなりしありさまはをみなへしの風になひきたるよりもなよひなてしこのつゆにぬれたるらうたくなつかしかりしかたちけはひをおほしいつるに花とりの色にもねにもよそふへきかたそなき

先の俊成卿の女の理路からすれば、「女郎花の風になびき、なでしこの露に濡れたる」の桐壺更衣の「たとへ」こそ、「あまりに対句めかし」きものであるはずだが、白詩を受けて漢語表現を和文化したものとするなら、この叙法はむしろ規矩に則った本文である。いっぽう、別本の代表格である陽明文庫本は「太液の芙蓉未央の柳」以下のない、さらに特異な本文である。*14

ゐにかきたるやうくゐひはいみしきゐしといへともふてかきりありけれはいとにほひすくなしおはなの風になひきたるよりもなよひなてしこのつゆにぬれたるよりもなつかしかりしかたちけはひをおもほしいつるにはなとりのいろにもねにもよそふへきかたそなき

くわえて室伏信助校合本と三谷榮一校合本で阿仏尼本本文を復原して引用すると、

ゐにかきたる長恨歌の女はいみしきゐしといへともふてかきりありけれはいとにほひすくなし太液の芙蓉未央の柳にけにかよひたりしかたちいろあひにからめいたりけんよそひはうるはしくきよらにこそありけめ尾花の風に靡きたるよりもなよび、撫子の朝露に濡れたるよりもらうたくうつくしかりしかたちけはひを思し出つるにはなとりのいろにもねにもよそふへきかたそなき

となる。*15「尾花」は陽明文庫本、国冬本に共通するものの、「長恨歌の女」「太液の芙蓉…」の異同があり、阿仏尼本と国冬本に親近性が認められる。三谷氏は、『河海抄』に「従一位麗子京極御息所本には尾花の風になびきたるとあり。或る本には此句なし」とあることと、歌合の詠歌傾向に照らして、「尾花」とある当該本文を「古本系」と見

る。[16]

このような諸本本文の揺れの中にあっても、『源氏物語』は青表紙本のみで読まれてきたのであった。ただし、本文要素「尾花―女郎花」「太液芙蓉未央柳」等は諸本で共通する。すなわち、『河海抄』の従一位麗子を摂関家伝領本系とするわたくしの策定した本文系譜の推定から、「尾花」とあるのが作者の草稿本であり、「女郎花」「未央柳のミセケチ」が浄書段階、「ミセケチ」を「刈り込」んだ河内本は後代の処置と言うことになろう。[17]

さて、この「たとへ」の機能は、言うまでもなく、桐壺帝の心内に語り手の話声が重なり合いながら語られる、亡き桐壺更衣の女性性の表象である。[18]絵に描いてある楊貴妃の容貌は、上手な絵師と言っても、画力には限界があったのか、その絵にはまったくアウラがない。唐風の装いをした姿は端麗ではあったろうが、魅惑的で愛らしかったありし日の姿を思うと、白楽天が「太液の芙蓉未央の柳」と楊貴妃を擬えたように、「尾花」が野分の風に靡く以上に姿態をしならせ、愛しき「撫子」の朝露のようにはかなく散ったその面影から『花鳥の色をも音をも…』（後撰集・夏・二一二　藤原雅正）が引喩されて、更衣亡き後の桐壺帝が（いたづらにもの憂かる身はすぐすのみなり）と生き長らえることの物憂さを表象するための引喩である。唐と和の引喩を二項対立的に対比させながら、更衣の女性性の修辞を隠喩／提喩として駆使しながら浮き彫りにしようとしたのである。となると、和習の修辞とは言いながら、俊成卿の娘の「あまりに対句めかしく」とする批判は失考で、むしろ「太液の芙蓉、未央の柳」と「尾花の風になびき、撫子の朝露に濡れたる」とが共に併存してあるのが、原初の文型であると言えよう。となると、「女郎花」の喩は、作者の逡巡の痕跡、もしくは青表紙本系宗《アーキタイプ》本の推敲段階による文飾と見ておきたい。

わたくしは、原則として『源氏物語』諸本の展開は、寛弘五年（一〇〇八）十一月の御草子作りに遡源され、浄書本と草稿本二種類の本文が伝播して現在の二系統三分類の本文系統が生成されたものと考えているが、この条に関する限りは、河内本にも青表紙本にも欠点があるようだ。[19] むしろ、従来、別本とされて来た本文に利が有るように思われる。

このことは、了悟『光源氏物語本事』（一二六四～一二七四）[20] が、京極中納言の本を「こと葉もよのつねよりも枝葉をぬきたる本」と批判し、河内本を「孝行が本」と呼び慣わしながら、「関の東の人々がら大きなる草を用ひ」、本文を弄んだようなところのある「わろき本」と喝破したことが想起されるのである。

これの本文の様態と特徴は、「帚木」巻にも同様のことが言える。

河内本
しのぶのみだれやとうたがひきこゆることもありしかどさしもあらざりけり。[21]

青表紙には「きこゆることもありしかどさしもあだめきめなれたるうちつけの」とあり。「あらざりけり」の詞なし。　『源氏談義』

一おほとのにはたえ〳〵まかで給ふ忍ぶのみだれやと聞ゆる事も有しかどさしもあらざりけり河内本如此。

定家本には「さしもあらざりけり」と云詞なし。

「聞ゆる事もありしかどさしもあだめきめなれたる打つけのすき〳〵しさなどは」とあり。　『帚木別註』

微妙なニュアンスながら、重要な違いである。引喩となる「しのぶのみだれ…」は言うまでもなく、「春日野の若紫の摺衣しのぶの乱れ限り知られず」（世尊寺伊行『源氏釈』による指摘で定家本『伊勢物語』初段）を踏まえ、「限り知られ」ぬ光源氏の色好みを強調する理路を導くための引歌（「引喩」とも言い得るもの）である。伝阿仏尼筆本、

大殿にはたえ〳〵まかてたまふしのぶのみたれやとうたかひきこゆることも有しかとさしもあためきめなれたるうちつけのすき〳〵しさなとはこのましからぬ御本性にて

とあり、[22] この本文、青表紙本系の明融本、大島本に異同はない。ただし、尾州家本、

おほいとのにはたえ〳〵まかて給しのふのみたれやとうたかひきこゆる事もありしかとさしもあらさりけりうちみたれめなれたるうちつけのすきこのましからぬ御本上にて

陽明文庫本

大殿にはたえ〳〵まかて給しのふのみたれやとうたかひきこゆる事もありしかとさしもあらさりけりおほかためなれたるうちつけのすき〳〵しさなとはこのましからぬ御本上にて

とあって、河内本本文に近似しながら派生する本文を保有する。この場合は二項に分類可能な本文分布である。

ついで、「紅葉賀」では、

こゑ《河内本》はいとをかしくてうたふぞすこし心づきなきや文君などいひけんむかしの人もかくやをかしかりけむ。

『源氏談義』

青表紙には「がくしうにありけむかしの人心」とあり「文君」の詞なし。

一文君といひけん昔の人も河内本如此。

定家本「顎州がくしうにありけん人もかくやをかしかりけん」と有。

『帚木別註』

前者・河内本は卓文君の直喩、後者は喩える者は同じながら、それを遠回しに「顎州」なる地名で表現する、言わば提喩である（陽明文庫本・保坂本もこれに同じ）。このような呼称に関する表現方法は、桐壺巻の伝阿仏尼筆本の「長恨歌の女」、他の諸本「楊貴妃」、須磨巻の河内本「王照君が胡の国に行きけむ」、青表紙本「昔胡の国に遣はしけむ女の事」があり、[*23]『光源氏物語本事』では、河内本を「わろき本」とする。とりわけ、青表紙本の「がくしうにありけむ」を「これは紫式部自筆如此」とし、摂関家伝領本系の「宇治宝蔵本」「比叡法花堂本」に同文があると伝えている。この場合、「枝葉ぬきたる」とされる青表紙本系が「紫式部自筆」の本文を伝えていることになり、列伝の人名そのものではなく、地名、あるいは書名で故事を理解させる提喩が紫式部の方法と見なせるわけである。

紙幅の都合で概略のみしか説き得ないが、「匂兵部卿」巻の注目の異同にも触れておく。

くいたいしのわが身にとひけるさとりをえてしがなと。

青表紙には「せんけうたいしの」とありて「くいたいし」の詞なし。『源氏談義』

典拠の浸透率を勘案してか、仏典中の固有名詞による異同である。この異同に関しては、むしろ、草稿と浄書本と言う二項の対立であって、後人補筆の第三項（＝想像界）[*24]の介在は考えがたい行文の理路を備えている。[*25]この問題に関しては、藤井貞和の積年の研究成果があり、[*26]青表紙本の善見太子から薫の阿闍世コンプレックスを読み、日本人の精神史の根幹を論ずる入魂の説述であった。いっぽう、本文を河内本と古註の「瞿夷太子《くいたいし》」によって、『維摩経』と『法華経』を論ずる三角洋一説もある。[*27]わたくしもかつて青表紙本によって藤井説とは異なる独自の解釈を試みたことがある。[*28]

○善生太子のわが身に問いけむ悟りをも得てしがな―底本「せんけうたいし」。古来、諸注、旧「大系」などは河内本と『源氏釈』の施注から「瞿夷太子《くいたいし》」と本文を立ててきた。

「瞿夷」は釈尊の妃・耶輸陀羅《あしゅだら》の異名。耶輸陀羅は古代インドの拘利族の王の娘で、釈迦の出家前の正妃。羅《ら》睺羅《ごら》の母。羅睺羅は母の胎内に六年あって、釈迦の子であるのかどうかを疑われたことから、河内本の校訂に用いられたのであろう。また『源氏釈』には耶輸陀羅が羅睺羅を火中に投じて身の潔白を証した説話を引き、『岷江入楚』「箋」には羅睺羅が誰からも真実を告げられず自ら釈尊を見抜いて疑念を晴らしたという説話が紹介される。

いっぽう、『集成』『新大系』『新編全集』がよる善巧太子《ぜんけうみたいし》は、悉多太子（釈尊）の前身、善行太子に想を得て創作された仏教説話の人物。これを古代のマウリヤ朝の最盛期を築いた阿育王（アショーカ王）「天愛喜見王」、または「天愛善見王」と見るのが藤井貞和説である。
ただし、本文「せんけうたいし」に即すと『今昔物語集』「巻五―一二語」には吉祥天・多聞天・持国天の前世譚があり、前世の皇子が「善生人《ぜんせうにん》」であることが注目される。東域国の善生は、継母のいじめに逢う妻（阿《あ》皺《しゅう》多《た》女《によ》）を救うため西域国へと向かった。残された母子は父の帰りを待つが、母は病を得て、子たちに「父が帰ってきたら名を名乗れ」と遺言して死ぬ。子は物乞いをしながら父を待ち、涙の再会を果たしたと言う物語である。この説話は尾張七寺の古逸経典「大乗毘沙門経功徳経／善生品巻二」を典拠とすることが近年明らかとなり、その経典本文に、残された二子は、後に「无上の菩提」と「菩薩記」を得たことが記される。これは薫の「わが身に問ひけむ悟りをも得てしがな」に対応する父恋と悟達の物語として、薫が常に念頭に置くのは「せいけうたいし」の物語をこの説話と想定しておきたい。[*29]
いずれも仏典に著名な固有名詞に依りながら、その人物の周辺の説話を読者の脳裏に呼び起こす仕組みを備えた、換喩とも提喩とも言い得る〈喩〉の方法である。先に見通しを述べたとおり、この異同は、後代の解釈上の異同と言うより、草稿本と浄書本の推敲の過程による二項対立と考えたいところである。上来見てきたように、成立以来存在するふたつの『源氏物語』本文の関係性は、すでに作者の逡巡から始まっていたのである。

三　むすびに

このように見てくると、『源氏物語』の著名な対立異文は、推敲段階から〈喩〉を基軸として二項対立する本文群を成していたように思われる。これに後代の本文の「刈り込み」と雑駁な書写による異同が発生して第三項の本文群が発生した。すなわち、本文再建上、必見の伝本とはならない第三項本文群である。とするなら、後人の恣意的補筆が認められない二種類の異同の場合、これを紫式部当人の草稿本と浄書本という実体的なレベルの二項に還元して考えて良いように思われる。その基本的な推敲の理路として、〈喩〉概念が認められると言うことなのである。八〇年代の物語研究の〈喩〉概念は、「直喩」「引喩」等に細分化するのではなく、これらを包括しつつ、「比喩的な関係で取り結ばれた事象の、その相互の関係性をさす」ものとして推進されてきた。[*30] この理論を本文生成の基本概念として本文批判に援用して見たのが本稿である。

本文研究が「一本を見つめること」に焦点化されていた前世紀は終わり、〈喩〉概念を通して、物語が語ろうとしていたものを諸本の異同の関係性の中に再発見することが、今、喫緊の課題なのである。[*31]

注

＊1　河添房江『源氏物語表現史　喩と王権の位相』翰林書房、一九九八年の方法的な錬磨がモデル。これに、長谷川政春「陰（隠）喩」「換喩」「直喩」「提喩」、「諷喩」、渡辺久寿「引喩」『古典文学レトリック事典〈併掲〉古典文学イメージ事典』學燈社、一九九三年、藤原克己「引用」、三谷邦明「パロディ」土方洋一「喩」『キーワード100古典文学の術語集』學燈社、一九九五年。

＊2　池田亀鑑『源氏物語大成』資料篇／解説篇、中央公論社・一九五六年　以下『原中最秘鈔』本文も倣之。ただし、翻刻本文には誤脱が目立つので、高松宮家旧蔵本『国立歴史民族博物館蔵貴重典籍叢書　物語　四』文学篇第十九巻、臨川書店、二〇〇〇年の影印で校合した。略本本文は池田利夫・解説『奥入・原中最秘抄　日本古典文学影印叢刊』貴重本刊行会・一九八五年を参照した。

＊3　亡父光行（一一六三～一二四四）鎌倉時代初期の政治家・文学者・歌人。『源氏物語』の河内学の始祖。

＊4　五条三品（＝俊成）（一一一四～一二〇四）平安末～鎌倉初期の歌人。本名顕広。「しゅんぜい」と音読されることが多い。

御子左家。通称は五条三位。

＊5　親行（?～一二七五?）光行の男。父とともに『源氏物語』を講釈し、現行の「河内本」を校訂した。藤原為家の家司となっていたことが知られる。

＊6　京極中納言入道　藤原定家・京極中納言。（一一六二～一二四一）。法名は明静（みようじよう）。世に京極中納言（黄門）と称された。天福元年（一二三三）出家。

＊7　世に言う青表紙本のこと。

＊8　俊成卿の女（一一七一?～一二五二?）後鳥羽院期の女流歌人。侍従具定の母。嵯峨禅尼、越部禅尼と称される。父は中御門中納言家成の息左少将盛頼。母は藤原俊成女の八条院三条。

＊9　加藤洋介編『河内本源氏物語校異集成』風間書房、二〇〇一年には掲出諸本全文一致。

＊10　池田亀鑑『源氏物語大成』解説篇、中央公論社、一九五六年。「これは兼載の旅行中に携帯した鑑定便覧のやうなもので、源氏五十四帖全部にわたるものではないが、かなり重要な意味を持つてゐると思はれるので、左に全文を掲げることにしたい。」本書の紹介は、池田亀鑑／岩波講座日本文学『源氏物語系統論序説』一九三三年に見えている。

＊11　上原作和『光源氏物語傳來史』武蔵野書院、二〇一一年「附篇」参照。

＊12　大島本本文「ゑにかける楊貴妃のかたちはいみしき絵しといへとも筆かきり有けれはいとにほひすくなし大液芙蓉未央柳もけにかよひたりしかたちをからめいたるよそひハうるはしうこそ有けめなつかしうらうたけ成しをおほしいつるに花とりのいろにも音にもよそふへきかたそなき」。保坂本も桐壺巻は補写の青表紙本である。

＊13　上原作和『光源氏物語傳來史』武蔵野書院、二〇一一年「附篇」参照。

＊14　本文異同は『源氏物語別本集成』第一巻、おうふう、一九八九年による。国冬本「ゑにかきたる長恨歌のやう貴ひかたちはいみしきゑしといへともふてかきりありけれはいとにほひすくなしたいえきのふよう風かよひたりしかたちのいろあひもからめいたりけんよそひはうるわしうきよらにこそありけめおはなの風になひきたるよりもなよひなてしこのつゆにぬれたるよりもなつかしうらうたげなりし」。御物本、国冬本、麦生本には「太液の芙蓉」のみで「未央の柳」がなく、阿里莫本は「太液の芙蓉未央の柳」まで保有する。また御物本は「女郎花…撫子」を保有するものの、阿里莫本にはこれがなく、従一位麗子

本系とされる国冬本には「尾花」とある。こうなると別本内のグルーピングは不可能である。

＊15 伊藤鉄也「「桐壺」の第一次的本文資料集成―伝阿仏尼筆本・伝慈鎮筆本・従一位麗子本・源氏釈抄出本」『源氏物語本文の研究』おうふう、一九九九年、初出一九九三年によれば、伝阿仏尼筆本がこれに該当する。

＊16 当該箇所の先駆的研究に、三谷榮一「尾花か女郎花か―源氏物語桐壺更衣の表現について」『物語史の研究』有精堂、一九六七年、初出一九六一年がある。三谷氏は、『河海抄』所引の「従一位麗子本」を古伝本系と見る。また萩谷朴『平安朝歌合大成』巻一、私家版、一九五七年の「女郎花歌合」によって「女郎花」が仲秋の明月以前に詠まれる傾向にあり、野分以後の場面に相応しくないことを傍証とした。なお、『河海抄』は、中書本、覆勘本共に異同はない。

＊17 上原作和「廿巻本『源氏物語絵巻』詞書の本文史―〈摂関家伝領本〉群」と別本三分類案鼎立のために」『光源氏物語傳來史』武蔵野書院、二〇一一年初出二〇〇九年参照。

＊18 松岡智之「桐壺更衣と和様―美人史上の源氏物語」『源氏研究』3号、翰林書房、一九九八年。

＊19 上原作和「廿巻本『源氏物語絵巻』詞書の本文史―〈摂関家伝領本〉群」と別本三分類案鼎立のために」『光源氏物語傳來史』武蔵野書院、二〇一一年初出二〇〇九年参照。

＊20 今井源衛「了悟『光源氏物語本事』について」『今井源衛著作集　第四巻　源氏物語文献考』笠間書院、二〇〇三年初出一九六一年。

＊21 加藤洋介編『河内本源氏物語校異集成』風間書房、二〇〇一年「さしもあためき―さしもあらさりけりうちみたれ　七宮尾平大学」とある。

＊22 河地修・古田正幸編『阿仏尼本　は、き木』勉誠出版、二〇〇八年。

＊23 大島本・保坂本「胡のく、につかはしやりけむ女」。陽明文庫本「胡へわたりけむ女」、尾州家本「王昭君かこのくにへゆきけむおもほしやりて」。河内本が対立軸の本文を保有する。

＊24 第三項（＝想像界）理論は、新宮一成『ラカンの精神分析』講談社現代新書、一九九五年、大橋洋一『新文学入門』岩波書店、一九九五年の精神分析学の成果を援用した。

＊25 大島本「せんけうたけゐ《いし》」保坂本「けうゐ大し《せんけうたいしの事》」尾州家本「くいたいし」

＊26　藤井貞和『タブーと結婚──「源氏物語と阿闍世王コンプレックス論」のほうへ』笠間書院、二〇〇七年。

＊27　三角洋一「兵部卿巻をめぐって・匂宮巻の始発／匂宮巻の語り／薫の人物設定と『維摩経』」『宇治十帖と仏教』若草書房、二〇一一年。三角氏は、青表紙本によりながら、なお、瞿夷太子を注する『弄花抄』を例に挙げる。

＊28　上原作和校注「薫物語」『人物で読む源氏物語／薫』勉誠出版、二〇〇六年。若干、註釈を補訂した。

＊29　上原作和・正道寺康子編「「内侍のかみ」巻の世界」『洞中最秘鈔──『うつほ物語』引用漢籍註疏』新典社、二〇〇五年参照。

＊30　＊1河添房江前掲書7頁

＊31　中川正美『平安文学の言語表現』和泉書院、二〇一一年は、本格的な河内本の表現研究の試みである。また、テクスト論を標榜する加藤昌嘉『揺れ動く『源氏物語』』勉誠出版、二〇一一年が上梓された。テクスト論は、「テクスト相互連関」を駆使するため「歴史的規準」がないはずだが、加藤氏の説述は、従来の諸本研究による「歴史的規準」に立脚しつつも本文系譜を無視して立論すると言う方法的矛盾を内包しており、政治的な論文引用も顕著である。

喩

『源氏物語』における「足」——玉鬘、柏木を中心に

塩見　優

はじめに

『源氏物語』の喩についての研究は、多岐に渡る。河添房江は「花の喩」に代表される物語内容と登場人物の関係性を解き明かし、六条院の政治性を浮き彫りにした。[*1] また、小嶋菜温子も河添論を相対化しつつ、源氏世界の政治性を説いた。[*2] このように「喩」は、従来の和歌の「見立て」や「縁語」のような表現性を論じるものから、物語内における人間関係、更には王権論に結びつくものへと変化した。

一方、人間の身体も一つの「喩」として物語に登場する。特に足は、生命力の換喩として従来の研究で注目されてきた。その点に注目し、柏木の死について論じたのは、葛綿正一である。葛綿は足と生命力の関わりを説き、柏木の密通事件は足の挫折の物語であると位置付けた。[*3] 竹田誠子は、葛綿論を引き受けながら、さらに「乱り」という語に破壊と破滅のイメージを読み、足の衰えが柏木を死に追いやったとした。[*4] また、足は「生命力」以外に「人生」を示す喩としても着目されている。葛綿は、回想の中の浮舟の足に「さ迷う姿」を読み解いた。[*5] 以上のように、

足は命や人生の換喩として今まで研究が重ねられてきた。

本論では、『源氏物語』における「足」の役割を考察する。特に玉鬘の「足」に着目する。玉鬘の「足」の用例は、玉鬘巻に数例しかない。しかし、太田敦子が指摘するように、『源氏物語』の中で一番多く「足」が描写される人物である。[*6] 玉鬘の酷使される「足」に彼女の人生とそれに纏わる心情を読み解く。そして、その「足」はどのように柏木に引き継がれていくのだろうか。物語に描かれる「足」の変容をさぐる手掛かりとしたい。

一　舟旅前の「足」

玉鬘は、乳母に伴われ筑紫へ下向する。その地で成人し、人々に求婚される。その求婚者の一人である大夫監のなりふり構わぬ様子に、玉鬘は「生きたらじと思ひ沈みたまへる」（玉鬘③九九）と塞ぎこんでしまった。その様子を見かねた乳母は玉鬘を連れ、都へ向かうことを決心した。

舟に乗り、玉鬘一行は都へ出発する。その時の玉鬘は、「いとあとはかなき心地して、うつぶし臥したまへり」（玉鬘③一〇〇）と、立ち上がることもなく、ただ不安でそこに留まることしかできなかった。しかし、そんな玉鬘の動けぬ様子とは反対に舟は動き出す。


かく逃げぬるよし、おのづから言ひ出で伝へば、負けじ魂にて追ひ来なむと思ふに心もまどひて、早舟といひて、さまことになむ構へたりければ、思ふ方の風さへ進みて、危きまで走り上りぬ。（玉鬘③一〇〇）

「早舟」を仕立ててもらっていたため、「危きまで走り上」ることができた。この間の玉鬘の様子は描かれてはいない。しかし、直前に「うつぶし臥し」（玉鬘③一〇〇・再掲）ていることを考えると、玉鬘自身は不安なまま舟に乗り、臥していたのであろう。周囲の思惑通りに動き、大夫監の求婚にも思い悩むことしかできない姫君、そんな姿を読みとくことができよう。

そのような玉鬘の受身の姿勢は、次の場面からも見ることができる。六条院に引き取られた直後、光源氏と会話している場面だ。

聞こえむこともなく恥づかしければ、「脚立たず沈みそめはべりにける後、何ごともあるかなきかになむ」とほのかに聞こえたまふ声ぞ、昔人にいとよくおぼえて若びたりける。（玉鬘③一三〇～一三一）

玉鬘が幼い自分を表現するのに、「脚立たず沈みそめはべりにける」とヒルコの例を出している。この箇所については様々な先行研究がある。小林茂美は、「脚立たず」の語に、諸注指摘のある大江朝綱歌を媒介とし、神代紀の世界を見据えているとする。[*7]また、藤井日出子は玉鬘にヒルコ伝承を重ね、恐ろしい状況を表現したとし、[*8]松山典正は玉鬘がヒルコ伝承を口にすることで、過去への回帰を可能とさせ、光源氏に「昔人」夕顔を思い出させる効果を発揮したと述べる。[*9]このように古代伝承との関わりから多くの指摘がなされているが、ここでは「脚立たず」と「足」という身体が描かれていることに注目したい。

『源氏物語』中にヒルコ伝承引用箇所は二例確認できる。もう一例は明石巻にあり、自らの意思ではどうすることもできない状況（流離）を示すのに使用している。

光源氏が明石・須磨より帰京した後の、帝との贈答歌「わたつ海にしなえうらぶれ蛭の子の脚立たざりし年はへにけり」（明石②二七四）がもう一つの例である。この場面においては、「年」が強調され、流離していた年月を表現している。しかし、「脚立たざりし」と書かれていることは忘れてはならない。立つことができない、ということは自らの力のみで移動を行うことが困難であるということだ。つまり、自分の意思通りに物事が動かない、周囲の思い通りに動く自身の姿が反映されているといえよう。

ここでもう一度玉鬘の場面を思い出して欲しい。光源氏との会話で玉鬘は「脚立たず」と話すことで幼少期の自身を示す。だが、この言葉はただ幼少期のみを指すものではない。ヒルコに例えられた玉鬘は、「脚立たず」と立てないだけではなく、「沈む」のだ。動けず、その状況に身を埋めるしかない自分自身、そんな玉鬘の幼少期を想像させる。また、先の舟での玉鬘の様子を思い出して欲しい。玉鬘は歩くこともできず「臥す」ことしかできなかった。筑紫での玉鬘の様子が分かる表現は、どちらも「立つ」ことのできないものだ。それは、周囲の言う通りに動く、彼女の主体性のなさを現していたのではなかったろうか。

それを裏付けるように、玉鬘の移動には必ず誰かの強い意思が描かれる。一例として乳母の夫少弐の遺言を見てみよう。

「我さへうち棄てたてまつりて、いかなるさまにはふれたまはむとすらん。あやしき所に生ひ出でたまふも、かたじけなく思ひきこゆれど、何時しかも京に率てたてまつりて、さるべき人にも知らせたてまつりて、御宿世にまかせて見たてまつらむにも、都は広き所なれば、いと心やすかるべしと思ひいそぎつるを、ここながら命たへずなりぬること」とうしろめたがる。男子三人あるに、「ただこの姫君京に率てたてまつるべきことを思へ。わが身の孝をば、な思ひそ」となむ言ひおきける。(玉鬘③九一)

玉鬘を京へ連れて行かねばならないという少弐の思いを息子に話し、死去していく。「思ひいそぎつる」とあることを思えば、少弐はもしかしたら上京のための準備もしていたのかもしれない。この後も、乳母が「いかさまにして、都に率てたてまつりて、父大臣に知らせたてまつらむ」(玉鬘③九二〜九三)と玉鬘を都へ連れて行こうと考えている。この少弐や乳母の思いを玉鬘が知っているか否かは大きな問題ではない。玉鬘のために、周囲の者が動き、用意した道に沿って玉鬘に人生を歩ませようとしていることが重要だ。そして、それに玉鬘は従い、先に見たように筑紫から脱出し、都へ行くことになる。ここに玉鬘の心情はほとんど描かれない。描かれたのは、幼少期の母を思う涙と大夫監を嫌がる様子だけである。そんな現状を打破するために、玉鬘は決して自ら行動を起こさない。彼女の主体性のなさが筑紫に居たころの描写からは読み取ることができる。

また、周囲の次のような言葉にも注意したい。「故少弐の孫はかたはなむあんなる。あたらものを」（玉鬘③九二）、「いみじきかたはありとも、我は見隠して持たらむ」（玉鬘③九四）と玉鬘は何らかの身体の障害があるのではないかと噂が流れる。これは、乳母が「いみじきかたはのあれば」（玉鬘③九二）と話していたためだ。しかも乳母は「わが世の限りは持たらむ」（玉鬘③九二）と、自らが世話をしなくてはならないと話している。この話はもちろん真実ではないが、周囲の目からは一人では何もできない姫君と映ることであろう。このように、玉鬘の身体は嘘で固められ、その嘘が、一人では動くことのできない彼女の現状を映し出していく。

以上のように舟旅より前の玉鬘の身体は「脚立たず」、「かたは」と何らかの障害を伴うものとして描かれている。都へ上京することが決まり、舟に乗っても玉鬘は「臥す」のみで動く気配はない。「臥す」は障害を示すわけではないが、「脚立たず」、「臥す」と立ち上がることのできない玉鬘を描くことにより、物語は玉鬘の「足」に注目していく。だからこそ、都へ向う長谷寺参詣は徒歩である必要があったのだろう。幼少期、玉鬘が獲得することのできなかった「足」を、長谷寺参詣で玉鬘は獲得してくのである。

二　長谷寺参詣の「足」

舟から降りた一行は参詣を決意する。彼らは「ことさらに徒歩よりと定めたり」（玉鬘③一〇四）と、わざわざ徒歩を選択した。小学館新編日本古典文学全集の頭注によれば、「長谷寺参詣には牛車も使われたが、特に信心の深さを示すため、徒歩で行くこともあった」（玉鬘③一〇四、注四）と、牛車という選択肢もあったようだ。徒歩を選択したのは注が指摘するように信心の深さを示すためであっただろう。だが、本論では玉鬘が「歩く」ことに注目する。

玉鬘の歩く様子は簡単にしか書かれない。「ならはぬ心地にいとわびしく苦しけれど、人の言ふままにものもおぼえで歩みたまふ」（玉鬘③一〇四）と大変苦しいが、無我夢中で歩き続ける玉鬘の様子を確認できる。そして、玉鬘の身体は自らの過去の苦しみと重なり、さらに追い詰められていく。

「いかなる罪深き身にて、かかる世にさすらふらむ。わが親世に亡くなりたまへりとも、我をあはれと思さば、おはすらむ所にさそひたまへ。もし世におほせば御顔見せたまへ」と仏を念じつつ、ありけむさまをだにおぼえねば、ただ親おはせましかばとばかりの悲しさを嘆きわたりたまへるに、かくさし当たりて、身のわりなきままに、とり返しいみじくおぼえつつ、（玉鬘③一〇四）

幼少期、母親に会いたいと思っても顔もわからず、ただ「悲しさを嘆きわた」ることしかできなかった。そして今、「身のわりなきままに」と歩くことで傷つく身体と、母に会えぬ悲しみを重ね嘆く。思い通りにならない身体、状況、それを打破しようと玉鬘は歩を進める。その苦しみは想像以上のものであった。「からうじて椿市といふ所に、四日といふ巳の刻ばかりに、生ける心地もせで行き着きたまへり」（玉鬘③一〇四〜一〇五）と苦労している。そんな苦しみは玉鬘の「足」に表出されていく。「足の裏動かれずわびしければ、せん方なくて休みたまふ」（玉鬘③一〇五）と休むことを余儀なくされてしまうほどの痛みが玉鬘を襲う。この足の痛みは重要である。痛みは、その存在を嫌でも感じることとなる。今までの玉鬘は、「脚立たず」など、まるで足がないかのように描かれてきた。ここで痛みを感じることで、足の存在を玉鬘は再認識する。その足は自ら立ち、動くことができるものだ。玉鬘は痛みを通して、自らの足を獲得する。そのような認識が生まれたためか、状況は好転に向かい始める。夕顔の右近と乳母が再会を果たした。だが、双方、詳しい話をすることもできず、「日暮れぬと急ぎたちて、御灯明のことどもしたためはてて急がせば、なかなかいと心あわたたしくて立ち別る」（玉鬘③一〇九）と、別れはやってくる。母に会いたい、そんな玉鬘の思いを汲むように状況は好転したかのように見えた。しかし、足の痛みのために立つことができない玉鬘の願いは叶わない。右近一行は先に長谷寺へ出発した。その後を追うように玉鬘一方は長谷寺へ向かう。

しかし、「すこし足馴れたる人は、疾く御堂に着きにけり。この君をもてわづらひきこえつつ、初夜行ふほどにぞ上りたまへる」（玉鬘③一一〇）と、歩き馴れている人ならば早く御堂に着くが、玉鬘の足の痛みからか時間がかかる。「初夜行ふほど」に、玉鬘は足を痛め、その足の痛さを堪え、乗り越えて長谷寺へ到着した。この足の痛みは、彼女の幼少期から抱える母に会えない悲しみの表出であった。長谷寺へ到着することは、自らの悲しみを越えようともがく姿だったのかもしれない。

今まで立つこともままならなかった玉鬘は、長谷寺参詣の中で自身の心と、人生と向き合っていく。嘆くことしかできなかった状況を打破しようと、一歩ずつ歩き出す。途中挫折しかけた足の痛みを堪え、長谷寺に玉鬘は到着した。この長谷寺で玉鬘の運命は大きく動き出す。右近との出会い、将来についての話し合い、都での新しい一歩がここから始まる。

三　「足」と「根」

長谷寺での再会を果たした右近は、光源氏に玉鬘のことを報告する。その報告のきっかけも「足」であった。「大殿籠るとて、右近を御脚まゐりに召す」（玉鬘③一一九）と、右近が光源氏の足を揉んでいる時に話が切り出されていく。

『とはずがたり』には「腰打つ」という表現が目立ち、阿部泰郎は腰や足を「打つ」という行為が性的な意を示すと指摘する。[*10] この場面においても、性的な意がある可能性は高い。しかし、今注目したいのは「足」という表現、そして「足」を揉むということが玉鬘と光源氏の出会いの契機になっていることだけだ。「足」という単語をもう一度使用することで、直前まで描かれていた玉鬘の「足」を読者は思い出すことだろう。それは、玉鬘にとっての「足」の重要性を物語っているようにも思われる。

玉鬘の「足」の物語は、次の光源氏との和歌の贈答で幕を閉じる。

いとこよなく田舎びたらむものをと恥づかしく思いたり。唐の紙のいとかうばしきを取り出でて書かせたてまつる。

数ならぬみくりやなにのすぢなればうきにしもかく根をとどめけむ

とのみほのかなり。（玉鬘③一二四）

なぜ我が身はこのような憂き世の中に生まれてしまったのかという嘆きの歌だ。最後の句に「根をとどめけむ」とある。「けむ」と推量の意が含まれているが、「根をとどめ」と、その場に留まる意の言葉を玉鬘が詠んでいる。

長谷寺参詣のために歩き続けた玉鬘が、光源氏との贈答で「根をとどめ」る歌を詠む意は大きいのではないだろうか。この直後には、玉鬘の六条院に引き取られる。玉鬘の流離はここで終わりを告げる。「脚立たず」と歩くことのできなかった少女は、自らの足で歩き、新しい居場所を獲得した。

玉鬘の「足」は、ただの身体として描かれているわけではない。幼少期は、「脚立たず」と表現され、自由に動くことのできない状況を示していた。時を経て、都への上京が決まり、長谷寺に参詣する道中で玉鬘の「足」は描かれていく。傷つき、もう動けないと思う足は玉鬘の辛い過去、そして悲しみと重なるように描かれていた。そして、六条院に引き取られる直前に、玉鬘は「根をとどめ」という言葉を使用することで、その場に留まる意志を表現したのであった。

あまり多くは描かれない玉鬘の「足」であるが、その描写には、彼女を取り巻く状況や人生、心情が描かれている。六条院に引き取られた後、もう玉鬘の「足」は描かれることはない。それは、「根をとどめ」ることを決意した玉鬘が、他の地へと移動する意思がないことを示しているのかもしれない。

四　柏木の足

一方、玉鬘とは異なり、足を消失していく者、柏木が『源氏物語』には描かれる。最初、柏木は、蹴鞠の名手として物語に登場した。

三月ばかりの空うららかなる日、六条院に、兵部卿宮、衛門督など参りたまへり。

（中略）我も劣らじと思ひ顔なる中に、衛門督のかりそめに立ちまじりたまへる足もとに並ぶ人なかりけり。容貌いときよげになまめきたるさましたる人の、用意いたくして、さすがに乱りがはしき、をかしく見ゆ。

（若菜・上④一三六〜一三九）

柏木は「かりそめに立ちまじりたまへる足もとに並ぶ人なかりけり」と、他の追随を許さぬほどのすばらしい足さばきを披露する。その姿は、「乱りがはしき」とは言われながらも、「容貌いときよげになまめきたるさましたる人」と、大変美しい人物であると語られている。

ここでは、「足もと」という言葉に注意してみたい。「足もと」という表現は、『源氏物語』中にこの場面を含め、二例しかない。もう一例は光源氏が夕顔の元へ通う場面に使用されている。

例ならず下り立ち歩きたまふはおろかに思されぬなるべしと見れば、わが馬をば奉りて、御供に走り歩く。「懸想人のいとものげなき足もとを見つけられてはべらん時、からくもあるべきかな」などわぶれど、人に知らせたまはぬままに、かの夕顔のしるべせし随身ばかり、さては顔むげに知るまじき童ひとりばかりぞ率ておはしける。

（夕顔①一五一〜一五二）

柏木の例が「足技」を示しているのに対し、光源氏の例は「歩く姿」を指す。そのため、完全に一致する例とはいえないであろう。しかし、ここで重要なのは、「足もと」が「懸想人」と共に使用されていることだ。柏木は、この蹴鞠の場で、女三宮の姿を垣間見し、「懸想人」となり、密通を引き起こすこととなる。「足もと」という言葉は、柏木の未来を示す語でもあった。そして、密通の場面にも「立つ」という描写は確認できる。

のどかならず立ち出づる明けぐれ、秋の空よりも心づくしなり。

起きてゆく空も知られぬあけぐれにいづくの露のかかる袖なり

（若菜④下・二二八〜二二九）

「立ち出づる」と朝、出発する様子が描かれる。この「立つ」に「足」の意を考えるべきかは少し悩む所である。

だが、あえて「足」の描写の一環として捉えたい。なぜなら、この場面が、柏木が実際に「立つ」という動作を行った最後の場面だからだ。

柏木の「立つ」という行為について、太田敦子は、「立つ」という行為が外来魂の不入を意味し、柏木が最期「臥す」のは、生命力が衰え、魂が遊離するためだと述べる。[*11]また、葛綿正一は「足」に「性」の意があることを『古事記』などの文献から導きだした。[*12]柏木にとって「立つ」とはどのような意味があるのだろうか。そのヒントとして、次の和歌を確認したい。柏木と女三宮の最後の贈答歌だ。

御返り、臥しながらうち休みつつ書いたまふ。言の葉のつづきもなう、あやしき鳥の跡のやうにて、

「行く方なき空の煙となりぬとも思ふあたりを立ちは離れじ

夕はわきてながめさせたまへ。咎めきこえさせたまはむ人目をも、今は心やすく思しなりて、かひなきあはれをだにも絶えずかけさせたまへ」など書き乱れて

（柏木④二九六〜二九七）

とある。柏木は「臥しながらうち休みつつ」しか女三宮へ文を書くことができない。しかし、歌の中には「立ちは離れじ」と「離れじ」との言葉を伴っており、この「立つ」は女三宮の横に常に自分がいたいという思いの表れでもある。そして、この言葉は、密通直後の別れの際に思った「聞きさすやうにて出でぬる魂は、まことに身を離れてとまりぬる心地す」（若菜・下④二二九）と通ずるものがある。柏木の女三宮への想いは「立つ」という語に託され、彼女の側から離れようとはしない。

だが、そんな心とは対照的に、柏木の身体は、「立てない」ことを選択していく。

さてもいみじき過ちしつる身かな、世にあらむことこそまばゆくなりぬれ、と恐ろしくそら恥づかしき心地して、歩きなどもしたまはず。女の御ためはさらにもいはず、わが心地にもいとあるまじきことといふ中にも、

むくつけくおぼゆれば、思ひのままにもえ紛れ歩かず。

（若菜・下④二二九～二三〇）

柏木は「いみじき過ちしつる身」と、密通という罪の意識から「歩きなどもしたまはず」、「え紛れ歩かず」と出歩くこともできない。しかも、この直後には「督の君は、まして、なかなかなる心地のみまさりて、起き臥し明かし暮らしわびたまふ」（若菜・下④二三二）と、苦しむ姿が描かれている。この時点では、「起き臥し」とまだ寝たきりの状態ではないことが確認できる。ここから先、柏木の「臥す」描写が目立つようになる。

先の玉鬘は、「立つ」ことによる自立への意識を確認してきた。しかし、柏木は玉鬘とは逆の方向へ向かい、「立つ」ことから「臥す」ことへと向かっていく。すばらしい足技を披露した美しい人物の面影は徐々に薄れていく。

そして、光源氏の下へ久々に姿を現した柏木は次のように述べる。

「月ごろ、方々に思しなやむ御事うけたまはり嘆きはべりながら、春のころほひより、例もわづらひはべる乱り脚病といふものところせく起こりわづらひはべりて、はかばかしく踏み立つることもはべらず、月ごろに添へて沈みはべりてなむ、内裏などにも参らず、世の中跡絶えたるやうにて籠りはべる。（後略）」

（若菜・下④二七五～二七六）

「脚病」で「踏み立つ」こともできないために、光源氏を訪れることができなかったと話す。柏木は、「足もとに並ぶ人なかりけり」とすばらしい足技を披露していたにも関わらず、密通後は、「歩きなどもしたまはず」と歩くこともなく、最後は「踏み立つ」こともできなくなっていく。柏木の罪の意識、具合の悪さは明らかに「足」の衰えと重なる。この光源氏への「脚病」の告白の後、柏木は常に「臥」している人物として物語に描かれていく。

女三宮へ文を送る時には、「臥しながらうち休みつつ書いたまふ」（柏木④二九六・再掲）と描かれていた。また、夕霧と対面する際も、「臥したまへる枕上の方に」（柏木④三一三）と、臥したままで客人を迎えている様子が確認できる。

その後、話をする時も「白き衣どもの、なつかしうなよよかなるをあまた重ねて、衾ひきかけて臥したまへり」（柏木④三二四）と横たわっている。そして、この後に柏木は息を引き取ることとなる。

柏木の身体は、密通を通して、「足」を消失し、死へと向っていった。しかし、そのような身体描写の中で、女三宮に向かい合う時だけは、彼の足は常に「立つ」ことを選択していたことを忘れてはならない。柏木の「足」は、女三宮への恋心、いや、もっと激しい密通さえも引き起こす欲望が渦巻く時に描かれていく。自らの欲望と叶わぬ現実、そのひしめき合いの中で、柏木の心と身体は分裂していくのであった。「立つ」ことで表現される欲望、そして、現実を示す欲望を消失する「足」、「臥す」行為が、「足」に託されて描かれている。

おわりに

『源氏物語』における「足」の描写について、玉鬘と柏木を通して考察を加えた。玉鬘は、最初、「かたは」と噂され、「臥す」描写の多い人物であった。それが、「歩く」という行為により、自己の心と向き合っていく。足の痛みは、母に会えぬ悲しみと重なり、それを乗り越えることで、玉鬘は六条院へ迎え入れられるべき姫君へと成長していく。「足」の描写は、最後は「根」へと変化する。「足」という身体を通し、物語は、玉鬘の自立、そして大人への変化の過程を描き出した。

一方、玉鬘が「足」を獲得するのに対し、柏木は「足」を消失する人物である。女三宮との密通後、柏木は「歩く」ことはおろか、「立つ」ことさえもままならず、「臥す」人物へと変化していく。それは罪の意識、自らの思い通りにはならない現実を身体が引き受け、苦しみ抜いたことを思わせる。しかし、彼の心は、その欲望は女三宮の横に「立つ」という言葉で表現されていく。現実と理想に引き裂かれる柏木、その悲劇性が「足」に託され描き出された。

「足」とは何であろうか。その身体は隠され、物語の中に多くは登場しない。しかし、そこに纏わる登場人物の身体状況や心情を重ねて考えると、実に多くのことを読者に示唆するものとして利用されているのではないだろうか。「立つ」という行為は、自立や欲望を描き出す。幼子が自らの力で立ち上がるように、「立つ」行為には、自身の強い想いが描かれている。しかし、立った後に歩き出せるか否かは周囲の環境が関わってくるようである。玉鬘は、周囲の助けを借り、自ら歩くことで、「父」との再会を果たす。一方、柏木は、女三宮と恋に落ちることを周囲が認めず、出歩くことも、ましてや起き上がることもできない状態へと追い詰められていく。登場人物の想いと周囲の状況がひしめき合う、そんな描写を「足」から読み解くことができる。

注

＊1　河添房江「花の喩の系譜―源氏物語の位相―」(「日本の美学」第三号　一九八四・十)、同『源氏物語の喩と王権』(有精堂出版　一九九二)、同『源氏物語表現史―喩と王権の位相』(翰林書房　一九九八)など。
＊2　小嶋菜温子「源氏物語の喩」(「国文学」第四十―三号　一九九五・二)、同「六条院と女楽」(『テーマで読む源氏物語論一「主題」論の過去と現在』(勉誠出版　二〇〇八)など。
＊3　葛綿正一「平安朝文学における身体の主題―足と沓をめぐって―」(「日本文学」第四三―六号　一九九四・六)。
＊4　竹田誠子「「乱りがはし」き柏木―言語空間としての蹴鞠と脚病」(「王朝文学史稿」第二一号　一九九六・三)。
＊5　＊3と同じ。
＊6　太田敦子「女三宮の立ち姿―柏木の死をめぐる表現機構」(「野州国文学」第六八号　二〇〇一・一〇)。
＊7　小林茂美『源氏物語論序説―王朝の文学と伝承構造―』(桜楓社　一九七八)。

＊8　藤井日出子「玉鬘巻を中心とした一考察—玉鬘巻と古伝承・古物語—」（「中京国文学」第六巻　一九八七・三）。
＊9　松山典正「玉鬘とヒルコ伝承」（「立正大学国語国文」第四五号　二〇〇七・三）。
＊10　阿部泰郎「腰を打つ女房—『とはずがたり』の性愛をめぐりて」（「解釈と鑑賞」第七〇—五号　二〇〇五・三）
＊11　＊6と同じ。
＊12　＊3と同じ。

※『源氏物語』の引用は新編日本古典文学全集（小学館）に拠る。また、括弧内に、巻名、冊数、ページ数を付し、傍線は引用者が独自に付した。

言説

「言説」（年間テーマから）

藤井貞和

ミシェル・フーコー氏の『言葉と物』（一九六六）が、フランスでの読書界を席巻すると、日本語の訳が心待ちされるようになる。訳者による、第一報ともいうべき、講演記録（一九六八）[*1]に見ると、十六〜二十世紀の〝言葉〟と〝物〟との関係を、二転させて現在にまで下りてくるという、華麗に解きほぐす著述らしく、訳書を待たされるのがわれわれ、国文学徒の苦しいところである。いよいよ刊行された一九七四年には、その用意周到な、解説入りの事項索引までが揃っている一冊となって現れ、眼を大急ぎで私は走らせた。けれども言説（ディスクール discours）という語が、ここから大いに飛翔して、ついに世界を席巻することになろうとは夢にも思わなかった。ディスクールはロゴスに由来する語だとか、「概念作用と論理的判断をへた秩序のある表現というニュアンスを帯びている」というそれの説はいまだに意味不明かもしれない。

ディスクールはいろんな翻訳書のなかで、言論とか、言述とか、談話とか、話法とか、訳語として行われ、別にパロール（言葉）を「言説」とする例も見かけたことがある。言説というと、本来は仏教語（―「ごんぜち」）であり、私には奇妙な語という印象ながら、ディスクール（ないしディスコース《英》）というカタカナ語、あるいは「言説」として定着し、いまに至る。

一九八二年の『体系物語文学史（一）』[*2]に窺うと、「物語文学の成立」（三谷邦明）には「言説」と言う語を見ず、同（三）「竹取物語」のほうで三谷は、

……この『竹取物語』を一つの言説として統一化しているものは何であろうか。

と問いかける。この問いへの答えは「〈話者〉」。つまり、

作家―作者―話者―語り手―登場人物
本文《テキスト》

という拡散する基本的図式《シェーマ》の、「本文《テキスト》」という部位に、まさに言説は相当する。近代文学の「言文一致」については「新たな言説の産出であった」と言われるところもある。ちらっと記憶しておいてよい。

年間テーマとしての発表、「言説分析の可能性―明石巻の一場面あるいは語り手と話法」三谷邦明（一九九二・五）が、はなばなしい開始のベルをならし、翌月には苦しげな「日本物語文学の時制―語りの身体と語る力、再び」藤井貞和（同・六）がつづく。その後の二年間にわたる会員の「言説」をめぐる活発な展開は会報に拠って見られよ。三谷発表についてまとめると（早稲田大学大学院ラウンジ、一九九二・五）、いまになお私は鮮明に記憶する。「明石」巻の行文を具体的に「言説分析」するという試みが目新しかった。

著名な、

京よりも、うちしきりたる御とぶらひども、たゆみなく多かり。のどやかなる夕月夜《ゆふづくよ》に、海の上《うへ》曇りなく見えわたれるも、住み馴れたまひし古里《ふるさと》の池水に、思ひまがへられたまふに、言はむ方《かた》なく恋しきこと、いづ方《かた》となく行く方《へ》なき心地したまひて、ただ目の前に見やらるるは、淡路島《あはぢ》なりけり。（源氏）「あはとはるかに」などのたまひて、……　（旧全集に拠る）

とある文について、「淡路島なりけり」に傍線をほどこして、光源氏という登場人物が、淡路島に初めて気づいたという意味と、語り手が淡路島だと判断する語りの表現と、〈二つの声〉が叙述されている、とする。欧米文学で自由間接言説というのがこれだ、という。三谷はこうして、地の文、会話文、内話文、草子地、和歌、書簡などに加えて、直接言説、間接言説によって、物語の読みの飛躍的な可能性を獲得する、とした。

自由間接言説は『竹取物語』にすでにあることだとも論じる、研究会史上に画期をもたらす雄渾な発表だった。

私（＝藤井）は、質疑の際に、「特に十五分ほどコメントの時間をいただきたい」などと、大層な前置きをしたうえで、三点にわけて申し述べる、とした。いま、うろ覚えながら、（1）構造主義、とりわけフーコーとの関係を問いかけたと思う。三谷邦明はその日、とりあげたバンヴェニストが新奇で、むろんバフチン、ロラン・バルトそして時枝を援用しながらの颯爽たる発表である。私の質問は「言説」にひっかかり、えらく退嬰的な発言であるとみずから思え、発言しながら情けなかった。いわば三谷は七〇年代以来の先端であり、私は六〇年代からの発想にこだわり、バルトのテクスト論には至って懐疑的であり、すれ違ったかもしれない。

（2）「淡路島なりけり」が〈二つの声〉と言えるかという身も蓋もない質問だが、それをもし真っ向から言い出したら、発表の趣旨を全否定にすることになる。全否定するつもりはもとよりなかった。いわば質問者としてのロウル・プレイイングである。私としては「なりけり」を、（いまから整理して言えば）〈けり＝時間の経過〉というように理解したかった途上だから、文法というような概念を持ちだしての愚かな質問に終始した（翌月の自分の発表にかかわることなので、発言せざるをえなかった）。

（3）直接言説、間接言説というのは、「話法」でよいではないか、現代の英文法やフランス語の文法のレベルで話法を〈言説〉ということは承認されるのだろうかという、これも愚かしい質問だったかもしれない。さいごは例によって嫌みの一発、「いつもわれわれは三谷さんが言うと鵜呑みにして、そのままそれを使うということをする、しかし今回はよく検証して納得したなら……」と会場にむかって述べて矛を収めた。

そこではすっかり忘れていたこととして、物語研究会がはじまって一年目（一九七二）、十二月十日という日、小西甚一氏が講演に訪れ、フローベール『ボヴァリー夫人』を使って、直接話法及び間接話法と、描出話法としての「自由間接話法」とに分けて、『和泉式部日記』には後者が見られる、とする講演内容だった。小西氏としては述主（話主）から作者を分けるというニュークリティシズムであり、あとから思えばその影響がもろに物語研究会に押し寄せた、といえるのではないか。この一件については『講座源氏物語研究』一『源氏物語研究の現在』（伊井春樹監修・編集）にくわしく述べたから、[*3]ここで繰り返さずにおこう。

一九九二年にもどり、翌月には私が「日本物語文学の時制―語りの身体と語る力、再び」を発表する。会報に見る「発表要旨」をそのまま引かせていただく。「世界には時制にかかわって縛られた言語による叙事と開放的なそれの叙事と、二種のあり方がある。欧米の叙事文学のそれが前者であるのに対して、日本文化の場合は、むろん時制を持つ言語であるものの、それから開放された、縛られない叙述をなす。物語はまさにそこに存す。日本物語は現在時制ないし基本時制に拠って語られることを中心とする。ヴァインリッヒ、坂部恵らによって、カタリの時制とハナシの時制とが区別されているところに注意して、日本語による文学が右のような特徴を持つことを論じる」。

私としては『日本語と時間―〈時の文法〉をたどる』（岩波新書、二〇一〇）に至るまで、ほとんど発展することなく（すこしずつ修正しながら）この考えで通してきたことに、みずから驚く。「現在時制」でなく、〈非過去〉と言いたいなどの修正を加えてきたにしろ、骨格はそこで発表したことをその後、つづけている。三谷学説がそのころに固まってきたことと、私なりの考えや見通しが定まってきた時期であることとの、偶然か、一ヶ月ずれるだけでほぼ一致したことには感慨深さがある。私とても一人の古典読みとして、読みの途上、無数の「けり」につきあってきた結果であり、またその後の二十年にわたり、時間に関する機能語として「けり」を見直せば、すべての事例がそう言えるということは、やはりそのかんの数千という事例とのつきあいを通して確信する。

「けり」を気づきや詠嘆のように読めてしまうひとには、いつまでたっても「気づき」や「詠嘆」であり、脳が動かないから、藤井が何を言っているのか、いぶかしむ人すら後を断たない。しかし世界中、どこをさがしてもそんな機能をもつ助動詞（―助動辞）など見つからないのに対して、すこし頭を切り換えて、文法的機能として「時間の経過」をあらわすと読んでみると、物語はどう読めてくるか。世界的に諸言語はすこしずつニュアンスを変え、半過去や未完了過去、進行形など、「時間の経過」に類する機能的表現を持つ。むろん私として用法としての気づきを認めないはずがなくて、「淡路島なりけり」が、光源氏の気づく以前からずっと淡路島はあり（そりゃそうだろう）、いまにある（だから時間の経過である）、それにあらためて気づくというので自然である。けれども文法的に気づきという機能があるわけではない。そういったことは竹岡正夫氏が喝破していたことだ、と『日本語と時間』でさんざん書いたから、やはりここでは繰り返すまいと思う。

ただし『日本語と時間』に書き得なかったことを補足しなければならない。「けり」のみならず、「き」「けむ」「あり」「む」あるいは「つ」「ぬ」そして「らむ」や形容詞の語尾を、相互に関連する動的な有機体として統一的に理解できないか、機能語がばらばらにあると考えるほうがおかしい。よって新しくkrsm四面体を構想し提出した。小松光三氏から、一九八〇年代に、ほぼ同一の構想を述べられた図式のあることを教示され、不明を恥じるとともに、ぜんぜん別の部位からとは言え、類似する図式に到達しうることにむしろ心づよさを覚えた。

ところで三谷が『体系物語文学史（二）』の「物語文学の成立」のなかで、その小松氏の著書『国語助動詞意味論』[*4]

の「き」が〈出現（実現）の運動〉を表すというところを引いて、過去を事実として定位する助動詞だとする。こういうところに「言説」と文法との接点がもっとあってもよかったとの反省を私はさせられる。やはり三谷は早くから時枝文法の鬼っ子として、私と共感する位置にあったとあらためて納得する。

「言説」の功罪、あるいは欠陥は何だろうか、本文（＝テクスト）に随従すると称して、その「本文」は多く旧全集ないし新全集（また新編全集）の無批判的受け入れであり、あるいはほかの注釈書でも同じことである。新編全集には、

住み馴れたまひし古里《ふるさと》の池水に思ひまがへられたまふに、

とある。「池水に」のあとの、旧全集にあった「、」（読点）がここにはない。読点を付けるか付けないか、校注者の読みで決まる。わかると思うが物語本文を読んでいるつもりで、校注者の手つきや息づかいを読んでいるに過ぎない。海外文学を研究する人がいまここにいるとして、力不足か、面倒からか、日本語訳を大いに参照するにしても、引用する当該箇所は原文で引くぐらい、最低の礼儀だろう。それが日本語の場合、物語本文がどこかに存在するとして、目の前の校注本文とまぎらわしい分だけ、「物語本文とは何か」に関して十分に慎重に、厳密でありたいことである。

底本（大島本である）はどうなっているかと言うと、複雑な研究者の手をへて活字化しなければならない。完全ではないかもしれないが、それを果たすことで研究者へ手渡しているはずの、新大系（濁点を附す）に拠って大島本をできるだけ忠実に活字で復元すると、

すみなれ給し故郷の池水思ひまがへられ給に

である。全集本系のように「古里」とせずとも、そのまま「故郷」にルビを打てばよいではないか。「池水」も、「に」のあるのが多数派だからと言う理由からだろう、大島本を多数派の本文によって改訂するという（全集本系の）

作業通り、全集本系は「池水に」にしている。それでは何のための底本か。

研究者やそれをめざす大学院生が、一般読者向けの出版に依拠して、それを「本文」としていては、信頼できる校注者の作成するそれであるから、ほとんどの箇所で無難に（言説として）読むことができるとしても、決定的な底本の揺れや乱れの箇所で、そこをも校注者のさじ加減に身を任せてしまう、ということになるのではなかろうか。「読める」ように作成された「本文」を読んで読解する、というのでは読めて当然である。読めない所と読めるところとの総体がわれわれを駆り立てる物語本文の実態ではなかったか。

大島本の複雑な本文成立過程を一応、その最終形態で本文と見定めるのはよいとして、大島本では読み得ないとか、脱文など、どうしても他本によって、あるレベルまで踏み込んで校訂せざるを得ない（むろん微細に校訂箇所を明示する）。その上で、大島本で読める文であるなら大島本で読もうよ、という提言である。われわれは底本の個性に執着すべきではなかろうか。

「給」字は「たまふ」か「たまひ」か、はたまた別の訓みの可能性はないか、「侍」字は「はべり」か「はべる」か、「はべ」ではないか、たいへんだいじな区別だと、私などには神経をすり減らされる。

年間テーマ「言説」は一九九二〜三年の二年を刻み、ちょうど物語研究会四十年を前後にわける、人の一生で言えば少壮期で、私はそのころ一年弱、離日していたため、この一文を書く資格がないとも言えるし、逆にいまに当時の記録を集めてその足跡を辿りたいとも思えて、この項目執筆を希望した。[*5]

注

＊1　講演は一九六八年一月。渡辺一民「構造主義とは何か」（『パイデイア』創刊号、一九六八・四、竹内書店）に拠る。藤井貞

和『物語理論講義』18講（東大出版会、二〇〇四）をも参照されたい。

＊2　三谷栄一編、有精堂。一巻（物語文学とは何かI）、三巻（物語文学の系譜I）ともに一九八二年の刊。

＊3　藤井貞和「『源氏物語』の分析批評」、伊井春樹編『講座　源氏物語研究』一、おうふう、二〇〇六。なお「山麓の文学―三谷邦明と〈読むこと〉」（『物語研究』八、二〇〇八・三）を以前に著したので、それをも併せ読んでいただきたいと念願する。

＊4　小松光三、笠間書院、一九八〇。

＊5　会報24号（一九九三・八）、25号（一九九四・八）に多くを負う。

ジェンダー

鏡を見ない紫の上／鏡を見る大君――『源氏物語』を映す

三村友希

一　女性性の表象としての髪

若紫巻、光源氏が垣間見た少女は、まだ伸びきっていない短い髪を「扇をひろげたるやうにゆらゆらと」（若紫①二〇六）揺らしながら登場する。原岡文子氏は、この無垢な少女の姿に「秩序に抗ってはばたくまぎれもない生命の輝きが託されているのではなかろうか」[*1]とし、紫の上の混沌に充ちた少女性の意味を掬い取った。整髪を厭う紫の上の髪は、葵巻、他ならぬ光源氏によって削がれ、整えられることになる。長く伸びた髪は、もはや童女のものでも少女のものでもない。

削ぎはてて、「千尋」と祝ひきこえたまふを、少納言、あはれにかたじけなしと見たてまつる。

はかりなき千尋の底の海松ぶさの生ひゆく末は我のみぞ見む

と聞こえたまへば、

千尋ともいかでか知らむさだめなく満ち干る潮ののどけからぬに

（葵②二一七～二一八）

光源氏の和歌は、「生ひゆく末は我のみぞ見む」の語調も強く、光源氏の紫の上に対する愛情と将来を誓う気持ちの昂揚が際立ち、いわば求婚の和歌である。[*2] 結婚を意識した髪削ぎの場面において、紫の上が光源氏に静かに髪を委ね、その管理を任せていることは象徴的である。ここには紫の上の成人儀礼の投影が指摘されるが、成女式（髪上げ式）を迎えることにより、少女は女として認められ、性的役割を負うことになる。また、『源氏物語』では、女の髪は男の視線を通して描かれることが殆どである。すなわち、髪は女性性というジェンダーの表象であり、『源氏物語』は髪を女性ジェンダーの問題として様々に描き出そうとしている。[*3]

では、『源氏物語』の女の髪が、男によって鑑賞されるだけかと言うと、決してそうではない。男に見つめられ、管理され、愛撫されることで価値づけられ、意味づけられるのではない、女自身が身体と対話し、自問自答する物語は、とりわけ女と髪の問題として浮き彫りになっている。[*4]

宮も起きゐたまひて、御髪の末のところせう広ごりたるを、いと苦しと思して、額など撫でつけておはするに、几帳を引きやりてゐたまひて、いと恥づかしうて背きたまへる、いとど小さう細りたまひて、御髪は惜しみきこえて長うそぎたりければ、背後はことにけぢめも見えたまはぬほどなり。（柏木④三一一）

出家したばかりの女三の宮は、長めに切り揃えられた髪の裾が乱れて広がるのを気にしている。出家とはまさに、女性性の表象である髪を切り落とすことである。懇願した入道がかなったにもかかわらず、女三の宮は新しい髪型が馴染まないようなのだ。額髪を手で撫でつける様子を光源氏に見られ、恥じらって背を向ける。紫の上が汗（若紫巻）や涙（朝顔巻）で濡らした、その「額髪」である。新編全集・頭注に「自分の尼姿が源氏の目にさらされるのを。もとはといえば不義ゆえの出家、と反芻するのであろう」とあるが、それればかりではなく、みずから整髪するしぐさを見られたことを恥じらうのではないだろうか。また、落葉の宮は、自分の髪の細くなった毛筋に衰えを見ている。

我にもあらず、なほいとひたぶるにそぎ棄てまほしう思さるる御髪をかき出でて見たまへば、六尺ばかりにて、すこし細りたれど、人はかたはにも見たてまつらず、みづからの御心には、いみじの衰へや、人に見ゆべきありさまにもあらず、さまざまに心憂き身を、と思しつづけて、また臥したまひぬ。（夕霧④四六二）

再婚を喜ぶ女房たちの目には見事に美しい髪に見えるのに、夕霧の懸想に困惑する落葉の宮の自己評価は厳しく、自信がもてない。落葉の宮はもともと容貌にコンプレックスがあったらしく、柏木が「御容貌まほにおはせずと、事のをりに思へりし気色を思い出」しては、今はましてや「かういみじう衰へにたるありさま」（夕霧④四八一）であるから、夕霧が満足するはずがないと思う。女が自分自身の髪を見つめ、身体の「衰へ」を感じるという意味では、当該場面は女三の宮の例よりもさらに顕著であろう。

このような男の支配と女の抵抗のせめぎあいの先に、大君は「鏡」を見ることになる。髪をめぐる女性性の問題から、鏡を見る女、見ない女の問題を考えてみたい。

二　女の髪をかきやる男

女の身体の中で髪が特に重要視されるのは、髪が呪力、霊力や聖性をもつとされるからであろう。[*5] また、女の長い髪は、身体の一部でありながら、自分の思うままに操ることはできない。落葉の宮の髪も、結局は夕霧の手に触れられてしまうのである。

埋もれたる御衣ひきやり、いとうたて乱れたる御髪かきやりなどして、ほの見たてまつりたまふ。

（夕霧④四八〇）

髪を「かきやる」しぐさは、和泉式部の和歌や『源氏物語』を転換点に、男女の性愛の表現となっていくという。[*6]

光源氏は、ふさぎこむ紫の上を「御髪をかきやりつつ」（朝顔②四八九）慰め、玉鬘に対する懸想を「御髪をかきや」（蛍③二一四）るだけの行為に自制する。和泉式部の恋歌「黒髪の乱れも知らずうち臥せばまづかきやりし人ぞ恋しき」には、「黒髪」を撫でてくれた恋人の手の感触が、一人で横たわる女の「黒髪」に記憶されている。『源氏物語』では、再婚に消極的な落葉の宮の例はもちろん、紫の上は光源氏の朝顔の姫君思慕に傷ついているし、玉鬘は養父と慕う光源氏の思いがけない態度に困惑しており、男の「かきやる」手つきは、和泉式部の官能的な感触とは異なっていよう。女たちの髪の乱れはその苦悩の表れであり、男がその髪を「かきやる」のは、不機嫌だったり従わなかったりする女をなだめ、意に添わせようとする行為であり、男女の気持ちの齟齬が感じられる表現のようである。[*7]

薫と大君の場合はどうか。薫は大君と一夜を過ごし、「御髪のこぼれかかりたるを掻きや」（総角⑤二三四）るものの、二人の間には実事はなかった。大君の死後も、薫はその遺体の髪を「かきや」っている。

隠したまふ顔も、ただ寝たまへるやうにて、変りたまへるところもなく、うつくしげにてうち臥したまへるを、かくながら、虫の殻のやうにても見るわざならましかばと思ひまどはる。今はのことどもするに、御髪をかきやるに、さとうち匂ひたる、ただありしながらの匂ひになつかしうこうばしきも、（総角⑤三二九）

大君は、すでに息絶えてしまっている。しかし、薫がその「御髪」を「かきや」ると、芳香がさっとたちのぼったとある。大君が顔を覆っていた袖を除けて見入りながら、遺体を火葬したくないと思うほどに、薫は官能美に刺激されている。大君の病みやつれた身体[*8]は肉感的ではないのに、この場面には独特のエロスが漂っている。[*9]

その薫の視線の問題の一方で、大君が鏡を見る女であることは看過できない。[*10]女三の宮や落葉の宮も自身の髪を見つめ、身体と向き合ってはいたが、大君の場合は、鏡を見て自分の容貌の衰えを自覚する、という点で異例なのである。

姫宮、我もやうやう盛り過ぎぬる身ぞかし、鏡を見れば、痩せ痩せになりもてゆく、（中略）わが身にては、まだいとあれがほどにはあらず、目も鼻もなほしとおぼゆるは心のなしにやあらむ、とうしろめたう、見出だして臥したまへり。恥づかしげならむ人に見えむことは、いよいよかたはらいたく、いま一二年あらば衰へまさりなむ、はかなげなる身のありさまを、と御手つきの細やかにか弱くあはれなるをさし出でても、世の中を思ひつづけたまふ。（総角⑤二八〇～二八一）

大君が見つめた鏡は、いったい何を映し出したのか。私は老いているのだ、とわざわざ鏡を見て確認しながら、「痩せ痩せになりもてゆく」身体を見つめる大君は、老女房たちの「盛り過ぎたるさま」（総角⑤二八〇）と我が身を見比べては「いま一二年あらば衰へまさりなむ」とまで思いつめ、「目も鼻も」と具体的な部位までを比較する。

大君の過剰な自己卑下に明確な根拠はなく、おそらく自虐的な自己陶酔に浸っているにちがいない。大君が鏡の中に見たのは、真実の自分であったのだろうか。鏡が人物のありのままを映し出しているとは必ずしも限らない[*11]。大君は鏡の中に、こうありたい、あらねばならないと幻想する自分の姿を見たのではないか。神田龍身氏[*12]が指摘したように、薫が自分を愛していることを知っていながら、薫や妹中の君の幸福を願って身を引こうとして、大君は自己犠牲の恍惚感にふるえているのであろう。注意したいのは、そうした思い込みを反芻し、理由づけ、確認するために、鏡という装置を用いていることである。大君にとってはもはや、薫の美的判断など問題ではないのである。

三　紫の上と鏡

葛綿正一氏[*13]によれば、『源氏物語』の鏡には、桐壺院―光源氏―冷泉帝―夕霧・薫にかかわる系列と光源氏と紫の上にかかわる系列の二系統があるという。

①わが御影の鏡台にうつれるが、いときよらなるを見たまひて　（末摘花①三〇六）

②上も年ごろ御鏡にも思しよることなれど、聞こしめししことの後は、またこまかに見たてまつりたまうつつ　（薄雲②四五四）

③殿の、御鏡など見たまひて、忍びて、「中将の朝明の姿はきよげなりな。ただ今はきびはなるべきほどを、かたくなしからず見ゆるも、心の闇にや」とて、わが御顔は古りがたくよしと見たまふべかめり　（野分③二七五）

④宮にも似たてまつらず、今より気高くものものしうさまことに見えたまへる気色などは、わが御鏡の影にも似げなからず見なされたまふ　（横笛④三四九）

⑤いにしへより御身のありさま思しつづくるに、鏡に見ゆる影をはじめて、人には異なりける身ながら　（御法④五一二）

ここでは詳細な検討は行えないが、①は冷泉帝と光源氏、③は光源氏と夕霧の容貌の類似を示す。これらは血縁ゆえの相似であるが、④では、実の父子ではないにもかかわらず、光源氏自身が自分と薫が似ていると思うのである。葛綿正一氏[*14]は、これは一種の鏡像段階であり、光源氏の鏡像に重ね合わされることで統一像が付与された薫は物語の主人公になれると指摘する。⑤は、我が人生を振り返って、鏡に映る容貌が人と異なっているとする、光源氏の自己認識であった。

光源氏のナルシスティックな自己賛美は興味深いが、紫の上も鏡と関わりが深い。①の例は、光源氏が紫の上とともに絵を描く場面で、光源氏が鏡に映った自分の顔に悪戯をし、鼻に紅を塗ったところである。そして、二人は鏡をめぐる贈答を二度も交わしていた。

御鬢かきたまふとて、鏡台に寄りたまへるに、面痩せたまへる影の、我ながらいとあてにきよげなれば、「こよなうこそおとろへにけれ。この影のやうにや痩せてはべる。あはれなるわざかな」とのたまへば、女君、涙を一目浮けて見おこせたまへる、いと忍びがたし。

身はかくてさすらへぬとも君があたり去らぬ鏡のかけは離れじ

と聞こえたまへば、

別れても影だにとまるものならば鏡を見てもなぐさめてまし

（須磨②一七三）

光源氏もまた、須磨退去をひかえた日、鏡の中に自分自身の老いの兆候を見ていたことになる。しかし、光源氏の面やつれした容貌は、直前には「いとめでたし」（須磨②一七三）と語られているし、「我ながらいとあてにきよげなれば」とあって矛盾する。ここでは「鏡」を媒介に光源氏と紫の上の愛情が確認されればよく、映した人の魂が「鏡」に宿るとした古代的な信仰が、この贈答歌の背後にはあるのであろう。須磨退去の後、紫の上は「『去らぬ鏡』とのたまひし面影のげに身に添ひたまへる」（須磨②一九〇）と感じ、光源氏も「『鏡を見ても』とのたまひし面影の離るる世なき」（明石②二三六）と思い出している。遠く離れた二人にとって、鏡が重要なアイテムとして意識されているのである。

初音巻では、鏡餅の連想から鏡がまた和歌に詠まれ、水鏡に理想的な夫婦の姿が映し出されて、永続的な愛情世界が高らかにうたわれている。[*15]

光源氏　うす氷とけぬる池の鏡には世にたぐひなきかげぞならべる
紫の上　くもりなき池の鏡によろづ世をすむべきかげぞしるく見えける　（初音③一四五）

この贈答には、紫の上の和歌「こほりとぢ石間の水はゆきなやみそらすむ月のかげぞながるる」（朝顔②四九四）が意識されているにちがいない。光源氏は紫の上に対し、氷はもはや溶けたこと、何の不安もない夫婦の仲が池の水面に映し出されていることを宣言したのであるし、紫の上も応じている。女三の宮降嫁の後の展開を考慮すれば、この「うす氷とけぬる池の鏡」「くもりなき池の鏡」の深層に漂う空虚さは否定できないし、[*16]紫の上の詠みぶりは従順に過ぎるかもしれないが、光源氏とともに鏡に映ることができるのは紫の上だけなのである。[*17]あるいは、紫の上の家妻としての立場のありようを鏡をめぐって考えるとすれば、移徙《いし》儀礼に関連して、鏡が家妻の役割と密接に結びついていたと指摘されることも重要だ。[*18]空虚な表現であればあるほど、紫の上が素直に応じていればいるほど、完璧な愛の永続性を誇示してみせる贈答歌は際立っており、濁りのない「池の鏡」の水底に本当に沈んでいるものは何かを思わせずにはいられない。[*19]

光源氏とともに鏡に映る紫の上は、しかし、実際に鏡それじたいを見ることはない。[*20]そればかりか、紫の上は鏡を見ることを放棄しているのであった。

大臣うち笑ひて、「つれなくて、人の御容貌推しはからむの御心なめりな。さて、いづれをとか思す」と聞こえたまへば、「それも鏡にてはいかでか」と、さすがに恥ぢらひておはす。（玉鬘③一三五）

自分に似合う衣裳は鏡を見てもわからない、としていて、紫の上と鏡の関係性を如実に表しているようである。前掲の女三の宮の場合と同じく、恥じらう様子が見られる。女の器量の評価を男に委ねた、自己評価の断念はあまりにさりげなく発言されているが、他ならぬ紫の上によって言われていることも重要なのではなかろうか。[*21]

四　鏡よ、鏡

紫の上や六条院の女たちが鏡を見ないことと対照的に、玉鬘は鏡を見ていた。六条院の整然とした秩序・調和が成立した後に招き入れられ、その空間の中で特殊な存在である玉鬘にこそ与えられた機会と言える。『源氏物語』において鏡を見ることが語られるのは光源氏と玉鬘、大君だけなのであるから、玉鬘の場合も象徴的な行為であるはずである。

西の対には、恐ろしと思ひ明かしたまひけるなごりに寝過ぐして、今ぞ鏡なども見たまひける。（野分③二七七）

野分の翌朝、つまり、光源氏が鏡を見ていた前掲の例③と同じ朝に、寝過ごした玉鬘も鏡を見ていたわけである。光源氏が自己愛を表出させていたのに対し、鏡をのぞきこみ、玉鬘はその向こうに何を見出そうとしていたのか。紫の上が鏡を見ることを放棄する発言がこの背後にあったことも見過ごせず、三田村雅子氏は玉鬘が「物語の見えざる部分を見せる『合わせ鏡』であり、触媒であると言ってよい[*22]」と指摘し、松井健児氏は玉鬘と鏡の関わりに自己語りの不在であることじたいが独自性であり、玉鬘は鏡の中に「本来の自己なるものを懸命に探していたのかもしれない[*23]」と解釈する。

独りでは鏡に映ることのできない紫の上は、自分の素顔を知ることができなかったのだろうか。興味深いと思われるのは、次の場面である。

こよなう痩せ細りたまへれど、かくてこそ、あてになまめかしきことの限りなさもまさりてめでたかりけれど、来し方あまりにほひ多くあざあざとおはせし盛りは、なかなかこの世の花のかをりにもよそへられたまひしを、限りもなくらうたげにをかしげなる御さまにて、いとかりそめに世を思ひたる気色、似るものなく心苦しく、すずろにもの悲し。（御法④五〇四）

これは、臨終間際の紫の上の容貌である。繕われることのない、虚飾を廃した清楚な美が、明石の中宮の視線を通して語られている。華奢な身体はむしろ優美で、かつての健康的な「盛り」の豊満な美は「この世の花」にも喩えられたのではあったが、今は「らうたげ」で、余命を「かりそめ」と覚悟しているらしい様子がいたわしい、と明石の中宮は見る。光源氏や夕霧といった男たちの価値基準における花の喩の定義づけを、明石の中宮は否定しているのである。

紫の上の手を取って見取ったのが、なぜ光源氏ではなく明石の中宮であったのか。明石の中宮にその資格を与えることになった契機は、このまなざしではなかったろうか。紫の上はみずから鏡を見ることはなかったが、明石の中宮という女の視線が鏡となり、紫の上の素顔を映し出したように感じられる。完璧でなくても、傷つき、老い衰えていても、今の姿こそが美しい、と。女の視線が照らし返した紫の上のその生前の表情は、光源氏と夕霧が見た紫の上の死に顔とも別の顔であったかもしれない。

さて、光源氏と大君の場合は、同様に老いの兆候を見ていながら、両者の見た自己像は真逆であったと言える。松井健児氏は、その差異を「みずからに関わる他者の存在が、どれほど明確に認知されていたのかの相違」[*24]であると説く。大君が自身の容貌の衰えを自覚するのに、男のまなざしはもはや必要ではなかった。そして、切り揃えた髪の広がりを整える姿を光源氏に見られて恥じらった女三の宮と自分にふさわしい衣裳は自身では選べないと言って恥じらった紫の上のその羞恥心も、『源氏物語』の女性性を考察する上で鍵になるように思われるのである。紫の上が（比喩的にではあるが）関わった鏡と大君の鏡は、正反対のベクトルを示している。

光源氏に関わって、もう一例の鏡の例があった。

御鏡などあけてまゐらする人は、なほ見たまふ文にこそはと心も知らぬに、小侍従見つけて、昨日の文の色と見るに、いといみじく胸つぶつぶと鳴る心地す。（若菜下④二五〇）

柏木の恋文を発見する場面で、身繕いする光源氏のために、女房が鏡の蓋を開けて持っている。その女房は光源氏が光源氏宛ての手紙を読んでいるのだろうと思うだけで、何も知るよしはない。しかしながら、女三の宮と柏木の密通が暴露される決定的瞬間に、鏡が登場していたのである。その鏡には、柏木の恋文を手に、驚愕の事実を知ってしまった光源氏が冷静を装う表情が映っていたのだろう。この鏡は、光源氏に因果応報の罪を思い知らせる装置でもあるかのようである。

『白雪姫』の鏡は、真実を映し出すがゆえに、若い女に嫉妬する后の心をナイフのように指し貫く審判者の声なのだというが[*25]、大君が見た鏡は真実を映したか否か。紫の上が見られなかった――見なかった、見る必要がなかったと言うべきか――「池の鏡」の水底に沈んでいたものを、大君は鏡の中に見てしまったのではないかと思うのである。

注

＊1　原岡文子「紫の上の登場―少女の身体を担って―」（『源氏物語の人物と表現　その両義的展開』翰林書房、二〇〇三年）。

＊2　歌ことば「海松ぶさ」については、拙稿「『源氏物語』「みるめ」表現考―紫の上物語を中心に―」（『日本文学』二〇一一年三月）で考察した。

＊3　河添房江「髪のエロティシズム」（『性と文化の源氏物語　書く女の誕生』筑摩書房、一九九八年）。『源氏物語』の髪をめぐ

っては、三田村雅子「黒髪の源氏物語―まなざしと手触りから―」（『源氏研究』一九九六年四月）、吉井美弥子「『源氏物語』の「髪」へのまなざし」（『読む源氏物語　読まれる源氏物語』森話社、二〇〇八年）など参照。
＊4　＊3・三田村雅子「黒髪の源氏物語―まなざしと手触りから―」に同じ。
＊5　宮田登『ヒメの民俗学』（ちくま学芸文庫、二〇〇〇年）。
＊6　糸井通浩・神尾暢子編『王朝物語のしぐさとことば』（清文堂、二〇〇八年）。
＊7　＊3・三田村雅子「黒髪の源氏物語―まなざしと手触りから―」参照。
＊8　石阪晶子「『起きる』女の物語―浮舟物語における『本復』の意味―」（『源氏物語における思惟と身体』翰林書房、二〇〇四年）、阿部好臣「物の怪誕生―柏木の位相へ」（『源氏物語〈読み〉の交響』新典社、二〇〇八年）などが指摘するように、「痩せる」ことは単なる身体的な現象ではないはずで、今後さらに考察したい。
＊9　神田龍身『源氏物語＝性の迷宮へ』（講談社選書メチエ、二〇〇一年）は、ここに人形愛・屍体愛のエロスを指摘する。
＊10　拙稿「鏡の中の大君―結ばれぬ理由と王昭君伝承―」（三田村雅子編『源氏物語のことばと身体』青簡舎、二〇一〇年）。
＊11　鷲田清一『見られることの権利〈顔〉論』（メタローグ、一九九五年）。鏡の問題は、山屋真由美『まなざしの修辞学―『鏡』をめぐる日本文学断章―』（新典社、一九九〇年）、多田智満子『鏡のテオーリア』（ちくま学芸文庫、一九九三年）など。
＊12　＊9・神田龍身『源氏物語＝性の迷宮へ』に同じ。
＊13　葛綿正一「鏡をめぐって」（『源氏物語のテマティスム―語りと主題』笠間書院、一九九八年）。鏡を見る光源氏のナルシシズムをめぐっては、立石和弘「鏡のなかの光源氏―光源氏の自己像と鏡像としての夕霧―」（『源氏研究』一九九七年四月）。
＊14　＊13・葛綿正一「鏡をめぐって」に同じ。一方で、小林正明「逆光の光源氏―父なるものの挫折―」（『王朝の性と身体・逸脱する物語』森話社、一九九六年）は、薫の自己同一性の欠如を指摘する。
＊15　阿部好臣「秘匿された〈歌〉の位相―『源氏物語』若紫・あるいは歌の父母―」（『〈源氏物語〉の生成―古代から読む―』武蔵野書院、二〇〇四年）は、紫の上と光源氏の鏡をめぐる贈答歌のある二つの場面に連続して忍び寄る影、初音巻冒頭の「餅鏡」から「鏡の影」の文脈を読む。
＊16　李美淑「二条院の池―光源氏と紫の上の物語を映し出す風景―」（『源氏物語研究―女物語の方法と主題』二〇〇九年四月）。

なお、光源氏は桐壺院を偲ぶ哀傷歌「さえわたる池の鏡のさやけきに見なれしかげを見ぬぞかなしき」（賢木②一〇〇）も詠んでいる。

＊17　＊13・葛綿正一「鏡をめぐって」に同じ。初音巻の贈答歌については、松井健児「新春と寿歌」『源氏物語の生活世界』（翰林書房、二〇〇〇年）も参照。

＊18　服藤早苗「王朝貴族の邸宅と女性」（『想像する平安文学　第七巻』勉誠出版、二〇〇一年）、小嶋菜温子「王朝の家と鏡―かぐや姫・落窪の姫君の結婚から―」（服藤早苗編『女と子どもの王朝史―後宮・儀礼・縁』森話社、二〇〇七年）、園明美「初音巻冒頭場面の解釈をめぐって―儀礼的背景と『上』の呼称―」（『古代中世文学論考』新典社、二〇〇七年）。

＊19　「くもりなき」表現をめぐっては、相馬知奈「『くもりなき庭』考―和歌史から花宴へ―」（＊10・前掲書『源氏物語のことばと身体』）参照。また、三田村雅子「紫式部日記の〈光〉と〈闇〉―闇の底へ―」（『源氏物語　感覚の論理』有精堂、一九九六年）は、『紫式部日記』の「池の鏡」を論じる。

＊20　＊13・葛綿正一「鏡をめぐって」に同じ。

＊21　紫の上と鏡の関わりについて、今井俊哉「光源氏の鏡」（『学芸国語国文学』二〇〇〇年三月）は、鏡が男性性を映し出すための「母」としての役割を象徴するというフェミニズム批評の視点から、紫の上の抑圧された「母」の可能性を指摘する。小林正明「鏡を微分する女―紫上論」（『解釈と鑑賞』二〇〇四年八月）も参照。

＊22　三田村雅子「物語の『合わせ鏡』」（『国文学』一九八七年十一月）。

＊23　松井健児「鏡を見る玉鬘―『源氏物語』と自己観照―」（『想像する平安文学　第六巻』勉誠出版、二〇〇一年）。

＊24　＊23・松井健児「鏡を見る玉鬘―『源氏物語』と自己観照―」に同じ。

＊25　たとえば、片木智年『少女が知ってはいけないこと』（ＰＨＰ研究所、二〇〇八年）。

※『源氏物語』本文の引用は、小学館・新編日本古典文学全集による。

テリトリー

『源氏物語』三条論序説——紅葉賀巻の藤壺の三条宮を中心に

諸岡重明

『源氏物語』において語られる都市空間を光源氏の居住地を中心に見た場合、内裏を始めとして二条院と二条東院、六条院という空間が想定できるであろう。さらに、光源氏の物語で重要な都市空間として機能するもののひとつに三条という領域が挙げられる。『源氏物語』における三条という空間と領域を物語の示す座標から見れば、やはり光源氏と藤壺との〈罪〉の空間として捉えることが中心となろう。すなわち、藤壺の里邸・三条宮である。勿論、物語において三条という領域に関わる登場人物はこれに限らない。しかしながら、光源氏と藤壺の〈罪〉の空間として機能する三条宮の語りは、『源氏物語』の主人公の〈罪〉を語る空間であり、男と女の愛のもつれを語る時空の重要な始発でもあった。

三条という領域。増田繁夫氏が「物語の主な人々の屋敷はいずれも二条、三条にあって、歴史的な実態ともあっている」[*1]と指摘しているように、摂関期の貴族、特に高級貴族の邸第の実態が『源氏物語』において当然ながら反映しているといえよう。また、物語史的に見るならば、三条という領域は、『宇津保物語』や『落窪物語』において主要な舞台ともなっている。このことも当時の三条における高級貴族の邸第の実態とも関わっているからこそ、物語の舞台空間として成り立っていると見なすこともできるであろう。

『源氏物語』における三条という領域に関係する作中人物は、葵の上、その父である左大臣と母・大宮の三条宮（三条殿）と、そこで養育された夕霧と妻の雲居雁。そこに絡む頭の中将、柏木。また女三宮が出家して移り住んだ三条宮と、そこで育てられた薫。髭黒が玉鬘と結婚して住んだ三条邸。その隣には紅梅右大臣の三条邸があり、浮舟が匂宮からの難を逃れて一時住んだ三条の小家（常陸介三条方違所）などが挙げられる。してみると、三条という領域に関連する人物たちは、直接的に、また間接的にも何かしら光源氏との関わりを持つことになる。さらにいえば、光源氏の血脈が集結したかのような印象さえもたらせる領域として三条は機能していまいか。

この稿での問題意識は紅葉賀巻を中心として、藤壺と三条宮、そして光源氏と三条という関係を読むことによって、皇権への犯しと〈罪〉の空間・三条宮と、三条という領域の特異性をいかに『源氏物語』が獲得していったかを検討することである。光源氏から次世代の夕霧、薫を中心としてもなお、三条という領域が物語において機能することを考えれば、一世源氏としての物語の始発として三条という領域を捉えることも可能ではあるまいか。だからこそ三条という領域と光源氏、藤壺の物語を読むことの意義があると思われるのである。

一　三条宮の所在地をめぐる考察と虚構の三条宮——脱構築される物語批評

藤壺の里邸・三条宮。それを最初に語る若紫巻であるのだが、しかしながら物語は、三条という領域を示すことはなく、漠然とした「某所」として語っていた。それが三条に存在することが明かされるのは紅葉賀巻にいたってからである。これは三条論として述べるにあたり、実に重要な意味を持つことになろう。藤壺の出産過程が語られる紅葉賀巻において三条という領域の特異さが表面化するからである。これらについては後述するが、〈罪〉と栄華という矛盾する物語が三条という領域において語られることが注目される。また、左大臣邸が三条に存在すること が明かされるのが遥か後の野分巻であることを考えれば、やはり三条論として藤壺の里邸・三条宮を中心に据える ことは重要であろう。[*2]

さて、その藤壺の里邸・三条宮の所在地であるが、賢木巻の語りによれば、二条に存在する右大臣邸と大路を隔てた場所に物語は設定する。

ところせう参り集ひたまひし上達部など、道を避きつつひき過ぎて、むかひの大殿に集ひたまふを…（賢木135）

というように春宮と弘徽殿女御の後ろ楯・右大臣家との権力の差異を強調しながら寂寥とした三条宮が浮かび上がる構造になっている。

『源氏物語』の作中人物の居住地を地理的に検証し、厳密にどこに想定できるかという研究もある。その先鋒的存在であった角田文衛氏は、藤壺の三条宮を押小路南・三条坊門北・高倉小路東・万里小路西に所在した朱雀院皇女昌子内親王の三条宮に想定した。[*3]また、加納重文氏は、中宮定子の二条宮の南鴨院に想定する。[*4]

地理的検証による両者の見解に対して廣田収氏は、角田氏の想定は「賢木巻の「向かひの大殿」からすると、大路に接していないので、難がある」とし、加納氏の想定の「定子中宮の、二条南町尻東の二条宮に比定される。とすると、東にある弘徽殿大后二条宮に「ひき過ぎて」ということが難しいか」と述べる。そして廣田氏自身は「東三条院に准じるか」と想定しつつも、「二条大路に邸第の北を接して、南北の二町、西洞院大路と東側の町尻小路の間に位置することになる。この場合、「向かひの大殿」に比定されるべき邸第は見あたらない」としている。[*5]

歴史的な想定において三条宮を規定しようとする試みは、古の物語の〈現在〉に接近するにあたり大いに評価されるであろう。とはいえ、『源氏物語』という虚構の世界を批評するならば、〈物語が創造した平安京の世界〉を、もっといえば〈幻想の平安京〉を創造し構築した物語として読むことが文学世界をより深化するものとなるのではないのか。たとえば、小嶋菜温子氏が「物語そのものが歴史（事実）と虚構という二重性を抱え込んでいる」[*6]と述べるように、語られる物語は、いくつもの歴史的なモデルや物語史において堆積された虚構の都市空間を獲得し、ひとつの仮想の世界を紡ぎだすのではないのだろうか。

二　藤壺の病、出産――〈罪〉の身体と三条宮／〈罪〉という媒体

さて、藤壺が里邸・三条宮に退出する描写は〈病〉、〈出産〉であり、桐壺亡き後、その旧宮への御渡りとなる。三条宮には必ず光源氏の愛欲の世界が絡み、物語は〈罪〉のドラマを深くしていく。

Ⓐ宮は、そのころまかでたまひぬれば、例の、隙もやとうかがひ歩きたまふを事にて、大殿には騒がれたまふ。（紅葉賀316）

右の描写は、藤壺が出産のために里邸・三条宮へと退出したことを語っている。これと似た描写はすでに若紫巻においての語られていた。

Ⓑ藤壺の宮、なやみたまふことありて、まかでたまへり。（中略）かかるをりだにと心もあくがれまどひて、いづくにもいづくにもまうでたまはず、内裏にても里にても、昼はつれづれとながめ暮らして、暮るれば王命婦を責め歩きたまふ。（若紫230―231）

右の二つの引用は、藤壺の出産、病という身体的なものからであるのだが、注意すべくは三条宮に退出する藤壺を常日頃「隙もや」「かかるをりだに」と期待している光源氏が描かれることによって、三条宮は〈罪〉の空間へと導

かれることである。[*7]

この二つの描写は、三条宮という空間への想像力を喚起させる重要なものとなっている。たとえば、紅葉賀巻における「宮は、そのころまかでたまひぬれば」と、若紫巻の「藤壺の宮、なやみたまふことありて、まかでたまへり」という類似した表現により、藤壺の里邸・三条宮という位置が引き寄せられる。そこに光源氏と藤壺との愛のもつれと〈罪〉の空間として三条宮は設定されることになる。そして〈罪〉の結晶が紅葉賀巻で産み出される。小嶋菜温子氏が「〈罪〉と栄華という離反しあうモチーフが、いかに巧みに点綴されるかということであろう」[*8]と指摘するように、その空間は物語における光源氏の栄華と〈罪〉とは不可分であり、矛盾を抱えており、その矛盾が物語のあたかもテーマであるかのように、〈罪〉の子・冷泉の皇統譜の正統性は作りあげられるのである。

いったい、藤壺の里邸・三条宮が三条という領域に存在することは、たとえば、朧月夜の里邸が存在する二条という領域との対比においても空間の差異を語ることになる。[*9]〈罪〉という表裏一体の女の身体は二条と三条という領域で選別されるかのように露出する／しない、という差異を物語において構成することになる。そして光源氏の二条院の存在と二条という領域、そして三条における光源氏という存在意義を問うことにも繋がることになる。そのことについては後述するが、ここにおいては、光源氏と藤壺との愛のもつれと〈罪〉ということに限定した上で、三条という領域について物語を読み込んでみたい。

ところで、右の引用にみた藤壺の里邸は、三条に存在することを語らない。それが三条にあることが紅葉賀巻になって初めて明かされるのであるが、同じ紅葉賀巻の先引Ⓐにおいては未だ所在地は明かされてはいない。若紫巻のⒷの場合と紅葉賀巻のⒶ場合に共通するのは、里邸に退出した藤壺との逢瀬を欲望する光源氏の肉体的欲求が語られる際の漠然とした藤壺の里邸であったが、遅延する出産のドラマを語る物語は「藤壺のまかでたまへる三条宮に、御ありさまもゆかしうて、参りたまへれば…」（紅葉賀318）、というように光源氏が出産の準備のために里邸に退出した藤壺を見舞う場面で、初めてそこが三条にあることが語られることになる。出産遅延を語る年賀の挨拶の光景は「参座しにとても、あまた所も歩きたまはず、内裏、春宮、一院ばかり、さては藤壺の三条宮にぞ参りたまへる」（紅葉賀324）というように光源氏による参賀の領域は、内裏と、三条に存在する朱雀院と三条宮に限定されることになる。禁断の愛欲を語る物語は、三条宮を「某所」としたが、〈罪〉の子・冷泉を産み出す空間においては「三条」という空間を物語は設定するのである。つまり禁断の愛欲の世界は「某所」であり、〈罪〉の子・冷泉を産み出す空間とその遅延を語る場面においてはじめて「三条」という領域が明かされることになる。それが紅葉賀巻である。

さて、若紫巻において語られざる最初の逢瀬を含め、二度目の逢瀬を果たした光源氏は、藤壺の身体に深く〈罪〉を刻印する。すなわち、〈罪〉の子・冷泉の懐妊であった。それに伴い三条宮は、禁忌の愛のもつれから、〈罪〉を産み出す空間へと変貌することになる。藤壺は、三条宮へ退出して〈罪〉の子・冷泉を出産するのであるが、それを描く物語・紅葉賀巻は、さらなる〈罪〉の物語を紡ぎ出す。

紅葉賀巻の藤壺の出産過程を物語は、〈罪〉を女体に刻印するかのように遅延させる。物語の語りを引用すれば、

この御事の、十二月も過ぎにしが心もとなきに、この月はさりともと宮人も待ちきこえ、内裏にもさる御心まうけどもある、つれなくてたちぬ。御物の怪にやと世人も聞こえ騒ぐを、宮いとわびしう、このことにより身のいたづらになりぬべきことと思し嘆くに、御心地もいと苦しくてなやみたまふ。中将の君は、いとど思ひあはせて、御修法など、さとはなくて所どころにせさせたまふ。世の中の定めなきにつけても、かくはかなくてややみなむと、とり集めて嘆きたまふに、二月十余日のほどに、男皇子生まれたまひぬれば、なごりなく内裏

にも宮人も喜びきこえたまふ。（紅葉賀324―325）

というように、秘事の露見を恐れながらの光源氏と藤壺の描写が出産遅延の中に語られる。遅れた出産は藤壺の心だけではなく、女の身体までも苦悩に満ちたものにする。また、光源氏にも三条宮でのあの初夏の一夜における愛のもつれによることを悟らせる語りによって、秘事の露見を恐れる二人の心情が語られる。そして藤壺は出産する。出産により疑惑や露見は消え失せ、桐壺帝も三条宮の人々も喜び、慶賀ムード一色で染められることになる。とはいえ、〈男皇子〉・冷泉は、〈罪〉の子・冷泉という二重の重さを背負わされることになる。その〈罪〉の空間が三条宮であった。

光源氏と藤壺の愛のもつれと〈罪〉の三条宮は、紅葉賀巻にいたっては、表向きは皇統譜・冷泉の〈罪〉もあからさまではないにしても、光源氏の胤がそこへと入り込むことが約束される空間となるのである。禁忌の恋心が藤壺であり、藤壺の里邸・三条宮において〈罪〉の胤を蒔き〈罪〉の子を孕ませ、そして〈罪〉の子が生まれ出た空間が物語の用意した三条宮であった。それは、光源氏が皇統譜から削除された血脈を〈罪〉という媒体を通して皇統譜へと連ねることになる重要な空間になる。光源氏の隠された血脈のドラマとして物語において機能する空間こそ三条宮であり、三条という領域でもあった。

三　紅葉賀巻の朱雀院行幸との連環――若紫巻、末摘花巻から紅葉賀巻へ

ところで、ここで問題とする紅葉賀巻の冒頭は、朱雀院への行幸の日程の表示から始まる。

朱雀院の行幸は神無月の十日あまりなり。（紅葉賀311）

というように、行幸は十月十日過ぎであると語られるのだが、それは『新編日本古典文学全集』が「朱雀院に住まう先帝、一院（桐壺帝の父か兄）の御賀を行うための行幸。四十または五十の賀か」と注記するように御賀が催される予定日時が迫っていることを表現してこの巻は始まるのである。ちなみに『岷江入楚』の箋が朱雀院について「三条朱雀に四町に造られたり是後院也天子脱屣の後の御在所也」[*10]というように、朱雀院の所在地は三条にあった。つまり物語は三条に存在した実在の朱雀院を、物語という虚構の三条の世界へと持ち込み描くということになる。

さて、日程が迫った朱雀院の行幸。それは、すでに若紫巻から始まっていた。引用すると、

十月に朱雀院の行幸あるべし。舞人など、やむごとなき家の子ども、上達部、殿上人どもなどもその方につきづきしきは、みな選らせたまへれば、親王たち大臣よりはじめて、とりどりの才ども習ひたまふ、いとまなし。（若紫239―240）

とあり、朱雀院の行幸のために高貴な筋の子息たちや、上達部、殿上人たちなどで舞楽の才能がある人が選任され練習に暇なく多忙であると。

また、若紫巻と紅葉賀巻を挟む末摘花巻においても、朱雀院行幸のことが語られている。「八月二十余日」（末摘花279）に光源氏は常陸宮邸を訪問して末摘花と契りを結んだが望み通りの女性ではない感触から「やをら忍びて出でたまひにけり」（末摘花284）とまだ暗いうちに二条院に帰ったところへ、頭中将が訪問して、

朱雀院の行幸、今日なむ、楽人、舞人定めらるべきよし、昨夜うけたまはりしを、大臣にも伝え申さむとてなむまかではべる。（末摘花285）

と、朱雀院行幸の楽人、舞人が選定されたことを伝える。さらに朱雀院行幸のための準備が描かれるのであるが、

行幸のことを興ありと思ほして、君たち集まりてのたまひ、おのおの舞ども習ひたまふを、そのころの事にて

過ぎゆく。物の音ども、常よりも耳かしがましくて、方々いどみつつ、例の御遊びならず、大篳篥、尺八の笛などの大声を吹きあげつつ、太鼓をさへ高欄のもとにまろばし寄せて、手づからうち鳴らし、遊びおはさうず。（末摘花287―288）

これらは行幸の準備ということで多忙の中、是非とも逢いたい女性の所へはこっそりと逢瀬に行くが、末摘花の所へは行かないまま秋が暮れていくという流れの中に描写される一齣である。そこへ、

行幸近くなりて、試楽などののしるころぞ、命婦は参れる。（末摘花288）

というように命婦は常陸宮邸を訪問しない源氏に末摘花が気の毒であると訴えに来る。結果的に「この御いそぎのほど過ぐしてぞ、時々おはしける」（末摘花289）というように、「御いそぎ」＝行幸の準備が忙しい時期が過ぎてから常陸宮邸に行くことになる。そして、末摘花の醜い姿を見て光源氏は驚くのであるが、その件に関してはここでは措き、この朱雀院行幸への流れの中に末摘花との逢瀬、契りが描かれることに注目したい。

若紫巻での朱雀院行幸の話題が出るのは三条宮での光源氏と藤壺との情交と懐妊、そして若紫への執心が描かれる時間の流れの中でのことであった。末摘花巻において、

瘧病にわづらひたまひ、人知れぬもの思ひのまぎれも、御心の暇なきやうにて、春夏過ぎぬ（末摘花277）

と表現されるように、秘事の時間軸とスライドするかのように、これら一連の朱雀院行幸に関連する話題の流れに末摘花巻は挟み込まれているといえるであろう。

また、光源氏と藤壺との「人知れぬもの思ひのまぎれ」が、末摘花との逢瀬と朱雀院行幸の話題と連環することは見逃せないであろう。その意味合いについては後述するが、このことは重要な意味合いを持つことになる。

では、「十月に朱雀院の行幸あるべし」と最初に若紫巻で語られる前後を見てみる。それは藤壺が里邸・三条宮へ

病で退出し、そこへ忍び込んだ光源氏と「御直衣などはかき集めもて来たる」（若紫232）というように激しい情交が暗示され、そして彼女は懐妊し、光源氏の若紫への執心が挟み込まれたところで朱雀院行幸の話題が語られるのである。右に見てきたように、それは末摘花巻に散見され、紅葉賀巻の冒頭「朱雀院の行幸は神無月の十日あまりなり」ということになる。この冒頭につづいて、

世の常ならずおもしろかるべきたびのことなりければ、御方々物見たまはぬことを口惜しがりたまふ。上も、藤壺の見たまはざらむをあかず思さるれば、試楽を御前にてせさせたまふ。（紅葉賀311）

というように女御、更衣などは宮中以外の催事への参加はできないことを残念に思い、桐壺帝は何よりも藤壺のために清涼殿の御前での試楽を催させる、というものである。朱雀院行幸に関する一連の流れは、光源氏と藤壺の秘事から懐妊、そして宮中での試楽でピークを迎えるという構成となっていることに気づかされる。朱雀院行幸と、光源氏と藤壺の〈罪〉について、さらに物語を読み込んでみよう。

四　紅葉賀と光源氏、藤壺――皇権への侵犯

まず、紅葉賀について重要なことは、「世の常ならず」（紅葉賀311）と念を押したかのような語りにあるように、特別な儀式であるということである。若紫巻、末摘花巻において語られた朱雀院行幸のための準備はそれを物語っていよう。たとえば、廣川勝美氏が、「天皇の命により格別の準備がなされる。楽人、舞人の選定から試楽へと、儀式としての順序がふまれている」とし、「それはもはや貴族的教養ではなく、風雅な遊びでもない。儀式のための備えである。そのことによって朝廷に仕えるのである」[*11]と述べたように、朱雀院行幸は、管絃の遊びではないのである。

天皇主催の儀式なのである。
先にも述べたが、朱雀院は歴史上に三条に存在した実在の朱雀院である。つまり、実在する邸第を物語に持ち込むことによって、物語という虚構の世界における桐壺帝は、帝としての皇権を示すことになろう。言い方を替えれば、物語に内在する彼の帝としての姿および、聖代が象徴的に描かれることになる。逆説的にいえば、光源氏という一世源氏の姿が鮮明に描かれることに繋がるのである。皇統譜から弾き出された光源氏があぶり出される。それは、朱雀院という皇権の時空であり、禁断の愛のもつれと〈罪〉が語られる三条という領域であった。
さらに行幸当日の描写は、
行幸には、親王たちなど、世に残る人なく仕うまつりたまへり、春宮もおはします。（紅葉賀314）
といように皇族の人々をはじめ、世をあげての桐壺帝供奉であった。松井健児氏は「古代的あるいは天皇親政的な要素が濃厚に認められるものである」として、「貴族集団を率い取りまとめる桐壺帝の文化的優越性の象徴的場面として、この行幸の性格を基本的に確認することができよう[*12]」と述べ古代的天皇像として読み解いているのであるが、むしろそのような効果をあらかじめ狙って物語は発想されたと思われる。ある意味、その古代的世界を物語が敢えて描くことで、皇統譜の伝統がクローズアップされてくるのではなかろうか。
さらに朱雀院行幸に用いられる楽は、「例の御遊びならず、大篳篥、尺八の笛などの大声を吹きあげつつ、太鼓をさへ高欄のもとにまろばし寄せて、手づからうち鳴らし」（末摘花287―288）というように〈大篳篥〉、〈尺八の笛〉などであった。これらは既に指摘されているように、『源氏物語』が描かれた一条朝時代には用いられないものであった。[*10]つまり楽の栄えた聖代[*14]にタイムスリップすることによって、皇権の規範が示されているのではなかろうか。それが朱雀院行幸における楽、大篳篥、尺八の笛というひと時代前の小道具を使うことで象徴的に示されているであろう。

つまり、伝統と規範を遵守する皇権の姿が、物語においては皇統譜の象徴ともなり得るのではなかろうか。そこで重要になってくるのは、そのように重々しい儀式と、光源氏、藤壺の抱える〈罪〉の問題となろう。

舞人・光源氏は、頭中将と共に青海波を舞う。桐壺帝をはじめとする皇統譜が連なる準拠集団の御前で、皇権の伝統儀式として。だが試楽と行幸当日の青海波は質を異にする。その場における藤壺の存在の有無が光源氏の舞う青海波の差異[*15]となるのである。では、紅葉賀巻の冒頭に語られる試楽の場面を見てみよう。

源氏の中将は、青海波をぞ舞ひたまひける。(中略)入り方の日影さやかにさしたるに、楽の声まさり、もののおもしろきほどに、同じ舞の足踏面持、世に見えぬさまなり。詠などしたまへるは、これや仏の御迦陵頻伽の声ならむと聞こゆ。(中略)詠はてて袖うちなほしたまへるに、待ちとりたる楽のにぎはしきに、顔の色あひまさりて、常よりも光ると見えたまふ。(紅葉賀311―312)

この場において注目すべくは、光源氏の舞を「藤壺は、おほけなき心のなからましかば、ましてめでたく見えましと思すに、夢の心地なむしたまひける」(紅葉賀312)という感慨の藤壺の視線がもたらす〈罪〉の身体が示す陰翳であろう。それは秘事の空間・三条宮ではなく、内裏・清涼殿という桐壺帝の皇権そのものの時空であった。松井健児氏が言うように、「脱社会性[*16]」が表現されているであろう。また、小嶋菜温子氏が指摘するように、足踏みや声といった光源氏の身体をめぐる描写は極めて珍しいものである[*17]。古式に則った儀式、規範、伝統、そのような時空において、光源氏の舞は披露される。藤壺の存在を意識した光源氏の青海波は、皇権への侵犯が彼の身体によってかたどられ、その時空に藤壺の存在が絡むからこそ、それは一段と輝きをもって〈罪〉は深くなるのである。「常よりも光る」という光源氏の顔は、それこそ皇権の侵犯を色濃く現した一瞬なのである[*18]。そして行幸当日の青海波を舞う光源氏の身体は「青海波のかかやき出でたるさま、いと恐ろしきまで見ゆ」(紅葉賀314―315)と彼の美貌への表現が変貌する。その朱雀院の空間には藤壺は存在しない。その関連性により、「恐ろし」といほどの美貌が語られる青海波となるのであろうが、そこに透かし見えるものこそ、皇権の規範、伝統、そして皇統譜の準拠集団の御前という時空において際立つ光源氏の侵犯性にほかならないであろう。皇統譜から弾き出されたとはいえ、光源氏もその準拠集団の一員であることは違いない。だからこそ皇権を侵犯する時空として三条という領域は、光源氏、桐壺帝、藤壺と深く連なり重なり合うのである。

紅葉賀巻の三条という物語の領域は、朱雀院行幸の場であり、光源氏の皇権への犯しの象徴である藤壺の里邸・三条宮が存在する領域でもあった。

五　末摘花と光源氏の相似性——規範・伝統と皇権

ひと時代昔の楽器という小道具、そこに見え隠れする聖代の規範、それは皇権の伝統であり、物語は古式に則った儀式を描くことによって、その規範から逸脱した光源氏を際立たせる。そのような読みをするならば、末摘花巻が若紫巻と紅葉賀巻の間に挟まれる意味合いも違ったものとなり得るのではないのか。〈おこ物語〉でもある末摘花の物語と、そこに絡む朱雀院行幸の話題。末摘花の醜女が印象深くなりがちであるが、しかしながら物語は、彼女の古めかしさと堅苦しさを何度も語ることによって、別の意味合いを光源氏の物語にもたらせてはいまいか。

末摘花の古めかしさと堅苦しさ。廃屋のごとき常陸宮邸。反転すれば、その姿こそが実は、皇統譜、ひいては皇権の象徴でもあるのだ。末摘花には、相反する二つの姿が浮き彫りになるであろう。彼女のもつ「古めかしさ」と「堅苦しさ」には古代の規範と伝統という姿があり、かたや〈今様〉とは別次元の反社会性という姿である。だからこそ、そこで語られる「人知れぬもの思ひのまぎれも、御心の暇なきやうにて、春夏過ぎぬ」（末摘花277）という表現が、若紫巻における秘事の時間軸を表すだけではなく、光源氏と藤壺の〈罪〉の意味合いを深くするのだ。そして末摘花が持ち合わせる二面性・古めかしさ、堅苦しさ／反社会性を帯びた彼女の存在そのものが、光源氏を相対化する。つまり皇統譜から弾き出された光源氏が、末摘花を通して、あぶりだされるのである。かつ、光源氏の〈罪〉を際立たせる機能さえ持ち合わせてはいまいか。末摘花の二面性は、光源氏と藤壺の〈罪〉をも揺さぶる。そして、古めかしさ、堅苦しさは、儀式の規範、伝統さえも照り返す。

さて、三条という領域を考えた場合、たとえば朧月夜の二条と藤壺の三条とを比較すると、結論的にいえば、光源氏の胤の有無、ということになる。また、二条という領域には桐壺更衣の里邸が存在する。それは劣り腹・光源氏が伝領した邸であり、そこには紫上が絡むという、物語において重要な空間・二条院と二条東院が存在する。しかし光源氏の血脈を引く胤が二条という領域にはない。明石の君から引き離されて養育された明石の姫君の存在があるものの、姫君には〈明石〉という〈海づら〉の地名がつきまとう。[*19] それに比して、三条、三条宮。そこには劣り腹という刻印はない。一世源氏の物語が三条という領域から始発しているという読みは過剰であろうか。これについては稿を改めなければなるまい。光源氏の血脈を受け継ぐ胤は三条という領域にあるのである。それは、三条にある左大臣邸の葵の上との政治的な関連性を含め、皇権への侵犯から始まっていたのであった。

注

＊1　増田繁夫「源氏物語の地理」（『鑑賞日本古典文学　源氏物語』角川書店　一九七五。角田文衛・加納重文編『源氏物語の地

理』思文閣出版　一九九九に転載）

＊2　「道すがらいりもみする風なれど、うるはしくものしたまふ君にて、三条宮と六条院とに参りて…」（野分268）

＊3　角田文衛「太后昌子内親王の御所と藤壺の三条宮」（『古代研究』第28巻第3号　一九七六。角田文衛・加納重文編『源氏物語の地理』思文閣出版　一九九九に転載）

＊4　加納重文「源氏物語の地理」（『源氏物語の研究』望稜舎　一九八六。角田文衛・加納重文編『源氏物語の地理』思文閣出版　一九九九に転載）

＊5　廣田収「『源氏物語』における姫宮の邸第」（『『源氏物語』系譜と構造』笠間書院　二〇〇七　初出二〇〇五における部分的なもの）。これら三者の想定を見れば、モデルとしての可能性はあるが物語上の三条宮を規定する事は困難か。

＊6　小嶋菜温子「『源氏物語』の性と生誕―王朝文化史の試み」（『源氏物語の性と生誕―王朝文化史論』立教大学出版会　二〇〇四）

＊7　諸岡重明「藤壺の御堂造営―〈罪〉とエロスの三条宮」（『物語研究』第九号　二〇〇九・3）。ここにおいては、光源氏と藤壺との愛のもつれと〈罪〉について、また藤壺が出家する三条宮という空間について、藤壺の三条宮の「御堂造営」を通して読み込んでみた。

＊8　小嶋菜温子「語られない産養（2）―〈罪〉の子・冷泉帝の立坊争いと童舞」（『源氏物語の性と生誕―王朝文化史論』立教大学出版会　二〇〇四　初出一九九九）

＊9　＊7の諸岡論考。藤壺と朧月夜の女の身体および、一条に存在する朧月夜の里邸と藤壺の里邸・三条宮について執拗に論じた。

＊10　『岷江入楚』の引用は『源氏物語古注集成　第11巻　岷江入楚　第一巻』（桜楓社）による。

＊11　廣川勝美「行幸と奏楽―紅葉賀と花宴―」（『源氏物語探求―都城と儀式―』　おうふう　一九九七）

＊12　松井健児「朱雀院行幸と青海波」（『源氏物語の生活世界』翰林書房　二〇〇〇　初出一九九三）

＊13　浅尾広良「嵯峨朝復古の桐壺帝―朱雀院行幸と花宴―」（『源氏物語の准拠と系譜』翰林書房　二〇〇四　初出二〇〇〇）。氏は「今となっては演奏されない楽器をあえて演奏している。換言すれば、日本化される以前の唐楽の復元という意味をもつこ

とを表していることになる」と指摘する。

＊14　＊11の廣川論考。

＊15　＊12の松井論考。

＊16　＊12の松井論考。また三田村雅子「二つの花の宴」（『源氏物語―物語空間を読む』ちくま新書　筑摩書房　一九九七）の読みに教えられることが多くあった。紅葉賀の読みの優れた論考である。浅尾広良氏の史実などからの三田村論への批判もあるのだが物語内部の語りが史実を超えて物語が創造した虚構の世界を深く読む姿勢に教えられる。

＊17　小嶋菜温子「光源氏の身体と性―誕生から〈老い〉まで（『源氏物語の性と生誕―王朝文化史論』立教大学出版会　二〇〇四　初出一九九五）

＊18　＊17の小嶋論考によれば「そこには、父帝の妃・藤壺との不義密通という、恐るべき反社会的なエロスが凝集されていよう」と述べる。

＊19　諸岡重明「『源氏物語』〈海づら〉という言葉の構図―光源氏の流離と明石一族をめぐる言語イデオロギー」『立教大学日本文学』92　二〇〇四・7）

※『源氏物語』の引用は、新編日本古典文学全集（小学館）によった。巻名と頁を記した。傍線などは引用者による。

親子

親子の物語としての『源氏物語』——その〈組成〉

阿部好臣

一　始めに

親子（父・母・子）は家族の根源的な単位である。と同時に人が何世代にも亘って繋がり「人類」というものを創出する基本でもある。記紀の世界を始め「皇統譜」を書くことによっても、それは象徴化されている。当然ながら、そのような根源的な問題と〈物語〉も、緊密に連携されていたのである。『うつほ物語』の基本線は俊蔭巻で、天女の植えた桐の木を守る阿修羅が「万劫の罪半ば過ぎむ世に」、西向きの枝が枯れる、それを三部に分かち「天人」「前（さき）の親」「行く末の子どもに報いむ」（室城、二、三）ために、琴を作るところにある。これは俊蔭が親に対して「不孝の人なり。この罪を免れむために」「琴の声を聞かせ」る、という意思表示でもあった。これは、変形というよりは血の系譜という基本に帰り、天界を含みこむ形で増幅された「皇統譜」だと言えよう。

そして、『源氏物語』は、「皇統譜」といった支配論理を脱構築して、根源に帰すというもっとダイレクトなものとして世界を構築していたのである。『源氏物語』を三部からなる世界とする認識は言うまでもないことだが、その三つの始まりは、全て「親」と「子」[*1]それも、子を思う父の物語として始まっていたのである。第一部「桐壺巻」は、更衣との間に生まれた子（光源氏）の処遇と将来への布石が書かれるし、第二部は、朱雀院の鍾愛の娘のことが書かれて始まり、第三部では、宇治の八宮とその娘のことが書かれるのだった。現役の帝、退いた帝、なれなかった帝という、連携的な変形もしっかり施されている。

さらに、この親子の物語は大枠としてだけではなく、細部に亘って世界創出の軸として機能していると読めるのであった。その〈組成〉の様相を、本稿はあらあらと辿り、今井源衛[*2]が先鞭をつけたと思しい、この視座の有効性を提示することとしたい。

二　父と子の物語・三部の連関――二部朱雀院まで

苦衷の父は、物語の三部のそれぞれに配されるだけでもなかったが、まずその根幹となる三つの有り方をさらに見つめて見たい。概略として、第一部の桐壺帝は、源氏物語の最初に歌に託した母である桐壺更衣の意思「生かまほしきは命」という意味を「父大納言の遺言」を通して理解し、それを引き受けて、光源氏の「王権」への物語を導く。藤壺との密通による冷泉帝の誕生は、光源氏の分身（「あさましきまで、まぎれどころなき御顔つき」紅葉賀①三二八、「御顔を脱ぎすべたまえり」（賢木②一一六）、「源氏の大納言の御顔を二つにうつしたらむやうに」（澪標②二八二）、「源氏の大臣の御顔ざまは、こともの とも見えたまはぬを」（行幸③二九一））としてであると同時に、高麗相人の予言を准太政天皇として実現させるように。そして、その密通を導いたのは父帝その人の所為と見られるのであった。実に第一部は光源氏を栄花に導くための物語なのである。そして、それを領導したのが父の背負わされた意思であった。

第二部の朱雀院も、母である藤壺更衣の思いを受けて、皇女女三宮の幸せを求める。なお、三谷邦明[*3]がこれを「後見のない一世の皇女が零落を回避しながら、どのような生き方を選択していくのかという主題」だと読むのも確かであろう。そして第三部は宇治の八宮が母北の方の遺言をも踏まえて娘達の行く末に捕らわれるのであった。三谷に習えばこれも、その遺言が「わが身一つにあらず、過ぎたまひにし御面伏せに、かるがるしき心ども使ひたまふな」（椎本⑤一八四）とあるように、母のそして皇統を不面目な形で零落させるなという意思でもあった。「面伏せ＝零落譚」を懸念するのだと言える。

今、「幸せ」を求め、と言ったが、原岡文子[*4]などが分析しているように、「幸ひ人」とは、相対的なもので、宇治の中君に見られるように、そう評価される人の意識や物語状況は必ずしも全円的なものではない。むしろ三谷が同論で展開したように女三宮の物語は出家へと結び着くところに、その意味があったのであろうか。

女三宮の出家は、自発的であったというよりは、偶発的でさえあった。父朱雀院の夜陰に紛れての急な下山、そして夜の明けきるのを待たずに帰山したのは、あるいは源氏の出家を留めるべき発言中の「邪気などの人の心をたぶろかし」（柏木④三〇六）が、実は朱雀院自身が「邪気」であったかの印象すらある。六条御息所の死霊に対して「よからぬ狐などいふなるもののたぶれたるが」（若菜下④二三五）とも通底している。闇から現れ、夜明け方に、これはぎりぎりの神や物が動くことの可能な狭間で、そこで女三宮の剃髪は断行された。父朱雀は、「また知る人なくてただよはむことのあはれに避りがたう」と零落を懸念しての出家が断行されたのである。そして、それは出家直後の「後夜の御加持に、御物の怪出で来て」（④三一〇）と、六条御息所の死霊が背後で蠢いていたのも確かであった。

出家は物の怪によって領導されたとすると、そこに働く父の意思はあったのかどうか。古く議論された朱雀院の錯誤といった問題は、登場人物に拘り物語の創る世界を一面でしか見ずに矮小化するものと考えるので採らない。作品の世界に目を凝らす。若菜世界は、上巻を光源氏の四十賀、下巻を朱雀院の五十賀という柱を作り、「朱雀院の帝」と始めて、「例の五十寺の御誦経、また、かのおはします御寺にも摩訶毘盧遮那の」（④二八五）と朱雀院の事で閉じる、言わば朱雀院によって枠取られた世界である。だが、それを食い破るように女三宮と柏木の密通の物語が、若菜下巻からストレートに柏木巻へと走る。そして、柏木の意思を繋ぐべく横笛巻へ、対となる女三宮の出家世界を真にスタートさせるべく、鈴虫巻が置かれる。それで、ひとまずの物語の綴じ目が図られているはずなのだが、実はそうはなっていなかった。そこには、もう一つの親子の物語が配されていたのである。

　秋好中宮の登場。母六条御息所への思い、「亡き人の御ありさまの罪軽からぬさま」「みづからだにかの炎をも冷ましはべりにしがな」と出家して母の供養を願う。だが、源氏はそれを許さない。「目連が、仏に近き聖の身にてたちまちに救ひけむ例にもえ継がせたまはらざらむものから」（④三八九）と言う。目連にはなれないのだから、出家は無意味だとでもいうのか。中宮は、その後、「ただかの御息所の御事を思しやりつつ」と仏道への思いを強くしていく。この記述と、女三宮の出家は無縁ではないであろう。その後、物語は六条御息所を語らない。出家して菩提を弔うものは、不在だったのかどうか。ただ出家した者はいた。朧月夜であり、そして女三宮である。朧月夜の出家の祈りは、「回向には、あまねきかどにても」（④二六三）と、「一切衆生のために祈る回向」（『新編全集』頭注）としての側面が注目されていたことも重視したい。

　そして、女三宮を裏で出家に導いたのは六条御息所の死霊だった。直接に娘を出家はさせず、遠まわしに菩提を祈らせる。次の若菜下巻に登場した六条御息所の死霊の言葉、

　　よし、今は、この罪軽無ばかりの業せさせたまへ。修法、読経とののしることも、身には苦しくわびしき炎

とのみまつわれて、さらに尊きこととも聞こえねば、いと悲しくなむ。中宮にもこのよしを伝へきこえたまへ
（④二三七）

この言葉は、中宮には伝えられなかったであろう。だが、一人のためでなく、出家者の理である一切衆生への祈りという遠まわしながら響く祈りの声。そういえば、朝顔巻末で出現した藤壺の霊は、若菜上巻での女三宮降嫁で夢に現れた紫上（④六八～七〇）と通底し、藤壺と六条御息所は、光源氏の理想性を支える両輪[*5]であったことも想起して置こう。個を超えたところこそが、御息所の魂への鎮めとなったのであろう。ただし、一切衆生の悉皆成仏が純一になると思う程に物語の眼差しは甘くはなかったでもあろうが。

三　父と子の物語・三部の連関——二部朱雀院から

朱雀院に戻る。父の出家した娘への思いはどう書かれたかである。その記述は横笛巻にあるだけで多くない。朱雀は、「入道の宮も、この世の人めかしきかたはかけ離れたまひぬれば、さまざまに飽かず思さるれど、すべてこの世を思し悩まじと忍びたまふ。御行ひのほどにも、同じ道をこそは勤めたまふらめ、など思しやりて、かかるさまになりたまて後は、はかなきことにつけても絶えず聞こえたまふ」（④三四六）と、出家して普通の生活（皇女としての煌びやかな生き様）とは無縁になったことに、「飽かず」不満足な気持で、もの足らなく思うのであった。ただ、推し量りながら、「同じ道」である仏道修行に励むことを期待する。そして、ちょっとしたことでも、絶えずに便りがあるという。娘への執着を捨てきれていないのである。その、「絶えず聞こえ」の例としてか、次の筍・野老が贈られてきたとの場面が描かれる。

御文こまやかなる端に、「春の野山、霞もたどたどしけれど、心ざし深く掘りいでさせてはべる、しるしばかりになむ。

世をわかれ入りなむ道はおくるとも同じところを君も尋ねよ

いと難きわざになむある」（④三四七）

一般的に筍が生まれた薫のエネルギシュな姿を、野老が対比的に「老」を示すと読まれる。ともかく、「同じところ」＝「極楽浄土」への道を邁進せよ、と言いつつ「難きわざ」とも言う。続く朱雀の手紙は「今日か明日かの心地するを、対面の心にかなはぬこと」とあり、出家の身ゆえに会えないとはいうものの、未練・執着が色濃い。返しの女三宮の歌「うき世にはあらぬところのゆかしくてそむく山路に思ひこそ入れ」も、父恋いの思いだと読めるのであった。そして女三宮の仏道生活はというと、「何ばかりの御道心にてか、にはかにおもむきたまひけん」、「明け暮れ勤めたまふやうなめれど、はかなくおほどきたまへる女の御悟りのほどに、蓮の露も明らかに、玉と磨きたまはむことも難し」（匂宮⑤二四）と子供の薫をして覚束ないものと言わせてもいたのである。途切れている、というしかない。出家は、人の生き様として実は何も新たな世界を創出しなかったのである。父の意思は、大きな掌の上で転がされてでもいたのであろう。むしろ、母の「かひなく口惜しくて、世の中を恨みたるようにて亡せ」（④一八）たことを、物語は宇治の世界において、「そのころ、藤壺と聞こゆるは、故左大臣殿の女御」（⑤三七三）と、宿木巻で、女二宮の結婚をめぐるもう一つの物語として継承する線を創出していた。

それは、第二部の始発の物語は、父によって領導される物語と、潜められた母の物語の両軸であったはずが、宿木では、一方のみに偏した歩みを成していたということでもあろう。物語はそれを都のこととして、宇治に重点を置く世界からは、従属的な位置を占めるに過ぎなかった。

第三部では、第二部ではなかった遺言[*6]が、第一部で更衣の父大納言の遺言を受けた言葉にならない意思として記されていたのよりももっと露わに示されていた。母の遺言は、「ただ、この君をば形見に見たまひて、あはれと思せ」(⑤一一九)と、継子虐め譚の母の遺言さながらに記される。穿った読みだが、「この君」とは実は竹の異称[*7]だったことに気付かされる。『枕草子』の「五月ばかり月もなう」の段や、『和漢朗詠集』巻下・竹に「晋の騎兵参軍王子猷　栽ゑて此の君と称す」とあり、直前の「子猷が看る処には鳥煙に栖む」ともあった。少し遊んで読むと、「鳥」は「鳥の跡」「煙」は柏木と女三宮の最後の贈答に関わるものではなかったか。「鳥たちは煙立つような竹林」にあるという連携。筍から横笛へと展開した薫の創生の世界と、その基盤である柏木・女三宮の物語が、「王子猷」を浮上させ、文脈を離れて物語の組成軸をみると、「この君」は、場における「中君」を越えて「薫」をも呼び出すことになるのである。

　ともあれ、俗世を離れることを余儀なくされた八宮は最愛の妻に託された娘達への配慮は、周知の八宮の遺言として総括されると言えよう。椎本巻である。

> 心細げなる御ありさまどもをうち捨ててむがいみじきこと。されども、さばかりのことにさまたげられて、長き夜の闇にさへまどはむが益なさを、かつ見たてまつるほどだに思ひ捨つる世を、去りなむうしろのこと知るべきことにはあらねど、わが身一つにあらず、過ぎたまひにし御面伏せに、かるがるしき心ども使ひたまふな。おぼろけのよすがならで、人のことにうちなびき、この山里をあくがれたまふな。ただ、かう人にたがひたる契りことなる身とおぼしなして、ここに世をつくしてむと思ひとりたまへ。ひたぶるに思ひなせば、ことにもあらず過ぎぬる年月なりけり。まして、女は、さるかたに絶え籠りて、いちじるくいとほしげなるよそのもどきを負はざらむなむよかるべき」などのたまふ。
>
> (⑤一八四、五)

父は娘を「うち捨ててむがいみじ」と言い、「さばかり」とも認識する。「さばかり」は出家者としての認識だろうが、言葉とは裏腹に、それが重く自らを呪縛していることも見過ごしに出来ない。薫を「おぼろけ」ならぬ縁と思うものの、仏道修行の仲間という認識が、娘との結婚を望むものの、露わには言えない。この背反したあり方が、八宮なのである。「過ぎたまひにし面伏せに」と母を引き合いに出すことは、母の遺言を捻じ曲げているのではなかろうか。そして、それが、朱雀院の物語の「皇女零落譚」に通う。むしろ、宇治は背反するものの狭間で揺り動かされる人々の物語でもあった。

四　親子の物語の広がり

話の大枠は、光源氏の流離譚を結ぶ澪標巻から王権獲得の物語として絵合・松風・薄雲巻と辿りつつも、絵合巻では六条御息所の娘、松風巻では明石御方の娘、そして薄雲巻では藤壺の息子冷泉帝に焦点が合わされるように、親から子へと繋ぐ部分を絡めながら展開されていき、朝顔巻の苦衷をバネに、光源氏の息子である夕霧の物語を柱とする少女巻へと辿る。玉鬘十帖も夕顔の遺児である玉鬘、そして内大臣の娘達を対比させて描く柱も設けられている。親そして子を基底にした物語の展開が示されていたのである。

さらに、鬚黒の北の方にしても父の式部卿宮の苦衷を描くし、この様相が第二部では夕霧巻の巻末近くでの雲居雁が父・致仕の大臣邸に身を移すことに類似の在り方を見せ、物語の〈組成〉の方法を垣間見させている。宇治の世界にしても、都を軸とする物語として浮上させられる宿木巻は、今上帝と女二宮の母藤壺女御を絡め、もう一つの朱雀院と女三宮の物語でもあるという様相がある。枚挙に暇がないのだが、これらの〈親〉と〈子〉が作り出す軸が〈物語〉の〈組成〉の根幹としてあるのは、間違いのないところである。

その様相を「男」と「女」に分けて見る。第一部における光源氏の王権物語は、基本軸としては、父と息子の物語であったと言えよう。桐壺帝と光源氏、光源氏と冷泉帝この王権基軸に関わるもの、そして光源氏と夕霧の物語（野分巻など）がそれを揺さぶるという構図が見える。だが、それ以外は、第一部に於いて、父と息子の物語は主題軸を形成しないといっても過言ではあるまい。では、第二部以降ではどうかというと、女三宮の物語で柏木の位相が問題となろうが、表層的には女三宮の密通事件から出家への軸が注目され、その父と息子の物語は、基層に置かれるとするのが通常の理解であろう。そして、柏木から薫への軸が正篇と続篇を繋ぐ柱としてあるが、これにしても主軸であるかどうかは心細い。宇治はどうかというと、薫においては父は亡き人、八宮も息子を持たない、匂宮への父・今上帝の在り方は、これも殆ど語られない。父と息子の物語は、影が薄いのであろうか。時代状況の中で劣位にあったと考えられることの多い「女」こそが、〈物語〉の表舞台に相応しいということでもあろうか。

その他、擬製の親子として、紫上と明石姫君、玉鬘と真木柱があり、養女という親子関係も光源氏と秋好・玉鬘のことなどがある。また、紅梅大納言のことも、プレ宇治として八宮に細い線を投げていよう、等など多くの「親子」軸が物語の更なる〈読み〉を求めている。

五　薫という存在

宇治八宮が、三部のある意味では締め括りだと考えると、そのあり方を見る前に、考えておく必要のあるものの存在に気付かされる。それは、宇治の始めの巻・橋姫巻に伺える。

簡単に纏めると、基本的に橋姫巻は「親子の物語」としてあったということである。新たな物語の展開に相応しく八宮一家の物語があり、それに薫の出生に関わる秘事が後半にいくほどに強く絡みつくように展開されるのが、この巻である。薫が抱いた思いは、秘事というよりは、父への思いだったと物語は強調する。後で検討する。その薫前史は、父・柏木と母・女三宮の密通事件であった。

密通後、六条院（光源氏）に知られ、呵責の思いから、死道に赴く柏木。その最後の手紙が小侍従に託された。だが、柏木の思いも、女三宮への思いばかりではないのではなかったろうか。次である。

いみじうわななけば、思ふこともみな書きさして、

（1）今はとて燃えむ煙もむすぼほれ絶えぬ思ひのなほや残らむ

あはれとだにのたまはせよ。心のどめて、人やりならぬ闇に迷はむ道の光にもしはべらむ。と聞こえたまふ。

（④二九一）

だが、それに対する女三宮の反応は、実は大変冷たいものだった。「「我も、今日か明日かの心地してもの心細ければ、おほかたのあはればかりは思ひ知らるれど、いと心憂きことと思ひ懲りにしかば、いみじうなむつつましき」とて、さらに書いたまはず。」（④二九二）それでも、柏木への思いが熱い小侍従に責められて「しぶしぶ」返事は書かれたのである。柏木がその、返事を見るのが、次のところである。

紙燭召して御返り見たまへば、御手もなほいとはかなげに、をかしきほどに書いたまひて、「心苦しう聞きながら、いかでかは。ただ推しはかり。残らむ、とあるは、

（女三宮）たちそひて消えやしなまし憂きことを思ひ乱るる煙くらべに

後るべうやは」とばかりあるを、〈あはれにかたじけなし〉と思ふ。「いでや、この煙ばかりこそは、この世の

思ひいでならめ。はかなくもありけるかな」と、いとど泣きまさりたまひて、御返り、臥しながらうち休みつつ書いたまふ。言の葉のつづきもなう、あやしき鳥の跡のやうにて、

（柏木）行く方なき空の煙となりぬとも思ふあたりを立ちは離れじ

夕はわきてながめさせたまへ。咎めきこえさせたまはむひと目をも、今は心やすく思しなりて、かひなき、あはれをだにも絶えずかけさせたまへ」など書き乱りて　（④二九六、七）

「鳥のあと」は、『説文』序に「黄帝ノ史・蒼頡鳥獣ノ迹ヲ見テ、分理ノ相別ツベキヲ知ルヤ、初メテ書契ヲ造ル」とあり、文字の始原をいう言葉であった。根底に秘められた始原の思いは、女三宮への欲望が何に起因していたかを考えると、「この衛門督の、今まで一人のみありて、皇女たちならずは得じ、と思へるを」（若菜上④三七）とある「皇女」への思いだった。ともあれ、歌の意味を辿ると、（1）は、後々までも尾を引くので、残す。「たちそひて」の歌の「くらべ」は、柏木の死と結果的に女三宮の出家である。「煙くらべ」は荼毘に付されて立ち昇る煙なのだから、死ねるなら死にたい、結果的には、俗世を去ることが、「消える」（帰依する＝出家）ことになるのである。問題は柏木の歌、「思ふあたり」は、女三宮の周囲＝薫なのだということ。「あはれ」は死者に絶えずかけられのではなく生者に相応しい。だから、横笛で薫へ受け継がせたいと夢に死霊として出現するのである。夕霧の推測も、その線と関わっている。薫を始めてしっかりと見て、「父大臣のさばかり世にいみじく思ひほれたまて、子と名のりいで来る人だになきこと、形見に見るばかりのなごりをだにとどめよかし、と泣き焦がれたまふ」（横笛④二六五）と、子への伝えを意識するのである。残す子への思いが太い筋として機能している。これが、「世の中をかりそめのことと思ひとり、厭はしき心のつきそむることも、わが身に愁へある時、なべての世も恨めしう思ひ知るはじめありてなむ、道心も起こるわざなめるを、年若く、世の中思ふにかなひ、なにごとも飽かぬことはあらじとおぼゆる身のほ

どに、さはた、後の世をさへたどり知りたまふらむがありがたさ」（橋姫⑤一三一、一二）、八宮の不本意ながらの聖と薫の聖心の対とも連関するのである。

六　宇治——親子の物語

女三宮は、六条御息所などの菩提をも弔わせられるべく、出家したといったが、その実態は、薫の認識では、「明け暮れ勤めたまふやうなめれど、はかなくおほどきたまへる女の御悟りのほどに、蓮の露も明らかに、玉と磨きたまはむことも難し。五つの何がしもなほうしろめたきを、我、この御心地を、同じうは後の世をだに、と思ふ」とされていた。続く「かの過ぎたまひけむも、安からぬ思ひにむすぼほれてやなど推しはかるに、世をかへても対面せまほしき心つきて」（匂宮⑤二四、五）とは、前述の柏木（1）歌を何故か薫が象徴的に看取っているところである。詳細は省くが、笛が伝えられて、宿木巻の藤壺の藤花宴で、薫「大将の御笛は、今日ぞ世になき音の限りは吹きたてたまひける」（⑤四八二）と、中納言から大納言に昇進し、今上の女二宮を得た最も晴れの場で奏でられる。死を迎えてやっと権大納言に昇進した父の、子に託すべき未来とは、これであったのだろうか。

柏木の中納言昇進は、皇女との結婚が可能となることを示すという。薫に関しては「宰相の中将、その秋中納言になりたまひぬ」とあったのは、「亡からむ後、この君達をさるべきものの便りにもとぶらひ、思ひ捨てぬものにかずまへたまへ」などおもむけつつ聞こえたまへば」（椎本⑤一七九）と、八宮に娘を託されたところであった。それを、越えての晴の場で、父の「身をかへりみる方、はた、ましてはかばかしからぬ恨み」（柏木④三一五）をはらし、立派な立身出世を示した時が宿木の場であった。

だが、物語は薫と八宮の姫君達（「宮」呼称があることに注意）とをパラレルに描いていたのである。薫の表層化された世界とは別に、「親子」の物語は、展開する。椎本巻で死を迎えた八宮、それに対する娘たちの構図、それは、連携される形で物語の八宮と娘達のことである。主題を深化させる。

一部分は、「宇治の物の怪」[*8]で書いたが、さらに補足すると「薫は八宮が「天翔りてもいかに見たまふらむ」と成仏できずにいることを確認していたこと、大君の「なほかかるついでにいかで亡せなむ、この君のかくそひゐて、（略）心やすからずうかるべきこと、もし命強いてとまらば、病にことつけて、かたちをも変へてむ」（⑤三二三）と八宮が成仏出来ずにいると聞いた思い。この八宮の夢が起点で展開する構図は、女三宮と柏木の物語とは、順が逆であること。大君の出家願望は阻止されたのは、紫上と同位相であることなど、従来の成果を踏まえてさらに〈読み〉を深めることが求められていよう。

ともあれ、「親子」の視座から、物語の〈組成〉はもっと深く手繰られ、〈読む〉ことが出来るのだという一端を述べた。

注

＊1　関根賢司「源氏物語の〈闇〉」『物語文学論—源氏物語前後—』（桜楓社、一九八〇）は、「物語の始発には、この世にとりのこされた〈父と子〉がきまって登場してくる」と看破していた。「物語の幕があくと、闇におおわれた舞台が現れ、そこに、とりのこされ、うちすてられた父（帝）と子（皇子・光る源氏）の悄然とした姿が、おもむろにうかびあがってくる、という書割が、物語の始発の構図であった。物語の第一部も、第三部も、全く同一の構図のもとに、その新たな始発が告げられるであろう」との叙述も象徴的に、言い表していた。

＊2　今井源衛「源氏物語に於ける親と子」（『日本文学史研究』3、一九五〇・一）＝『今井源衛著作集1　王朝文学と源氏物語』（笠間書院、二〇〇三）
＊3　三谷邦明「源氏物語若菜上巻冒頭場面の父と子―朱雀と女三宮あるいは皇女零落譚という強迫観念とその行方―」（『物語研究』第三号、二〇〇三・三＝『源氏物語の方法〈もののまぎれ〉の極北』翰林書房、二〇〇七）
＊4　原岡文子「幸い人中の君」（『源氏物語の人物と表現　その両義的展開』翰林書房、二〇〇三）
＊5　阿部「組成論とは何か―目論見・概略と意図」（『物語文学組成論Ⅰ　源氏物語』笠間書院、二〇一一）
＊6　同＊3論で三谷は「「誰を頼む蔭にて〈ものしたまはん〉とすらむ」と訝しがっているように、この疑問が第一部の桐壺巻に記されている高麗の相人の予言のように、これからの物語展開を領導する予告となっている」と、読む。一部と二部を結ぶ指摘として大事な点である。だが、差異として予言に類するものはあるが、遺言はないことも押さえておきたい。類想と超えるものとして、三部との差異化がある。
＊7　笹生美貴子「『源氏物語』に見られる「呉竹」―《夕顔・玉鬘母子物語》の伏線機能」（『語文』一二四、二〇〇六・三）
＊8　阿部「物の怪誕生―宇治の物の怪」（『物語文学組成論Ⅰ　源氏物語』笠間書院、二〇一一）

記憶

沈黙の向こうに広がる〈記憶〉——末摘花巻の「しじま」贈答を中心に

本橋裕美

はじめに

〈記憶〉をめぐる議論が一九九〇年代に盛んに行われ、〈記憶〉により支えられる社会システム像を明らかにしたことは、今さら確認するまでもない。また〈記憶〉を、システムを作り上げるものとしてとらえるのだけでなく、文献を始めとするさまざまな〈遺ったもの〉の隙間にある、小さな〈記憶〉たちへ、われわれの〈まなざし〉は向かっていった。古典文学研究においても、作品内部の〈記憶〉や享受における〈記憶〉など多様な試みが続けられている。たとえば「日本紀講」など、集団の記憶への探求が進められる一方で、個人の、或いは小集団の「記憶」をその問題圏に常に置くことができる点で、〈記憶〉というテーマはこれから先も広がりを見せるだろう。[*1]

本稿で扱う『源氏物語』においては、三田村雅子『記憶の中の源氏物語』[*2]に代表される、享受という〈記憶〉に注目が集まっている。時代や身分、性別などさまざまな要件の中で物語は〈記憶〉される。『源氏物語』はその享受者を際だって幅広く獲得したという点で「物語と記憶」という問題を考える格好の材料であった。

本稿では、登場人物や語り手が抱える記憶、その記憶が姿を見せた際の同時代的な〈記憶〉の共有を中心に考えたい。主な対象として扱うのは、『源氏物語』末摘花巻である。末摘花は、「大きな記憶」と「小さな記憶」の問題を引き寄せる女君といえる。彼女が、外部テクストを過剰な程に惹起させることはこれまでも注目されている。それは先行研究を概観することでも了解されよう。末摘花を彩るものとして、神話や先行物語、仏教、漢文世界まで、多くの外部テクストが指摘されてきた。末摘花を光源氏の巫女的な存在として見る論もあるが、様々なモノを投影できるという点で、何より読み手にとって末摘花は優れた「憑坐」なのである。そしてまた、外部テクストを導入するまでもなく、末摘花自身が小さな「記憶」、忘れ去られそうな「記憶」を証言する者として描かれている。父・常陸宮の有した「古代」性の中に生きていること。さらに末摘花巻の記憶を抱えて蓬生巻に顕れること。「時代遅れ」として笑われる彼女のあり方は、忘れ去られそうな記憶を背負っていることの裏返しである。

本稿では、この記憶を引き寄せる末摘花巻における、これまであまり言及のなかった「記憶」について考察する。記憶は捏造もされるし、朧化もする。そうした脆さを抱えていながら、記憶の有無は情報の差として人々を決定的に隔てるものとしても機能する。末摘花を取り巻く一つの「記憶」を通じて、本テーマに関わる記憶の問題圏を捉え直す一助としたい。

一 「しじま」を巡る贈答

末摘花巻における光源氏の恋は、「思へどもなほあかざりし夕顔の…」（①二六五）[*3]と、夕顔との悲恋を引き受ける形で始まっていく。ここにも既に光源氏の「記憶」、そして読み手の「記憶」を呼びおこす回路が設定されている。

一方で時間的には若紫巻と並行する末摘花物語は、男女関係を結べない若紫との不完全な恋物語、そして夕顔、空蝉といった中の品の女との恋の失敗譚を別の角度から照らすものとしてある。それらの恋においては光源氏の動き、すなわち見舞いや方違え、北山詣でが女君を見つけ出す契機としてあったわけだが、末摘花との恋物語においては、大輔命婦[*4]という女房の手引きによって恋が始まっていく。光源氏の乳母子で「いといたう色好める若人」（末摘花②二六六）であり、内裏へも出仕している女房である。末摘花との恋物語は、女房が噂を運び、コントロールするという点でそれまでの光源氏の恋と異なる様相を見せる。この命婦は、恐らくは末摘花の血縁者でありながら、結局のところ末摘花を気に入らず夜離れする光源氏を許してしまう。女房として欲望を操ることをしなくなり、恋をコントロールする力を失うのである。

最後には光源氏側に立つことになる命婦とは別に、末摘花巻にはもう一人、重要な役割を背負う女房がいる。末摘花の乳母子の侍従である。この侍従が登場するのは、光源氏と末摘花が最初の逢瀬を交わす直前の遣り取りの場面である。

君は人の御ほどを思せば、されくつがへる今様のよしばみよりは、こよなう奥ゆかしと思しわたるに、とかうそそのかされて、ゐざり寄りたまへるけはひしのびやかに、えひの香いとなつかしう薫り出でて、おほどかなるを、さればよと思す。年ごろ思ひわたるさまなど、いとよくのたまひつづくれど、まして近き御答へは絶えてなし。わりなのわざやとうち嘆きたまふ。

「光源氏 いくそたび君がしじまに負けぬらんものな言ひそといはぬたのみに

のたまひも棄ててよかし。玉だすき苦し」とのたまふ。女君の御乳母子、侍従とて、はやりかなる若人、いと心もとなうかたはらいたしと思ひて、さし寄りて聞こゆ。

侍従　鐘つきてとぢめむことはさすがにてこたへまうきぞかつはあやなき

いと若びたる声の、ことに重りかならぬを、人づてにはあらぬやうに聞こえなせば、ほどよりはあまえてと聞きたまへど、めづらしきが、なかなか口ふたがるわざかな。

光源氏　いはぬをもいふにまさると知りながらおしこめたるは苦しかりけり

何やかやとははかなきことなれど、をかしきさまにも、まめやかにものたまへど、何のかひなし。

（末摘花①二八二―二八四）

命婦の手引きで対面が実現し、光源氏は姫君（末摘花）を口説く。しかし、末摘花からは何の反応もないという場面である。末摘花としては、「答へきこえで、ただ聞け」（①二八一）の心づもりであるから、光源氏の言葉をただただ黙って聞いており、返事をする気がない。その反応のなさに思わず漏らしたのが「いくそたび」の歌で、その主眼は末摘花の「しじま」、沈黙に負けて饒舌になるしかないことへの愚痴である。

二人の関係をもどかしく思った侍従の返す歌が「鐘つきて」歌であるが、鐘の音など聞こえないこの場面でやや唐突な表現といえよう。光源氏の用いた「しじま」を引き受けて選ばれた語と思われるこの「しじま」を巡る遣り取りについては、『原中最秘抄』に次の指摘がなされ、現在の注釈にも引き継がれている。

えしまし丶《誓言》まとちかひて物いはぬ事なり　又無言《シヽマ》行阿云四ケの大寺の僧綱等勤㆓公請㆒之時八講論談之砌に証儀判者問答之是非㆒磬を打て決㆓勝負㆒其後者所存相胎事雖㆑有㆑之両方共閉㆑口仍無言すと云々　しゝますとよむなり　然はいくたひか君か無言に負ものないひそといはさる憑のあるなりと云事也　然者此歌の心は鐘をうたさる前の儀也此贈答に云

（『原中最秘鈔　上』）*5

行阿の説として紹介されるが、鐘（磬）の音は問答の勝負を決したことを意味し、それが鳴った後は「無言」即ち「しじま」となるとする。光源氏の「しじま」に対し、末摘花のふりをした侍従が「鐘つきてとぢめむ」と返したことに対する見解である。

「いくそたび」の歌にも返事がなければ、光源氏は末摘花への侵入を諦めていたかも知れず、侍従の代返、それも末摘花のふりをした詠歌は非常に重要な役割を背負っていたと考えられる。しかし一方で、光源氏は侍従の歌に「口ふたが」ってしまうのであり、「いはぬをも」歌は先の二首とほとんど対応しない。『原中最秘抄』の八講論談の指摘を用いても明快な解釈がされてきたとは言いがたいのである。ここで、この遣り取りにこれまでほとんど指摘されて来なかったある「記憶」を導入して考えてみたい。

二 『大斎院前御集』における遣り取り

つきいとあかずなるほどに、しのぶる中将
316 なかなかにこよひの月のなかりせば
とあれば、うちに
そらに心のうかばましやは
このしのぶる中将、われをばたれとかしりたまへるとあれば、うちのいらへ
317 みかさ山さしてたれともしらぬまは
といふほどに、中将
あめのしたなる人をこそみめ

なにかなどいひて、さねかたのせうしやううたよまむなむとさるるほどに、うりゐんにかねつくおとのきこゆればあはれがりて、しのびの中将

318 さよふけて風にたぐへるかねのおとはものおもふ人の身にぞしみける

かねのうたよまむと少将のいへば、ものいはじとかはべりつると　うちにいへば、少将

319 かねのおとにものはいはじとおもへどもきみにまけぬるしじまなりけり

返しとくとくといへば、うちより

320 まくるまくる□さだむとしらばかねてこそものないひともいふべかりけれ

といひて、かへるほどにいはす

321 なはしろにかはづのこゑもすだかぬにいつをほどにてかへるかりがね

返し

322 けふゆくとおもはざらなむはるかへるかりは秋くるものとしらずや

（『大斎院前御集』三一六―三二二）*6

右は、『大斎院前御集』（以下、『前御集』）の一節である。『前御集』は大斎院を中心とした内々の遣り取りが多い歌集であるが、ここでは「しのぶる中将」（藤原公任）*7と「さねかたのせうしやう」（藤原実方）との交流が描かれる。

ここで少将、つまり実方が詠む三一九番歌「かねのおとに」は、先の光源氏と侍従の歌との語の一致が多い。この『前御集』の方では、直前の三一八番歌の詞書きに波線部「雲林院に鐘つく音の聞こゆれば」とあるので実際に鐘の音が響いている。この歌について、『大斎院前の御集全釈』は次のように訳している。

鐘の音のために、物は言うまいと思っていたのですが、（共に鐘の歌が詠みたくなって）あなたに負けて（破って）しまった、私の沈黙なのでした。*8

『全釈』は語釈で末摘花巻に近い表現があることを指摘するが、『原中最秘抄』の指摘する「八講論談」を結びつけてはいない。和語としての「しじま」の例が非常に少ないことからすれば、同一の源泉があるか、もしくは影響関係にあることが想定されよう。『前御集』は本文の異同に問題があるが[*9]、返しの歌にも「負くる負くる」や「定む」が見られ、やはり沈黙と勝負が結びつけられており、行阿の説の整合性は保たれる。しかし、やはり斎院という仏教を忌む空間での詠であることは考えるべきであろう。

この歌群は、『前御集』に珍しい斎院外部との遣り取りである。藤原実方が少将であった永観二（九八四）年から永延元（九八七）年ごろは、選子の支援者である兄・円融天皇の譲位と花山天皇の即位があった。詠歌当時は大斎院として華やぐ以前であって、選子内親王周辺は静かなものであったと考えられる。訪ねる人も稀な斎院に若い公達が来ること自体が非日常であったからこそ、仏教を忌む斎院空間で雲林院の鐘に耳を留めてしまう公任は賞讃され、実方と女房たちの親しげな遣り取りも際立つのである。

『前御集』における一連の遣り取りは、当時の静かな斎院においては、かなり華やいだ出来事であった。「鐘」と「しじま」を含む実方の歌は、女房たちとの勝ち負けを争う戯れの中にあって、仏教的連想が前面に出てくるわけではない。「無言」の和語表現である「しじま」は、仏教と縁遠い場所に響く鐘の音の問題をすり替える役割を果たすのである。《私はだれ》と問いかける公任は斎院空間に慣れていないと思しく、実方は案内役と考えられる。ここでの斎院空間について論じるには紙面が足りないが、この空間に慣れた実方の詠は、雲林院の鐘が聞こえながら修行することの叶わない女房たちの心理に応じながらも、それを戯れへと変じた歌であろう。発想の源泉として八講論談があろうとも、それを実方も応対する女房も「ないこと」にするのである。実方歌は、斎院空間に鐘が響くという状況があって初めて詠まれるものと言えよう。この場面を「記憶」して、『源氏物語』末摘花巻を検討してみたい。

三　「しじま」と「鐘」の〈記憶〉の行方

ここまで、末摘花と光源氏の逢瀬を招く一連の遣り取りと、『前御集』における斎院女房と公任・実方の交流の場面をそれぞれ確認してきた。歌の表現上、近しいこの二つが、先行研究においてほとんど指摘されてこなかったことは前述した。注目されてこなかった理由の一つには、『源氏物語』との時間的前後関係を断定する難しさがあろうし、もう一方には『前御集』の扱いの難しさがある。先に『前御集』の詠歌時期を実方の少将在任時期から考えたが、『源氏物語』の書かれた時期と近接しており、さらに『前御集』がどこまで流布していたかも定まらない。しかし、本稿においては、この二つの遣り取りを接結してみたい。

「鐘つきて」を詠んだ侍従の境遇については、次のような解説が加えられる。

侍従は、斎院に参り通ふ若人にて、このころはなかりけり。（末摘花①二九一）

末摘花と逢瀬を遂げたものの、忙しさもあって光源氏の訪れがすっかり間遠になっている場面である。侍従が末摘花邸だけでなく斎院にも出仕していることが明らかにされ、そのため、たまたま光源氏が訪れた日に彼女はいない。末摘花を取り繕う役を担う侍従の留守は結局、その醜貌の露見を招くのだが、この一文によって侍従と斎院空間との結びつきが示される。斎院に出入りする侍従の存在が実方の歌を引き寄せるのである。

光源氏の「いくそたび」歌は、内容としては単純である。「しじま」を歌語とする例は少ないが、八講論談を意識しなくとも対応可能だろう。しかし侍従は「鐘」を用いて返歌した。あくまで愚痴であり、末摘花に対して表層の訴えだけが届けばよいと思っていたであろう光源氏にとって、この返歌の衝撃は大きいのである。実際、光源氏は、

「はやりか」なる侍従の返歌に対して、十分に対応することができていない。「こころにはしたゆく水のわきかへりいはで思ふぞいふにまされる」（古今六帖・巻五・二六四八）を引いて、「鐘つきて」の返歌などなかったかのように末摘花の「いはぬ」扱いを止めないのである。

侍従の知識が八講論談にまで及んでいたかどうかは定かではない。しかし、侍従の「鐘つきて」歌の背景には、やはり実方の歌、さらにそれを含む一連の場面がある。『源氏物語』の時代設定を一条朝より過去に置くという了解事項に従えば、時間的な前後関係的にはあり得ないのだが、侍従は『前御集』で描かれた「記憶」で以て光源氏に対峙したのであった。それは光源氏の知らない「記憶」であり、その予想外の反応に光源氏は戸惑うのである。末摘花は自身と同じ皇族であり、末摘花の個性を支える常陸宮も光源氏にとって無縁な存在ではない。しかし「しじま」に「鐘」で以て応える侍従（光源氏にとっては末摘花）の機転は、光源氏の抱く末摘花像を揺らがせたといえる。こののち、光源氏は戸惑いを打ち消そうとばかりに「をかしきさまにも、まめやかにも」（①二八三―二八四）末摘花を口説こうとするが、その後の返事はいっこうになく、「思ふ方ことにものしたまふ人にや」（①二八四）との発想に及ぶ。思いを交わす人として想定されるのは、頭中将ではなかろう。侍従の切り返しに戸惑うのは「しじま」に「鐘」で応じるという先例を光源氏が持たないからである。和歌は記憶の積み重ねで成立する媒体であり、光源氏がそれに優れていることは自明である。その和歌で予想外の、それでいて適切な切り返しが行われたところに、光源氏の誤算、戸惑いはあった。同じ文化圏に生きる頭中将の関与を想定するはずがない。命婦という親しい女房が所属し、また皇族という点でも通じるはずの末摘花から響いた（と勘違いした）思いがけなさが、光源氏を末摘花との逢瀬に駆り立てるのである。

かねてから指摘されてきたように、末摘花は沈黙の女君である。*10 光源氏はその「しじま」に負けて饒舌になるが、だからといって末摘花は反応しない。逢瀬を遂げてさえ、その無反応さに光源氏の戸惑いは晴れないのである。結局のところ、その戸惑いの正体は露顕する醜貌に収斂する。光源氏の背を押した「しじま」から「鐘」への機転が問い直されることはない。

もう一度、当該場面を確認したい。末摘花という特異な女君を前に身動きの取れない光源氏の背を押すものとして、侍従の歌はあった。光源氏を戸惑わせる機能を持つ歌によって、光源氏は末摘花との逢瀬に踏み切るのである。侍従歌の持つ「戸惑わせる機能」は、『源氏物語』の時間軸から言えば存在しない『前御集』の舞台、斎院空間の「記憶」に支えられている。しかしながら、時代的にパラレルに存在する斎院空間の「記憶」は、末摘花造型の衝撃によって不問に付されてしまう。物語に唐突に織り込まれた存在しない時空からの「記憶」を問い直すことは巧妙に回避されたのである。

おわりに――だれの〈記憶〉か

末摘花巻における、光源氏と末摘花の逢瀬を導く三首の歌について論じた。光源氏の「いくそたび」歌は、沈黙を意味する和語として「しじま」を用いた点で仏教的世界への連想の可能性を持つ歌であるが、主旨は愚痴であって仏教的な要素が強く意識されていたわけではない。その愚痴に過ぎない歌に、侍従によって「鐘」という語が持ち込まれ、八講論談という仏教に関わるものを引き寄せる贈答となる。侍従の歌の背後には選子内親王の斎院空間が存在しており、仏教を忌む空間であるからこそ詠まれた実方の歌の影響が色濃くあるのである。斎院に仕える侍従が持ち込んだ歌の「記憶」は、光源氏をたじろがせ、戸惑いの克服のための逢瀬に向かわせた。しかし重要な役割を背負っていながら、その斎院空間の問題は棚上げされ、むしろ光源氏と末摘花を結んだ歌として「記憶」されていくのである。

最後に確認しておくならば、「しじま」に纏わる「記憶」の論理、すなわち『源氏物語』上では存在しない時間の「記憶」が用いられ、『源氏物語』の内側の「記憶」として成立してしまうという記憶の混濁は、同時代の読者にとって、われわれとはまた異なった認識の中にあったはずである。一条朝において、選子内親王が管理する斎院は後宮にも匹敵する文化サロンであった。文化のみならず、本来ならば仏教を忌む空間であった斎院に仏教信仰を持ち込み、斎院空間のそうした束縛からも自由な、「大斎院」と呼ばれるに相応しい空間を選子内親王は作りあげている。しかし、侍従の歌が呼び起こすのは、『前御集』の斎院空間である。仏教を忌むという束縛と、雲林院の鐘との相克、さらには円融天皇譲位の物憂さが、たまたま訪れた客人との間で交わされたことで、「しじま」の贈答は盛り上がりを見せた。末摘花巻の引用関係は、一条朝の斎院空間を知る読み手にとって、『前御集』ごろの斎院空間を垣間見、その差異を認識するものとして機能したのではないだろうか。物語の時間軸を基準におけば、斎院も、実方たちの「しじま」贈答も存在しない。しかし、『前御集』を知る読み手にとっては、侍従が仕える斎院は選子内親王と重なるのであり、常陸宮や末摘花の系譜も奥行きを持つ。『源氏物語』に導入される実方詠は、時間軸という条件に支えられない「記憶」であり、その「記憶」を有する読み手によって物語にもたらされた瞬間に、時間的な揺らぎと時間軸に制限されない広がりとを同時に引き起こすのである。

末摘花巻における光源氏と侍従の歌の遣り取りを中心に、〈記憶〉が引き起こす波紋について論じてきた。〈記憶〉の持つ曖昧さは冒頭で指摘した。「しじま」贈答に纏わる「記憶」の混乱は、まさにその所有、解釈の曖昧さ、揺らぎを浮き彫りにするものであるといえよう。時間軸を過去に置く物語の中だからこそ起きる混乱であり、またその混乱の中で「しじま」贈答が『前御集』なしに解釈されていくことは、「記憶」がより力を持つもの（ここでは、『前御集』よりも『源氏物語』が力を持つ）に吸収されていく姿を端的に顕している。『前御集』は、大斎院と呼ばれて権力を有する前の斎院空間における、「小さな記憶」の集積である。その『前御集』の中の一場面が、末摘花巻においてわずかに顔を出し、また忘れられていくことに再度注目して、本稿を閉じたい。

注

＊1　記憶を扱った論は多く、詳細を挙げることはしないが、特に参考としたものに、前田雅之『記憶の帝国』（右文書院　二〇〇四）、岡真理『記憶／物語』（岩波書店　二〇〇〇）など。なお、本稿においては、記憶について、分析概念は〈〉、特定・個別の記憶については「」で表し、それ以外は括弧を付けずに示した。

＊2　新潮社　二〇〇八。

＊3　『源氏物語』の引用は「新編日本古典文学全集」（小学館）により、一部私に改めた。

＊4　大輔命婦の系譜については、本文中にも父母などが顕れ、「わかむどほり」であることが示されるなど、末摘花と血縁的に無縁ではないと考えられる。なお、侍従や侍従の仕える斎院などと常陸宮家の間に結びつきがあることも想定されている。

＊5　「阿波国文庫旧蔵　原中最秘鈔」『源氏物語大成　巻七　研究資料編』（中央公論社）により、一部私に改めた。

＊6　『新編国歌大観』（角川書店）による。『大斎院前御集』は孤本。解題によれば、三一八詞書の「せうしや」→「せうしやう」、三二一歌「かはへのこゑ」→「かはづのこゑ」と改訂が為されている。なお論文中での引用の際には私に漢字をあてている。また、便宜上、歌の上に『新編国歌大観』の歌番号を振った。

＊7　「しのぶる中将」がだれかについては安西奈保子「大斎院サロンの人々」（『平安文学研究』六五　一九八一）の藤原公任説が支持されている。

＊8　『私家集全釈叢書　大斎院前の御集全釈』（風間書房　二〇〇九、以下『全釈』）。『私家集注釈叢刊　大斎院前の御集注釈』（貴重本刊行会　二〇〇二、以下『注釈』）も参考としたが、通釈としては概ね同様の見解を示している。

＊9　「しじま」という語自体に関する研究は少ないが、安川定男「「しじま」について」（『中央大学国文』1　一九五八）などはその確実な例を『源氏物語』の当場面とする。
＊10　藤井貞和「末摘花巻の方法」（『講座源氏物語の世界』2　一九八〇）。

※本稿は平成二十三年度科学研究費補助金（特別研究員奨励費）による研究成果の一部である。

古典／学／知／教育

「くたに」「こだに」考

布村浩一

はじめに

贅言するまでもないが、『源氏物語』には近代以前までに膨大な注釈作業がなされてきた。これら古注釈[*1]は、近代以降の実証性を重んじる〈知〉や〈学〉の在り方とは同一視できないが、逆に言えば、近代以前の〈知〉や〈学〉の在り方を示しているといえる。そこで本稿では、『源氏物語』に見える、未だ意味が確定していない語句である「くたに」と、およびこれに類似した語句である「こだに」に対する注釈史を追い、古注釈というものが持つ〈知〉や〈学〉の特徴について見ておきたい。

少女巻や『古今集』遍昭歌（四三五）に見える「くたに」に比定される植物については、拙稿[*2]にてかつて考察したことがあるが、遺漏や錯誤が多かったように思う。古注釈の中には同一視する注釈もある「くたに」と「こだに」について、主に古注釈における語義解釈の歴史を追いながら、ここで再度、整理・補足して考えておきたい。問題となる「くたに」と「こだに」を含む本文を次に挙げておく。

北の東は、涼しげなる泉ありて、夏の蔭に寄れり。前近き前栽、呉竹、下風涼しかるべく、木高き森のやうなる木ども木深くおもしろく、山里めきて、卯花の垣根ことさらにしわたして、昔おぼゆる花橘、撫子、薔薇、くたになどやうの花くさぐさを植ゑて、春秋の木草、そのなかにうちまぜたり。東面は、分けて馬場殿つくり、埒結ひて、五月の御遊び所にて、水のほとりに菖蒲植ゑしげらせて、むかひに御廄して、世になき上馬どもをととのへ立てさせたまへり。（少女・③・七九頁）[*3]

明けぬれば帰りたまはむとて、よべおくれてもてまゐれる絹綿などやうのもの、阿闍梨に贈らせたまふ。尼君にもたまふ。法師ばら、尼君の下衆どもの料にとて、布など言ふものをさへ召してたぶ。心細き住まひなれど、かかる御とぶらひたゆまざりければ、身のほどにはめやすく、しめやかにてなむ行ひける。木枯らしのたへがたきまで吹きとほしたるに、残る梢もなく散り敷きたる紅葉を、踏みわけけるあとも見えぬを見わたして、とみにもえいでたまはず。いとけしきある深山木に宿りたる蔦の色ぞまだ残りたる。こだになど少し引き取らせたまひて、宮へとおぼしくて、持たせたまふ。（宿木・⑤・四六二頁）

「こだに」について

「くたに」「こだに」のうち、まず注釈史の展開が比較的はっきりしている「こだに」について、主要な注釈書を引きながら整理しておきたい。

「こだに」の注釈史について、伊井春樹氏[*4]は、素寂『紫明抄』（一二七〇年前後？）[*5]の「こだに　木蚋（＝ぶよ・毒虫）」から始まる「こだに＝虫」説（なお、「こだに」に注が付されるのも『紫明抄』が初である）が、一条兼良の『花鳥余情』（一四七二年）あたりが権威となり、主流の説となっていったと説く。より細かく見ると、次のような流れとなる。

木蚋也、み山木にうき草のすかたして、つたなとのやうにひしととりつきたる物也
（長慶天皇『仙源抄』〈一三八一年〉）

木蚋、深山木ニウキ草ノスカタシテ、ツタナトノヤウニトリツキタル物也
（正徹『一滴集』〈一四四〇年〉）

あふなとやうの類たるへし、是ハ蔦なとにつきたる虫のからなとやうの物にや
（藤原正存『一葉抄』〈一四九五年〉）

素寂『紫明抄』の後に『仙源抄』『一滴集』を経て、『花鳥余情』へと至る流れである。なお、『仙源抄』と『一滴集』はほぼ同文である。よって、（少なくとも「こだに」注において）両者に影響関係が認められ、また、「こだに」注釈史の上において『仙源抄』の存在が大きいことを示している。

「こだに＝虫」説に従えば、中の君への手土産に持って行こうと考えた蔦紅葉に虫がこびりついていては失礼だろうということで、薫が虫を取り去ったという解釈になる。しかし、貴公子が虫の駆除をしている（あるいはさせている）光景は、何とも不自然で滑稽なものであるように感じる。

こうした不自然さを考慮してか、『河海抄』の「こだに＝蔦の一種」説（「木蚋　つたのたくひ歟」）が再び注目されることになる。伊井氏は、三条西実隆が肖柏の講釈をまとめた『弄花抄』（一五一〇年）が、『河海抄』の説を復権し、また実隆も自著『細流抄』（一五一三年）に採用して以来、「こだに＝蔦の一種」説が主流になったと説く。

あれほど頑冥に保守性を持続して来た〝虫〟の説は、肖柏によってその遺物の神話が一度崩されると、それ以後はもはや顧みられることもなくなってしまうのである。三条西実隆の「細流抄」（一五一三年）では、「蔦の類と云々」と記されるだけで、〝虫〟の説には一べつもされなくなってしまう。室町後期は三条西家の源氏学が隆

盛した時代であってみれば、もっぱらこの「蔦の類」とする解釈で物語が読まれていったと想像される。伊井氏の述べるとおり、実隆の子公条の『明星抄』（一五三四年）も「蔦の類也云々」として、「こだに＝虫」説について触れていない。また、『明星抄』以降の主要な注釈書も、次のように「こだに＝蔦の一種」説をまず挙げ、参考として「こだに＝虫」説を挙げる立場を採っている。

蔦に似たるかつらと云り、一説にこたにといへる虫あり、またら也と云り、蔦につきたるをひきさけて蔦の紅葉をもたせ給ふと也、但こたにとは蔦に似たるかつらと心えて可然由といへり

（能登永閑『万水一露』〈一五七五年〉）

蔦の類也。一義又云木に取付たる虫のからの類云々。

（九条稙通『孟津抄』〈一五七七年〉）

その後の、北村季吟『湖月抄』（一六七三年）や契沖『源註拾遺』（一六九八年）、本居宣長『源氏物語玉の小櫛』（一七九六年）といった主要な注釈書も「こだに＝蔦の一種」説を採っている。

なお、「こだに」は『枕草子』「草は」の段にも見えている。

草は　菖蒲。菰。葵、いとをかし。神代よりして、さるかざしとなりけん、いみじうめでたし。もののさまもいとをかし。おもだかは、名のをかしきなり。心あがりしたらんと思ふに。三稜草。蛇床子。苔。雪間の若草。こだに。かたばみ、綾の紋にてあるも、ことよりはをかし。

北村季吟『春曙抄』（一六七四年）など、『枕草子』の主な注釈書は「こだに＝蔦の一種」説の立場を採っている。その際に『河海抄』を引いている点に、その影響の強さが伺える。

一方、三条西家流源氏学と同様、「こだに＝虫」説に対して批判的な立場を採る点では共通していても、「こだに＝蔦」説には必ずしも与さない立場を採る注釈書もある。

こだにとは、ぐみといふ物の事なり、〈略〉此こだにの事を木につきたるむしの事なりと侍りしに、ひきとりてとあるは、むしなどをとりすてさせてといふ事とすいりやうしてかきけるにやと、いとおかしくぞ侍りし、かやうなる事侍るま丶、はしぐ〳〵のしるしかきたるもの御らんじて、まこと丶、おもひ給ふなと申、事にくりごとしよりのくせとして申侍るなり、

（花屋玉栄『玉栄集』〈一六〇二年〉）

『玉栄集』は「こだに＝虫」説に対して、「此こだにの事を木につきたるむしの事なりと侍りしに〈略〉事にくりごととしよりのくせとして申侍るなり」と痛烈に批判し、「こだに」を「ぐみ（茱萸）」であるとする。[*6] 但し、この時の薫の手土産に対して、匂宮は蔦のことのみ述べている。よって、伊井氏が述べるように「やや無理な解釈と言わざるを得ない」。

とは言え、前述の「こだに＝蔦の一種」の説にも問題はある。佐伯梅友氏[*7]は文脈上の不自然さについて、次のように指摘する。

「こだに」は、湖月抄に「蔦の類也」とする説や「木にとりつきたる虫のからの類也」とする説を引いているが、後者は、次の歌との連絡上もぐあいが悪いだろう。また、枕草子「草は」の中に「こだに」とあるにしても、前に「いとけしきある深山木にやどりたる蔦の色ぞ」と出ているのだから、「こだに」という特別な名前を出す必要もないところであり、というよりも、ここに「こだに」という名詞を出しては、文脈がごたつくであろう。

ちなみに、匂宮が「こだに」という名を出していないことは、「こだに＝蔦の一種」の場合にも当てはまる。「こだに＝蔦の一種」であるから、匂宮が「こだに」という固有名を出さずに、「蔦」という総称で呼んだと考えることもできる。しかしその場合、わざわざ総称で呼ばなければならない理由がわからない。「こだに＝虫」説であれば、その後の匂宮の言葉に「こだに」が見えないことの説明はつく（薫によって「こだに」は除去されている）。しかし、「虫の

駆除」という状況の不自然さは如何ともし難い。

現行の注釈書が採用する「こだに＝せめてこれだけでも」説は、これらの説の行き詰まりを承けて生まれた説であろうか。次の雅望の余説が発端となっている。

豊後の島まろがいふ、こだにはこれをだになるべし、是をとは蔦紅葉をさす、この説しかるべく千蔭はおもへりと云々　（石川雅望『源註余滴』〈～一八二〇年？〉）

その後、池田亀鑑の『源氏物語』注釈（朝日古典全書）に受け継がれて、現在に至ることは、伊井氏の指摘する通りである。

ここで、「こだに」注釈史の流れをもう少し補足しておきたい。「こだに＝蔦」説の嚆矢である『河海抄』が「こだに」を「蔦の一種」と解した理由は、（善成による文脈による判断もあったかも知れないが）先行する『古今集』「くたに」歌に対する注釈の存在も無視できない。

ちりぬればのちはあくたになる花を思ひしらずもまどふてふかな　（『古今集』物名・くたに・四三五・遍昭）*8

ハギノチヒサキヤウナルハナノハベルナリ。クタントゾコノ心コロノ人ハ申スメル。「ム」ヲバフルクハ「ニ」トイエルナリ。イセモノガタリニモ「カチ人ノワタレドヌレヌエニシアレバ」トヨメルハ、縁ニシアレバトイエルナリ。　（藤原教長『古今集註』〈一一七七年〉）

教長卿云、萩のちひさきやうなる花のはべるなり。くたんとぞこのころの人はまふすめる。「む」をばふるくは「に」といへるなり。伊勢物語にも「かちひとのわたれどぬれぬえにしあれば」とよめるは縁にしあればといへるなり。顕昭云、このはなはひゑの山の無動尊とまふすところにおほくはべる者也。「ん」といふ文字はなきを、ひとへに「丶」とかなをつけむもさすがにあしければ、外書には、ぬるときには、「ん」とかきはべるなり。同

「に」もじなれど、しものてむをはねてかくなり。（顕昭『古今集註』〈一一九一年〉）

散て後はあくたになりぬる花を。さともおもひしらずして。まどふ蝶にてあると也。芥字なり。くたには苦胆也。山門無動寺にありと云。蔦の葉のちいさきに似たりと云。源氏に。宇治に「つた」「こたに」とかけり。是はもみぢする草の。蔦のようにて木にはひつくと云。（飛鳥井雅俊『古今栄雅抄』〈一四九八年？〉）

教長集注の傍線部「ハギノチヒサキヤウナルハナ」が指す、具体的な植物は明確ではない。ただし、教長集注を承けて顕昭注が述べる[*9]「このはなはひゑの山の無動尊とまふすところにおほくはべる者也」や、顕昭集注を承ける『古今栄雅抄』の「蔦の葉のちいさきに似たりと云。源氏に。宇治に「つた」「こたに」とかけり。是はもみぢする草の。蔦のようにて木にはひつくと云」から考えるに、遍昭歌に見える「くたに」を、宿木巻に見える「こだに」と同一視して、蔦類の植物であるとみなしていると考えられる。『河海抄』の解釈も、これらの『古今集』注釈を参考になされた可能性は高いだろう。

なお、「こだに＝虫」説の呪縛は強かったようで、暫くその後も生き残り、そう簡単には駆逐されなかった。

木蚋コダニ　木に付たる小虫にや、うへはほうつきの様也、蔦と云一義あり（里村紹巴『紹巴抄』〈一五六五年〉）

木に付たる小虫也、上はほうつきのやう木蚋、又蔦云、一義有（猪苗代兼也『続源語類字抄』〈一六三九年〉）

右掲した『紹巴抄』は、里村紹巴が三条西公条の講釈の聞書をまとめた注釈書である。この『紹巴抄』では「こだに＝虫」説が主な説として述べられ、「こだに＝蔦」説を参考として挙げる形式になっている。『紹巴抄』は公条の説をまとめた注釈書であるから、『明星抄』（及び公条の父である実隆の『細流抄』）と同じ注釈になっていてもよさそうなものである。しかし実際には、紹巴自身の考えが入ったのか（あるいは講釈の際の公条の解釈も揺れていたのか）微妙に異なる注釈となっている。

また、近世の注釈である猪苗代兼也の『続源語類字抄』も、『紹巴抄』と同様の注釈態度をとる。兼也は会津諏訪社宮司で、地下の連歌師であった人である。三条西家流源氏学から遠い立場であるために、「こだに＝虫」説を墨守する傾向にあったのか、あるいは三条西家流源氏学に対して批判的な立場をとっていたのか、理由は判然としないが、「こだに＝蔦」説よりも「こだに＝虫」説を優先している。

このように、三条西家流源氏学に近い立場にあった紹巴でさえ、「こだに＝虫」説から脱却しきれておらず、かなり後の兼也の時にまで「こだに＝虫」説は生き残っている。従って、「こだに＝虫」説が完全に否定されるまでには、かなり長い時間がかかったということだろう。

『源氏物語』における「こだに」注釈史の流れは、伊井氏の論を補足して考えるに、「虫」説（『紫明抄』）→「蔦」説（『河海抄』）→「虫」説（『仙源抄』）→「蔦」説（『弄花抄』）→「これだけでも」説（『源註余滴』）→現在、という流れになろうか。つまり、旧説が説の転換点において、復権しているということである。

「くたに」について①

「くたに」については、文脈からの推測も可能であった「こだに」以上に、諸説が錯綜している。前掲した顕昭『古今集注』や『栄雅抄』の述べる①「蔦の一種」説のほか、②「岩躑躅」説、③「岩藤」説、④「牡丹」説、⑤「龍胆」説、⑥「梔子」説、⑦「酸漿」説などがあり、諸説が錯綜していると言ってもよい。[*10]

①の「蔦の一種」説については、前章で掲載した顕昭『古今集注』や『栄雅抄』は「くたに」と「こだに」を同一視して、「くたに＝蔦の一種」としている。一方、『源氏物語』の古注釈の中に、「くたに＝蔦の一種」とするもの

は確認できない。

②の「くたに＝岩躑躅」説については、「岩ツ、ジト云」（寂恵『古今集勘物』〈一三〇〇年?〉）とあり、季節の点では問題ない（岩躑躅は春から夏の景物）。しかし、次に挙げる少女巻の春の町の描写が問題となる。

南の火は山高く、〈略〉御前近き前栽、五柴、紅梅、桜、藤、山吹、岩躑躅などやうの、春のもてあそびをわざとは植ゑで　（少女③七九頁）

つまり、右のように既にその名前が見えているため、「くたに＝岩躑躅」説はこの点で不適当であると考えられる。

③の「くたに＝岩藤」説については、次のようにある。

くたむとて、むらさきの色なる花さく草也。いは藤とも云也。墻桜と書けり（浄弁『浄弁注』〈一三三〇年前後?〉）

岩藤也。苦胆といふ草あり。同物歟。或云薔薇荷などいへり。古今集物名部にはくたにとかけり
（四辻善成『河海抄』〈一三六二年?〉）

『和漢三才図会』に拠れば岩藤は庭藤の別名とあるから、春から夏の景物ということになる。よって、夏の町に植えられていても不自然ではない。しかし、和歌における「岩藤（庭藤）」の例が、室町期まで確認できないため、『古今集』遍昭歌の「くたに」を岩藤と考えることは、「くたに＝牡丹」の場合と同じく、用例上、問題がある。

④の「くたに＝牡丹」説は、「苦丹。牡丹と云。いつれに夏の物なるへし」（『一葉抄』〈一四九五年〉）ほか、『弄花抄』『細流抄』『紹巴抄』『明星抄』『岷江入楚』『湖月抄』といった、三条西流源氏学の流れを汲んだ主な『源氏』の古註釈が採択してきた説である。*11 また、古註釈の中にも左のように、少女巻と『古今集』遍昭歌の「くたに」を同一視して、「くたに＝牡丹」とみなす説も複数見られる。

「古今物名苦胆なり。牡丹とも夏の類にかけり」（九条稙通『孟津抄』〈一五七七年〉）

苦丹とかきて牡丹の類といへり。源氏をとめに、北ひんがしは涼しげなるいづみありて、くたになどやうの花のくさぐ〵うゑて、春秋の草木その中にうちまぜたり。か丶れば、夏さく物と見えたり。或抄に同じ物語に、つたこたにといふを引たれど、それにはあらず。（契沖『古今余材抄』〈一六九二年〉）

ちなみに、後者の『古今余材抄』は、「或抄に同じ物語に、つたこたにといふを引たれど、それにはあらず」と、「くたに」と「こだに」をはっきり区別している。また、次の指摘のように、少女巻の描写と『古今集』の配列の問題（遍昭歌の直後が貫之の「薔薇」題の歌）との関連からも「くたに＝牡丹」説は有力である。

『源氏物語』では、「くたに」が夏の御方の庭に、花橘や薔薇と共に植えられており、『古今和歌集』物名の巻にも「くたに」の歌はあふひ、かつらにつづいて、貫之の詠じた「薔薇」のすぐ前に収められており、又この花は散りこぼれ落ちて行く花であるが、咲いている時は蝶がまとわりとぶような、温暖乃至は高温の所で美しく咲いていると思われ、どうも初夏の花のように考えられる。その点からは古来言われている「牡丹」かという説が一考に値するがはっきりしない。（阿部俊子『遍昭集全釈』[12]）

この「牡丹」と「薔薇」が併記されやすいことについては、次のように、『源氏物語』と同時代の庭園描写にも見えている。

北の廂の渡殿かけて、御障子どもに功徳の心ばへある絵どもをかかせたまひて、御簾ども懸け渡して、塗竿など渡して、宮々、上の御前などの御局と見えたり。この御堂の御前の池の方には、高欄高くして、その下に薔薇、牡丹、唐撫子、紅蓮花の花をうゑさせ給へり。御念仏の折に参りあひたれば、極楽に参りたらん心地す。（『栄花物語』「たまのうてな」）

「牡丹」と共に描かれている「薔薇」については、「別天地」「精神的紐帯」をイメージさせる植物であるとの指摘[13]がある。六条院が仏教的世界を意識して造営されていることは、次の用例からも確認できる。

春のおとどの御前、とりわきて、梅の香も御簾のうちの匂ひに吹きまがひ、生ける仏の御国とおぼゆ。
（初音・③・一四三頁）

かうののしる馬車の音を、もの隔てて聞きたまふ御かたがたは、蓮のなかの世界にまだ開けざらむここちもかくや、と心やましげなり。
（初音・③・一五二頁）

また、前掲した『栄花物語』の庭園描写に「御念仏の折に参りあひたれば、極楽に参りたらん心地す」とあることから、「牡丹」もあるいは、類似したイメージを抱えていた可能性がある。

但し、「くたに＝牡丹」説は、確実に牡丹を詠んでいる和歌については、次のように、院政期になるまで用例を確認できない点に問題がある。

牡丹の花ざかりに、修理大夫俊綱ふしみより
君をわが思ふ心のふかみぐさ花のさかりにくる人もなし
（『経信集』・五〇・橘俊綱）

返
君のみや心ふかみの花と見るわがおもかげにさらぬにほひ
（『経信集』・五一・源経信）

新院位におはしましし時、牡丹をよませ給けるによみ侍りけるさきしよりちりはつるまでみしほどにはなのもとにてはつかへにけり
（『詞花集』春・四八・藤原忠通）

加えて、島田忠臣（「五言禁中瞿麦花詩三十韻」序）や菅原道真（「法華寺白牡丹」「牡丹」）らの漢詩および、前掲した『栄花物語』の例、さらには、

まづ僧坊におりゐて見出したれば、前に籬結ひ渡して、また何とも知らぬ草ども繁き中に、牡丹草どもいと情

けなげにて、花散り果てて、立てるを見るにも、散りかはるといふことを、返しおぼえつつ、いと悲し。

（『蜻蛉日記』中巻「鳴滝籠り」）

などと、『古今集』『源氏』とそれぞれ近い時代の資料に、「牡丹」という表記が見えている以上、わざわざ「くたに」という表記を用いる必要性がどこにあったのか、という問題も残る。

「くたに」について②

前章で論じた④「くたに＝牡丹」説は、『古今集』や『源氏物語』の注釈書において主流の位置を占めていたが、近世になり、それ以外の説も見えるようになる。

⑤の「くたに＝龍胆」説は、『大和本草』（一七〇九年）の「龍胆　倭名りんどう、一名くたにと云」基づく説である。しかし、龍胆は秋の景物であり、夏の町に植える植物としては季節が合わない。また、

今按りうたんにくたにの和名あるごとくいふはひが言なり。すでに和名類聚抄にも、龍胆（和名ニカナ、エミヤクサ）とあげて、くたにの和名は見えず、こはりうたんの字音よりして、後におしあてたる誣説にて、あたらぬことなり。くたにのりうたんにあらざる証は、源氏もの語をとめの巻に、夏のかたの前栽に、さうびくたにをうゑられたること見えたり、これに仍て考ふるに、りうたんは本草綱目啓蒙等に見えたるごとく、暮秋より初冬へかけて、花さき実を結ぶものにて、夏のものにあらず、しかれども夏の方のせんざいにも、春秋の花をまぜてうへられしよしあれば、いかゞとおもふ人もあるべけれど、さにはあらず、それはさうびくたにの外に、春秋の花はかざてうへられたるにて、いかでか夏のかたのせむざいに、夏の花を置て、春秋の花を詮とはうへ

られべき、（屋代弘賢『古今要覧稿』〈一八二一～四二年〉）

との指摘にもある通り、「春秋の木草、そのなかにうちまぜたり」（少女）とはあっても、わざわざ明記される植物は夏のものであると考えるのが自然である。さらに、「龍胆＝くたに」説は、歌題の重複という問題も抱えている。しかし「りうたむ」は『古今和歌集』物名の巻に「くたに」のあと六首へだてて秋草の花の中に「龍胆の花」として友則が詠んでいる。又「りんどう」は、花がくずれ散る花ではなく、季節の関係からその花に蝶がまとわりつくこともほとんど見られないのではないかと思われ、「りんどう」を「くたに」に当てて考えるのは適当でないと思う。

阿部俊子氏[*14]は『古今集』同部立内における歌題の重複を指摘しているが、「くたに」を詠んだ和歌は遍昭歌のほかにもう一首、確認できる。

みなかみを山にておつるたきつせのしづくのたえずそそくたにかげ

（『古今和歌六帖』草・くたに・三七八三・紀貫之）

このように、『古今和歌六帖』同部立内においても「りうたん」を題とする三七七一番歌との歌題の重複という問題も抱えている。

⑥の「くたに＝梔子」説については、次のような指摘が見られる。

こは木丹の字音にてくちなしをいふとみえたり、爰に夏花さく物とするは即くちなしこそ五月専らさくめれ、古今集に出たるもこれなり。（賀茂真淵『源氏物語新釈』〈一七五八年〉[*15]）

真淵云、古今にくたに此物語の夏の御方の庭にもさうびくたになどを夏の花といへり、そのくたには木丹にてくちなしをいふ也、しからばくたにのくをこに誤りしにや、いにしへ衣をばいへいへにてそむれば、くちなしの子は用有て且をかしきものゆゑに、今紅葉ちりたるに蘿の少しのこりたるとまた折から木丹の子も深山にはいろなれば、そへてとらせられしをいふにて、かのひきとらせてふにつたとくたにをこめて書つらんとおぼゆ

（石川雅望『源註余滴』〈〜一八三〇年？〉）

くたには木丹と云然るべし、さて木丹は梔子花也とあればやがて其花をよめる成べし、梔子の花は風などに一ひらづゝ散やうの物にはあらで、椿などの類ひに一房さながら落て、地上にありても日をふるまゝに、さばかり白き色の五月雨などに黄ばみ朽て、見しにもあらず。成ゆくさま、後は芥にといへるに能叶へるもの也。

（香川景樹『古今和歌集正義』〈〜一八四三年？〉）

『源注余滴』の場合、「くたに」と「こだに」を同一視している。また、『源氏物語新釈』の述べる音韻面からの考察については、左掲する古閑素子氏[*16]の論も、同様の見解を示す。

クチナシの漢名に木丹がある。渡来植物のクチナシがまず漢名で呼ばれるのは自然であって、「木丹」と漢字で表されたのであろう。木丹と書かれたものが、朮丹と誤られたり、幾度かの書写の誤りによっていつの間にか求丹となり、「くたに」と読むに至ったのではないか。

さらに、左掲の渡邉論[*17]のように、「くたに」を、それが植えられている夏の町の主人である花散里を暗示させる植物として考える立場もある。

「木丹」にしても、無論、『源氏物語』における「くちなし」の用例が、全て色彩を表わしていることとも無関係ではないのであろうが、「木丹」という表現によってそこから再度色彩としての「くちなし」を連想させ、裁縫という、花散里の自立した新しい一側面をより鮮かに導き出そうとしたものだったと考えられると思うのである。

確かに、梔子は夏の景物であり、季節的には問題ない。また、渡邉論のように、人物の喩として植物描写を考える立場にも興味を引かれる。

しかし、梔子は色の名として詠まれることが専らで、梔子そのものを賞美する用例が極めて乏しいという問題がある。さらに、『古今六帖』にも、貫之歌からさほど離れていない箇所に、「くちなし」題の歌群（三五八〇〜三五一〇、部立は「色」）が見えており、歌題の重複という問題も抱えている。

そもそも、本文中に「くちなし」の表記が見えているのに、わざわざ「くたに」という表記を用いる必要性がどこにあったのか、という問題も残る。

⑦の「くたに＝酸漿説」については、次の説が唯一の例である。

古今和歌集物名にくたにとよめるは、ほ、づきのことなるべし、漢名酸漿、一名酸漿、一名酢菜、一名苦蘵子と本草和名、又苦耽と嘉佑本草みえたり、苦蘵の転音なるべし　（屋代弘賢『古今要覧稿』〈一八二一〜四二年〉）

安藤雅子氏[*18]は、『本草和名』『爾雅』に見える酸漿の漢名（苦蘵・苦耽・苦蔵）が音韻変化を起こして「くたに」に変化したと指摘し、「くたに＝酸漿説」を支持する。

これら異名が日本に流入し、「クシン」「クタン」が音韻変化を起こし「くたに」となったと考えられる。中国音の語尾の子音は日本においては省くか母音を付けて発音された。この場合「苦蘵」の「蘵」、「苦耽」の「耽」は、共にｔａｎの音であるから母音・ｉを加えて「クタミ」と読むが、「伊丹」の「丹（ｔａｎ）」をｔａｍｉと読むように、ｍ－ｎが混同されて「くたに」となったと思われる。

安藤氏は、「酸漿など言ふめるやうにふくらかにて、髪のかかれるひまひまうつくしうおぼゆ」（野分・③・二七八頁）のように、酸漿の実を示す場合は、「ほほづき」表記を、花を示す場合に「くたに（苦蘵・苦耽）」表記を用いたと説く。

その上で、「平安初期の漢語志向によってほほづきの漢名「くたに」を使い始め、言葉として揺れている時期があったのではないだろうか。当時流行を追って使われた漢名「くたに」も時代の変化と共に廃れていったと思われる」と述べる。

しかし「くたに＝酸漿説」の場合、『八代集』時代の和歌（勅撰集・私撰集・私家集問わず）の中に「ほほづき」を詠んだ例（実・花問わず）が確認できないこと、また漢詩文において「苦膽・苦耽」を詠んだ用例が確認できないこと、といった問題を抱えている。

以上、「くたに」の注釈史は、各説に付した①〜⑦の順番に新たな説が誕生している。「くたに」については候補それぞれが問題を抱えているため、結局、未詳というほかない。むしろ、新説を提出することで、注釈書の独自性の主張することに躍起になっている節がある。

なお、「くたに」と「こだに」の混同については、『源氏』の古注釈の中では『源注余滴』などぐらいで、それほど多くは確認できない。それにも係わらず、宣長がわざわざ「木蝋は蔦の類にしてくたにとは別なるを知れ」（『源氏物語玉の小櫛』）と喝破する必要があったのは、両者を混同する読みが少なからず存したことの証でもある。仮に「くたに＝こだに」であったとしても、宿木巻の場面において、薫が宇治を訪ねるのは、「木枯らしのたへがたきまで吹きとほしたるに、残る梢もなく散り敷きたる紅葉を」とあり、季節は晩秋から初冬であるから、季節的に合致しない（中の君への贈り物になり得ない）植物は姿を消すことになると考えられる。

おわりに

かつて、古今集歌の解釈を巡って、中世の『古今集』注釈の存在価値を巡る論争が武井和人氏（古注釈擁護の立場）と小松英雄氏（古注釈無用の立場）との間で交わされたことがある。[*19] 明確な根拠を示さず、実証的態度に乏しい「くたに」を巡る注釈史を見ると、小松氏[*20]が中世古今注について「平安末期の人たちに平安初期の和歌が理解できなかったとしたら、古注は和歌表現を解析するための有力な資料になりえない。せいぜい、非凡なヒラメキに期待する程度であるが、期待可能度はきわめて低い」と述べていたことが、そのまま『源氏』の古注釈にも当てはまる面があることは否めない。また、解釈の際に古注釈を引用することは、武井氏[*21]が言うように、「一部の研究者において見られ始めつつある（誤解を恐れずにいへば）楽天的なかひかぶり」や「古注釈書を己が立論に奉仕させせんとばかりにふるまふ旧態依然たるつまみぐひの愚挙暴挙」になる虞があるだろう。

しかし、解釈に直截奉仕しないからといって、古注釈全体を無用の長物として切り捨ててしまうことに対しては、賛同できない。「こだに」注釈史から見える、権威有る「こだに＝虫」説に対する〈祖述〉という〈学〉〈知〉の継承の在り方や、「くだに」注釈史から見える、新説という新たな〈学〉〈知〉の旗揚げに執心する在り方のように、古注釈というもののもつ〈学〉〈知〉の在り方について考えてみることが大切ではないかと考える。本稿ではそのために、注釈史の一部を繙いてみた次第である。

注

＊1　厳密には、『湖月抄』以前を古注、それ以降を新注とする（萩原広道『源氏物語評釈』）が、本稿では近代以前の注を一括して古注釈と称することとする。

＊2　布村浩一「「牡丹」考―「くたに」に注目して―」（『立正大学国語国文』四七、二〇〇八年三月）。

＊3　以下、『源氏物語』の引用は、小学館新編古典文学全集本に拠り、巻数・頁数を記した。なお、一部句読点や鉤括弧の処理を改めた部分がある。

＊4　伊井春樹「「くだに」と「こだに」―源氏物語における語義変遷史の一断片―」（『河』五、一九七三年六月）。以下、伊井氏の論は同論文に拠る。

＊5　注釈史の理解に供するために、近代以前の注釈については、成立年を記した。また、『古今集』や『源氏物語』の古注釈の本文については、各種活字本・影印本を参照した。

＊6　なお、玉栄は『玉栄集』に先行する『花屋抄』（一五九四年）においても「こだに＝ぐみ」説を展開しており、同説に関する記述は『花屋抄』を受け継ぎ、より詳述したものとなっている。

＊7　佐伯梅友『源氏物語講読』下（武蔵野書院、一九九一年）。

＊8　和歌の引用は『新編国歌大観』により、歌番号を付した。

＊9　但し、教長注の「クタントゾコノ心コロノ人ハ申スメル」の箇所が、顕昭注は「くたんとぞこのころの人はまふすめる」となっている。

＊10　その他として、「川かに（＝樺桜）」説（『耕雲聞書』）、「どくだみ」説（『古今鈔』）、「苔」説（『古今秘聴抄』）といった少数説もある。また、『源氏物語』国冬本は「くたに」の箇所を「とこなつ」と表記している。これは、夏の町に玉鬘が居住していることとの関係もあるかと考えられる。

＊11　なお、『源氏物語』陽明文庫本は、「くたに」の箇所を「ほうたん」（牡丹？）と表記する。

＊12　阿部俊子『遍昭集全釈』（風間書房、一九九四年）。

＊13　渡邉道子「夏の町・花散里とその植物」（『実践国文学』四一、一九九二年三月）、西野入篤男「六条院の秩序形成―割り振ら

れた季節と春秋争い―」(『明治大学大学院文学研究論集』二四、二〇〇六年二月)。

＊14　＊12参照。

＊15　真淵は『古今和歌集打聴』(一七八九年)でも同様の説を展開している。

＊16　古閑素子『源氏物語の植物』(桜楓社、一九七一年九月)。

＊17　＊13参照。

＊18　安藤雅子「「さうび」と「くたに」について」(『玉藻』二十四、一九八九年三月)。

＊19　小松英雄『やまとうた　古今和歌集の言語ゲーム』(講談社、一九九四年)の「古注釈不要論」に対して、武井和人「古注釈と読解の可能性」(『国文学』四〇―一〇、一九九五年八月)が提出された。さらに武井論に対し、小松氏側から「武井論文との関連において　山郭公　いつか鳴かむ―テクスト解析からのアプローチ―」(『国文学』四〇―一二、一九九五年十月)が提出され、武井氏の反論として、「古注釈と読解の可能性(続)」(『埼玉大学紀要(教養学部)』三二―一、一九九六年十月)が提出された。

＊20　＊19の小松英雄『やまとうた　古今和歌集の言語ゲーム』に拠る。

＊21　＊19の武井和人「古注釈と読解の可能性(続)」に拠る。

〈見える／見えない〉の物語学

うつほ物語における手紙——人間関係を可視化する手紙の機能

武藤那賀子

はじめに

『うつほ物語』において、手紙は、あて宮求婚譚における和歌だけという形態のものから、夫婦関係・親戚関係において遣り取りされる文字数の多いものへと、その形態を大きく変えている。

これまで、手紙はその形態、折枝・付け枝の問題などとともに論じられてきた。[*1] また、物語の後半部、特に「蔵開・上」～「国譲・下」巻において、長文の手紙が増えるということも指摘されている。[*2] しかし、『うつほ物語』全体を通して、手紙とは何かという問題について巨視的に論じたものはない。本論では、手紙によって、〈見えない〉ものから〈見える〉ものになる人間関係に視点を置くことで、『うつほ物語』における手紙とは何かを考えていきたい。

一　手紙の遣り取りの有無＝人間関係の有無

「藤原の君」巻から始まるあて宮求婚譚では、多くの手紙が行き交う。その差出人は主に、あて宮に求婚する男性のものである。求婚者たちは、あて宮に近い女房たちを味方につけて、あて宮に手紙を届けてくれるように頼む。しかし、あて宮宛の手紙が多く描かれるわりに、あて宮がそれらを見たという記述はあまりない。また、求婚者たちの側からしてみれば、手紙があて宮まで届いたかどうかは定かではない。求婚者たちは、あて宮から返事が来て初めて、自分が送った手紙があて宮まで届いたとわかるのである。このように考えると、物語内には、あて宮に届かない手紙が多数存在するといえる。これは、あて宮が手紙を受け取ったと判明した瞬間に、手紙の差出人である男君とあて宮との間に、一つの関係ができあがることを示している。逆に、人間関係を作りたくない場合、あて宮は、来た手紙が自分宛であることを認めない、返事を出さない、見ないといった対処をする。たとえば、実忠が「夢ばかりの御返りをだに見せ給へ」という文字を書いた花びらを、あて宮に「これ御覧ぜさせ給へ」と兵衛の君に頼んだ場面がある。兵衛の君は「いと恐ろしきこと」と拒絶するが、実忠は「花御覧ぜさすばかりにこそ」と是非でもあて宮に花びらを見せるように言う（藤原の君　七三）。ここからは、なんとしてでもあて宮からの返事を得て、あて宮との関係を取り付けようという実忠の意思が読み取れる。

実忠だけではなく、あて宮は、男君たちになかなか返事をしない。しかし、春宮に対しては返事をしている。それは、春宮から手紙が来ると、父である正頼が率先してあて宮に返事を書かせることも関係しているだろう。この事に関連して、三浦論文[*3]は、春宮への返事だけが他の男君たちに比べて群を抜いて多いことを指摘している。

また、返事をすることで一つの人間関係が成立するのは、あて宮求婚譚だけにとどまらない。「内侍のかみ」巻には、朱雀帝と仁寿殿の女御の、手紙に関する会話がある（三七七〜三七八）。仁寿殿の女御と兼雅の仲を疑う朱雀帝に対しての、仁寿殿の女御の「ただ、言ひしが見所ありしかば、ただ、文走り書きたるが心ある様なりしかば、『あはれ』など思ひし」という発言から、過去に兼雅が仁寿殿の女御に手紙を送ったことが読者に示される。この仁寿殿の女御の言葉に対し、朱雀帝は「時々物聞こえ、今もあめるは」と、兼雅が未だに仁寿殿の女御に手紙を送っていることを知っていると、仁寿殿の女御に明かしている。この事実は、読者からは見えなかった、仁寿殿の女御と兼雅の人間関係が顕にされた場面であると同時に、仁寿殿の女御が兼雅からの手紙を受け取ったという事実を朱雀帝が知っているということを、仁寿殿の女御が知らされる場面でもある。また、この場面で重要なことは、仁寿殿の女御が兼雅からの手紙を受け取ったということが、手紙の内容はさて置き、朱雀帝が二人の仲を疑う要因になっているという点である。

これと似た場面が、「蔵開・上」巻にある。祐澄は、藤壺が、仲忠には「下臈なれど、返り言などし」ていたことを指摘する。それに対し藤壺は、「それは、手のよかりしかば、『見む』とてこそ」との返事をする（五一一〜五一三）。この場面では、藤壺が誰に返事をし、また誰に返事をしなかったのかを祐澄が知っていることが、読者に対して初めて明らかにされている。それと同時に、前掲した「内侍のかみ」巻の場面にある、仁寿殿の女御が兼雅に返事をしていた理由と同様の理由で、藤壺が仲忠に返事をしていたことが、真実の有無はどうであれ、明らかにされている。

さらに、宮はたと仲忠の会話でも、同様のことが言える。宮はたは、自分の父親である祐澄が仲忠の妻である女一の宮を想っていることを理由に、仲忠から女一の宮への手紙の使いを申し出た人物である。その事実を聞いた仲忠は、「『いづれの宮を』とかのたまふ」と、祐澄が気にしている皇女が自分の妻であることを確認したうえで、「さて、御文は取り入るるか」と祐澄から女一の宮への手紙の行方を気にしている。その結果、女一の宮は祐澄からの手紙を受け取っていないことがわかり、仲忠は安心する（蔵開・中　五四三）。この場面からは、手紙のやり取り自体がないということから、人間関係が成り立っていないと判断されていることがわかる。やはり、手紙の遣り取りの有無が問題になっているのである。

また、絶対に関係を作ってはいけない状況下において、手紙をなかったことにする例もある。藤壺が、涼の妻であるさま宮が隣にいる状況下で、涼・さま宮夫妻から贈られた鍵と錠の贈り物の中に、涼の手で書かれた手紙を見つける場面である（国譲・上　六四二）。涼の手で書かれているということ、その内容が、入内してもなお、関係を求めようとする涼の気持ちを証明するものであることから、藤壺は「うたてあり」と思って手紙を隠す。そしてこの後にこの手紙が出てくることはない。これは、涼からの手紙自体をないものとすることで、藤壺と涼の間で成立する可能性のあった関係をなくしてしまうという意味を持つと読める。

以上のことから、手紙の遣り取りの有無が人間関係の有無を表わすという法則は、物語の前半部、特にあて宮求婚譚において成立し、それは物語の後半においても、人間関係の有無を表わす際の線引きとして認識されているといえる。

二　手紙の内容の隠蔽——人間関係の変化に対する可能性の提示

物語の前半部、特にあて宮求婚譚においては、手紙の遣り取りの有無が人間関係の有無を表わすという法則が基本としてあった。では、あて宮求婚譚が終わった後の物語において、手紙はどのように扱われているのだろうか。「内侍のかみ」巻には、仲忠が恋文と思われる手紙を隠していたことを、正頼が大宮に話している場面がある（三八三）。そして、この話には後日談がある（内侍のかみ　三九〇～三九一）。正頼は仲忠に対し、「そこに、やはかはに書きたる文の、御懐より見えしを、切に惜しまれしは、誰がぞ。」と手紙の内容を聞こうとしている。それに対し仲忠は、「あらず。里より要事のものし給ひしなり」と大した内容の手紙ではないと言ってはいるものの、「いで、この、空言なせられそ。なでふ、里よりは、様の御文は奉れ給はむ。心ばへあるべくこそ見えしか。いとしるかりきや」と正頼が言う通り、手紙の形態は恋文のそれである。それでも仲忠は、「紙をこそは取りあへず侍りけめ。」と、あくまで恋文ではないと否定している。仲忠の手紙の相手は明らかにされてはいないが、おそらくあて宮であろうと思われる。あて宮を春宮に入内させようとしている正頼相手に、自身の持つ恋文の相手があて宮であることを明白にはできない。しかし、仲忠に恋文を完全に隠そうという意志が見られるわけでもない。これは、手紙を変に隠しきってしまうことにより、あて宮との関係が、正頼に対して逆に見えてしまうからではないだろうか。またここで重要なのは、右記のように、手紙の内容を知りたがっている正頼には、仲忠の手紙の相手は見えていない可能性が高く、見えているのは読者だけである、ということである。正頼に手紙を見られた場合の、物語の大きな動きを可能性として提示するという危うさを、この場面は描いているのである。

一度存在が確認された手紙をあえて隠すことは、その存在を知った第三者に対し、たとえ手紙の相手が見えないとしても、その相手との人間関係をより強調することになる。さらに、手紙の存在は示すものの手紙の内容は見せないという方法によって、手紙の存在そのものが強調され、第三者は手紙の内容が見えないことについて求知心を持たなくなる。

三　見られ、代筆される手紙――人間関係が再度成立する可能性の示唆

第三者が手紙を見、さらに代筆する場面もある。

①宮の君の御もとより、一の宮に、かく聞こえ給へり。……宮、見給ひて、うち笑ひ給ふ。中納言、「何ごとならむ。見給へばや」と聞こえ給ふ。「あらずや」とて見せ給はず。手を擦る擦る聞こえ取りて見るに、心魂惑ひて、いとをかしく思ふこと昔に劣らず、思ひ入りて物も言はず。宮、「をかし」と思ほして、御返り聞こえ給ふ……

（沖つ白波　四五二～四五三）

藤壺から久々に女一の宮に手紙が来た場面である。藤壺からの手紙を見て笑った女一の宮を見て、仲忠は「何ごとならむ。見給へばや」と手紙を見たいと言う。それに対し、女一の宮は「あらずや」と言って見せてくれない。仲忠は手を摺り合わせて再度、手紙を見たいことをアピールし、その後に手紙を見ている。ここで重要なのは、仲忠が初めて女一の宮と藤壺との関係を知るということである。この場面とよく似た場面を次に挙げる

②かかるほどに、「藤壺より」とて、……御文あり。……宮、開けさせ給ひて、見給ひて、うち笑ひ給ふ。中納言、「何ごとにか侍らむ。見侍らばや」。『人に、な見せそ』とあれば」とて見せ給はねば、「わが君は、思し隔てたることそ」とて、手をさし入れて取りつ。見れば、かく書き給へり。……君、見給ひて、うち笑ひて、「久しく見給へざりつるほどに、かしこくも書き馴らせ給ひにけるかな。この御返りは、仲忠聞こえむ。まだ、御手震ひて、え書かせ給はじ。さらぬ時だに侍るものを」とて、ほほ笑みつつ見るに、あはれに、昔思ひ出でられて悲しければ、ゆゆしくて置きつ。

さて、赤き薄様一重に、……と書きて、同じ一重に包みて、面白き紅葉につく。宮、「見ばや」とのたまへば、「さぞ、見給へまほしう侍る」とて出ださせつれば、召し寄せて、はた、え見給はず。（蔵開・上　四八一〜四八二）

藤壺から女一の宮に手紙と贈り物が来た場面である。「宮、開けさせ給ひて、見給ひて、うち笑ひ給ふ。」、「中納言、『何ごとにか侍らむ。見侍らばや』。」、「『人に、な見せそ』とあれば』とて見せ給はねば、」、「『わが君は、思し隔てたるこそ』とて、手をさし入れて取りつ」と、この一連の女一の宮と仲忠の遣り取りは、①の女一の宮と仲忠の遣り取りと酷似している。しかしその後の反応が①とは異なる。①では、久々に藤壺の手を見た仲忠は挙動不審になっているが、②の二回目ともなると、自ら女一の宮の代筆をかって出ている。

①では、今まで見えていなかった女一の宮と藤壺の関係が初めて仲忠に見え、②ではそこに仲忠も参加している。ただし、ここで一つ注意したいのが、仲忠は女一の宮に来た手紙を勝手に見ているのにも関わらず、その代筆として書いた自身の手紙は、「見ばや」と言った女一の宮には見せていないということである。読者には、仲忠が藤壺に送った手紙の内容が開示されているが、女一の宮からはこの手紙の内容は見えていない。だが、ここで仲忠が送った手紙が「赤き薄様一重」を「同じ一重に包みて、面白き紅葉につ」けたものであることを考えると、この場面は、女一の宮が仲忠の藤壺への思いをはっきりと確認できる場面であるとも言える。しかし、これに対する藤壺からの返事は書かれておらず、この後日談が「蔵開・上」巻（四九三）に書かれているのみである。そこでは、仁寿殿の女御が女一の宮に代わって、②で仲忠が書いた手紙の代わりを書き、それに対して藤壺が「白き薄様一重に、いとめでたく」返事を書いたとある。そして、この場面で初めて、仲忠が②において、「酔ひて」手紙を書いたことが書かれている。

酔って代筆をした仲忠と同様、第三者が代筆をする例が、藤壺からいぬ宮を出産した女一の宮に手紙が来た場面にある。使いが、「藤壺の御方の、宮の御方に参らせ給ふ」と言ったところ、酔った弾正の宮が、「我こそは、宮」と言って、手紙を勝手に見てしまう。さらに、弾正の宮は、「『この御返りは聞こえさせよ』とか。さらば、いらへ聞こえむ」と、答える人がいないのを良いことに、代筆までしようとする。さすがに見かねた女一の宮が「あな見苦しや。御使の見るに。賜へ、その御文」と止めようとするものの、「『御心地苦し』とのたまはす」「いで、宣旨書き奉らむ。のたまへ」と代筆をしてしまっている（国譲・中　七一八〜七一九）。

以上の例で共通していることは、いずれも藤壺から女一の宮に手紙や贈り物が贈られてくるということ、それを、元あて宮求婚者である男君が無理やり奪ってしまうことである。男君たちの反応は、彼らが元々あて宮求婚者であることを考えると、あて宮が春宮に入内し、藤壺になった今でもなお、藤壺との関係を持っておきたいという心が見えると言える。ただし、仲忠と弾正の宮には大きな違いがある。弾正の宮の場合、「国譲・中」巻の場面以降、藤壺との間で手紙の遣り取りなどは特に行われないが、仲忠の場合には、②の場面を契機に、求婚時代以来途絶えていた藤壺との手紙の遣り取りが再開される。そして、この二人の関係が、後にいぬ宮の入内にまで影響するのである。

四　見られる手紙——隠されていた人間関係の表出

隠そうとされた手紙でありながら、第三者に見られてしまうものもある。

③さて、御書仕うまつるほどに、宮はた、青き色紙に書きて、呉竹につけたる文を捧げて来て、「宮の御返り言」ともて騒ぎて、大将殿、「しばし、今」と言へば、上、「持て来や」とて取らせ給へば、大将殿、「いとかたはら

いたく、苦し」と思ふめり。上、御覧ずれば、……（蔵開・中　五三八）

天皇の命により、仲忠が俊蔭の遺文集の講読を行なっているところに、女一の宮からの返事を持った宮はたが帰ってきた場面である。宮はたが「宮の御返り言」と騒いだために、女一の宮の父である朱雀帝に気づかれ、仲忠は、自身が見る前に朱雀帝に女一の宮からの手紙を見られてしまう。後日、仲忠は朱雀帝に手紙を見られまいと、「御返り言見て、御前へは参らむ。昨日のやうにもぞもて騒ぐ」と朱雀帝の御前に参るのを遅らせた（蔵開・中　五四四）。しかし、仲忠・女一の宮夫妻の仲を懸念する朱雀帝が夫妻の手紙を見るのは、この一回だけにとどまらない。

④例の宮はた、陸奥国紙のいと清らなるに、雪降りかかりたる枝に文をつけたる持て来て、「宮の御文」と捧げて、ひろめかす。……大将は、……取りて見給ふ。後ろに、上も御覧ずれば、「……」とあるを、いとよう見給ひて、「度々文遣りなどするは、いとないがしろにはあらぬなめり。いかで、今しばし据ゑて、せむやう見む」と思して、御心地落ち居給ひぬ。（蔵開・中　五四六）

同じ過ちをしないように心がけたはずの仲忠であるが、宮はたが「『宮の御文』と捧げて、ひろめか」してしまったことにより、「後ろに、上も御覧ず」という状況下で、女一の宮からの手紙を見ることになる。その様子を見た朱雀帝は、「度々文遣りなどするは、いとないがしろにはあらぬなめり」と安心したことがここでは書かれている。この場面において注意すべきは、朱雀帝が、仲忠と女一の宮が恋文のような手紙のやり取りをしていることを知って、二人の現在の関係を知るということと、手紙の内容によって、朱雀帝が安心していることである。第三者が手紙を見ることで、夫婦の仲を知るという場面は他にもある。

⑤昼つ方、御文書きて、中戸のもとにて、姫君を招き寄せて、「これ、母君に奉れ給ひて、御返り取りてを」とのたまへば、持ておはして、さらぬやうにて奉り給へば、民部卿ものし給ふ、北の方、「かくこれかれものし給

ふに、『物言はず』と見給ふらむ」と思せば、取りて見給ふに、民部卿、「あなたのか。賜へ。見む」とのたまへば、姫君、「かしこに立ち給へり。『人に見すな』とのたまひつるを」。「『いかが思しなるらむ』と、いとゆかしく思ひ給ふるに」とて、取りて見給へば、……

（国譲・中　七三八）

妻との別居が長く続いてしまった源実忠が、北の方に手紙を送る場面である。手紙の使いである袖君（実忠と北の方の娘）が、母北の方に手紙を渡そうとしたところ、実忠の兄である実正（民部卿）が来て、「あなたのか。賜へ。見む」と手紙を見せるように言う。それに対し、袖君は「『人に見すな』とのたまひつるを」と拒絶するが、実正は強引に実忠からの手紙を見てしまう。実正は、実忠夫妻の仲を取り持とうと動いていた人物である。この場面において、実正は、実忠からの手紙を見ることで、一度は離れてしまった夫婦が、再びよりを戻しつつあるということを知る。この事実は、読者にとっては既に明白になっているが、作中人物であり、なおかつ当事者同士ではない実正にとっては、新しい情報として入ってくる場面となっている。

③から⑤までの手紙の例は、間柄が懸念されている夫婦の間で遣り取りされている手紙が第三者に見られることによって、その第三者が夫婦仲を懸念する必要はないと知って安心するという役割を果たしていることが分かる。

五　差出人と受取人の特定の重要性——関係の明確化

差出人から受取人へと渡る手紙であるが、両者が「誰」であるかが重要になる場合がある。

「蔵開・中」巻（五六四〜五六五）では、兼雅に嵯峨院の女三の宮への手紙を書かせた仲忠が、その手紙を持って女三の宮の所へ行く。返事を貰おうとした仲忠に対し、女三の宮は、「何か。かうなむものし給ひつるに」と答える。

しかし、仲忠は「『空参りしたり』ともこそ。ただ、しるしばかりにても」と譲らない。さらには「御返りなくは、えまかり帰らじ」とまで言い始め、女三の宮は返事を書くことになる。この場面では、本人の手による手紙が証拠として必要になっている。それは、仲忠が女三の宮を訪ねた証明になると同時に、女三の宮が兼雅からの手紙を読んだことの証明にもなり、また、女三の宮自身が返事を書いたことの証明にもなるのである。差出人と受取人を特定することの重要性が初めて問題視される場面である。

嵯峨院の女三の宮と同様の例が、この直後（蔵開・中　五六六〜五六七）にも出てくる。嵯峨院の女三の宮からの返事を貰い、帰宅しようとした仲忠に、兼雅宛の手紙入りの果実が三つ、投げられた場面である。柑子を投げたのは故式部卿の宮の中の君、栗を投げたのは源仲頼の妹、橘を投げたのは橘千蔭の妹である。仲忠は、自分に向かって投げられた果実が父の妻妾たちからのものであると確信したため、兼雅の元にそれを届ける。兼雅の妻妾たちは、果物を使用し、なおかつ仲忠という確かな使いを使うことによって、間違いなく手紙の出所が自分たちであるということを示しているのである。

また、手紙が来たことそのものが重要であり、その証拠として手紙を保管する例もある。「蔵開・下」巻（六一八）では、春宮から手紙があったことが重要視されている。春宮から梨壺に手紙が来たことにより、梨壺の父である兼雅は「心地落ち居ぬる」とひとまず安心している。また、「この御文は、櫛の箱の底に、よく納め置き給へれ」と、手紙を大事に保管しようとしていることから、春宮からのこの手紙が、春宮が梨壺を気にかけたことの証明となるものとして意識されていることがわかる。

これに近い例が「国譲・上」巻にある。藤壺から実忠への手紙が来たことを契機に、藤壺を批判する宮の君が描かれた直後の場面である。ここでは、宮の君の元に、宮の進を使いとして春宮から手紙が来る（六四七〜六四八）。実正・実忠・宮の君は、父季明を亡くしたばかりである。この場面には手紙を保管したなどの記述はないが、宮の君は亡くなった親に見せたかったと述べている。藤壺にばかり向かいがちな春宮の気持ちが、少しでも宮の君に向いたのだということの証明として、ここの手紙は位置づけられていると考えられる。

春宮からの手紙を持ってくる使いは特定の人物であるため、春宮の手紙であることがわかる状況にある。その上でここに挙げた例を考えると、差出人ないし受取人を「手」や「使」によって明確化することで、あやふやだった人間関係が修復されるといえるのではないだろうか。

これらの場面では、俊蔭の娘一人しか見ず、他の妻妾たちをないがしろにしていた兼雅と、藤壺一人に固執し、他の女性たちにはあまり目を向けなかった春宮が、久しぶりに各々の妻妾たちに目を向け、手紙を送っている。心情的にも空間的にも隔たった人物同士の関係を修復するには、空間を飛び越えるツールであるだけではなく、言葉の発信者が特定できる手紙を使用する必要性があったのではないだろうか。

六　証明としての手紙——保険としての情報開示

人間関係を明確化するだけではなく、人間関係を証明するための手紙もある。物語において、人間関係を表す最初の例は、俊蔭が異郷に行き、三十面の琴を入手する際の場面（俊蔭　一三）である。童が持ってきた黄金の札は、天女と俊蔭の関係を示し、俊蔭を襲おうとしていた阿修羅を引きとどめる効果があった。これは手紙の用例ではない上に人間同士の例でもないが、人物関係を証明するものとして働いている。この後に、人間関係を証明するものとして機能する手紙には、以下のようなものがある。

⑥春宮は、白銀・黄金の結び物ども毀たせ給ひて、ほかなるなる竹原にして、下には、白銀のほと皮結び、餌袋のやうにして、黒方を土にて、沈の笋、間もなく植ゑさせ給ひて、節ごとに、水銀の露据ゑさせて、藤壺に奉らせ給ふ。「昨日、一昨日は、物忌みにてなむ。かの、『訪はむ』とものせられし人のもとに遣りたりしかば、かくなむ。……」とて、例の蔵人して奉れ給ふ。……御返りは、「承りぬ。賜はらせたる人の御文は、げに、さも思すべきことにこそは。のたまはせたることは、いとよう侍るなり。……」（国譲・上　六四九～六五〇）

春宮から、里下がりをしている藤壺宛に手紙が来た場面である。「国譲・上」巻で春宮は宮の君に送った手紙の返事を、藤壺への手紙に同封している。そうすることにより、藤壺と宮の君との間の確執を取り除くと同時に、宮の君と自身の関係がそれほど深いものではないということを、藤壺に対し、証明しようという春宮の気持ちが表れている。

このように、自身とある人物との手紙を第三者に見せることにより、二者間での遣り取りとして完結させずに、他の人々も巻き込んで事態を解決に向かわせようとする手紙は、他にもある。「国譲・下」巻（七六六～七六七）では、后の宮からの手紙を、受取人である兼雅が仲忠に渡している。妻妾たちの身の振り方の一切を仲忠の言うままに行なっていた兼雅の行動としては当然と言っても良いかもしれないが、問題は、兼雅から渡された后の宮の手紙を見た仲忠が、人にも見せないでその手紙を隠したということである。この手紙は、次にあげる場面に再度出てくる。

⑦大将、参り給ひて、夕方、西のおとどに参り給ひて、簀子に褥参り給ひて、これかれ物聞こえ、大将、女御の君に物聞こえ給ふ。……「……ある所より、かの三条に、とかくのたまはすることなむありける。『さる心も思ひ知れ』とて、かの宮消息にて侍りし、『こと定まりて御覧ぜさせむ』とてなむ、まだ失はで侍る」とて、この君して、宮の御文を奉り給ひて、聞こえ給ふ、……（国譲・下　七九一～七九二）

仲忠によって隠された后の宮からの手紙は、立坊争いが終結を迎えた後に、藤壺のところに持っていかれる。この手紙は、藤壺や大宮の目に晒され、そのまま歌を書きつけられて仲忠に戻される。仲忠は、自身の潔白を証明するために、この手紙を藤壺方に持っていったが、そこに藤壺の手で和歌が書きつけられることにより、仲忠が藤壺にこの手紙を見せたことの証明にもなっているといえるのではないだろうか。この場面においては、仲忠が自身の潔白を示すために手紙を利用したことだけではなく、藤壺が同じ手紙に和歌を書くことが、「証明」という意味上、大事なのである。

これらの例は、状況の悪化を恐れ、その伏線として、手紙の公開、情報の公開をしているととることができる。『うつほ物語』は、「消息」という言葉が物語の後半で増え、「楼の上・上」巻から激減する。それは、「国譲・下」巻まで、情報を公開するために、手紙というツールが機能していることと関係するのだろう。

おわりに

物語の前半、特にあて宮求婚譚において、手紙の遣り取りの有無がそのまま人間関係の有無につながるという、一つの人間関係の法則が成立した。この法則はあて宮求婚譚が収束した後にも息づいており、『うつほ物語』において、人間関係の根幹を成すものになったといえる。

一方、あて宮求婚譚後の手紙は、あて宮求婚譚の時とは違い、宛先に届くものが多くなる。これは、相手に手紙が届くことによって登場人物同士の関係性を様々な次元で示すというやり方が、新しく出てきたことを示すと考えてよいだろう。また、それと並行して「藤原の君」巻（一〇〇〜一〇一）にあるような、手紙が羅列されることもなくなる。そして、このことと反比例して「消息」という単語が増える。[*4] これは、物語が、手紙を重要なものとそうでないものに分け、それらを書き分け始めたと考えることができる。

また、手紙の機能の仕方も多種多様になる。人間関係の変化に対する可能性の提示、人間関係が再度成立する可能性の示唆、隠されていた人間関係の表出、人間関係の修復、人間関係を円滑にするための保険としての情報開示として、手紙が機能している。そしてこれらは、ほぼこの順番通りに物語の中で現れており、次第に複雑化していることが注目に値するであろう。

物語の後半になって出てくる、人間関係を修復する手紙、情報開示としての手紙は全て、手紙が書かれた時点で、その内容が読者に対し公開されている。様々な位相において、〈見えない〉ものとしてあった人間関係を〈見える〉ものとするのである。それを、時間を置いた後にどのように活用するのかが、登場人物たちの手腕の見せどころなのである。

以上のように見てくると、手紙によって物語が新たな局面を迎える『源氏物語』とは違い、『うつほ物語』では手紙はそのような使われ方はされず、あくまで人間関係の補強・拡大として機能していることがわかる。また、最初は一対一の人間関係を作るという機能を課されていた手紙が、物語の後半において、可能性を示すものから、実際に物語に影響を及ぼすものとしてその機能を変えていくさまが見られる。これらのことから、『うつほ物語』における、登場人物たちの手紙というツールに対する信頼性が見えてくるのではないだろうか。その一方で、里下がりをした藤壺と春宮との間で遣り取りされる手紙は、手紙の使いであるこれはたの言葉よりも軽視される傾向にある。「蔵開・中」巻において、春宮と藤壺の間で遣り取りされた手紙は、宮はたに、「上・大将などの御前にて、な奉りそ」（五四一）と言った藤壺の配慮により、差出人と受取人との間のみで完結された手紙となっている。外部に対して開かれない春宮と藤壺の手紙は、両者の間に誤解を生み、「国譲・下」巻では、手紙の使いの言葉への信頼が、春宮からの手紙の信頼を上回ることになるのである。

また、公開するか否かというところに焦点を合わせると、俊蔭が蔵の中に残した書物は、公開されることによって初めて、その信憑性が表出すると言ってもよい。このことから、『うつほ物語』では、手紙の差出人と受取人、そして、その使いをする者以外の一部の人物たちにも公開される手紙が重要視され、なおかつ、信頼に足るものであるという認識があると考えることができる。手紙が公開されるまでは、登場人物たちは、特定の人物同士の人間関係の有無を疑うしかないのである。そして、「楼の上」上下巻においては、公開されているようで公開されていない秘琴の披露が行われる。[*5] このように考えると、『うつほ物語』における手紙は、登場人物同士のつながりの有無を、様々な形で明確に可視化する機能があると読めるのではないだろうか。

※『うつほ物語』本文は『うつほ物語　全　改訂版』（おうふう・一九九五）により、適宜傍線を付した。なお、巻名とページ数については括弧内に記した。

注

＊1　田中仁「『うつほ物語』の贈り物と手紙」（『親和国文』四一、二〇〇六・一二）

＊2　室城秀之「『うつほ物語』の手紙文——特に、「蔵開」「国譲」の巻について」（『古代文学論叢』一四、一九九七・七）

＊3　三浦則子「『うつほ物語』の装束をめぐる表現——手紙の使いへの禄を通して」（『国文白百合』三二、二〇〇一・三）

＊4　巻ごとの「消息」の用例数を表にすると、左記のようになる。

巻名	用例数	巻名	用例数	巻名	用例数	巻名	用例数
俊蔭	一	祭の使	二	内侍のかみ	〇	国譲・上	一三
藤原の君	二	吹上・上	一	沖つ白波	八	国譲・中	一二
忠こそ	一	吹上・下	〇	蔵開・上	一四	国譲・下	一四
春日詣	〇	菊の宴	四	蔵開・中	五	楼の上・上	〇
嵯峨の院	四	あて宮	四	蔵開・下	八	楼の上・下	一

＊5　伊藤禎子「俊蔭一族の物語と楼」（『中古文学』七六、二〇〇五・一〇）

【付記】本論文は、物語研究会二〇一一年度大会（至・・二〇一一年八月二〇日、於・・京の宿　洛兆）における口頭発表を基にしたものである。ご意見ご教示いただいた皆様に深くお礼申し上げます。

なお、今後、本論文を基にし、各用例の詳細な研究を行なっていきたいと考えています。

〈見える／見えない〉の物語学

大君〈不在〉の存在感——記憶と幻想

高橋汐子

はじめに

〈見える〉〈見えない〉というテーマを、「存在」「不在」と置き換えて考えることは可能であろう。しかし、〈不在〉だからといって、それは物語内において、即ち〈存在しない〉ということを意味するのではない。むしろ、現存しないからこそ、より確かな存在感を持って、物語を主導していくことがある。

源氏物語が、〈不在〉の感覚を示す一つの方法として、伊勢物語第四段を引用していることは、周知の通りである。「春や昔の」という具体的な引き歌こそ記されてはいないものの、幻巻における光源氏の嘆きが、周囲—他者や風景からも、断絶した「昔男」の嘆きに重ねられながら語られていることは既に拙稿にて指摘している。[*1] この〈現在〉と〈過去〉とを二重に映し出し、その差異を露呈させる方法は、言い換えるならば、現存する〈見える〉景色から、不在〈見えないもの〉を炙り出す行為とも言える。そして、そこには〈見える〉世界以上に、遥かな重みをもって〈見えない〉世界の意味が問われているのである。

本論文では、大君物語に焦点を当て、「物語研究会」における前テーマ〈記憶〉の問題を継承し、関連付けながら、さらに〈不在〉という〈見えない〉ことの力学がもたらす、圧倒的な存在感について迫ってみたい。

一　名香の糸

①あまた年耳馴れたまひにし川風も、この秋はいとはしたなくもの悲しくて、御はてのこといそがせたまふ。おほかたのあるべかしきことどもは、中納言殿、阿闍梨などぞ仕うまつりたまひける。（略）かかるよその御後見ならましかばと見えたり。みづからも参でたまひて、今はと脱ぎ棄てたまふほどの御とぶらひ浅からず聞こえたまふ。阿闍梨もここに参れり。名香の糸ひき乱りて、「かくても経ぬる」など、うち語らひたまふほどなりけり。（総角⑤二二三）

八の宮の死後、残された宮家の姫君たちがどのような処遇を追って行くのか、総角巻より本格的に姉妹物語は始動する。総角巻はその冒頭より、「あまた年耳馴れたまひにし川風も、この秋はいとはしたなくもの悲しくて」という姫君たちの精神的な打撃に加え、八の宮の喪失が即ち後見の喪失であることを明確化し、そのことによる境遇の激変が免れ難いことを姫君たちに突きつけていく。

冒頭部の荒涼とした宇治の川風の描写は、すぐに「御はてのこといそがせたまふ」と打ち切られ、もはや感傷にすら浸ってはいられない厳しい現実が語られている。「今はと脱ぎ棄てたまふほど」と周囲が求めるのはまさに変化であり、「八の宮」という〈過去〉を脱ぎ棄て、新しい衣に着替えるべき時が迫っているのである。しかし、「名香の糸ひき乱りて、『かくても経ぬる』など、うち語らひたまふほどなりけり」とあるように、当の姉妹たちにその自覚はなく、むしろ今なお彼女たちは「八の宮」という〈過去〉の断片に支えられ、互いを結び直そうとしながら生きている。

大君物語が「隔て」を基調とした物語であることは言うまでもないが、[*2]〈過去〉(八の宮の存在)をどう捉えていくのかという側面においても、周囲と姫君たちとの間には断絶が見られ、それはやがて姉妹間にまで余波を広げ、遺言という〈過去〉の引力をめぐって、〈過去〉であるが故に曖昧に揺れるその解釈をめぐって、まさに「名香の糸」が暗示するように縦軸は複雑に絡み合っていくのである。[*3]〈過去〉に固執し、依存し過ぎたがために、孤立を深めていった大君の死は、八の宮という〈過去〉にひとり回収されていく死であったとも言えよう。[*4]

総角巻は八の宮の死後の〈喪失〉感に始まり、大君の死という〈喪失〉をもって閉じられる。

②年の暮れがたには、かからぬ所だに、空のけしき例には似ぬを、荒れぬ日なく降り積む雪にうちながめつつ明かし暮らしたまふ心地、尽きせず夢のやうなり。(総角⑤三三九)

②は薫の心内語である。新しい年の到来のように改められない薫の心中が、今度は大君という〈過去〉を背負わされつつ、幕を閉じるのである。そして、続く早蕨巻の冒頭③では、やはり同じように、大君という〈過去〉を背負わされた中の君の心中思惟により、薫同様に大君の死が「夢のやう」に振り返られ、大君という〈過去〉の存在をどのように享受し、消化していくのかが改めて課題付けられるのである。

二　共有される〈記憶〉——「光」の情景

③藪しわかねば、春の光を見たまふにつけても、いかでかくながらへにける月日ならむと、夢のやうにのみおぼ

えたまふ。（早蕨⑤三四五）

④春の光見たまふにつけても、いとどくれまどひたるやうにのみ、御心ひとつは悲しさの改まるべくもあらぬに、（幻④五二一）

早蕨巻の冒頭は幻巻に酷似しており、[*5]まさに紫上を喪失した光源氏の嘆きを受けるような体で、大君の死後初めての春がやって来たことを語り起こす。しかし、幻巻巻頭とは明らかな差異があり、それはこの喪失感が誰のものなのか釈然としない点にもある。従来の解釈によると、冒頭部の主体は中の君であり、頭注にも「よみがえる季節を際立たせ、大君と死別して月日の経過にさえ気づかぬ中の君の悲嘆を語る」[*6]とあるが、葛綿正一氏は「薫と中君という二つの主語を許容する冒頭」[*7]であると指摘しており、魅力的な見解と考える。それは、冒頭部「夢のやうに」が、総角巻巻末の薫の心内語②と重複するからである。早蕨巻の冒頭は中の君を主体としながらも、総角巻巻末の大君の死を嘆く薫の心中をなぞる様に抱き込んでいる。つまり、二人が共々、同じように大君の〈不在〉を嘆く共同体として在ることを早蕨巻は巻頭より提示している。

また、以下⑤に挙げるのは巻頭③に続く場面であるが、その中の君の回想もまた、薫の心内語と、響き合って語られている。

⑤行きかふ時々に従ひ、花鳥の色をも音をも、同じ心に起き臥し見つつ、はかなきことをも本末をとりて言ひかはし、心細き世のうさもつらさもうち語らひあはせきこえしにこそ、慰む方もありしか、（早蕨⑤三四五）

⑥はかなきことどもをうち語らひつつ、明け暮らしたまふ。（椎本⑤二一三）

⑦同じ心に何ごとも語らひきこえたまふ中の宮は、（総角⑤二四七）

中の君の回想は、⑥・⑦とも合致するように、大君の生前、姉妹が「明け暮れ」、「うち語らひ」ながら、「同じ心」

で、同じ〈時間〉を共有してきたことを思い返すものであり、隔てられた今も尚、そこに絆を繋ぎ止めようとするかのような営みである。

しかし、「同じ心」で時を共にしてきた〈記憶〉を所有しているのは、妹である中の君だけではないことが注意される。それは、この早蕨巻冒頭の回想場面と酷似した表現が、薫主体の場面でも描かれているからである。

⑧はかなく明け方になりにけり。（略）光見えつる方の障子を押し開けたまひて、空のあはれなるをもろともに見たまふ。女もすこしゐざり出でたまへるに、ほどもなき軒の近さなれば、しのぶの露もやうやう光見えもてゆく。かたみに、いと艶なるさま容貌どもを、「何とはなくて、ただかやうに月をも花をも、同じ心にもて遊び、はかなき世のありさまを聞こえあはせてなむ過ぐさまほしき」と、いとなつかしきさまして語らひきこえたまへば、やうやう恐ろしさも慰みて、（総角⑤二三七・二三八）

総角巻における後朝の場面であるが、「女もすこしゐざり出でたまへるに」とあるように、大君はいつになく能動的である。[*8]観念的とも言える大君物語において、[*9]稀有な甘美な描写であり、実事がないとは言え、それが故に精神性における達成感があり、互いは「光」の中にまさに「もろとも」に融和していく。「月をも花をも、同じ心にもて遊び…」というのは、「過ぐさまほしき」とあるように、〈現実〉ではなく、あくまでも〈未来〉における薫の願望に他ならないが、「かやうに」とあるように、この時点で二人はその〈未来〉を共有している。

また、この場面における肉体を超えた一体感を演出するのは「光」がもたらす融和であり、総角巻において、この「光」の光景は新しい朝を告げながらも、それが特別な〈時間〉であることを刻み付けている。

⑨明けにける光につきてぞ、壁の中のきりぎりす這ひ出でたまへる。（総角⑤二五五）

⑩豊明は今日ぞかしと、京思ひやりたまふ。風いたう吹きて、雪の降るさまあわたたしう荒れまどふ。都にはい

とかうしもあらじかしと、人やりならず心細うて、（略）思ひつることども語らはばや、と思ひつづけてながめたまふ。光もなくて暮れはてぬ。（総角⑤三二四・三二五）

そして、吹き荒ぶ雪の中、大君の生命と共に「暮れはて」た「光」⑩が、再び巡ってくるのが、この早蕨巻の冒頭③であり、それは喪失感に満ちた幻巻の冒頭を辿る「春の光」でありつつも、幻巻が甦る季節の中に取り残されていく光源氏の孤独を露呈し、閉塞的に終息していくのに対し、早蕨巻の冒頭は大君を思い出させる「光」として総角巻と呼応しつつ機能していく。河添房江氏は当場面（「光もなく暮れはてぬ」）を境に、宇治十帖の「闇へのひたすらな溶暗」[*10]を指摘しているが、手習巻における早春の「光」の情景が「袖ふれし人」の〈記憶〉と重なるように、ここでも早春の「光」は思い出す行為に連動しながら語られている。[*11]

主体が男主人公（あるいは女主人公）に限定されておらず、薫、中の君の両者が大君をそれぞれに思い出すところから早蕨巻は始発していくのであり、そこに新たな問題と、方法が開示されているのである。

三　〈記憶〉の捏造――「春や昔の」

〈記憶〉とは本来、〈過去〉の中に存在するが、〈過去〉が「事実」に基づき生成されていく時間軸であるとするならば、ハイデガーが説くように、「〈記憶〉とはある種『思惟』の集まり」[*12]とも言える。即ち、それは必ずしも「事実」に基づいた事象であるとは限らない。言い換えるならば〈記憶〉を捏造することは意識的にも無意識的にも起こり得ることである。

大君の死後、早蕨巻において、これまでその違いばかりが浮き彫りになっていた姉妹は、徐々に似通ってくる。

⑪いと盛りににほひ多くおはする人の、さまざまの御もの思ひにすこしうち面痩せたまへる、いとあてになまめかしき気色まさりて、昔人にもおぼえたまへり。並びたまへりしをりは、とりどりにて、さらに似たまへりとも見えざりしを、うち忘れては、ふとそれかとおぼゆるまで通ひたまへるを、（早蕨⑤三四七）

大君の死を受けて、その直後より、「ただうち語らひて、尽きせぬ慰めにも見たてまつり通はましものを、など思す（総角⑤三三二）」などと、薫は共に大君を偲ぶ縁として、即ち大君の〈記憶〉を共有し、過去空間へと直結する因子として、中の君を自らの手の届く位置に据えようと思い始めていた。そして、その思いは⑪に示したように、徐々に大君という〈記憶〉の媒介を越えて、中の君＝大君という構造を作り出している。

また一方で、その思いは中の君も同様であり、薫の来訪に大君の居た〈過去〉を重ね合わせ、更には自身と大君の視線を重ね、遂には自らを大君自身に置き換えることで、過去空間を体現しようとしているのである。

以下に挙げるのは、薫の宇治来訪の場面であり、それに伴い、薫、中の君、女房のそれぞれが互いの中に大君の面影を髣髴とさせる場面である。尚、傍線部は薫、波線部は女房たち、点線部は中の君が主体である。共に「思ひ出づ」という語が並ぶ中で、薫の心内語には「いとかひなし」、「いと悔しく」という語が交錯しており、大君を失った後悔、そして改めて中の君を手放した後悔が二重に語られている。また、中の君の心内語では薫への思慕と大君の存在が一体となって思い起こされていく描写に注意したい。

⑫みづからは、渡りたまはむこと明日とての、まだつとめておはしたり。例の、客人居の方におはするにつけても、今は、やうやうもの馴れて、我こそ人よりさきに、かうやうにも思ひそめしか、など、ありしさま、のたまひし心ばへを思ひ出でつつ、さすがに、かけ離れ、ことのほかになどははしたなめたまはざりしを、わが心もてあやしうも隔たりにしかな、と胸いたく思ひつづけられたまふ。かいばみせし、障子の穴も思ひ出でらる

れば、寄りて見たまへど、この中をばおろし籠めたれば、いとかひなし。

内にも人々思ひ出できこえつつうちひそみあへり。中の宮は、まして、もよほさるる御涙の川に、明日の渡りもおぼえたまはずほれぼれしげにてながめ臥したまへるに、（略）中の障子の口にて対面したまへり。

いと心恥づかしげになまめきて、また、このたびはねびまさりたまひにけりと、目もおどろくまでにほひ多く、人にも似ぬ用意など、あなめでたの人やとのみ見えたまへるを、姫宮は、面影さらぬ人の御事をさへ思ひ出できこえたまふに、いとあはれと見たてまつりたまふ。（略）いみじくものあはれと思ひたまへるけはひなど、いとようおぼえたまへるを、心からよそのものに見なしつると思ふに、いと悔しく思ひゐたまへれど、かひなければ、その夜のこと、かけても言はず、忘れにけるにやと見ゆるまで、けざやかにもてなしたまへり。

（早蕨⑤三五三〜三五六）

「客人」薫の宇治来訪は、それを迎え入れる女主人中の君による「大君」の模倣の場でもあり、模倣された「大君」との対峙（薫）、更にはそれを取り囲む周囲（女房たち）をも巻き込んだ共同体としての演技の場として「思ひ出づ」行為が連鎖していく。それぞれが「宇治」という〈場〉を通して「大君」という〈過去〉に一時回帰する。そのような意味において、匂宮による中の君の京への移行は、かつて（大君生前）の宇治体制の崩壊であり、過去空間へと繋がる回路の断絶でもある。その宇治滞在最後の日に、これまで密かに深層に抱かれてきた沸々とした二人の思いが、梅香に誘われて遂に表層へと放たれていくのが、「春や昔の」の場面なのである。

⑬御前近き紅梅の色も香もなつかしきに、鶯だに見過ぐしがたげにうち鳴きて渡るめれば、まして、「春や昔の」と心まどはしたまふどちの御物語に、をりあはれなりかし。風のさと吹き入るるに、花の香も客人の御匂ひも、橘ならねど昔思ひ出でらるるつまなり。つれづれの紛らはしにも、世のうき慰めにも、心とどめてもてあそび

たまひしものを、など心にあまりたまへば、

見る人もあらしにまよふ山里にむかしおぼゆる花の香ぞする

言ふともなくほのかにて、絶え絶え聞こえたるを、なつかしげにうち誦じなして、

袖ふれし梅はかはらぬにほひにて根ごめうつろふ宿やことなる

たへぬ涙をさまよく拭ひ隠して、言多くもあらず、「またもなほ、かやうにてなむ。何ごとも聞こえさせよかるべき」など聞こえおきて立ちたまひぬ。（早蕨⑤三五六・三五七）

この場面は、中の君の心内語とされるが[*13]、早蕨巻の語り出し同様に、やはり薫と中の君の両者共通の思念を多分に含んでいると考えられる。主体が曖昧なのは「思ひ出でらるる」などといった述語部分の実態（何を思い出しているのか）が不明瞭なことからも言える。

手習巻において、再び繰り返される梅香の記憶の場面も、それまでの場面とは断絶し、不意に〈記憶〉が錯綜してくるような時間構造となっていたが[*14]、この場面⑬もやはり、これまでの〈過去〉の場面と密に直結しているのではなく、不意に紡がれたひとつの「物語」のような構造になっているのではないか。本田恵美氏は「心にあまりたれば」と「言多くもあらず」という表現に着目し、『古今和歌集』仮名序における業平評「心余りて言葉足らず」と関連付けながら、当場面における「語り」に「業平を体現させられている」とし、そこに付与された「物語性」を指摘している。[*15]

どちらか一方の内面に迫ることで、その人物の内部より描出する前場面とは断絶し、伊勢物語の二つの章段を引きながら、ひとつの物語絵のように、対峙する「二人」が客観的に語り起こされてくる構造と言えよう。「つれづれの紛らはしにも、世のうき慰めにも、心とどめてもてあそびたまひしものを」という回想が、生前の大君のどの場

面とも一致しないのは、いずれか一方の事実に基づく〈記憶〉ではなく、二人の〈幻想〉だからである。[16]

「ただかやうに月をも花をも、同じ心にもて遊び、はかなき世のありさまを聞こえあはせてなむ過ぐさまほしき」とは、以前、後朝場面⑧で語られた薫と大君の〈未来〉への願望（「まほし」）であったが、まるでそれが事実であったかのように、ここでは薫の〈記憶〉として呼応している。また、中の君の中でも、「行きかふ時々に従ひ、花鳥の色をも音をも、同じ心に起き臥し見つつ、はかなきことをも本末をとりて言ひかはし、心細き世のうさもつらさもうち語らひあはせきこえし」のように、あらゆる季節を「同じ心」で感受してきた、だからきっと今も姉は自分と同じ感覚であるに違いないという姉妹の一体化幻想にのみ、支えられているのである。

四〈記憶〉としての現在――「同じ心」・「違ふさま」

大君物語において、このような精神的融和、いわゆる一体化願望は、有限な身体における結びつきのそのはかなさへの絶望に比例するように、生前の大君の心内語にも繰り返されており、身体が「限り」を迎えようとするに従って、それは更に助長されている。

大君が死を迎える総角巻において、「同じ」という表現は十四例繰り返し用いられる。

a あげまきに長き契りをむすびこめおなじ所によりもあはなむ（総角⑤二二四）

総角の巻名ともなった薫の歌は、催馬楽「総角」によるものであるが、薫は大君との関係性を総角（名香の糸）に寄せて、幾度も幾度も重なり合いながら「おなじ所」に回帰することを願った歌となっている。その巻名が象徴するように、その後「同じ」であることはあらゆる場面で多様性を持って語られる。

b （薫）「（略）いづ方にも見えたてまつらむ、同じことなるべきを、…」（総角⑤二三〇）

c （薫）「何とはなくて、ただかやうに月をも花をも、同じ心にもて遊び…」（総角⑤二三七）

d （大君と）同じ心に何ごとも語らひきこえたまふ中の宮は、（総角⑤二四七）

e （大君）「（略）まことに昔を思ひきこえたまふ心ざしならば、同じことに思ひなしたまへかし。身を分けたる、心の中はみな譲りて、見たてまつらむ心地なむすべき。…」（総角⑤二四八）

f （大君と中の君が）同じ所に大殿籠れるをうしろめたしと思へど、常のことなれば、（総角⑤二五一）

g （薫）おなじ枝を分きてそめける山姫にいづれか深き色ととはばや（総角⑤二五七）

h （薫）同じあたりかへすがへす漕ぎめぐらむ、いと人笑へなる棚無し小舟めきたるべし、（総角⑤二五八）

i （匂宮）ながむるは同じ雲居をいかなればおぼつかなさをそふる時雨ぞ（総角⑤三一三）

j （大君）いかで、かのまだ定まりたまはざらむさきに参でて、同じ所にもと聞き臥したまへり。（総角⑤三二一）

k （大君）「（略）このとまりたまはむ人を、同じことと思ひきこえたまへとほのめかしきこえしに、違へたまはざらましかば、うしろやすからましと、これのみなむ恨めしきふしにてとまりぬべうおぼえはべる」（総角⑤三二七）

薫や周囲（語り手）から見た大君・中の君は「姉妹」という同一性で括られ（b・d・f・g）、大君自身もまた、中の君と同一であることを繰り返し主張する（e・k）。また、この同一化は姉妹間だけの問題ではなく、「あげまき」歌がその始発より示唆するように、薫自身もまた大君との精神性における融和への願望を歌っており（a・c）、大君自身も「心違はでやみにしがな（総角⑤二八八）」と死が迫るにつれて、精神性における結合を幻想する。

大君物語において、同一性、あるいは同一化という問題が張り巡らされていることは、同時にそこに「違へじ」

（あるいは「違ふ」）とする意識が過剰に働いていることからも言える。

l（薫）「（略）かばかりうらなく頼みきこゆる心に違ひて恨めしくなむ。…」と、いとまめだちて聞こえたまへば、
（大君）「違へきこえじの心にてこそは、かうまであやしき世の例なるありさまにて、隔てなくもてなしはべれ。…」（総角⑤二二五・二二六）

薫は自らの心中に背く大君を責め、大君もまた、薫に添いたいからこそ、自らの意思に副わない薫の心中を責める。大君の身の処し方の拠り所となる、八の宮の遺言を巡っても、薫と大君の意見は一致しようとはしない。

m（薫）「（略）思しおきてたてまつりたまひし御ありさまどもには違ひて、御心ばへどもの、いといとあやにくにもの強げなるは、いかに、思しおきつる方の異なるにやと疑はしきことさへなむ。（略）同じくは昔の御事も違へきこえず、我も人も、世の常に心とけて聞こえ通はばやと思ひよるは…」（総角⑤二二七）

n（弁）「（略）故宮の御遺言違へじと思しめす方はことわりなれど、それは、さるべき人のおはせず、品ほどならぬことやおはしまさむと思して、…」（総角⑤二四九）

o（女房）「（略）何ごとも思すめりしに、故宮の御戒めにさへ違ひぬることと、あいなう人の御上を思し悩みそめしなり」（総角⑤三二四）

また、妹中の君の処遇を巡っても、やはり両者の思惑は大きく異なる。

p（薫）かの、いとほしく、内々に思ひたばかりたまふありさまも違ふやうならむも情けなきやうなるを、（総角⑤二六一）

以下は大君臨終直前の場面である。

⑭（大君）この君のかくそひゐて、残りなくなりぬるを、今はもて離れむ方なし、（総角⑤三二三）

⑮（薫）人やりならず心細うて、疎くてやみぬべきにやと思ふ契りはつらけれど、（総角⑤三二四・三二五）

大君の心内語は、何もかも知られてしまったとする、薫との近すぎる距離感を嘆くものであり、一方で、その直後に語られる薫の心内語は、大君臨終に際し、いつまでも他人でしかいられなかった二人の距離の疎遠を嘆くものとして対峙する。その最期まで、両者は互いの距離感すら決して重なり合ってはいないのである。

以上を振り返ってみると、「同じ」（同一性・一体化）であることは、あくまでも〈未来〉における、そうありたいという願望に過ぎないことに気づかされる。「違へじ」という意思も、どこまでも重ならないが故の反転した虚しい主張に過ぎない。総角巻においては、決して融和し得なかったそれぞれの意思が、大君亡き後、〈記憶〉として早蕨巻に甦り、〈記憶〉の中でのみ、まるでそうであったかのような〈幻想〉として、「一体感」を生んでいる。言い換えるならば、二人の〈記憶〉の中でのみ、遂げられなかった大君の抑圧された願望が実現され得る構造となっているのである。

八の宮の遺言が、物語背後に張り巡らされ、総角巻において亡霊のように糸を手繰っていたように、大君は、その後の早蕨巻、宿木巻において、〈記憶〉として、中の君、薫の中枢に居座り続ける。それは時に、生前以上の存在感を帯びて物語世界を主導していくといっても過言ではない。

早蕨巻以降、薫と中の君は〈記憶〉の共有というファクターで結ばれていく。それは〈過去〉であるが故に、もはや匂宮には介入の余地がない。大君の死後、しばしば現れる中の君に対する薫の過剰なまでの自信（例「宮の思しよるめりし筋は、いと似げなきことに思ひ離れて、おほかたの御後見は、我ならではまた誰かはと思すとや（総角⑤三四〇・三四一）」）はそのような意味において裏打ちされているのである。[*17]

だが、その関係性は、計らずも、中の君の懐妊という〈未来〉を象徴すべき存在の唐突の出現によって、あっけなくも打ち破られる。取り残された薫の欲望は「浮舟」という新たな対象へと仕向けられていくわけだが、その浮舟こそ、また大君という〈記憶〉の具現化に他ならない。〈過去〉から生成され、〈過去〉を内包しつつ、宇治物語は新たな局面を迎えるのである。

結び

浮舟物語において、再び扱われることとなる、引き歌「春や昔の」の場面は、浮舟の「仮の死」という設定によって、かろうじて、「思い出される」側が〈主体〉となることが可能となる構想を持つ。幻巻がひたすらに「思い出す」行為の積み重ね（連動）であるとするならば、同じ引き歌を用いながらも、浮舟物語は「思い出される」側の物語とも言える。

その狭間に位置する総角巻は、表層では姉妹間の物語でありながら、深層を操るのは〈不在〉の八の宮なのであり、残された姉妹、薫、女房たちをも含め、「亡き八の宮像」をどのように解釈するのかが問われている。早蕨巻もまた、対峙する薫と中の君は、常に互いの中に〈不在〉の大君を模索しているのである。

大君物語は、浮舟物語到達への布石として、〈不在〉である側を主体とした物語へと転換可能な位置にあるのであり、そのような観点から、八の宮や大君の存在を改めて据え直すことが可能ではないか。〈不在〉という空洞がもたらす、物語世界の中核がそこには確かに存在する。

※本文は『新編日本古典文学全集』（小学館）に拠る。

注

＊1　高橋汐子「幻巻における紅梅」（『フェリス女学院大学日文大学院紀要』第十号　二〇〇三年三月）

＊2　物質的な「隔て」による精神的な交流、あるいは「声」や「けはい」のような間接的な官能性等、大君物語における「隔て」の問題は、物質的、精神的、その両義において重要性を帯びて論じられている。小嶋菜温子「〈喩〉としての音―『波』『風』そして『山おろしに』」（『源氏物語批評』有精堂　一九九五年）、三田村雅子「〈音〉を聞く人々―宇治十帖の方法―」（『源氏物語　感覚の論理』有精堂　一九九六年）、吉井美弥子「物語の『声』と『身体』」（『王朝の性と身体―逸脱する物語』森話社　一九九六年）、三田村雅子「大君物語―姉妹の物語として―」（『源氏物語研究集成』二　風間書房　一九九九年）等。

＊3　遺言の呪縛、あるいは亡き父の存在と大君像を論じる論考は諸説ある。関根賢司「宇治の姫宮の死―源氏物語の方法」（『物語文学論』桜楓社　一九八〇年）、針本正行「『源氏物語』総角巻の大君」（『平安女流文学の表現』おうふう　二〇〇一年）等。長谷川政春「宇治十帖の世界―八宮の遺言の呪縛性」（『國學院雑誌』第七一巻第十号　一九七〇年十月）は、宇治十帖の世界を言葉による「呪縛」と説く。また、神田龍身「薫と大君―不能的愛の快楽『空転することば』」（『源氏物語性の迷宮へ』講談社　二〇〇一年）は宇治十帖の遺言の「空洞化」を指摘する。近年では、笹生美貴子「夢が見られない大君」（『日本文学』二〇〇八年九月）が、その空虚性を「希薄だからこそ『遺言』内容に様々な解釈が生まれるのである」とし、姉妹間における「夢」の問題に発展させている。

＊4　今井久代「大君物語が示すもの」（上原作和編『人物で読む源氏物語』勉誠出版　二〇〇六年）は、大君の死が信仰心による往生ではなく、「父宮のいる所へ行く」ことを意味したものであることを指摘している。また、鈴木裕子「大君の〈恋〉の物語―父を待ち続けた娘―」（上原作和編『人物で読む源氏物語』勉誠出版　二〇〇六年）は、「大君は八の宮を通して世界と繋がっていた」とし、姉妹と父との絆の重要性を指摘しながらも、姉妹間における差異を微細に明示している。

＊5　「春の光」という表現は物語中、幻巻、早蕨巻を含め三例のみ。＊1参照。

＊6　『新編日本古典文学全集⑤』三四五頁。

＊7　葛綿正一「小論　二重の主語―早蕨巻の冒頭」（『源氏物語のエクリチュール―記号と歴史』笠間書院　二〇〇六年）参照。

＊8　三田村雅子「大君物語―姉妹の物語として―」（『源氏物語研究集成』二　風間書房　一九九九年）参照。

＊9　石阪晶子「大君物語の思惟と身体」（『源氏物語における思惟と身体』翰林書房　二〇〇四年）は「正編の思惟は、初めからあるものであり、それを隠そうとするところの苦悩が語られるのだが、宇治十帖の思惟は、意識して作り上げるものである」と、大君物語の思惟のあり方を論じている。
＊10　河添房江「宇治の暁―闇と光の喩の時空」（『源氏物語の探求』風間書房　一九八八年）
＊11　松井健児「水と光の情景」（『源氏研究』第十号　翰林書房　二〇〇五年四月）は手習巻における「袖ふれし人」の梅香の記憶と共に描かれる「水の情景」と「光の感覚」に着目しており、魅力的な見解である。
＊12　ハイデッガー（四日谷敬子・H・ブフナー訳）「思惟とは何の謂いか」（『ハイデッガー全集別巻3』創文社　一九八六年）
＊13　本文「つれづれの紛らはしにも、世のうき慰めにも…」について、『新編日本古典文学全集⑤』三五七頁　頭注は「以下、中の君の心内。過往の大君を回想」とあり、その主体を中の君とする。
＊14　高橋汐子「袖ふれし人―浮舟物語の〈記憶〉を紡ぐ―」（上原作和編『人物で読む源氏物語』勉誠出版　二〇〇六年）参照。
＊15　本田恵美「引用のテクスチュア『源氏物語』の『伊勢物語』取り」（関根賢司編『源氏物語　宇治十帖の企て』おうふう　二〇〇五年）は伊勢物語引用の解釈として、「『心にあまりたまへば』『言多くもあらず』は、『古今和歌集』仮名序、貫之による業平評『心余りて言葉足らず。萎める花の、色無くて、匂ひ残れるがごとし』を想起させる。これは、『伊勢物語』四段引用からも偶然ではなかろう。中の君は『心にあまりたまへば』、薫は『言多くもあらず』と、それぞれが業平の『心余りて言葉足らず』という性質の一部を帯び、業平を体現させられている。中の君と薫は『古今和歌集』の『業平』、また『伊勢物語』の『男』と同調し共鳴する。ここで言う『「春や昔の」と心をまどはしたまふどちの御物語』とは、中の君と薫の、大い君を失った思いを共有する『物語』であると同時に、『ほかにかくれ』てしまった『女』を恋い慕う『業平』という三人の『どち』による『物語』ではなかったか」とする。魅力的な見解である。
＊16　三田村雅子「方法としての〈香〉」（『源氏物語　感覚の論理』有精堂　一九九六年）は、「大君が梅の匂いに薫を思うような場面がこれまで一度として描かれなかったことで、奇妙に浮いている」とし、「具体的な過去の想起というよりは、大君に託して表明された中君の、薫への思慕であり、執着なのである」と指摘している。
＊17　高橋汐子「源氏物語〈過去〉への傾斜―『うらやまし』表現から見る回帰性について―」（『物語研究』第九号　二〇〇九年

三月）において、二条院に移行した後に展開される中の君と薫の〈過去〉を巡る問題を二人の「悔恨」という視座から考察している。

【付記】本稿は、二〇〇九年度 物語研究会十一月例会における、テーマ「〈見える／見えない〉の物語学」での口頭発表を基に成稿化したものである。ご教示をいただいた皆様に御礼申し上げます。

物語研究会・回顧と展望

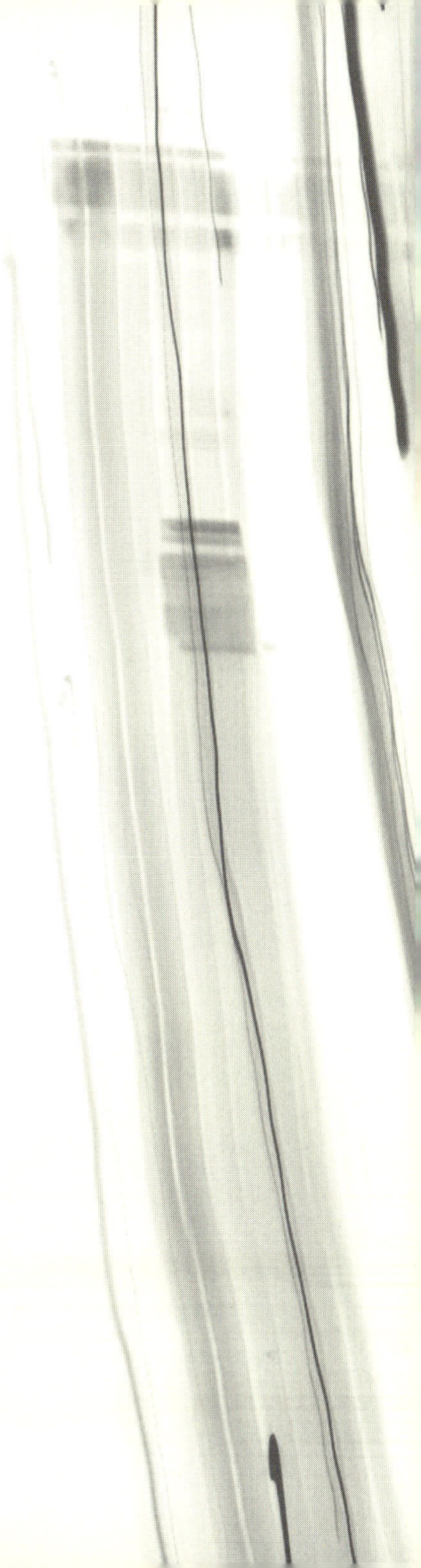

私たちはいつ〝理論〟を捨てたのか？

安藤　徹

『源氏物語』に「袖濡るる露のゆかりと思ふにもなほうとまれぬやまとなでしこ」という歌がある。紅葉賀巻で、若宮（のちの冷泉帝）出産後の藤壺が光源氏からの文（和歌）に応えた〝言の葉〟である。この和歌には解釈上、大きく二つの論点がある。一つはだれの「袖」が濡れるのかということであり、もう一つは「やまとなでしこ」を疎ましいと詠んでいるか否かである。むろん、両者は関連する。が、いまは後者のみに注目する。問題は端的に、「ぬ」を完了の助動詞と見るか打ち消しの助動詞と見るかである。

たとえば、藤井貞和『日本語と時間―〈時の文法〉をたどる』（岩波新書、二〇一〇年）は、完了の助動詞（藤井の用語では「助動辞」）以外ではなく、「「ず」（＝ない〈否定辞〉）の連体形「ぬ」であるように受け取る誤答を許してきた」のは、「感情の振幅を示してこそ」の『源氏物語』の誤読した、「光源氏とのあいだにできた子を疎んじるはずがなかろうという、平板な読み」でしかないと述べる。その背後には、「否定辞「ぬ」（「ず」の連体形）は原則としてうえに係助辞を必要とする」こと、さらに「なほうとまれぬ」という「歌句」を「一種の慣用句だと見られる」（そして、その場合の「ぬ」は完了である）という判断に基づく「私の感覚」がある。

いっぽう、ツベタナ・クリステワ『心づくしの日本語―和歌でよむ古代の思想』（ちくま新書、二〇一一年）は、完了・打ち消しとも「文法的には可能」である当該歌の「ぬ」について「果たしてYesかNoか、いずれかを選ぶ必要があるだろうか」と問いかける。そして、「憎くて恋しい。人の心は矛盾だらけのものだ。これこそ、藤壺の歌のエッセンスであり、『源氏物語』の色褪せることのない魅力の核心なのではないか」と、藤井と類同の『源氏物語』理解を示しながらも、この歌はあえて（「あいまいな表現」ではなく）「あいまいさの表現」を採用しているのではないか、つまり「ただ一つだけの正しい解釈」に（消極的な意味ではなく強い意味において）還元できない歌であり、「「正しい」答えのありえない問い」なのではないか、と言う。対して、藤井は、「両用に受け取れる、つまり〈「ぬ」（終止形）でもあり「ぬ」（否定辞）でもある〉という書き方を作者はしているというような、私には滑稽に思える意見もけっこうまじめに飛び交った」が、「助動辞どうしが懸け詞のように両義を持つことなどあろうはずがない」と、クリステワのような〈読み方〉を否定する（なお、クリステワ自身は境界をぼかす「あいまいさ」と二者択一的な意味の対立を前提とした「両義的」であることとを区別している）。工藤重矩『紅葉賀巻「袖ぬるる」の和歌解釈―文法と和歌構文』（『源氏物語の婚姻と和歌解釈』風間書房、二〇〇九年）、同「源氏物語の和歌における「両義的」解釈をめぐって」（同書所収）も詳細な論点整理と検討の結果として、やはり完了として一義的に確定されるとして、「両義的」解釈は不可能であり、誤りであると論じている。

物語は和歌を含み込み、しかし和歌は物語の文脈を越え出るような突端としてある。和歌は物語の一部であり、しかも和歌として独立した形式を持つ。和歌は物語ではありふれていて、同時に特異である。和歌としての〈読み〉は物語の〈読み〉と可分であり、かつ不可分である。だからこそ、和歌は「物語とは何か」ときびしく問いかける。「袖濡るる」歌も、『源氏物語』の具体的な〈読み〉だけではなく、物語の〈読みかた〉、さらには両義的であること、あいまいさ、誤解と正解、テクストの意味のありか、同時的であることなどなど、文学テクストをめぐる〝境界〟を問うているのであり、研究そのものの基盤とされていることが係争されているのであって、つまり〝理論〟的な議論を喚起しているはずなのだ。物語を対象とした〝理論〟である「物語学」を。もちろん、物語がさまざまな言説で織りなされる（インター）テクストであるからには、「物語学」は和歌からだけでなく、あらゆるところから呼びかけられていよう。そして、あらゆるところに呼びかけることだろう。ジョナサン・カラー『1冊でわかる 文学理論』（荒木映子・富山太佳夫訳、岩波書店、二〇〇三年）が指摘するように、〝理論〟は学際的であり、分析的・思弁的であり、（自己）批判的である（『文学と文学理論』（折島正司訳、岩波書店、二〇一一年）も参照）。言い換えれば、〝理論〟とは（みずからに対しても含めて）開かれた問いなのであって、明確な解答を出すための「唯一の宝刀でも万能包丁でも」（安藤「二一世紀の物語分析のために―おわりに」高木信・安藤編『テクストへの性愛術―物語分析の理論と実践』森話社、二〇〇〇年）なければ、「魔法の技」（クリステワ前掲書）でもない。前提として潜在していることをあぶり出し、思考のありかたそれ自体を問いただし、組み替え、再構築する運動としてある。

そのためにも、文学テクストによって育まれる〝理論〟は、何よりもテクストを、表現を、言葉を重視する。具体的な手続きとしてなら、文法的に許容されるかどうか、用法としてありうるかどうか、用例としてたしかめうるかどうかなど、いずれも踏むべきことがらに属す。むしろ、そうした作業を逸脱するほどまでに推し進め、テクスト・表現・言葉の潜勢力を徹底的に浮かび上がらせてみせることこそが肝要である。さまざまな補助線を引きつつ、ブレイクスルーするまで徹底的に徹底することである。その先に、物語・文学・テクストをめぐるラディカルな問いが生成する。

　私自身は、言葉の潜在的な両義性に着目する「複合動詞の思想」あるいは〈境界〉の思想に理論的可能性を見る（「袖濡るる」歌について、そうした〈読み〉を具体的に実践する機会を持ちたいと思う）。ただし、だからといって一義的な〈読み〉が〝理論〟と無関係に、丹念に用例を辿り、用法や構文を確定することのみで実現しているとは考えない。それは一見したところ〝理論〟が目立たないだけであって、しかし確実にそこに存在する〝理論〟（的前提）との批判的な対話や相互抵抗を通して、「物語学」なら「物語学」という理論はバージョンアップできるはずなのだ。もちろん、一義的な解釈を可能とする〝理論〟は一つとはかぎらないし、同様に両義的な〈読み〉を追究する〝理論〟もけっして一枚岩ではない。また、個々の研究の質の高低は一義的か両義的かを問わない現象であって、両者のあいだに無条件に理論的優劣が存在しているわけでもない。対話の第一歩は、こうした認識を分有することからはじまるのかもしれない。とはいえ、対話の実践は言うほど簡単ではない。しかし、だからこそ〝理論〟という共通言語が重要なのだとも言える。〝理論〟の内実は異なっても、〝理論〟的な論争として対話は成り立つはずだからだ。

　私は、みずからの研究を「物語社会学」と称している（『源氏物語と物語社会』森話社、二〇〇六年）。この「物語社会学」は〝立場〟の表明であり、（土方洋一による書評（『国文学』五一―一〇、二〇〇六年九月）に見える言い方を借りれば）認識のスタンスであり、イデオロギーである。いっぽうで「物語学」の新たな「助奏」（安藤前掲書の帯コピー）と位置づけ、物語社会学を「構想」（同前）しようという私の欲望は、明らかに〝理論〟化に向かっている。だが、実際に「物語学」は見えてきたか？　「物語社会学」というイデオロギー（思想）はラディカルな問いかけ＝〝理論〟への道筋を見出しえているか？　いまだ充分に「物語社会」という対象を、そして「物語社会学」という思想（―理論）を把握しきれていないのではないか？　我ながら、いかにも未熟な取り組みだと反省するほかない。ただ、けっして〝理論〟に詳しいわけでも強いわけでもなんでもない私が、しかしだからこそ、さまざまな〝理論〟が抱えているはずのコンテクストも気にせず（というよりも気にすることもできないまま）、「使えるものは何でも使う」をモットーに、本当の〝理論〟派（とはいったいどのような存在なのか不明だが）であればしない（できない）であろう、相容れないかもしれない諸〝理論〟を平気で並べたり組み合わせたり節合・交渉させたりして、『源氏物語』という土壌で勝手に対話させてしまう試みが可能なのではないか、などと少々開き直ったりもしている。私のささやかな試みや愚かな開き直りはともかくとしても、解決を急ぎ、外部への無関心が蔓延し、閉塞感が漂うように見える物語（そして文学）研究の現状（むろん、私も含まれる）に必要なのは、さまざまな問いへの応答＝運動が絡み合い、相互に作用することで生成する知の〝社交〟ではないだろうか。

まずは、問いかけよう。私たちはいつ〝理論〟を捨てたのか？——この一文をどのように（一義的に、あるいは両義的に、または多義的に）読むか。この一文からどのような問いをあぶり出すか。

応答を待つ。理論の共同体への参加を待つ。

＊〝理論〟にかんする私自身のおもな発言は、以下を参照。

安藤徹「『源氏物語』を理論する」（『源氏物語と物語社会』森話社、二〇〇六年）

安藤徹「ポスト『源氏物語』研究の領野—現代批評理論への応答」（倉田実編『講座源氏物語研究　第九巻　現代文化と源氏物語』おうふう、二〇〇七年）

安藤徹「来るべき『源氏物語』研究のテーゼ15・I—ジンメルに導かれながら」（『国文学　解釈と鑑賞』七三—五、二〇〇八年五月）

安藤徹「複合動詞化する『源氏物語』—ポスト・テクスト論のために」（紫式部学会編『源氏物語と文学思想　研究と資料　古代文学論叢　第一七輯』武蔵野書院、二〇〇八年）

安藤徹「〈紫のゆかり〉と物語社会の臨界—『源氏物語』を世俗化／マイナー化するために」（ハルオ・シラネ他編『日本文学からの批評理論』笠間書院、二〇〇九年）

安藤徹「「かきまぜ」る〈紫式部〉—（パラ）テクストの多孔性と潜勢力」（高橋亨編『〈紫式部〉と王朝文芸の表現史』森話社、二〇一二年）

二つの学会印象記から

河添房江

学術エッセイをはじめるにあたり、二つの学会参加について語ることから始めることにしたい。

昨年の五月二十一日・二十二日に、歴史学研究会の大会が青山学院大学であり、その二日目に行ってみることにした。というのも、雑誌『アジア遊学』の「唐物と東アジア」特集（二〇一一年二月号）に向けて共同編集をしていた皆川雅樹氏が、二日目に古代史部会で発表するということだったので、午前中だけ聴くつもりであった。歴史学研究会のサイトで、古代史部会のプログラムには中林隆之氏と皆川氏の二本の発表だけが載っていたので、質疑も当然、午前中で終わり、午後は全体のプログラムに移るものと思ったのである。しかし、その見通しはみごとに外れて、結局、夕方までいる羽目になったのである。何故そうなったのか。

まず発表じたいがそれぞれ一時間半と、講演なみの時間がとられていたのである。そして、質疑の時間は午後にまわされ、休み時間を挟んで、それぞれたっぷり一時間以上あった。司会者は、挙手をした質問者に応じるばかりか、会場にいる大家・中堅をはじめ多くの研究者たちを次々に指名して、「この問題では、××さん、どうですか」と問題点を広げ、意見を引き出すという次第であった。かくいう私も昼休みに帰ろうとしたところ、司会者につかまり、「後で質問を振りますから、よろしく」と印籠を渡されてしまったのである。しかも、その質問は「いま国文学研究では、東アジアについて、どのように考えられていますか」という即答しかねるような、かなりハイレベルのものであった。

ということで帰るに帰れず、気の重い宿題をかかえて、その場に残ったのであったが、古代史の大物が次々と発言した質疑は、想像していた以上に刺激的なものであった。そして国文学の世界ではいまだ経験したことのない学会のシステム、若手研究者にたっぷり発表時間を与えて、その領域の研究者が老若を問わず集まり、議論に参加させるというやり方にいたく感じ入ってしまったのである。

そもそも歴史学研究会の大会で発表するに際しては、発表者が準備報告を三〜四回するという厳しい掟がもうけられている。じつは二月十九日に東洋大学で第一回の大会準備報告会が開かれた際も、皆川氏の発表を聴きに行ったのである。そこで、今後も三月・四月・五月初めと、あと三回も準備報告会があると聞いて、吃驚してしまった。しかし、大会に出てみれば、なぜそれほどの回数の準備会を必要とするのかも納得できたのである。それだけの準備会を経た発表であればこそ、忙しい大家も何をおいても聴きにいかねばという気になるのであろう。歴史学研究会大会の慣行は、若手研究者を育てるという点においては、これほど鍛え上げる場はないと感じたが、物語研究会も何か見習うべき点がないだろうか。

さて、もう一つ参加した学会とは、昨年の八月二十四日から二十七日まで、エストニアのタリン大学で開催されたEAJS（ヨーロッパ日本学会）である。そこでは三人一組で応募するパネル発表に採用されて、高橋亨氏と陣野英則氏とともに、「Re-readings and Re-visionings: Interpreting *The Tale of Genji*」（直訳すれば「再読と再見—源氏物語を解釈すること」）というパネルの題目で報告する機会を得た。その発端は一昨年の夏、『源氏物語』をテーマとしたパネル応募の誘いを受けたことによる。そして、十一月に三人の英文要旨を提出して、採択されたのであった。

ちなみに高橋氏の発表は、ウィーンのオーストリア応用美術館所蔵のマック本とよばれる『源氏物語画帖』について、女三の宮物語の絵画化をめぐる問題提起であり、陣野氏の発表は、柏木巻を中心に『源氏物語』の「いとほし」の解釈についての通説批判であった。私も中近世の源氏絵に描かれた唐物のはたす役割について、女三の宮の唐猫の描かれ方をふくめて報告した。

ＥＡＪＳはそもそも九つのセクション（実質は十一のセクション）に分かれていて、①都市学・環境学、②言語学、③文学（a近現代文学、b古典文学）、④視覚・舞台芸術（a美術史、b演劇）、⑤経済学・経済史、⑥歴史、⑦宗教学・思想史、⑧政治学・国際関係学、⑨翻訳・日本語教育から成っている。私たちが応募したのは、③bの古典文学のセクションで、今回の応募数は四十あまりと仄聞するが、採択されたのは十のパネルなので、なかなかの競争率だったことになる。

かつて経験したアメリカのＡＪＬＳは個人発表でよかったが、ＡＡＳや、その日本支部のＡＳＣＪなども、三、四人でグループを作ってのパネル発表という形式をとっている。アメリカなどの大会は九〇分、または一二〇分の枠で、パネリストの他にディスカッサントが加わるのが一般的らしい。個人でも応募できないわけではないが、採択率が低いという。選ばれるためには、パネルの統一テーマとそれぞれのパネリストの要旨が英語でしっかり書かれていることがポイントであるが、私たちのパネルでは、フクモリ・ナオミさんがその役割を見事に果たしてくれた。

そして、当日のパネルで、フクモリさんはディスカッサントとして、三人の発表の意義をじつに公平に英語で総括して、緑川真知子氏からも、これぞディスカッサントのお手本と激賞されたのである。もっとも、その素晴らしい要約を早口で話されなければならない羽目にさせたのは、私たち三人があらかじめ決めていた持ち時間の二十分を超過したためであり、それが反省点ともなった。総じて他のパネルも三人の発表を一時間半の枠におさめるのに苦労していたし、質疑の時間がなかなか取れなかった。パネルとパネルの間には、昼食や三十分のコーヒー・ブレイクが設けられていたので、それを十分縮めたらと思わないでもなかったが、時間はほぼ厳密に守られていた。

そこで一つの提案をすれば、物語研究会の例会や大会で、こうした海外標準のパネル発表をするというのは、いかがだろうか。パネルは三人一組で、例会ならば二組の発表をする。もとよりシンポという形式が物研でも大会や三月例会などあるが、それは事務局サイドで人選を決めるもので、自発的にパネルを組んで応募するものではないし、発表や質疑の時間もＥＡＪＳのように、そこまで厳密に遂行されているわけではない。

海外標準のパネル発表を行う場合は、ＥＡＪＳ・ＡＡＳ・ＡＳＣＪなどに応募したグループの予備発表でもよいと思う。発表の言語は日本語でも英語でも可とするが、発表要旨は英語、配布資料は英語と日本語の二種類を必ず作るという条件を課す。また、海外の発表ではパワー・ポイントのプレゼンが多いので、全員ができるだけプレゼンをするようにする。発表をする方も聴く方も大いに勉強になるだろうし、海外の学会慣れしていない会員が発表に対して抵抗感がなくなれば、しめたものである。

欲をいえば、夏の大会じたいも海外で開催できないかとも思う。昨年の九月の和漢比較文学会は西安で、十月の近世文学会もソウルで開催されるなど、海外で学会を開催するところもぼつぼつ出てきた。物語研究会では、現在参加している留学生はそれほど多くはないが、かつてはハルオ・シラネ、ノーマ・フィールド、ルイス・クック、リチャード岡田など、古典文学研究を志す海外の研究者が例会に集まり、彼らにとって物語研究会は大きな拠り所であったのではないか。最近では、物語研究会で育ってきた若手研究者が海外の大学に就職する例も増えてきた。こうしたメンバーに頼って、その大学で「海外大会」を開けないものであろうか。

「海外大会」ではないが、一九七七年から物語研究会に参加している私にとって最も印象的だったのは、古代文学会・古代文学研究会との共催でもあった一九八九年八月の沖縄大会である。いまは遥か彼方の出来事となってしまったが、祭（安田のシヌグー）を見学したことをふくめて、輝かしいというより神々しいまでの時間を過ごしたという記憶がある。海外が無理ならば、せめて数年に一度、そのように国内の別の学会や研究会との合同大会はできないだろうか。

世代差があったり、休眠状態にある会員を物語研究会に吸引する努力を、現在の事務局は怠っていないし、事務局を支えるメンバーはその任をよく果たしていると思う。その一方で、ご負担はかけるが、モノケンを活性化するアイディアはまだまだ出てくる余地があるのではないか、昨年に春、夏と別の学会に参加してみて、そのように思った次第である。

『かぐや姫幻想』から、幻の「源氏物語絵巻」へ

小嶋菜温子

一　『かぐや姫幻想』『源氏物語批評』のころ――王権そして人間

物語研究会の回顧と展望を書くこと――それが思いのほか難しいことであったのは、ひとえにモノケンへの思い入れの深さによるのだろう。学術的なエッセイをとのことであったが、学術的に書くことなど到底無理な気もしてしまう。書き始めては筆を留め、といった繰り返しの何か月間であった。また二〇一一年三月一一日からこのかたの、さまざまに気持ちの整理を付けにくい状況下で、多くの言葉を飲みこまずにはいられなかったということもある。締切も過ぎ、師走の声を聞き、今さらながら執筆を降りようかと思案しているころ、阿部好臣さんの大著二冊（長年、ほんとうに待ちに待った、待望の！）二冊が届いた。その目次から「あとがき」までを眺めわたしているうちに様々な感慨が湧きあがり、及ばずながらわたくしも論集になにがしか記したく思いいたった。いきおい個人的な回顧と展望?になろうかと思われるが、お許し願いたい。

『源氏物語』研究を志した女子大時代から大学院生活を通じて、多くの先生方や先達の学恩に浴した。なかでも、院の秋山ゼミでの日々に出会った、モノケンという他流試合の場はことのほか刺激的な世界であった。でありなが

ら、大学院を満期退学してすぐ、韓国で過ごした三年間のみならず、帰国後も教鞭を取るかたわら子育てやら介護問題で、モノケンからは足が遠のきがちであった。しかし、モノケンは今もわたくしにとって常に大切な場所であり続けている。二十代の何年間からこのかた、拙いわたくしを支えてくださった方々。長谷川政春さん、関根賢司さん、三谷邦明さん、藤井貞和さん、神野藤昭夫さん、原岡文子さん、三田村雅子さん、高橋亨さん、阿部好臣さん……どこまでもマイペースで、のんびり屋のわたくしを、叱咤激励しながら見守ってくださった諸先輩。土方洋一さん、河添房江さん、室城秀之さん、神田龍身さん、深沢徹さん、小林正明さん、そして小森潔さん、吉井美弥子さん。高木信さん……折に触れて議論を交わし、刺激を与えてくれた仲間たち。研究に行き悩んでばかりいた若い日のわたくしには、モノケンの自由闊達で心優しい空気がほんとうに有難かった。現在活躍中の若い会員諸氏のしっかりぶりからすると、とても気恥ずかしくもあるが……。

そうであった――阿部さんの御本の「あとがき」にあるように、モノケンに入ってすぐに、阿部さんとともに例会係を仰せつかった。右も左も分からぬまま、ガリ版刷りの例会通知（藤井さんがガリ切りをされていたか）に添えて、「例外通知」なる代物をガリ切りして出していた記憶がある。諸先輩の例会発表で飛び交う「貴種流離」という言葉の魅力的な響きや、「異郷」「境界」といった概念に心を躍らせたりしたものであった。ちなみに私用のガリ版は、そのころ夫と二人で同人詩誌を出すために購入していたもの（コピーもなにもない時代である）。本郷弥生にあった我がアパートで、阿部さんたちとわいわいがやがや言いながら発送作業にいそしんだことも懐かしく思い出される。ただ、肝心のモノケン例会は、実に過激でもあって、耳慣れないタームや激論に、毎回頭痛を堪えながら帰宅したことを覚えている。発表をすればしたで、三谷さんをはじめとする先輩方の容赦ない批判に打ちのめされ、しかし、なぜだかそれが心地よかったのも不思議だ。相手にしてもらっているということが嬉しかったのか、だとすれば随分と甘えた根性であったのだろう。とはいえ、そうした甘えをも大きく包み込んでくれるのが、当時のモノケンであった。そしてなにより、モノケンが常に突きつけてくれたこと――「物語とは何か」「どう読むのか」という問いかけは、今もなおわたくしの発想の根幹にある。

ところで、この一文の下書きは、韓国のソウルで書き始めた。この夏、用があって一か月間、滞在した時だ。短時日の家族旅行はここ数年していたけれど、三〇年前に大邱（テグ）に三年間滞在して以来の、やや長めの滞在であった。三〇年ぶりに会う当時の教え子たちと旧交を温めつつ、モノケンについて振りかえるのは、なにかの因縁のようにも感じられた。三十代前半の三年間、日本から遠く離れて、「物語とは何か」「どう読むのか」という問いのなかで暗中模索し、その成果として上梓したのが『かぐや姫幻想』であり『源氏物語批評』だった（そのころのことは「「東アジアの漢文文化圏」雑感――韓国への二五年をふりかえりつつ」『アジア遊学』114 勉誠出版、二〇〇八年に記した）。

『かぐや姫幻想』『源氏物語批評』。それらは、ちょうど研究に足を踏み入れた七十年代後半から八〇年代にかけての、『源氏物語』研究を中心とする王権論のただなかで生まれた。あのころ、なぜ王権論であったのか、そしてそこに孕まれた課題はどういうものであったのか。それについてはすでに重要な総括がいくつも行われているように、多様な視点からの捉え直しが可能であった。たとえば、時代背景。当時は大まかにみて、昭和という時代の終焉――天皇の代替わり――という、戦後社会における大きな転換点に当たっていた。天皇の「人間宣言」以降、万世一系の神聖天皇から象徴天皇へのシフトによって、戦後四十年近くのあいだ、天皇制そのものは維持されえたわけだが、実在の天皇の死という生々しい事実に日本社会は直面したのであった。そのことを王朝文学研究がどう受け止めるべきかという課題は、避けがたく思われた。前後して出版された、モノケンの仲間でもあるノーマ・フィールドさんの『天皇の逝く国で』という名著は、わたくしたちへの鋭い問いかけでもあった。王権と、それに向き合う人間。

究極の問いは、そこにあるということを、今あらためて思う。

王権・愛・宗教――『源氏物語』には複数の主題性が相乗的に組み込まれている。その錯雑な論理の網目に取りおさえられた人々。彼ら主人公たちは、権力や性差といった社会的な枠組みのなかで、行きなずみつつ、行方知れぬ思いにとらわれる（その姿は切なくて、かぎりなく美しいのだが――）。かぐや姫の昇天を切なく美しく描く『竹取物語』もまた、天上界と地上界の原理的な対比をとおして、罪と贖罪のテーマを語る。原罪のような罪を抱かされる系譜――かぐや姫・光源氏・浮舟――の美しさ。それは王朝文学が自らに課した規範と逸脱の相克の所産であったといえよう。贖いきれない罪を抱えつつ、なお生を紡ぐ人々。かけがえのないその一つ一つの人生を、物語は語り続けてきたのだ。「物語とは何か」という問いへの、シンプルな答えとしては、そう言えるだろう。

そのことの具体的な論証として、『源氏物語の性と生誕』では、語られる産養・語られない産養のそれぞれの描き分けをとおして、密通によって引き起こされる〈家〉の混乱や〈血〉の乱倫、あるいは婚姻に関わる〈家〉の格や〈血〉の優劣などのなかで生を紡ぐ人間模様を追った。規範と逸脱のはざまで、罪を担わされる個々の性・身体――その鼓動を聞き取りたいと考えてのことである。

古くて新しい問い――一個一個の生を、物語がどう描くのか。そしてそれを、わたくしがどう読むのか。まだはっきりとした答えは出せないままだが、じっくりとこれからも考え続けたいと思う。

二　幻の「源氏物語絵巻」との出会い――可視化される「読み」

『源氏物語の性と生誕』の刊行の時期と相前後して、物語の絵画資料との出会いが不思議に続いた。二〇〇一年に今の職場に移ったことも、図像研究に触れる大きなきっかけとなった。ちょうど物語研究の動向上でも、絵画テクストへの目配りが重視されつつあるころと重なるが、わたくしの場合はほんとうに奇縁としか言えないような形での多くの出会いに恵まれたことに感謝している。そうして出会った絵画テクストをとおして、物語の「読み」の多様性についての認識をあらたにすることができたのは、このうえなく幸いであった。

まず「竹取物語絵巻」「竹取物語貼交屏風」(ともに立教大学蔵)との出会いをきっかけに、絵巻・絵入り版本・絵入り写本『竹取物語』の幾種類かを架蔵することになった。そして二〇〇五年から二〇〇九年まで継続して、物語絵に関する二つのプロジェクトを、立教大学文学部日本文学科を軸として推進した。のべ五年にわたるプロジェクト活動において、「竹取物語絵」や「源氏物語絵」を中心に、NY・ボストン・パリ・ダブリン・オクスフォードなどでの調査を進めた。物語の絵画化には、その物語への解釈が大きく関わる。物語絵の一つ一つが、その物語に対する「読み」を含意するのである。物語絵の有する注釈的な意義については、揺るがせにしえない。それが物語の「読み」の可視化であるという点で、重要なのだということを、つくづく思い知らされたのであった。[*1]

「源氏絵」については、二〇〇六年の科研調査において、NYのバーク・コレクションに秘蔵されていた「賢木」断簡(バーク本)を見いだし、『源氏物語と江戸文化――可視化される雅俗』のなかで紹介した。成立事情や製作者についてまだ不明な点が多いため、幻の「源氏物語絵巻」と仮称した。この絵巻の一部が、NYではパブリック・ライブラリィ(スペンサーコレクション)に、国内では京都国立博物館(個人蔵)・徳川美術館(個人蔵)・石山寺に分蔵されている。二〇〇八年の千年紀ともあいまって、パリ・ベルギーにおいてバーク本の断簡が発見されたこともあり、学会やメディアの話題を集めた。もとより、わたくしどものプロジェクトは千年紀とは無関係に推進したものであり、いま現在も残余の断簡探しを継続中である。

幻の「源氏物語絵巻」については佐野みどり氏が、独自の「読み」に基づく新たな「源氏絵」の創出たりえていると指摘する。[*2]この絵巻の「読み」の特異さは、『源氏物語』注釈史を考えるうえでも、きわめて興味深い。詞書染筆者には、九条幸家をはじめとした九条家を中心としたメンバーが名を連ねる。成立時期は明暦・万治ごろ。近世初期（十七世紀中期）にあたる時期だが、『源氏物語』の注釈史で言うなら、いわば一種の空白期のようにみなされていた時期に当たる。その時期に、『源氏物語』の本文を省略なしに掲げる詞書と、長大な画面に特異な場面を描きこんだ希有な「源氏物語絵巻」が制作されたことの意味は大きい。詞書染筆者の筆頭が九条幸家であるのは、幸家の祖父である九条稙通『孟津抄』との関連を思わせて興味深い。幻の「源氏物語絵巻」の成立の時期が、各種の関連版本の盛行時期と前後するようであるのも注意される。

幻の「源氏物語絵巻」もまた、近世初期の「読み」の可視化の一例にちがいない。すでに「帚木」断簡に関して指摘したように、その場面選択のありかたには、きわめて興味深いものがあることが見て取れる。さらに「賢木」断簡の場面選択についても、「もののまぎれ」にまつわる場面と、そこに秘められた解釈について掘り下げることが必要となろう。

「もののまぎれ」——それこそは、光源氏・藤壺の密通という王権（侵犯）の要であり、『源氏物語』の〈罪〉のモチーフの源泉であった。その〈罪〉の物語が、主人公の性・身体をとおして、どのように絵画化され、可視化されるのか。物語絵に託された「読み」の解明に向けて、またこの絵巻の制作意図の解明に向けて、美術史学・国文学・歴史学等による領域を超えての究明が必須であろう。[*3]そのことがまた、日本の文化史への問い直しにつながると考えるものである。

モノケンから突きつけられた問いかけ——「物語とは何か」「どう読むのか」。その答えを探しながら、これからも『源氏物語』と向き合いつつ、幻の「源氏物語絵巻」の謎解きに取り組みたい。二〇一一年度からまた三年計画で、美術史学とも連携してのプロジェクトをあらためて組み、海外調査活動を開始している。現在、分担執筆中の週刊朝日百科「絵巻で楽しむ源氏物語絵巻」には、幻の「源氏物語絵巻」も収載されている。そのような形で広く一般に周知されることで、国内での断簡探しにはずみがつくことが期待されるが、全容解明まではまだまだ時間を要するであろう。関連分野の方々との連携を深めながら、じっくりと取り組んでいければと願っている。そうすることで、モノケンから有形無形に受けてきた学恩にすこしでもお返しすることができるかどうか。心もとないかぎりだが、自らの力の範囲で努力を続けたいと考えている。

注

＊1　拙稿「絵巻から読む『竹取物語』」『チェスター・ビーティー・ライブラリィ所蔵　竹取物語絵巻』小嶋・渡辺雅子・保立道久解説、チェスター・ビーティー・ライブラリィ監訳、二〇〇八年。同「「竹取物語絵」にみる異界と現世――CBL本・立教本、「不死薬の献上図」をめぐって」『王朝文学と物語絵』高橋亨編、竹林舎、二〇一〇年。

＊2　佐野みどり「源氏絵研究の現況」『國華　第一三五八號』二〇〇八年十二月。「対談　物語絵と王朝文化の享受」『王朝文学と物語絵』（＊2）における、佐野氏の発言も参照されたい。

＊3　仮称「幻の「源氏物語絵巻」」に関する拙論は以下を参照されたい。『源氏物語と江戸文化』小嶋菜温子・小峯和明・渡辺憲司編、森話社、二〇〇八年。小嶋「幻の「源氏物語絵巻」について――バーク本との出会いから」・同「幻の「源氏物語絵巻」覚書――室町期・近世初期の『源氏物語』享受史から」『立教大学大学院日本文学論叢　八』二〇〇八年七月。小嶋「幻の「源氏物語絵巻」――スペンサー本「帚木」・バーク本「賢木」断簡にみる」『季刊 iichiko No100』文化科学高等研究所、二〇〇八年秋。小嶋「幻の「源氏物語絵巻」にみる物語理解―近世初期の堂上流『源氏』享受をめぐって」『中古文学』八四号、二〇〇九年十一月。

物語学の課題をめぐる私的回想

高橋　亨

物語研究会の歴史は、私の物語研究者としての歴史とほぼ一致する。とはいえ、それは創設時一九七〇年から九〇年代までの、前半というべきであろう。後半は名古屋と京都を場とした古代文学研究会への参加が中心となり、年齢を重ねるとともに「若き研究者集団」である物研への足は、徐々に遠のいた。物研の課題はまさしく「物語学」の探求であろうが、それは参加者の個性や資質とも関わって、多様なはずである。

私の研究にとっての物研の意義は、まずは研究の「方法」や「理論」をめぐる知識の吸収と切磋琢磨の場であった。しばしば朝まで酔いにまかせて二次会・三次会と続いた真のシンポジウムが、西池袋の私の新婚アパートでの雑魚寝を含めて、その初期にはあたりまえであった。三谷邦明・藤井貞和氏らをはじめとする年上の友人たちとも、背伸びしながら対等な議論を試みた。

やがて物研は、ノーマ・フィールドやハルオ・シラネ、ルイス・クック、ツベタナ・クリステワなど、次々に留学してきた多くの海外の友人たちとの交流の場ともなり、そこでは「理論」が共通言語として機能した。一九八二年のインディアナ大学における「GENJI会議」は、私が参加した初の日本古典文学の国際会議であり、物研を起点とした「物語学」の国際化に向けた場となった。すでにMONOKENは英語として通用しはじめていた。

その「GENJI会議」に、私は刊行されたばかりの『源氏物語の対位法』（一九八二）を持参して、何人かの海外の研究者にも献呈した。その会議における発表「夕顔の巻の表現―テクスト・語り・構造」は、雑誌『文学』（一九八二年一一月）に発表したあと、『物語文芸の表現史』（一九八七年）に採録した。テクスト論・語り論・構造論といった発想や用語は、まさしく物研における年間研究テーマに通じている。

『物語と絵の遠近法』（一九九一年）は、物研的な視野の広い議論の場から生まれながらも、私の物研離れへと通じる転換点であったかもしれない。絵画的想像力と物語の生成との関連については早くから関心があったが、佐野みどり・千野香織といった美術史の若い友人たちとの「かざり研究会」などにおける交流を背景として、国文学研究の枠を超えようとした。あるいは、国文学研究資料館はともかく、国際日本文化研究センター、比較文学会などを場とした海外の研究者や学際的な異文化交流とも積極的に関わっていた。『源氏物語の対位法』を高く評価してくださった山口昌男氏らとの交流もあった。

とはいえ、「源氏物語の心的遠近法」という論文は物研の論集『物語研究』に発表したものであり、三谷邦明氏の源氏物語絵巻の絵に関する多元的（複数）視点論批判を意識していたのであった。〈心的遠近法〉という新造の用語を〈psycho-perspective〉と訳し、この本の英文要旨を翻訳してくれたのもルイス・クック氏であったから、やはり物研が基底にあった。

最近の私は、授業のない夏と冬の期間、年に二度ほど、欧米の博物館・美術館などにある王朝物語絵の調査をして、新発見の資料にも恵まれるようになった。その大きなきっかけとなったのは、二〇〇五年一月に、チェコ・プラハのカレル大学での秋学期の講義を終えて帰国する三日前に、郊外の国立美術館東洋部門に「源氏物語絵屏風」が展示されていると聞いて見に行ったことであった。閉館の直前にやっと出会ったその作品は、「源氏物語絵屏風」ではなく「狭衣物語絵屏風」であった。

帰国後に、その屏風をすでに立教大学のグループが撮影していることを知り、馬場淳子さんから写真を入手し、最近に論文化した。プラハの国立美術館では、すでに『扇の草子』と総称されている写本を解体した「絵本和歌集」を調査撮影していたが、これはジョシュア・モストウ氏の調査に便乗しての収穫であった。そのモストウ氏はそのためにプラハに来たのに、肝腎の「絵本和歌集」が所在不明で見ることができず、後日に出てきたため私が漁夫の利を得たのである。

これをはじめとして、私が未知の資料とめぐりあうのは、自分ひとりの努力によるのではなく、よき先達たる友人たちに恵まれているからである。二〇〇八年にはフランクフルト実用工芸博物館で「物語百番歌合絵巻」断簡とされていたものが「源氏狭衣歌合絵巻」であることを発見したが、これもモストウ氏からハイデルベルグ大学のメラニー・トレーデさんを紹介してもらって、一緒に調査できたからである。

二〇一〇年の夏は、メラニーさんには家族とのバカンス中とのことで振られたが、小嶋菜温子さんたちと、フランクフルト実用工芸博物館で多くの奈良絵本を見たあと、メラニーさんの紹介により、ウイーン応用美術館（MAK）の収蔵庫内で、特異な詞書をもつ「源氏物語絵画帖」と感動の出会いがあった。二〇〇九年の大英博物館における二つの源氏画帖との出会いも、大英図書館本が博物館にあると錯覚していた無知ゆえの、怪我の功名を超えた幸運だった。友だちの友だちの連鎖の波紋が幸運を呼ぶ。

もちろん、こうした調査は、それだけを目的とするよりも、学会や研究会での活動との組み合わせとして得られる。いちいちお名前はあげないが、ダブリンのチェスタービーティ図書館、パリの国立図書館やギメ美術館、ニューヨークのスペンサーコレクションやメトロポリタン美術館などで調査できたのも、石川透さんをはじめ先達との交流ゆえで、まさしく持つべきものはよき友である。また、自分の旅費は科研費が使えるので、もっと早くからこうした海外調査を組み込んだ申請をすればよかったと思う。今後の「物語学」を担う若き物語研究者にはお勧めの、役に立つ情報であろう。

私は物語と絵との関係についても、文献の知識や「理論」から入っていたから、こうした「物」としての絵画資料を研究対象にすることは、長いあいだ考えてはいなかった。ある種の骨董趣味にはまりだしたのは二十年ほど前からだが、それはあくまでも遊びであり、研究資料として扱い始めたのは、この五年ほどである。

そもそも、国宝の「源氏物語絵巻」のような美術品はもちろん、鎌倉・室町期の物語絵などが買えるような資金力は私には無い。買えるのはせいぜい江戸時代の、それも傷んで商品としては二流・三流の屏風や掛け軸の類である。それらが少しずつ集まってきたので、大学祭の余興として、同僚の塩村耕さんとお宝展示会なるものを始めたのは十年ほど前であろうか。最近は忙しくて止めたが、手伝ってくれた学生さんたちはもちろん、一般の来訪者のみなさんにも、あんがい好評だった。それを見に来た家内が、「塩村先生のは研究資料だけど、あなたのはただの道楽ね」と言うのに、私自身もまったく同感だった。

その後、経済破綻の影響などもあって、少しはよい品も、意外に安価で集まるようになった。また、他方で『源氏物語』研究などでも享受史が盛んになり、江戸前期の源氏絵なども、徳川家康などの「源氏幻想」や「王権神話」との関わりで注目されるようになった。現存する源氏絵などの物語絵は、浮世絵の類を別にすれば、十七世紀の絵画作品が、公家たちの寄合書の書の色紙と組み合わされたりして、屏風や画帖として多く残されている。

そうした作品の一部が私の手元にもたまり、それとは比較にならない名品はもちろん、これなら架蔵の作品のレベルとさほど変わらないといった品とも、海外の美術館や博物館の調査において出会うようになった。私の道楽にすぎなかったガラクタが、貴重な研究資料と化したともいえる。パリで出版された源氏絵集成の豪華本の編集をしたエステルさんや、メトロポリタン美術館の渡辺雅子さんは、我が家に強引に誘ったのだが、わざわざ調査に訪れる人々もいる。いうまでもなく、美術品や骨董としての価値と、研究資料としての価値は別である。

やはり十年前から、名古屋大学は「テクスト科学」のCOEと、これに続く「テクスト布置」をテーマとするグローバルCOEのプロジェクトを行っており、阿部泰郎さんたちとともに、私も参加してきた。そこでの基底に、物研仕込みのテクスト論や「心的遠近法」をふまえたことはもちろんだが、絵画テクストの問題も積極的にとりあげてきた。「テクスト布置」論においては、「パラテクスト」や「文化コンテクスト」とともに「作者」もまた復権した。

最近は、たんに近世における享受の問題を考える資料としてではなく、個別に特徴をもった物語絵の「文化コンテクスト」をふまえながら、作品解釈そのものを再考する媒介としたいと考えてもいる。ちょうど、『河海抄』や『花鳥余情』といった古注釈、あるいは本居宣長の『玉の小櫛』や萩原広道の『源氏物語評釈』を読解の媒介として立論してきたのと同じような次元で、絵画資料についても研究対象とする方法があると思われる。

物語を作る光源氏とその構造をめぐって——虚実入り乱れる六条院

伊勢　光

はじめに

『源氏物語』という物語は、恋愛を必ずしも一対一の関係で描いてはいない。代表的なところでは第三部で薫、匂宮の男二人が宇治の姉妹、さらには浮舟を求めるという多角関係が構築されている。この構図については神田龍身が「宮の欲望なくして薫の恋はないし、薫が欲望していると見えたからこそ、宮もこの恋に自らをかけたのである。しかも薫のそれが宮により惹起されたものであるならば、所詮、それを模倣した宮の恋も幻想に相違ないのであり、女たちの実体を度外視したところで、互いが互いの欲望を相乗的に模倣し続けているのである」[*1]と述べる。つまり彼らの「欲望」なるものは女の「実体」に基づくものではなく、彼らはお互いに相手の心内に女への（ありもしない）「欲望」を見、それに突き動かされて女を欲望していったのであった。

そういった構造は、絶対的な主人公不在の第三部世界特有のものなのであろうか。いや、そうではあるまい。むしろ光源氏こそが誰よりも他者の「欲望」によって自らの「欲望」を喚起する、そんな多角関係の恋愛をしていた人物であった。早くに三谷邦明は「光源氏の母更衣や藤壺あるいは空蝉への恋慕は、光源氏が桐壺帝の欲望を模倣することによって価値づけられているはず[*2]」と述べていたが、確かに光源氏はその最初の恋から他人の「欲望」を模倣していたのであった。

本論文では、その多角関係の構造が玉鬘物語に見られることを指摘し、源氏がどのように玉鬘へ「欲望」を掻き立てているのかを見ていく。さらに玉鬘物語の場合、面白いのはその多角関係の構造を源氏が意図的に作り出している点である。これまでの（あるいは宇治十帖での）恋愛構造を、こと玉鬘物語においては源氏が自ら作り上げている。そのような構造的、フィクション的な「物語」を作り出している「作家」「演出家」としての源氏に注目してみたい。

一　夕顔との恋──玉鬘物語の前史

「玉鬘」巻の冒頭は「年月隔たりぬれど、飽かざりし夕顔を露忘れ給はず」と源氏が夕顔を思い出す場面で始まる。注意しておきたいのは玉鬘を語る巻が夕顔を想起する形で始まっているということだ。

長谷川政春は「玉鬘物語の冒頭から玉鬘が、母夕顔を背後に背負って登場している一面を見逃したくはない[*3]」と述べるが、これは重要な指摘といえる。玉鬘物語はその冒頭から、夕顔の像が強く影を落としているのである。その夕顔とは源氏にとっていかなる女性だったのか。そしてなぜ、源氏の心に夕顔はこれほど印象強く残っているのか。玉鬘との恋を考える前に夕顔との恋を考えなくてはなるまい。

源氏が夕顔に強く惹かれる契機となったのが次の場面である。

もしかのあはれに忘れざりし人にや、と思ほし寄るも、いと知らまほしげなる御けしきを見て、わたくしのけさうもいとよくしをきて、「案内も残る所なく見給へをきながら、たゞわれどちと知らせてものなど言ふ若きお

もとの侍を、そらおぼれしてなむ隠れまかりありく」（『新日本古典文学大系　源氏物語』「夕顔」①・一一一〜一一二頁）

夕顔のもとに頭中将が通っていたらしいという惟光の報告を受けて源氏は「もしかのあはれに忘れざりし人にや」と頭中将の話を思い出す。すると源氏は夕顔のことを知りたくてたまらなくなる。源氏は夕顔に頭中将の影を見ているのである。

さらに興味深いのは惟光が「ものなど言ふ若きおもとの侍」と語っている点だ。「（主人の手引などではなく）自分たちの関係だ」と思わせて若い女と親しく会話している、惟光はそう報告するのである。「若きおもと」は『孟津抄』で「わかきおもとは夕顔也。是は女房どもの我が同僚のように人に知らせてものなど云う也」とされている。つまりこの説に従えば、惟光は夕顔と「もの言ふ」仲となっている旨、源氏にほのめかしているということになる。「若きおもと」を夕顔の侍女と考える説もあるが、その解釈でも恋仲になった侍女を足掛かりに今後、惟光が夕顔に食指を動かしていく可能性は高い（実際、女主人と恋仲になるためにまずその侍女と恋仲になっておくケースは多い）。いずれにせよ源氏の焦りを生む報告であった。

その報告を聞いた源氏は夕顔に接近したい気持ちをおさえきれない。「かいま見せさせよ」と源氏はせがむ。いわば、惟光の「虚」とも「実」ともつかない報告で、源氏の衝動が高まっていることが確認できる。源氏は夕顔に頭中将だけでなく惟光の影も感じ、彼らの「欲望」に引きずられるように夕顔に対して「欲望」を掻き立てられたのだ。

一方の夕顔にとっても、源氏は一対一の相手ではなかった。「たればかりにかはあらむ、猶この好き者のし出でつるわざなめり」と。新たな男の侵入に際し、惟光の仕業かと疑う夕顔の姿が描かれている。女君の侍女が男の手引きをするというのはよくある話だが、この場合は手引きをしたのが外部の男であり全く趣が異なる。夕顔からみれば源氏とは惟光が遣わした第三項だったのだ。もちろん真実は逆であるのだが、「夕顔」巻においてはその真実は源氏自身によってあいまいにされる。虚実入り混じった、幻想的な空間を源氏は楽しんでいるのだった。

さらに興味深いのは、源氏が惟光の「欲望」に思いを掻き立てられたのと同様、惟光もまた「欲望」を掻き立てられ、夕顔を「譲った」ことを後悔しはじめることだ。

我いとよく思ひ寄りぬべかりしことを譲りきこえて、心ひろさよ、などめざましう思ひをる。

（「夕顔」①・一二一頁）

源氏の「欲望」を見て、惟光もまた自らの「欲望」を掻き立てていく。まさに宇治十帖における薫と匂宮のような、お互いがお互いの欲望を「模倣」しあう場がここに成り立っているのだ。

この二人の関係については、助川幸逸郎に卓見がある。[*4]

源氏は夕顔を、潜在的にではあるものの、惟光とも共有していることになる。ということは、頭の中将が夕顔を介して源氏とライバル関係にあるように、惟光も夕顔を介して源氏とライバル関係に立つ可能性が、ここで仄めかされているわけだ。

実際、夕顔巻の惟光と源氏は、一種の分身的関係にある。

まさに助川が述べるとおり、この「夕顔」巻においては源氏と惟光は「欲望」を掻き立てあうという点で「分身的関係」にある二人であり、源氏にしてみれば夕顔は自己の「分身」から勝ち取った女であったということになる。[*5]

この関係性は普段ならまず起こりえない関係性である。非日常の、言うなれば「遊び」の空間の中で源氏は中流貴族たちの「欲望」を見、「分身」惟光との三角関係を積極的に受け入れ、この恋を印象深いものとして心に刻みつけたのだ。その恋の記憶が後々まで夕顔を忘れられない要因として大きく作用していると考えられる。

玉鬘に背負わされている夕顔像というのは男たちと争って手に入れた「女」の像だろう。夕顔は頭中将や惟光との多角関係のただ中にいた女だった。後でまた触れるが、源氏は玉鬘を見ているようで、実はその背後にある夕顔像を見、さらに男たちの影を見ている。ただの玉鬘という女一人を見ていたのであれば、源氏の心はさほど揺れることはなかったはずだ。

次項では源氏の玉鬘に対する「欲望」が夕顔の時と同様に多角関係の中で掻き立てられていること、また玉鬘との場合は源氏が意識的にその関係性を作り上げていることを確認していく。

二　玉鬘物語における源氏――「多角関係の物語」の「演出家」

夕顔の遺児である玉鬘を見つけた源氏は、彼女を利用して六条院に人を集めようと画策する。「少女」巻で六条院の造営に取り掛かった時から、源氏の心には六条院に大勢の人を集めたいという思いがあった。その願いが玉鬘を得て叶おうとしているのだ。源氏は玉鬘を自分の娘と偽って公表し、彼女を「くさはひ」として「演出」する。

願いどおり、玉鬘に引き寄せられるように源氏の元に若い男たちが集まり始めた。源氏は彼ら若者たちと混ざり、交流していく。「常夏」巻の冒頭では、ともに納涼をしながらこんな発言をする。

「こゝにてだにうち乱れ、このごろ世にあらむことの、すこしめづらしくねぶたさ覚めぬべからむ、語りて聞かせ給へ。何となく翁びたる心ちして、世間のこともおぼつかなしや」（「常夏」③・四頁）

自らを「翁」と称して聞く側に回り、若者たちの情報を吸い上げようとしているしたたかな源氏の姿がここにはある。中年の域に達してもなお源氏は若者の活気に触れ、また最新の情報に触れることで自らの「老い」に抵抗しているかのようだ。いや、それだけではない。源氏はかつての「雨夜の品定め」が中の品の女たちとの恋のきっかけとなったのを踏まえ、「常夏」巻のここでも別の立場の人間の話を聞いて、もう一度（夕顔との恋愛のような）刺激的な恋ができることを潜在的にしても期待しているのではないだろうか。そう思わせるほどに、この場面は「雨夜の品定め」に似ている。

永井和子はこの源氏について「文字通り「この世ばなれしたオキナの気持ちにある」ということを相手に告げ、オキナに化し、とぼけることによって、硬化した現状をひらいて行く、というかなり積極的な場を作ったのではないだろうか[*6]」と述べるが、なるほど源氏は中年化して硬化しがちな現状を、集まった若者たちを利用しながら切り開いていこうとしている。白井たつ子は、源氏の「すき」心が中年になって減退していることを指摘しているが[*7]、ただ衰えたわけではない。夕顔のことを思い返している源氏である。心中にはなお若者に交じって恋愛も自家（六条院）の繁栄も達成したいという思いがあると考えられる。

さて、その集まってきた若者たちの中で源氏が特に目を付けたのが蛍兵部卿宮だった。

兵部卿宮などの、このまがきのうち好ましうし給ふ心みだりにしかな。すき者どものいとうるはしだちてのみ、このわたりに見ゆるも、か丶るもののくさわひのなきほどなり。いたうもてなしてしかな。猶うちあはぬ人の気色見集めむ。（「玉鬘」②・三六五頁）

『うつほ物語』でも、あて宮を目当てに集まってきた若者たちが正頼邸を華やかにしたことがあったが、同じように「すき者」特に蛍宮が六条院を華やかにすることを源氏は期待するのである。宮はこれまでの巻でその芸術の才能を源氏から認められてきた人物であり、できて間もない六条院を華やかに彩るものとして格好の人物であった。

その宮が玉鬘に宛てた恋文を読んだ源氏は、玉鬘に「なを御返りなど聞こえ給へ」と返事を出すよう勧める。宮を評価している源氏だ。「いとけしきある人の御さまぞや」と宮を褒め、玉鬘の心を宮に向けさせようとするのも自然である。が、その直後「宮は、ひとりものし給やうなれど、人がらいといたうあだめいて、通ひたまふ所、あまた聞こえ、召人とか、にくげなる名のりをする人どもなむ数あまた聞こゆる」と、宮の欠点を暴露する。これは宮を評価した先の言葉と明らかに矛盾する。これはいったいどういうことなのか。

いやこの矛盾には、源氏の本心が透いて見えるのではないか。源氏は、自らの娘として「演出」した玉鬘をだしに若者たちを集め、特に蛍宮を選んで玉鬘と恋愛させようと考えた。しかし、いざ宮の「欲望」を目の当たりにすると、自らの「欲望」が燃え上がるのを源氏は感じたのである。これは宮が求婚者として名乗りを上げた後の光源氏の言動を見れば明らかだろう。これまでも玉鬘に一定の関心を寄せていた源氏だが、宮の玉鬘思慕を契機にいよいよ肉体的に接触を図り始めるのだ。他の男たちと「欲望」を掻き立て合った刺激的な夕顔との恋。その味を今も忘れられない源氏は、夕顔の時と同様に女（玉鬘）と自分と第三項の男（求婚者たち）という多角関係を指向していたのだ。玉鬘をだしに若者を六条院に呼び寄せたのは、六条院を活気あるものにするためだけではあるまい。源氏がこれまで何度も「欲望」を掻き立てられてきた構造。その構造の完成を企画していたのではなかったか。そしてその構造は、蛍宮という格好の「分身」を得て完成したのであった。

思えば蛍宮ほど格好の「分身」はいまい。皇族のまま風雅な暮らしを送っている宮は源氏にとって、「こうあったかもしれないもう一人の自分」だったはずだ。その「分身」から女を勝ち取ることで源氏は、あの若き日の自分を取り戻そうとしたのであった。

だが、既に指摘がある通り、源氏の「衰え」もここから感じ取ることができよう。*8 時に源氏以上に女に接近していた惟光とは違い、蛍宮は源氏を超えるような面を全く持ち合わせていないのだ。阿部好臣は宮の求婚は「玉鬘との結婚が不可能であることを前提にした」[*9]ものだったと指摘するが、そのように計算して負けないような勝負をしている時点で、もはや今の源氏には若き日と同じ刺激的な恋愛など無理なのであった。

掻き立てられてしまった「欲望」を源氏はもてあますことになる。若き日のような激しく燃えるような「すき」については減退している源氏である（と考えざるを得ない）。結局源氏は最後まで一線を超えることができず、苦い失恋の味を味わうことになった。

源氏の「欲望」には玉鬘目当てで集まった若者たち、特に蛍宮の存在が大きくかかわっている。彼らを利用して六条院世界を活気あるものにしようと考えた源氏は、蛍宮という「分身」を得て多角関係を構築し、恋愛と自家の繁栄の両方を達成しようとしたのだ。しかし、今や源氏はその関係性を生かすことができない。「欲望」を掻き立てられても、遮二無二迫るだけの若さは今の源氏にはないのだ。ここに中年源氏の悲哀がある。

ここで重要なのは、たとえば夕顔の物語がそうであったように物語が多角関係を予め設定するのではなく、物語の作中人物――ここでは源氏――が舞台を設定し、相当意図的に多角関係を構築しているという点である。ある面で、源氏が「物語」を作っているという言い方もできよう。

既に頭中将が関係しているようで、惟光もどこまでか分からないが接触していて……気づいたら否応もなく多角関係になってしまっていたというのが夕顔の物語であったが、玉鬘物語では、その舞台、構造はいわば源氏が演出したような体裁になっている。源氏が演出したのは玉鬘という人物だけではないのだ。「蛍」巻のいわゆる物語論の場面で源氏は玉鬘に「私たちの話を物語にしよう」と語りかける。源氏には自分が今「物語」を作っているという感覚があったに違いない。

玉鬘物語は源氏が「物語」を作り、しかしその作った物語世界を十全に生きられないという非常に特異な構造となっていると言えよう。

三　見られる玉鬘、見る玉鬘

本項では源氏がどのように玉鬘を見、また玉鬘に見られたかを詳細に見ていく。

前述のとおり、光源氏は彼女に夕顔の面影を見ている。

なごやかなるけはひのふとむかしおぼし出でらるゝにも、忍びがたくて、「見そめたてまつりしは、いとかうしもおぼえ給はずと思ひしを、あやしう、たゞそれかと思ひまがへらるゝおり〳〵こそあれ。……」とて涙ぐみ給へり。

箱の蓋なる御くだものの中に橘のあるをまさぐりて、

「たちばなのかほりし袖によそふれば かはれる身とも思ほえぬかな」

（「胡蝶」②・四一五頁）

吉海直人はこの場面から、源氏は「玉鬘のうちに宿る夕顔の幻影に恋しているのであった」[*10]と指摘しているが、確かに「むかしおぼし出で」た直後、源氏が玉鬘に想いを打ち明けることを考えれば、源氏が恋情を抱いているのは夕顔（の幻影）だといえよう。

そもそも、玉鬘の「実像」は源氏（や他の求婚者）が恋い慕うほどの美女であったのだろうか。夕顔の女房であり、最初に玉鬘を発見した右近は次のような感想を抱いている。

かの人をいとめでたし、劣らじと見たてまつりしかど、思なしにや、猶こよなきに、さいわひのなきとあると

は隔てあるべきわざかな、と見あはせらる。（「玉鬘」②・三五六頁）

当初見たときは「めでたし」と思ったもののそれは思い違いであって、やはり紫上とははっきりと美貌に差がある、その右近は感じているのだ。また玉鬘は二十歳を超え、当時としては結婚適齢期を過ぎてもいる。「髪の裾すこし細りて」と髪に衰えもある。源氏自身「ゐ中びたることやと、山がつの方に侮りをしはかり」と、玉鬘の振る舞いに田舎臭さを感じていた。容姿にしても源氏は玉鬘を「めやすく物し給ふ」とか「めやすく見ゆれば」などと評しているが、この「めやすし」という語は特徴的な語である。紫上や藤壺には一例も使われておらず、空蟬や花散里などに用いられている語なのだ。玉鬘は源氏にとって決して最上級の美女ではないということは、使われている語からも明らかである。*11

問題は、にもかかわらず源氏は玉鬘に「欲望」を掻き立てられてしまう、という点だ。玉鬘に付与された男の影や夕顔の影、つまりそういったイメージが源氏の「欲望」を喚起するのである。「浮舟」巻において、匂宮が六の君という美しい妻を持ちながらそう美しくもない浮舟に夢中になる様子が語り手から皮肉られているが、それと近い。実体ではなくイメージが人を「欲望」させることを物語は後の巻でも語っている。

しかも「浮舟」巻以上にこちらの事態は複雑だ。源氏は玉鬘の欠点に気付いており、時に自分の想いの程度にさえ自覚的である。自覚的だからこそ源氏は無理に迫ることができない。源氏は玉鬘を紫上程には愛せない自分に気づいている。かといって玉鬘から離れることもできないのである。

いわば源氏は意識的に多角関係を演出し、意識的に玉鬘のイメージを作りあげ、そして意識しながらもその玉鬘に「欲望」を掻き立てられていったと言えよう。垢抜けず、結婚適齢期も過ぎた玉鬘を「くさはひ」とすべく源氏は玉鬘を自らの美しい娘として「演出」し（蛍宮に蛍の光で顔を見せたのはその典型であろう）、男たちの気を惹いた。その源氏が自ら「演出」した玉鬘に、さらに夕顔の幻影を見、欲望していくのが玉鬘物語なのであった。前項で述べたように玉鬘を「演出」し、また多角関係を「演出」し、物語世界を作りあげた源氏ではあったが、その自らが作った物語――多角関係の中心に「女」を据えて争う物語――に飲み込まれていったのだった。[*12]

では、一方の玉鬘はどうだったのか。玉鬘は源氏に「演出」されるうちに「いとしもうとみきこえ給はず」と源氏に一定の好感を抱くようになる。

しかし、そんな玉鬘が源氏以上に好感を持ったのが冷泉帝であった。

みかどの、赤色の御衣たてまつりてうるはしう動きなき御かたはら目に、なずらひきこゆべき人なし。……源氏のおとゞの御顔ざまは、こと物とも見え給はぬを、思ひなしのいますこしいつかしう、かたじけなくめでたきなり。

（「行幸」③・五九～六〇頁）

源氏の手によってイメージを付与された玉鬘が、今度はある面で源氏の「実像」を暴いていると言えよう。これまで物語から多く称賛されてきた源氏も実は帝と比べれば「めでた」くない、やはり臣下は臣下でありその差は明確なのだと暴露するのである。

しかしその後、玉鬘は「めでたし」と思っていた冷泉帝について、やはり源氏と変わらないと思い込もうとする。玉鬘は自分に気がある帝に対し「（源氏ト）違ひ給へるところやあると思ひ」、帝の「若くきよら」な面からは目を背けるのだ。いわば帝に惹かれてはいけない境遇になって自分の心にブレーキをかけたのである。帝と源氏の差を暴きながらも、状況が変わって後は暴いたその差に蓋をしていく。源氏など男たちに実体ではなくイメージで把握されていた玉鬘が、今度は男（帝）をイメージで把握する側に立つという構図が看取できる。

いずれにせよ、「欲望」を掻き立てられるだけ掻き立てられて髭黒に敗北した源氏、またその他求婚者を残して、玉鬘は髭黒との結婚生活に入ることになる。この結末を、吉岡曠は「源氏の失敗譚」と位置付け「ここで語られた事実は単なる失敗譚としてそれだけで完結してしまうものではなく、必然的に源氏の人生の他の諸々の事実と関連してこざるを得ない」[*13]と指摘する。この玉鬘の物語は今後の「源氏の人生」、つまり「若菜・上」巻以降とも密接に連関するのであった。

四　焦点化される柏木

「若菜・上」巻では、玉鬘を得られなかった男たちのその後が語られる。蛍宮は玉鬘を手に入れられなかった傷心から、今度は女三宮を激しく求めた。「かぎりなくおぼし焦られたり」とあり、掻き立てられた思いの強さが分かる。

しかし、ある面で蛍宮以上に玉鬘に大きく心を掻き乱され、傷を抱えた人物がいる。柏木である。柏木は玉鬘に恋文を送ったことがあった。

「これはいかなればかく結ぼほれたるにか」とて、引きあけたまへり。手いとおかしうて、
　思ふとも君は知らじなわきかへり岩漏る水に色し見えねば
書きざまゐまめかしうそぼれたり。（「胡蝶」②・四〇八～四〇九頁）

玉鬘宛ての柏木の文を源氏が見るという場面だが、柏木という男は玉鬘十帖以前の物語においてどれほどの存在感があっただろうか。柏木は弟の弁少将などと比べ、その存在感は極めて希薄ではなかったか。柏木が女三宮に思いを寄せていたことも「若菜・上」巻で初めて明かされる、いわば後付けの設定である。となれば玉鬘物語におい

て求婚者として焦点化された柏木が「恋する男」として、引き続き物語から選ばれたと考えられる。

つまり言い方を変えれば、玉鬘への恋を契機にこれまで弁少将や夕霧などの陰に隠れていた柏木が「恋する男」として物語内に焦点化されてくるのである。源氏は玉鬘を「演出」して求婚者を集めた。それ自体は確かに六条院の活性化にもつながっただろう。しかし、その過程で源氏は「恋する男」柏木という思わぬ副産物まで生み出してしまったのであった。

さらに「胡蝶」巻のこの場面を考えると、源氏が柏木の手紙を見るという点で、柏木、女三宮の密通が露見する場面と重なってくる。その点でも、この柏木の玉鬘への懸想は後の女三宮への懸想とつながってくるものだと言えよう。

源氏が作り出したイメージとしての玉鬘。それを契機に「恋する男」として柏木が物語に焦点化されてきたという事実には重いものがある。玉鬘を最初から内大臣の娘として公表すれば、柏木は妹だと知り、恋心を燃やすことはなかった。そうなればその後の物語の展開は違ってきたはずである。女三宮との密通も起きなかっただろう。

源氏、蛍宮、そして柏木。

三者三様にイメージとしての玉鬘への恋に失敗し、そして次に女三宮の獲得に乗り出す、という点で玉鬘の物語は第二部世界の物語と密接に連関する。玉鬘の物語で焦点化された柏木がそこで掻き立てられた「欲望」を第二部世界の物語で発露させた時物語はまた新たな局面を迎えることになるのである。

おわりに

ここまで、源氏が玉鬘をなぜ「欲望」し、そして結果としてどのような事態を生んだかを見てきた。源氏には多角関係の末に夕顔を勝ち取ったという甘美な記憶があり、それを忘れられずにいた。そこに現れたのが遺児玉鬘であった。ちょうど六条院の繁栄も企図していた彼にとって、玉鬘は格好の「くさはひ」になる。源氏は玉鬘を「演出」し、さらに意図的に多角関係を構築していったのである。そこには作中人物が「物語」を作っていくという『源氏物語』のひとつの達成が見て取れよう。

ただ、源氏の試みは結果的に失敗する。自らの想いに自覚的であるだけに一線を越えられずにいるまま、玉鬘は髭黒の手に落ちてしまった。しかも源氏は玉鬘と関係を持つことに失敗しただけでなく、柏木の「女」への「欲望」を育むことにもなってしまったのだった。

ここから、源氏が自らの「欲望」（「夕顔」としての玉鬘の所有と六条院の繁栄）のために作った「物語」が、結果として源氏を窮地に追い込む、という構図が看取される。六条院というある種の物語内物語（源氏が『源氏物語』内に作り上げた一大ストーリー）の完成から崩壊へという一連の流れ、それは源氏が玉鬘に「欲望」を掻き立てられ、そしてその「欲望」を達成できずに終わるという流れとピタリと合致するのである。

源氏の試みは失敗し、自身が作った「世界」の崩壊を招いたが、ここまで自ら「世界」を作りあげていくほどの登場人物が他の物語にいたかというと、それほどの人物は後にも先にも源氏一人である。その点ではやはり源氏は卓越した人物であったし、そういった人物を生み出した『源氏物語』の、物語文学史における特殊性も自ずと見えてくるのではないだろうか。

注

＊1　神田龍身『物語文学、その解体』（有精堂　一九九二）

＊2　三谷邦明「帚木三帖の方法――〈時間の循環〉あるいは藤壺事件と帚木三帖――」（『物語文学の方法　Ⅱ』　有精堂　一九八九）

＊3　長谷川政春「さすらいの女君」（『講座　源氏物語の世界』五巻　有斐閣　一九八一）

＊4　助川幸逸郎「中の品の男の物語」　――〈惟光物語〉としての夕顔巻」（『源氏物語の鑑賞と基礎知識　夕顔』　至文堂　二〇〇〇）

＊5　同様のことは明石君をめぐる源氏、良清の三角関係の際にも繰り返される。源氏がどれほど多角関係を欲しているかよく分かる。「明石」巻の源氏についてはまた改めて考えたい。

＊6　永井和子「源氏物語の「翁」」（『源氏物語と老い』　笠間書院　一九九五）

＊7　白井たつ子「『源氏物語』における「すき」の系譜――蛍兵部卿宮を中心として――」（『文芸研究』九四　一九八〇・五）

＊8　石川倫子「『源氏物語』における蛍宮の役割　――光源氏の衰え」（『金沢工業大学日本学研究所日本学研究』八　二〇〇五・六）

＊9　阿部好臣「蛍兵部卿宮の位相」（『語文』八三　一九九二・六）

＊10　吉海直人「玉鬘物語論――夕顔のゆかりの物語――」（『國學院大学大学院紀要』一一　一九八〇・三）

＊11　この問題については伊藤禎子「「思ひなし」の連鎖と玉鬘求婚譚」（『物語研究』十　二〇一〇・三）が、「玉鬘を光源氏に愛される女性として迎えるべく、玉鬘を探すのである。だからこそ、玉鬘は美しい女性でなければならない」と右近が玉鬘を「めでたし」と見た理由を説明している。妥当な説明であろう。

＊12　阿部好臣は「源氏物語「玉鬘」の組成」（『語文』百三十　二〇〇八・三）の中で「源氏は親として玉鬘を一人前の高貴な女君に育てあげなければならない」と、源氏に「教育者」としての役割を見る。「演出」することは、その人を「教育」すること

でもある。親子の物語として玉鬘物語を読む阿部の論に賛同しつつ、拙論ではその父親が娘に母親（自分からすれば恋人）の影を重ね合わせることを問題にしたい。

＊13　吉岡曠「玉鬘物語の構造」（『学習院大学国語国文学学会誌』一五　一九七二・一二）

【付記】本論文は物語研究会二〇一一年度六月例会（於：立教大学）で発表したものを基に成稿しております。席上、貴重なご意見、ご指摘を下さいました皆様に、この場を借りて深く感謝いたします。

『源氏物語』における手引きする侍女

池田大輔

一　はじめに

侍女はなぜ男君を女主人のもとへと手引きするのか。作中人物が息づく物語世界から眺めてみるならば、侍女が高貴な男君の魅力にほだされたということであろうか。また、物語構造から眺めてみるならば、多くの端役がそうであるように恋愛譚の新たな展開の要請に応じて語られたということになろうか。侍女による手引きは、作中人物たちの新たな人物関係を構築し、特に女主人たちは新たに生じた関係によって苦悩を抱え込むこととなるのである。そうした女主人たちの苦悩へのはじまりを端的に表しているのが、「たばかる」である。手引きの多くは、男君や侍女の視点から、女主人とその周囲を欺く「たばかる」はかりごとなのである。このような主人を裏切る行為ともとれる侍女による手引きを、『源氏物語』はどのように語っているのか。手引きへの過程、手引きの表現、侍女の心持ち、手引き後の処遇などはどのように語られているのか。手引きする侍女の内実に迫りたい。なお、本論で使用する侍女による手引きとは、特に逢瀬やそれに繋がる対面への仲介行為のことを指す[*1]。

二　『源氏物語』の手引きとその表現

『源氏物語』において、手引きに奔走した人物といえば、空蝉の弟、小君ではないだろうか。光源氏と空蝉の最初の逢瀬は、襖一枚隔てた狭い空間が引き起こしたものであった。しかし、中の品の魅力を耳にした「雨夜の品定め」や空蝉の内面に強く惹かれた光源氏は、その後実に細やかな対応で小君を抱き込むことで空蝉との恋を続けようとしたのである。

（光源氏ハ小君ヲ）召《め》し入《い》れて、いとなつかしく語《かた》らひ給ふ。童心地《わらはごゝち》にいとめでたくうれしと思《おも》ふ。姉妹《いもうと》の君の事もくはしく問《と》ひ給ふ。（「帚木」一〇六頁）[2]

おもだった侍女がいない（語られない）空蝉にとって、小君は唯一の仲介者である。光源氏は、小君に対して「なつかしく語らひたまふ」という行動を取っているが、「語らふ」という表現は、大きく四つの意味内容に分類される。①親しく語る、②話をもちかける。相談する、③親しくする。懇意にする、④男女が言い交わす。いずれも、二人だけの空間が設定され、互いに心を交わし合うという共同行為としての意味合いが根底にある。[3]なかでも特に、「語らひたまふ」という表現には、「その主人や縁故のある女君との関係への仲介を依頼する例が多い」と福家俊幸氏は指摘する。[4]そうした光源氏の小君に対する「語らひ」の内容は、「さりぬべきをりみて対面《たいめむ》すべくたばかれ」（「空蝉」一一八頁）という表現に現れ、こうした発言は以後繰り返し光源氏の口から発せられるのである。光源氏は自身が未体験であった中の品の女性との恋ゆえ、丁寧に「語らふ」ことで小君を自分の思惑に取り込み、空蝉へと近づいていこうとした。その結果、小君はよき折を見て光源氏を空蝉のいる母屋へと「導く」（「空蝉」一二四頁）のである。

光源氏と空蝉の恋愛譚は、一度きりの逢瀬ではあったが、再び空蝉との逢瀬を持とうとした光源氏は、小君という仲介者を立て、物語はそのやりとりを実に細かに語っているのである。これは、男性が女性のもとへと直接侵入していく『伊勢物語』の昔男や『狭衣物語』の狭衣大将とは異なる恋愛譚の語り方である。手引きの多くは、女君の侍女が行うので、小君のように男（男といっても童なので、性としては中性的）の例はむしろ特殊である。

手引きする侍女については、育ての親である乳母が興味深い発言をしている。雲居雁を東宮へ入内させるつもりで準備していた内大臣は、夕霧と雲居雁の仲を知り、養育者である乳母を責めるが、その責められた乳母の弁解に注目したい。

…とて、御乳母《めのと》どもをさいなみたまふに、聞《き》こえん方《かた》なし。（乳母）「かやうの事は、限《かぎ》りなき帝《みかど》の御いつきむすめも、おのづから《を》あやまつ例《ためし》、昔物語《むかしがたり》にもあめれど、けしきを知《し》り伝《つた》ふる人、さるべき隙《ひま》にてこそあらめ…（中略）…さらに思よらざりけること」とおのがどち嘆《なげ》く。（「少女」四四頁）

ここでは『伊勢物語』の業平と二条后の章段を思わせるような昔物語の例を持ち出し、密通には男女の「けしきを知り伝ふる人」、つまり「手引きする侍女」が存在することを弁明として持ち出している。また、そうした侍女は「さるべき隙」を見つけ出して男君を女君のもとへと導くのだとも述べている。この乳母の発言は、男君がどの侍女を「けしき知り伝ふる人」に仕立て上げ、「さるべき隙」を見つけさせるのかという、密通や忍ぶ恋に関わる侍女の重要性について物語が触れている点で重要である。手引きに関わる場面では「さるべき隙」という表現が多用される。また、「手引きする侍女」の立場に注目すると、手引きする乳母は描かれない。『源氏物語』は、乳母を手引きとは無縁の侍女として語っている。[*5]

もっとも「手引き」という表現は、『源氏物語』には見られない。「手引き」を意味する表現としては「導く」が該当する。例えば、総角巻において、故八の宮の喪が明けた頃、宇治を訪れた薫は姫君たちの侍女である弁の君の手引きで寝所へと忍び込む。

宵《よゐ》すこし過《す》ぐるほどに、風の音荒《をとあら》らかにうち吹くに、はかなきさまなる蔀《しとみ》などはひしく〳〵と紛《まぎ》るる音《をと》に、人の忍《しの》び給へるふるまひはえ聞《き》きつけ給はじと思ひて、やをら導《みちび》き入《い》る。（「総角」二五一頁）

ここでは、薫、大君、弁の君、三者それぞれの思惑が交錯する中、弁の君が一緒に寝ている姫君たちの寝所へと薫をまさに「導き入る」という「手引き」を行っている。この後にも、何とかして大君と結ばれたい薫は、匂宮と中の君を結ばせようと画策し、弁の君に対して「ありしさまには導《みちび》きたまひてむや」（「総角」二六三頁）と手引きを依頼する。その際にも「導く」という表現が用いられている。[*6]

男君たちは、単独でかつ強行的に女君のもとへと闖入していくのではなく、侍女の「導き」によって、女君との対面、さらには情交関係を結ぶのである。女君のもとへと導いてもらうためには、男君が侍女に頼み込まなければならないが、そうした男君と侍女とのやり取りをも『源氏物語』は省くことなく語るのである。それは、男君と女君との逢瀬を語る際の『源氏物語』のひとつの特徴と言えるであろう。『源氏物語』は、こうした男女が「逢ふ」空間において、決して侍女の存在を無視した語り方はしないのである。多くの侍女は、空気と同じく、周囲にいるのが当たり前の存在であり、「人」としばしば表現されるが、手引きする侍女はそうした存在からは独立した個人として語られる。そして、読み手は男女の逢瀬という局面だけでなく、その手引きした侍女が誰であるかをも知ることとなる。物語内において手引きをした侍女の登場は、そのまま主人たちの逢瀬を想起させる記憶媒体としての装置となり得るのである。

三　閉塞した恋愛譚を拓く「責む」

男女が「逢ふ」前段階、男君が女君の侍女に「手引き」を依頼するくだりに注目すると、そこには共通した表現が用いられていることが分かる。それが、「責む」という表現である。「責む」という表現は、恋愛関連表現としてこれまで注目されてはいない。[*7] しかし、男君と手引きする侍女の関係に着目してみると、恋愛関連表現として認めるべきであると指摘したい。というのも、『源氏物語』全四十三例の「責む」という表現の中でも、男君が侍女を「責め」る用例は八例と少ないが、その八例全てが「手引き」を依頼する文脈で重要な機能を果たす表現として用いられているのである。次（三八四頁）に、その一覧表を掲げる。

①〜⑧まで、④を除いて、男君は女君の侍女を「責む」ことによって、女君との逢瀬を達成している（④は失敗した例）。『源氏物語』では、侍女を責め立てずに成立している逢瀬も語られるが、そうした物語と侍女を「責む」ことで逢瀬に至る物語の差は、どこにあるのだろうか。まず、女君を見てみると、その身分の高貴さがうかがえるであろう。いずれも宮と呼称される女君たちである。ただし、玉鬘は宮と呼称されないものの、六条院の「くさはひ」として世の男性たちの注目を集めた女君である。太政大臣である光源氏の娘であり、今上帝に尚侍として出仕が予定されていた玉鬘は、ほかの女君と比べると身分は低いものの、求婚者である鬚黒の身分から考えると、女君対男君の構図は同じと言えよう。そして、男君へと目を向けてみると、いずれも女君に拒絶され近づくことさえ不可能かつ一筋縄ではいかない恋愛譚ばかりである。そういった閉塞した状況を「責む」行為は切り拓いていくのである。

侍女を責め立てて逢瀬へと展開していく物語の最初に、『源氏物語』の根底をなす光源氏と藤壺の恋愛譚（①）が

	女君	侍女	男君	本文
①	藤壺	王命婦	光源氏	（光源氏ハ）内裏《うち》にても里《さと》にても、昼《ひる》はつれぐ〳〵とながめ暮《くら》して、暮《く》るれば王《わう》命婦を責《せ》め歩き給。（「若紫」二三一頁）
②	末摘花	大輔命婦	光源氏	常陸《ひたち》の宮にはしばく〳〵聞《き》こえ給へど、……負《ま》けてはやまじの御心さへ添《そ》ひて、命婦を責《せ》め給。（「末摘花」二七七頁）
③	末摘花	大輔命婦	光源氏	わが常《つね》に責《せ》められたてまつる罪避《つみさ》りごとに、心苦《ぐる》しき人の御もの思ひや出《い》で来《こ》むなど、やすからず思ひゐたり。（「末摘花」二八二頁）
④	玉鬘	玉鬘の侍女たち	求婚者たち	聞《き》こえ給人々は、誰《たれ》もく〳〵いと口惜《くちを》しくて、この御参《まゐ》りの前《さき》にと心寄《よ》せのよすがく〳〵に責《せ》めわび給へど、吉野の滝をせかむよりも難《かた》きことなれば、「いとわりなし」と各《をの》く〳〵答《いら》ふ。（「藤袴」三三八頁）
⑤	玉鬘	弁	鬚黒	……と、この弁のおもと《御》にも責《せた》めたまふ。（「藤袴」三四三頁）
⑥	女三宮	小侍従	柏木	いかにく〳〵と日《ひ》々に責《せ》められ困《功》じて、さるべき折《おり》うかがひつけて、消息《せうそこ》しおこせたり。（「若菜下」二二二頁）
⑦	落葉宮	小少将	夕霧	……みな静《しづ》まりぬるに渡《わた》りたまひて、少将の君をいみじう責《せ》め給ふ。（「夕霧」四六六頁）
⑧	落葉宮	小少将	夕霧	この人（＝小少将）を責《せ》め給へば……人通《かよ》はし給《たま》ふ塗籠《ぬりごめ》の北《きた》の口《くち》より入《い》れたてまつりてけり。（「夕霧」四七八頁）

立ち現れてくるのは、その後の②～⑧のような逢瀬によって深刻な苦悩を抱え込む物語の典型として実に特徴的である。

藤壺《ふじつぼ》の宮、なやみ給ふことありて、まかで給へり。……か丶るおりだにと心もあくがれまどひて、いづくにも〳〵まうで給はず。内裏《うち》にても里《さと》にても、昼《ひる》はつれ〴〵とながめ暮《くら》して、暮《く》るれば王《わう》命婦を責《せ》め歩き給。いかゞたばかりけむ、いとわりなく見たてまつるほどさへうつゝとはおぼえぬぞわびしきや。宮もあさましかりしをおぼし出《い》づるだに世《よ》とともの御もの思《おも》ひなるを、さてだにやみなむと深《ふか》う思《おぼ》したるに、いと心憂《う》くて……

（「若紫」二三〇頁）

「宮もあさましかりし」という現在と過去を回想する形で、光源氏と藤壺の逢瀬が初めて語られる場面である。「内裏にても里にても」と公私ともに四六時中藤壺のことばかり心に染め、逢いたいが逢えない。その身が置かれた現実と心の軋みが、「心もあくがれまどひて」という表現として現れ、恋の行き詰まりの極限状態が語られている。しかし、そうした状態は語り手も「いかがたばかりけむ」と疑問を投げ掛けるように、王命婦という侍女を「責め」た結果、実にあっけなく極限状態から脱却するのであった。ところが、そこで語られるのは喜びではなく互いの苦悩の姿なのである。それは「うし」「つらし」という語調で立ち現れ、続く場面では藤壺を更に懊悩の闇へと突き落とす懐妊が語られるのである。侍女を男君が責める状況は、男君自身の力ではどうすることもできない恋の閉塞状態を意味し、男君の「責む」行為は、そうした状況を切り拓いていく男君の能動的行為として認められよう。以下、②～⑧を見ていく。

まず、①と類型である「責む」行為によって恋愛を切り拓いていく⑤～⑧は、女性が男性の想いをかたくなに拒むという逢瀬への展開が困難な状況の恋愛譚である。⑤藤袴巻では、玉鬘が冷泉帝への尚侍出仕を予定していた光源氏の意向を無視し、鬚黒の強引な行動で結ばれるという玉鬘求婚譚の結末、⑥若菜下巻では、光源氏という絶対的な権力者の妻である女三の宮との密通、⑦⑧夕霧巻では、これまで「まめ人」として語られてきた夕霧を変貌させていく柏木亡き後に残された落葉の宮求婚譚である。共通しているのは宮という高貴な女性への憧れである。唯一玉鬘が宮という存在から除外されるが、先に述べたように、求婚当時大将の身分にあった鬚黒にとって太政大臣である光源氏は絶対的権力者であり、高貴な女性を求める男君という構図は他の用例と類似していると言えよう。

「責む」という表現に注目してその恋愛譚を眺めてみると、どの場面も『源氏物語』において特別な位相にある恋愛譚ばかり浮かび上がってくる。①の藤壺密通、⑥の女三の宮密通という「かくろへごと」に代表されるように、逢瀬が困難な恋愛譚も、男君による「責む」行為を契機として一気に逢瀬へと物語が展開していくのである。そして、「責め」られた侍女はそれを拒否する手立てがなく「手引きする侍女」へと変貌を遂げるのである。

男君の「責む」行為は、自分よりも高位の女性への憧れという共通した恋愛譚において有機的に用いられている。侍女を責めた結果として、手引きから逢瀬への語りの回路が成立している。これらの恋愛譚には、そこに女の生き難さ、特に皇女との恋愛譚を通して物語が胚胎する主題との密接な関わりが認められよう。[*8] ②③末摘花巻での光源氏と末摘花との恋愛譚は、末摘花も藤壺・女三の宮・落葉の宮同様に物語内で「宮」と呼称される女性であり、光源氏が藤壺同様に侍女を責めてまで手に入れたかった女性として、皇女を求める光源氏の恋の在り方の一端が伺い知れるのである。このように多く皇女への憧れが、男君たちの恋心を掻き立て、侍女に手引きするよう迫っていく文脈に「責む」という語りの方法が見られるのである。

しかし、④の用例だけは、「責む→逢瀬」という物語構造からは外れる。④藤袴巻は、冷泉帝へ尚侍として出仕が予定されていた玉鬘に対して、求婚者たちが彼女の侍女に手引きを依頼するものの、それは「吉野の滝をせかむよりも難《かた》きこと」と喩えられるように、求婚者たちは恋心を断念しなければならない結果となる。多くの求婚者たちによる「責む」から玉鬘との「逢瀬」という回路が成り立たなかった理由として、ここでの求婚者が不特定多数として語られていることが考えられる。不特定多数の者からの「責む」行為、そして「責め」られる侍女も特定の呼称を与えられていない（「責む」の分散化された語り）。それゆえ手引きへの語りは閉じられた空間となっている。これは失敗した「責む」表現の文脈として抑えられよう。また、④だけが、かなえられることのない恋の物思いと不可分な「わぶ」[*9]との複合動詞である「責めわぶ」となっていることも見逃せない。「〜わぶ」という複合語は、「〜をしても仕方がない」といった「わぶ」の上接語の状態が絶望的であることを表している。そうした絶望的な状況が最も分かる例として、葵の上出産時のもののけの和歌があげられよう。

嘆きわび空に乱《みだ》るゝわが魂《たま》を結《むす》びとゞめよしたがひのつま　（「葵」四〇頁）

六条御息所の「嘆き」の極限状態が、もののけの「嘆きわび」という表現として立ち現れているのである。このほかに「恋ひわぶ」「泣きわぶ」といった表現も同様の状態を意味する。ここで、求婚者たちの「責めわぶ」という表現は、侍女を責めても仕方がない男君たちの閉塞状態として捉えることができるのである。

身分違いの恋愛譚を多く語る『源氏物語』において、身分差や閉塞的状況の恋愛を拓いていく力として男君による侍女への「責む」という行為が有機的に用いられている。④を除く①〜⑧の物語は、侍女を責めることによって男君たちが女君との逢瀬を達成していた。物語を切り拓いていく力として、この特定の侍女への「責む」行為は、強力な磁場―それまでの物語空間を一気に歪めてしまうような力―を持つ表現であると考えられる。侍女はそうした物語の磁場から逃れることが出来なかった結果として「手引き」をしてしまうのではないだろうか。では、侍女は男君の「責む」行為をなぜ拒否できないのか。次に、手引きに至った侍女の側から「手引き」ということについて考える。

四　手引きする侍女の内実

「責む」という男君の能動的行動により、侍女が手引きするに至ることは前節で明らかになった。では、手引きした侍女が抱える心はどのようなものであったのであろうか。男君を手引きするに至った侍女の行動心理、過程を考察するにあたって、光源氏を末摘花のもとへと手引きした大輔命婦の心内表現に示唆的な一文がある。[*10]

男《おとこ》（＝光源氏）は、いと尽《つ》きせぬ御さまを、うち忍《しの》び用意《ようい》し給へる御けはひいみじうなまめきて、（命婦）「見知《みし》らむ人にこそ見《み》せめ、はへあるまじきわたりを。あないとほし」と命婦は思《おも》へど、ただおほどかにものし給ふをぞ、うしろやすう、さし過《す》ぎたる事は見《み》えたてまつり給はじと思《おも》ひける。わが常《つね》に責《せ》められたてまつる罪避《つみさ》りごとに、心苦《ぐる》しき人（＝末摘花）の御もの思ひや出《い》で来《こ》むなど、やすからず思ひゐたり。（「末摘花」二八二頁）

光源氏からの「責め」にあった大輔命婦は、遂に物越しの対面の場を用意し、その後、光源氏は強く鎖していたはずの障子を開けて姫君との逢瀬を果たす。結果として、大輔命婦はただの侍女から「手引きする侍女」となったのである。この手引きするに至った際の内省に「罪避りごと」という心内表現が見られる。この表現は、手引きを行うに至った侍女の内実を考える上で見過ごしてはならないものである。大輔命婦は、常に光源氏に手引きするよう責め立てられ、「罪避りごと」のために手引きをしたというのである。加納重文氏は、この「罪避りごと」について「源氏の執着の罪、それに関与した自分の罪、当面の罪深さを逃れる一時しのぎ」と解釈している。[*11] 光源氏は大輔命婦から得た女君が宮家の血筋を受け継ぎ琴を弾く姫君であるなどの情報から、女君への想いを徐々に高めていくことなった。末摘花という女君に興味を抱かせ執着させた原因は明らかに大輔命婦にあり、ここでの、「罪避りごと」の「罪」とは、加納重文氏が指摘するように、光源氏を末摘花のもとへと導いてしまった大輔命婦の罪のことであろう。具体的には、女性（末摘花）への執着を男性（光源氏）に抱かせてしまった侍女（大輔命婦）の罪である。そうした罪を「避りごと」として罪から「離れること」のために手引きを行ったというのである。大輔命婦は光源氏を女主人と対面させるにあたり、対面後の女主人に「御もの思ひや出で来むなど」と起こりうるべき不安（末摘花の容貌による光源氏の冷遇など）を心に抱いていた。そうした不安は、ここでの大輔命婦の心内において、女主人を「心苦しき人」＝「気の毒な人」としていることからも分かる。大輔命婦の心は女主人に寄り添う形で語られている。しかし、主人の心配やその後自身が受けるであろう批判よりも、男君から受ける「責め」の重圧の方が大きかったのである。

ここで、男君、女君、侍女という三者の関係性における「罪避りごと」という表現には、末摘花に執着してしまった光源氏の「罪」を「避ける」＝「遠ざける」ためにすること（手引き）という意味も背後に含んだ表現ではないかと考える。つまり、光源氏の末摘花への執着心をなくすためには、光源氏が末摘花との逢瀬を成就し執着心の解放しかないのである。現代の多くの注釈書は「罪避りごと」を「責任逃れ」と解釈しているが、「罪」という表現の重みを踏まえるならば、もう少し検討の必要がある。

『源氏物語』における罪については、藤井貞和氏が（一）古代的な罪の意識、（二）仏教的な罪障意識、（三）律による罪科と三分類したが[*12]、侍女の心に抱いた罪意識とは、（二）の仏教的な罪障意識と関わりがあるように思われる。ここでは「夢浮橋」巻巻末で浮舟が小野で出家したことにより、薫が「愛執の罪」を負ったとする横川僧都の手紙の内容を参考にしたい。「愛執」とは、仏教用語で、煩悩のひとつとされ、愛情に心惹かれて思い切れない（愛情に執着する）ことを意味する。浮舟が出家したことにより、薫の恋、つまり浮舟への想いはどうすることもできない状態に陥ったのである。そして、そうした状態である薫を救えるのは浮舟だけなのだという。

　御心《おほむ》ざし深かりける御仲を背きたまひて、あやしき山がつの中に出家《すけ》したまへること、かへりては、仏の責《せめ》そふべきことなるをなん、うけたまはり驚きはべる。いかがはせん。もとの御契り過《あやま》ちたまはで、愛執《あいしふ》の罪をはるかしきこえたまひて、一日の出家《すけ》の功徳《くどく》ははかりなきものなれば、なほ頼ませたまへとなん。

（「夢浮橋」三八七頁）

僧都は薫の愛執による迷妄の罪を晴らすよう浮舟に説いている。「もとの御契り」という浮舟と結ばれるべき宿縁どおり薫の想いを遂げさせることで「愛執の罪」は晴れるのだという。この浮舟が薫の「愛執の罪」を晴らすべきだという論理は、薫の愛執を晴らすことができるのが浮舟だけであるという考えに基づく。それは、仏教の男性中心主義によるものとも、「代受苦」のスケープゴード的な民俗心性による話型ともみられ、『源氏物語』が主題的に反復し深化してきた女性の生の苦悩をも読み取ることができる。[*13] 仏教の観点からすれば、女性は男性を惑わし愛執を抱かせる存在なのである。そうした女性への想いに捕われた男性の状態が「罪」なのである。愛執の中に漂っているのは、悲痛なまでの男性の想いであり、罪深い男女の関係において「責む」という表現が用いられていることは重要である。侍女に「手引き」するよう「責め」るのは、男君の身体的欲望だけでなく、背後に愛執に捕われた自身の心の救済を求める心理が作用しているのかもしれない。愛執に迷妄する男君からの「責め」を受けて、そうした想いを知りながら「手引き」せずそのままの状態に放置しておくことは、男君の「愛執の罪」を更に深める結果を招くことになる。そこで、侍女は男君が抱える愛執の罪を晴らす役割の一環として「手引き」に至るのである。手引きするよう責められた侍女は、ただ受動的に応じるのではなく、愛執から男君を解放するというある種の能動的行為として男君へと返していくのである。

つまり、もし侍女が手引きをしなければ、男君は愛執の罪を負い続けることとなり、ここでは「手引き」することがその男君の愛執の罪を「はるかす」ことに繋がるのである。責められた侍女たちは、そうした仏教上の罪を背後に含みながら「責め」に応じるという論理が物語内に働いていると考える。手引きする侍女は、己の保身のためだけではなく、男君の「愛執」を「手引き」という方法でもって「はるかす」存在なのである。手引きする侍女と罪という関係については、なお考えるべき点が多いが、現段階の提案という形としたい。また、手引きする侍女の内実として、お手付きの侍女や召人的侍女など特殊な立場の侍女の内面からも考察すべきであるが稿を改めて論じたい。

五　おわりに

「侍女はなぜ男君を女主人のもとへと手引きするのか」という冒頭での問題提起の結論として、手引きのなかでも特に男君が「責む」という行為に及んでの手引きは、心の平静を保てないほど追いつめられた男君の恋の閉塞状態を「責む」行為によって、侍女は男君のそうした状態を知り仏教的観点からの「救い」の意味合いをも持つ行為として手引きを行うと考える。「責む→逢瀬」という物語展開には、以上のような男君、女君、侍女の人物相互の関係を読み解く必要がある。「手引き」という点に関しては、男君と侍女は対等に近い関係として語られている。そのような手引きの交渉において、男君が侍女に対し「責む」という行為を行うのは、高貴な女性への抑えがたい情念に身を焦がし、かつ自分の力ではいかんともし難い極限状態に陥ったときである。それは閉塞した男君の恋愛状況をも逆説的に示していることにもなる。そして、その表現回路は「語らふ」（余裕がある状態）から「責む」（余裕がない状態）へと向かっていく。そこには、本来あり得べき貴人男性と侍女という権力構造で語るのではなく、男君の恋の心理状態、それを受け止める侍女との関係が「責む」「語らふ」の表現で巧みに語られているのである。恋愛譚における男君の「責む」には、そうした閉塞した恋愛譚を切り拓いていく力があると考えられる。

一方、男君に責められた侍女は、男君のために「さりぬべき隙」を見つけ、主人や周囲の者を「たばかる」ことで「手引きする侍女」へと変貌する。周囲を欺いてまで男君を手引きする侍女には、女主人を裏切る行為というよりは、むしろ愛執に迷妄した男君を救うという意味も含み持っているのではないだろうか。また、興味深いことに、鬚黒を玉鬘のもとへと手引きした弁のおもとは、「石《いし》山の仏《ほとけ》をも、弁のおもとをも、並《なら》べて頂《いただ》かまほしう」（「真木柱」三四九頁）と感謝こそされはするものの、藤壺が王命婦を叱責するなどの周囲の者や女主人に咎められている様子はいっさい語られないのである。これは、『源氏物語』において、手引きする侍女が、愛執に迷妄する男君を解放する存在としての意味をも背後に含み持っているからではないだろうか。

藤壺や女三の宮との密通を含め「侍女の手引き」を語る文脈には、経緯を詳細に語る大胆さと緻密な表現の連関が張り巡らされた『源氏物語』の語りの方法が認められる。今後は、侍女と女主人や男君との関係をどういった表現でもって語られているのか、侍女自身が主体的に行動していく物語などをも考察していきたい。

注

＊1　源氏物語研究においては、「侍女」ではなく、「女房」という呼び方が術語として定着しているが、「女房」には命婦以上の高位の官女や妻妾など多義的な意味を含み持つという歴史学からの見地を踏まえ、伺候女性全般を意味する「侍女」という表現

をあえて用いる。また、「侍女」という表現には、独立した個人というよりも主人—伺候者という対置関係が背景にある語として用いる。

＊2 『源氏物語』の本文引用は、「若菜上」「若菜下」「柏木」は明融本（『東海大学蔵　桃園文庫影印叢書』、東海大学出版会、平成二年）、それ以外の巻は大島本（『大島本　源氏物語』角川書店、平成八年）に依り、私に改めた箇所は傍記を施した（×は本文に無い文字）。また、便宜を図り、（　）内には、新編日本古典文学全集の頁数を記した。

＊3 『源氏物語大辞典』（角川学芸出版、平成二十三年）。「語らふ」行為には、身分差のある人物間において本来権力構造が認められるが、男君と侍女間では「なつかし」「まめやかなり」「あはれなり」の語が併記され、そうした権力的関係が表面的には、排除された柔和な物語空間として設定されている。それゆえ、男君が侍女に、頼みごと（多くは手引きなど）の「語らひ」をする空間においては、権力をかざしたり、見返りを期待させたりするような権力構造はあまり認められない。但し、光源氏と小君は男性同士なので、小君側からすると官職等への期待はあったのかもしれない。

＊4 福家俊幸「『紫式部日記』に記された縁談—『源氏物語』への回路—」『王朝女流日記を考える』（武蔵野書院、平成二十三年）

＊5 乳母は、手引きする侍女とは対極に位置し、男君の忍び歩きを諫めたり、女君を侵入してくる男君から守る存在として語られている。

＊6 『源氏物語』において「導く」という表現が用いられるのは、仏神が人々を救いへと導く（七例）男君を女君のもとへ導く（八例）用例に二分される（全十五例）。男君を女君のもとへ導く八例の内、五例が侍女による導きである。侍女による「導き」がいかに重要であるかが明確に窺われる。

＊7 王朝の恋に関する表現を網羅的に示した西村亨氏『新考王朝恋詞の研究』（桜楓社、昭和五十六年）には取り上げられていない。

＊8 今井源衛「女三宮の降嫁」『今井源衛著作集』（第一巻、笠間書院、平成十六年）、後藤祥子「皇女の結婚—落葉宮の場合」『源氏物語の史的空間』（東京大学出版会、昭和六十一年）、今井久代「皇女の結婚—女三の宮降嫁の呼びさますもの」『源氏物語構造論』（風間書房、平成十三年）

＊9　小町谷照彦「わぶ」『国文学　解釈と教材の研究』（第三十六巻六号、平成三年五月）
＊10　大輔命婦という侍女は、光源氏の乳母の子（左衛門の乳母の娘）でありながら、父の縁で末摘花のもとにも出仕しているという特殊な人物関係にある侍女であるが、本稿では男君に手引きを依頼された侍女という点を優先させて論じる。大輔命婦という侍女と光源氏の関係については、稿を改めて論じたい。
＊11　加納重文「『源氏物語』の〝罪〟について」『平安文学の環境』（和泉書院、平成二十年）
＊12　藤井貞和「「思ひ依らぬ隈な」き薫」「タブーと結婚」『源氏物語論』（岩波書店、平成十二年）
＊13　高橋亨「愛執の罪―源氏物語の仏教」『源氏物語の詩学』（名古屋大学出版会、平成十九年）

【付記】本稿は、日本文学協会第三十回研究発表大会（平成二十二年六月二十六日、於フェリス女学院大学）における口頭発表の一部である。発表の席上、および前後に御意見、御教示いただいた諸氏に記して御礼申上げます。

浮舟と八の宮

櫻井清華

一　はじめに

『源氏物語』最終部、死を決意し宇治の宮邸を出奔した浮舟は、不覚の中で男の幻影に呼ばれ、抱きとられる。その男を浮舟は「いときよげなる男」（手習　二九六）、さらに「宮と聞こえし人」（同）と回想するが、先行研究において「いときよげなる男」と「宮と聞こえし人」の解釈は大きく分かれており、多くはそれを匂宮か薫であると論じる。[*1]だが後述するように、この解釈は該当箇所の表現との間に齟齬をきたすものであって、再考の必要があると思われる。

ところで、浮舟には、母・中将の君の存在が過剰に語られていることが池田節子によって指摘されている。[*2]母・中将の君が召人であったため、父・八の宮の認知を得られなかった浮舟にとって、父・八の宮は生まれながらに非在の人であった。しかし、このことによって、浮舟における八の宮の存在が希薄であったとはしがたい。なぜなら物語の登場時に浮舟は八の宮の墓参を願っていることが語られているからである（宿木　四六一）。では、生の始原に自己同一性を欠く[*3]浮舟にとって、父・八の宮とはいかなる意味を持つ存在であったのだろうか。

本論は右の問いを手掛かりとしながら、浮舟失踪をめぐる言説――特に「いときよげなる男」と「宮と聞こえし人」にまつわる表現――を改めて辿ることで、浮舟の心中意識に非在の父・八の宮がいかに位置づけられるかを考察する試みである。

二　きよげ／きよらの線

薫に続き匂宮と通じた浮舟は、他者の思惑の交錯に翻弄された結果出奔し、宇治川に入水したと誤認されたまま物語は語られてゆく。浮舟が確実に入水したと認定される証拠はなく、ただ入水を連想させるような伏線が浮舟の周辺に張りめぐらされていたに過ぎない。匂宮との情事をひた隠し、身を処しあぐねていた浮舟の心中を知らぬ中将の君は、「よからぬことを引き出でたまへらましかば、すべて、身には悲しくいみじと思ひきこゆとも、また見たてまつらざらまし」（浮舟　一六七）と語り、死への思いを後押しする。そうした浮舟の姿は「御手洗川に禊せまほしげなる」（浮舟　一六八）と語り手に評されており、浮舟の心内が宇治川の流れの荒ましさ、御手洗川、禊などと連動して語られることで、浮舟の失踪を入水死に結び付ける連想回路が容易にひらく仕掛けが物語には伏せられている。浮舟の入水死は、語りの状況から導き出され、誤認されたものであったが、では入水していない浮舟はどこにいたのか。絶え絶えであった浮舟の意識が回復し記憶を取り戻すのは、僧都の修法によって物の怪が退散した次のくだりからである。

皆人の寝たりしに、妻戸を放ちて出でたりしに、風ははげしう、川波も荒う聞こえしを、独りもの恐ろしかりしかば、来し方行く末もおぼえで、簀子の端に足をさし下ろしながら、行くべき方もまどはれて、帰り入らむも中空にて、心強く、この世に亡せなんと思ひたちしを、をこがましうて人に見つけられむよりは鬼も何も食ひて失ひてよと言ひつつつくづくとゐたりしを、いときよげなる男の寄り来て、いざたまへ、おのがもとへ、と言ひて、抱く心地のせしを、宮と聞こえし人のしたまふとおぼえしほどより心地まどひにけるなめり、知らぬ所に据ゑおきて、この男は消え失せぬと見しを、つひに、かく、本意のこともせずなりぬると思ひつつ、いみじう泣くと思ひしほどに、その後のことは、絶えていかにもいかにもおぼえず。（手習　二九六～二九七）

「この世に亡せなん」と決意しながらなおも惑っていると、「いときよげなる男」が現れ、その男に抱かれた瞬時に意識を失ったと言う。「我は限りとて身を投げし人ぞかし」（手習　二九五～二九六）とは言うものの、浮舟の身体描写からは入水の事実を認めることはできず、また手習巻で僧都の一行に発見された際に身体が水に濡れていたという表現も確認できない。語られるのはただ、目の前に現れた「いときよげなる男」を「宮と聞こえし人」と直感したという浮舟の記憶のみである。「いときよげなる男」と「宮と聞こえし人」が誰を指すかという問題については先述のとおり解釈が分かれているが[*4]、まずは語脈を手掛かりに考察を進めてみよう。なお、本論では叙述の連続性から「いときよげなる男」と「宮と聞こえし人」を同人物として扱う。

まず、宇治十帖の物語の中で「きよげ」表現が充てられる人物は誰か[*5]。元服前の薫には「きよら」表現が充てられているが、元服以後は一貫して「きよげ」表現が充てられている。しかし、ここで注意を要するのは、浮舟がその「きよげ」な男を「宮と聞こえし人」と認識したということである。「きよげ／きよら」の線から辿れば、幻視された男が薫である可能性は無しとはしがたいものの、前後不覚の状態であったとは言え、薫に「宮」の呼称が充てられることは不自然である。物語では薫に「宮」表現を充てた者はおらず、またその要件にもないことから、「きよげなる男」そして「宮と聞こえし人」を薫ととらえる必然性は希薄である[*6]。

では匂宮はどうか。浮舟は匂宮を「宮」（手習　三三二）と呼んでおり、呼称のレベルにおいては一致する。しかし、語脈から検討すると、匂宮には帝の御前に伺候する姿を「きよげ」と評される一例（浮舟　一四八）を除けばすべて「きよら」表現が充てられており、「いときよげなる男＝匂宮＝宮と聞こえし人」と理解するには難がある。[*7]匂宮と過ごした春の夜、浮舟が「大将殿を、いときよげに、またかかる人あらむやと見しかど、こまやかににほひ、きよらなることはこよなくおはしけりと見る」（浮舟　一三二）と思うことからは、薫を「きよげ」、匂宮を「きよら」と評する物語の認識が浮舟にも共有されていたことが確認できる。この重視すべき認識に互換性を見出すことは妥当ではないだろう。[*8]

深い性愛の肉体感覚を共にした匂宮に対しては、情死にも似た感覚から「いときよげなる男」を匂宮だと錯覚したという解釈も提示されている。[*9]しかし、情死は『源氏物語』が成立した時代社会になじみのあるものではなく、主に近世以降から物語のモチーフとなったものである。仮に愛に殉じて別の時、別の場所で個々に死を遂げることがあったとしても、合意の上で同じ場所で同時に死を遂げる相対死《あいたいじに》＝情死という行為は、『源氏物語』の語られた時代社会においては、まだ成熟していなかったのではあるまいか。[*10]

このような視点から八の宮の語られ方を振り返ると、八の宮に関しては「きよげ」表現が一貫して充てられており（橋姫　一二二、椎本　一八六）[*11]、呼称においては「（故）宮」表現が充てられている。語脈レベルでは「いときよげなる男＝八の宮＝宮と聞こえし人」と推定する可能性は十分残されている。

三　物の怪の作用

では僧都に調伏された法師の物の怪と「いときよげなる男＝八の宮＝宮と聞こえし人」の関係をどのように理解すればよいのか。僧都に調伏された物の怪は、浮舟に憑依した経緯を次のように語る。

この人は、心と世を恨みたまひて、我いかで死なんといふことを、夜昼のたまひしに頼りを得て、いと暗き夜、独りものしたまひしをとりてしなり。されど観音とざまかうざまにはぐくみたまひければ、この僧都に負けたてまつりぬ。（手習　二九五）

この独白に従えば、法師の物の怪と浮舟の関係が最も緊密であったのは、死に思い巡らせ苦悩していた頃から、簀の子で思い惑うくだりまでである。「我いかで死なん」という浮舟の一念が法師の物の怪を魅了し、惹きつけたということだ。

『源氏物語』に登場する物の怪は人の形を取って顕れるものではない。[*12] かれらは被憑者にさまざまの影響を及ぼすものの、実体を持たないために憑坐の口を借りて素性や憑依の目的を述べるほかない。またかれらは姿を顕さないため、多くの場合「名のり」を要求される。宇治院の裏で発見された浮舟を変化の者とみなした僧は、「名のりたまへ、名のりたまへ」（手習　二八四）と詰問する。浮舟を惑わせた法師の物の怪の場合も、かれが憑坐に憑依するや僧都に「かく言ふは何ぞ」（手習　二九五）と問いただされる例がある。他には六条御息所の生霊に対して光源氏が「かくのたまへど誰とこそ知らね。たしかにのたまへ」（葵　四〇）、「たしかなる名のりせよ」（若菜下　二三五〜二三六）など、やはり物の怪に「名のり」を求めている。[*13] 物の怪が姿を顕さない代償として現世の人間は「名のり」を得、その正体を知ることが物の怪調伏の手続きなのだとわかる。よって、「いときよげなる男＝宮と聞こえし人」が、法師の物の怪の変化であると考えることはできない。かれはあくまで浮舟の心神喪失および出奔という現象を導いたという点に措いてのみ、浮舟と密に関わっていたのである。

意識を取り戻した浮舟は、記憶の中の男を「いときよげ」と認識し、その人を「宮」と認めたのみで、容貌の詳細には一切触れていない。あるのはただ「いときよげ」という美質の強調のみである。抱かれた瞬間「心地まどひにけるなめり」（手習　二九六）、つまり事の判断が付かなくなったということから、抱かれる身体感覚が匂宮との情事の記憶を浮舟に想起させたと考える余地もあろう。しかし、幻視された男を匂宮と認めるには、語脈の点から妥当性を欠くことは既述した。現実の父を見識らず、母から与えられた情報によってのみ構築された不確定な幻影は、浮舟に「男」の正体を断定させることができない。このような認識は「親と聞こえけん人の御容貌も見たてまつらず」（手習　三三二）という浮舟の述懐に呼応する。八の宮の容姿に無知であるからこそ、「きよげ」表現に強意の「いと」表現が添えられるのである。仮に「男」が薫、または匂宮のいずれかと認識されていたとしたら、両者の容貌を知る浮舟が「寄り来て」抱いた「男」――そこには距離の近接が認められる――に対して朧気な述懐をすること、そして「男」の美質をことさら目新しいもののように強調することは整合しない。

さらに「聞こえし人」についても考察を加えたい。「聞こえし」は過去の助動詞「キ」を用いる。学校文法におけるいわゆる過去の助動詞「キ」は、語り手が直接経験した過去を表すと理解されてきたが、必ずしもその限りではないことが鈴木泰[*14]によって指摘されている。鈴木は、「キ形がevidentialityにおいては中立的」であり、「間接的な情報であっても、間接性が表現する必要がないと判断されるときに用いられる。その結果、キ形の中には、直接的な経験にもとづくものも、間接的な経験にもとづくものもひとしくあらわれることになる」と指摘する。これに従えば、「宮と聞こえし人」を八の宮と推定するにあたり、浮舟が生前八の宮に直接会った経験が無いにもかかわらず、直接経験を意味するとされてきた助動詞「キ」を充てていることへの危惧は解消される。

「きよげ／きよら」の表現原則、「宮」の呼称、そして「聞こえし人」の助動詞「キ」の意味を辿ると、浮舟が幻視した男を八の宮と解釈する妥当性が裏付けられる。「いときよげなる男＝宮と聞こえし人」を八の宮と読み取る根拠と可能性は、浮舟の記憶の述懐とそれを語る物語の表現によって導き出され、かつ支えられるのである。

四　浮舟と観音

『法華経』観世音菩薩普門品第二十五は、観音が種々の形を以て衆生を救い、怖れの急難において無畏を施すと説く。長谷寺の参詣や、二条院で匂宮から逃れた際、乳母が「初瀬の観音おはしませば、あはれと思ひきこえたまふらん」（東屋　六八）と励ましたこと、または横川僧都の妹尼が浮舟を「初瀬の観音の賜へる人」（手習　一九三）と認識するなどのことから、浮舟の物語には観音の影がつねに揺曳してきたと言える。[*15]

浮舟出奔時の回想、さらに「観音とざまかうざまにはぐくみたまひければ、この僧都に負けたてまつりぬ」（手習　一九五）という法師の物の怪の訴えを考え併せると、観音は浮舟の眼前に「いときよげなる男」の姿をとって顕現したことで法師の物の怪を挫折させ、急難を救ったと理解できる。しかしその一方で、「いときよげなる男」が抱き取った浮舟を「知らぬ所に据ゑおきて」（手習　一九六）消え失せたとある。この行為にはどのような意図が読めるのだろうか。浮舟が発見された宇治院は八の宮邸から宇治川沿いの下流にあった。次に問われるべきは、観音の化身たる男がなぜ捜索に容易な宮家周辺ではなく、むしろ捜索の及ばない宇治川下流に浮舟を置き去ったかということだ。

仮に「観音の作用＝男」が捜索に容易な場所に浮舟を据え置いたとしたら、浮舟は縺れたまま放擲してきた現実──失踪したことによって密事が暴かれ、いずれにとっても不面目でより困難な状態に陥った世界──に引き戻されていったことだろう。侍従や右近たちの利害関係の一致から、からくも隠しおおせて来た密事が白日のもとに晒された時、浮舟の身にどんな不都合が起こるだろうか。たとえば、薫に背いた責めを受け、庇護を失う。中将の君から義絶される。中君に対し面目を失う。薫と匂宮の関係を悪化させるなどの可能性は容易に想像できる。浮舟が死を以て逃れようとした現実、それは浮舟の〈女〉の身にまつわる桎梏であったが[16]、そこから逃れるためには、最終的に出家を果たすことに先行して、まず浮舟が現在の所属社会から次元の異なる社会へ移動することが強く求められたのである。

また、失踪直前の浮舟の様子は、「いたく青み痩せたまへる」（浮舟 一六四）、「日ごろあやしくのみなむ。はかなき物もきこしめさず、なやましげにせさせたまふ」（同）、「悩ましげにて痩せたまへる」（浮舟 一六八）等と語られ、妊娠の兆候を思わせる表現でもあることが指摘されている[17]。妊娠と霊障の因果関係については、神尾暢子に「妊娠中は、物の怪に憑依されやすいという常識があったらしい[18]」との指摘があり、また藤本勝義も「懐妊中や出産前後に憑霊現象が起きるのは、かなり確率が高かった[19]」と論じる。出奔前の浮舟の描写、さらに彼女が物の怪に憑依されていたことなどは、先述の条件に合致する。また、横川の僧都に救助された後、浮舟は二か月を病床で過ごす。その間も法師の物の怪は憑依していたのだが、或いは流産による肉体の衰弱が物の怪の憑依に重ねて表現されていた可能性も拭いがたい。もし出奔時、浮舟に妊娠の自覚があったとしたら、出奔（入水未遂）行為は「中絶行為[20]」であったと認めることもできる。

浮舟の場合、子の父親は匂宮と薫いずれの可能性も考えられるため、父を特定できない子を孕んだ苦悩が浮舟を死の決意へと向かわせたという「語られざる動機」を想定することもできる。つまり、「〈父〉非在の子の〈母〉になること」によって、自分自身の分身を再生産し、自らもまた、母・中将の君の生を辿る可能性を断ち切ろうとする措置であったと言うことだ。

五　母の〈男〉／娘の〈父〉

そもそも、浮舟と中将の君にとって、八の宮の存在はいかなるものであったのか。もう一度確認しておこう。中将の君が「故宮」について語る場面は東屋巻に七箇所（三六、四三、四六、四九、八一）ある。注視すべきは、これらの場面は常陸介家から三条の小家に移るまでの経緯にあること、つまり浮舟が薫の庇護を得るまでの期間に限られていることである。浮舟が薫の庇護を得て以降、中将の君はいかなるレベルにおいても「故宮」について語ることはない。常陸介が実子と浮舟を隔てて遇することのへ不満は、「常にいとつらきものに守をも恨みつつ、いかでひきすぐれて面だたしきほどにしなしても見えにしがな」（東屋　一八）と語られているが、この「守をも」という表現は、中将の君の八の宮に対する解消しがたい遺恨が前提となって語られていることに留意すべきだろう。しかし、薫が「知られたてまつらざりけれど、まことに故宮の御子にこそはありけれ」（宿木　四九三）と浮舟を八の宮の娘と認め、その庇護を申し出たことが浮舟に「ひきすぐれて面だたしき」（東屋　一八）ことを望む中将の君の欲求を満たしたため、以後は「故宮」に関して語る必要がなくなったと理解できるのである。

中将の君が「故宮」について語るのは、常に現状への不満と過去の不遇への遺恨を表明する時に限られる。往時、身分の制約からその仕打ちを表だって批判できず、また八の宮も薨去したことから、やむなく日蔭の身に甘んじるほかなかったものの、中将の君が一度も浮舟に八の宮のことを話して聞かせる場面がないことは注意される。

このことからは、浮舟が父と母の間にあった過去の事実と、それから派生した両者間の確執を知らない（或いは知らされていない）ままに、ただ父を敬慕の対象として理想化していたことが想像される。だからこそ、「ことにゆるいたまはざりしあたりを、あながちに参らす」（東屋　四一）と、強引に中君と面会しながらも、浮舟には亡父の遺志や実姉の思惑を憚る様子が語られないのである。中君の庇護を得た浮舟の心中は「うれしくもおぼえけり」（東屋　五七）、「何ごとも慰む心地しはべりてなん」（東屋　七二）などと語られるが、この何心無い様子と八の宮の意志の間には明らかに齟齬がある。中君が八の宮の思い出を語り聞かせると、「いとゆかしう、見たてまつらずなりにけるをいと口惜しう悲しと思ひたり」（東屋　七四）と感慨に耽るなどすることも同様、過去の経緯を思い合わせれば不審である。

右の浮舟の様子を勘案すれば、浮舟が中将の君と八の宮の過去の経緯を正確に知らされていなかった可能性は濃厚である。つまり、浮舟は八の宮に関して極めて限られた情報のみを与えられてきたということが指摘できるのである。東国で育った浮舟に八の宮の情報を与えることができたのは、母である中将の君をおいて他にない。となれば、中将の君は八の宮に関する情報を管理し、限定的に与えることで、浮舟が抱きうる八の宮の幻像を恣意的に操作してきたということが考えられるのである。

ではなぜそうした情報操作が必要であったのか。考えられる可能性は、浮舟を「思ふやうに見たてまつらばや」（東屋　一八）と願い、その血脈にふさわしい縁談を得ようとしていた中将の君が、事実を知ることで浮舟が自分の血脈に嫌悪感を抱く、または貴顕との交じらいに怖じるなどの消極的な影響を生じさせることを恐れたからではなかったか。これは推測の域を出ないが、八の宮と浮舟の温度差を考慮すれば不当な読みではなかろう。浮舟の心中に極度に理想化された父の姿が、浮舟に「いときよげなる男＝八の宮＝宮と聞こえし人」を幻視させたことは、このような経緯からも辿ることができるのである。

六　おわりに

浮舟は、「かの君なん、いかでかの御墓にだに参らん、とのたまふなる」（宿木　四六一）との弁の尼の語りによって物語に現れた。大君、中の君に墓参が語られないにもかかわらず、なぜ浮舟だけが墓参を願うのか。墓参を願う浮舟の意志に八の宮との絆の恢復を求める姿を看取する論もあるが[*21]、「恢復」が一度失ったものを取り戻すという意味であれば、浮舟に関しては失われた絆を恢復するというよりも、そもそも父の忌避によって存在しえなかった父娘の絆を、墓参によって仮構したと考えるほうがより正確である。

『源氏物語』において墓参が語られるのは、須磨巻で光源氏が桐壺院の御陵に詣でるくだりのみである。松井健児は墓参が「なによりその「血縁」を最も強く自他ともに意識させるものであり、それが同時にその人物の社会的立場の表明になる」[*22]と指摘する。これに従えば、血縁者にのみゆるされる行為を模倣することによって、娘であることを演出し、事後的に、そして一方的に父娘関係を仮構するために、最も有効な手段である墓参が浮舟には必要であったと言える。

浮舟が八の宮――父――を求めることは、単に女としてより優位に生きるためばかりに必要だったのではない。父を得ることによってその先にあるものは、母の姿――過去の遺恨を浮舟によってそそぎ、娘によって満たされ、溜飲を下げた母の姿——であろう。なぜなら、浮舟の婚姻は、召人として子を産み、忌避された母の遺恨を贖うための手段でもあったからだ。[*23]「よろづのこと、わが身からなりけり」（東屋 三七）と母は言う。娘が父を慕うのは、母を満足させるため。母に愛されるため。父の娘として婚姻し、母の遺恨をそそぐため。

浮舟が求めた父の姿とは、母の陰画ではなかったか。

注

*1 「宮と聞こえし人」と「きよげなる男」を共に匂宮と解釈する先行研究は、日向一雅「浮舟についての覚え書き——「人形」の方法と主題的意味——」（『源氏物語の主題——「家」の遺志と宿世の物語の構造』桜楓社、一九八三年）、葛綿正一「宇治十帖論のために——浮舟と食われること——」（『源氏物語のテマティズム』笠間書院、一九九八年）、井野葉子「〈隠す／隠れる〉浮舟物語」（『源氏物語　宇治の言の葉』森話社、二〇一一年）、鈴木裕子「浮舟の独詠歌——物語世界周終焉へ向けて」（「東京女子大学日本文学」九五、二〇〇一年三月）、山田利博「物怪としての薫、そして匂宮」（『源氏物語の構造研究』新典社、二〇〇四年）、鷲山茂雄「薫と浮舟——宇治十帖主題論——」（『源氏物語の語りと主題』武蔵野書院、二〇〇六年）、橋本ゆかり「抗う浮舟物語——抱かれ、臥すしぐさと身体から——」（『源氏物語の〈記憶〉』翰林書房、二〇〇八年）など。「宮と聞こえし人」を匂宮と見たものの、それは浮舟によって「きよげなる男」と言い換えられることから、「潜在的薫」であったとする論に加藤昌嘉「源氏物語宇治十帖のことばの線」（「詞林」一八、一九九五年一〇月）、伊井春樹「浮舟の異性観」（「解釈と鑑賞」六九—一二、二〇〇四年一二月）。

匂宮、薫両者の心象が物の怪の化身として浮舟にとらえられたとする論に池田和臣「手習巻物怪攷——浮舟物語の主題と構造——」（『源氏物語　表現構造と水脈』武蔵野書院、二〇〇一年）。また、「きよげなる男」のみを法師の物怪であると指摘する久富木原玲「尼姿とエロス」（「古代文学」四五、二〇〇六年三月）、物怪とする論に山田和則「浮舟の記憶」（「古代文学研究第二次」六、一九九七年一〇月）、悪霊が姿を変えて匂宮を想起させる幻影となったとする藤本勝義「源氏物語の死霊」（『源氏物語の〈物怪〉』笠間書院、一九九四年）、観音の霊力の現れとする論に坂本共展「玉鬘と浮舟」（『論集平安文学1　文学空間としての平安京』勉誠社、一九九四年）がある。
Royall Tyler and Susan Tyler "Possession of Ukihune" (Asiatica Venetiana,no5.2000) は、「昔は行ひせし法師」という物の怪の独白と、朱雀院が宇治の院を所有していたという言説から、物の怪を朱雀院と理解する。Tyler は朱雀院の光源氏に対する恨みが長じ、朱雀院が光源氏の死後、子の薫を苛むために愛する女に祟りをなそうとする朱雀院の姿（末裔にまで祟る行為）を崇徳院の怨霊を恐れた後白河院の説話に重ねて読み解こうとする。物の怪の実体は僧都の欲望の投影であり、また浮舟にとっては理想化された父・八の宮と認識された多義的なものであったとする論に Doris G. Bargen "Ukifune——Spirit Possession" p.231-p.236 (A Woman's Weapon: Spirit Possession in the Tale of Genji 1997) がある。

*2　池田節子「『源氏物語』の母覚書——「母」の呼称——」（「物語研究」三、二〇〇三年三月）

*3　三田村雅子「〈音〉を聞く人々」（『源氏物語　感覚の論理』有精堂、一九九六年）

*4　*1を参照

*5　宇治十帖における「きよら」「きよげ」の考察については*1加藤前掲論文を参照。

*6　薫に「きよら」表現が充てられる箇所は全三例（横笛　三四九、三六四、匂兵部卿　一七）。「きよげ」表現が充てられている箇所は全五例（総角　三三一、三三八、東屋　五一、浮舟　一三二、一四二）。なお、薫における「きよげ」表現の用例は次の異同を持つ。総角三三一→河内本「きよら」、東屋五一→御物本、池田本「きよら」。『源氏物語大成』、『河内本源氏物語校異集成』参照の諸本の内、三本に異同があったが、三本の中に「きよげ」「きよら」表現に関して統一性はない。大多数が「きよげ」表現をとり、全体としては大きな異同とは言えない。

*7　匂宮の「きよら」表現の用例は全九例（匂兵部卿一七、総角　二七九、二八三、早蕨　三六九、東屋　四二、四三、四四、浮舟　一三二、一五二）。なお、以上の用例は次の異同を持つ。総角　二七九→横山本「きよげ」、東屋　四五→七毫源氏「きよう」、浮舟　一三二→桃園文庫「きよげ」、伝藤原為家筆本「きよう」。匂宮に「きよげ」表現が充てられた用例は浮舟巻に一例（一四八）。異同は高松宮家本・国冬本「きよら」である。「きよげ」「きよら」全用例の異同を『源氏物語大成』『河内本源氏物語校異集成』参照の諸本で確認した。結果、六例の異同があったが、大多数が匂宮に「きよら」表現を充てていることから、大きな異同とは認められない。なお、匂宮に「きよげ」表現が充てられた一例（浮舟　一四八）は、帝の御前における場

面である。よって語り手が帝近侍の人物であり、帝と比して「きよげ」表現が充てられたと考える。

＊8　＊1加藤、伊井前掲論文は、「きよげなる男」と「宮と聞こえし人」を区別し、「きよげなる男」を潜在的薫、「宮と聞こえし人」を匂宮と解釈する立場を取る。

＊9　高橋亨「存在感覚の思想――〈浮舟〉について――」（『源氏物語の対位法』東京大学出版会、一九八二年）、は浮舟の失踪時の心象を「匂宮の幻影と情死することを願望した」と仮定した上で考察を進め、＊1日向前掲論文は「匂宮に誘われて死ぬこと、典型化すればおそらく匂宮との情死が願われていたのである」と指摘する。同様の論に＊1池田前掲論文「浮舟は、死に赴く自失の境で、匂宮との情死の感覚を生きた」など。

＊10　池田弥三郎「心中まで（2）」（『性の民俗誌』講談社学術文庫、二〇〇三年）は、相対死と同義の「情死」を意味する語は方言にそれを意味する表現がなく、遊所生活から発生した「よほど変遷を経た語」であることを指摘している。日本の風俗には近世に至るまで「情死という事実は根深い事実としてはなかったのかもしれない」とし、日本人の生死観としての「情死」概念の再考を促す。

＊11　八の宮の「きよげ」表現について本文異同は橋姫（一二二）のみ麦生本に「きよら」としており、大きな異同は見られない。

＊12　浮舟に憑依した法師の物の怪については＊1藤本前掲著に詳しい。

＊13　林田孝和「源氏物語にみる「名告り」の精神史」（『王朝文学史稿』二一、一九九六年三月）

＊14　鈴木泰「キ形とケリ形のちがい」（『古代日本語時間表現の形態論的研究』ひつじ書房、二〇〇九年）

＊15　浮舟と観音の因縁については柳井滋「初瀬の観音の霊験」（秋山虔他編『講座源氏物語の世界』九、有斐閣、一九八四年一〇月）に詳しい。

＊16　浮舟と女の身に纏わる桎梏については櫻井清華「浮舟の罪――桎梏からの逃避――」（『国文学論叢』五一、二〇〇六年二月）に詳述した。

＊17　浮舟妊娠の可能性については大森純子「源氏物語・孕みの時間――懐妊、出産の言説をめぐって――」（『日本文学』四四―六、一九九五年六月）、安藤徹「父―母―子の幻想――聖家族の「心の闇」」（関根賢司編『源氏物語　宇治十帖の企て』おうふう、二〇〇五年）などが指摘している。

＊18　神尾暢子「覆名物怪と顕名物怪」（『王朝文学の表現形成』新典社、一九九五年）
＊19　藤本勝義「もののけ」（『源氏物語研究集成』八、二〇〇一年、風間書房）
＊20　＊17安藤前掲論文
＊21　＊1鷲山前掲論文は、浮舟の物語に「父との絆を恢復しようとする、素朴ではあるがひたむきで強靱な熱い思い」が描かれているると指摘する。
＊22　松井健児「光源氏の御陵参拝」（『源氏物語の生活世界』翰林書房、二〇〇〇年）
＊23　浮舟と中将の君の母娘関係については櫻井清華「母装するひと――浮舟の母・中将の君」（「古代文学研究　第二次」一八、二〇〇九年一〇月）
※『源氏物語』の本文引用は『新編日本古典文学全集』による。

『源氏物語』の地の文末表現——伝達（言語活動）動詞の文末と移動動詞の文末の比較から

北川真理

一　はじめに

『源氏物語』の地の文末の中では、助動詞の文末は四九八三例である。助動詞の重なった形については助動詞文末一例として扱っている。これらの重なった助動詞以外を上接語とした場合、動詞四二九八例・名詞四五八例・形容詞一五七例・形容動詞五八例・助詞一〇例・副詞一例である。表Ⅰにまとめた。『源氏物語』の地の文の助動詞の文末の中の動詞の上接語は、助動詞の文末の八六・三%を占めている。また『源氏物語』の地の文末の動詞文末は二一五〇例である。[*1] ほかに補助動詞文末の上接語の動詞が二三七六例みられる。

日本語の動詞は、活用の種類による分類や自動詞・他動詞の分類、また金田一春彦による「〜ている」が接続するかどうかの分類等、主として形式やその機能によって分類されてきている。平安時代の動詞の意味による分類は鈴木泰『古代日本語動詞のテンス・アスペクト』がある。[*2]

この稿では、『源氏物語』の文末にみられる動詞を可能な限り意味の上で分類することをこころみた。感情（「なげく」・「こころちす」ほか）・思考（「おぼす」・「おもふ」ほか）・知覚（「見る」・「見ゆ」ほか）・状態（「あり」・「おはします」ほか）・

変化（「なりゆく」・「なる」ほか）・伝達（「のたまふ」・「いふ」ほか）・移動（「まゐる」・「わたる」ほか）・動作（「す」・「あそぶ」ほか）の八分類とした。

『源氏物語』の助動詞文末では移動六六六例、感情二八三例、思考六七〇例、状態七八三例、知覚二七五例、伝達四八九例、動作九二〇例、変化二一二例となる。動作・状態・思考・移動・伝達・感情・知覚・変化の順となる。表Ⅱの結果である。

二一五〇例の動詞文末の動詞の分類の頻度は、伝達・思考・状態・知覚・動作・感情・移動・変化の順になる。移動一〇一例、感情一六二例、思考三九七例、状態三六一例、知覚二五八例、伝達六一四例、動作二二六例変化三一例である。表Ⅲの結果となる。

表Ⅰ　地の文末助動詞上接品詞

動詞	4298	86.3%
名詞	458	9.2%
形容詞	157	3.1%
形容動詞	58	1.2%
助詞	10	0.2%
副詞	2	0.0%
計	4983	100.0%

表Ⅱ　地の文末助動詞上接動詞分類

移動	666	15.5%
感情	283	6.6%
思考	670	15.6%
状態	783	18.2%
知覚	275	6.4%
伝達	489	11.4%
動作	920	21.4%
変化	212	4.9%
計	4298	100.0%

表Ⅲ　地の文末動詞文末の動詞分類

移動	101	4.7%
感情	162	7.5%
思考	397	18.5%
状態	361	16.8%
知覚	258	12.0%
伝達	614	28.6%
動作	226	10.5%
変化	31	1.4%
計	2150	100.0%

表Ⅳ　地の文末補助動詞上接動詞分類

移動	275	11.6%
感情	345	14.5%
思考	120	5.1%
状態	136	5.7%
知覚	293	12.3%
伝達	534	22.5%
動作	640	26.9%
変化	33	1.4%
計	2376	100.0%

また、「たまふ」「たてまつる」「きこゆ」等の補助動詞に上接する動詞二三七六例についても分類表を示した。動作・伝達・感情・知覚・移動・状態・思考・変化の順である。表Ⅳの結果である。

地の文の助動詞文末と動詞文末、それぞれの動詞の分類の割合を表Ⅱ・表Ⅲに示したが、これらの動詞の分類の割合を比較してみると、動詞文末では移動動詞が少なく伝達動詞が多いことが目だっている。また動詞文末では数の上でも伝達動詞が最も多く用いられていることがわかる。動詞文末と補助動詞文末とを合計した場合にも伝達動詞が多く移動動詞は少ない。伝達の動詞は、数の上では助動詞文末にも多くみられるが、その割合は助動詞文末では少なくなる。この稿では助動詞文末と動詞文末との差が目立つ移動動詞と伝達動詞との比較を中心に考察を行いたい。

二　助動詞の文末の上接語動詞の中の伝達動詞・移動動詞の頻度

移動動詞は、基本的には主体の移動を表す動詞であるが、この稿では対象の移動を可能にしている動詞も移動動詞としている。助動詞文末では、その上接語が移動動詞に分類できる例は六六六例である。助動詞文末の一五・五%を占めている。多く用いられている移動動詞は、「まゐる」一三七例[*3]・「わたる」八八例・「いづ」八一例（「いでく」九例）・「おはす[*4]」四九例（「おはします」一七例）・「いる」三九例・これらの五語とその複合語が六割を占めている。ほかに比較的多くみられる移動動詞は「く」二四例・「まかづ」二一例・「かへる」一九例・「まうづ」一五例である。おもな移動動詞十語とその複合語で助動詞文末の移動動詞の八割近くを占める。表Ⅴに助動詞文末に上接する移動動詞の頻度の多い語を示した。

そのほかに「たつ」一一例・「のぼる」一〇例・「つく」九例・「つどふ」七例・「おる」「かよふ」「さる」「よる」各六例・「いぬ」「めす」「のる」「わたす」各五例等の移動動詞もみられる。

伝達動詞は、言語活動を意味する動詞である。基本的には「いふ」の類義語である。助動詞文末の中でその上接語が伝達動詞に分類できる例は四九一例である。一一・四%を占めている。その中で多く用いられている動詞は、「きこゆ」一三七例（ほかに「きこえ～」三四例）・「いふ」五一例（ほかに「いひ～」一七例）・「かく」五〇例（ほかに「かき～」一九例）・「のたまふ」三一例（ほかに「のたまひ～」七例・「のたまはす」七例）・「まうす」一六例（「まうし～」一二例）で、「きこゆ」「いふ」「かく」「のたまふ」「まうす」五語とその複合語である。これらの五語とその複合語で八割近くを占めている。そのほかに「うちいづ」「きこしめす」各六例・「ささめく」「とぶらふ」各五例・「いらふ」「かたらふ」「とふ」各四例である。表Ⅵに頻度の多い伝達動詞をまとめた。

表Ⅴ　助動詞文末移動動詞頻度表

まゐる	137
わたる	88
いづ	81
おはす	49
いる	39
く	24
まかづ	22
かへる	19
おはします	17
まうづ	15

表Ⅵ　助動詞文末伝達動詞頻度表

きこゆ	137
いふ	51
かく	50
のたまふ	31
まうす	16
す	12
きこえいづ	8
のたまはす	7
うちいづ	6
きこしめす	6

三　動詞の文末の中の伝達・移動動詞の頻度

地の文の動詞文末の移動動詞は一〇一例で、伝達動詞はその六倍の六一四例である。

動詞文末の移動動詞の頻度の順位は表Ⅶに示したとおりである。「めす」は厳密には動作動詞と考えられるが、対象が移動するということで移動動詞とした。「まゐる」一三例・「おはす」一〇例・「めす」九例である。「〜す」の形八例・「ありく」「いく」各五例・「いぬ」「いる」「く」「わたる」「めしよす」各四例である。ほかに「いづ」「さまよふ」各三例・「おはします」「かへる」「よす」「まゐらす」各二例・「あつまる」「かよふ」「くだる」「たどる」「つかはす」「のぼる」「まうづ」「やる」「わかる」「よる」等各一例である。

動詞文末の移動動詞は少ない。動詞文末として単独で用いられる移動動詞は三四語で、助動詞文末の移動動詞と重なるものが多く、語彙として特に特徴的な傾向はみられない。

動詞文末の伝達動詞の頻度は表Ⅷに示したとおりである。助動詞文末の伝達動詞に比較すると、複合語を別にしても三十六語だが、特定の語彙に集中している傾向がある。

「のたまふ」二〇三例（ほかに「のたまひ〜」五例・「のたまはす」一三例）・「きこゆ」一三〇例（ほかに「きこえ〜」四例）・「いふ」一一一例（ほかに「いひ〜」一一例）・「のたまふ」「きこゆ」「いふ」の三語とその複合語で八割を占める。ほかに「まうす」一七例・「つかはす」一二例・「かたる」一一例（「かたり〜」一例・「かたらふ」九例）・「きこしめす」八例・「とふ」七例・「かく」六例（「かき〜」二例）・「しらす」五例である。ほかに「そうす」四例・「いらふ」三例・「ささめく」「ちぎる」「つぶやく」「ほのめかす」各二例・各一例の語は「いましむ」「おしふ」等である。表Ⅷは頻度の多いものを示してある。なお補助動詞の文末の移動動詞と伝達動詞の頻度表も自立語という意味で参考として表Ⅸ・表Ⅹに示した。

『源氏物語』の地の文末では、伝達動詞は助動詞を下接するよりは動詞単独で用いられる場合が多く、移動動詞は単独で文末となるよりは助動詞を下接している場合が多い。

助動詞文末では一三七例の「まゐる」が、動詞文末では一二例となっている。また八一例の「いづ」は三例に、三九例の「いる」が四例に、四九例の「おはす」は一〇例に、八八例みられた「わたる」は四例となっている。[*5] 六六例の助動詞文末の移動動詞が動詞文末では一〇一例に減少した、すなわち六分の一に減少したのであるから減少は当然だが、おもな移動動詞の「まゐる」「いづ」「いる」「わたる」の減少はそれ以上である。[*5]

助動詞文末の伝達動詞は四九一例、動詞文末の伝達動詞は六一四例となっている。動詞文末の伝達動詞は二八・

表Ⅶ　動詞文末移動動詞頻度表

まゐる	12
おはす	10
めす	9
す（まかづ）	8
ありく	5
いく	5
いぬ	4
いる	4
く	4
めしよす	4
わたる	4

表Ⅷ　動詞文末伝達動詞頻度表

のたまふ	203
きこゆ	130
いふ	111
まうす	27
のたまはす	23
つかはす	21
いひ～	11
かたる	11
かたらふ	9
きこしめす	8

表Ⅸ　補助動詞文末移動動詞頻度表

まゐる	54
いづ	42
いる	33
わたる	29
まかづ	17
かへる	14
まうづ	14
とぶらふ	10
わたす	7
ありく	5

表Ⅹ　補助動詞文末伝達動詞頻度表

きこゆ	238
かたらふ	42
かく	30
まうす	28
とふ	26
かたる	19
おしふ	18
きこえかはす	13
とぶらふ	10
きこえしらす	9

六%だが助動詞文末の伝達動詞は一一・四%で、助動詞文末の比率が減少している。

比率は少ないが助動詞の文末の伝達動詞は数の上ではそんなに大きな違いはみられない。にもかかわらず、動詞文末では二〇三例の「のたまふ」は助動詞の文末では三一例に、動詞文末の一一一例の「いふ」は助動詞文末では五一例となる。特に「のたまふ」は大きく減少している。例外は「きこゆ」である。動詞文末では一三〇例の「きこゆ」が、助動詞文末でも一三七例と多い。「きこゆ」については、ほかに四三例の知覚動詞の用例もあり、あらためて検討したい。

また、移動動詞に下接している助動詞は、「ぬ」一三九例・「り」一八六例・「たり」九一例・「けり」八五例・「ず」四九例・「めり」八例・「なり」「つ」各七例である。「ぬ」の多用が目だっている。伝達動詞に下接している助動詞は「り」一二八例・「ず」一三一例・「けり」一一〇例・「たり」五四例・「つ」一六例・「めり」一三例・「なり」一一例・「べし」一〇例・「す・さす」六例・「き」「ぬ」各三例・「らむ」一例である。「ず」の多用が目立つ。『源氏物語』の地の文末では「たり」「り」「けり」が多用されていることから「たり」「り」「けり」の多用は当然の結果ではあるが、特に移動動詞の「ぬ」の多用と、伝達動詞の「ず」の多用とが目立つ。

この稿では動詞文末と助動詞文末の違いが明らかに目だっている伝達動詞の「のたまふ」と移動動詞の「まゐる」について具体的に考察し、『源氏物語』の伝達動詞と移動動詞の違いについて考察したい。

四　伝達動詞「のたまふ」と移動動詞「まゐる」

伝達動詞を代表する「のたまふ」は動詞文末では二〇三例、助動詞文末では三一例みられる。二〇三例の動詞文末の中で一九四例は登場人物のことばをそのまま「と」「など」でうけて引用している。登場人物のことばそのものの引用という意味では、伝達動詞の文末はまさに物語内容そのものであるということがいえる。中の一六例が登場人物のことばを引用していないとはいっても、「のたまふ」の文末の次に登場人物のことばが引用されていたり、また「こと」「ことども」をうける形であったり、登場人物のことばを引用していないからといっても、これらが必ずしも物語内容ではないとはいえない。

これに対して助動詞文末の場合は、三一例中の一八例が登場人物のことばをうけていない。もっとも打ち消しの助動詞「ず」に接続するかたちが一三例みられるので、当然でもある。登場人物のことばを引用している助動詞文末は、次の一三例である。

A1・「(弘徽殿のことば)」~なほゆるしのうのたまひける。桐壺一—二六[*6]
A2・「(光源氏の歌とことば)」とのたまへり。帚木一—一一二
A3・「(光源氏のことば)」とのたまひけり。夕顔一—一五一
A4・「(光源氏のことば)」と(北山僧都に)のたまへり。若紫一—二一〇
A5・「(夢占いをきいた内大臣のことば)」など、このごろぞ思しのたまぶべかめる。(推量)蛍三—二二〇
A6・「(内大臣のことば)」など、忍びてのたまひけり。真木柱三—三五一
A7・「(辞表提出後の太政大臣のことば)」思しのたまふべし。(推量)若菜下四—一六五
A8・「(光源氏の紫上への見舞い客へのことば)」のたまへり。若菜下四—一四〇
A9・「(玉鬘の女房たちへの訓戒のことば)」忍びてのたまふなり。(伝)竹河五—〇六九
A10・「(八宮のことば)」などのたまひけり。橋姫五—一五三

A11・「（匂宮の中君への贈歌）」心をやりてのたまへりけり。椎本五―二一四

A12・（薫の伝言）大蔵大輔してのたまへり。蜻蛉六―二一五

A13・（薫の浮舟母への弔問）言葉にものたまへり。蜻蛉六―二三九

A1は桐壺更衣の死後も更衣を忘れられない帝に対して弘徽殿女御が批判的であったという、帝と更衣との物語内容への批判のことばであり、A5・A7・A6・A9は伝聞・推量の表現となっていて、伝わっている登場人物のことばが、語られている物語内容からは距離があることがわかる。さらにA6・A9には「忍びてのたまふ」とあり、A6・A9のことばは世間一般に伝わらないものであることが前提となっている。A8もまた見舞客の柏木の視点からとらえられている場面であり、引用された源氏のことばとは距離がある。A10は返歌を書く娘に対する八宮の発言で、やはり贈答という物語内容からは背景的な距離のあることばとなっているといえる。A12は使者の大蔵大輔の仲介で薫のことばを浮舟につたえ、またA13でも大蔵大輔の仲介で薫のことばを浮舟母君につたえている。薫のことばそのものというわけではない。

助動詞文末の「のたまふ」の中で登場人物のことばを引用した形の十三例は、A2・A3・A4・A11の四例をのぞき、物語の直接的な内容の場面でのことばではない。つまりこれらの伝達の動詞を上接語とする助動詞文末の場合は、たとえ登場人物のことばを引用してはいても、物語内容とは距離のある場合に用いられている。

移動動詞を代表する「まゐる」は助動詞文末では一二七例、動詞文末では一二例と、伝達動詞の代表とした「のたまふ」とは全く正反対の傾向となっている。また「まゐる」の助動詞文末は「たり」四例・「り」九一例・「ぬ」二四例・「ず」九例・「けり」八例・「めり」一例である。次の用例は動詞文末の一二例の「まゐる」である。

B1・「夜いたう更けぬれば、今宵過ぐさず御返り奏せむ」と急ぎ参る。桐壺一―〇三二

B２・廊の方へおはするに、中将の君、御伴に参る。夕顔一―一四七

B３・大きやかなる童の、濃き～渡殿の反橋を渡りて参る。少女三―〇八二

B４・今年は男踏歌あり。内裏より朱雀院に参りて、次にこの院に参る。初音三―一五八

B５・殿上人なども残るなく参る。胡蝶三―一七一

B６・未の刻ばかりに楽人参る。若菜上四―〇九五

B７・山伏どもなどいと多く参る。柏木四―二九三

B８・かく渡りたまへるにぞ、いささか慰めて、少将の君は参る。夕霧四―四四〇

B９・より出でて冷泉院に参る。竹河五―〇九六

B10・尊がりきこえて常に参る。橋姫五―一二七

B11・この侍従を率て参る。浮舟六―一九〇

B12・薄色なるを持たせて参る。蜻蛉六―二二七

B１の命婦の移動は物語内容そのものである。B２の中将の君はここに登場して、この場面で朝顔の歌の贈答を光源氏とかわしている。B３にあらわれた渡殿の女童は秋好中宮の御消息を紫上のもとに持参する。女童は登場人物としては目だたない存在だが、この場面では重要な存在となっている。その動作そのものが晴れがましく物語内容そのものである。動詞文末だからこその効果でもある。B４は男踏歌、B５は秋好中宮の季の御読経の参加者の登場、B６は光源氏四十賀のための紫上主催の嵯峨野の薬師仏供養のあとの二条院での精進落しの催しの楽人登場、B７は病床の柏木のために父大臣の行った加持祈祷での祈祷を行う山伏登場、B８は落葉宮の母御息所の死を見舞う夕霧に応対する少将の君登場、B９男踏歌、B10宇治八宮をたびたび訪ねる阿闍梨の登場、この阿闍梨が冷泉院

にも通い宇治と都をつないでいくのだが、ここでは物語内容として阿闍梨の登場がある。これらの動詞文末の「まゐる」は場所と場所をつなぐ移動ではなく、移動の動作そのものが物語内容となっていると読むことができる。臨場感という効果はその結果ということができる。

いったい「まゐる」に助動詞が接続した場合と動詞単独の場合とは、どう違うのか。B12の蜻蛉巻の「まゐる」の例の直前に助動詞文末の「まゐる」がある。この二つを比較してみたい。

侍従ぞ、ありし御さまもいと恋しう思ひきこゆるに、いかならむ世にかは見たてまつらむ、かかるをりにと思ひなして、参りける。黒き衣ども着て、ひきつくろひたる　容貌もいときよげなり。裳は、ただ今我より上なる人なきにうちたゆみて、色も変へざりければ、薄色なるを持たせて参る。おはせましかば、この道にぞ忍びて出でたまはまし、人知れず心寄せきこえしものを、など思ふにもあはれなり。道すがら泣く泣くなむ来ける。六―二二七

二重線の「参りける」は、侍従が匂宮邸に「参る」理由には、匂宮に会いたいという気持ちが大きかったという説明を受けた、語り手の説明の加わった動作である。「参りける」には動作そのものではなく語り手の解説がはいっている。傍線の動詞文末の「参る」の前にも匂宮に会うときに必要となる裳が鈍色ではなく薄紫色である理由が述べられているが、これは直接的には「参る」動作の理由ではなく「持たせ」という動作の説明である。あとのB12の侍従の「参る」すなわち侍従の匂宮邸参上は物語内容そのものとなっている。

五　結語

日本語の動詞が単独で用いられる場合には、現在形と考えられるといわれている。ただ『源氏物語』の地の文に用いられている動詞の現在形の場合は、現在形といってもすべてが同じではない。物語内容・物語世界での現在か、語りの場の現在かは区別されねばならない。『源氏物語』の移動動詞・伝達動詞の場合は基本的に物語内容の現在を表すものと考えられる。地の文の移動・伝達動詞の文末はそれが登場人物の移動・伝達の行為であれば、語りの場での現在ではなく物語内容の場での現在であり、物語内容そのものであると考えられる。

『源氏物語』の地の文では、移動動詞に分類される動詞は単独の文末は少なく、助動詞を伴った文末となることが多い。移動動詞に最も多く用いられている「まゐる」がその移動動詞の特徴を表している。また伝達動詞の場合には一般的に、動詞単独の文末が多く、伝達動詞の中で最も多く用いられている「のたまふ」が伝達動詞のこの特徴を示している。補助動詞の文末を動詞文末に準じて考えてもやはり同じような傾向となる。

これは引用する登場人物のことばや歌が物語内容であることは自明のことながら、引用の働きをしている伝達動詞もまた登場人物の行動そのものであるという意味で、物語内容であるからである。これに対して移動動詞の場合は、登場人物の行動そのものというよりは、登場人物の移動に対する語り手の解説解釈の意識が付加されているといえる。語り手が独自に知り得た登場人物の移動について語るのである。登場人物の存在する場を連関させていく語り手の存在が、移動動詞における助動詞文末の多用にも表れている。

注

＊1　『源氏物語』の文末表現　新編日本古典文学全集『源氏物語』の地の文末と会話文の文末の違い」（『物語研究九号』二〇〇九年三月）では地の文末一〇七九八文中、助動詞文末四九七八文、動詞文末二一四四文となっているが、この稿では助動詞文末四九八三文、動詞文末は二一五〇文としている。これは訂正した結果の数字である。

＊2　鈴木泰『改訂版古代日本語動詞のテンス・アスペクト』（ひつじ書房・一九九二年五月初版・改訂版は一九九九年七月）の巻末表は本文中の表の数字とも一致してはいない。これは鈴木泰が補助動詞を伴う動詞をも含めていることによる。また会話と地とを合計した数字と思われる。したがって地の文に限定している本稿の数字とは異なる。移動の動詞の場合は助動詞文末が多く、伝達の動詞の場合は助動詞の文末が少ないという結果は、鈴木泰の巻末一覧表からもわかるが、この表には移動と通達の分類以外の動詞は明らかにはされていない。したがって全体に占める移動と通達の動詞の位置づけが不明確である。また作中人物の言動すなわち物語内容を示す語として動詞をとらえようとしている拙稿とは『源氏物語』の動詞へのアプローチの仕方・目的が異なる。補助動詞を伴う動詞を別にしているのも、動作主の相違や、語られている動作の違いを把握したいという目的によるものである。

＊3　ほかに動作動詞の「まゐる」がみられる。

＊4　ほかに状態動詞の「おはす」「おはします」がある。

＊5　補助動詞の「たまふ」の上接語は「まゐる」五四例・「いづ」四二例、「いる」三三例・「わたる」二九例だが、これらを動詞文末に加えても、移動動詞に助動詞文末が多いことには変わりはない。

＊6　本文の引用は、新編日本古典文学全集『源氏物語』により、数字は巻と頁を示している。

物語の夢——平安後期物語の夢に込められた『源氏物語』批評の意識

笹生美貴子

はじめに

数々の夢に導かれ、一族の栄達そして栄華を実現させた明石一族。[*1]とりわけ、一族を栄華へと導く過程には、若菜上巻での、明石入道の手紙による夢語りが重要な役割を果たしていた。一族の長である明石入道の得た吉夢を、妻明石尼君・娘明石御方・孫明石姫君へと次世代にまで伝えるといった部分は、『源氏物語』の他の一族には一切描かれていない。この、一族で夢を共有するあり方は、平安後期物語において、より一層重要視され物語展開に深く関わる役割を担っているように考えられる。[*2]平安後期物語は、宇治十帖の影響を強く受けているといわれており、そのような方面からの論考は数多くあるが、明石一族に特異な夢の力を切り口にして平安後期物語を見据えたものは少なく、まだ考察の余地が残されていよう。江口孝夫[*3]は、いち早く明石の夢告げの箇所と平安後期物語での関係性に着目していたが、『源氏物語』を軸とした夢の型についての前進性・後退性に着眼点が置かれており、その内面の解釈や、平安後期物語に特異な夢の描写に『源氏物語』の夢に対する批評性を見出すような読みについては殆ど展開されていない。

本稿では、平安後期物語が、宇治十帖の後の王権物語を展開させようと試みるための足がかりとして[*4]、古代の夢観や『源氏物語』正編での明石一族に特異な夢のあり方に注目しつつも、そこに独自な観点からの夢観を紡ぎ出していること（『源氏物語』批評の意識）を明らかにする。[*5]

一　『源氏物語』明石一族を取り巻く夢の場合――同種の夢を描く意味

物語において、夢の共有／非共有により拓かれる世界をクローズアップさせて描いた最初の作品は、『源氏物語』であろう。とりわけ、須磨・明石巻において、源氏の須磨退居から帰京を許されるまでの間、数々の夢が描かれているのだが、それらは、他の部分で描かれる夢とは様相を異にしている。明石入道と源氏・朱雀帝と源氏に顕現する夢は、救う者と救われる者といった対構造を成しており、かつ、同一のもの―異形のもの・故桐壺院―が夢に現れるといった特殊な描かれ方となっている。これは、例えば敦康親王立太子の祈願を立てていた藤原行成と一条天皇の見た夢（『権記』「寛弘七年三月十二日条・廿日条」）を想起させもしよう。君臣関係（対構造）にある者が、同種の夢を見、報告し合うことで結果的に信頼関係が深まってもいる。

しかし、後に述べるように『源氏物語』では、語り合って共有することが描かれない傾向にあるようだ。夢は口外すると叶わなくなるという古くからの俗信がありもするが、同種の夢に関しては、語り合い共有する傾向が主である。それは、前掲の『権記』での夢のケースに加え、複数同夢もその中に入る。例として、『日本書紀』（巻第五・「崇神天皇」）と『御堂関白記』（長和元年五月一日条）での複数同夢を見てみる。前者では、「倭迹速神浅茅原目妙姫・穂積臣が遠祖大水口宿禰・伊勢麻績君」（一七三頁）が共に同じ夢を見、それを天皇に奏上しており、後者では実資が道長へ、賀茂斎院の下部と斎院（選子内親王）の夢想（賀茂祭は触穢のため本来ならば中止だが、祭を行うべしとの神の御心が夢に表されていた）を語る様子が描かれていた。[*6] このように、同種の夢を見た場合、主に信頼のおける者達と共有し合うのが一般的なのである。ここにおいて、天皇や道長を取り巻く環境下で複数同夢が見られることは注目される。そこからは、互いに見た夢を確かめ合う或いは報告することにより夢の信憑性を高めてゆくことに加え、共同体という意識を形成してゆく一助としても機能していることがわかる。

だが、『源氏物語』では夢を語り合い共有しないケースが描かれる。まずは、源氏と朱雀帝の夢である。故桐壺院が双方の夢に顕現し、源氏には慰みの言葉をかけ、朱雀帝には怒りの形相で現れ源氏の境遇に関する訓戒等を述べる。この二つの夢は、源氏と朱雀院の間で共有されることはなかった。そこには、語り合う必要もないほど、双方において信頼できる霊夢と判断している現れとも見て取れる。だが、二人の息子の夢を行き来する故桐壺院に焦点をあててみると、そこには、息子たちを和解させるべく奔走している父親の愛情が見え隠れしているように思えてならない。ともあれ、ここでは、夢を共有することよりも、夢に共通して現れた人物の行動に重点が置かれているのであった。

次に、明石入道と源氏の夢。明石入道は明石巻にて明石の浦から源氏を迎えに来た経緯について夢を源氏に語るが、源氏は夢を語ることはなかった。一方で、明石入道も一族栄達の夢については、その実現がほぼ確実視（東宮第一皇子の誕生）されるまで源氏にも肉親にも明かしていない。そこには、夢をむやみやたらと口外すると叶わなくなってしまうとの俗信も少なからず反映されているところと考えられるが、それだけではなかろう。この点を含めた『源氏物語』明石一族を取り巻く夢についての詳細な考察は、紙幅の関係上、別稿にて論じることとする。

以上のように、『源氏物語』では、夢の非共有という発想を展開させつつ、後の物語展開の構築を試みている実態が窺える。そして、夢の非共有という発想は、平安後期物語に至り一層意識的に描かれるようになるのである。

二　『狭衣物語』の場合――夢の非共有そして軌道修正を描く意味

『狭衣物語』では、飛鳥井女君を取り巻く物語に夢の非共有が描かれる。内容を簡潔に述べると以下の通りである。狭衣は、飛鳥井女君の懐妊の夢「腹の例ならずふくらかなる」（巻一①一二三）を見るが、厳重な物忌みのため飛鳥井女君のところへ赴くことができず、この女君へ宛てた手紙に、この夢を「語り合せばやと思ふ。夢をさへ心もとなくこそ」（巻一①一二四）と含みを持たせて伝えたのだった。しかし、飛鳥井女君が乳母に欺かれることにより、二人は生き別れとなってしまう。その後の展開を見ると、夢内容を詳しく聞きたかった飛鳥井女君の所感「心得ぬ夢とありしを、いかなるにかと、聞きだに合せで止みぬるよ」（巻一①一四一）と、夢内容を伝えられなかった狭衣の所感「何事よりも、夢のおぼつかなさを、いかなるぞと、聞きだに明らめで止みぬるは」（巻一①一四六）という、共有できなかった夢を想う心が響き合い軸となり、物語が展開している。さらに、狭衣は「折ふしも心づきなかりし物忌や。夢語りのついでには、おのづから問ひあはせもしてまし」（巻二①二五一）と夢を回顧してもおり、物忌みがなかったならば、女君と夢（懐妊の吉夢）を共有でき、女児の出産そして女君との仲睦まじい生活という幸福が手に入ったであろうことを想い、悔やむ様子が描かれているのである。

このように、狭衣と飛鳥井女君との幸福な生活は、物忌みが重なったことによって夢を共有する機会を逸し、不発に終わってしまったのであり、代わりに発動したのが乳母という近親者の裏切りを描くことにより生成される悲劇の物語なのであった。狭衣の夢が不発に終わったのと同時に、近親者（乳母）の裏切りが描かれている点は注目される。そこには、「乳母よろづに言へど、いとかう憂かりける心を知らで、年頃、親の心に思ひて過しけるさへ、憂くおぼゆれば」（巻一①一四二）と、親のように慕っていた乳母の思いがけぬ裏切りに対し、絶望の淵に立たされている飛鳥井女君の姿が描かれてもいた。この乳母の裏切りについては、継子いじめ譚の変型という見方[*7]などがあるのだが、主人・近親者・夢とが関わる点に注目した場合、以下のようなことがいえるのではなかろうか。近親者は、時に夢を持ちだして主人を助ける傾向にあることである。

『うつほ物語』では、俊蔭の娘の懐妊の際に、奉仕している嫗（近親者）が俊蔭の娘（主人）の懐妊を暗示する夢を見た上に、自分もかつて懐妊した際に見た夢などを伝え、主人である女君を励ましている。また、『御堂関白記』では、「依有人夢相《想》、籠居物忌」（寛弘八年十一月七日条）などの記述から確認できるように、道長に関する夢を近親者が見て、それを道長本人に報告し、外出を控えるよう忠告している様子も見られる。とりわけ、先にあげた『うつほ物語』は、主人（俊蔭の娘・飛鳥井女君）が懐妊している点、夫（兼雅・狭衣）が不在である点、近親者（嫗・乳母）の介入など、複数の共通点があることに気づかされる。『うつほ物語』では、嫗が主人の懐妊に関する夢を見ることで、主従関係の絆をそこに見て取ることができるのだが、『狭衣物語』では、夫狭衣が懐妊の夢を見るものの、物忌みのため共有する機会を逸するというマイナス要素を帯びた展開がなされ、そこからさらに、本来主人を支えるはずであった近親者の裏切り[*8]を描いて二人を引き離すといった悲劇の恋物語を展開させているのであった。

また、『狭衣物語』は、夢の軌道修正という新しい手法を取り入れてもいる。それは、源氏の宮を取り巻く物語である。源氏の宮に斎院の神慮が示される夢や狭衣への譲位の夢は、『源氏物語』の須磨・明石巻での夢構造と似ており、複数の者が同種の夢を見る構造となっている。[*9]まず、源氏の宮に斎院の神慮が示される夢では、源氏の宮・堀河大臣・帝の夢が描かれるのだが、源氏の宮が「母宮にも申させたまはで」（巻二①二七四）と夢を共有しない方針を取るところから始まっていることに注目したい。その後、堀河大臣の夢に「禰宜と思しき人」（巻二①二七四）が現れ、「榊に挿したる文を源氏の宮の御方へ参らするを、我も開けて御覧ずれば」（巻二①二七四）と、榊に挿した文書（賀茂の神託）の内容を堀河大臣が見ることにより、斎院の神慮を悟ることとなるのである。すなわち、夢を語らない源氏の宮に対し、物語は新たに「禰宜と思しき人」を父堀河大臣の夢に登場させ、源氏の宮に宛てた文を見せることで、夢を語り伝え共有することの軌道修正を行っているのだ。そして堀河大臣は、この夢を「母宮大将殿」（巻二①二七五）に伝えている。さらには、源氏の宮入内を強く望んでいた帝にも神託があり、その夢について大臣と帝とで「語りあはせきこえさせたまひて」（巻二①二七六）、ついに源氏の宮の賀茂斎院決定（＝入内中止）が下されることとなる。

　このように、一度は夢の非共有を描くものの、それに軌道修正という方法を用いて共有される夢を描いて見せた点については、『狭衣物語』の新しさと言えるだろう。またそれは『源氏物語』明石一族を取り巻く夢において、明石尼君や明石御方が、明石入道の見た一族栄達の夢を知ることなく展開していったことへの批評とも見て取れるのではないか。吉夢はむやみに他人に口外すると叶わなくなるとの俗信もあるが、一族に関する夢を身内にまで打ち明けることなく物語が展開してゆくあり方についての批評意識が『狭衣物語』での共有する夢に示されているのだ。それは、『狭衣物語』において堀河大臣が夢を見てすぐに妻に語り夢情報を共有するといった、明石入道とは真逆の行動を取る夫の様子が複数回（巻二①二七五）・（巻四②二〇七）に渡り描かれていることからもいえよう。『源氏物語』では、明石入道が明石尼君に源氏へ娘を奉ることを述べるのだが、明石尼君は反対する。それに対して明石入道は、夢のことを打ち明けないばかりか「え知りたまはじ。思ふ心ことなり」（須磨②二一〇）と、妻の意見を一蹴する。また、明石御方も父明石入道に対して、見分不相応な結婚をさせ不安な境涯をさまようように仕向けたのではないかと思っていた時期もあったと回顧している（若菜上④一一八）。このように、明石一族は夢を共有していない段階において、夫婦間や親子間の心的齟齬が描かれる傾向にある。明石一族の真の結束は、明石入道が夢を明かした後に形成されているのだった。このような一族間での心的齟齬を取り除き、身内の絆の大切さをクローズアップさせる物語へと仕立て直しているのが『狭衣物語』なのではないか。その様子は、次に触れる夢からもわかる。

『狭衣物語』は、『源氏物語』と同じく男性主人公であり王権に深く関わる物語でもある。堀河大臣は、夢に「いとやんごとなきけしきしたる人」（巻四②二〇七）（賀茂明神）のお告げがあったことについて北の方に語り、北の方は、源氏の宮と狭衣に「院の御前ばかりには、この御夢を語りまうさせたまひにけり」（巻四②二一三）、「大将殿には、ありし御夢のことなど、上ぞくはしう語りたまひける」（巻四②二一八）と、父の見た夢を子らに語る。この夢は、狭衣の出家をやめさせるようと暗示するものと、後に狭衣が帝位に就くことを暗示するといった二つの告げなのだが、堀河大臣は夢の真意に気づいていない。[*10]『狭衣物語』では、夢の真意追究よりも、主に一族間で夢を共有する意識に重きが置かれている傾向にある。すなわち、『狭衣物語』では、真意はわからないままでありつつも、夢を一族で共有することにより、最後には狭衣が帝位に就くことで一族繁栄を達成しているのである。また、後の夢に「夜をならべて、帝の御夢にも、殿の御夢にも、とく、かはり居させたまはずば、悪しかりなんとのみ、うちしきり御覧ずれば」（巻四②二四四）とあるところでは、堀河大臣と帝（君臣関係）が同種の夢を「うちしきり」見ることにより、狭衣を帝位に就かせるという意見を一つにまとめてゆく様子が描かれている。そこからは、二世源氏である狭衣が夢の力により王権へと競り上がってゆく構造が見えてくる。

さらに、斎宮を通じて堀川大臣と帝へ天照神の神託―狭衣の譲位を告げる―が告げられるところに注目したい。『源氏物語』では、夜居の僧都により冷泉帝へ出生の秘密が告げられるのだが（薄雲②四四九）、『狭衣物語』では、「このよしを、夢の中にも、たびたび知らせたてまつれど、御心得たまはぬにや」（巻四②三四三）と、天照神の神託（夢の告げに出てきた神自身）により、狭衣が若宮の実の父であると告げられるのである。さらには、親を臣下に置いたままでその子供が帝位に即くことは良くないと指摘し、狭衣の後に若宮を帝位に即けるべきとの意向を提示している（巻四②三四三）。

『狭衣物語』では、『源氏物語』において、夢で示していなかった部分を、賀茂神や天照神による神託という方法を用い、神自身から狭衣を取り巻く栄達の夢を示していたことが告げられる。とりわけ、若君の実父について告げられるところには、天照神の神託により、狭衣そして子（若君）といった狭衣の子孫繁栄を確約する効果を付加させてもいる。[11] ともあれ、夢は共有することができて、はじめて力を発揮し実現へと近づくこと―連繫意識の強化―に重きを置いているのが『狭衣物語』の一つの特徴なのである。

三　『浜松中納言物語』の場合――二度描かれる秦の親王の夢の意味

『浜松中納言物語』では、転生というモチーフを物語の骨子に組み込んでいるところにその独自性が窺える。加えて、この物語には、夢告が実現したか否か明記されていない部分が散見する。唐后の転生もそうであるし、中納言が吉野の姫君の庇護者となる夢も結末が書かれることなく物語が終わっていることなどがある。『夜の寝覚』は、物語の始発部分に示される第一の予言と第二の予言とがあるが、第一の予言については、叶ったか否かについてどちらとも取れるような或る種の含みを持たせた展開となっている。当該夢においては多様な角度からの論があるのだが、紙幅の関係上、今は措く。[12]『夜の寝覚』と『浜松中納言物語』に見られるこれらの現象は、『源氏物語』には見られないものであり、平安後期物語における夢描写の特異な傾向ともいえる。夢が叶ったか否かの結果に重きを置く先行物語に対し、後期物語は、夢が叶うか否かの期待と不安に重きを置くことにより見えてくる世界を描き出したのだった。[*13]

また、『浜松中納言物語』では、夫である秦の親王の見た夢を妻とその兄（聖）が共有しているものが見られる。それは、秦の親王が日本へ渡った折に授かった女児を、唐へ連れて帰りたいと思うものの、過去に「させまろ」（巻第一・四三）という者が「うなはし」（巻第一・四三）という女を連れて一緒に海を渡った際、「うなはし」が竜王に魅入られて命を落としてからというもの、女が海を渡って行き着く例はないとされているため、困り果てている矢先に見た夢である。

イ・海の竜王に、多くのことを申し乞ひける夢に、「早く率て渡れ。これはかの国の后なれば、たひらかに渡りなむ」といふ夢を見て……。（巻第一・四三〜四四）

ロ・海の竜王にいみじく祈りおこなひ給ひける夢に、『これはかの国の后なり。とく率て渡りね』と見て、渡り給ひにけるなり。（巻第三・二〇三）

「イ」「ロ」は、共に秦の親王の見た夢を示しているのだが、同じ夢が二度記されていることに注目したい。前者は父系、後者は母系の側に立った叙述である特徴を有している。[*14] さらに、「イ」での夢主であり女児を唐へ連れ去る父系の叙述と、「ロ」での女児を唐へ連れ去られ日本に残された母系の叙述とで差異がある。

「イ」（父系側の叙述）では、竜王が早く唐へ渡るよう促しながらも、女児は「かの国の后」となる人であるから

「たひらかに渡りなむ」と、無事に海を渡ることができることを強調しているのに対し、「ロ」（母系側の叙述）では、「かの国の后」となる人であるから早く唐へ渡るよう促すことが強調された語りとなっているのである。波線部の唐へ早く渡るよう促す台詞の位置関係により、竜王の語りに込められた意味も変わってくるのであり、竜王の態度に微弱ながらも差異があることにまずは注目しておきたい。ここでは、双方の語り手を通して、中国寄りの竜王と日本寄りの竜王の姿―両義性―が同時に形成されているとも考えられる。葛綿正一[*15]は、平安後期物語の主題に「正体不明の男と契りを結ぶ」型を指摘しており、『浜松中納言物語』での中納言が正体不明の女（実は唐后であった）と契りを結ぶ場面において「唐后の方が行動の主体、中納言の方が行動の客体」に見えることから「中国と日本の力関係が反映しているかもしれない」と読み解く。そのような視点から双方の語りにより形成された竜王について鑑みると、「イ」（父系側の叙述）による夢語りでは、無事に海を渡ることができるという一文が加わっている。「ロ」（母系側の叙述）による夢語りでは、「かの国の后」であるから早く唐へ渡すようにとのみ言っているところから、唐后となる娘を送り出す側と迎える側―日中―の意識が龍王の態度に表れているとも考えられるかもしれない。

また、この夢は女児（後の唐后）が「かの国の后」となることの予言としても機能しており、一族栄達の夢として見ることもできる[*16]。

実際、秦の親王は、唐の帝が唐后腹の三の宮を東宮にする意向があることについて知った時に、「かかるにつけても、いよいよ頼もしく面目ありて」（巻第一・七六）と、一族栄達から次世代の栄華にむけての強い希望を顕わにしている様子が本文より窺える。そこからは、『源氏物語』での明石入道が、娘明石御方出生の際に見た一族栄達の夢について執着し、そこから夢を明かした若菜上以降において、孫の明石姫君が国母に、曾孫が東宮となるに向けた栄華への躍進の願いを夢語りの手紙に込めた想いと重なってくる。

加えて、『源氏物語』では、母による娘（明石御方）への想いが抑圧された形で描かれていた。それに対し、『浜松中納言物語』では、それを解放へと向かわせている。

母、「あなかたはや。京の人の語るを聞けば、やむごとなき御妻どもいと多く持ちたまひて、そのあまり、忍び忍び帝の御妻をさへ過ちたまひて、かくも騒がれたまふなる人は、まさにかくあやしき山がつを心とどめたまひてむや」と言ふ。腹立ちて、「え知りたまはじ。思ふ心ことなり。さる心をしたまへ。ついでして、ここにもおはしまさせむ」と、心をやりて言ふもかたくなしく見ゆ。（明石②二一〇）

母君も慰めわびて、「何にかく心づくしなることを思ひそめけむ。すべてひがひがしき人に従ひける心の怠りぞ」と言ふ。「あなかまや。思し棄つまじきこともものしたふめれば、さりとも思すところあらむ。思ひ慰めて、御湯などをだにまゐれ。あなゆゆしや」とて、片隅に寄りゐたり。（明石②二七〇）

明石入道は、源氏の須磨退居を知り、娘の明石御方を源氏と結婚させたいと強く望むのだが、母は「あなかたはや」と否定的見解を述べる。それに対して、明石入道は「腹立ち」、母の見解を抑圧する。また、明石の女君との結婚後、源氏のへの恩赦が下り帰京することとなった際、母は、明石の地に残される娘を不憫に思い、全ては偏屈な夫の言いなりになっていた私のせいだと不満を吐露する。そこにおいても、明石入道は、「あなかまや」「あなゆゆしや」と、母の見解を抑圧する。明石入道の見た夢については、若菜上巻にて明かされるため、母娘ともども真相を知らないでいるのだが、当該箇所では、男目線により構築される一族栄達＝幸せという概念が大きく横たわっており、女目線により構築される女としての幸せについては、顧みられないどころか抑圧される手法が採られているのである。

そこに注目することで、先に述べた『浜松中納言物語』の二度描かれる秦の親王の夢の意味が鮮明となってくるのである。当該夢は、共に父母による子を思う気持ちから発動されているのだが、「かの国の后」と予言されるところには、子を介した上での栄達の志が見え隠れしている点は否めない。また、明石の入道夫妻のように、秦の親王夫妻が娘の今後について直接やりとりする場面を直接描かず、父系側と母系側の叙述を配置して夢を二度語らせることにより、父の母への批判や抑圧するさまをあえて描かせず、母の娘を想う気持ちをよりクローズアップさせる効果を付加させていると考える。

さらに、唐后の母である吉野の尼君は、後に貴げな僧が現れる夢を見るのだが、そこでは母子間による互いの情により夢が発動していることに注目したい。夢内容の詳細を述べると、唐后が日本にいる母(吉野の尼君)を世話してもらいたいと想う心と、母が唐后の異母妹にあたる吉野姫君の「たづき」を得て心残りを取り除き、安心して後生を祈りたいとの心が行き合い結び一つになって、中納言という人物の唐渡を導き出し、加えて吉野姫君の「たづき」としての役割も果たすと、僧に告げられる内容である。[*17]

唐后の異母妹にあたる吉野姫君は、母にとっては「もろこしに放ち渡しし人の御さまに、たがふところなく似給へる」(巻第三・二三二)存在であり、唐后の身代わりとして機能している。そこからは、吉野姫君＝唐后への想いを表現していることにもなるのであり、唐后と母君の互いを思いやる様子が色濃くにじみ出ている場面なのである。

以上のことから『浜松中納言物語』は、女の論理を抑圧することで栄達そして栄華の道を切り拓いてゆこうとする男の論理を際立たせた『源氏物語』に対し、女の論理の抑圧を解放させたところに新しさが認められる。

繰り返し述べるように、『浜松中納言物語』では、夫の見た夢を二度描いて夫妻双方の視点から夢内容が語られる手法が採られることや、妻の夢に貴げな僧が現れ、夫の夢見により引き裂かれた親子(母娘)の抱く双方の想いを汲み取り救済してゆく展開が採られているのである。『浜松中納言物語』は、『源氏物語』での女の論理を抑圧する方法を批判し、それを解放することで獲得した女人救済の構造が成り立ち得ているとも考えられよう。『夜の寝覚』や『狭衣物語』において、菟原処女伝説などに見られる女の入水譚から、女の入水が未遂に終わるコードを『源氏物語』浮舟以来、新たに生成させているように[*18]、平安後期物語には、とりわけ生きることを強いられる女の姿が描かれる。『浜松中納言物語』の当該夢においても、吉夢成就を目指し行動する男に対し、周囲の者たちがただ付き従うのではなく、女としての幸せが必ずしも一族栄達という吉夢成就とは結びつかないのだとする、女側からの主張が物語を通して描かれているのではないか。そのように読むことにより、巻一と巻三に同様の夢を配置し、父系と母系の語りをそれぞれ配置した意味が明らかとなるのである。

おわりに

以上、『源氏物語』そして平安後期物語のうちの『狭衣物語』『浜松中納言物語』を中心とした共有される夢の実態について着目した。『源氏物語』宇治十帖の後の王権物語を色濃く描き出す平安後期物語の世界は、栄達そして栄華を成し遂げた明石一族に特異な夢の共有においても意識していたのではないか。それにより、王権から逸脱した一族を再び王権へと競り上がらせてゆくコードを獲得し得たのだといえよう。しかし、平安後期物語が、男の物語から女の物語へ視点をシフトさせていることに関係しているのだろうか。男側が夢の真意を汲み取れないまま物語が進展してゆくさまや、『浜松中納言物語』に至っては、男の視点／女の視点から同一の夢が語られ、王権的視点からの男の論理と女の生き様から夫＝男の見た夢を冷めた目で見つめる女の論理とに引き裂かれた世界をも創り出していた。物語における夢を取り巻く共同体は、後期物語に至って女性が積極的に描かれるようにもなっている。[*19]前掲の『日本書紀』や『御堂関白記』での例のように、夢の共有は男性社会において顕著であった。それが物語に取り入れられるにあたり、母娘などの女性の参加がクローズアップされて描かれ、一族で夢を共有し、実現へと向かわせるあり方を色濃く描き出されるようになったと考えられるのである。すなわち、中世における〝夢語り共同体〟の先駆けともなる世界を鮮明に描き出しているのが平安後期物語であり、その原点となるのが『源氏物語』明石一族を取り巻く夢描写ではないだろうか。

注

＊1　拙稿「源氏物語「明石一族」の意志―『古今和歌集』一〇〇三番歌引用を起点として―」(『中古文学』第八十二号　二〇〇八年十二月)を参照されたい。

＊2　平安後期物語に関する夢の特徴については、夙に江口孝夫(『夢についての研究　日本古典文学』「二：文学作品の夢」風間書房　一九八七年)による論がある。

＊3　江口孝夫(＊2に同じ)

＊4　助川幸逸郎「〈誤読〉される宇治十帖―平安後期物語との〈取り違え〉をめぐって―」(『日本文学』第五十七巻第五号　二〇〇八年五月)は、狭衣も浜松の主人公も王権には無関心であるが、無意識の内に父の意志を受け継ぎ王権の座に就くことを指摘している。

＊5　平安後期物語の抱えている『源氏物語』など先行物語への批評意識についての論としては、井上眞弓(『狭衣物語』の引用・断面―「夢のわたりの浮橋」を軸として―」『日本文学』第三十六巻第四号　一九八七年四月)、鈴木泰恵(『狭衣物語／批評』翰林書房　二〇〇七年)などがある。

＊6　ここでの夢は実資の日記である『小右記』(長和元年四月四日条)において、斎院(選子内親王)に祭りを止めてはならない

との神感があったことが記されている。しかし、同年四月十六日条では、斎院の下部が祭の停止に関する夢を見ている。だが、『御堂関白記』において、実資が斎院の夢を引き合いに出しつつ道長へ祭の実施を促すように語っている点は見逃せない。この点について、倉本一宏（『平安貴族の夢分析』「二：藤原道長と『御堂関白記』」吉川弘文館　二〇〇八年）は、実資が夢想の内容を改竄して道長へ語っている可能性を指摘しており、示唆的である。

＊7　三谷榮一「二―二：飛鳥井女君物語に見る継子虐め譚」（『狭衣物語の研究〔異本文学論編〕』笠間書院　二〇〇二年）。また、久下裕利（『物語の廻廊―『源氏物語』からの挑発』「一―三：継子譚の変奏」新典社　二〇〇〇年）は、「飛鳥井物語は継子譚として『住吉』の継母の悪役ぶりを乳母に置き換えての構成といちおうここでは考えておこうと思う」と言及するが、その後、「フィクションとしての飛鳥井君物語」（『狭衣物語の新研究―頼通の時代を考える』新典社　二〇〇三年七月）にて、狭衣・飛鳥井女君・乳母の三者の絡み合いについて言及する三角洋一（「三―十四：飛鳥井の女君の乳母について」『王朝物語の展開』若草書房　二〇〇〇年）の論を取り上げつつ、『狭衣物語』の作者宣旨の周辺に見られる乳母たちの悪行に関する説話に着目し、「飛鳥井君を取り囲む周辺人物、それは父帥平中納言ばかりではなく親類縁者に史実性のある卑近な伝承を複合的に付帯させての構造化がはかられているような気がする」と指摘する。

＊8　近親者の主人への裏切りという点では、『源氏物語』蓬生巻での末摘花に仕えていた乳母子侍従が、最終的に末摘花の叔母へとついて西国へ同行する件が想起される。だが、その直前に末摘花の見た亡き父の夢により、源氏と再会し、救済されるに至る。その後、叔母の驚くさまや侍従の嬉しく思うものの、自らの「心浅さ」（蓬生②三五五）を恥じる様子が描かれる。『源氏物語』では、近親者の裏切りから反省までを描いており、その重要な節目に夢の力が作用していることに、まずは注目しておきたい。

＊9　江口孝夫（＊2に同じ）は、「『狭衣物語』でも重要な問題に夢が登場するが、それは一人だけでなく、複数で示現している。夢の意義の強調は明らかである」とし、『源氏物語』明石巻の夢の性質と『狭衣物語』での夢の性質との関係性を指摘している。

＊10　鈴木泰恵（「『夜の寝覚』の夢と予言―平安後期物語における夢信仰の揺らぎから―」『明治学院大学教養教育センター紀要　カルチュール』第二巻第三号　二〇〇八年三月）は、『狭衣物語』に夢信仰や神への信仰の微妙な揺らぎを読み取る。

＊11　長谷川政春（『狭衣物語』の浮上する神―「天照神」「賀茂神」―『国文学解釈と鑑賞』一九九二年十二月）は、『狭衣物語』

に四例見られる天照神の役割について注目し、それが「すべて皇位およびその継承にかかわる場合であった」ことを指摘している。

＊12　近年の論として、鈴木泰恵（＊10に同じ）は、第一の予言自体が両義的に読まれるべき仕組みと言及する。第一の予言が中の君自身の宿世を予言したのであるならば叶っていないし、中の君の血筋をひく者たちへと視野を広げるのならば、（石山の姫君の入内・立后に注目した場合）夢の予言は実現するのだと解釈し得ることを指摘している。

＊13　『浜松中納言物語』の結末部分について言及している近年の論としては、神田龍身「『浜松中納言物語』転生物語論」（『文芸と批評』第六巻第六号　一九八七年九月）、助川幸逸郎「浜松中納言物語における〈言語〉と〈身体〉―浮舟物語批判としての観点にもとづいて―」（『交渉することば』「叢書　想像する平安文学　第四巻」勉誠出版　九九九年五月）鈴木泰恵「五―一・『浜松中納言物語』の境域と夢―唐后転生の夢を中心に」（＊5に同じ）がある。

＊14　中西健治（『浜松中納言物語の研究』「二・唐后の人物設定」大学堂書店　一九八三年）は、当該箇所において前者では父系を語る条で「唐の太宗、秦の親王」と人物を特定しているのに対し、母系の条では人物を特定しておらず、後者ではその逆に上野宮を母系として具体化し秦の親王は朧化されていると説く。

＊15　葛綿正一「平安後期物語論―熱狂と鬱屈」（『沖縄国際大学　日本語日本文学研究』第九巻第二号　二〇〇五年三月）

＊16　神田龍身「『浜松中納言物語』の転生―日本と唐との『とりかへばや物語』―」（『国文学解釈と鑑賞』一九九二年十二月）は、当該夢において、日本で王権に就くことのできなかった代わりに、唐土にてその目的を果たしているところに注目し、日唐の交換は王権レベルで現象していたと説く。

＊17　久下裕利（「平安後期物語と源氏物語」『源氏物語講座第八巻　源氏物語の本文と受容』勉誠社　一九九二年十二月）は、当該場面の夢に見られる「祈りの合体」について、『源氏物語』橋姫巻での薫と弁との対面が叶う場面を想起し、本文中には弁の一方的な祈りの様しか描かれてはいないものの、そこに薫の祈りの場面も想定し、「この対面は薫と弁との祈りが合体して、ある霊力となり実現されたもの」と解している。

＊18　拙稿「浮舟物語における「母」―菟原処女伝説より生成される母の救済」（『物語研究』十一号　二〇一一年三月）

＊19　例えば『夢の通ひ路物語』巻一では、京極大納言の北の方が娘三条の君懐妊祈願のため小侍従を初瀬に遣わしており、小侍

従はそこで夢を得ている。また、「……うらなはせたまへば、「おとこ君にてぞおはさん」ときこゆれば、いとゞしくけふある事と待御覧ずる」(『鎌倉時代物語集成』第六巻・一七頁)と、京極大納言の北の方が男児出生の予告をこの上なく嬉しく思う様子が描かれてもいる。当場面において、夢を取り巻く共同体が女性中心となっていることは注目される。詳細な分析については今後の課題としたい。

※『源氏物語』『狭衣物語』『浜松中納言物語』『日本書紀』引用テクストは、「新編日本古典文学全集」に依った。
※『御堂関白記』引用テクストは、「増補史料大成」に依った。

『狭衣物語』を動かす女房たち――女二宮物語から

千野裕子

はじめに

『狭衣物語』において、男君と女君との関係が生じるとき、そこには女房が介在しない。手引きする女房もいなければ、その場に居合わせる女房も誰一人としていないのだ。

狭衣が[*1]女二宮と関係を結んだときも、一品宮との噂が立ったときも、そこに女房は居合わせなかった。宰相中将妹君とも、関係を結ぶに至るときは狭衣は誰にも気づかれないように侵入している。狭衣だけでなく、宰相中将が今姫君と関係を結んだときも手引きの女房のない単独行動であった。

一方、女房に手引きを求める場合、その試みは必ず失敗に終わっている。女二宮の出家後に狭衣からたびたび取次を求められた中納言典侍や、権大納言に一品宮への仲介を求められた中納言の君といった女房たちは、これを頑なに拒んでいる。

このことは、『狭衣物語』の重大な特徴である。[*2]男女関係の事件が起きたとき、誰も居合わせなかったとしても、自ら動くことのない女君に代わって動くのは他ならぬ女房たちである。『狭衣物語』では、真相を全て知る女房が誰一人としていないがゆえに、女房たちによる誤解や思い込みで物語が展開していく。本稿では女二宮に関する場面から、『狭衣物語』の方法を論じていく。

一　示される情報の違い

はじめに、狭衣の両親（堀川大臣・堀川の上）が女二宮降嫁の話を進めるように狭衣に催促してくる場面から確認する。そのときに狭衣や両親が女二宮がわへの仲介としている女房や、双方からもたらされる情報に注目してみたい。

女二宮との縁談に関して狭衣は、堀川の上に向かって、「たださばかりの御なほざりごとを、ただ大宮のめざましきことにむつかりたまひけるものを」（巻一①六八）と発言している。大宮の反対を盾にしているのだ。それに対して堀川の上は、

もの憂からんことを、あながちに、母宮のさのたまはんには、あるまじきことにこそあなれ。一日、藤三位の、上ののたまはせしさまを、語られたるを聞きて、ことさらにこそ、申しし人見んと思ひしか、かくまで御けしきのあらんを聞き過さんもかひがひしからずや、とこそあなりしか。母宮の御こと、さも聞かぬにや（巻一①六九～七〇）

と答えた。堀川の上は狭衣に同意しているようでいて、藤三位の伝聞を盾にとって、あくまで大宮の反対は知らないと主張している。これを、大宮の反対を知っていながら知らないふりをして結婚をつきつけている、したたかな発言であると取る見方もあるが、[*3]どうであろうか。それにしては、狭衣と堀川の上の接触する人物が重ならない。この藤三位なる人物はこの先一度たりとも狭衣と接触しないのである。

また、堀川大臣が「よからん日して侍従内侍のもとにほのめかしたまへ」（巻一①六六）と言ったり、堀川の上も「かの侍従内侍のもとに、御けしきほのめかしたまへ」（巻一①九二）と言ったりと、両親が共通して「侍従内侍」という人物に嵯峨帝（あるいは女二宮）との仲介をさせようとしていることが分かる箇所がある。しかし、この侍従内侍もこの先の物語に登場しない。物語は、狭衣と藤三位や侍従内侍との接触を決して描かないのである。

では、狭衣は大宮の反対を誰から聞いたのであろうか。それは、狭衣がたびたび接触する中納言典侍ではないかと考えられる。[*4]彼女は次のように紹介される。

内裏にさぶらふ中納言典侍は、大弐の乳母の妹ぞかし。皇后宮も睦ましきゆかりにて、幼うより候へば、宮たちをも、ことのついでにも時々聞こえいでしかば、大将殿もをかしき御ありさまと耳とどめたまはぬにしもあらねど、かかる御けしき見たまひて後はわづらはしくなりて、同じ百敷の内ながらも、弘徽殿にはことに見ることもしたまはぬを、大弐の乳母くだりてのちは、「同じ心にてこそ」など申し置きしが、常に見、睦びきこゆれば、折々に局のわたりに立ち寄りなどしたまひけり。（巻二①一六六～一六七）

中納言典侍は狭衣の乳母である大弐の妹であり、典侍の職にあるが大宮にも仕えているという。両親が藤三位や侍従内侍と接触しているのに対して、狭衣は乳母の妹というつながりから、この中納言典侍と接触している。侍従内侍と中納言典侍は同じ内侍所の女官として近しいところにいる。一方、藤三位はどうであろうか。彼女はおそらく巻二で一度だけ示される「さるべき御乳母の三位たち」（巻二①一二三）に該当する人物で、嵯峨帝の乳母であると考えられる。平安時代中期以降、天皇の乳母が典侍になり、やがて三位に叙せられる例が多いとされるが、[*5]この藤三位もそれに当たるのであろう。現職の典侍かは不明だが、侍従内侍や中納言典侍とは近しいはずである。

しかし、中納言典侍は、典侍の職にあるだけでなく、大宮にも仕えていた。だからこそ、大宮が反対しているという情報が得られたのであろう。そして、それは藤三位にまでは伝わらなかったのではないだろうか。狭い宮中の近しい女房たちの情報網を侮ってはならないと考える向きもあろう。しかし、例えば、女二宮の妹である女三宮周辺の女房が、狭衣が女二宮の婿がねとなっているのを知らなかったことが示されている箇所もある。狭衣は、女三宮の女房の一人が中務宮の姫君のことを「かの姫君こそ大将の具にはせまほしく見えたまへ」（巻二①一七〇）と言うのを立ち聞きしている。情報などたやすく行きかうように見える宮中だが、『狭衣物語』の、特に女二宮物語の世界においてはそうではない。誰にどのように仕える女房なのかという微妙な違いが、持っている情報の違いを生み出し、しかもそれを滞らせているのである。そして、接触する女房の違いから、狭衣と堀川の上の持つ情報の食い違いも生じたことなのではなかろうか。

二　存在しないはずの手引きの女房

狭衣は中納言典侍と接触しているが、大弐の乳母に言われて親しくしているのであり、女二宮との仲介を求めているわけではなかった。女二宮と契る事件が起こった日も、中納言典侍が大宮の供でその場にいなかったため、たたずんでいるうちに女二宮らを垣間見た。そして、夜居の僧が妻戸の鍵をかけてしまったために出られなくなり、女三宮の乳母が持病で下がったのとともに女房たちが寝入ったところで、女二宮と関係を結ぶに至る。狭衣と女二宮との関係は、あくまで手引きのない狭衣の単独行動として行われた。

翌朝、狭衣は女二宮に向かって、「中納言典侍して、思ひあまらん折々は参らすべき」（巻二①一七五）と言っておきながら、その中納言典侍にも女二宮との関係を隠そうとする。女二宮への文を託すときも、その文からの発覚を恐れて「まめやかには、これいみじうしのびて参らせたまへ。あなかしこ。大宮などの御前に散らしたまふな。恥づかし」（巻二①一八四）や「一所に御覧ぜさせたまへ。やがて、破りたまへ」（同）と言う。勿論、既に関係を結んでいることは「この人にもさやうのけしきを見せじ」（巻二①一八五）とする。

さらに、狭衣と女二宮の関係はすぐに中納言典侍の勘づくところとなってしまうが、それをほのめかされても、狭衣は「わづらはしうて、思ふままにもえせためたまはず」（巻二①一九三）と中納言典侍を仲介にすることを控えている。狭衣は中納言典侍に女二宮との関係を隠そうとし、知られてからも決して仲介にしようとしないのである。

一方、女二宮周辺はどうであろうか。真っ先に事態に気づいたのは女房たちではなく大宮であった。大宮は「姫宮の御あとの方に懐紙のやうなるもののある」（巻二①一七七）を見つけ、女二宮の様子を見て事態を悟った。そのとき、「こは、いかなることならん、さりとも、知りたる人あらんかし」（巻二①一七八）と思う。「知りたる人」などいないのだが、そう思ったことに注目したい。

また、中納言典侍は、この間に狭衣から文を受け取っていた。狭衣は女二宮とのことを中納言典侍には言わなかったが、帰る時に詠んだ独り言の和歌が不審を抱かせた。

「あなわりなのことや。なほさりぬべき隙あらば」など、のたまひて、

逢坂をなほ行きかへりまどへとや関の戸ざしもかたからなくに

とくちずさみて立ちかへりたまひぬるを、あやしと心も得ねば、御返りも聞こえさせずなりぬ。

（巻二①一八五～一八六）

『狭衣物語』に特徴的である独詠歌が立ち聞かれるという手法である。[*6] 中納言典侍は「あやしと心も得」なかったが、女二宮のもとへ行き、大宮が懐紙を発見したのを見て、事態を的確に察した。そして、「もしさることもあらば、

我がかごとなどこそ思しめさめ」（巻二①一八六）と考えた。さらに、次のような箇所もある。

むげにしるべなくては、さることのあらんや、またあるにては、この御文をかくせさせたまふべきことかは、いかなるにかと胸もふたがりておぼつかなくあやしければ、とばかりものも言はれで、つくづくと見たてまつるに、大宮の御心のうちぞ、いといとほしき。この御方人に思しのたまはするを、必ず思し疑ふらんかしと思ふも、あぢきなく苦しけれど、とてもかくても、いまはいとどのがれがたき御仲にこそ。つひには聞かせたまひてんと思ふぞ、頼もしかりけん。（巻二①一八七～一八八）

中納言典侍の考えでは、誰かが手引きをしたことが前提になっている。そして、狭衣に文を託されたことに不審を抱きつつも、結局は大宮が自分を疑うのではないかという考えにたどりついている。

つまり、大宮も中納言典侍も「誰かが知っているはずだ」という誤解をしているのである。大宮の方は知っている人がいるはずと思い、中納言典侍は「しるべ」があるはずと思うという違いはあるが、実際には誰も居合わせなかったはずの事件が、誰かが居合わせたはずだと誤解されているのである。

三　「昔物語」という幻想

女二宮が狭衣の子を懐妊して、ようやく大宮は乳母たちを問いただす。大宮は「出雲・大和などいふ御乳母たちをしのびたるかたに」（巻二①一九八）呼びつけて、「かかることのおはしましけるを、誰も知らぬやうあらじを、などかいままでまろには知らせざりける」（同）と言う。中納言典侍は自分が疑われるに違いないと思っていたが、大宮は乳母の中に知っている者がいるのだろうと疑っていたことが分かる。これに対して乳母は「さりとも、ことのありさま知る人はべらんかし。昔物語にも、心をさなきさぶらひ人につけてこそ、かかることもはべりけれ」（巻二①一九九）と答える。

乳母も誰かの手引きがあると思っているが、その根拠を「昔物語」に求めている。後になるが、女二宮の出家後、狭衣に手引きを頼まれた中納言典侍が、

げにあさましきことと、強ひて省ききこえん御仲の契りとは見たてまつらねど、昔物語の姫君などのやうに、中の人の言ふに従ひて、しぶしぶにゐざり出でさせたまふべきにもあらず。（巻三②九六）

と考えている箇所もある。乳母や中納言典侍には「昔物語」では姫君は女房のせいで男に逢ってしまうのだという認識がある。

ここでいう「昔物語」とは何であろうか。確かに、『源氏物語』における、光源氏と藤壺の密通の手引きをした王命婦、柏木と女三宮の密通の手引きをした小侍従などが想起されるが、[*7]女二宮の場合、設定は「花宴」巻に酷似している。[*8]「花宴」巻で朧月夜と逢う場面では、舞台は女二宮の場合と同じ弘徽殿であり、弘徽殿女御は帝のもとへ上がっていて不在、女房たちは寝てしまい、光源氏の存在は誰にも気づかれなかったという設定である。ここに女房の手引きはない。『狭衣物語』は『源氏物語』の設定を利用しているが、女房たちの認識は「手引きがあるはず」と、『源氏物語』とは違ったものになっている。その上、『狭衣物語』は『源氏物語』の設定こそ利用するが、『源氏物語』それ自体は作中人物たちの読む物語として設定されていない。[*9]「昔物語」は『源氏物語』を指すように見せながら、『狭衣物語』自身がそれを打ち消している。

また、『狭衣物語』中には「昔物語」とだけ示す例と、「「やくなきのばんさう」といひけん昔物語」（巻三②四二）と具体的な作品名を挙げる例がある。ここはただ「昔物語」とあるのだから、具体的な作品を特定するのはふさわ

しくないのではないか。女房たちの思う「昔物語」というのは、何を指すのか具体的ではない、曖昧なものなのである。

『狭衣物語』は『源氏物語』の設定を利用しながら、それとは違う認識を曖昧な「昔物語」として女房たちに与えている。『狭衣物語』は「昔物語」の何らかの「型」[*10]を破ろうとしているのではなく、むしろ女房たちの認識の中に「型」のようなものを作り上げているのである。女二宮周辺の女房たちは、「男女関係には女房の手引きがあるもの」という「昔物語」を幻想し、それに従って「誰かが手引きしたに違いない」あるいは「自分が手引きしたと疑われるに違いない」と思い込んで動いているのである。

四　共有されない情報

女二宮の妊娠を知り、大宮は心痛のあまり病に伏してしまう。そこで「心かしこき人」（巻二①二〇八）とされる出雲の乳母たちは大宮が妊娠したと奏上した。この偽装工作をした乳母たちも、相手が誰かまでは知らない。一方、相手が狭衣であることを知っている中納言典侍はこの偽装工作を知らされない。よって、中納言典侍を介している狭衣も、この偽装工作を知らない。互いに欠けた情報のみを持っている中、中納言典侍と出雲の乳母は立ち聞きによって半ば偶然に情報を得る。

出雲の乳母は、狭衣が女二宮の病と大宮の妊娠の見舞いに来たとき、立ち聞きによって事態を悟った。

　人知れずおさふる袖もしぼるまでしぐれとともにふる涙かな

聞き分くべうもなく独りごちたまふを、中納言典侍の耳癖に、

心からいつも時雨のもる山に濡るるは人のさがとこそ聞け

と言ふを、出雲の乳母少し近く居よりて聞くに、耳とまりけり。（巻二①二一五～二一六）

このように、もとより贈答歌のつもりでないものが、聞き分けた者のせいで贈答歌になるのはこの物語に散見される趣向[*11]だが、ここではさらに中納言典侍の歌を出雲の乳母が聞いていた。そして、女二宮出産の後、出雲の乳母はこれを大宮に告げる。

雲居まで生ひのぼらなん種まきし人もたづねぬ峰の若松

とのたまはするありさま、いとあはれげなり。出雲の乳母、かのありし日のくちずさみ語り聞こえさせつ。「この御顔の違ふところなきは、いとどこそ思ひあはせらるれ」と啓すれば、中納言がしわざにや、さらば、こと人よりはめやすかるべきを、つれなきけしきなるは、頼むべきさまにはあらぬにこそはあらめ。上の御心ざしなどをことにうけひかぬさまに聞きつるは、かくにこそありけれ、かの御事をも知りたらんを、かかる心がまへなどいかに聞くらんと思すは、（巻二①二一九）

大宮がまず思ったことは、やはり「中納言がしわざにや」であった。さらに大宮は「かの御事をも知りたらんを、かかる心がまへなどいかに聞くらん」と思っているが、それは誤解である。狭衣は女二宮が妊娠したことも、この偽装工作のことも知らない。それなのに、大宮は知っているはずだと誤解している。女房同士だけでなく、乳母と大宮の間でも情報が正しく交換されていなかったことがわかる。

一方、中納言典侍は、「かの峰の若松の御ひとりごとを聞きけるに、いとどさればよと思ひあはせられて」（巻二①二二〇）、ようやく真相に思い当たった。逆にいえば、中納言典侍は大宮の独り言を聞くまで、この若宮が大宮の子ではなく女二宮の子であることを知らなかったのだ。また、次のような場面もある。

御湯よりのぼりて臥したまひける御顔の、ただかの御児のほどとおぼえたまへるを見るに、大弐の乳母にこれを見せたらん、いかばかり人目も知らず喜び愛しがりきこえんと、我だにいみじうらうたうおぼえたまひて、いかで、疾く見せたてまつらんと思ひあまりて、出雲の乳母に、「空目かとよ。ただその御顔とこそおぼえさせたまへ」と言ふを、いでや、知らぬやうはあらじとつらければ、「さしも似させたまはず。よき人どちはよしなきだに似るものなれば、まして同じ御ゆかりなればこそ。されど、これはいまよりさまことに王気さへつかせたまへるさまにぞ」と言ふもをかしかりけり。

(巻二①二一二)

若宮が狭衣に似ていると言う中納言典侍に対して、出雲の乳母は似ていないと否定する。出雲の乳母は「いでや、知らぬやうはあらじ」と、中納言典侍が全て知っていると思った上で知らぬふりをしているし、一方の中納言典侍は出雲の乳母は何も知らないのだと思っている。互いに誤解したまま、ついに情報を交換することはなく終わる。狭衣が女二宮と関係を結んだ時、そこには女房が誰も居合わせなかった。そして、誰も居合わせなかったはずであるのに、皆が「手引きの女房があったはずだ」と思いこんで動いた。特に女房たちの思い込みの根拠は「昔物語」という幻想であった。そして、乳母たちは相手の男が誰であるかという情報が握れないままに偽装工作し、早い段階で相手の男の情報をつかんだはずの中納言典侍は偽装工作の情報を握れなかった。互いに欠けた情報のみを持つ女房同士でありながら、それぞれの情報が交換されることはなく、ただ立ち聞きによってのみ情報が収集された。さらに、立ち聞きのみで情報を得たがゆえに、誤解が解かれることはなかった。

ここでも、同じく大宮に仕える中納言典侍と出雲の乳母に、微妙な職分上の違いがあることに気をつけなければならない。中納言典侍は内侍所の女官と大宮の女房を兼ねている。しかし、彼女は「内裏にさぶらふ中納言典侍」(巻二①一六六)であり、「皇后宮も睦ましきゆかり」(同)と、あくまで主たる勤めは典侍の職なのである。*12 一方、出雲をはじめとする乳母たちは女二宮のそば近くに伺候する者である。勿論、内親王の乳母は『後宮職員令』に三人と定められているから、乳母のうちの何人かは女官のはずである。しかし、そうであったとしても、『狭衣物語』中に彼女たちが女官としての動きをみせる箇所はなく、内侍所の女官たちと同じように働いているとは考えにくい。この両者の女房として立ち入れる領域は別のはずである。それを『狭衣物語』ははっきりと区別して描いているのだ。互いに近しいところにいながら、この微妙な違いが、情報を交換させなかったのである。

既に確認してきたように、女二宮物語のはじめには、女房たちの職域の微妙な違いが、持っている情報の違いを生み出していることが示されていた。中納言典侍と乳母たちもやはりそうだったのである。そして、狭衣が親しかったのは中納言典侍の方であった。狭衣の乳母の妹であり、典侍という女官であり、大宮のもとにも仕えるという彼女の設定は重要であった。乳母の妹であるからこそ狭衣と親しく、大宮にも仕えるからこそ女二宮のことを狭衣に知らせてくれる存在である。しかし、典侍を兼ね、大宮のもとが主たる勤め先ではないがゆえに、女二宮の最側近とはならず、乳母たちの偽装工作の情報を握ることができなかった。だから彼女を仲介にした狭衣は身動きが取れなくなり、手遅れになったのだ。女二宮物語は、女房たちの微妙な職域の違いが生み出す情報の違いによって動かされていったのである。

全てが終わり、ようやく狭衣にも情報が渡ったとき、すでに若宮は大宮の子とする偽装が完了していた。この若宮は帝位につく可能性すらある皇子として認められていく。狭衣と女二宮の、確かにあったはずの関係はなかったこととして処理された。

しかし、それは狭衣と女二宮との関係がなかったことになっただけでは済まされない。偽装工作は母親を偽るためのものであったが、大宮の子とした以上、父親は嵯峨帝でなくてはならないからである。母親を偽装するために、父親までも偽装したのである（勿論、乳母たちは父親が誰と知らないままに）。それが、物語の終盤で、狭衣即位のためにこの若宮の「父親」が問題とされてしまう。狭衣即位を告げる天照神の託宣は「若宮は、その御次々にて、行く末をこそ。親をただ人にて、帝に居たまはんことはあるまじきことなり」（巻四②三四三）と告げてしまった。最後に父親の方のみが明るみに出る結末に至ったのだ。狭衣と女二宮という、確かにあったはずの関係はなかったこととなったが、嵯峨帝と大宮という形では済まされず、最後に狭衣と大宮という関係に決着してしまったのである。[*13] ありえなかった密通が生みだした、まさに「偽の冷泉帝」[*14]である。

ただし、この物語はそれを問題にしない。この託宣の意味に思い当たれる者はなく、「誰も心得ずあやしう思しける」（巻四②三四四）のだ。情報がないゆえに独詠歌を聞いても何のことか思い当たれない人々が動かしたこの物語は結末に至っても「真相に思い当たれない」という展開を採用し、狭衣と大宮の密通を問題にしないのである。[*15] わずかに、後に若宮（兵部卿宮）と対面した嵯峨院が「あるまじう、天照神もほのめかしたまひけんことも、あるやうありけるにこそと、思しよる方様にも、故宮の御ためぞいとほしかりける」（巻四②三八一）と思うのみである。

おわりに

以上、女二宮の物語から、『狭衣物語』の方法について検討した。狭衣が女二宮と関係を結んだとき、そこには女房が誰も居合わせなかった。しかし、女房たちは「昔物語」という幻想を根拠に、手引きの女房がいるはずだと思い込んで動いた。さらに、女房たちは欠けた情報を直接に交換することもなく、立ち聞きのみで補い合う。女房たちの思い込みと実際とのずれは、情報を操作する乳母たちが、情報を共有できない典侍を「手引きの女房」に仕立て上げることによって埋められ、誤解を誤解のままにして展開していった。『狭衣物語』の世界では、互いに近しいところにいるはずの女房たちでも、誰にどのように仕えているかという微妙な違いによって、持っている情報に違いが生じ、その交換もなされない。そして、情報を握れないだけでなく、握れないまま動き、物語を展開させるのだ。

なお、女房たちが手引きしない、その場に居合わせないというのは女二宮に関する場面だけでなく、全編通して指摘できる『狭衣物語』の特徴であり、その他の箇所については今後考察の対象としたい。また、他の物語、特に『源氏物語』の浮舟物語における女房たちとの違いについても稿を改めて論じたい。

注

＊1　本稿では男主人公の呼称は「狭衣」で統一し、物語を指す場合は「『狭衣物語』」と示す。

＊2　井上眞弓「あとがきにかえて―「女房文学」としての『狭衣物語』―」（『狭衣物語の語りと引用』笠間書院　二〇〇五）。

＊3　鈴木泰恵「『狭衣物語』とことば―ことばの決定不可能性をめぐって―」（『狭衣物語が拓く言語文化の世界』翰林書房　二〇〇八）。

＊4　前掲＊3鈴木論文。

＊5　角田文衛『日本の後宮』（学燈社　一九七三）、加納重文「典侍考」（『風俗』第十七巻四号　一九七九・八）など。

＊6　石埜敬子「『狭衣物語』の和歌」（『和歌文学論集』風間書房　一九九三）、神田龍身「狭衣物語―独詠歌としての物語」（『源氏物語と和歌を学ぶ人のために』世界思想社　二〇〇七）など。

＊7　斎木泰孝「狭衣物語における乳母―女三宮・飛鳥井女君・今姫君の物語―」（『物語文学の方法と注釈』和泉書院　一九九六）など。

＊8　土岐武治『狭衣物語の研究』（風間書店　一九八二）。なお、久下裕利「『狭衣物語』の方法―作中人物継承法―」、「女二宮の

位相」（ともに『狭衣物語の人物と方法』新典社　一九九二）などにも指摘がある。

＊9　巻四の蹴鞠場面で語り手は『源氏物語』の六条院蹴鞠を「その折は見しかど」（巻四②二三八）としていて、『狭衣物語』の世界は『源氏物語』と地続きであるかのように語られているからである。

＊10　斎木泰孝「物語文学の求婚譚の型―源氏物語以前と以後―」（『物語文学の方法と注釈』和泉書院　一九九六）。

＊11　前掲＊6石埜論文。

＊12　なお、乳母出身者が典侍になる例から、中納言典侍も乳母経験者や乳母近親者である可能性を疑う必要性があり、年齢や設定から、中納言典侍の母が大宮の乳母であった可能性はある（新全集『狭衣物語』巻二①一六六頭注にも指摘がある）。しかし、それでも出雲たちとは女二宮との近しさが異なるであろう。

＊13　木村朗子「欲望の物語史―『狭衣物語』から『石清水物語』へ」（『恋する物語のホモセクシュアリティ　宮廷社会と権力』青土社　二〇〇八）は「「あるまじきこと」ではないはずの正統な婚姻関係が、密通を仮構することによって、皇統に対する重大な禁忌へと発展する」と指摘する。

＊14　神田龍身「仮装することの快楽、もしくは父子の物語―鎌倉時代物語論―」（『物語文学、その解体―『源氏物語』「宇治十帖」以降―』有精堂　一九九二）。

＊15　鈴木泰恵「〈声〉と王権―狭衣帝の条理」（『狭衣物語／批評』翰林書房　二〇〇七）は「皇権に重なり合う王権を相対化する〈声〉の〈力〉は、あえて封ずるのだという姿勢が示されているのではあるまいか」と指摘する。

※『狭衣物語』の引用は新編日本古典文学全集（小学館）に拠る。括弧内に巻と新全集における該当巻数と頁数を示し、必要に応じて傍線等を付した。

【付記】本稿は物語研究会二〇一〇年五月例会（五月十五日・於学習院大学）で口頭発表したものの一部をもとにしている。ご意見、ご教示下さった方々に深く御礼申し上げます。

あとがき

物語研究会の会報第一号は、昭和四十七（一九七二）年三月に出された。それには、会発足の為の準備会が三度行われ、昭和四十六年九月五日に発起人会、二度の設立総会の為の準備会を経て、昭和四十六（一九七一）年十月十七日に小学館講堂で設立総会が行われ「物語と和歌」のシンポジウムで会が正式に発足したとの記事が掲載されている。それから、四十年の月日が経った。正確には、平成二十三（二〇一一）年をもって四〇周年を迎えたことになる。通常、祝い事は早くあっても遅れることはないのだろう。

それにしても、四十年というのは、さしずめ『源氏物語』ならば四十賀ということになろう。物語研究会は「若き研究者の集団」を旗印としてきたが、その創設メンバーは、あるいは古稀を過ぎあるいは黄泉に旅立った者もある。光源氏は四十賀を迎えても「いと若くきよら」で「ひが数へにや」と語られてはいた。「若さ」は実数ではなく精神的なものという人もいる。しかし、現実は現実である。会の新しいメンバーも増え、物語研究会の第何世代などという言葉を耳にすることが少なくない。会の世代交代は、着実に進行しているのである。今回、論集刊行の委員（編集委員）として名を連ねた人々は、第一、第二世代の人が多い。光源氏ではないが「老い」を拒否しようとのささやかな抵抗が、論集刊行の遅れを導いたのかもしれない。

というのは、戯言で、実際はそうではなかった。あらあら、刊行に向けての経緯を説明すると、四〇周年記念の論集をとの呼び掛けは、時期的に時間に間に合うように提案されていた。二年前の研究会の大会で、東原さんの口から発せられた。そして、東原・上原の両氏が翰林書房から出版という筋道を付けて、記念の年度にというので動きだしたのである。そして、阿部がまとめ役として任を負うことになったのだが、その際に、四〇周年という節目の意味であるとか刊行の意味などについて消極的な意見もないわけではなかった。しかし、時期を気にするよりもより充実した内容こそが望ましいとの藤井さんの熱い言葉が、若い仲間の賛同と共感を得て、実現に向けて動き出したのである。遅れは、充実を図る為に必要最低限の時間によってだったのである。その時に確認されたのは、論集の内容は、基本的に自主的な名乗りを受けて構成する。論文は全て査読を行い、査読者とのやり取りの中で、物語研究会の論文として、しっかりと世に問えるものにしていくという方向であった。

実際、論文原稿は全て各自の主体的な意思によって投稿されたものである。それらは、編集委員の丹念な査読に付され、結果的には査読意見を踏まえ全ての原稿は書き直しが行われた。そして、書き直し原稿は更に査読を行い、重ねて書き直しが行われたものも少なくない。会が一丸となって論集の作成という研究会の重要な活動を行った。その成果が、この論集である。最後に、論集刊行にあたりいろいろとご尽力いただいた、翰林書房の今井ご夫妻に、感謝の言葉を捧げます。

（文責・阿部好臣）

二〇一二年三月三一日

〔編集委員〕阿部好臣・安藤徹・上原作和・河添房江・神田龍身・小嶋菜温子・鈴木泰恵
高木信・高橋亨・東原伸明・藤井貞和・松岡智之・三田村雅子

Mimura Yuki, Murasaki's Not Viewing the Mirror / Ōigimi's Viewing the Mirror: Reflecting *Genji Monogatari*

8) Territory

Morooka Shigeaki, Introductory Studies of Sanjō in *Genji Monogatari*: Focusing on Fujitsubo's Sanjō Residence in the "Momiji no Ga" Chapter

9) Parent-Child Relationships

Abe Yoshitomi, *Genji Monogatari* as a Parent-Child Narrative: Focusing on its Composition

10) Memory

Motohashi Hiromi, Memory Expanding Beyond Silence: the *Shijima* Poetic Exchange in the "Suetsumuhana" Chapter

11) Classics (Learning, Knowledge, and Education)

Nunomura Kōichi, Considering *Kutani* and *Kodani*

12) Narratology of Visible/Invisible

Mutō Nagako, Letters in *Utsuho Monogatari*: the Function of Letters Visualizing Relationships

Takahashi Shioko, Ōigimi's Sense of Presence in Non-Presence: Memory and Illusion

(3) Association for Narrative Studies: Reminiscences and Vision

Ando Toru, When Did We Abandon Theory?

Kawazoe Fusae, Two Impressions of the Association

Kojima Naoko, From *Kaguyahime Gensō* to Illusionary *Genji Monogatari* Picture Scrolls

Takahashi Tōru, Personal Reflections of Topics of Narrative Studies

(4) Free Topic Research

Ise Hikaru, Narrative Creation by Hikaru Genji and its Structure: Mixtures of Truth and Fiction in the Rokujō Estate

Ikeda Daisuke, Guiding Women in *Genji Monogatari*

Sakurai Kiyoka, Ukifune and the Eighth Prince

Kitagawa Mari, Sentence Endings in *Genji Monogatari*: Comparing Transmission (Linguistic Activity) Verb Endings and Movement Verb Endings in its Narration

Sasō Mikiko, Dreams of Narratives: Critical Consciousness of Dreams of *Genji Monogatari* in Late Heian Narratives

Chino Yūko, Influential Women in *Sagoromo Monogatari*: from the Tale of the Second Princess

Afterword: Association for Narrative Studies 40th Anniversary Collection Editorial Committee Representative Abe Yoshitomi

Title Translations: Loren Waller

List of Authors Appendix: List of Annual Themes

Memory Creation: "Monogatari" 1971-2011

Forward: Association for Narrative Studies 40th Anniversary Collection Editorial Committee (Matsuoka Tomoyuki)

(1) Narrative Studies Today (Symposium)
Facilitator: Suzuki Yasue
Location: Meiji University, Surugadai Campus (Liberty Tower)
Report #1
Higashihara Nobuaki, Is the *Warawa* a Boy or a Girl? A Verification of the Features of Early Prose Narratives: Connecting *Tosa Nikki* to *Genji Monogatari*
Report #2
Chino Yūko, The *Monogatari* in the Narrative: Methodology of *Sagoromo Monogatari*
Report #3
Takagi Makoto, Intertextuality in the Tale of Shigehira, or Crossed Lines in Dialogue
Coordinator: Mitamura Masako

(2) Rereading Now
1) Poetics: Monogatari and Waka
Kondō Sayaka, *Ise monogatari*, Section 45: "Fireflies"
Ino Yōko, The Landscape of *Awayuki*
2) Narrative Theory
Hasegawa Masaharu, The Creation of Connotation and Denotation in Narratives: Methodology in the Second Part of *Genji Monogatari*
Matsuoka Tomoyuki, Considering Narrative Theory Today
3) Citation: Intertextuality, Typology, and Medieval Studies
Katsumata Shiori, The Second Princess Cited: From *Utsuho Monogatari* to Ipponnomiya in *Iwade Shinobu*
Loren Waller, The Function of Mythological Texts and the Structure of Intertextuality: A Study of Cross-Species Marriage Type Tales
4) Point of View
Nishiyama Toki, Lines of Sight of Presents in *Utsuho Monogatari*: The World of Thought Signified by "Things"
5) Metaphor
Uehara Sakukazu, Two *Genji Monogatari* Texts: Metaphor as Dichotomy and the Third Aspect of Pruning
Shiomi Yū, Legs in *Genji Monogatari*: Focusing on Tamakazura and Kashiwagi
6) Discourse
Fujii Sadakazu, "Discourse" (From the Annual Theme)
7) Gender

物語研究会 **年間テーマ一覧**（1971～2011年度）

1971年度◆物語と和歌
1972年度◆『源氏物語』—作品論への試み
1973年度◆物語にとって説話とは何か
1974年度◆物語における古代と中世
1975年度◆物語の型
1976年度◆語りと類型
1977年度◆時間と空間
1978年度◆物語文学における〈語り〉
1979年度◆〈語り〉の構造
1980年度◆歌と語りの構造
1981年度◆物語における中世－鎌倉時代物語をよむ
1982年度◆インター・テクスチュアリティ
1983年度◆方法としての〈引用〉
1984年度◆語りの視点
1985年度◆物語の視点
1986年度◆喩
1987年度◆喩
1988年度◆犯
1989年度◆犯　／共同体・交通・表現（古代文学会・古代文学研究会・物語研究会合同大会テーマ）
1990年度◆現代・ナラトロジー・物語
1991年度◆柳田国男×物語
1992年度◆言説（ディスコース）
1993年度◆言説（ディスコース）
1994年度◆〈性差（ジェンダー）〉
1995年度◆〈性（セックス）〉
1996年度◆書物
1997年度◆書物
1998年度◆物語学の限界
1999年度◆区分・領域（テリトリー）
2000年度◆区分・領域（テリトリー）
2001年度◆会話／消息
2002年度◆母
2003年度◆父
2004年度◆子
2005年度◆記憶
2006年度◆記憶
2007年度◆古典（学／知／教育）
2008年度◆古典（学／知／教育）
2009年度◆〈見える／見えない〉の物語学
2010年度◆〈見えないこと〉の物語学
2011年度◆虚×実

執筆者紹介（あいうえお順）

阿部好臣（あべ・よしとみ）一九四九年生。日本大学文理学部教授。『物語文学組成論 Ⅰ 源氏物語』（笠間書院、二〇一一）、『物語文学組成論 Ⅱ 創生と変容』（笠間書院、二〇一一）

安藤徹（あんどう・とおる）一九六八年生。龍谷大学文学部教授。『源氏物語と物語社会』（森話社、二〇〇六）、『源氏文化の時空』（共編著、森話社、二〇〇五）

池田大輔（いけだ・だいすけ）一九八〇年生。駒澤大学非常勤講師。「平安朝文学「侍女」考―「めしうど」と呼ばれた女性たち―」（『論輯』33、二〇〇六・三）、「光源氏と従者の和歌―『源氏物語』における従者が詠む和歌―」（『駒澤國文』46、二〇〇九・二）

伊勢光（いせ・ひかる）一九八四年生。学習院大学大学院博士後期課程。「物語の機能としての帝―女の「かぐや姫」性をめぐって」（『学習院大学大学院日本語日本文学』六、二〇一〇・三）、「男たちの「本性」を可視化するあて宮―あて宮求婚譚を媒介に」（『物語研究』一〇、二〇一〇・三）

井野葉子（いの・ようこ）青山学院大学非常勤講師。『源氏物語 宇治の言の葉』（森話社、二〇一一）、「夕霧巻「翁のながし守りけん」出典考」（『日本文学』二〇〇一・二）

上原作和（うえはら・さくかず）一九六二年生。明星大学人文学部教授。『光源氏物語學藝史』（翰林書房、二〇〇六）、『光源氏物語傳來史』（武蔵野書院、二〇一一）

勝亦志織（かつまた・しおり）一九七八年生。学習院大学非常勤講師。『物語の〈皇女〉もうひとつの王朝物語史』（笠間書院、二〇一〇）、「〈見えない〉ヒロイン今上帝女一の宮の可視化が物語るもの―宝塚歌劇 源氏物語千年紀頌『夢の浮橋』をめぐって―」（『物語研究』一一、二〇一一・三）

河添房江（かわぞえ・ふさえ）一九五三年生。東京学芸大学教授。『源氏物語時空論』（東京大学出版会、二〇〇五）、『源氏物語と東アジア世界』（ＮＨＫブックス、二〇〇七）

北川真理（きたがわ・まり）一九四九年生。東京学芸大学大学院修了。『2時間でわかる源氏物語』（明治書院、二〇〇九）、「『源氏物語』の文末表現―新編 日本古典文学全集『源氏物語』の地の文と会話文の文末の違い―」（『物語研究』九、二〇〇九・三）

小嶋菜温子（こじま・なおこ）一九五二年生。立教大学教授。『かぐや姫幻想 皇権と禁忌』（森話社、一九九五）、『源氏物語の性と生誕 王朝文化史論』（立教大学出版会、二〇〇四）

近藤さやか（こんどう・さやか）一九八一年生。学習院大学非常勤講師。
「『伊勢物語』「たかい子」と「多賀幾子」」（『日本文学』五八―五、二〇〇九・五）、「『伊勢物語』の都鳥」（鈴木健一編『鳥獣虫魚の文学史　鳥の巻　日本古典の自然観2』二〇一一）

櫻井清華（さくらい・きよか）一九七四年生。龍谷大学他非常勤講師。
「不婚の戦術―父の娘としての『源氏物語』宇治の大君」（『日本文学』五八―四、二〇〇九・四）、「母装するひと―浮舟の母・中将の君」（『古代文学研究　第二次』18、二〇〇九・一〇）

笹生美貴子（さそう・みきこ）一九八〇年生。日本大学助教。
「源氏物語「明石一族」の意志―『古今和歌集』一〇〇二番歌引用を起点として―」（『中古文学』八二、二〇〇八・一二）、「「浮舟物語」における母―菟原処女伝説より生成される母の救済―」（『物語研究』一一、二〇一一・三）

塩見優（しおみ・ゆう）一九八四年生。学習院大学大学院人文科学研究科日本語日本文学専攻博士後期課程。
「葵上の死」（源氏物語を読む会編『源氏物語〈読み〉の交響』新典社、二〇〇八）、「『源氏物語』の落葉宮―死者との一体化願望―」（『学習院大学人文科学論集』19、二〇一〇・一〇）

鈴木泰恵（すずき・やすえ）一九五九年生。早稲田大学他非常勤講師。
『狭衣物語／批評』（翰林書房、二〇〇七）、『狭衣物語　空間／移動』（翰林書房、二〇一一）

高木信（たかぎ・まこと）一九六三年生。相模女子大学学芸学部准教授
『平家物語・想像する語り』（森話社、二〇〇一）、『「死の美学化」に抗する『平家物語』の語り方』（青弓社、二〇〇九）

高橋汐子（たかはし・しおこ）一九七九年生。フェリス女学院大学非常勤講師。
「袖ふれし人―浮舟物語の〈記憶〉を紡ぐ―」（『人物で読む源氏物語　第二十巻―浮舟』勉誠出版、二〇〇六）、「夕霧物語　相対化される〈自然〉感覚―統合性への綻びとして―」（『源氏物語のことばと身体』青簡舎、二〇一〇）

高橋亨（たかはし・とおる）一九四七年生。名古屋大学教授。
『源氏物語の詩学』（名古屋大学出版会、二〇〇七）、『源氏物語の対位法』（東京大学出版会、一九八二）

千野裕子（ちの・ゆうこ）一九八七年生。学習院大学大学院博士後期課程。

西山登喜（にしやま・とき）一九七八年生。フェリス女学院大学非常勤講師。
「うつほ物語〈モノ〉を「借りる」仲忠―基盤構築の方法―」（『日本文学』五八―五、二〇〇九・五）、「うつほ物語〈モノ〉が見せる相関図―「再贈与」に秘められた女たちの牽制と闘争」（『源氏物語のことばと身体』青簡舎、二〇一〇・一二）

布村浩一（ぬのむら・こういち）一九七四年生。立正大学非常勤講師。
「「死に入る魂」は誰の魂か―夕霧説再考―」（源氏物語を読む会編『源氏物語　読みの交響』新典社、二〇〇八）、「「駒もすさめぬ菖蒲」の文学史」（『立正大学国語国文』四八、二〇一〇・三）

長谷川政春（はせがわ・まさはる）一九三九年生。清泉女子大学名誉教授。『物語史の風景―伊勢物語・源氏物語とその展開―』（若草書房、一九九七）、『〈境界〉からの発想―旅の文学・恋の文学―』（新典社、一九八九）

東原伸明（ひがしはら・のぶあき）一九五九年生。高知県立大学文化学部教授。『古代散文引用文学史論』（勉誠出版、二〇〇九）、「漢詩文発想の和文『土左日記』―初期散文文学における言説生成の方法―」（『日本文学』六〇―一一、二〇一一・五）

藤井貞和（ふじい・さだかず）一九四二年生。立正大学文学部教授。『源氏物語論』（岩波書店、二〇〇〇）、『タブーと結婚』（笠間書院、二〇〇七）

松岡智之（まつおか・ともゆき）一九六八年生。静岡大学教育学部准教授。「『源氏物語』総角巻の「罪」と〈仏教〉」（『国語と国文学』八六―五、二〇〇九・五）、「若紫巻を考える」（『源氏物語の展望』九、二〇一一・四）

三田村雅子（みたむら・まさこ）一九四八年生。上智大学文学部教授。『枕草子 表現の論理』（有精堂、一九九五）、『記憶の中の源氏物語』（新潮社、二〇〇八）

三村友希（みむら・ゆき）一九七五年生。跡見学園女子大学兼任講師。『姫君たちの源氏物語―二人の紫の上―』（翰林書房、二〇〇八）、「『源氏物語』「みるめ」表現考―紫の上物語を中心に―」（『日本文学』六〇―一二、二〇一一・三）

武藤那賀子（むとう・ながこ）一九八五年生。学習院大学大学院。「物に文字を書きつけること―『うつほ物語』の仲忠の例から―」（『学習院大学大学院日本語日本文学』7、二〇一一・三）

本橋裕美（もとはし・ひろみ）一九八三年生。一橋大学大学院。「『源氏物語』絵合巻の政治力学―斎宮女御に贈られた絵とその行方―」（『中古文学』八八、二〇一一・一二）、「六条御息所を支える「虚構」―〈中将御息所〉という準拠の方法―」（『日本文学』六一―一、二〇一二・一）

諸岡重明（もろおか・しげあき）立教大学日本学研究所特別研究員。「光源氏の〈老い〉のエロスと〈死〉―嵯峨の御堂造営と〈罪〉の系譜」（『人物で読む源氏物語 光源氏Ⅱ』勉誠出版、二〇〇五）、「藤壺の御堂造営―罪とエロスの三条宮」（『物語研究』九、二〇〇九・三）

ローレン・ウォーラー 一九七四年生。高知県立大学文化学部講師。「Searching for the Beginning of *Tsukuba no Michi*—A Study on the Discourse of Renga Origins」（連歌起源言説考―「つくばの道」をめぐって）（『高知女子大学紀要文化学部編』60、二〇一一・三）

「記憶」の創生〈物語〉1971—2011

発行日	2012年3月31日　初版第一刷
編　者	物語研究会
発行人	今井　肇
発行所	翰林書房
	〒101-0051　東京都千代田区神田神保町2-2
	電 話　03-6380-9601
	FAX　03-6380-9602
	http://www.kanrin.co.jp/
	Eメール●kanrin@nifty.com
装　釘	須藤康子＋島津デザイン事務所
印刷・製本	総　印

落丁・乱丁本はお取替えいたします

ISBN978-4-87737-330-6